Fritz J. Raddatz

Revolte und Melancholie

Essays 3

Texte zur Literaturtheorie

rororo

Rowohlt

Veröffentlicht im Rowohlt Taschenbuch Verlag GmbH,
Reinbek bei Hamburg, Oktober 1990

Umschlaggestaltung Christian Diener
Gesetzt aus der Sabon (Linotron 202)
Jung Satz Centrum, Lahnau
Druck und Bindung Clausen & Bosse, Leck
Printed in Germany
2980-ISBN 3 499 18552 0

Editorische Vorbemerkung zur Taschenbuchausgabe der Essays

Essays aus drei Jahrzehnten. Sie sammeln des Autors Versuche – wie das deutsche Wort wohl angemessen heißt –, drei Themen einzukreisen, die sein Leben prägten: Literatur, Theorie und Politik; etwas hochgemut könnte man es auch nennen, Dichtung, Ästhetik und Moral: «Geist und Macht»; «Eros und Tod»; «Revolte und Melancholie». Beim Zusammenfügen der drei Bände stellte sich – nicht zuletzt zur eigenen Verblüffung – ein Kontinuum heraus, eine sich gegenseitig tragende und durchdringende Dialektik; wenn man so will, auch ein Widerspruch. Betrifft ein Essay über Louis Aragon nur Dichtung und nicht auch Politik? Ist ein Aufsatz über Theodor W. Adorno nur Ästhetik oder auch Moral? Führt ein Porträt Erich Arendts oder ein Nachruf auf Heinrich Böll nur Politik vor oder eben Reflexion über alle diese drei Kategorien zusammen: Dichtung, Ästhetik und Moral?

Insofern gibt eine solche Zusammenstellung der Essays eines Autors nicht nur Auskunft über die vorgestellten Schriftsteller, Philosophen und Politiker, ihre Arbeit, ihr Hoffen und ihr Debakel manchmal, sondern auch über ihn selber und seine Schwierigkeiten beim Schreiben. So kurz wie anfechtbar gesagt: Porträts sind immer auch Selbstporträts.

Dieses – erweiterte? – Konzept des Essays sei hier einbekannt. Ob es sich um Vorbildgestalten wie Ernst Bloch und Jean-Paul Sartre handelt; um problematische wie Louis-Ferdinand Céline und Ezra Pound; oder um große Schriftsteller wie Bertolt Brecht und Walter Benjamin, mit deren Lebensweg und Werk der Autor zeitlebens haderte; gar um Nachrufe wie den auf Giangiacomo Feltrinelli oder Uwe Johnson – hier liegt keine objektive Geschichts- oder Literaturgeschichtsschreibung vor, hier hat sich jemand zumeist als Zeitzeuge, gelegentlich als Freund, selten als Widersacher ausgesetzt. Alle Essays folgen dem Gesetz, Anstoß kann einer nicht geben, der nicht Anstoß erregt.

Hamburg, im Dezember 1988 Fritz J. Raddatz

Zur vorliegenden Taschenbuchausgabe:
Die ab Seite 346 abgedruckten «Ergänzenden Essays» waren in der gebundenen Ausgabe «Revolte und Melancholie» (Albrecht Knaus Verlag, Hamburg 1979) nicht enthalten. Sie entstanden in den Jahren 1972 bis 1986. Die Aufsätze zu Willi Münzenberg, Carl von Ossietzky, Ernst Niekisch und Robert Havemann wurden zuerst gedruckt in «Erfolg oder Wirkung» (München 1972), der zu Leopold Schwarzschild in «Das Tagebuch. Porträt einer Zeitschrift» (Königstein/Ts. 1981) und das Rosa-Luxemburg-Porträt im «ZEIT-Magazin» Nr. 6/1986. Abweichend zu den Beiträgen der Buchausgabe von 1979 haben diese Essays keine Quellennachweise und Anmerkungen.

Inhalt

Vorbemerkung

Will man, um eines Gleichnisses willen, das wachsende Werk als den flammenden Scheiterhaufen ansehen, so steht davor der Kommentator wie der Chemiker, der Kritiker gleich dem Alchimisten. Wo jenen Holz und Asche allein die Gegenstände seiner Analyse bleiben, bewahrt für diesen nur die Flamme selbst ein Rätsel: das des Lebendigen.

Walter Benjamin

Die Frage nach dem Wesen der Kunst ist so alt wie die Kunst selber. Die Antwort steht aus – glücklicherweise.

So ist auch der Verfasser dieses Buches nicht vermessen genug, *eine* Antwort zu versuchen: vielmehr wollen diese einander immer wieder variierenden Essays verstanden sein als ein großer Disput; mit vorliegenden Reflexionen zur Ästhetik, mit Haltungen wie Fehlhaltungen, Ergebnissen und Scheinergebnissen. Karl Marx hat sich einmal als eine gigantische Papierverschlingungsmaschine bezeichnet – die schließlich selber wieder nur Papier produziert; es ist ein Verfahren, das Erarbeitetes überprüft, keine Thesen proklamiert, eher Fragen stellt. In diesem Sinne ist die Erörterung bisheriger Positionen der Kunsttheorie der Versuch, eine eigene Position zu definieren. Diese Position ist offenbar nahe der Adornos und Benjamins, die beide immer wieder den Rätselcharakter der Kunst, ein letztlich Unauflösbares, betonten und damit paraphrasierten, was Friedrich Schlegel sagte: «Die Schönheit ist freilich nicht bloß der leere Gedanke von etwas, was hervorgebracht werden soll, sondern zugleich die Sache selbst. ... Nicht bloß eine notwendige Fiktion, sondern auch ein Faktum, nämlich ein ewig transzendentales.»

Kritik ist der nobelste Respekt, der anderen zu zollen ist – kritisches Verfahren ist die produktivste Methode, Vergangenes zu erhellen, Gegenwärtiges deutlich zu machen und Künftig-Mögliches zu skizzieren. Das eine bedingt das andere. Wie die beiden Haupt-Worte unseres Titels einander bedingen.

Deshalb sind diese Untersuchungen zur Ästhetik auch Essays

zur Politik. Den Autor dieses Buches hat stets die Frage nach dem Zusammenhang von Kunst und Moral beschäftigt; von Eugène Sues «Geheimnisse von Paris» (und Marx' Kritik an dieser Sozial-Schnulze) bis «Holocaust» (und der Rezeption dieses Polit-Pornos in der deutschen Öffentlichkeit).

Da ist Mißtrauen wohl angebracht; da sollte man kein Wort glauben, kein Wort von der wachgerüttelten Nation, vom Aufstand des Gewissens, von Reue, Scham und jäher Fähigkeit zu trauern. Geweckt – produziert? – wurde eine große Emotion. Die Natur solcher Emotionen ist es, gleichsam einen Hunger nach der nächsten zu schaffen. Wo hat sie Einsichten gebracht? Welche? Einsichten, die zur Praxis geworden wären? Praxis – das hieße, einen Bezug zur jetzigen Wirklichkeit herzustellen.

Eine der schneidendsten, schaurigsten Szenen kennt man aus Brechts Szene «Die jüdische Frau». Da gibt der «Alles-nicht-so-schlimm»-Ehemann, Oberarzt und soignierter Großbürger, seiner in Angst zerfahrenden Frau – «Ich reise nur für ein paar Wochen zu Freunden» – den schweren Winterpelz mit. Im Juli. So war es. So waren sie. Sie haben alle im Juli einen Winterpelz mitgegeben – und nichts gewußt.

Es gibt keine Szene dieser schockhaften Eindringlichkeit in der amerikanischen Fernsehfabrikation, die ja bei der USA-Ausstrahlung allen Ernstes von Werbung für Gasöfen unterbrochen wurde. Ein Zeitungskommentar deutete das an: «Hat jener Neunzehnjährige mit der Behauptung recht, die Serie beweise nur, daß man der Mörderei des NS-Regimes allenfalls auf die Weise eines Paul Celan oder durch sachlich interpretierende Dokumentationen beikommen könne?» Es hat wohl der Neunzehnjährige recht. Von Vercors' «Schweigen des Meeres» bis zu Celans «Todesfuge»: nur Radikalität legt Wurzeln bloß. «Als ob diesen ästhetischen Kategorien gegenüber der moralischen Dimension und Botschaft dieses Films auch nur die geringste Bedeutung zukäme», hieß es in einer anderen Zeitung. Ein bedenklicher Satz, dem energisch, ja emphatisch zu widersprechen ist. Zwei weitere Sätze fädeln diese Logik auf: «Bei manchen Kritikern ist die Überschätzung und Überbewertung des Ästhetischen auf Kosten des Moralischen zuweilen wirklich erschreckend.

Denn allein das Gemüt – wenn man dies einmal als Pauschalbezeichnung für alles Nicht-Zerebrale verwenden darf – unterscheidet den Menschen von einem auf *efficiency*, Ästhetizismus oder was auch immer programmierten Computer.»

Dem liegt ein profundes Mißverständnis von Ästhetik zugrunde, nahezu ein Konzept der Überflüssigkeit, ja Gefährlichkeit. Kein Zufall, daß Ästhetik und Ästhetizismus gleichgesetzt werden – Baudelaire und der Mann, der an grüner Schleife eine Schildkröte in den Pariser Passagen spazierenführte, gleichsam dasselbe; das Werk Prousts identisch gemacht mit der hübschen Salon-Zierlichkeit: «Man schicke ins Ritz um einen Apfel.» Es ist aber anders. *Ästhetik ist Moral.* Es gibt kein amoralisches Kunstwerk. Selbst Grenzüberschreitungen, ob Céline, Pound oder Genet, wären unbegriffen, hielte man ihr Werk diesem Argument entgegen. Es ist das uralte Mißverständnis vom Wesen der Kunst – schon bei Marx, der sich einer Sozial-Schnulze zuwandte, aber Büchner ignorierte und Flaubert nicht las; ein Bucharin, der Marx' Produkt namens Stalin den neuen, echten, menschliche Energien freisetzenden Kunstbegriff entgegenhielt – damit einen zutiefst politischen, nicht versöhnliche Applikation und Dekor –, ein Bucharin wurde ermordet wie Trotzkij. Ihr Ästhetik-Konzept hatte nämlich mit Politik zu tun.

Was nützt uns Kunst – wir brauchen Gemüt: zu Ende gedacht ist das ein verheerender Gedankengang. Ein der Kunst äußerlicher, zutiefst fremder. Er kann in der Morallosigkeit enden; jenseits jener Moral, die allerdings durch Kunst geweckt wird. Wer Kafka ernst genommen hat, kann nicht mehr Kapo werden. Und es ist wiederum kein Zufall, daß wir die Tschechen so bewundern, die lieber Taxifahrer werden, als staatstreue Filme zu drehen, jene tschechoslowakischen Schriftsteller und Künstler, deren Prager Frühling ja mit der Kafka-Konferenz in Liblice 1963 begann – und daß wir nahezu zur Ordnung gerufen werden, wenn wir allein den Gedanken empörend finden, die Bundesrepublik solle den PG Carstens, dessen Katharsis sehr verborgen blieb, ins höchste Staatsamt berufen. Was ist denn das nun: ästhetisch? ästhetizistisch? moralisch? politisch? vernünftig? Anwendung der großen Gemütsbewegung auf die Praxis?

So sind hier zusammengefaßt ausschließlich Texte zur materialistischen Literaturtheorie – also einer Disziplin, die Praxis mitdachte, sich jeglicher textimmanenter Interpretation verweigerte und dem gesellschaftlichen Bezug der Kunst sich widmete; wie praxisnah und wie kunstfern das je sein kann, führen einige der Essays vor: Kontinuität und Bruch. Daher auch das – sogar den Autor – überraschende Ergebnis, daß die Aufsätze sich gleichsam gegenseitig zitieren: sie nehmen in immer neuer Konstellation und immer anderen Zusammenhängen zentrale Fragen einer materialistischen Ästhetik in fast verblüffender Weise ähnlich auf.

Die Sickingen-Debatte zwischen Marx-Engels und Lassalle erweist sich durchaus als Vorform der Naturalismus-Diskussion, die sich mit dem Namen Franz Mehring verbindet und die man ihrerseits wiedererkennt im Streit um den Expressionismus, der zwischen Bertolt Brecht, Georg Lukács und Ernst Bloch ausgetragen wurde. Mehr noch: Elemente solcher Debatten finden sich durchgängig, ob dann im Kunstentwurf von Bloch oder im Harmoniestreben von Lukács; und es erweist sich etwa der diametrale Gegensatz des Begriffes vom Kunstschönen bei Adorno und Lukács als diesen Positionen verpflichtet. Wenn Adorno meint, nur die «Verhaltensweise» eines Kunstwerkes gebe ihm seine raison d'être, und wenn er als Elemente dieser «Verhaltensweise» das Prinzip von Leid und ins Werk eingegangener Individualität versteht, dann ist das das explizite Gegenkonzept zu dem der Totalität bei Lukács; und ist tatsächlich die exakte Verlängerung etwa der Sickingen-Debatte. Wenn nämlich die Radikalität des Artistischen, der soziale wie künstlerische Rang von Literatur darin liegen, Bilder einzubringen, die nicht «Bilder von etwas» sind, dann ist hier – um ein Beispiel zu geben – Widerspruch eingelegt etwa gegen Marx' wie Lukács' Balzac-Interpretation; will sagen: Realismuskonzept. Prompt findet sich bei Adorno ein eigenes, anderes Balzac-Bild.

Und prompt finden sich Spuren der Auseinandersetzung mit Lassalle über dessen «Sickingen»-Drama ein volles Jahrhundert später in dem erbitterten Disput über Hanns Eislers «Faust»; ebenso prompt wird ein anderer thematischer Zusammenhang sowohl in der «Roten Fahne» wie auch in der «Linkskurve», zwischen Walter Benjamin und Theodor W. Adorno erörtert: die Verderbnis jeglicher Literaturanalyse durch einen zu flachen Materialismusbegriff.

Aus diesem Grunde sollte nicht und konnte auch gar nicht mit diesem Buch eine Porträtgalerie von ‹Denkern› ausgestellt werden. Das wäre ein Skizzen-Bündel, dem Thema fremd. Der Leser wird vielmehr Spuren und Erörterungen von Konzepten allenthalben aufgegriffen finden – Lukács bei Mehring, Benjamin bei Adorno oder bei Raphael und bei ihm gar Oskar Negt und Alexander Kluge; Brecht allenthalben, auch, wo der Name nicht fällt. (Das geht bis in winzige Details: Edwin Hoernle taucht auf als einer der Protagonisten proletarischer Lyrik im dritten Kapitel und als Gegenstand einer Benjamin-Rezension.)

So ist das Buch zwar gefügt aus verschiedenen Arbeiten, Aufsätzen, Artikeln, die durch Jahre hindurch entstanden sind, viele davon in anderer Form in Zeitschriften oder Sammelbänden verstreut publiziert, andere hier in dieser Form erstmals gedruckt; es ist aber ein einziger Diskurs, über die Frage nach dem Doppelcharakter der Kunst: als autonom und als fait social.

Hamburg, Mai 1979 *Fritz J. Raddatz*

Der Beginn der materialistischen Literaturtheorie

Karl Marx – Friedrich Engels – Ferdinand Lassalle

1839, ein Jahr nach Erscheinen von Ludwig Feuerbachs dreibändiger «Geschichte der neueren Philosophie», veröffentlichte die von Gutzkow herausgegebene Hamburger Zeitung «Telegraph für Deutschland» – eine Beilage zur Frankfurter «Börsenzeitung» – Friedrich Ostwalds fünfteiligen Aufsatz «Die deutschen Volksbücher», eine Hymne auf die «unbändige Oppositionslust» jener vier Haimonskinder, die inzwischen klassischer Bestandteil der deutschen Volksbuchliteratur sind. Die Besinnung auf Volk und Volkskraft – auf ein optimistisches imaginäres «Volksvermögen» – wurde neun Jahre vor Erscheinen des «Kommunistischen Manifests» nicht zufällig publiziert; Friedrich Ostwald war ein Pseudonym, der Autor, 19 Jahre alt, hieß Friedrich Engels. Zwei Jahre zuvor, am 10. November 1837, beklagt sich ein 19jähriger Student der Jurisprudenz an der Berliner Universität in einem Brief an seinen Vater, daß Chamisso ihm auf einem «höchst unbedeutenden Zettel» seine für den «Musenalmanach» eingereichten Gedichte zurückgeschickt habe; «ich verschluckte den Zettel aus Ärger»[1], schreibt der junge Poet mit Namen Karl Marx. Allerdings ging Marx auch bereits 1837 mit seinen lyrischen Versuchen, die er seiner Braut Jenny von Westphalen gewidmet hatte, hart ins Gericht: «Alles Wirkliche verschwimmt, und alles Verschwimmende findet keine Grenze, Angriffe auf die Gegenwart, breit und formlos geschlagenes Gefühl, nichts Naturhaftes, alles aus dem Mond konstruiert, der völlige Gegensatz von dem, was da ist und dem, was sein soll, rhetorische Reflexionen statt poetischer Gedanken.»[2]

Bei der Erörterung des Marx-Engelsschen Literaturbegriffs sind die Ausgangspunkte zu erinnern: Marx, der noch in späten Jahren auf Befragen seiner Töchter sich zu seinen drei Lieblingsschriftstellern Aischylos, Shakespeare, Goethe bekannte, wuchs auf in einem klassisch-klassizistischen Bildungsideal. Nicht nur seine Jugendgedichte – von denen zwei: «Der Spielmann» und «Nachtliebe», 1841 im Berliner «Athenäum» veröffentlicht wurden – verraten das, sondern auch das noch zu Lebzeiten des Vaters entworfene Trauerspiel «Oulanem» (von dem nur der Entwurf des ersten Aktes erhalten ist), das im Stile zeitgenössischer Schauerdramen im Madrigal-Vers eine Faust-Travestie gibt. Ein Entwurf zu einem «humoristischen Roman», «Skorpion und Felis», blieb ebenfalls unvollendet, und das viele Jahre später im Londoner Exil den Töchtern versprochene Drama über die Gracchen wurde nie begonnen. Aber wir wissen aus zahllosen Hinweisen und Anspielungen auch in späteren literarischen Analysen, wie ausgiebig sich Marx mit Goethe beschäftigt hatte, dessen «Xenien» er sogar in spöttischen, auf Hegel gemünzten Epigrammen imitierte und dessen «Faust» in der Berliner Aufführung mit Karl Seydelmann als Mephisto ihn besonders tief beeindruckte; noch seine Hegel-Kritik in den «Deutsch-Französischen Jahrbüchern» (1844) beginnt mit den beiden Tabuworten aus dem ersten Teil des «Faust»: Unmensch und Übermensch. Seine literarischen Interessen, gestützt von der perfekten Beherrschung fast aller europäischen Sprachen, inklusive des Russischen, waren nahezu uferlos; Marx' Schwiegersohn, Paul Lafargue, einer der Führer des marxistischen Flügels in der französischen Arbeiterbewegung und Organisator der französischen sozialistischen Arbeiterpartei (1880), berichtet, daß er ganze Romanbibliotheken verschlang: «Er ruhte aus, indem er im Zimmer auf und ab schritt; von der Tür bis zum Fenster zeigte sich auf dem Teppich ein total abgenützter Streifen, der so scharf begrenzt war wie ein Fußpfad auf einer Wiese. Zuweilen streckte er sich auf das Sofa und las einen Roman; er las bisweilen an zweien und dreien zugleich, die er abwechselnd vornahm; wie Darwin war auch er ein großer Romanleser. Marx liebte namentlich diejenigen aus dem 18. Jahrhundert und besonders den ‹Tom Jones› von Fielding; die modernen Schriftsteller, die ihn am meisten unterhielten, waren Paul de Kock, Charles Lever, Alexandre Dumas d. Ä. und Walter Scott – dieses letzteren ‹Old Mortality› bezeichnete er als ein Meisterwerk. Für abenteuerliche und humoristische Erzählungen zeigte er eine ausgesprochene Vorliebe. An die Spitze aller Romanciers stellte er Cervantes und Balzac. ‹Don Quijote› war für ihn das Epos des aussterbenden Rittertums, dessen Tugenden in der eben entstehenden Bourgeoisiewelt zu Lächerlichkeiten und Narreteien wurden. Für Balzac war seine Bewunderung so groß, daß er eine Kritik über dessen großes Werk ‹La Comédie Humaine› schreiben wollte, sobald er nur sein ökonomisches Werk vollendet hatte ...»[3]

Für den rheinischen Patriziersohn Engels, dessen Familie zur Pietistengemeinde des berühmten Pastors F. W. Krummacher zählte, stand im Vordergrund seiner Erziehung eine eher nationale Variante des klassischen Bildungsideals: die germanischen Mythen und die germanische Sagenwelt. Wolfram, Parzival, Volkslieder oder altdänische Heldenlieder finden sich immer wieder als Anspielung in seinen frühen Rezensionen. Luthers sprachbildnerische Leistung überwiegt für ihn fast die kirchlich revolutionäre.

«Eine feste Burg ist unser Gott» nennt Engels die «Marseillaise des 16. Jahrhunderts».

In den Jahren um 1840 nahm Engels an einem Literaturkränzchen teil, das der beflissene Elberfelder Literat Carl de Haas zusammengetrommelt hatte und dessen vollendete Banalität unter anderem aus einem ausführlichen Brief von ihm hervorgeht.[4] Man traf sich gegen Abend, las Dramen deutscher Dichter oder von Shakespeare, trank Tee, diskutierte hitzig und spielte – «um diese Hitze zu stillen» – eigene Kompositionen oder sang gemeinsam. Dann verlas man die Zeitung des Kränzchens mit dessen Verordnungen, Aufforderungen und Vorschlägen. Auch «unaufgefordert Eingesandtes» wurde verlesen und kritisiert.

Aus dieser Zeit stammt Engels' Dramenfragment «Cola di Rienzi», das erst kürzlich in einem verstaubten Karton aus dem Nachlaß Adolf Schults' aufgefunden wurde. Der sich in einem

Vokabular von «Nimmermehr» und «Hinweg Ihr Frechen», «Habt Erbarmen», «Denkt der Rache» und «Ha Verräther!» bewegende Text zeigt für einen jungen Mann, der bereits eine erste schmerzliche Liebesbeziehung hinter sich hat, bemerkenswert pubertäre Verbal-Deklamation:

> «O Süßes Weib! Gedenkest Du nimmer
> Der Liebe, die uns sonst vereint,
> Der Schwüre all bei Sternenschimmer,
> Der Thränen, die Du mir geweint?...
> Geliebte, sieh das wilde Feuer,
> Das mir ins Antlitz jagt das Blut!
> Ist fremd geworden Dir Dein Treuer,
> Der oft am Busen Dir geruht?...
> Mein Busen drängt sich auf + nieder
> Ich kann nicht länger fremd ihm sein –
> Die Liebe, Walter, hat mich wieder,
> Auf ewig, Walter, bin ich Dein!»[5]

Aber schlimmer noch: der thematische Vorwurf war ein politischer, Engels wollte die Alternative Despot – Volkstyrann behandeln; Cola di Rienzi, auf Fürsprache Petrarcas durch Papst Clemens VI. zum Notar der städtischen Kammer in Rom ernannt, verkündete nach seinem Putsch als Dreißigjähriger die Errichtung eines Volksstaats. Es geht um die Frage politische Phantasterei, mögliche Taktik und Pakte mit Adel und Kirche – um das Thema letztlich des Lassalleschen «Sickingen», den Engels später so vernichtend kritisierte. Was aber aufs Papier kam, war nicht nur ein wie immer mißlungener Versuch, Geschichtsdialektik zu begreifen, sondern auch – fünf Jahre nach des 22jährigen Büchners «Dantons Tod» – heroischer Unsinn. Wenn man überhaupt nach einem politischen Gedanken suchen kann, taucht allenfalls in verschiedenen Wendungen immer wieder ein Element auf: das Volk verdient es nicht, daß einer wie Rienzi sich ihm opfert; so denkt der «Volkstribun» selber:

«Ach, Du kennst nicht meine Plagen
Nicht die Sorgen, Pein u. Noth,
Die ich Deinethalb getragen,
Die mich Deinethalb bedroht!
Lange Jahre sonder Wanken
Schritt durch Dornen ich voran –
Ach, vielleicht nicht einmal denken
Wirst Du, was ich Dir gethan!»[6]

Nachdenklich macht diese Andeutung einer Theorie vom «Bevollmächtigen» schon; es ist ein Gedanke, der sich durch alle Arbeiten, alle Jahrzehnte bei Engels verfolgen läßt. Eine für das heutige Spezialistentum erstaunliche Variante der universalen Bildung waren Engels' Sprachstudien. Schon mit 19 Jahren schrieb er an seinen Freund Wilhelm Graeber einen Brief in Englisch, Französisch, Italienisch, Spanisch, Portugiesisch und Holländisch durcheinander. In Tschechisch, Polnisch, Russisch, Schwedisch konnte er sich neben den europäischen Hauptsprachen unterhalten, Sprachstudien in Persisch, Kirchenslawisch und Althochdeutsch beschäftigten ihn. Er übersetzte 1844 für die englische Zeitung «The New Moral World» Heines «Schlesische Weber», nachdem er übrigens, was als Kuriosum vermerkt sei, 1842 in einem anonym in Neumünster bei Zürich veröffentlichten satirischen Gedicht den ihm persönlich noch unbekannten Karl Marx porträtierte:

«Wer jaget hinterdrein mit wildem Ungestüm?
Ein schwarzer Kerl aus Trier, ein markhaft Ungetüm.
Er gehet, hüpfet nicht, er springet auf den Hacken
Und raset voller Wut, und gleich als wollt' er packen,
Das weite Himmelszelt, und zu der Erde ziehn,
Streckt der die Arme sein weit in die Lüfte hin.
Geballt die böse Faust, so tobt er sonder Rasten,
Als wenn ihn bei dem Schopf zehntausend Teufel
faßten.»[7]

Aber auch später bleibt Engels diesen Interessen treu: In den fünfziger Jahren findet sich in einem Brief an Marx der erstaunliche Satz: «Ich sitze jetzt tief im ‹Ulfilas›, ich mußte doch endlich einmal mit dem verdammten Gotischen fertig werden, das ich immer bloß so desultorisch trieb. Zu meiner Verwunderung finde ich, daß ich viel mehr weiß als ich dachte; wenn ich noch ein Hilfsmittel bekomme, so denk' ich in vierzehn Tagen komplett fertig damit zu sein. Dann geht's an Altnordisch und Angelsächsisch.»[8]

Und 1869 heißt es in einem Brief an Marx: «Ich habe mich diese Woche so ziemlich ins Holländisch-Friesische hineingelesen ...»[9] 1860 berichtet er von seiner Beschäftigung mit altdänischen Gedichten, von denen Uhland einige übersetzt hatte. Seine «Geschichte Irlands», 1870, läuft Hand in Hand mit der Beschäftigung für das Vorwort einer Sammlung irischer Lieder, und seine große Untersuchung – «Der Ursprung der Familie, des Privateigentums und des Staates» aus dem Jahre 1884 – geht an entscheidenden Stellen vom Minnesang, vom Nibelungenlied und der Edda aus. Noch 1892 schreibt Engels an Viktor Adler in Wien: «Ich treibe hier Urchristentum, lese Renan und die Bibel ...»[10]

Engels' lebenslange Beschäftigung mit allen erdenkbaren Literaturen zeigt aber gleichzeitig eine akutere, zugespitztere Politisierung. Bis hin zu den gängigen, gelegentlich tabuierten Definitionen sind es wohl Engels' Formulierungen, die dem späteren Mißverständnis vom sozialistischen Realismus Vorschub leisteten. Im Gegensatz zu Marx' eher kulinarischem Verhältnis zur Literatur sucht und fordert Engels politische Relevanz. Seine Ablehnung Heines (und sein lebenslanges Mißtrauen gegen ihn) und seine frühe Parteinahme für Börne zeigen das. Unter dem Einfluß der Lektüre von Börnes «Dramaturgischen Blättern» im Frühjahr 1839 und des daran anschließenden Studiums der großen Börne-Ausgabe, die er eifrig aus Bremen in jene Länder Deutschlands schmuggelte, wo Börnes Schriften polizeilich verboten waren, wandte er sich alsbald gegen Gutzkows weitaus nuanciertere Auffassung von Kunst und Gesellschaft. Ausgerechnet in Gutzkows Zeitung «Telegraph für Deutschland» publizierte er 1840 sein hymnisches Börne-Gedicht «Ein Abend», in dem von Ketten und Käfig und Fürsten und Freiheit die Rede geht. Gegen die elf Jahre zuvor begründete hegelianische Zeitschrift «Jahrbücher für philosophische Kritik» wurde im Januar 1838 ein Organ für die Junghegelianer geschaffen, die «Jahrbücher für Wissenschaft und Kunst», in denen Engels beispielsweise die Einheit historischer und literarischer Entwicklung forderte und schrieb: «In der Literatur gilt jeder nur in seiner Stellung zum Ganzen.»[11] Getreu einer früher (1835) von Börne in den von Engels sorgsam studierten «Dramaturgischen Blättern» erhobenen Forderung, das Drama habe ein Spiegel der Gesellschaft zu sein, besprach Engels nun im «Bremer Morgenblatt für den gebildeten Leser» im Juli 1840 das in Bremen aufgeführte Stück «Richard Savage» von Gutzkow äußerst kritisch.

Doch erst zwei Jahre später folgte die endgültige öffentliche Absage an Gutzkow und das ‹Junge Deutschland› im Namen der Junghegelianer in einer Rezension von Alexander Jungs «Vorlesungen über die moderne Literatur der Deutschen», die Engels in den von Ruge herausgegebenen «Deutschen Jahrbüchern» veröffentlichte, eine Art Parallelausgabe der in Preußen verbotenen «Halleschen Jahrbücher». Engels' Forderung an Gutzkow, in seinen Stücken ideologischen Elementen mehr Raum zu geben und in seiner Prosa «der großen Zeitbewegung» mehr Platz einzuräumen, brachte den Bruch; Gutzkow verabschiedete sich gleichsam von dem nun ganz unter dem Einfluß Börnes und der Junghegelianer stehenden Engels, der Heine einen Schweinigel und neuen Tannhäuser nannte und dessen Buch gegen Börne «nichtswürdig», mit einem Brief vom 6. Dezember 1842 an Professor Jung in Königsberg: «Das traurige Verdienst, den Friedrich Ostwald in die Literatur eingeführt zu haben, gebührt leider mir. Vor Jahren schickte mir ein Handlungsbeflissener namens Engels aus Barmen Briefe über das Wuppertal. Ich korrigierte sie, strich die Persönlichkeiten, die zu grell waren, und druckte sie ab. Seither schickte er manches, das ich regelmäßig umarbeiten mußte. Plötzlich verbat er sich diese Korrekturen, studierte Hegel, legte sich den Namen Ostwald bei und ging zu anderen Organen über. Noch kurz vor Erscheinen der Kritik hatte ich ihm 15 rx nach Berlin geschickt. So sind die Neulinge alle. Uns verdanken sie, daß sie denken und schreiben können, und ihre erste Tat ist geistiger Vatermord.»[12]

Zwei Jahre später allerdings, unter dem Einfluß Marx', der seit 1840 mit Heine korrespondierte und der als Dank für die Publikationen der «Ludwigslieder» in der einzigen erschienenen Nummer der von ihm herausgegebenen «Deutsch-Französischen Jahrbücher» die Korrekturfahnen von «Deutschland, ein Wintermärchen» als Geschenk entgegengenommen hatte, traf Engels in Paris Heine. Und ein Jahr darauf, 1845, entstand die erste gemeinsame Arbeit von Marx und Engels, bereits eine vehemente Kritik der Junghegelianer. So unfertig in jedem Sinne nämlich Marx' eigene literarische Versuche blieben und so rapide sich verändernd das ästhetische Konzept des jungen Engels, so wenig entstand auch je eine geschlossene Arbeit zur Ästhetik, weder vor 1848 noch – natürlich – danach. Die Abhandlung zu Eugène Sues Roman «Die Geheimnisse von Paris» war eher Vorwand oder Exempel: Es ist ein Abschnitt aus jener ersten gemeinsamen Arbeit «Die Heilige Familie oder die Kritik der kritischen Kritik». Kritische Kritik war die ironische Benennung, die Marx und Engels den Junghegelianern anhängten, die sich um die «Allgemeine Literaturzeitung» geschart hatten – also Bruno Bauer, Faucher, Jungnitz, Zychlinski. Vor allem Bauer formulierte dort das ideologische Credo, indem er jene historischen Ereignisse denunzierte, die Massenbewegungen produziert haben, da die geschichtlichen Bestrebungen der Massen nur auf materielle Lebensinteressen gerichtet seien. Dem stellten sie das Ideal des denkenden Individuums gegenüber, das sich über die Massen und über materielle Interessen erhebt. Lenin schrieb über Bruno Bauer: «Die Herrschaften predigten Kritik, die höher stehe als jede Tätigkeit, höher als Partei und Politik, jede praktische Tätigkeit verneint und nur ‹kritisch› die umliegende Welt mit ihren Vorgängen betrachtet.»[13] Bemerkenswert ist hier unter anderem, daß sich diese ausführliche und ins Grundsätzliche gehende Auseinandersetzung an einem in Fortsetzungen (1842 bis 1843 im «Journal des Débats») erschienenen Schauerroman entzündet, der allerdings genügend Elemente spannender

Unterhaltungsliteratur in sich vereinigte, um ein Bestseller zu werden. Kranke warteten mit dem Sterben, Gebärende mit der Niederkunft, Parlament wie Müllabfuhr nahmen die geregelte Tätigkeit nicht auf – bevor, zwei Jahre lang, nicht Morgen für Morgen das «Journal des Débats» ausgeliefert war. Der fieberhafte Erwartungstaumel schlug einem Text entgegen, der in zahllosen Parallelübersetzungen, Broschüren und illustrierten Heftchen verbreitet wurde und über den Théophile Gautier sagte, «alle Welt verschlingt das Buch, auch die Leute, die nicht lesen können»[14]. Diesem Roman galt die einzige ausführliche Analyse von Karl Marx: «Die Geheimnisse von Paris».

Das Buch des Dandy-Schriftstellers der Pariser Amüsiergesellschaft machte Furore wie kaum eines seiner Zeit, war Produkt eines rasch-oberflächlichen Entschlusses wie schließlich Gegenstand ausführlicher Erörterung: in einer Premierenpause am Abend des 25. Mai 1841 machte sich Sue über Félixe Pyat, den Autor des Abends, lustig und hielt die Elendsschilderung von dessen Stück «Les deux Serruriers» für übertrieben; die Einladung zu einem tags darauf erfolgenden Besuch Pariser Armenviertel hatte eine schnelle Bekehrung zur Folge. «Ich bin Sozialist», rief Sue. Noch im selben Jahr machte ihn der Herausgeber des «Journal des Débats» auf eine englische Melo-Kolportage «The Mysteries of London» aufmerksam und auf gute Marktchancen für eine ähnliche Anprangerung der Pariser Großstadtverhältnisse. Vom 19. Juni 1842 bis 15. Oktober 1843 erschienen dann die «Fortsetzung folgt»-Berichte vom unschuldigen Mädchen Fleur de Marie und dem Großherzog Rudolph von Geroldstein, jener Sensationserfolg, mit dem sich Sainte-Beuve kritisch beschäftigte und dem das Erstlingsbuch eines großen Schriftstellers – Zolas «Les Mystères de Marseille», 1867 – Titel wie Idee verdankt. Sue selber wies in seinem Vorwort auf Vorläufer wie Walter Scott und Cooper hin:

«Wir wollen nun versuchen, dem Leser einige Episoden aus dem Leben anderer Barbaren vor Augen zu stellen, die nicht weniger weit außerhalb der Zivilisation stehen als jene wilden Völkerschaften, deren Eigenarten Cooper so glänzend beschrieben hat. Nur daß die Barbaren, von denen wir sprechen, mitten unter uns hausen, daß wir ihnen zu jeder Zeit begegnen können, sobald wir uns in ihre Schlupfwinkel vorwagen, in denen sie sich verbergen, in denen sie sich versammeln, um über Raub und Mord zu beraten oder die Habseligkeiten ihrer Opfer untereinander zu verteilen.

Diese Menschen haben ihre eigenen Sitten, ihre eigenen Weiber, ihre eigene Sprache, eine geheimnisvolle Sprache voll schauriger Bilder, voll abschreckend blutiger Gleichnisse.»[15]

Das Kuriosum ist zu verzeichnen, daß die einzige längere Analyse eines Prosawerks diesem sozialen Krimi galt – man stelle sich vor, Adorno hätte einen Essay über einen in der «Quick» abgedruckten Roman von Hans Habe geschrieben, sagen wir im selben Jahr, in dem die «Blechtrommel» und Aragons «Karwoche» veröffentlicht wurden; denn 1841 bis 1845 waren immerhin nicht nur die großen Romane von Dumas d. Ä. erschienen, sondern auch Eichendorffs und Stifters Novellen, Gotthelfs «Uli der Knecht», Gogols «Tote Seelen» oder Edgar Allan Poes berühmte Stories.

Allerdings hatte die neue Variante, die Sue dem klassischen Schauerroman hinzufügte, nämlich sein Ausflug in bisher nichtliterarisiertes soziales Milieu, in Elend, Trunksucht, Prostitution und Argot auch andere Leser von Rang beschäftigt: Balzac las das Buch, George Sand schrieb dem Autor, Gutzkow wählte ihn zum Vorbild eigener Romane, Bjelinskij schrieb über ihn. Marx und Engels aber meinten eigentlich nicht den Roman, wenn sie über ihn verhandelten, sondern den Verfasser eines Aufsatzes über Sue in der «Allgemeinen Literaturzeitung», der 1844 dort unter dem Pseudonym Szeliga gedruckt wurde. Die rührselige Fabel vom nur äußerlich befleckten, innerlich reinen, vielfach gefährdeten Freudenmädchen Fleur de Marie, die schließlich als leibliche Tochter des Großherzogs Rudolph von Geroldstein erkannt und zur Äbtissin eines Klosters erhöht wird, gibt dem jungen preußischen Literaturadepten Szeliga genug Material, um auf gut junghegelianisch das «kritische Individuum» – natürlich der Fürst – vorzuführen, das die niederen Personen bessert und mit der Gesellschaft versöhnt, sie sogar zu einem Leben christlicher Askese und Demut führt, entsagend ihren Trieben und

Verworfenheiten; während er übrigens nach dem Tod der Äbtissintochter eine leckere und nicht unvermögliche Gräfin heiratet.

Marx denunziert nun nicht etwa diesen mehr als ein Vierteljahrhundert vor Zolas Rougon-Macquart-Zyklus erschienenen sozial-proletarischen Roman, sondern die philosophisch-interpolierende Interpretation; er kritisiert de facto das neu-hegelsche Geschichtsbild, die spekulative Methode, die «wirkliche Menschen in abstrakte Gesichtspunkte» verwandelt.

Dabei unterläuft Marx eine seltsame Umdrehung: Beim polemischen Versuch, ideologische Supra-Strukturen abzulösen von einem Kunstwerk, legt er quasi über den literarischen Text ein neues, ein soziologisch-realistisches Raster. Marx verteidigt bestimmte Handlungsstränge und Romanfiguren, als seien sie real: Rudolph wird beschimpft und attackiert, als habe er getan, was ihn sein Schöpfer, Eugène Sue, tun läßt; immer wieder fallen bei Marx Worte wie «wir betrachten nun die wirklichen Ergebnisse...» oder «unglücklicherweise hat Eugène Sue eine Äußerung des maître d'école über Chorineur aufbewahrt...»[16]. Literatur wird als Wirklichkeit genommen, Realismus – also das allenfalls Vermittelnde – wird für Realität – also das Vermittelte – eingesetzt. Der Autor wird attackiert, als habe er die Taten seiner Figuren *begangen,* nicht *gezeigt,* ihre Gedanken *gedacht,* nicht *vorgeführt.* Der Autor (und seine Kritiker) wird in Verantwortung genommen, nicht nur für sein Werk, sondern auch für die Realität.

Diese Form, Realität «durchschlagen» zu lassen, einzuholen in das Nachgemachte, ins Kunstwerk also, zieht sich als problematische Fragestellung durch sämtliche kunsttheoretischen Erörterungen von Marx und Engels. Ende der fünfziger Jahre aber datiert der letzte Versuch von Marx, eine zusammenhängende Darstellung seiner ästhetischen Reflexionen zu geben. Charles Anderson Dana, der Herausgeber der demokratischen Zeitung «New Daily Tribune», an der Marx von 1851 bis 1856 als europäischer Korrespondent mitarbeitete, bat ihn, eine Seite über Friedrich Theodor Vischers Ästhetik für die «New American Cyclopaedia» zu schreiben. In zwei Briefen an Engels (23. Mai und 28. Mai 1857) spottet Marx zwar über dieses Ansinnen – er beginnt aber trotzdem, Exzerpte aus der dreibändigen Ästhetik zu machen. Die Abhandlung wurde nie geschrieben – aber diese im Mai und Juni 1857 entstandenen Arbeitspapiere können als wesentliche Notate zu bestimmten Gesichtspunkten der Kunst gelten, als Fixpunkte von Marx' Konzeption des Kunstschönen. Elemente der Eugène-Sue-Kritik tauchen wieder auf, und eine Wiederholung respektive Vertiefung dieser Argumente wird in der Sickingen-Debatte[17] zu beobachten sein und selbst in der gleichzeitig entstehenden «Kritik der politischen Ökonomie» (1858), die er selber, zum Beispiel in Briefen an Lassalle, mit der Arbeit an den Vischer-Exzerpten in Verbindung bringt. «Es ist unter allen diesen Umständen für mich am bequemsten, wenn ich in zwanglosen Heften diese Arbeit herausgeben könnte. Es hätte dies vielleicht auch den Vorzug, daß sich eher ein Buchhändler findet, da wenig Betriebskapital so in das Unternehmen gesteckt würde. Du wirst mich of course verpflichten, wenn Du siehst, ob in Berlin ein Unternehmer aufzutreiben. Unter ‹Heften› verstehe ich solche, etwa wie die, worin Vischers Ästhetik nach und nach erschienen ist.»[18] Man muß sich dabei erinnern, daß die gesamte Debatte, ob bei einem linken Hegelianer wie Ruge («Neue Vorschule der Ästhetik», 1837) oder bei rechten Hegelkritikern wie Weiß («Ästhetik», 1830), um das Moment der Schönheit in der Gegenwartskunst ging, um die Frage, ob Gegenwart – und damit zum Beispiel soziale Häßlichkeit – kunstfähig sei. Lukács sagt in seiner Studie über die Marxschen Vischer-Exzerpte dazu:

«Dieser für die Verwirklichung der ‹Schönheit› ungünstige Charakter der Gegenwart muß von der Ästhetik anerkannt werden. Es dürfen jedoch aus dieser Sachlage nicht jene Konsequenzen gezogen werden, die Hegel selbst gefolgert hat, sondern es muß der Schönheitsbegriff so ausgedehnt werden, daß er die Tendenzen der modernen Kunst als ‹Moment› in sich aufnehmen kann. Es muß also der Begriff des Häßlichen als integraler Bestandteil und nicht bloß als Negation des ‹Schönen› in die Ästhetik einbezogen werden. Während für die klassische Ästhetik das Häßliche, als kontradiktorischer Gegensatz des Schönen, außerhalb der Ästhetik liegt, als Negation der ganzen Ästhetik, als das von ihr glatt zu negierende Prinzip gilt, versuchten die von uns angeführten Autoren – die nur die prägnantesten Repräsentanten einer breiten und vielseitigen Tendenz in der deutschen Ästhetik vorstellen – zwischen schön und häßlich ein dialektisches Verhältnis der Gegensätzlichkeit zu konstruieren. Das Erhabene und das Komische sind nur jene Momente des – idealistischen – dialektischen Prozesses, mit dessen Hilfe diese Denker, jeder in verschiedener Weise, die dialektische Aufhebung des Schönen durch das Häßliche und seine dialektische Rückkehr zu sich selbst über die gesetzten und aufgehobenen Momente des Erhabenen und des Komischen, also die dialektische Wiederherstellung des Schönen bewerkstelligen.

Es ist keine Frage: diese Problemstellung ist ein Fortschritt über Hegel hinaus.»[19]

Unter diesem Gesichtspunkt ist auch Marx' Konspekt zu verstehen, der ja kommentarlos zitiert: was aber von Vischer (der später ein Bismarck-Anhänger wurde) ausgeschrieben wurde, zeigt den Ansatzpunkt der beabsichtigten Kritik von Marx an Vischer, der in seiner positivistischen Position hinter Hegel zurückblieb; Marx exzerpiert aus den §§ 388 bis 398 der Vischerschen «Ästhetik»: «Durch die Tätigkeit der Phantasie entsteht das reine Schönheits-Ideal im Sinn des zunächst inneren Bildes, das den Geist als sein durch Umbildung eines Naturschönen frei geschaffnes Werk sich in vollendeter Objektivität gegenüberstellt.»[20]

An anderer Stelle: «Das Schöne aber wesentlich Erscheinung, für ein anschauendes Subjekt. Die Phantasie selbst fühlt diesen Mangel als Drang zur Auflösung. Entstehn soll ein 3-tes, objektiv wie das Naturschöne, subjektiv wie die Phantasie.»[21]

Allein aus diesen Bruchstücken geht der idealistische Ansatzpunkt hervor, eine Art liberales Versöhnungsideal der Kunst; der Begriff Arbeit beispielsweise taucht nicht auf – und Arbeit wäre ja nur Chiffre für Realität, für Sprengkraft, für Wirkung innerhalb der Kunst und, konsequenterweise, aus ihr heraus. Diese politisch wie ästhetisch liberale Position wird noch deutlicher an Vischers Sue-Kritik, die diametral entgegengesetzt der von Marx ist. Für Vischer «wird die Umgestaltung Deutschlands im Sinne des Liberalismus die sozialen Fragen lösen – bis dahin liegt die Versöhnung und mit ihr die Aufhebung des Häßlichen in die wiederhergestellte Schönheit nur in Hoffnungen und Forderungen an die Zukunft; das heißt für Vischer außerhalb der Kunst».[22] Vischer also kritisiert «Die Geheimnisse von Paris» von rechts: «Wir verlangen, wenn von einer wahrhaft ästhetischen Durchführung die Rede sein soll, ein Bild, welches einen Prozeß der Bewegung in sich darstellt, einer Bewegung, welche durch Schauer und Elend *zu einem versöhnenden Schlusse* führt.»[23]

Das ist letztlich ganz im Sinne Sues – genau das, was Marx kritisierte. Marx hält das aus Ludwigs XIV. «Ah! si le roi le savait» abgewandelte Bürgermotto «Ah! si le riche le savait» für falsch, für das Protokoll eines naiven Verhältnisses zwischen Arm und Reich, das den realen historischen Zuständen, zumindest in Frankreich und England, nicht mehr gerecht wird. Die klassische Formel des Liberalismus, «Alles für das Volk, nichts durch das Volk», ist für Marx eine anachronistische Höflichkeit – die Massen selber haben Kraft, sich ihr Glück zu erobern; realistisch wäre im Sinne von Marx, daß – auch schon bei Sue – gezeigt wird, daß die Massen sich ihre Wirklichkeit selber formen. Es soll nicht «die Armut des Volkes» geschildert und gemildert werden, sondern das Volk selber soll die Ursachen der Armut beseitigen. Wenn für Vischer Sues Roman zu realistisch ist, so kritisiert Marx gerade den Mangel an Realismus in der sentimentalen Elendsmalerei: Realismus ist für Marx die Darstellung des Möglichen, nicht des Realen.

Diese Konzeption wird auch ganz deutlich in jenem berühmten Engelsschen Brief an Miss Harkness: «Wenn ich etwas zu kritisieren habe, so ist es dies, daß die Erzählung vielleicht doch nicht realistisch genug ist. Realismus bedeutet, meines Erachtens, außer der Treue des Details die getreue Wiedergabe typischer Charaktere unter typischen Umständen. Nun sind Ihre Charaktere typisch genug, soweit sie geschildert werden; aber die Umstände, die sie umgeben und handeln lassen, sind es vielleicht nicht in gleichem Maße. In dem ‹City Girl› figuriert die Arbeiterklasse als eine passive Masse, die unfähig ist, sich zu helfen, und nicht einmal einen Versuch macht, danach zu streben, sich zu helfen. Alle Versuche, sie aus ihrem stumpfen Elend herauszuziehen, kommen von außen, von oben.»[24]

Engels' Abwehr gegen die Versuche «von außen oder oben» bezieht sich aber auch auf die Funktion des Autors. Er fordert nicht, daß der Schriftsteller seine eigene Meinung proklamiert – der politisch-ideologische Standpunkt des Autors soll ausschließlich durch seine Figuren, sein Thema, seine Gestaltung virulent werden. Tendenzliteratur ist für Engels keineswegs identisch mit Propaganda. In seinem Brief an Minna Kautsky findet Engels zu einer erstaunlichen Formulierung: «Aber ich meine, die Tendenz muß aus der Situation und Handlung selbst hervorspringen, ohne daß ausdrücklich darauf hingewiesen wird, und der Dichter ist nicht genötigt, die geschichtliche zukünftige Lösung der gesellschaftlichen Konflikte, die er schildert, dem Leser in die Hand zu geben.»[25]

Das klassische Exempel einer solchen Literatur von sozialer Relevanz ohne bewußtes Zutun des Autors, möglicherweise gar gegen seine eigene politische Position, ist für Marx und Engels Balzac. In ihm sehen sie den Musterfall des Schriftstellers, dem der Realismus – also die Fixierung von Bewegungsgesetzen der Geschichte – gleichsam «passiert», der selber nicht denkt, was er schreibt, dem in der Prosa eine gesellschaftliche Progressivität «unterläuft», die er im Leben nicht hatte, sogar ablehnte. Ähnlich Lenins späterem Aufsatz über Tolstoj, versucht Engels, diesem Moment des «Eigentlichen» im Kunstwerk nachzugehen, der spezifischen Wirkung des Künstlerischen. Gleich dem an geistige Völlerei erinnernden gargantuesken Lesehunger von Marx, dessen Wohnsitz in Wahrheit der Lesesaal des British Museum war, hatte auch Engels das gesamte Balzacsche Romanwerk durchgearbeitet, das schon Gutzkow in seinen «Beiträgen zur neuesten Literatur» als die Dichtung «einer neuen Maschinerie des Geldes» gefeiert hatte.

Die Frage bleibt, ob Engels nicht von einem Präjudiz ausgeht und Zusammenhänge im Werk Balzacs sieht, die ihm nicht immanent sind. Peter Demetz hat ja in seiner Studie «Marx, Engels und die Dichter» schon angedeutet, daß Wladimir Gribs Annahme, ohne die «Comédie Humaine» hätte «das erste Kapitel des ‹Kommunistischen Manifests› vielleicht nicht so klar und voll starken Gleichmuts geklungen», mit Vorsicht zu prüfen sei, da das «Kommunistische Manifest» aus den Jahren 1847/48 stammt, sich aber eine Beschäftigung mit Balzac bei Marx und Engels nicht vor 1852 belegen läßt. Mehr noch: gerade Balzacs Stellung zu dem gescheiterten republikanischen Aufstandsversuch, der mit dem Namen Cloitre Saint Méry verbunden ist, liest sich in seinen Romanen «Un grand homme de province à Paris» und «Les secrets de la Princesse de Cadignan» eher zwiespältig. Die laut Engels von Balzac «bewunderten republikanischen Helden von Cloitre Saint Méry» heißen bei ihm aber «les jeunes insensés»: die jungen Toren, und Balzac bewundert Michel Chrestien, den jungen Helden, der auf den Barrikaden fällt (und dessen Name kein Zufall sein wird), und der «für fremde Überzeugungen, nicht die seinen» fällt.[26]

Die Konzeption vom Balzacschen Realismus spielt eine eminente Rolle im marxistischen Literatur-Verständnis, verlängert bis hinein in die Interpretationen Thomas Manns, Kafkas oder Becketts. Es ist darum interessant, sich an die Gemeinsamkeit beziehungsweise die Divergenzen zwischen Balzac und dem von ihm sehr bewunderten Stendhal zu erinnern. Bekanntlich schrieb Balzac ja im Jahre 1840 eine emphatische Kritik über Stendhals «Chartreuse de Parme» – eine Art Erhebung in den literarischen Adelsstand für den relativ unbekannten Stendhal, der nichtsdestoweniger zwei Monate später in einem ausführlichen Brief dieses Lob quasi kanalisiert, indem er es nämlich nicht durchweg akzeptiert. Balzac machte in seinem Aufsatz den Unterschied zwischen der «Literatur der Ideen», zu der er Stendhal zählt, und der «Literatur der Bilder», die er für sich wie für seine Vorbilder Victor Hugo, Chateaubriand in Anspruch nimmt, sich selber übrigens am liebsten zu einer Zwischengattung bekennend, wo er sich vereint sieht mit Walter Scott, George Sand und Mme. de Staël. Balzac wehrt die Ideenliteratur energisch ab und sagt: «Ich glaube nicht, daß ein Bild der modernen Gesellschaft möglich ist mit der strengen Verfahrensweise der Literatur des 17. und 18. Jahrhunderts.»[27]

Und wenn er diese Häufung der Ideen im «Gil Blas» ermüdend nennt, muß man auch an Diderots berühmten Neveu des Monsieur Rameau denken – der aber eben *durch Ideen* und keineswegs durch Bilder oder dramatische Begebnisse ein perfektes Gesellschaftsbild gab und von dessen Autor Balzac einmal sagte, daß er kein Schriftsteller war. Tatsächlich ist Stendhal eher in dieser Tradition zu sehen und sieht sich auch selber dort. Er lehnt die Romantik bewußt ab, rät einem jungen Autor, «De L'esprit» von Helvetius zu lesen. Balzacs Stilideale wie Chateaubriand haßt er, für ihn sagen sie «sehr viele kleine angenehme Sachen, die aber überflüssig zu sagen waren, und sehr viele kleine Falschheiten, die angenehm zu hören sind»:

«Als ich siebzehn Jahre alt war, hatte ich beinahe ein Duell wegen der ‹Atale› von Chateaubriand. ... De Maistre kann ich nicht ausstehen. ... Ohne Zweifel bin ich aus übertriebener Liebe zur Logik ein so schlechter Schriftsteller. ... Wenn Madame Sand die ‹Kartause› ins Französische übersetzt hätte, so hätte sie Erfolg gehabt. Aber, um das auszudrücken, was sich in den gegenwärtigen zwei Bänden befindet, hätte sie drei oder vier Bände gebraucht. Erwägen Sie diese Entschuldigung.»[28] Und an anderer Stelle sagt er ähnliches über Balzac selber, dessen Bilder-Literatur ihm eben gerade wenig Realität, wenig Parteinahme vor allem zu enthalten schien: «Manchmal überlege ich eine Viertelstunde, ob ich ein Adjektiv vor oder nach dem Hauptwort stellen soll. Ich bemühe mich wahr und klar zu erzählen, was in meinem Herzen vorgeht. Ich sehe nur eine Regel: klar zu sein. Wenn ich nicht klar bin, so ist meine ganze Welt vernichtet.»[29]

Diese Klarheit – clarté ist ja ein Schlüsselwort französischen aufklärerischen Denkens bis hin zu Barbusse – prägt auch Stendhals Charaktere. Bei ihm, wie bei Balzac, sind die Helden seiner Bücher junge Leute, die noch die intellektuelle Tradition der «heroischen Epoche» aufnahmen, sich aber mitten in der Restauration befinden (Rastignac, Lucien de Rubempré). Balzacs Helden durchstehen ihre moralischen oder geistigen Krisen nicht, fügen sich ein in den Mechanismus des sich kapitalisierenden Frankreichs. Und Vautrin, dieser episch-kulinarische Mephisto, siegt mit seiner kriminalisierenden Verführungskunst immer: die Menschen lassen sich korrumpieren und degradieren.

Auch bei Stendhal spricht der Graf Mosca versucherisch zu Fabrice und gibt jenes Bild einer verkommenen Gesellschaft, deren Spielregeln nicht einzuhalten einem Suizid ähnlich ist. Aber Stendhal tut, was Realismus eigentlich genannt werden kann: er schreibt vom Unwahrscheinlichen, nicht vom Wirklichen, aber vom Wahren im Sinne des Wünschenswerten: seine Helden opfern ihre Seele nicht, sondern scheiden aus der Gesellschaft aus; sie sind gerettet, nicht gerichtet. Stendhal geht über die Realität hinaus, er gibt Hoffnung. Und tatsächlich war er – im Gegensatz zum reaktionären Royalisten Balzac – voller Hoffnung auf eine Aufstiegsperiode der Bourgeoisie, auf eine Zeit, da sich die Ideale der Revolution und nicht der Restauration verwirklichen könnten. Georg Lukács hat diese Hoffnung auf die Zeit um 1880 einmal sehr klug «gegenwartspessimistischen Humanismus» genannt, der auch in der literarischen Konzeption von Schicksal und Held bei Stendhal zum Ausdruck kommt. Das innere Spannungsfeld dieses Begriffs definiert präzise das, was Realismus meinen kann: Fixierung des Augenblicks und Prophetie einer Möglichkeit. Stendhals satirischer Realismus, seine Literatur der Ideen, ist der der Bilder – also Balzac – nicht nur stilistisch überlegen, sondern auch an Wahrheitsgehalt im Sinne sozialer Relevanz.

Es erhebt sich die Frage, inwieweit man zu frühem Zeitpunkt bereits, quasi zur Geburtsstunde einer marxistischen Ästhetik, von festumrissenen ideologischen Positionen ausgeht, an denen ein Kunstwerk gemessen wird, statt von der Struktur und den Evidenzen des Werkes selber. Der berühmte Briefwechsel, den Marx und Engels mit Ferdinand Lassalle über sein Drama «Franz von Sickingen» führten, gibt über diese entscheidende Frage zur marxistischen Kunsttheorie einige Auskunft.

Als im März 1859 der 34jährige Ferdinand Lassalle sein Drama «Franz von Sickingen» aus Berlin an Karl Marx, dessen «Kritik der politischen Ökonomie» soeben erschienen war, nach London schickte, war er längst kein Unbekannter mehr; seit den

Tagen des Vormärz mit Marx per Du, seit seiner aktiven Teilnahme an der Revolution von 1848 ständig unter den Arbeitern agitierend, Verfasser zahlreicher Broschüren und Aufrufe, gründete er schließlich ein Jahr vor seinem Tode, 1863, die erste große deutsche Arbeiterorganisation ‹Allgemeiner Deutscher Arbeiterverein›, deren Präsident er wurde. Sein Stück, von dem er an Engels beschwörend schrieb, es würde sein einziges bleiben, aber dieses einzige habe er schreiben *müssen*, es sei ihm «von oben her bestimmt» gewesen, will verstanden werden als eine kritische, genauer gesagt selbstkritische Auseinandersetzung mit der gescheiterten Revolution. Marx rückte diese Einsicht an den Anfang seines Briefes: «Die beabsichtigte Kollision [zwischen Sickingen und dem Fürsten, F. J. R.] ist nicht nur tragisch, sondern ist die tragische Kollision, woran die revolutionäre Partei von 1848/49 mit Recht untergegangen ist.»[30]

Worum geht es? Lassalle zeichnet die Geschichte des deutschen Feldhauptmanns Franz von Sickingen als die Geschichte des Revolutionärs, der zwischen den Klassen steht, der sich von seiner Klasse ideologisch, aber nicht existentiell gelöst hat, der aber die Masse, die die Revolution tragen könnte, nur als Objekt der Befreiung sehen kann, nicht als handelndes Subjekt. Eine Revolution «von oben» also. Den Konflikt formuliert Lassalle in seinem «Aufsatz über die tragische Idee» des Stückes, den er dem Brief an Marx beilegte.

Marx, in nicht überraschender, aber doch bemerkenswerter Übereinstimmung mit Engels, der vier Wochen später an Lassalle schreibt, rügt höchst empfindlich zweierlei: einen Schillerschen (also Kantschen) Personenidealismus, also die Konstruktion einer Individualtragödie statt eines Revolutionsdramas wenigstens im Sinne der Shakespeareschen Hauptaktion, die viele plebejische Elemente ins Stück einbezieht; und damit eben zusammenhängend die Nichtbetonung der plebejisch-Münzerschen Opposition gegenüber der lutherisch-ritterlichen. Marx fordert mehr aktives Handeln der Bauernvertreter und der revolutionären Elemente in den Städten. Er fordert, wie Lassalle dann in seiner Erwiderung schrieb, ein anderes Stück. Engels, wie meist, ist noch expliziter und geht weiter und betont sogar, daß es gar nicht darauf ankomme, ob man etwa eine Verbindung Sickingens zu den Bauern historisch belegen kann.

Wir sind also wieder mitten in der Realismusdebatte. Lassalle läßt sich sehr gründlich und wohl begreifend, daß er hier eine sich vom eigentlichen Anlaß bereits ablösende grundsätzliche Debatte beginnt, auf dieses Argument ein und versucht, die Grenzen zu ziehen, die ein Autor – wie auch ein Historiker – bei der Herauslösung des historisch Wesentlichen nicht überschreiten darf:

«Er darf seinem Helden keine Anschauungen leihen, welche über den Horizont der ganzen Zeit, in der er lebte, hinausgehen. Tut er dies, so wird er unhistorisch, wird tendenziös im schlechten Sinne ... Reale Vorgänge im historischen Gebiet zu ersinnen, das halte ich für schlechterdings unstatthaft. Innere Zwecke, die sich in den Tatsachen nicht deutlich ausgesprochen zu haben brauchen und, solange diese Zweideutigkeit möglich ist, einem in die Seele hineinzulegen, in der niemand liest, halte ich für sehr erlaubt. Aber derartige reale Körperlichkeiten, Überwerfungen mit seiner Partei, Konflikte und Streit über seine Bauerntendenzen mit anderen Adligen – dies und lauter solche körperliche Züge wären doch nötig gewesen, der Geschichte hinzuzudichten, wenn nicht das geringste davon noch vorgefallen – das halte ich für unerlaubt.»[31]

Leider gibt es weder von Marx noch von Engels eine Antwort auf Lassalles langen Brief außer jener kurzen, ironischen Notiz von Marx an Engels aus dem Jahre 1859, in der er sich über den «Wald engbeschriebener Seiten» lustig macht und über die Zumutung, «unter diesen welthistorischen Zuständen» das zu lesen. Zwar ist Engels' Studie zu den deutschen Bauernkriegen aus dem Jahre 1850 bekannt, in der er sagt:

«Es ist das schlimmste, was dem Führer einer extremen Partei widerfahren kann, wenn er gezwungen wird, in einer Epoche die Regierung zu übernehmen, wo die Bewegung noch nicht reif ist für die Herrschaft der Klasse, die er vertritt ... Er findet sich so notwendigerweise in einem unlösbaren Dilemma: was er tun kann, widerspricht seinem ganzen bisherigen Auftreten, seinen Prinzipien und den unmittelbaren Interessen seiner Partei; und was er tun soll, ist nicht durchzuführen. Er muß im Interesse der Bewegung selbst die Interessen einer ihm fremden Klasse durchführen und seine eigene Klasse mit Phrasen und Versprechungen, mit der Beteuerung abfertigen, daß die Interessen jener fremden Klasse ihre eigenen Interessen sind. Wer in diese schiefe Stellung gerät, ist unrettbar verloren.»[32]

Aber damit ist keine Antwort auf das Problem, auch nicht auf unsere Fragestellung gegeben – das ist die Fragestellung des Verhältnisses von Wahrheit und Wirklichkeit. Lassalle benutzt eine übersehbare historische Situation, um aus ihr eine tragisch-revolutionäre Grundidee herauszufiltern, um einen Konflikt darzustellen, der keineswegs *an eine bestimmte* Revolution gebunden ist, sondern der, wie er sagt, der «innerste und ewig wiederkehrende Konflikt des revolutionären Handelns und seiner Notwendigkeit ist – kurz die Tragödie der formalen revolutionären Idee par excellence»[33].

Er wehrt sich emphatisch gegen eine Manipulation geschichtlicher Fakten, vor allem gegen die immer wieder auftauchende Behauptung der progressiven Tradition der Bauernbewegung, die er «ebenso reaktionär, durch und durch, wie die historische Adelspartei» nennt. Die Bauern wollten ja nichts anderes als Grundbesitz – freien Grundbesitz – und ein Reich solcher Grundbesitzer, an ihrer Spitze den Kaiser. Sie kämpften gegen den *Miß*brauch ihres Standes, aber für den sinnvollen *Ge*brauch.

Während also Lassalle seine Wahrheit aus interpretierter Wirklichkeit, aus Bewegungen, verdeutlichten Tendenzen der Realität zu ziehen suchte – wollten Marx und Engels ihre Wahrheit einer in diesem Sinne interpretierten Wirklichkeit aufstülpen, Wirkmuster und Bewegungslinien eines quasi postumen Ideenentwurfs hineinverlagern in die Realität. Realismus war für sie nicht die überhöhte Darstellung dessen, was allenfalls möglich gewesen war, sondern die dargestellte Überhöhung dessen, was gegebenenfalls hätte sein müssen.

Natürlich erwartet man, daß in dieser ganzen Debatte irgendwann der Name Büchner fällt. Es ist zwar ein Vierteljahrhundert her, daß der 21jährige die illegale revolutionäre Organisation ‹Gesellschaft der Menschenrechte› gegründet und seine

Flugschrift «Der Hessische Landbote» herausgegeben hatte; aber Gutzkow hatte ja Teile des «Danton» gedruckt, und die revolutionären Bauernbewegungen in Hessen 1819, bei denen Bauernburschen im Odenwald sich versammelt und Thomas Münzersche Trutzlieder gesungen hatten, finden schließlich ihre Wiedergeburt in einer zweiten Aufstandsbewegung gegen den Großherzog Ludwig II. von Hessen und dessen brutale Steuerpolitik. Das berühmte Blutbad von Södel beschreibt Georgs Schwester Louise in ihrer «Deutschen Geschichte»:

«Unter Trommelschlag, unter stetem Anschwellen ihrer Haufen und den Rufen: ‹Freiheit und Gleichheit› zogen die Bauerntrupps von Ort zu Ort. In Büdingen zwangen sie den Grafen Isenburg, eine Strecke weit mit ihnen zu ziehen, von da wandten sie sich gegen Ortenberg, zerstörten in Nidda das Haus des Landrichters und breiteten sich dann in drei Richtungen nach der Wetterau, dem Vogelsberg und nach Butzbach hin aus. Das traurige Zwischenspiel fand dort ein Ende, während man sich in Darmstadt im Schlosse schon zur Flucht vorbereitete und selbst der Bundestag in Frankfurt gezittert hatte. Der Prinz Emil, ein Bruder des Großherzogs, wurde nach Oberhessen entsendet, und die Militärkolonnen sollten den Aufstand einschließen, als ein blutiges Zusammentreffen bei dem Dorfe Södel die Sache schnell beendigte, aber eine furchtbare Erbitterung zurückließ. Die Dragoner, die man von Butzbach berufen, hatten ohne weiteres, vor der gesetzlichen Aufforderung an die Leute, auseinanderzugehen, in das unbewaffnete Volk scharf eingehauen und dabei Leute verletzt und getötet, die sich gerade bemühten, die Haufen durch vernünftiges Zureden zu zerstreuen!»[34]

Und Büchner, dessen «Hessischer Landbote» von Pfarrer Friedrich Ludwig Weidig entschärft, wenn auch mit Bürgers trotzigem Balladenvers:

«Ha! Du wärst Obrigkeit von Gott?
Gott spendet Segen aus; du raubst!
Du nicht von Gott Tyrann!»[35]

geschmückt worden war, hatte immerhin das erste Mal Statistik zur Waffe im revolutionären Kampf gemacht.

Doch vielleicht war es eben dieser sorgsame Umgang mit den realia, der Büchner bald an der Möglichkeit einer echten Revolte, geschweige denn einer Revolution, zweifeln ließ. Das Huhn im Topf ließ den gallischen Hahn in den Bauern matt werden; sehr ähnlich jenem Argument Lassalles über die Richtung der Bauernunruhen des 16. Jahrhunderts, die Richtung auf den Grundbesitz nämlich, klingt Büchners Bemerkung zu seinem Freund und Mitkämpfer August Becker: «Sollte es den Fürsten einfallen, den materiellen Zustand des Volkes zu verbessern, sollten sie ihren Hofstaat, der ihnen fast ohnedem unbequem sein muß, sollten sie die kostspieligen stehenden Heere, die ihnen unter Umständen entbehrlich sein können, vermindern, sollten sie den künstlichen Organismus der Staatsmaschine, deren Unterhaltung so große Summen kostet, auf einfachere Prinzipien zurückführen, dann ist die Sache der Revolution, wenn nicht der Himmel sich erbarmt, in Deutschland auf immer verloren!»[36]

Am Abend des 3. September 1830 trifft auf der Durchreise nach Paris ein Chronist in Darmstadt ein, Ludwig Börne, der dann im ersten seiner «Briefe aus Paris» den Eindruck von diesen revolutionären Bewegungen fixiert: «Ich mußte lachen, als ich nach Darmstadt kam und mich erinnerte, daß da vor wenigen Tagen eine fürchterliche Revolution gewesen sein soll, wie man in Frankfurt erzählte. Es ist eine Stille auf den Straßen gleich der bei uns in der Nacht, und die wenigen Menschen, die vorübergehen, treten nicht lauter auf als die Schnecken. Erzählte man sich sogar bei uns, das Schloß brenne, und einer meiner Freunde stieg auf den hohen Pfarrturm hinauf, den Brand zu sehen! Es war alles gelogen. Die Bürger sind unzufrieden, aber nicht mit der Regierung, sondern mit den Liberalen in der Kammer, die dem Großherzog seine Schulden nicht bezahlen wollen. Das ist deutsches Volksmurren, das laß' ich mir gefallen; darin ist Rossinische Melodie. Die Theaterwache in Darmstadt war gewiß fünfzig Mann stark. Ich glaube, auf je zwei Zuschauer war ein Soldat gerechnet ... Diese kleinen deutschen Fürsten in den Nußschalresidenzen sind gerüstet und gestachelt wie die wilden Kastanien.»[37]

Und es kann gar kein Zweifel darüber bestehen, daß diese Erfahrungen Büchners Revolutionsbegriff, sein Verständnis historischer Abläufe wesentlich prägten. Im November 1833 schrieb er seiner Braut aus Gießen: «Ich studierte die Geschichte der Revolution. Ich fühlte mich wie zernichtet unter dem gräßlichen Fatalismus der Geschichte. Ich finde in der Menschennatur eine entsetzliche Gleichheit, in den menschlichen Verhältnissen eine unabwendbare Gewalt, allen und keinem verliehen. Der einzelne nur Schaum auf der Welle, die Größe ein bloßer Zufall, die Herrschaft des Genies ein Puppenspiel, ein lächerliches Ringen gegen ein ehernes Gesetz, es zu erkennen das Höchste, es zu beherrschen unmöglich.»[38]

Kein Wunder, daß sich Erkenntnisse und Zweifel dieser Art schließlich in den Formulierungen Dantons wiederfinden, der zerrissenen Hauptgestalt jenes Stücks, das Büchner 1835 – unter Polizeibewachung – heimlich im Hause seines Vaters in fünf Wochen niederschrieb. Natürlich ist sein Danton kein Lassallescher Franz von Sickingen; aber genau dessen Problematik, genau jene Grundidee, wie sie Lassalle selber formulierte, ist in gewisser Weise auch die Grundidee des «Danton», der schließlich sagt: «Puppen sind wir, von unbekannten Gewalten am Draht gezogen; nichts, nichts wir selbst.»[39]

Diese Erkenntnis eines, der mit 34 Jahren die Guillotine besteigt, identisch offenbar mit der Lebenserfahrung und Erkenntnis eines, der dies mit 22 Jahren niederschrieb und zwei Jahre später starb, ist, in der Summe, die Erkenntnis zweier aktiver Revolutionäre. Engels' zitiertes Verdikt über den zu früh gekommenen Revolutionär trifft hier nicht zu, allenfalls Lassalles Feststellung über die zu spät gekommene, weil historisch nicht präparierte, also nicht interessierte Masse – eine Feststellung, die auch von Lukács in seiner bemerkenswert einseitigen Studie zur Sickingen-Debatte attackiert wird[40]. Auch für ihn ist das plebejische Element, weil politisch als richtig erkannt, nicht etwa nur Forderung an die Geschichte, sondern auch an das Kunstschöne. Noch in der Auseinandersetzung mit Franz Mehring, der auf die besessene Shakespeare-Liebhaberei von Marx hinwies, spielt dieser «Klassenstandpunkt», wie wir bei der Erörterung über Mehrings Konzept sehen werden, eine wesentliche Rolle. Und es ist typisch, daß eben Büchner, der ja sein großes Revolutionsdrama durchaus unter dem Eindruck «hessischer Zustände» – also deutscher Wirklichkeit – schrieb, von Marx nie je mit einem einzigen Wort erwähnt wird. Sozialkitsch wie «Die Geheimnisse von Paris», Propagandabücher wie «City Girl» oder des Parteigängers Lassalle künstlerisch ganz unerhebliches Stück waren analytische Gegenstände. Das einzig relevante, den polyglotten Viellesern Marx und Engels doch zweifellos bekannte deutsche Revolutionsdrama bleibt unbeachtet. Es endet, nachdem Dantons Kopf rollte und während Lucile abgeholt wird, mit dem traurig-bitteren Satz «Es lebe die Republik».

Kein Zufall, daß die beiden Namen, Lassalle und Büchner, erstmals von einem Schriftsteller einander nahe gerückt werden, der Psychologie und Individualität stets für den Menschen reklamierte: Ludwig Marcuse kommt in seiner Studie «Die marxistische Auslegung des Tragischen» zu einem ganz konsequenten Finale: «Einer von diesen Tragikern stand dem Revolutionär Lassalle vor allem nahe: der Revolutionär Büchner. Beide hatten dasselbe Problem: wie kann man mit der tragischen Erkenntnis von dem ‹tiefen dialektischen Widerspruch› ‹in der Natur alles Handelns, zumal des revolutionären›, kämpfen und Menschen zum Kampf anfeuern? Der große Dramatiker Büchner hatte die Kraft, diese unlösbare Frage nicht zu lösen – und klassisch zu gestalten: in seiner revolutionär-nihilistischen Existenz und in ‹Dantons Tod›. Lassalle, unter dem Druck der Tradition, die ihn nie ganz freiließ, ließ sich zu einem Kompromiß verleiten. Er zeigte die unaufhebbare Tragik aller Revolutionen – und tat dann, als ob sie aufhebbar wäre.»[41]

Sein Aufsatz ist Warnung vor der fortschreitenden Bagatellisierung des Individuums, in dem Marx und Engels nur mehr Exponenten sozialer Mächte sehen. Tatsächlich haben Tod, Individuum und Tragödie jeden Sinn verloren, wo das Ende eines Menschen nicht mehr Katastrophe per se, sondern nur abgestorbener Teil einer Gattung ist. «Mit der Leugnung des Eigenwerts eines Individuums und der Wichtigkeit seines Lebens ist die Tragödie am Ende.»[42]

Wo und wann immer sachliche Interpreten – nicht Hagiographen – sich mit dem Konflikt zwischen Marx/Engels und Lassalle befaßten, sahen sie den Kern dieser Auseinandersetzung dort. Shlomo Na'aman, der kenntnisreiche Biograph Lassalles, meint in seiner Untersuchung mit dem bereits bezeichnenden Titel «Führung und Masse – ein Problem der Demokratie», daß hier der Ausgangspunkt zu einer Studie über Marx' und Engels' ästhetische Auffassung liege, und definiert sehr präzise den Differenzpunkt: «Lassalle beschäftigt sich nicht mit der führenden Schicht dieser oder jener Revolution und mit deren Scheitern aus politischem Unverstand und theoretischem Unvermögen, das er intellektuell oder klassenmäßig begründen möchte, sondern er beschäftigt sich mit der Führerperson, dem Individuum, und dadurch wird seine ganze Haltung Marx und Engels zuerst unverständlich und dann unannehmbar.»[43]

Karl Marx' Verhältnis zum Tod ist das einer Abwehrstellung. Mit dem Zynismus, den er sich in jenem Entschuldigungsbrief an Engels nach dem Tod von dessen Lebensgefährtin selber bescheinigt und hinter den er sich fast regelmäßig angesichts des Phänomens Tod verkriecht, weist er den Gedanken vom Schicksal des Individuums von sich; nicht *der* Mensch, sondern *die* Menschen. Das Individuum ist Teil einer Gesamtheit. Schon der 26jährige proklamiert, daß der Mensch nicht vollends stirbt: «Der Tod scheint als ein harter Sieg der Gattung über das Individuum und ihrer Einheit zu widersprechen; aber das bestimmte Individuum ist nur ein *bestimmtes Gattungswesen,* als solches sterblich.»[44] Marx hat sich sehr selten und wenig programmatisch zum Phänomen des Todes geäußert; aber dieser Gedanke ist an verstreuten Stellen doch immer wieder aufspürbar – daß, wer kein anderes Leben als das eingeengte eigene lebt, wer nicht teilhat am Leben des anderen, am allgemeinen Leben, sich bedroht sehen muß durch das Verlöschen des Lebens, eben diesen *seinen* Tod. In seinen Arbeiten zu Plutarch hat der Student Marx den Satz formuliert: «Allein das Leben vergeht ja nicht, sondern dies einzelne Sein.»[45]

Dieses Menschenbild, das marxistisches Denken prägt bis hin zum Credo des kommunistischen Schriftstellers Louis Aragon «man stirbt nicht, denn es gibt die anderen», birgt zweierlei in sich: Praxispostulat und Menschenverachtung. Die Hinwendung zum Tun als letztem Ziel der Weisheitserschreitung ist bereits Gebot des Talmud – «hierauf, nur hierauf kommt es letztlich an: auf das Tun» – und ist Bestandteil des Gestus der Prophetie; denn das Gefühl, Kinder der Väter zu sein und Ahnen der Enkel, erhöht und reduziert den einzelnen zugleich: er ist Stafettenträger einer Mission und entbehrliches Glied einer Kette. Dem Vagen der Prophetie entspricht die Unterordnung des einzelnen. Karl Marx ist hier ein anderes Mal in das kategoriale System jüdischen Denkens eingebettet. Für den Propheten steht der Tag der Erfüllung nicht fest, es ist eine allgemeine Zukunft wie die Zukunft der Allgemeinheit – an ihr werden Gegenwart wie Vergangenheit analytisch gemessen; wenn auch der exakte Zustand dieser verheißenen Zukunft nicht definierbar ist – der Alltag, das *tätige, gemeinsame* Leben ist auf sie ausgerichtet. Dies ist das innerste Zentrum des Marxschen Konzepts vom Tode – und keineswegs, wie es eine auf banale Weise sich «modern» gebende Theologie gelegentlich will, der Gedanke, Tod als Urteilsspruch und konsequentes Ende der Ausbeutung.

Hier liegt die Ursache für eine der erschreckenden Leerstellen sozialistischer Literatur. Tod als bestürzende Endgültigkeit, Existenz als Leben zum Tode hin gibt es nicht. Tod als Tötung, Sterben als Zu-Tode-Kommen, Ende als Opfer – das ja. Bedrohung und Vergeblichkeit – das nicht. Von Maxim Gorkijs Drama «Die Feinde» aus dem Jahre 1903, in dem der Genosse, der einen Fabrikbesitzer erschoß, für «wichtiger und wertvoller» erklärt und statt seiner ein junger – also «unwichtiger und wertloser» – Genosse dazu bestimmt wird, sich als Täter zu melden, bis zu Bertolt Brechts Stück «Die Maßnahme», das genau dieses Thema des «verordneten» Todes aufnimmt: der einzelne gilt nicht. Wie Eros auf Fortpflanzung reduziert wird, so Tod auf das Ende des Aktionsradius. Mir scheint das viel entscheidender als etwa die Feststellung, daß es zwei Hegelianer waren, die miteinander stritten – Lassalle, der Hegels Theorie der welthistorischen Persönlichkeit und dessen These von der «List der Vernunft» vertritt, und Marx, der individuelle Entschlüsse und Handlungen ablehnt. Willensfreiheit kontra Determination. Kein Sündenfall, kein Scheitern, keine Tragödie. Scheitern ist, wie der DDR-Theaterwissenschaftler Ernst Schumacher schreibt, «endlich, nicht ewig!». Der Aufsatz über «Die Marxisten und die Tragödie» rekurriert auf die Sickingen-Debatte, und er beginnt mit drei problematischen Sätzen:

«Die Marxisten lieben das Tragische, damit auch die Tragödie nicht, soweit sie das Scheitern des Menschen als eine ewige Kategorie menschlicher Existenz erscheinen lassen. Sie sind der Überzeugung, daß das Tragische mit dem Menschen in die Welt gekommen ist und durch Menschen auch aus der Welt geschafft werden kann. Sie betrachten damit das Tragische als eine historische, keine existentielle Kategorie der condition humaine.»[46]

Die Frage aber, die sich aus diesen Erörterungen gleichsam «ausziehen» läßt, ist die nach der Zweckbestimmtheit des Schönen. Damit ist gleichzeitig die Frage nach dem Motiv «Arbeit» – also bewußte Veränderung der Umwelt – gestellt wie die nach der Parteilichkeit der Kunst. Hat Kunst sich relativ verselbständigt und vom unmittelbar Lebensdienlichen gelöst, oder ist sie Spiegel und Wirkkraft des gesamtgesellschaftlichen Arbeitsprozesses? Das tierisch oder organisch Schöne – ob Pfauenrad oder Kristall – ist artspezifisch und hat seinen Funktionszusammenhang, luxuriert nicht wie ein Vokal oder ein Ton oder eine Farbe. Wenn man sich darauf einigt, daß es Schönes auch ohne Widerspiegelungsfunktion geben kann, dann muß man sich noch keineswegs auf ein System der Wertdifferenz, der Beliebigkeit geeinigt haben. Hinter dem Genuß – also der ästhetischen Empfindung – beispielsweise einer runden Form, eines harmonischen Klangs, der Symmetrie kann eine Art Wiedererkennen des Lebens und bestimmter Gesetzmäßigkeiten stehen. In diesem Sinne mag Kunst eine «Funktion» haben und, wenn sie die Beziehung zwischen Lebenserlebnis und Formvision ausbalanciert, zur Einsicht in Zusammenhänge führen, zu gesellschaftlicher Relevanz. Diese Form des Wiedererkennens kann auch Utopie oder Hoffnung heißen; es ist jene Art Transparenz, von der Bloch im

17. Kapitel des «Prinzip Hoffnung» – jenem Kapitel, das er der utopischen Phantasie widmet – sagt: «Der Mensch ist nicht dicht.»[47] Tränen, Tagträume, Ausfabeln von Phantasie, Gären und Brausen oberhalb des gewordenen Bewußten – das ist der Raum oder Hohlraum, in dem Mögliches, also auch Kunst, entsteht, Produkt eines militanten Optimismus. Dieses Element der konkreten Utopie spielt im Gedankengebäude Blochs eine zentrale Rolle und will durchaus als eigene marxistische Definition des Realismus verstanden sein:

«Wo der prospektive Horizont ausgelassen ist, erscheint die Wirklichkeit nur als gewordene, als tote, und es sind die Toten, nämlich Naturalisten und Empiristen, welche hier ihre Toten begraben. Wo der prospektive Horizont durchgehends mit visiert wird, erscheint das Wirkliche als das, was es in concreto ist: als Wegegeflecht von dialektischen Prozessen, die in einer unfertigen Welt geschehen, in einer Welt, die überhaupt nicht veränderbar wäre ohne die riesige Zukunft: reale Möglichkeit in ihr. Mitsamt jenem Totum, das nicht das isolierte Ganze eines jeweiligen Prozeßabschnitts darstellt, sondern das Ganze der überhaupt im Prozeß anhängigen, also noch tendenzhaft und latent beschaffenen Sache. Das allein ist Realismus, er ist allerdings jenem Schematismus unzugänglich, der schon vorher alles weiß, der seine einförmige, ja selber formalistische Schablone für Realität hält. Die Wirklichkeit ohne reale Möglichkeit ist nicht vollständig, die Welt ohne zukunfttragende Eigenschaften verdient so wenig wie die des Spießers einen Blick, eine Kunst, eine Wissenschaft. *Konkrete Utopie steht am Horizont jeder Realität; reale Möglichkeit umgibt bis zuletzt die offenen dialektischen Tendenzen-Latenzen.* Von ihnen ist die unabgeschlossene Bewegung der unabgeschlossenen Materie – und Bewegung ist, nach dem tiefen Aristotelischen Wort ‹unvollendete Entelechie› – erzrealistisch durchzogen.»[48]

Was wir kritisch zu fixieren haben, ist das beunruhigende Faktum einer bestimmten Simplifikation schon bei Marx und Engels – später bei ihren meisten Usurpatoren –, wenn es um die Begriffsbestimmung ‹Realismus› in der Kunst geht; mehr noch: Spezifika des Künstlerischen werden beim Versuch der Definition außer acht gelassen. Der Begriff der «menschlichen Kunst» oder des «humanistischen Künstlers» wird – bis hin zu Lukács oder Leo Kofler – aus klassischem Gestein gehauen, genauer gesagt, eingeschworen auf die Erkenntnis- und Erbauungsregeln der klassischen Kunst. Der unverwüstliche urwüchsige Mensch wird dem irrationalistischen, pessimistischen, gar verzweifelten entgegengehalten, Joyce, Beckett oder Kafka dem angeblich eingelösten Totalitätsanspruch Balzacs oder Tolstojs. Wir können dabei erkennen, daß eine links-reaktionäre Haltung sich deckt mit einer rechts-reaktionären: Wenn man heute sich auf das Mißverständnis einigt, der Marx der «Pariser Manuskripte», der Feuerbachsche Marx, der von der «Ungebrochenheit des Menschen», von dem «wirklichen, leiblichen, auf der festen, wohlgerundeten Erde stehenden, alle Naturkräfte ein- und ausatmenden» Wesen schwärmt, sei der eigentliche Marx, wird bewußt ignoriert, daß Marx sich von dieser «Flucht in die Bauernidylle» von Hegel und Feuerbach sehr bald distanzierte. Sein Versuch dann, die ökonomischen Ursachen der nicht mehr einzuholenden Idylle zu analysieren und sein Prospekt konkreter Freiheit statt des Entwurfs einer heilen Welt hätte Entsprechung zu finden im Versuch einer ästhetischen Kategorienscheidung, die keineswegs im Widerspruch stehen müßte zum politischen Kampf; der könnte humanistische Lösungen realisieren – sie als Wertungsmaßstäbe zu reinjizieren in existierende wie geforderte Kunst bleibt reaktionär im Sinne des Verdikts von der «entarteten Kunst».

Marx selber hat in der Einleitung zur «Kritik der politischen Ökonomie» gesagt, daß Achill nicht mehr denkbar ist mit Pulver und Blei, daß das Singen und Sagen und die Muse aufhörten mit dem Preßbengel – daß, kurz gesagt, die griechische Tragödie an bestimmte gesellschaftliche Entwicklungsformen geknüpft sei[49]. Unsere Wahrheit können wir nur produzieren, wenn wir in der Rezeption der Kunst der Klassik – nicht in regressiver Übernahme ihrer Regeln – die Wahrheit der Vergangenheit reproduzieren: «Ein Mann kann nicht wieder zum Kind werden, oder er wird kindisch. Aber freut ihn die Naivität des Kindes nicht?»[50] Diese Formel von Erkenntnis und Vergnügen wäre als Arbeitshypothese zu gebrauchen. Allein die Paradebeispiele, auf die die klassisch-marxistische Literatur-Analyse immer wieder rekurriert, werden so nicht begriffen. Tolstoj etwa, der von Lenin, Plechanow, Mehring und Lukács des öfteren zum Gegenstand der Erörterung gemacht wurde, ist ähnlich Balzac stets überinterpretiert worden.

Lenin beginnt seinen berühmten Aufsatz «Leo Tolstoj als Spiegel der Russischen Revolution» aus dem September 1908 mit der Frage «Man wird doch nicht etwas als Spiegel bezeichnen, was eine Erscheinung augenfällig nicht richtig wiedergibt?»[51] und versucht dann, im Sinne des Titels seiner Analyse, Tolstoj als einen klassisch-realistischen Schriftsteller zu verstehen, der bestimmte, «wesentliche Seiten» der Revolution abbildet, ohne sie begriffen zu haben – ja, der sie sogar ablehnte und bekämpfte, Lenin will, ähnlich Marx und Engels im Fall von Lassalles «Sickingen», ganz bestimmte Elemente der Bauernbewegung sehen und verschreibt Tolstoj gleichsam entsprechende epische Bewegungen; beides fand tatsächlich nicht statt. Interessanterweise ist es Plechanow, der immer wieder auf den ganz anderen Tolstoj hinweist, der nicht nur die Geschichte vom empörten Gutsherrn von Jasnaja Poljana, dem Grafen Tolstoj, berichtet, wie er sich bei seinem Freund Fet beschwerte, der leibeigene Kutscher habe ihm die Hand geküßt. «Was fällt dem Vieh eigentlich ein, mir die Hand zu küssen? Das ist mir zeit meines Lebens nicht passiert!» – Plechanow beschäftigt sich auch ausführlich mit dem bei Lenin oder Lukács nie erwähnten Buch Tolstojs «Reife Ähren», einer Zusammenstellung von Artikeln, Gedanken und Aphorismen aus dem Briefwechsel Leo Tolstojs, in dem eine wichtige Klärung verwirrter Begriffe stattfindet:

«Wir täuschen uns häufig, wenn wir bei der Begegnung mit Revolutionären meinen, ihnen doch ganz nahezustehen.

Und doch ist ein ziemlich großer Unterschied da; ja, es kann nicht Menschen geben, die uns ferner ständen.

Für den Christen gibt es kein Eigentum; sie aber wollen das Eigentum zertrümmern.

Für den Christen sind alle gleich; sie aber wollen die Ungleichheit abschaffen.

Das sind gleichsam zwei Enden eines nicht geschlossenen Ringes. Man muß den ganzen Ring durchlaufen, um miteinander zu verbinden, was an seinen Enden ist.»[52]

Hier ist also immerhin eine geistig-politische Auseinandersetzung fixiert, die nicht mehr mit dem Klischee des über seinen Klassenhorizont hinaus gestaltenden Schriftstellers bewältigt werden kann; Themen und Begriffe werden ja durchaus bewußt, eben diesen Klassenstandpunkt dabei mitdefinierend, erörtert und sind gleichzeitig so sehr ideologisch-relevante Themen und Begriffe, daß sie ohne Wirkung auf die Kunst des Definierenden schlechterdings nicht sein können. Lukács zum Beispiel weiß das genau und schlägt deshalb eine verblüffende, wenngleich nicht überzeugende Volte. Er geht sozusagen zurück auf Balzacs Attacke gegen die (Stendhalsche) «Literatur der Ideen» und proklamiert ebenfalls eine «Literatur der Bilder», die bei ihm eine Literatur der «inneren Wahrheit» genannt wird. Am Beispiel Tolstojs will Lukács exemplifizieren, daß eine Literatur aus der Beobachtung – eine naturalistische Literatur also – zu keinem aus dem Gegenstand selbst stammenden Prinzip der Anordnung kommen kann; Kunst, die auf dem Niveau der Beobachtung der unmittelbaren Züge des Alltagslebens stehenbleibt, endet bei einer «schlechten Unendlichkeit», will sagen Beliebigkeit, Ziellosigkeit.

Zu erwarten und zu rechtfertigen wäre nun das Postulat nach dem bewußt Ideen und Arrangement ausführenden Künstler, dem realistischen. Das aber geht natürlich bei Tolstoj nicht – daher die Volte: während sonst das Werk eines standpunktlosen Künstlers als spezifisch unkünstlerisch verstanden wird, verurteilt Lukács jetzt die Möglichkeit, in der Welt der beobachteten Tatsachen vom Gedankensystem des Künstlers her eine Ordnung hineinzubringen. Das wäre eine dem Stoff, dem Leben fremde Ordnung. Die seltsam romantischen Topoi von Welt, innerer Wahrheit, Leben und Ordnung ergeben, würde man sie theoretisch ausziehen, eine Literatur der Tropismen, eine strukturale statt dialektische Literaturbetrachtung. Diese verblüffend undialektische Betrachtungsweise führt zum Ausrufen von Modellen, die – genau betrachtet – keinen Modellcharakter haben:

die tiefe Trostlosigkeit, in der «Krieg und Frieden» endet, mit einem letzten Versuch «zu retten», einem Epilog, der die Einleitung zu einem neuen Buch werden sollte – das nie geschrieben wurde; statt dessen schrieb Tolstoj einen bitteren Angriff auf die Kunst, statt dessen schrieb er dann «Anna Karenina», deren Tod auf den Eisenbahnschienen so absurd ist wie der Tod bei Camus. Tolstoj war radikaler als seine Interpreten, er ging nicht mehr zu Tolstoj zurück, er setzte sich nicht mehr fort. Sie wollen ihn fortsetzen, indem sie hinter ihn zurückgehen. Daß hier eine politische Position gleichsam am Rande mitformuliert wurde, versteht sich. So polemisiert Lukács ja im selben Aufsatz auch gegen Rosa Luxemburg – die sich nun zwar nicht mit Tolstoj, dafür aber (in ihrem Buch «Die Russische Revolution») mit Lenin sehr kritisch auseinandersetzt und ihm genau die falsche Konzeption von den Massen, speziell den bäuerlichen Massen, vorhält. (Rosa Luxemburgs und Lenins Tolstoj-Artikel sind zur gleichen Zeit geschrieben worden.[53]) Der hineinprojizierte Bewußtseinsgrad, ob bei Marx und Engels im Fall Sickingen oder bei Lenin und Lukács im Fall Tolstoj oder bei Lenin und Trotzkij im Fall der russischen Kulaken, hat zweierlei zur Folge: in der Literatur die Gefahr des Dirigistischen, des Vorherbestimmens, wer «recht» hat; in der Politik die Gefahr des Diktatorischen.

Exakt zur selben Zeit wird eine Ästhetik-Diskussion geführt, die vor allem für die spätere sowjetische Entwicklung, für Lenins und Trotzkijs Theorien etwa, entscheidend wird; sie wird von Marx und Engels zur Kenntnis genommen, aber nicht fruchtbar gemacht. Es sind die Arbeiten der russischen Demokraten, Dobroljubows Essay über Bjelinskij, über Ostrowskij oder über Gontscharows Roman «Oblomow» aus dem Jahre 1859 oder die 1855 publizierte Dissertation Tschernyschewskijs «Die ästhetischen Beziehungen der Kunst zur Wirklichkeit». Marx, der ja noch spät Russisch lernte und Dobroljubow vertraulich «Ehrlieb» nennt, oder Engels, der von den «zwei sozialistischen Lessings» spricht, sahen aber wohl eher ferne politische Kombattanten als theoretische Dialogpartner; Tschernyschewskij umgekehrt kannte die Werke von Marx überhaupt nicht. Gerade deshalb ist es interessant, Widersprüche und Entsprechungen zu beobachten. Auch Tschernyschewskij geht ja von Hegel aus, von dessen Schönheitsbegriff als vollkommener Verwirklichung der Gattungsidee. Aber die Summe seiner Überlegungen läuft bereits auf eine andere Definition hinaus, eine, die Kunst nicht eingeschränkt sehen will auf Belegmaterial für den neugierigen Historiker: «Die Kunst verhält sich zum Leben ganz ebenso wie die Geschichte; der Unterschied im Inhalt ist nur der, daß die Geschichte vom Leben der Menschheit spricht, die Kunst dagegen vom Leben des Menschen, die Geschichte vom gesellschaftlichen Leben, die Kunst vom individuellen Leben.»[54]

Widersprüche und Entsprechungen. Die berühmte Oblomow-Analyse Dobroljubows[55] verdeutlicht, was damit gemeint ist: durch zahllose, scheinbar nebensächliche und unwichtige psychologische Haken, winzige Versatzstücke, Unebenheiten, Unwägbarkeiten hat Gontscharow zuerst und vor allem einen Charakter, ein Individuum entstehen lassen. Dobroljubow verdeutlicht, wie sehr diese Person mehr ist als Person, Typ und Gattungsbegriff; wie sehr Oblomow-tum ein Teil Rußlands ist. Aber der Gang seiner Analyse verläuft nicht vom Allgemeinen zum Besonderen, sondern umgekehrt. Aus Verhaltensweisen, Reaktionen, Fehlern oder Irrationalismen wird ein Bekenntnis abgeleitet, kristallisiert sich eine Erfahrungsmöglichkeit; Wirkung also. Georg Lukács behauptet in seinem Essay «Die internationale Bedeutung der russischen demokratischen Literaturkritik» genau das Gegenteil: «Der Grundzug der Methode ist auch hier der Vergleich von Original und Spiegelbild. Die Gegenüberstellung geht vom Kunstwerk als von einer eigenartig objektiven Form der Widerspiegelung der Wirklichkeit aus. Der Akzent liegt auf dem Wort objektiv. Die großen russischen Kritiker weisen jedes Psychologisieren scharf ab, diesen falschen und irreführenden Ausweg der Literaturtheorie niedergehender Perioden, die das Kunstwerk aus den seelischen Eigentümlichkeiten, aus der biographischen Besonderheit des Schriftstellers zu erklären versucht.»[56]

Das ist schlichtweg falsch. Dobroljubow geht so *nicht* vor, verwirft keineswegs «die Untersuchung der sogenannten seelischen Tiefen des Dichters». Lukács weicht dem methodologischen Grundproblem nicht aus, aber er verbiegt es, benutzt es zu einer Rechtfertigung der eigenen Methode. Jener Punkt einer Analyse nämlich, an dem gesellschaftliche Genesis und ästhetischer Wert eines Kunstwerks zusammenwachsen, wird bei Dobroljubow nicht erreicht durch bloße Widerspiegelung gesellschaftlicher Realität. Die Oblomows sind so real und spezifisch wie die Bovarys, sie sind nun wirklich Schöpfer wie Geschöpf. Viel mehr als etwa die Figuren Tolstojs und Balzacs, die von Lukács – wie schon von Marx – favorisierten Autoren; dieses Mißverständnis der «vernichtenden Kritik» Dobroljubows an Gontscharows Roman hat sich auf diese Weise bis zum heutigen Tage erhalten[57]; in Wahrheit galt die vernichtende Kritik dem Typus, der dargestellt wurde, keineswegs der Darstellung. Die wurde im Gegenteil als Kunstwerk hohen Grades von Dobroljubow gefeiert, weil bis in die Nuancen begriffen. Die rasche Gleichsetzung der objektiven Realität mit der subjektiven, vermittelten Realität des Kunstprodukts, dessen Fehler Richtiges und dessen Richtiges Fehler offenbaren kann, muß als Versagen des Instrumentariums verstanden werden. Man kann den Faustdarsteller nach der Schwängerung Gretchens verprügeln; ob es das ist, was mit dem Faust gemeint war, ist fraglich.

Hier beginnen die ersten scharfen und konsequenzenreichen Auseinandersetzungen der materialistischen Kunsttheorie; konsequenzenreich vor allem deshalb, weil sie nicht auf Kunsttheorie beschränkt bleiben, weil sie Quelle ideologischen und schließlich akut politischen Streites werden. Spätestens von hier datiert, daß kommunistische Potentaten alle Kunstfragen sorgenvoll ernst nehmen – die Beschäftigung mit Literatur war in der Geschichte des Sozialismus niemals nur Beschäftigung mit Literatur; sie barg weitreichenden Explosivstoff.

Es war Plechanow, der Tschernyschewskijs Buch «Die ästhetischen Beziehungen der Kunst zur Wirklichkeit» zur hervorragendsten Erscheinung in der Geschichte des theoretischen Denkens erklärte[58]. Plechanow ist fraglos der unmittelbare Fortführer der russischen demokratischen Traditionen, der profunde Interpret der Arbeiten von Tschernyschewskij und Dobroljubow, der führende kunsttheoretische Kopf – nicht Lenin. Und er setzt genau an dem Punkt ein, an dem seine Vorgänger verhielten: er versucht, die Eigengesetzlichkeit des Kunstwerkes zu erkennen, Kunst nicht lediglich als Beleg zu verstehen, sie zwar als *gesellschaftliche Erscheinung*, aber als *individuelle Hervorbringung* zu fassen. Tatsächlich konzipiert Plechanow einen echten dialektischen Mechanismus zwischen gesellschaftlichem Nutzen und ästhetischem Genuß, ohne beides in einer neutralen Synthese zum gegenseitigen Aufheben zu bringen:

«Selbstverständlich erscheint dem gesellschaftlichen Menschen nicht jeder nützliche Gegenstand als schön; aber zweifelsohne kann ihm nur das als schön erscheinen, was ihm nützlich ist, d. h. was in seinem Daseinskampf mit der Natur oder mit einem anderen gesellschaftlichen Menschen eine Bedeutung hat. Das bedeutet nicht, daß beim gesellschaftlichen Menschen der Nützlichkeitsstandpunkt mit dem ästhetischen *zusammenfällt*. Durchaus nicht. Der Nutzen wird mit dem *Verstand* erkannt, das Schöne mit dem *Kontemplationsvermögen*. ... Dabei ist das Gebiet, das zur Beschaulichkeit gehört, unvergleichlich weiter als das Gebiet des Verstandes: während der gesellschaftliche Mensch sich an dem ergötzt, was ihm als schön erscheint, wird er sich fast niemals des Nutzens bewußt, mit dessen Vorstellung bei ihm die Vorstellung von diesem Gegenstand verbunden ist. ... Das wichtigste Kennzeichen des ästhetischen Genusses ist seine *Unmittelbarkeit*. Aber der Nutzen existiert trotzdem; er liegt dem ästhetischen Genuß trotzdem zugrunde (erinnern wir uns, daß nicht von der Einzelperson die Rede ist, sondern vom gesellschaftlichen Menschen); wenn der Nutzen nicht wäre, so würde der Gegenstand nicht als schön erscheinen ... *Das Geschmacksurteil setzt unzweifelhaft das Fehlen jeglicher Nützlichkeitserwägungen beim Individuum, das es ausspricht, voraus.*»[59]

Diese Sätze stammen aus Plechanows berühmter Abhandlung «Die französische dramatische Literatur und die französische Malerei des 18. Jahrhunderts vom Standpunkt der Soziologie»; sie erschien 1905, im selben Jahr, in dem Lenin seinen Artikel «Parteiorganisation und Parteiliteratur» publizierte; er erschien in der legalen bolschewistischen Zeitschrift «Nowaja Shisn», die

Lenin zeitweise selber leitete und zu deren Hauptmitarbeitern Gorkij und Lunatscharskij gehörten.

Plechanows Vorwort zur 3. Auflage seines Sammelbandes «Zwanzig Jahre» ist ganz deutlich Reaktion auf Lenins kategorische Thesen, die etwa das «bürgerliche» Reservat der «Freiheit der Kritik»[60] denunzieren. Genau darauf geht Plechanow ein: «Als Anhänger der materialistischen Weltanschauung sage ich, die erste Aufgabe des Kritikers besteht darin, die Idee eines gegebenen Kunstwerkes *aus der Sprache der Kunst in die Sprache der Soziologie* zu übertragen, um das zu finden, was man als soziologisches Äquivalent einer gegebenen literarischen Erscheinung bezeichnen kann ... weil es beim Kritiker als solchem nicht darum geht, zu ‹lachen› oder zu ‹weinen›, sondern darum, zu verstehen.»[61]

Für Plechanow ist also die ästhetische Rezeption nicht im engen Sinne «parteilich», er sieht den literarischen Prozeß genau umgekehrt wie Lenin oder Lunatscharskij: als Bewegung vom Allgemeinen zum Besonderen; der Kritiker dann darf und soll rückübersetzen aus dem Spezifischen, ja Personalen ins Historische, Generelle. Noch die Einleitung zur DDR-Plechanow-Ausgabe nennt das strikt «völlig falsch». Es ist aber genuin marxistisch! Plechanows Argumentation ist so eindringlich wie einleuchtend:

«Und deshalb würde die Bestimmung des soziologischen Äquivalents jedes gegebenen literarischen Werkes unvollständig und folglich auch ungenau bleiben, wenn der Kritiker auf die Würdigung seiner künstlerischen Werte verzichtete. Mit anderen Worten, *der erste Akt der materialistischen Kritik macht den zweiten Akt nicht nur nicht überflüssig, sondern setzt ihn als seine notwendige Ergänzung voraus* ... Herr Lunatscharskij hält sich, wenn ich mich nicht irre, noch heute für einen Marxisten; aber gerade deshalb, weil er nicht tief in die Lehre von Marx eingedrungen ist, sondern sich auf die ausschließliche Wiederholung der marxistischen Termini beschränkt hat, ist er bei seinem so überaus komischen ‹Gottbildnertum› angelangt. ... Herr Lunatscharskij hat die Keime seiner jetzigen Krankheit schon lange in sich getragen. Ihr erstes Symptom war seine

Schwärmerei für die Philosophie von Avenarius, mit der er den Marxismus ‹begründen› wollte. Jedem Einsichtigen war es schon damals klar, daß dieser Versuch, Marx zu ‹begründen›, nur die Haltlosigkeit des Herrn Lunatscharskij selbst bewies. Deshalb kann sich ein jeder über ein neues Krankheitssymptom des Herrn Lunatscharskij weder wundern noch aufregen. Die Einsichtigen regen sich über keinerlei Subjektivismus auf. Gibt es bei uns viele Einsichtige? O weh, es gibt ihrer sehr wenige.... Und nur weil es bei uns wenige Einsichtige gibt, ist eine solche betrübliche literarische Erscheinung möglich wie ‹Die Beichte› von Herrn Gorkij, die alle wirklichen Verehrer dieses sehr großen Talents veranlaßt, sich die bange Frage vorzulegen: Ist er denn wirklich schon am Ende seiner Weisheit angelangt? ... Herr Gorkij hält sich doch bereits für einen Marxisten; er ist doch in seinem Roman ‹Die Mutter› bereits als Verkünder der Ansichten Marx' aufgetreten. Aber derselbe Roman hat auch gezeigt, daß Herr Gorkij sich durchaus nicht für die Rolle eines Verkünders dieser Ansichten eignet, denn die Ansichten von Marx versteht er absolut nicht. ‹Die Beichte› war ein neuer und womöglich noch überzeugenderer Beweis für diesen völligen Mangel an Verständnis. Und nun sage ich: Wenn Herr Gorkij den Marxismus predigen will, dann möge er sich zuvor die Mühe geben, ihn zu verstehen. Es ist überhaupt nützlich und angenehm, den Marxismus zu verstehen. Und Herrn Gorkij wird sein Verstehen auch den nicht zu ersetzenden Vorteil bringen, daß ihm klarwerden wird, wie wenig sich die Rolle des Verkünders, d. h. eines Menschen, der vorzugsweise die Sprache der Logik spricht, für den Künstler eignet, d. h. für einen Menschen, der vorzugsweise in der Sprache der Bilder spricht. Und wenn Herr Gorkij sich davon überzeugt hat, wird er gerettet sein ...»[62]

Keineswegs hat Plechanow nur Negatives in Gorkijs Arbeiten gesehen; sein Aufsatz[63] zu den «Feinden» ist ein Musterbeispiel werkgerechter Textinterpretation, die wieder von der Frage nach dem Spezifikum ausgeht – nicht, ob der Klassenkampf geschildert wird, interessiert Plechanow, sondern «wie dieser die seelische Haltung der handelnden Personen bestimmt, wie er ihr Fühlen und Denken lenkt»[64]. Der einzige Einwand des Menschewisten Plechanow richtet sich gegen Gorkijs Akzeptieren der bolschewistischen Taktik als «leidenschaftlichste und heroischste»; er nennt das mit Engels «revolutionäre Alchimie». Und kommt prompt auf ein Zentralthema, zu dem ihn diese Arbeit der expressis verbis so benannten «Nowaja Shisn»-Mitarbeiter anregt: politischer Terror.

Hier schließt sich ein Kreis. Die Debatte geht ja immer auch, zumindest untergründig, um politische Praxis. Der absolute Wahrheitsanspruch im Ideologischen birgt die Möglichkeit des Terroristischen in der Politik. Ist der Kritiker unrelativierter Praeceptor, dann kann der Politiker unkontrollierter Diktator werden. Kunstverordnungen können Keimzellen zu politischen Notverordnungen werden.

Stalin bezog schon 1904 in dem «Brief aus Kutais» gegen Plechanow Stellung und wollte die Führerrolle sowohl ideologisch wie politisch retten[65]. Mit Recht wird in der sowjetischen Geschichtsschreibung Plechanow mit Bogdanow in Verbindung gebracht – mit dessen Warnung vor Leninscher «Gläubigkeit» und einem unverrückbaren, entwicklungsfeindlichen «metaphysischem Materialismus». Der Kampf Lenins gegen Bogdanow[66] war eine Verlängerung der Auseinandersetzung mit Plechanow; Bogdanows Gleichung hieß absolute Wahrheit = Autorität = Prophet = autoritär.

Mit unverhohlenem Spott sah er Lenins Materialismus als stalaktitisch, die selber entwickelten Gesetze und Kategorien auf die eigene Lehre nicht anwendend, intolerant aus Gläubigkeit; ein Rationalismus von irrationaler Katholizität. Schon 1908, im selben Jahr, in dem Plechanow die 3. Auflage des Bandes «Zwanzig Jahre» herausgibt und gegen Lunatscharskij und Gorkij polemisiert, schreibt Lenin gereizt an Gorkij: «Im Gefängnis schrieb Bogdanow Anfang 1906 ein weiteres Buch – ich glaube, den dritten Teil des ‹Empiriomonismus›. Im Sommer 1906 schenkte er es mir, und ich begann es aufmerksam zu lesen. Nachdem ich es gelesen hatte, packte mich eine ungeheure Wut: es wurde mir noch klarer, daß er sich auf einem grundfalschen, unmarxistischen Weg befindet. ... Nein, das ist kein Marxismus! ... Dem Leser weismachen, daß der ‹Glaube› an die Realität der Außenwelt ‹Mystik› sei, Materialismus und Kantianertum aufs schändlichste durcheinanderwerfen, eine Abart des Agnostizismus (den Empiriokritizismus) und des Idealismus (den Empiriomonismus) predigen – die Arbeiter ‹religiösen Atheismus› und ‹Vergöttlichung der höchsten menschlichen Potenzen› lehren – erklären, daß die Engelssche Lehre von der Dialektik Mystik sei – aus der stinkenden Quelle irgendwelcher französischer ‹Positivisten› schöpfen – Agnostiker oder Metaphysiker, hol sie der Teufel, mit einer ‹symbolischen Erkenntnistheorie›. Nein, das ist zuviel! Natürlich, wir, einfache Marxisten, sind in der Philosophie nicht belesen, aber warum muß man uns das antun, daß man uns etwas Derartiges als Philosophie des Marxismus auftischt!»[67]

Dieser Brief von Genf nach Capri kann getrost als Keimzelle von Lenins ‹Materialismus und Empiriokritizismus» angesehen werden. Das Buch entstand 1908 in Genf und London und erschien 1909 in Moskau. Es bezeichnet eine entscheidende Entwicklungsetappe im gesamten hier skizzierten Zusammenhang – nicht, weil es gemeinhin als Lenins philosophisches Hauptwerk gilt, sondern, weil der hier geführte Kampf gegen Bogdanows Idee der «proletarischen Kultur» von nun ab nicht endet. Er ist bis heute nicht entschieden. Lenin nimmt noch im Vorwort zur 2. Auflage 1920 dieses Stichwort auf (deutsch erschien das Buch erst 1927); das ist die Zeit, zu der nach der siegreichen Revolution das Gegenteil des Erwarteten eintritt: die revolutionäre Kunst, von Majakowskij bis zu Lissitzkij, von Babel bis zu Meyerhold, verschwindet.

Lenins Buch erfuhr erst 1937 eine erste kritische Einschätzung – bezeichnenderweise von dem holländischen marxistischen Revisionisten und Kampfgefährten Rosa Luxemburgs, Anton Pannekoek. Und als erster aufmerksam auf diese anonym publizierte Studie machte Karl Korsch mit seiner Rezension in der amerikanischen Zeitschrift «Living Marxism»[68]. Beide verstanden das Buch als Abwehrdekret gegen das, was heute demokratischer Sozialismus heißt. Nicht Teil einer Diskussion, sondern früh schon Unfehlbarkeitsfanal, Bannbulle ex cathedra. Es ist durchaus Teil einer essentiellen politisch-ideologischen, auch kunsttheoretischen Auseinandersetzung in ganz Europa. Schon bei Mach und den zeitgenössischen Positivisten findet sich der Versuch, die materialistische Wiedergabe der Dingwelt in den Denkprozeß hineinzuverlagern – also die objektive Realität der Dinge zu verneinen, physikalische Vorstellungen abhängig zu machen von der subjektiven Sinneserfahrung. Dieses subjektivistische Element spielt, wie wir sahen, in vielen Varianten nicht nur eine Rolle bei Denkern wie Alexander A. Bogdanow, Karl Korsch – und Georg Lukács, wie Georges Sorel oder Pjotr A. Kropotkin, sondern auch später bei Benedetto Croce, Antonio Labriola und Antonio Gramsci.

Gerade die italienische Entwicklung ist von besonderer Stringenz – nicht nur, weil der Faschismus sich dort früher etabliert hatte, sondern weil das intellektuelle Konzept eines freiheitlichen Marxismus bis zu akuten politischen Konsequenzen geführt hat. Die heutige unabhängige Position der Kommunistischen Partei Italiens – bis hin zu Protesten gegen die Invasion der Tschechoslowakei oder das Strangulieren von Denkern wie Robert Havemann und Rudolf Bahro – hat eine Genesis. Die Mischung aus materialistischen Denkansätzen, syndikalistisch-anarchistischen Vorstellungen und elitärem Idealismus kennzeichnet die Arbeiten von Benedetto Croce und seinem römischen Lehrer, dem frühsozialistischen Rechtsprofessor und Philosophen Antonio Labriola. Einer von Labriolas frühen Essays über den Sozialismus wiederum ist in Form mehrerer Briefe an Georges Sorel abgefaßt. Dessen Hauptwerk «Réflexions sur la violence» («Über die Gewalt») erschien 1908 noch vor der französischen Originalausgabe durch Vermittlung Croces auf italienisch. Sorel muß als einer der Väter des Syndikalismus gesehen werden, er war Sekretär der 1892 gegründeten Fédération des Bourses du Travail und Initiator für die Gründung der Confédération Générale du Travail 1895; in deren Programm nahm der Generalstreik als revolutionäres Kampfmittel einen bevorzugten Platz ein. Gleichzeitig erstrebte Sorel – zeitweise gemeinsam mit Labriola und Croce – eine «Bildungsrevolution», und sei es als Interpret und Popularisator von Marx.

Sorels Mitarbeit an zahlreichen Zeitschriften materialistischer oder marxistischer Prägung brachte ihn nicht nur in Kontakt mit den führenden Theoretikern wie Friedrich Engels, Karl Kautsky, Eduard Bernstein, August Bebel oder Jean Jaurès (die beispielsweise alle an der «Ere Nouvelle» mitarbeiteten), sondern führte ihn auch selber nahe an den Marxismus heran. Die 4. Auflage seiner «Réflexions sur la violence» erweiterte Sorel 1919 durch den Aufsatz «Pour Lenine». Auch Plechanow setzte sich kritisch mit Labriola auseinander. Der italienische Marx-Übersetzer Giovanni Gentile, prominenter Schüler Labriolas und Hauptmitarbeiter an der Zeitschrift «Critica», greift während dieser Zeit den Terminus «Philosophie der Praxis» auf, der die Hauptchiffre für das Lebenswerk Gramscis werden sollte.

Gramsci steht deutlich in Abhängigkeit von dieser idealistischen und auch revisionistischen Rezeption des Marxismus. Tatsächlich geht Gramsci in allen seinen wichtigen Aufsätzen, auch der späteren Jahre, vor allem auf Labriola und Croce zurück. Der immer wieder auftauchende Widerspruch gegen Orthodoxie und Katechisierung (ein Konzept, das wesentlich als Bedenken gegen Stalin verstanden werden muß) ist von frühesten Entwicklungsphasen bis zu Gramscis Ende in allen seinen Schriften ablesbar und hat damit zweifellos entscheidende Impulse bei der Entwicklung des italienischen Kommunismus ausgelöst. Er wehrt sich dagegen, daß die Theorie nur als Komplement, als Zubehör der Praxis verstanden wird, gar als Mark der Praxis. Der Marxismus Gramscischer Prägung ist nicht nur stark intellektualistisch, sondern auch individualistisch.

Auch hier, wie bei fast allen Auseinandersetzungen der II. Internationalen, begegnet man jenem Phänomen der Ungleichzeitigkeit: verschiedene sich widersprechende Konzepte bestehen nebeneinander, werden gleichzeitig kritisiert und weiterentwikkelt. So ist beispielsweise zu erkennen, daß die kritischen Kategorien Korschs auch von Gramsci aufgenommen wurden; er sieht wie Korsch – und zeitweise Lukács –, daß auch der Marxismus als Teil des Überbaus Ideologie im Sinne des falschen Bewußtseins werden, also nur «Philosophie der Praxis» bleiben kann, wenn er sich nicht dem eigenen Denkanspruch – der kritischen Revision – unterzieht. Gramscis politisches Konzept ist das der jakobinischen Revolution. Bogdanows Vorstellung, einer sozialen Revolution müsse die kulturelle vorangehen – er hatte sogar den Plan einer «Proletarischen Enzyklopädie» –, wird von Gramsci aufgegriffen. Dieser Gedanke einer neuen, integralen Massenkultur, die die aufklärerischen Elemente des französischen 18. Jahrhunderts wie der deutschen Reformation, zugleich aber die Klassizität der griechischen Kultur und der italienischen Renaissance besitzt, ist Gramscis Ideal. Es ist eine Kultur, die Robespierre und Kant zur Synthese vereint. Hier sind Zusammenhänge mit theoretischen wie taktisch-politischen Gedanken von Georg Lukács zu sehen, auf die wir an anderer Stelle des Buches noch eingehen werden.

Labriola, einer der kenntnisreichsten Marx-Interpreten seiner Zeit, wandte sich 1898 scharf gegen Bernstein, brach aber gleichzeitig mit Croce und Sorel; der hatte aber noch 1897 das Vorwort für die französische Übersetzung von Labriolas Hauptwerk «Essais sur la conception matérialiste de l'histoire» geschrieben. In dieser Ausgabe las das Buch 1898 ein neunzehnjähriger Häftling im Gefängnis von Odessa und wurde durch diese Lektüre endgültig Marxist; er nannte sich Trotzkij. Genau Trotzkijs Position innerhalb des Disputs über Fragen der Literatur macht die Doppelsträngigkeit deutlich: sein großer Aufsatz über «Proletarische Kultur und proletarische Kunst» aus dem Jahre 1924 ist offensichtlich nicht leninistisch im codifizierten Sinne. Trotzkij wehrte sich eher emphatisch gegen die Zumutung oder Verordnung, nun habe eine proletarische Kunst zu entstehen. Da er die Phase der Diktatur des Proletariats ernsthaft als vorübergehend annimmt, als Vorstufe zum Sozialismus, der neue Lebens- und Kommunikationsweisen entwickeln wird, kann und soll in dieser kurzen antagonistischen Entwicklungsstufe keine eigene Kultur wachsen[69]. Für Trotzkij ist Literatur offenbar ein zu kompliziertes, von Tradition, subjektiven Interaktionen und individuellen Impulsen gespeistes Phänomen – es kann nicht «rasch produziert» werden. Tatsächlich erinnern viele seiner hoffnungsvollen Formulierungen an Bogdanows utopischen Roman «Der rote Stern»; dessen «proletarische Kultur» scheint, auch wenn es paradox klingt, identisch mit der, die Trotzkij absichtlich nicht proletarisch nennen will:

«In der Epoche der Diktatur kann von der Schaffung einer neuen Kultur, d.h. von einem Aufbau in allergrößtem historischem Maßstab keine Rede sein; und jener mit nichts früherem vergleichbare kulturelle Aufbau, der einsetzt, wenn die Notwendigkeit der eisernen Klammer der Diktatur entfällt, wird schon keinen Klassencharakter mehr tragen. Hieraus muß man die allgemeine Schlußfolgerung ziehen, daß es eine proletarische Kultur nicht nur nicht gibt, sondern auch nicht geben wird; ... das Proletariat hat ja gerade dazu die Macht ergriffen, um ein für allemal der Klassenkultur ein Ende zu setzen und der Menschheitskultur den Weg zu bahnen. ... Die proletarische Revolution hat zum Ziel, die Existenz des Proletariats als Klasse in einer möglichst kurzen Zeit zu liquidieren. ... Schließt denn aber das Gesagte die Möglichkeit aus, daß aus den Reihen des Proletariats hervorragende Gelehrte, Erfinder, Dramaturgen oder Dichter schon in der Periode der revolutionären Diktatur erscheinen können? Keineswegs, es wäre aber äußerst oberflächlich, Leistungen, und wären sie noch so wertvoll, schon als proletarische Kultur zu bezeichnen, weil sie von Personen vollbracht wurden, die aus dem Arbeitermilieu stammen. Man darf den Begriff Kultur nicht in kleine Münzen individueller Alltagsbedürfnisse verzetteln und die Erfolge einer Kultur, einer Klasse, nicht nach den proletarischen Bässen einzelner Erfinder und Dichter beurteilen. ... Dem Schaffen proletarischer Dichter fehlt das Organische, das allein durch ein tiefgehendes inneres Zusammenwirken der Kunst und durch den Stand und die Entwicklung der Kultur als Ganzes erreichbar ist. Das sind literarische Werke begabter oder talentierter Proletarier, jedoch keine proletarische Literatur. ... Es ist keine proletarische Literatur, sondern lediglich der schriftliche Ausdruck des Proletariats. ... Die Arbeiterkorrespondenten, die lokalen Dichter und die Enthüller von Mißständen erfüllen eine große kulturelle Aufgabe, indem sie den Boden auflockern und ihn für die künftige Saat vorbereiten. Aber eine vollwertige Kultur- und Kunsternte wird – zum Glück! – schon eine sozialistische und nicht eine proletarische sein. ... Eine eigene politische Kultur hat unser Proletariat – in einem Maße, daß es seine Diktatur sichern kann –, eine künstlerische aber besitzt es nicht.»[70]

Der Kunsttheorie Trotzkijs – wenn man so will: dem literarischen Trotzkismus – liegt eine tief verwurzelte Idee der Freiheitlichkeit zugrunde. Das ist keineswegs vom biographischen Ende her argumentiert, sondern stringent nachzuweisen an zahlreichen Textstellen. Die trotzkistische Abirrung war die Richtung auf das Individuum; schon 1924 erklärte er Freuds psychoanalytisches Denkgebäude für vereinbar mit seinem Materialismus. Jenes Manifest, das 1938 mit den Unterschriften André Bretons und Diego Riveras erschien, das aber in Wahrheit von Breton und Trotzkij formuliert wurde (der seinen Gastgeber, den weltberühmten Maler, aus taktischen Gründen bat, ihm seinen Namen zu leihen) – diese Proklamation für eine «unabhängige revolutionäre Kunst» fordert in Konsequenz aus eben dieser Freiheitlichkeit ein «anarchistisches Regime» für das intellektuelle Schaffen: «Die Kunst, wenn sie nicht verkommen will, kann sich keiner fremden Diktatur beugen und nicht gefügig die Rahmen füllen, die manche ihr zu äußerst kurzsichtigen, pragmatischen Zwecken glauben zuweisen zu können.»[71]

Es ist interessant, welche Auswirkungen Trotzkijs Literaturtheorie auf die internationale Diskussion des Marxismus hatte, wie weit etwa die Überlegungen Franz Mehrings und dann wiederum Georg Lukács' Versuch, diese zu interpretieren, bestimmt wurden von seinen Gedanken. Bemerkenswert allerdings ist, daß einer seiner wichtigsten Zeitgenossen und Kampfgefährten, Nikolaj Bucharin, ganz offensichtlich seine Vorstellungen an denen Trotzkijs maß. Ein Text von Bucharin zeigt das auf eklatante Weise – und zeigt auch, wie berechtigt die These ist, literarischer Disput innerhalb marxistischer Ordnungsmodelle sei immer auch Diskussion politischer Praxis.

Bucharin, engster Vertrauter Lenins, Mitglied des Polit-Büros und theoretischer Kopf der sowjetischen Führung, hielt am 3. Februar 1923 in Petrograd einen Vortrag über «Proletarische Revolution und Kultur»; genau einen Monat zuvor war des todkranken Lenins letzter Artikel in der «Prawda» «Lieber etwas weniger, aber besser» erschienen – Teil seiner Arbeit über das Nationalitätenproblem, dessentwegen er in heftigem Streit mit Stalin lag. Bucharin hatte seinen Vortrag noch mit Lenin diskutiert. Er ist eine sensationelle Warnung.

Für Bucharin ist die Frage der Kultur nach der Eroberung der Macht die zentrale Frage der ganzen Revolution, von ihr wird der Ausgang der Revolution abhängen. Kulturelle Rückständigkeit heißt für Bucharin politische Rückständigkeit, Gefahr für Totalitarismus und Byzantinismus. Nur ein so umfassender wie tiefgreifender Begriff von Kultur kann die Entartung von Macht aufhalten; Kultur allerdings nicht als Dekor und versöhnliche Applikation, sondern als Freisetzung menschheitlicher Energien: «Jeder Arbeiterrevolution, in jedem beliebigen Land, treten unvermeidlich im Laufe ihrer Entwicklung die ungeheuren Gefahren der inneren Entartung der gegebenen Revolution, des gegebenen proletarischen Staates und der gegebenen Partei entgegen. Denn wenn die Arbeiterklasse kulturell rückständig ist und an die Macht gelangt, so muß sie unvermeidlich andere Kräfte benutzen, die in sozialer Hinsicht ihre Feinde sind, aber kulturell über ihr stehen. Hieraus ergibt sich die Möglichkeit einer Restauration. Das ist die Smenowechowzen-Perspektive, von der ich bereits sprach. Diese gefährliche Perspektive wird sich vor jeder Arbeiterrevolution, auch vor der amerikanischen und deutschen erheben. Die Frage besteht darin, diese Gefahr vorauszusehen, zu erkennen und eine Lösung der Aufgabe, einen Ausweg aus ihr zu finden. Diese Lösung ist klar. Sie sehen, daß die Frage der Kultur nach der Eroberung der Macht durch die Arbeiterklasse in einer bestimmten revolutionären Phase zur zentralen Frage der ganzen Revolution wird. Ich sage dies, wie man sich auszudrücken pflegt, mit dem vollen Bewußtsein meiner Verantwortlichkeit. Hiervon wird letzten Endes der Ausgang unserer Revolution abhängen.»[72]

Hans Mayer hat in seiner furiosen Außenseiterstudie[73] das seltsame Spannungsdreieck ausgelotet, das von den Positionen Bucharin – Trotzkij – Genet bezeichnet wird; nur prima vista eine sonderbare Kombination. Doch Bucharins Verrat – «ein

Besiegter der sowjetischen Gesellschaft, folglich ein Verräter»[74] – ist ja Konvexspiegel des den Verrat preisenden Außenseiters Genet – allerdings den Verrat in und an der bürgerlichen Gesellschaft. Und Trotzkij?

Mayers Analyse ist so frappant wie einleuchtend: der Autor des Buches «Die verratene Revolution», der große Denunziant des Stalinschen Verrats ist nicht zum Märtyrer, sondern zum Verräter geworden – «es gab und gibt die Religion nicht, die ihn kanonisieren könnte»[75]; denn genau das Thema, das den sterbenden Lenin quälte und das der später verlogen-reuige Bucharin so gut begriff als eines, das kaum je zu lösen sein wird (und bis heute von sozialistischen Staaten nicht gelöst wurde) – das Nationalitätenproblem barg Trotzkijs Scheitern. «Daß er als Genosse Shylock gelebt hat, wurde ihm niemals bewußt.»[76] Das Problem der Nationen aber ist das Problem der Individuen; des Individuums.

Wovor Bucharin warnte, das verschlang ihn wie Trotzkij, mit der Logik des Thermidor. Er wurde am 13. März 1938 von der GPU exekutiert. Genickschuß. Der Eispickel für Trotzkij fiel zwei Jahre später.

Die Mehring-Legende

Über echte wahre Kunst – oder Dekadenz und Fäulnis in der modernen Literatur

Friedrich Engels nannte ihn einen «berechnenden Lump und von Natur Verräter»[1] – Rosa Luxemburg «das letzte und beste an Geist, Talent und Charakter, was wir der deutschen Bourgeoisie weggenommen haben»[2]; August Bebel sprach von einem «psychologischen Rätsel»[3] und Plechanow vom «unmäßig Märenden»[4] – Clara Zetkin sah «niemand, der Sie auch nur entfernt als Lehrer der Geschichte und insbesondere der Geschichte der Partei... ersetzen könnte»[5]. Er hat das wütendste und kränkendste Pamphlet gegen die Sozialdemokratie geschrieben – und die materialreichste Geschichte der Sozialdemokratie; er leugnete die Möglichkeit einer proletarischen Literatur – und gilt als Vater der materialistischen Literaturwissenschaft. Wer war Franz Mehring?

Der am 27. Februar 1840 im pommerschen Schlawe geborene Sohn eines ehemaligen preußischen Offiziers, späteren «Kreiseinnehmers», wurde streng protestantisch und preußentreu erzogen. Noch in der Vorrede seiner «Lessing-Legende» erinnert er sich: «Aufgewachsen in dem engen geistigen Bannkreise hinterpommerscher Kleinstädte, mußte ich mich allzulange von der lauteren Milch preußischer Vaterlandsliebe nähren, und noch in meinem Abiturientenaufsatz habe ich das famose Thema ‹Preußens Verdienste um Deutschland› so gläubig behandelt, daß ich die erste Note erhielt.»[6]

So galt das Studium der Theologie nach dem Abitur am Gymnasium zu Greifenberg als selbstverständlich - doch schon vor der Immatrikulation an der Philosophischen Fakultät der Universität Leipzig im Oktober 1866 hatte er die Geheimnisse dieser Wissenschaft als «auf der Grundtatsache beruhend erkannt, daß $3 \times 1 = 1$ ist», also als abträglich der «schlichten sinnlichen Kutscherlogik des profanen Lebens»[7].

Nicht so sehr das Studium klassischer Sprachen bei den Philologen Curtius und Ritschl prägte die Leipziger Zeit, als vielmehr die Tatsache, daß Leipzig damals Zentrum der frühen sozialistischen Bewegung war. Bebel führte den Arbeiterbildungsverein, Wilhelm Liebknecht zog 1865 nach seiner Ausweisung aus Berlin dorthin, er redigierte ab Januar 1868 das «Demokratische Wochenblatt». Der von Mehring später oft zitierte und behandelte kleinbürgerliche Demokrat und Zeitungswissenschaftler Professor Heinrich Wuttke lehrte an der Universität, kandidierte sogar für die Sächsische Volkspartei, die Bebel und Liebknecht leiteten, zum Reichstag: er hatte mit Lassalle zusammengearbeitet. Durch ihn oder Liebknecht – der deren Leipziger Korrespondent war – bekam Mehring seinen ersten journalistischen Kontakt: zu der 1867 von Johann Jacoby gegründeten, von Guido Weiß geleiteten Berliner Tageszeitung «Die Zukunft», Organ der radikalen bürgerlichen preußischen Demokraten.

Mehring hat die Leipziger Zeit offenbar genossen, gearbeitet, gezecht, Schulden gemacht, randaliert – das Universitätsgericht mußte ihn mehrere Male wegen nächtlicher Ruhestörung oder Belästigung der Kommunalgarde zu Karzer verurteilen. August Bebel berichtet in seinen Erinnerungen von solch fröhlichen Runden: «Auch der damals noch sehr junge Franz Mehring, den ich durch Robert Schweichel kennengelernt, gehörte zu diesem Kreis. Blieben Liebknecht und ich über Sonntag in Berlin, so trafen wir in der Regel mit mehreren der Genannten, unter denen sich auch öfter Paul Singer befand, in einer Weinstube zusammen. Nach stillschweigender Übereinkunft tranken alle einen billigen Moselwein, sogenannten Kutscher, den Schoppen zu 50 Pfennig. Nachher ging es nicht selten noch in ein Bierhaus. Meine Leistung im Trinken war allezeit eine minimale, aber Schweichel, Liebknecht, Guido Weiß, Mehring waren trinkfeste Mannen. Mehr als einmal gingen wir, doch stets aufrechten Hauptes, nach Hause, als schon die Sonne hell leuchtend am Himmel stand.»[8]

Mehring war im November 1868 nach Berlin gezogen, immatrikuliert an der Philosophischen Fakultät (die im Juli 1870 seinen Namen löschte, weil er nicht mehr belegt hatte; promovieren sollte er erst als Externer 12 Jahre später in Leipzig). Wieder waren es wohl eher die außeruniversitären Einflüsse – also nicht die Vorlesungen der Berliner Professoren Leopold von Ranke oder Johann Gustav Droysen oder Eugen Dühring –, die Mehrings Weg bestimmten. Er hatte begonnen, die Schriften Ferdinand Lassalles zu lesen, und er war – noch Student – in die Redaktion der «Zukunft» eingetreten. Diese Namen – Lassalle, Jacoby, Weiß – wurden das Dreigestirn, unter dem aus dem Studenten Franz Mehring der Schriftsteller und Theoretiker Franz Mehring wurde.

Der 1805 als Sohn eines jüdischen Geschäftsmanns in Königsberg geborene und dort als Arzt tätig gewesene Johann Jacoby darf wohl zu Recht als grand old man der radikal-bürgerlichen, vor-materialistischen Demokratie bezeichnet werden. Seine publizistischen Angriffe gegen die preußische Zensur oder Pamphlete für die Judenemanzipation und eine fortschrittliche Schulpolitik waren getragen vom Kantschen Ethik-Postulat. Seine 1841 erschienene Broschüre «Vier Fragen, beantwortet von einem Ostpreußen» war ein flammendes Pamphlet gegen die Zensur – und Mahnruf eines integren Mannes, der König möge seine eigne Integrität bewahren. Er nahm Friedrich Wilhelm IV. in die Pflicht, des Preußenkönigs Friedrich Wilhelm III. Wort vom 25. Mai 1815, die «Repräsentation des Volkes» sei garantiert, als Nachfolger einzulösen. «Was wünschen die Stände?», schrieb er, «gesetzmäßige Teilnahme der selbständigen Bürger an den Angelegenheiten des Staates. In zweifacher Form kann das Volk die Teilnahme an den öffentlichen, d. h. seinen Angelegenheiten geltend machen, durch die Presse und durch die Vertretung. Die schlimmsten Feinde beider, Censur und Scheinvertretung, walten in Preußen. Seit drei Jahrzehnten deuten Preußens Geschichte und Preußens Gesetzgebung gleich unabweisbar auf die Notwendigkeit einer Volksvertretung hin.

Nur durch sie kann der Beamtenwillkür Einhalt geschehen, nur durch sie kann die Stimme des Volkes zum Throne gelangen und zwischen Regierung und Regierten das Vertrauen wiederhergestellt werden.»[9]

Der König war außer sich. In einem Schreiben an den Präsidenten von Ostpreußen, der sich mit einer Schrift «Woher und Wohin» hinter Jacobys Forderungen gestellt hatte, dekretierte er: «Ich fühle mich ganz und gar von Gottes Gnaden und werde mich so mit seiner Hilfe bis zu Ende fühlen. Glauben Sie mir auf mein königliches Wort: zu meiner Zeit wird sich kein Fürst, kein Bauernknecht und keine Judenschule etwas, das dermalen mit Recht oder Unrecht bei der Krone ist, zueignen, wenn ich es nicht zuvor gegeben habe ... Ein väterliches Regiment ist deutsche Fürstenart, und weil die Herrschaft mein väterliches Erbteil, mein Patrimonium ist, darum habe ich ein Herz zu meinem Volk, darum kann ich und will ich unmündige Kinder leiten, entartete züchtigen, würdigen, wohlgeratenen aber an der Verwaltung meines Guts Teil geben, ihnen ihr eigenes Patrimonium anweisen und sie darin vor Dieneranmaßung schützen.»[10]

Es blieb aber nicht bei verbalem Unwillen – das unmündige, entartete Kind wurde gezüchtigt: Jacoby bekam einen Prozeß wegen Hochverrats und Majestätsbeleidigung, wurde zu zweieinhalb Jahren Festung verurteilt, schließlich aber freigesprochen. In dem einzigen erschienenen Doppelheft der «Deutsch-Französischen Jahrbücher», die Marx und Ruge gegründet hatten, wurden die Urkunden über den Hochverratsprozeß veröffentlicht. Dies bereits zeigt den Rang, den das Ereignis hatte, den man der Gestalt Jacobys zumaß. Tatsächlich finden sich im politischen Zickzack dieses Lebenswegs gleichsam vorgezeichnete Spuren für den Franz Mehrings: 1848 begrüßte Jacoby die Revolution mit einer emphatischen Rede, die Marx in der «Neuen Rheinischen Zeitung» vom 6. Juni 1848 «die beste der ganzen Sitzung nannte» und in der es hieß: «Ich für meinen Teil nehme nicht Anstand, die Revolution als Revolution anzuerkennen, als solche sie mit Freude und Dank zu begrüßen. Für mich ist der Kampf in jenen denkwürdigen Tagen des März keine bloße Begebenheit, es ist die großartigste Volkstat, die Preußens

Geschichte seit den Jahren 1813 und 1814 aufzuweisen hat, in ihren Folgen, hoffen wir, bedeutsamer einst als jener Freiheitskrieg. Die Bürger Berlins dürfen stolz sein auf diese Revolution, und – ich bin stolz darauf, Berlins Abgeordneter zu sein.»[11]

Selbst hier liest sich jener Sittlichkeits-Kodex heraus, den wir als motivierendes Gesetz bei Franz Mehring entdecken werden – ob in seinen Parteinahmen oder Parteiquerelen, ob in seinen ästhetischen Bewertungen (etwa Schillers) oder philosophischen Verdammungen (etwa Nietzsches). Noch in seiner brillanten Schopenhauer-Studie aus dem Jahr 1909 taucht ein Satz auf, der sich wie die Skizze zu einem kritischen Selbstporträt liest:

«Schopenhauer tat einen entscheidenden Schritt über Kant hinaus, indem er das Mitleid für das Fundament der Moral erklärte. Seinem Ursprung nach ist es ihm freilich ein geheimnisvoller Vorgang im Menschen; Schopenhauers unsoziales Denken hinderte ihn, die sozialen Triebe zu erkennen, in denen die Moral wurzelt.»[12]

Es ist jene Haltung, die von Engels und Marx bis Lenin dem Königsberger Demokraten gegenüber Respekt abnötigte; aber auch Unverständnis. Als Jacoby – nach Jahren politischer Abstinenz – sich 1872 öffentlich zur Sozialdemokratie bekannte, war das wiederum eher Bekenntnis denn politische Kenntnis – er war empört über den Hochverratsprozeß gegen Bebel und Liebknecht. Marx, der ihn soeben noch einen «bloßen Popularisierer und Verflacher»[13] genannt hatte, dessen Vorgänger zu sein er sich weigere, nannte das «sehr lobenswert. Welcher andre old radical in Europa hat diese Ehrenhaftigkeit und diesen Mut besessen, so direkt sich auf die Seite der proletarischen Bewegung zu stellen»[14]; und Lenin schrieb, daß «Jacoby einer der wenigen – richtiger dürfte es sogar sein, zu sagen, einer der außerordentlich seltenen bürgerlichen Demokraten Deutschlands ist, die nach den Lehren der Jahre 1870 und 71 nicht zum Chauvinismus und nicht zum Nationalliberalismus, sondern zum Sozialismus übergingen»[15].

Als aber jene starrsinnige Integrität Jacoby bewog, bei den Reichstagswahlen 1874 ein Mandat abzulehnen, weil er nicht Mitglied eines Reichstags sein könne, der auf einem Rechtsbruch basiere – da galt das Wort vom «Moralpolitiker» als Schimpfwort. Noch 1918, in der Auseinandersetzung mit dem Revisionismus, hatte Lenin empört gefragt: «Darf man es dulden, daß sogar Menschen wie Mehring und Zetkin sich mehr ‹moralisch› als theoretisch von Kautsky abgrenzen?»[16]

Wilhelm Blos schildert in seinen Denkwürdigkeiten die Affäre, die Jacobys politische Laufbahn beendete:

«Sein Name hatte auch bei den Bürgern und Bauern einen guten Klang; man erinnerte sich, daß er im Jahre 1848 zum König von Preußen in dessen Schlosse gesagt hatte: ‹Das ist das Unglück der Könige, daß sie die Wahrheit nicht hören wollen!› – Wir arbeiteten mit Feuereifer für ihn und ich erinnere mich, daß ich trotz meiner Blutspuckerei in einer stürmischen Regennacht mehrere Stunden zu Fuß zurücklegte, nur um in einer Versammlung für Jacoby eintreten zu können.

Die Wahlerfolge waren für jene Zeit großartig; wir eroberten in Sachsen sechs Mandate, die Lassalleaner anderwärts zwei. Dazu gab es Stichwahl und wir boten alle Kräfte auf, um zu siegen. Da, einige Tage vor der Wahl, als ich spät nachts im Schriftstellerverein erschien, nahm mich Professor Wuttke auf die Seite und sagte: ‹Sie hoffen in der Stichwahl im Landkreise zu siegen.› ‹Jawohl!› antwortete ich. ‹Nun›, sagte Wuttke, ‹wenn Jacoby gewählt wird, so wird er die Wahl ablehnen.› Ich fuhr zurück: ‹Das ist unmöglich.› ‹Sie werden sehen!› sagte Wuttke. Ich schrieb noch in der Nacht an Jacoby und erhielt von ihm umgehend die Antwort: ‹Ich denke nicht daran, meine Kandidatur zurückzuziehen.›

Nun war ich beruhigt. Wir siegten und der Jubel war ungeheuer. Aber gerade zehn Minuten vor der großen Versammlung, in welcher das definitive Wahlresultat verkündet und der Sieg gefeiert werden sollte, erhielt ich einen eingeschriebenen Brief von Jacoby, in dem er anzeigte, daß er die Wahl ablehne.

Ich telegraphierte verzweiflungsvoll und es erfolgte die telegraphische Antwort, daß die Ablehnung schon dem Wahlkommissär angezeigt sei. Die Stimmung bei der ‹Siegesfeier› kann man sich denken.

Man kann sich auch denken, daß ich wie vom Donner gerührt

war. Ich junger Dachs war zu unerfahren gewesen, um genau zwischen ‹Kandidatur› und ‹Wahl› zu entscheiden. Es war aber auch nicht recht, auf diese Unerfahrenheit zu spekulieren.

Jacoby hatte auch eine Begründung seiner Ablehnung beigelegt. Er sagte darin, er glaube nicht, daß man auf parlamentarischem Wege einen Militärstaat in einen Volksstaat umgestalten könne. Auch beruhe das Reich auf einem Rechtsbruch, der 1866 geschehen sei. Wir antworteten, daß die preußischen Staatsstreiche von 1848 und 1849 Jacoby doch auch nicht verhindert hätten, ein Mandat in der zweiten preußischen Kammer auszuüben, und meinten, er hätte sich mit seinen Anschauungen überhaupt nicht als Kandidat aufstellen lassen sollen.

Diese Haltung Jacobys erregte viel Erbitterung und Engels schrieb mir zornig: ‹Der Mann ist zu weise!› »[17]

Dieses Mannes Blatt also war die «Zukunft», gegründet 1867, eingegangen am 31. März 1871; geleitet wurde sie von dem 1822 geborenen ehemaligen Redakteur der «Vossischen Zeitung», Guido Weiß, der nebst seinem Schüler Mehring wohl der bedeutendste Journalist der radikal-bürgerlichen Demokratie genannt werden kann. Nach der Gründung der Eisenacher Partei sympathisierte er nicht nur mit ihr, sondern kooperierte auch mit Liebknecht und dessen «Volksstaat» so eng, daß Engels gelegentlich von «unseren Guidos und Wilhelms» sprechen konnte. Nach dem Eingehen der «Zukunft» trat Weiß in die Redaktion von Leopold Sonnemanns «Frankfurter Zeitung» ein, bis er 1873 sein Wochenblatt für Politik und Literatur, «Die Wage», gründete. Der politische Standpunkt des hochgebildeten Mannes – «ganz in den klassischen Überlieferungen unserer klassischen Literatur groß geworden, der Weg zur Freiheit sollte ihn über die Schönheit führen»[18] – war für Mehring ebenso vorbildhaft wie sein ästhetisches Kategoriensystem. Weiß war Lassalleaner – aber war mit den «Eisenachern» Bebel und Liebknecht so eng verbunden, daß er Liebknecht zum Leipziger Korrespondenten der «Zukunft» machte; statt die finanzschwache Zeitschrift aber mit dem «Volksstaat» zu verbinden, strebte er eine Vereinigung mit der großbürgerlich-demokratischen «Frankfurter Zeitung» an (die der Deutsch-Französische Krieg verhinderte; eine Protestnote gegen die Annexion Elsaß-Lothringens wiederum trug seine und Mehrings Unterschrift).

Mehring war sozusagen bei Guido Weiß in die Lehre gegangen. Seine anonymen oder mit Signaturen gezeichneten Beiträge in der «Zukunft» bewegten sich auf dessen Linie – kein Zufall, daß er sich der Sedan-Begeisterung nicht entziehen, seinen «Preußenstolz» 1870/71 nicht zügeln konnte. Vorerst war die Faszination eher formal: «An Guido Weiß, der meines Erachtens zu den feinsten Stilisten in der Literatur des 19. Jahrhunderts gehört, war ich von der ästhetisch-literarischen Seite gekommen»[19], erinnerte er sich Jahrzehnte später. Und doch war es der Aufbruch zu mehr.

Bis 1873 schrieb Mehring für allerlei belanglose Blätter und Korrespondenzbüros. «Die Zukunft» war eingegangen, der Demokratischen Partei hatte er den Rücken gekehrt. Aber ab 1874 zeichnet sich deutlich eine Wende ab: Mehring ist jetzt Mitarbeiter der beiden bedeutenden demokratischen Blätter «Frankfurter Zeitung» und «Die Wage». Die 1856 von dem Frankfurter Bankier Leopold Sonnemann gegründete Zeitung nimmt eine ganz besondere Stellung in der frühen sozialistischen Bewegung ein – Sonnemann selber war radikaler Demokrat, Mitbegründer des Verbandes der deutschen Arbeitervereine, eng befreundet mit Bebel, allgemein als wichtiger Verbündeter angesehen; Marx besuchte ihn 1875, blieb aber stets skeptisch gegen den «Weltmann, dem man das Bewußtsein seiner Wichtigkeit ansieht».

Mehring ist der Berliner Korrespondent, also politischer Berichterstatter. Er beobachtet die sozialistische Bewegung – nimmt aber keineswegs teil; er wird zum Gegner Bismarcks – will aber, wie Jacoby den besseren König, nur einen besseren Reichsverweser; Mehring will Reformen, gewiß keine Revolution. Lassalle, nicht Marx – den er zu dieser Zeit offenbar nicht kennt, während er Lassalles Schriften gelesen hat, den Mann verehrt. Schon jetzt ist deutlich: Mehring argumentiert ad personam, und er polemisiert aus moralischer Haltung. Er wird zum Verteidiger der Arbeiterbewegung, weil er die Haft Bebels und Liebknechts empörend findet; keine Zeile seiner Artikel verrät

Kenntnis der marxistischen Theorie, «Das Kapital» mag er ähnlich Freiligrath für eine Anleitung für Unternehmer gehalten haben. Aber in der «Geschichte der Frankfurter Zeitung» heißt es: «Während des größten Teils des Jahres 1874 und bis ins Jahr 1875 hinein wurde die Stellungnahme der ‹Frankfurter Zeitung› zur Arbeiterfrage und zur Sozialdemokratie vorwiegend von ihrem Berliner Korrespondenten bestimmt ... Die soziale Frage galt ihm als das parteibildende Prinzip der Zukunft.»[20]

Es bilden sich in diesen Jahren Grundmuster heraus, die Mehring sein lebelang nicht wird verleugnen können. Er begreift bereits die theoretische Überlegenheit der Eisenacher gegenüber den Berlinern (i. e. Lassalleanern) – seine Kritik richtet sich aber eher gegen den bizarren Byzantinismus und Personenkult um Lassalle als gegen dessen Theorien (die er teilt). Umgekehrt wiederum stoßen ihn gemeine, glatte Phraseologie, Geschmack- und Taktlosigkeit sozialdemokratischer Führer ab; er fürchtet gar Explosionen, verursacht durch das geringe intellektuelle Niveau –, wünscht sich dagegen eine friedliche Entwicklung, geführt von gebildeten Männern, Wissenschaftlern, Intellektuellen. «Form- und Maßlosigkeit der agitatorischen Schriften und Reden» stoßen ihn ebenso ab wie der Bildungshaß, den er wittert, und die «prinzipiell-theoretische Verflachung der Partei»[21].

Zwei Ereignisse zeigen das Suchende, Unentschiedene, ja Widerläufige in Mehrings Entwicklung, zeigen den beginnenden Pamphletisten. Vorerst kein Theoretiker, sondern einer, der sich wehrt. Und der in Schutz nimmt.

Der nationalliberale Historiker Heinrich von Treitschke hatte 1873 in den «Preußischen Jahrbüchern» einen Essay «Der Sozialismus und seine Gönner» publiziert, eine offene Streitschrift gegen die Sozialdemokratie. In die Debatte, die unter anderem von dem Katheder-Sozialisten Gustav Schmoller aufgegriffen worden war, schaltete sich Mehring ein mit einem Aufsatz «Herr von Treitschke der Sozialistentöter und die Endziele des Liberalismus», der in der «Wage» erschien; Mehring hatte sich Guido Weiß gegenüber empört, «daß Treitschke eigentlich schon von jedem Arbeiter widerlegt werden könnte». Weiß hatte darauf gesagt: «Schreiben Sie mir doch ein paar solche Artikel für die ‹Wage›.»[22]

Das tat Mehring – anonym, gleichsam als Arbeiter verkleidet. Daher – nicht als Bestimmung des eigenen Standorts, sondern als Camouflage – argumentiert Mehring «ich als Sozialdemokrat», «meine Parteigenossen», «meine Partei». Er wehrt die antisozialistische Position Treitschkes ab – von einer nicht sozialistischen Position aus. Mehrings Argumentation ist die – Schmollers; und Lassalles. Klasse ist «Stand», Klassenkampf wird aufgelöst in ideale Gesinnung, die Arbeiter sollen nicht etwa die Macht ergreifen, sondern auf die Höhe von Gesittung und Wohlstand emporgehoben werden. Kein revolutionäres Konzept, sondern ein philanthropisches. Marx nannte «die kleine Broschüre gegen Treitschke – sehr langweilig und seicht geschrieben»[23]; und Mehring selber fand Jahrzehnte später, «daß sie der wissenschaftlichen Gedankenwelt des Sozialismus noch vollkommen fern steht»[24].

Der Name Marx taucht - parenthetisch – auf den 50 Seiten viermal auf, der Name Engels gar nicht. Dafür ist bis in die Titelgebung hinein Lassalles Einfluß deutlich – dessen 1862 erschienene Streitschrift «Herr Julian Schmidt der Literaturhistoriker» fand Mehring nicht nur vorbildlich, sondern ahmte sie noch öfter nach («Herr Hofprediger Stoecker der Sozialpolitiker»). Und noch einmal anders: Diese Artikelserie, die er als letzte von Mai bis Juni 1875 in der «Wage» veröffentlichte, bot Mehring Liebknecht an. In einem Brief vom 21. Mai heißt es: «In der heutigen Nummer der ‹Wage› beginnt ein längerer Aufsatz von mir, der die Kontroverse Schmoller – Treitschke in möglichst maßvoller, aber gründlicher Weise behandelt. Da der Essay des Treitschke als eine Art Musterleistung in Vernichtung der Sozialdemokratie von der gesamten liberalen Presse gefeiert worden ist, so wäre es Ihnen vielleicht nicht unangenehm, eine Gegenschrift im Broschürenverlag des ‹Volksstaat› zu haben, und ich erlaube mir Ihnen meinen Aufsatz dazu anzubieten. Ich würde natürlich nichts verlangen als auf dem Titelblatt den Vermerk: Separatabdruck aus der ‹Wage›.»[25]

Der Untertitel der bald darauf in der parteieigenen Genossenschaftsbuchdruckerei Leipzig erschienenen Broschüre lautete «Eine sozialistische Replik». Das stimmte, und stimmte wiederum nicht.

Das Jahr 1875 ist von besonderer Bedeutung in der Geschichte der deutschen Arbeiterbewegung. Vom 22. bis 27. Mai hatte der Gothaer Parteitag stattgefunden, auf dem sich die Eisenacher mit den Lassalleanern vereinigt hatten – ein Werk Bebels und Liebknechts, vor allem mißtrauisch beäugt von «den beiden Alten» in London, wo auch prompt die fundamentale «Kritik des Gothaer Programms» entworfen wurde. Mehring hingegen gratulierte Liebknecht: «Zunächst meine besten Glückwünsche zu dem Verlaufe des Gothaer Kongresses; die Fusion ist der beste und größte Fortschritt, welchen die sozialistische Arbeiterpartei machen konnte.»[26] Eine anschließende Verhandlung Liebknechts mit Mehring, in der er dem inzwischen bekannten Journalisten die Leitung eines noch zu gründenden belletristischen Wochenblatts der Partei («Neue Welt») anbot, zeigt Mehrings äußerste Annäherung: er lehnt zwar wegen anderer Verpflichtungen vorläufig ab (unter anderem auch, weil das Gehalt zu gering war), schreibt aber: «... ich kann Sie nur nochmals versichern, daß es mein aufrichtiger Wunsch ist, der Partei nach Möglichkeit nützen zu können ...»[27]

Annäherung und Kehrtwendung. Es beginnt nämlich ganz unmittelbar jene Phase, in der Franz Mehring zum wütendsten Gegner der Sozialdemokratie wurde. Ursache war wiederum ein «Ehrenhandel»: Aus der «Frankfurter Zeitung» war er ausgeschieden, weil er es als unerträglich empfand, daß neben ihm meinungslose Soldschreiber Berliner Berichte lieferten, Skribenten, die zugleich in konträr anders gerichteten Blättern konträr anderes publizierten. Leopold Sonnemann, dann doch mehr Unternehmer als Meinungsmacher, hatte sich vor der Alternative, flotte Wirkwaren entbehren zu müssen für sein Blatt oder sich von einem «Gesinnungstäter» zu trennen, für letzteres entschieden. Die «anderen» Verpflichtungen, derentwegen Mehring Liebknechts Angebot ausgeschlagen hatte, existierten nicht mehr.

Mehring veröffentlichte plötzlich in der schlecht beleumundeten «Staatsbürger-Zeitung», einem Organ wirrer sozial-liberaler Prägung, eher Skandalblatt als seriöse Zeitung, das, was Mehring bisher bekämpft hatte. Auch der sorgsame Biograph seiner vorsozialistischen Zeit, Thomas Höhle, nennt es «unerfreulich, was Mehring bewogen haben mag, ausgerechnet an der ‹Staatsbürger-Zeitung› Leitartikler zu werden»[28]. Dort eröffnete er eine journalistische Kanonade auf Leopold Sonnemann. Mehring hatte Unterlagen erhalten, daß Sonnemann sich bis an die Grenze des Unredlichen in Gründergeschäfte eingelassen und seine publizistische Macht mißbraucht hatte, ebendiese zu verschleiern. Die Gründerskandale hatten den so eckig-integren wie jähzornigen Mehring seit eh angeekelt, er hatte sogar den konservativen Politiker und Philosophen Eduard von Hartmann als ideologischen Exculpator dieser «Gründungen der Schwindeljahre» verdächtigt, diese lügnerische Pseudolösung sozialer Fragen letztlich auf Schopenhauers «hochmütig einherstelzenden Pessimismus»[29] zurückgeleitet. Jetzt griff er an: «Somit erheben wir Anklage gegen den Reichstagsabgeordneten zu Frankfurt a. M., Herrn Leopold Sonnemann, daß er während der Schwindelperiode seine öffentliche Vertrauensstellung als Besitzer und Leiter der ‹Frankfurter Zeitung› benutzt hat zu heimlichen Gewinnsten aus Gründungen, über welche das Publikum in seinem Blatte ein unbestochenes und unparteiisches Urteil zu erwarten berechtigt war.»[30]

Richtigstellungen, Widerrufe, neue Anschuldigungen, Prozesse in erster und zweiter Instanz (in erster verlor, in zweiter gewann Mehring) – es war eine Bataille voller Hysterie, ähnlich fast den Schlachten des später von ihm so verabscheuten Maximilian Harden. Nur: Mehring hatte außer acht gelassen, daß die sozialistische Linke in Sonnemann einen wichtigen Verbündeten sah, einen unentbehrlicheren offenbar als in ihm, der zwar eine brillante Feder hatte – aber nur eine. Sonnemann dirigierte Regimenter.

Die Affäre ist nicht ohne Peinlichkeit für alle Seiten. Mehring war gewiß nicht ohne Animosität gegen den ehemaligen Chef; eine überempfindliche Reizbarkeit wird von allen Zeitgenossen berichtet. Nicht nur Bebels Wort vom «psychologischen Rätsel Mehring» ist überliefert, auch Kautsky – Jahre später – klagt in einem Brief an Engels, daß er «einen Berliner Korrespondenten habe, der furchtbar subjektiv ist und der einer Kontrolle dringend bedarf»[31]. Selbst der Nachruf Clara Zetkins betont die Streitlust des Weggefährten:

«Er war stark in seinem Groll wie in seiner Überzeugung, in seinem ritterlichen Mitgefühl für Verkannte und Geächtete, in seiner Freundschaft. Hurtig und schneidig flog ihm das Schwert aus der Scheide, und im Feuer des Kampfes, in der Freude an der glänzenden Waffenführung fiel mancher Hieb härter als nottut, sachlicher Widerstreit konnte zu persönlicher Entfremdung und Gegnerschaft führen.»[32]

Clara Zetkin beanspruchte Mehrings Hingabe an den Kampf der Arbeiterklasse als die «reine Quelle» seiner Schärfe. Wie immer – Tatsache ist, daß er ein gefürchteter Streiter, ein Florettfechter der Feder war, in Fehden verwickelt sein lebelang und niemandem untertan als dem eigenen Moralgesetz. Bis hin zur Krönung seines Lebenswerks, der Marx-Biographie, die er «frei von Marx-Pfaffentum» schreiben wollte, blieb er sein eigener Souverän. *Das* ist das Zentrum von Mehrings Produktivität, *das* macht ihn überlegen der eigenen Widersprüchlichkeit: er war kränkbar. Polemik ohne Moralität ist Häme. Franz Mehring war ein großer Polemiker. Deshalb konnte er auch nicht verstehen, daß die Tageszeitung der Berliner Parteiorganisation beispielsweise, die «Berliner Freie Presse», aber auch sonst fast ausnahmslos die ganze Partei sich hinter Leopold Sonnemann stellten. Nicht ihm, der die Wechsler aus dem Tempel der Publizistik treiben wollte, gab man Schützenhilfe, sondern dem Klassenfeind.

Diesen evidenten Widerspruch zwischen Moral und Politik hat Mehring nie akzeptiert, das war nicht sein Politikverständnis. Die handhabbare Algebra von Strategie und Taktik, die stets auch schäbiges Taktieren erlaubt, war dem Schüler Jacobys und Exegeten Kants fremd. Mehring hätte – wenn ein sehr überspitztes Beispiel erlaubt ist – den Hitler-Stalin-Pakt nie akzeptiert. Diese Gradheit bis zur Hybris prägte alle seine Parteiauseinandersetzungen, gab ihm die Fähigkeit, nicht nur großen Gestalten der Arbeiterbewegung wie Lassalle oder Bakunin gerecht zu werden, gar in spitzen Polemiken gegen Gralshüter wie Rjazanoff zu verteidigen, sondern auch sich selber in Schutz zu nehmen, gar im überlegenen Ton der Philippika:

«Ha, ihr muntern Wölflein, beißt mich nur aus der Partei. Ich habe im Dienste der Partei geschuftet, wie nur ein Proletarier im Joche des Kapitals schuften kann: die Arbeiten, die ich für die Partei geleistet habe, ließen sich nicht mit einem acht-, nicht einmal mit einem zehn-, oft genug nur mit einem zwölf- und mehrstündigen Arbeitstage bewältigen. Aber ich habe nie eine Zeile für die Partei geschrieben, die sie nicht verlangt hat, und wenn sie mich nicht mehr brauchen kann, nun wohlan denn, so stürze ich mich in die Wonne wissenschaftlicher Arbeit, so kann ich, ungestört durch alle Tagesplackerei und Zeitungsschreiberei, um so eifriger weiter bauen an dem Lebenswerke meiner großen Meister Marx, Engels und Lassalle, deren Erbe ich auf manchen und nicht unwesentlichen Gebieten besser verwalten kann, als irgendeiner unter den Lebenden. Das steht über mir, wie es über der Partei steht. Meine Person mögen die Wölflein wegbeißen, aber an meinen Werken werden sie sich die Zähne zerbrechen. Die bleiben in der Geschichte der deutschen Arbeiterbewegung. Da reicht kein Haß, kein Neid, keine Verleumdung heran.»[33]

Noch aber tobte die Affäre Sonnemann. Mehring war empört über die Treulosigkeit, den Verrat der sozialistischen Freunde, denen er sich gerade genähert hatte. Er erfuhr auch von finanziellen Verknüpfungen der sozialdemokratischen Führer mit dem Zeitungsmillionär. Liebknecht erklärte zwar, er habe in seinem ganzen Leben weder als Geschenk noch als Darlehen auch nur einen Pfennig von Sonnemann erhalten. Das stimmte wohl – es stimmte aber auch, daß Bebel sehr wohl Geld von Sonnemann erhalten hatte. Eine schmähliche Angelegenheit, deren Vertuschen an die von Stalin niedergeschlagene Wittorf-Affäre erinnert, den Griff von Ernst Thälmanns Schwager in die Parteikasse. Aber auch Mehring machte eine klägliche Figur im Zeugenstand:

«*Rechtsanwalt Holdheim:* Haben Sie einen Brief Mehrings an

Guido Weiß gelesen, in welchem er erklärte, er sei ein elender Mensch, die alleinigen Motive seines Handelns seien Haß und Rachsucht, und er müsse seine besten Freunde zu vernichten trachten?

Zeuge Dr. Stern: Gesehen habe ich diesen Brief nicht, aber ich habe von meinem Schwiegervater gehört, daß ein solcher existiert haben soll. Weiß war edel genug, ihn Mehring zurückzugeben.

Mehring: Ich weiß von der Sache nichts.

Zeuge: Dann darf ich Sie erinnern, daß Sie Weiß um ein größeres Darlehen baten, ihm Ihren Lebensweg schilderten, erklärten, daß Ihr Leben gänzlich verwüstet und zerstört sei, daß Sie mit Ihren nächsten Angehörigen zerfallen seien usw., mit einem Worte, daß Sie ein Selbstbekenntnis ablegten, welches im wesentlichen das enthält, was der Herr Anwalt gesagt hat.

Mehring: Ich bestreite, einen Brief dieses Inhalts geschrieben zu haben.»[34]

Wie dem auch war – dieser Brief geisterte durch die Presse, der Skandal fand selbst (mit einer Attacke auf Mehring) Eingang in den Gothaer Parteitag, der im August 1876 zu Ende ging.

Am 1. September begann im Feuilleton der «Magdeburger Zeitung» eine Artikelserie zu erscheinen, «Zur Geschichte der deutschen Sozialdemokratie». Ihr Autor: Franz Mehring.

Hatte er aus «Haß und Rachsucht seine Freunde zu vernichten» begonnen? Jedenfalls war es eine fulminante Attacke, nicht nur auf sozialdemokratische Führer, sondern auch auf den Inhalt ihrer Lehre, auf die mögliche Praxis des Sozialismus[35]. Nicht nur ist Marx nun – im Vergleich zu Lassalles «Tatze des Löwen» – ein funkelndes Schlangenauge, ein berechnender Grübler, dessen Polemik «einen unsäglich keifenden, kleinlichen, versteckten, widerwärtigen Zug hat», und der sich fairen Auseinandersetzungen «gleich dem Tintenfisch in einer Wolke von Schimpfworten» entzieht – Mehring findet, «daß der deutsche Arbeiterstand keinen gefährlicheren und unversöhnlicheren Feind hat als die deutsche Sozialdemokratie». Das eben noch begrüßte Gothaer Programm ist jetzt «ein allgemeiner, flüssiger Brei, den es schwer ist, zum Stehen zu bringen, um die kritische

Sonde überlängst ansetzen zu können». Aber Mehrings Kritik beschränkt sich nicht nur auf den Überfall – er sieht auch Widersprüche im kategorialen System: etwa Marx' Abschlußfeststellung auf dem Haager Kongreß 1872, der die I. Internationale «beerdigte» und in der es hieß, man wolle nicht leugnen, daß es industriell hochentwickelte Länder gibt, in denen die Arbeiter ohne Revolution, durch friedliche Mittel zu ihrem Ziele kommen können. Als erster Historiker hat Mehring diesen frappanten und bis heute gern unterschlagenen Satz hervorgehoben. Oder das unbefragte Einnehmen des Darwinismus:

«Und beiläufig mag gleich hier bemerkt werden, daß die Socialdemokratie, die heute den reinen Communismus vertritt, keinen tödtlicheren und unversöhnlicheren Feind hat, als den Darwinismus und daß, wenn sie gelegentlich mit demselben kokettiert, es selbst in unserer an Nonsens eben nicht armen Zeit keinen höheren Gipfelpunkt des Widersinns giebt. Denn der Darwinismus in seinen beiden Hauptsätzen, dem Kampfe um's Dasein, welcher der größeren Kraft das größere Recht verleiht, und der natürlichen Zuchtwahl, die unablässig auf eine aristokratische Gliederung der Gesellschaft drängt, schlägt den Communismus pur et simple todt.»[36]

Aus vergrätzter Kränkung wurde nicht nur Bosheit. Mehring hat auch in diesem Pamphlet – wie immer bei ihm entstanden aus personengebundener Beißwut – versucht, Grundsätzliches aufzuarbeiten. Es wird zu zeigen sein, daß auch seine prägnantesten, gleichzeitig angreifbarsten Formulierungen in aestheticis einer polemischen Grundstellung sich verdanken. Das flaggenhissende Finale seiner Streitschrift allerdings hat, nach analytischen Angängen, nur noch den Charakter der Farce:

«Über die Einzelheiten ihres Zukunftsstaates ist von unseren sozialdemokratischen Mitbürgern keine Auskunft zu erhalten. Sie weigern sich dessen auf's Entschiedenste. Die Einen sagen, es würde überhaupt eine unqualificirbare Unverschämtheit sein, wenn heute schon Einzelne bestimmen wollten, wie dereinst das souveräne Volk der Zukunft seinen Staat einrichten solle. Andere meinen, die Sache sei zu weitläufig, um jetzt schon auseinandergesetzt zu werden. Es böten sich ja unendlich viele Wege, aber gerade das sei das Tröstliche; denn je mehr Wege, um so größer die Wahrscheinlichkeit, daß mindestens der eine oder der andere praktikabel sei. Ginge es so nicht, dann ginge es eben anders. Ein Dritter wittert gar in der ganzen Frage nur eine Falle: ‹Schildern wir unseren Zukunftsstaat, dann sagen die Bourgeois, das seien ja lauter Utopien; schildern wir ihn nicht, dann sagen sie, wir wüßten selbst nicht, was wir wollten.› Dies famose Dilemma hat vielleicht doch noch tiefere Gründe, als die Tücke der ‹Bourgeoisie›...

Kein Zweifel: der geistige Gehalt der deutschen Sozialdemokratie ist einer erschreckenden Schwindsucht anheimgefallen; immer krasser tritt die gallertartige, muskellose Natur des modernen Kommunismus hervor. Er nennt heute grün, was er gestern blau nannte und was er morgen rot nennen wird. Fast über jede öffentliche Frage kann man in der sozialdemokratischen Literatur zehn verschiedene Ansichten finden, die sich vom sanftesten Moll des Stimmenfangs bis zum grellsten Dur unfehlbarer Gesinnungstüchtigkeit steigern...

Wie der innerste Kern der Sozialdemokratie Haß gegen das Vaterland ist, so ist unsere mächtigste Waffe gegen sie die Liebe zum Vaterlande. Fester, tiefer, treuer müssen wir verwachsen mit dem nationalen Staate; das höhnische Wort Scherr's, daß dem radikalsten Preußen doch in der innersten Herzgrube das preußische Wappentier eingeätzt sei, gilt leider noch nicht vom deutschen Reiche. Erst dann, aber dann auch gründlich wird die Sozialdemokratie überwunden sein, wenn die lockende Stimme des Versuchers, wo immer sie auf deutschem Boden sich erhebt, erstickt wird von dem brausenden, jubelnden Rufe: Hie Deutschland allewege!»[37]

Doch merkwürdig: Dieser Kleist «schickte sich unter die Menschen». Jenes Phänomen der Ungleichzeitigkeit – Stigma wie Charakteristikum des Schriftstellers Franz Mehring – ist genau in drei Phasen zu beobachten. Er fährt fort, die Sozialdemokratie in allerlei Publikationen zu attackieren, er verfaßt eine fundierte Artikelserie über die Pariser Kommune, in der er nicht nur Marx' Schrift, sondern auch das Buch des Kommunarden Lissagaray behandelt, der Eleanor Marx einst nahestand; er veröffentlicht dies gar in den «Preußischen Jahrbüchern», die – Heinrich von Treitschke herausgibt; er lehnt Revolution ab, 1848 ist nur mehr «das tolle Jahr»: einerseits. Andererseits: Noch im selben Jahr, in dem die 3. Auflage seiner Bremer Streitschrift erscheint, wendet er sich in der «Weser-Zeitung» bereits gegen den anti-sozialen Trend der Bismarckschen Gesetzgebung. Er stellt «mit schwerstem Herzen, aber mit der unbezweifelbaren Gewißheit des Einmaleins die traurige Tatsache fest», daß ein halbes Jahr nach dem Sozialistengesetz und feierlichen Verheißungen, für das Wohl der arbeitenden Klassen Sorge tragen zu wollen, man «am Vorabende einer Klassengesetzgebung» stünde, die auf Kosten der Arbeiter die besitzenden Schichten des Volkes entlasten will[38]. Mehrings ethische Argumentation führt ihn rapide zu einer politischen: das Elend der Familien ausgewiesener Sozialdemokraten und ihre Haltung, ihr «Maß an geistigen und sittlichen Eigenschaften»[39], führen ihn zu einer völlig veränderten politischen Sicht. Schon Ende 1883 ist er einer der prominentesten Kämpfer gegen Bismarck und das Sozialistengesetz. Der große sozialdemokratische Wahlsieg vom Oktober 1884 aber öffnet für ihn wieder einen Abgrund. Er nähert sich einstweilen wieder bürgerlich-demokratischen Vorstellungen, schreibt in den «Demokratischen Blättern», von denen er Gesinnungsbelege an Bebel zu schicken beginnt – die er aber in seinen großen biographischen Selbstdarstellungen «Kapital und Presse» und «Meine Rechtfertigung» nie erwähnt.

Es beginnt nun ein eigenartiges Hin und Her. Personelle Kontakte stellen sich wieder ein, er schreibt gar an Engels, der sich bei Bebel verwundert: «Herr Franz Mehring schreibt mir jetzt zum zweiten Mal, ich soll ihm Material für eine Biographie etc. von Marx zur Verfügung stellen, und macht mir u. a. die unverschämte Zumutung, ihm unersetzliche Schriften von uns, die er sich dort nicht beschaffen kann, ‹leihweise› nach Berlin zu schikken. Ich werde ihm nicht antworten ...»[40]

Aber seit 1884 ist Mehring Mitarbeiter, später Chefredakteur der «Volks-Zeitung», die schon seit längerer Zeit seine Berichte aus der Bremer «Weser-Zeitung» nachgedruckt hatte. Dieses zum Mosse-Konzern gehörende liberale Blatt mit großer Lesergemeinde wurde nun die Tribüne für Mehrings immer schärfer werdenden Kampf gegen Bismarck und die Sozialistengesetze. Es ist die Zeit, in der Mehring wohl erstmals gründlich die Schriften von Marx und Engels liest, in der sein Interesse sich auch stärker philosophischen und literarischen Themen zuwendet. Ein Veränderungsprozeß ist deutlich erkennbar – zum 90. Geburtstag von Wilhelm I. steht ihm zwar noch «die greise Gestalt des Wiederherstellers des Deutschen Reiches hoch» über allen politischen Kämpfen, aber den Sedanstag, einst Datum patriotischen Hochgefühls auch für Mehring, will er sich von Nationalisten nicht «enteignen», gar umfunktionieren lassen zur Schiller- oder Fichte-Feier:

«Schiller und Lessing und Fichte sollen an eurem Sedanstag mitgefeiert werden? Da müssen wir doch sehr bitten. Seht, ihr habt ja alles, was euer Herz begehrt, ihr habt brillante Kavallerieattacken und Kanonen und Torpedos, ihr habt geniale Staatsmänner und einen edlen Adel, ihr habt den Johanniterorden und den Welfenfonds, ihr habt Ausnahmegesetze und die pflichttreuen Beamten Ihring-Mahlow und Naporra, ihr habt den Stoecker und Judenhetzer die schwere Menge, ihr habt sogar – Wunder über Wunder! – einen liberalen Oberpräsidenten, genug, ihr habt den wunderbarsten Raritätenkasten, den je ein modernes Kulturvolk gehabt hat, aber nun gebt euch auch zufrieden. Den Schiller und den Lessing und den Fichte, die laßt uns. Die gehören ja auch nur zu der ‹bürgerlichen Kanaille›, die spotteten sogar – denkt doch nur! – über die Vorstellung, daß der Adel besser sei als das übrige Volk; die waren ja auch nur Demagogen und Volksaufwiegler, erinnert euch doch nur! Schriebe der Schiller heute in Tirannos! oder veröffentlichte der Lessing seinen Nathan, oder träumte der Fichte von der ‹Gleichheit alles dessen, was Menschengesicht trägt› – ihr sperrtet sie ja ins Irrenhaus oder stelltet sie unter Aufsicht ‹pflichttreuer Beamter›.»[41]

Schiller, Lessing, Fichte – Mehrings Weg zum Marxismus war der des Ideologen, nicht der des Politikers. Auch sein Weg zur Freiheit führte über die Schönheit. Das prägt seinen Stil, der so unnachahmlich leicht und gleichzeitig präzise ist, der so leichtsinnig-amüsant – «was für ein Quark» – wie eindringlich-analytisch ist, zu so überraschenden wie berechtigten Apodicta führt: «Platen wurde der erste politische Dichter der deutschen Literatur... Ohne Platen kein Herwegh und kein Freiligrath!»[42]

Noch stand ihm die Partei fern, noch war ihm Volksaufruhr Horror, noch war er radikaler Demokrat. Aber er wies jetzt auf die Schriften von Marx hin, auf Artikel von Engels oder Kautsky, und veröffentlichte große Aufsätze über Schopenhauer, Uhland, Hutten oder Lord Byron, die ein Neues zeigten – Mehring bediente sich der Methode des historischen Materialismus. Männer machten nicht mehr Geschichte. Schon 1885 hatte Engels an Bebel geschrieben: «Die Artikel in der ‹Berliner Volkszeitung› sind sicher von Mehring, wenigstens weiß ich keinen anderen in Berlin, der so gut schreiben kann. Der Kerl hat viel Talent und einen offenen Kopf, ist aber ein berechnender Lump und von Natur Verräter; ich hoffe, man wird das im Gedächtnis halten, wenn er wieder zu uns kommt, was er sicher tut, sobald sich die Zeiten ändern.»[43]

Das war bald. Es gibt Anzeichen für einen sehr frühen neuerlichen Kontakt zwischen Liebknecht und Mehring, auch wenn er später gesagt hat, er habe zwischen 1884 und 1887 jede Beziehung zur Partei vermieden. Aus dem Frühjahr 1887 datiert jedenfalls ein Brief des führenden Sozialdemokraten Heinrich Braun an Kautsky: «Was dächtest Du darüber, Franz Mehring von der ‹Volkszeitung›, den ehemaligen giftigen Verleumder der Sozialdemokratie, ich meine keinen anderen, zur Mitarbeiterschaft an der ‹Neuen Zeit› aufzufordern. Ich halte Mehring nämlich für einen ganz außerordentlichen Schriftsteller, der durch sein jetziges Verhalten seine Jugendsünden wettgemacht hat und unserer Partei mehr als irgendeiner unserer Publizisten durch sein mutiges und geistvolles Auftreten in der demokratischen Presse nützt. Mehring ist jetzt, wie ich glaube, entschiedener überzeugter Marxist...»[44]

Briefe gingen hin und her, Mehring sah Bebel nun regelmäßig, die Familien verkehrten miteinander – die alte persönliche Bindung war wieder da. Es gab gar jenes später so inkriminierte «Souper bei Hiller» mit sozialdemokratischen Führern wie Bebel, Braun und Singer, das zum Geheimtreff stilisiert wurde.

Mehrings publizistische Position wurde radikaler, die «Volkszeitung» – unter seiner Führung um ein Drittel in der Auflage gestiegen und deshalb vom Verlag geduldet – war zeitweise sogar verboten, die einzige bürgerliche Zeitung, die vom Sozialistengesetz betroffen wurde. Immerhin hatte Mehring eine besondere Rubrik «Zur Arbeiterbewegung» eingeführt. Mehr noch: in einer Artikelfolge über «Die Hohenzollern und die Reformation» hatte er nahezu bekenntnishaft geschrieben, daß «alle bisherige Geschichte die Geschichte von Klassenkämpfen» war. Franz Mehring war Marxist geworden.

Der eigentliche Bruch aber brauchte wieder einen personalen Anlaß, einen «cause fameuse», mit dem Mehring sich gleichsam aus seiner bisherigen Existenz herauskatapultierte; eine umgekehrte Affäre Sonnemann: Im Sommer 1890, den Mehring großenteils auf Sylt verbrachte, war die Berliner Schauspielerin Elsa von Schabelsky an ihn herangetreten mit der Bitte um Hilfe – die Lösung ihres Verhältnisses mit Paul Lindau, dem Theaterkritiker des «Berliner Tageblatts», hatte sie tatsächlich aller Chancen an hauptstädtischen Bühnen beraubt, sogar ein abgeschlossenes Engagement zum Beispiel bei Ludwig Barnay wurde aufgehoben. Den Kontakt zu Mehring hatte ein unbekannter junger Journalist namens Maximilian Harden hergestellt – mit dem Mehring bald darauf eine Intim-Freundschaft verband; der witzig-bösartige Briefwechsel bringt einen devot lavierenden Maximilian Harden ins Bild, der sich sogar den Titel seiner Zeitschrift «Die Zukunft» von Mehring zuraten läßt[45]. Mehring griff «den Fall Lindau» als charakteristisch für die Korruption im Pressewesen auf, zahllose Artikel füllten sämtliche Berliner Zeitungen. Für ihn wurde die Sache prekär, als er in seiner Polemik den Typus, nicht das Individuum Lindau angriff, den staatserhaltenden, monokeltragenden Vor-Untertan, bismarckisch, unehrenhaft, korrupt – kurz: eine Stütze der Gesellschaft. Und als er in der bedrängten Kokotte und ihrer plötzlichen Mittellosigkeit nicht nur eine Sarah-Bernhardt-Rolle sah, sondern einen Paria, eine Proletarierin! Schon der Titel des Pamphlets «Kapital und Presse», das er seiner Broschüre «Der Fall Lindau» folgen ließ, zeigt die Weiterung ins Gesellschaftliche. Die zogen allerdings auch die Besitzer seines Blattes: Mehring wurde entlassen. Auflagentreibender Klatsch – ja. Aber ernsthafte Analyse – nein. Ein bürgerlicher Verleger mag sich in vielen Rollen üben – er ist zum Schluß noch immer Schaf im Wolfspelz, will sagen, opfert auch Auflage und Prestige seines Hauses, wenn die Linie gegen «sein Innerstes» geht. Für Franz Mehring war das prima vista schmähliche Ende in Wahrheit ein neuer Anfang. Von der «Volkszeitung» hörte man nie mehr.

Ab 1. Juni 1891 erschienen auf dem Titelblatt der sozialdemokratischen «Neuen Zeit» wöchentliche Berichte eines Berliner Korrespondenten, der mit o signierte. Mehrings Pfeil schoß aufwärts. Er wurde der führende kulturtheoretische Korrespondent der Sozialdemokratischen Partei, Vorsitzender der Freien Volksbühne von 1892 bis 1896, Feuilletonchef der «Neuen Zeit» von 1908 bis 1913, Chefredakteur der «Leipziger Volkszeitung» ab 1902, Mitglied des Zentralbildungsausschusses der SPD ab 1906 und Lehrer an der Parteihochschule.

Die theoretische Position, die Mehring in den kommenden Jahren erarbeitete, hängt unmittelbar mit seinen politischen Funktionen zusammen; diese wiederum spiegeln jeweils einen akuten Stand der politischen Debatte in der deutschen Sozialdemokratie. Alle drei Faktoren wirken ineinander. 1892 ist das Jahr der «Lessing-Legende» und von Mehrings Übernahme der Freien Volksbühne. Nachdem die sogenannten «Jungen» auf dem Erfurter Parteitag 1891 als anarchistischer Flügel von der Partei ausgeschlossen worden waren, spaltete sich der 1890 gegründete Verein Freie Volksbühne in die Neue Freie Volksbühne unter Bruno Wille und Mehrings Freie Volksbühne. Wille war Mitglied des ‹Friedrichshagener Kreises›, er und seine Freunde standen der neuen, zeitgenössischen Literatur nahe, die sie spielen wollten, dem Naturalismus. Mehrings Konzept – «Die Kunst dem Volke» stand und steht auf dem Gebäude der Berliner Volksbühne – bedurfte einer theoretischen Grundierung: Literatur als Teil der Geschichte.

Sie wurde erst einmal mit der Studie zu Lessing geleistet, die eigentlich eine Studie zu Friedrich II., zum Fridericianismus ist. Der Untertitel der 2. Auflage lautete zu Recht «Zur Geschichte und Kritik des preußischen Despotismus und der klassischen Literatur». Auch hier, wie immer bei Mehring, Positionsbestimmung aus Polemik – den «Keim zur Lessing-Legende», wie das II. Kapitel heißt, sieht Mehring im siebenten Buch von «Dichtung und Wahrheit» des ungeliebten Goethe: «Der erste und höhere eigentliche Lebensgehalt kam durch Friedrich den Großen und die Taten des Siebenjährigen Krieges in die deutsche Poesie.» Mehring rannte nicht nur gegen diesen Fridericianismus an, sondern auch gegen alle «Überlieferer» – die «Lessing-Legende» beginnt als eine Mammutrezension der bisherigen Lessing-Literatur. Sie begann ab Januar 1892 in der «Neuen Zeit» in Fortsetzungen zu erscheinen, der Zeit der großen Erfolge von Oscar Wilde, aber auch von Gerhart Hauptmann; 1893 lag die «Lessing-Legende» als Buch vor, «eine Rettung». Friedrich Engels, der bereits regelmäßiger Leser der «Volkszeitung» gewesen war und sie sich als einzige bürgerliche Zeitung stets in den Urlaub nachschicken ließ, war von Mehrings Arbeiten begeistert. Ob in Briefen an Bebel, Liebknecht oder Kautsky, immer wieder lobt er Mehrings Arbeiten als ausgezeichnet[46], ganz vorzüglich[47] – vor allem aber die «Lessing-Legende». Dieser erste grundlegende Versuch einer materialistischen Literatur-Geschichtsschreibung bringt nicht nur den persönlichen Kontakt zu Engels (Mehring schickt einen ersten Brief über Kautsky, aber Engels wollte «nicht beleidigend» sein und antwortete direkt), sondern auch in dieses Lob gleichsam eingebaut die wesentliche Kritik. – Was er schon in brieflichen Äußerungen immer wieder angedeutet hat – «den Lessing sagt man, den alten Fritz meint man»[48] –, ist in Engels' großem Brief vom 14. Juli 1893 an Franz Mehring als Antwort auf die Zusendung der Buchausgabe explicite angeführt.

«Sonst fehlt nur noch ein Punkt, der aber auch in den Sachen von Marx und mir regelmäßig nicht genug hervorgehoben ist und in Beziehung auf den uns alle gleiche Schuld trifft. Nämlich wir alle haben zunächst das Hauptgewicht auf die *Ableitung* der politischen, rechtlichen und sonstigen ideologischen Vorstellungen und durch diese Vorstellungen vermittelten Handlungen aus den ökonomischen Grundtatsachen gelegt und *legen müssen.*

Dabei haben wir dann die formelle Seite über der inhaltlichen vernachlässigt: die Art und Weise, wie diese Vorstellungen etc. zustande kommen. Das hat denn den Gegnern willkommenen Anlaß zu Mißverständnissen resp. Entstellungen gegeben, wovon Paul Barth ein schlagendes Exempel.

Die Ideologie ist ein Prozeß, der zwar mit Bewußtsein vom sogenannten Denker vollzogen wird, aber mit einem falschen Bewußtsein. Die eigentlichen Triebkräfte, die ihn bewegen, bleiben ihm unbekannt; sonst wäre es eben kein ideologischer Prozeß. Er imaginiert sich also falsche resp. scheinbare Triebkräfte. Weil es ein Denkprozeß ist, leitet er seinen Inhalt wie seine Form aus dem reinen Denken ab, entweder seinem eignen oder dem seiner Vorgänger. Er arbeitet mit bloßem Gedankenmaterial, das er unbesehen als durchs Denken erzeugt hinnimmt und sonst nicht weiter auf einen entfernteren, vom Denken unabhängigen Ursprung untersucht, und zwar ist ihm dies selbstverständlich, da ihm alles Handeln, weil durchs Denken *vermittelt,* auch in letzter Instanz im Denken *begründet* erscheint.»[49]

Damit ist nicht lediglich der wesentliche Hohlraum bedeutet, den Mehrings Studie nicht füllt – es ist eine bei Franz Mehring nie und bis heute in allen Versuchen zur materialistischen Ästhetik kaum beantwortete Frage gestellt: Was ist das *spezifisch* Kunstschöne?

Mehring zwingt beides nicht zusammen, er leitet ab, aber nicht zu. Er bewegt sich in seiner ganzen Kunsttheorie zwischen dem unaufgelösten Widerspruch der unvermittelten Herleitung literarischer Produkte aus materieller Basis einerseits – und einem unantastbaren Reservat für «Kunst» andererseits. Eine «zergliedernde Analyse von Schillers philosophischen Dichtungen verbietet sich ... in gewissem Sinne überhaupt»[50], und die Interpretation eines Heine-Gedichts scheint ihm, als würde «dem Schmetterling der Staub von den Flügeln gestreift»[51]. Über beide Autoren aber verfaßte er biographische Studien. Sie führen exemplarisch jenen Widerspruch vor, jenen rationalistischen Idealismus, der Mehrings Position war, ob in der berühmten Naturalismus-Debatte oder der Schiller-Diskussion. Das Resultat ist merkwürdig bis zur Bizarrerie: wird Kunst nämlich nicht als

Kraft und Größe sui generis begriffen, nur als andersartige Widerspiegelung sozio-ökonomischer Vorbedingungen, also als direkter statt indirekter Ausdruck von Klasseninteresse und Klassenideologie – dann kann es auch keine eigene proletarische, sozialistische Kunst geben. Dann ist «andersartig» sehr rasch «entartet». Mehring bleibt in letztlich banalen Alternativen stecken, statt Ergänzungen – dialektische Interdependenz – anzubieten:

«Sicherlich ist die Kunst ein ursprüngliches Vermögen der Menschheit und nimmt als solches ihre Gesetze nur von sich selbst. Aber in dem historischen Flusse der Dinge steht sie auch, und sie kann sich nicht entwickeln, ohne die revolutionären Erschütterungen, in denen es größere Ehre sein mag, ihre Altäre zu zertrümmern, als auf ihnen zu opfern.»[52]

Die Naturalismus-Debatte kann fast Vorstufe zur großen Expressionismus-Debatte der dreißiger Jahre unseres Jahrhunderts genannt werden, beide Kernstück aller materialistischen Ästhetik-Auseinandersetzungen. Sie fand zwischen 1891 und 1896 statt, zu der Zeit, zu der Mehring die Freie Volksbühne leitete – und zwar mit einem Programm klassischer Stücke, von «Emilia Galotti» bis «Kabale und Liebe», aber auch dem Schwank «Großstadtluft»; der Geschmack der Mitglieder reproduzierte sich. Es war auch der Geschmack der Partei, die Lassalle-Bilder mit Frack, Fahne, Fels und Kalb fürs Proletarierheim offerierte.

Edgar Steiger, der mit seinem 1888 publizierten Buch «Der Kampf um die neue Dichtung» für den Naturalismus gefochten hatte, war längstens Stein des Anstoßes, hatte sich immer wieder in Gegensatz zur herrschenden Parteiauffassung gesetzt, die Liebknecht 1891 in einem Artikel so formuliert hatte: «Man kann nicht zween Herrn dienen: nicht gleichzeitig dem Kriegsgott und den Musen... und das kämpfende Deutschland hat keine Zeit zum Dichten.»[53]

Das ist jene Intellekt- und Kunstfeindlichkeit, die Franz Mehring seit eh und je horrifizierte – und die sich doch nahezu wörtlich in seinem Satz «Unter den Waffen schweigen die Musen»[54] wiederfindet. Steiger wollte eine lebendige, neue Kunst – Mehring und seine Parteifreunde eine neu belebte, alte Kunst. Der Eklat erfolgte auf dem Gothaer Parteitag 1896, auf dem Steiger vor allem wegen des Abdrucks zweier naturalistischer Romane – Hans Lands «Der neue Gott» und Wilhelm Hegelers «Mutter Berta» – zur Rechenschaft gezogen wurde, die er als Redakteur der «Neuen Welt», einer Unterhaltungsbeilage für sozialdemokratische Zeitgenossen, zum Abdruck gebracht hatte. Die Parteioffiziellen beriefen sich auf «das gesunde, natürliche Empfinden des Volkes» und sahen in solcher Literatur «das Gemeinste, das psychiatrisch Kränkste»[55]. Das Protokoll der Debatte liest sich so amüsant wie erschreckend; nachdem die inkriminierte Szene – eine Frau verrichtet ihr Bedürfnis – verlesen wurde, heißt es:

«Wenn die naturalistische Kunst glaubt, es rechtfertigen zu können, derartige absolute, stinkende Schweinereien in Romanen bieten zu dürfen (Beifall und Unruhe), dann hört einfach alles auf... ich weiß ja, es gibt eine Menschensorte, die es schon als Verbrechen ansieht, wenn man das Wort Moral und Anstand nur in den Mund nimmt. Es wird mir doch niemand glauben machen, daß eine Kunstrichtung, die sich als eine Erscheinung des Übergangszeitalters, eines tollen menschlichen Karnevals selbst gibt, die echte wahre Kunst genannt werden könnte.»[56]

Auch Liebknecht griff in die Debatte ein und erklärte die «Bedürfnis-Passage» für äußerst unanständig – ob man derlei vor Tausenden von Lesern schildere oder es hier im Saale täte, sei letztlich dasselbe; dies seien Produkte von Dekadenz und Fäulnis, und er verwahre sich gegen das Behandeln «geschlechtlicher» Dinge in einem Familienblatt – «wie wirkt denn diese Erregung der Lüsternheit auf die Kinder!»[57]

Steiger polemisierte gegen diesen falschen Literaturbegriff, der ethische statt künstlerische Kriterien ins Feld führte; er zitierte zwar nicht Flauberts Satz «ce sont lex beaux sentiments avec les quels on fait la mauvaise littérature», aber er sah, daß hier «anstelle der Kinderfibel das Erfurter Programm tritt»[58]. Die Entgegnungen, gleichsam unter der Überschrift «Kampf gegen den Formalismus», nehmen eine Kunst in Anspruch und ein Volk in Schutz, das Brecht später nicht «tümlich» nannte:

«Daß ihnen nach den Mühseligkeiten der Woche, nachdem ihnen Tag für Tag das Elend in seiner nacktesten Gestalt vor

Augen geschwebt hat, nun auch noch am Sonntag, dem einzigen Tag, an dem sie sich gern von allen Schrecknissen erholen möchten, um sich zur Ertragung neuer Schrecknisse zu stärken, diese wiederum in der krassesten Form geschildert werden, indem man ihnen eine geistige Speise reicht, an der sie sich den Magen verderben müssen, weil sie ihnen EKEL erregt.»[59] Literatur also nicht als ingredientes Element eines Entwicklungsprozesses, sondern als Freizeitbeschäftigung; Kunst als Accessoire.

Franz Mehrings programmatischer Aufsatz «Kunst und Proletariat», den er am 21. Oktober 1896 in der «Neuen Zeit» veröffentlicht, stellt sich diesem Thema; genauer: macht es zu *seinem* Thema. Der Albernheit von Mutter Bertas «menschlichem Bedürfnis» geht er nicht nach – aber die Kernsätze seines ästhetischen Credos schreiben eben jene Trennung von Kunst und Politik fest, die jede innere Explosivität eliminiert, die eines Tages die Alternative Gorkij statt Majakowskij bringen wird, Bredel statt Brecht[60]. Immer Schwanensee: «Wie soll sich das Proletariat für eine Kunst begeistern, die in sehr unkünstlerischer Tendenz nichts von dem wissen will, was sein eigenstes und ursprünglichstes Leben ist! Weshalb soll es denn soviel demütiger sein als das Bürgertum, das in seinen kräftigen Tagen auch nie etwas von einer Kunst wissen wollte, die nicht aus seinem Geist geboren war? ... Wir halten es für eine Illusion, die mit bitteren Enttäuschungen enden wird, wenn das Proletariat zum Verständnis der modernen Kunst erzogen werden soll. ... Solange es in diesem heißen Kampfe steht, kann und wird es keine große Kunst aus seinem Schoße gebären.»[61] Und zwei Jahre später, in einem Aufsatz desselben Titels, wird das Nichtemanzipatorische der Kunst noch einmal hervorgehoben, wenn Mehring nahezu verordnet, Kunst vermöge keinesfalls, in den Befreiungskampf des Proletariats tief einzugreifen.

Die Debatte wird 14 Jahre später durch einen Artikel des niederländischen Dramatikers Herman Heijermans unter dem Pseudonym Heinz Sperber aufgegriffen; sie setzt sofort mit derselben Heftigkeit ein – Beweis für die Virulenz des Themas[62]. Und sie zeigt vollkommen unverändert dieselben Fronten: für Sperber ist die Freie Volksbühne eine Art Konsumverein für bürgerliche Kunst, die von ihm geforderte politische Kunst wiederum gilt seinen Gegnern (die in Mehrings «Neuer Zeit» antworten – Kurt Eisners «Vorwärts» wurde von Mehring verabscheut) als eine Übertragung des Politisch-Demagogischen ins Demagogisch-Literarische; bedroht fühlt man sich von einer «Theorie der schwieligen Faust». Genau diese Formulierung taucht in Mehrings Aufsatz «Freiligrath und Marx in ihrem Briefwechsel» auf, als Horror-Vokabel. Und genau das war, im Grunde, ja *nicht* gemeint. Sperber wollte ebenso wenig wie eineinhalb Jahrzehnte zuvor Steiger keineswegs Kunstverständnis vom Klasseninstinkt abgelöst oder auch nur überwältigt sehen. Sie wollten aber auch nicht ein Eigenrecht für die ästhetische Produktion im Sinne der Modellfähigkeit des einmal Geschaffenen. Die Linie ist widerläufig, zickzackartig: die Forderung nach einer proletarischen Literatur meint, was kurze Zeit später Lu Märten[63] und längere Zeit später Bloch und Eisler, Brecht und Heartfield[64] meinten; die Forderung birgt aber – falsch verstanden – die Gefahr der «schwieligen Faust» in sich, der Option für Martin Andersen-Nexö statt für Louis Aragon. So hatte Mehring recht und unrecht zugleich – seine «Ästhetischen Streifzüge» zeigen eben diese Differenzierungen am Beispiel des Naturalismus – und zeigen auch die Grenzen seiner Kriterien. Mehring ist der Vorläufer von Georg Lukács – der ihn bekämpft hat. Es sind jene Grenzen, die sich allenthalben im Gebäude der marxistischen Kunsttheorie finden, weit über Mehrings Lebzeiten hinaus; die etwa im Jahre 1920 «Die Rote Fahne» gegen Piscator polemisieren ließ:

«Gegen die Idee eines proletarischen Theaters ist nichts einzuwenden, und es ist zuzugeben, daß ein Verlangen nach einer proletarischen Bühne bestehen darf... Im Programm steht... dies solle keine Kunst sein, sondern Propaganda... Man wolle die proletarische, kommunistische Idee auf der Bühne zum Ausdruck bringen, um propagandistisch und erzieherisch zu wirken. Man will nicht ‹Kunst genießen›. Dazu ist zu sagen: dann wähle man nicht den Namen Theater, sondern nenne das Kind bei seinem rechten Namen: Propaganda. Der Name Theater verpflichtet zu Kunst, zu künstlerischer Leistung!... Kunst ist eine zu heilige Sache, als daß sie ihren Namen für Propagandamachwerk hergeben dürfte! ... Was der Arbeiter heute braucht, ist eine starke Kunst... solche Kunst kann auch bürgerlichen Ursprungs sein, nur sei es Kunst!»[65]

Mehrings Freie Volksbühne hätte nie Piscator Regie führen lassen. So wie sein Begriff von Politik geprägt war vom großen Impetus des Mitleids mit der gequälten, entrechteten Kreatur, so war Mehrings Kunstbegriff getragen vom Bewußtsein, das Klassische, nie wieder Erreichbare möge konsumierbar gemacht werden. Beide Vorgänge sind die einer Handreichung. Es ist die Verbindung aus Kant und Schiller. Und eingebunden in all die Kunstdebatten liegt eben Mehrings Begriff der «Aufklärung», also einer Oben-Unten-Dialektik. Konzept und Interpretation der Schillerschen Ästhetik sind Zentrum von Mehrings Kategoriensystem.

Als Franz Mehring 1905 sein Schiller-Buch publizierte, «Ein Lebensbild für deutsche Arbeiter», war das Schiller-Jahr wohl eher der äußere Anlaß; die eigentliche Ursache müssen wir in den Auseinandersetzungen auf dem Dresdner Parteitag 1903 sehen. Mehrings zentrale Klassik-Studie ist eine politisch-theoretische Standortbestimmung. Sein früher kritischer Waffengang mit der Sozialdemokratie war keineswegs vergessen. Das feindselige, enorm erfolgreiche Buch gegen die deutsche Sozialdemokratie, mit dem er tatsächlich noch 1882 in Leipzig promoviert hatte, und Engels' Warnsätze aus dem Jahre 1885 wurden in führenden Kreisen der SPD gut erinnert. Auch spätere Publikationen, sein Kampf gegen Bismarck als Redakteur der «Berliner Volkszeitung» und die Broschüre «Kapital und Presse» galten als «etwas leichtliches» Sich-Weghelfen, wie Engels an Bebel schrieb: «Aber uns kann's recht sein, *wir* brauchen ihm nichts nachzutragen, ob *er* sich selbst was nachzutragen hat, ist *seine* Sache, das geht uns nichts an. Ich würde an seiner Stelle die Wendung ganz offen anerkannt haben, darin liegt absolut nichts Blamables, und man spart sich viel Krakeel, Ärger und Zeit.»[66]

Der ursprünglich von Bebel erhoffte regelmäßige «Berliner Brief» in der «Neuen Zeit» mußte des Mißtrauens verschiedener Funktionäre wegen mit jenem Zeichen des Schützen anonym signiert werden. Mehring wird zu einem der führenden Theoretiker der Sozialdemokratie. 1898 schließt er seine umfangreiche «Geschichte der deutschen Sozialdemokratie» ab, im kommenden Jahr reicht er bereits den Prospekt seiner Marx-Engels-Nachlaßausgabe beim Dietz-Verlag ein, als vierten Band plant er die Marx-Lassalle-Briefe (die 1901 bis 1902 erscheinen). Inzwischen hat er in der «Neuen Zeit» die «Aesthetischen Streifzüge» publiziert, ist Chefredakteur der «Leipziger Volkszeitung», die unter seiner Leitung zur führenden deutschen Parteizeitung wird. In beiden Zeitungen kämpft Mehring gegen eine bestimmte revisionistische Politik, und zwar sowohl in Fragen der politischen Praxis – wie den Massenstreiks bei Wahlrechtskämpfen – als auch in Fragen der theoretischen Orientierung; in einem Aufsatz «Konfessionsschulzes» beispielsweise wandte er sich scharf gegen die Mitarbeit sozialdemokratischer Autoren in der bürgerlichen Presse.

Auf dem Dresdner Parteitag nun – Mehring wurde bereits durch Bebel gewarnt und dringlich zur Teilnahme aufgefordert – griff ihn die Gruppe revisionistischer Politiker scharf an, ein Briefwechsel mit Maximilian Harden wurde in entstellenden Auszügen verlesen. Mehring legte seine Ämter nieder, trotz der ausdrücklichen Verteidigungsreden Bebels, Clara Zetkins und Karl Kautskys. Erst ein Parteischiedsgericht klärte die Vorwürfe zu seinen Gunsten; die temperamentvolle Selbstinterpretation Mehrings, «Meine Rechtfertigung – ein nachträgliches Wort zum Dresdner Parteitag», gehört zu seinen journalistischen Glanzleistungen, ist blitzscharfe Polemik – aber auch mehr: der erste Versuch, noch in Pamphletform, einer ideologisch-theoretischen Selbstbestimmung: «Es war meine Ehre und mein Glück, ein Parteischriftsteller zu sein, aber für einen Parteitintenkuli bin ich viel zu gut. Das bin ich niemals gewesen, und das werde ich auch niemals sein ...»[67]

In diesem politisch-historischen, aber auch biographischen Kontext ist Mehrings Schiller-Konzeption zu sehen. Mehring leistet hier bewußt nicht mehr nur geschichtliche Entmythologisierung wie in der «Lessing-Legende», sondern versucht seine zentrale These aus einer komplizierten Dreifrontenstellung zu entwickeln: der Abwehr des chauvinistisch tradierten deutschnationalen Schillerklischees entspricht der Angriff auf die «gründeutsche» Verachtung Schillers; drittes Element – und Teil eben jener aktuellen Debatte – ist dann Mehrings Kampf gegen eine parteitendenziöse Requirierung Schillers zum revolutionären Nationalheros. Das Ausrufen Schillers zum revolutionären Leitbild entsprach einem undialektischen, unhistorischen Literaturkonzept, gegen das Mehring seine Analyse besonders deutlich ansetzte. Gleichzeitig erscheint als Nr. 31 des Jahrgangs 1904/1905 ein Schiller-Heft der «Neuen Zeit» und darin ein großer Aufsatz Kautskys zum Thema «Die Rebellion in Schillers Dramen» – eine artikulierte Differenzierung der Begriffe rebellisch und revolutionär. Das ist die theoretische Fixierung des linken Flügels der Sozialdemokratie (zu dem damals Kautsky noch gehörte); das starke Individuum jenseits der Gesetze, das Räuberideal wird denunziert. Kautsky setzt zur Erläuterung seiner Ablehnung von Schillers frühem Prosatext «Verbrecher aus verlorener Ehre» ein Zitat:

«Das Räubertum ist eine der ehrenhaftesten Formen des Volkslebens. Der Räuber ist der Held, der Schirmer und Rächer des Volks, der unversöhnliche Feind des Staats und jeder vom Staat begründeten sozialen und bürgerlichen Ordnung ... Die in den Wäldern, Städten und Dörfern ... zerstreuten und in den zahllosen Kerkern des Reichs eingesperrten Räuber bilden eine einzige und fest verbundene Welt, die Welt der ... Revolution ... Wer ... eine ernstliche Verschwörung will, wer die Volksrevolution will, muß in diese Welt gehen.»[68]

Dieses ist aber ein Satz von – Bakunin! Die Abwehr von Schillers Rebellentum, die sorgsame Interpretation seiner schließlich negativen Haltung zur Französischen Revolution – kaum, daß jener Ehrenbürgerbrief für den Herrn «Gilles» erwähnt wird –: das ist Teil einer politischen Debatte großer Aktualität. Kautsky fährt konsequent fort: «So führt von der Schillerschen Räuberromantik ein direkter Weg zum bakunistischen Anarchismus, zur Propaganda der Tat. Aber so modern in dieser Form die Rebellion erscheinen mag, sie ist eine der primitivsten; indes, wie gesagt, keineswegs eine rein phantastische, sondern eine sehr reale Form der Auflehnung gegen Staat und Gesellschaft.»[69]

So ist es kein Zufall, vielmehr von logischer Folgerichtigkeit, daß wenig später Kurt Eisner im «Vorwärts» (29. Dezember 1910) – die Parteizeitung, gegen die Mehring immer eingenommen war und an der er, trotz verschiedener Aufforderungen, kaum mitarbeitete –, daß also ausgerechnet Eisner ausgerechnet im «Vorwärts» eine scharfe Kritik an einer von Mehring verantworteten Schiller-Edition veröffentlichte. Was Eisner vermißte, war eben jener – *revolutionäre* Schiller, das Leitbild für den Klassenkampf (das Schiller beigemessene Adjektiv revolutionär ist im Original des Eisner-Aufsatzes durchweg gesperrt gedruckt!). Mehring antwortet scharf und pointiert, geht auch auf einen früheren Aufsatz Eisners über «Schillers Idealismus» (1905) ein und macht sich über die «ästhetischen Autoritäten der Partei», die «ästhetischen Zionswächter in der Partei und ihrem Hauptquartier» lustig und fordert statt einer vulgär-materialistischen, pseudo-marxistisch verbrämten Ideengeschichte, derzufolge Schiller «dem Banne der Höfe» verfiel, eine echt historisch-materialistische Betrachtung, die Schillers Grenzen aus der gesellschaftlichen Realität seiner Zeit erfaßt[70].

Hier ist natürlich eine andere Diskussion im Gange. Die Rede geht letztlich von Marx und Lassalle[71]. Rebellion – Revolution: das sind Chiffren nicht für des entlaufenen Karls-Schülers In-tyrannos-Stück oder die Mantel-und-Degen-Historie des Fiesko – es geht um den Allgemeinen Deutschen Arbeiterverein, um Bismarck. Um 1848, nicht um 1789.

Das ist keine interpolierende Spekulation. Mehrings Beitrag im erwähnten Sonderheft der «Neuen Zeit», etwas spöttisch «Schiller und die großen Sozialisten» betitelt, beginnt so: «Beim Schillertag drängt sich unwillkürlich auch die Frage nach dem Einfluß auf, den Schiller auf Marx, Engels und Lassalle gehabt hat. Es läßt sich nicht viel darüber sagen, denn Marx und Engels sind immer nur beiläufig, und Lassalle ist nicht viel häufiger auf Schiller zu sprechen gekommen. Ein Unterschied macht sich dabei insofern geltend, als sich in Lassalles gelegentlichen Äußerungen über Schiller eine lebhafte Sympathie für diesen kundgibt, von der bei Marx und Engels eher das Gegenteil zu spüren ist.»[72]

Und der Satz, der sich in zahlreichen Schiller-Aufsätzen Mehrings – auch in der Antwort auf Eisner – immer wieder findet, gegen den er immer wieder kritisch zu Felde zieht, ihn ungerecht nennt – das ist der Marx-Satz von Schillers Flucht aus der gemeinen in die überschwengliche Misere. Jemanden «ungerecht» beurteilen – das heißt ja, weniger respektvoll formuliert, die Gesetze eines Menschen nicht erkennen, nicht anerkennen; fordern, was er nicht geben kann. Heißt, wie Mehring es an anderer Stelle formuliert, Feigen vom Distelbusch erwarten. Heißt, genaugenommen: den historischen Materialismus nicht anwenden. Das ist, was Mehring meint. Ein eklatanter Beleg für diese These, beweiskräftiger als das bloße Nennen der Namen Marx oder Lassalle, ist seine Stellungnahme zu Lassalles Sickingen-Drama; sie fällt in dieselbe Zeit, 1902, also fast ein halbes Jahrhundert nach Entstehen des Stückes und der Korrespondenz Lassalles mit Marx und Engels (die Mehring noch nicht in toto kennt). Er sieht das Stück vor allem als Politikum.

Und bei allen Vorbehalten gegen Lassalles Sickingen-Konzept, die in vielem denen von Marx/Engels ähneln, weicht er doch im Kernpunkt ab, gibt dem historisch-politisch argumentierenden Lassalle eher recht: «In dem Trauerspiele Lassalles und seinen Kommentaren dazu machte sich ein Rest ideologischer Auffassung geltend, der in manchen Punkten vorbedeutend für seine spätere Arbeiteragitation war. Wie den Junker Sickingen, so hielt er den Junker Bismarck für fähig, als typischer Vertreter einer Klasse sich gleichwohl bis zu einem gewissen Grade über deren Vorurteile zu erheben, und von den Gewerkschaften, die nur auch erst den *Miß*brauch, aber noch nicht den Gebrauch bekämpfen, die das Privateigentum noch nicht als Prinzip verneinen, mochte er nicht viel wissen.»[73]

Mehring sieht zwar die Gefahren einer selbstrechtfertigenden Modellkonzeption Lassalles, des liberalistischen Prinzips, das sich lediglich gegen *Miß*brauch wehrt statt gegen *Ge*brauch, also nicht das Privateigentum als Prinzip abschaffen, sondern nur gerechter verteilen will. Aber Lassalles wichtigste These, inneres

Zentrum aller Debatten über den Realismus, also doch wohl über das Verhältnis von Wahrheit zu Wirklichkeit, greift Mehring nicht an:

«Der Autor darf seinem Helden *keine* Anschauungen leihen, welche über den Horizont der *ganzen Zeit,* in der er lebte, hinausgehen. Tut er dies, so wird er unhistorisch, wird tendenziös im schlechten Sinne... *Reale* Vorgänge im historischen Gebiet zu ersinnen, das halte ich für schlechterdings *unstatthaft.* Innere Zwecke, die sich in den Tatsachen nicht deutlich ausgesprochen zu haben brauchen und, solange diese Zweideutigkeit möglich ist, einem in die Seele hineinzulegen, in der niemand liest, halte ich für sehr erlaubt. Aber derartige reale Körperlichkeiten, Überwerfungen mit seiner Partei, Konflikte und Streit über seine Bauerntendenzen mit andern Adligen – dies und lauter solche körperlichen Züge wären doch nötig gewesen, der Geschichte hinzuzudichten, wenn nicht das geringste davon noch vorgefallen – das halte ich für *unerlaubt.*»[74]

Lassalles historische Individualtragödie steht nicht nur als Stück erklärtermaßen in der Schiller-Nachfolge; sie ist auch im intellektuellen Konzept ohne Schiller nicht zu verstehen. Es ist die Verlängerung des Idealismus zu einem progressiven Utopismus. Eine sehr ähnliche Formulierung wie die von Lassalle zitierte enthält die Einleitung zur «Braut von Messina»: «Die Kunst kann wahrer sein als alle Wirklichkeit und realer als alle Erscheinung. Es ergibt sich daraus von selbst, daß der Künstler kein einziges Element aus der Wirklichkeit brauchen kann, wie er es findet, daß sein Werk in allen seinen Teilen ideell sein muß, wie es als ein Ganzes Realität haben und mit der Natur übereinstimmen soll.»[75]

Dieses Konzept verrät zweierlei – Schiller geht in der Nachfolge Kants über die Position des subjektiven Idealisten hinaus zur Formation einer Ideenwelt, die sich als Ersatz anbietet bei der Lösung der erkannten Widersprüche des historischen Lebens. «Durch Schönheit zur Freiheit», wie es in den «Briefen zur ästhetischen Erziehung des Menschen» heißt – jenem Dokument der Weimarer Klassik, das sich stellenweise in der Schilderung von Elend und Arbeitsteilung wie eine Vorwegnahme Marxscher Texte liest. Schillers Lösung aber ist – der Text stammt ja aus der Nachrevolutionszeit, trägt deutlich die Spuren des Thermidor – die der moralischen Person:

«Nun lassen sich aber zwei verschiedene Arten denken, wie der Mensch in der Zeit mit dem Menschen in der Idee zusammentreffen, mithin ebenso viele, wie der Staat in den Individuen sich behaupten kann; entweder dadurch, daß der reine Mensch den empirischen unterdrückt, daß der Staat die Individuen aufhebt; oder dadurch, daß das Individuum Staat wird, daß der Mensch in der Zeit zum Menschen in der Idee sich veredelt.»[76]

Der Text aber, der die Ideologie von Aufklärung und Klassik und sogar vom beginnenden Ende der Kunstperiode am deutlichsten spiegelt – das Herzstück klassischer Ästhetik –, ist gleichzeitig der Text, von dem Mehrings ideologische Position am stärksten geprägt ist: «Über naive und sentimentalische Dichtung». Schillers Abhandlung, ab September 1795 in Fortsetzungen in den «Horen» erschienen, will auch als Auseinandersetzung mit Goethe verstanden sein. Eine Antwort auf dessen Aufsatz «Literarischer Sansculottismus» aus demselben Jahr und die berühmte Antwort auf die Frage «Wann und wo entsteht ein klassischer Nationalautor?»:

«Wenn er in der Geschichte seiner Nation große Begebenheiten und ihre Folgen in einer glücklichen und bedeutenden Einheit vorfindet; wenn er in den Gesinnungen seiner Landsleute Größe, in ihren Empfindungen Tiefe und in ihren Handlungen Stärke und Konsequenz nicht vermißt; wenn er selbst, vom Nationalgeist durchdrungen, durch ein einwohnendes Genie sich fähig fühlt, mit dem Vergangenen wie mit dem Gegenwärtigen zu sympathisieren; wenn er seine Nation auf einem hohen Grade der Kultur findet, so daß ihm seine eigene Bildung leicht wird; wenn er viele Materialien gesammelt, vollkommene oder nur unvollkommene Versuche seiner Vorgänger vor sich sieht, und so viel äußere und innere Umstände braucht, daß *er in den besten Jahren seines Lebens ein großes Werk zu übersehen, zu ordnen und in einem Sinne auszuführen fähig ist.*»[77]

Diese Chance zur Einheit, zur großen Synthese aus allen Energien, sieht Schiller vertan: «Der Dichter *ist* entweder Natur, oder er wird sie *suchen*. Jenes macht den naiven, dieses den sentimentalischen Dichter.»[78] Moderne Literatur aber ist nur noch als sentimentalisch, als Suche nach nicht mehr vorhandenen Bindungen denkbar. Das sind Gattungs- wie gleichzeitig Gesinnungsunterschiede; Elegie, Satire oder – als «entspannte», fehlgeleitete, verengte Form der Elegie – die Idylle sind die Haltungen des Modern-Sentimentalischen. Der Autor, mit ihm die Literatur, als abgewiesene Bestandteile der modernen Welt, der feindlich – fremd! – gewordenen Gesellschaft. Schiller sieht einander nahezu ausschließende Gegensätze:

«Dem naiven Dichter hat die Natur die Gunst erzeigt, immer als eine ungeteilte Einheit zu wirken, in jedem Moment ein selbständiges und vollendetes Ganzes zu sein und die Menschheit, ihrem vollen Gehalte nach, in Wirklichkeit darzustellen. Dem Sentimentalischen hat sie die Macht verliehen oder vielmehr einen lebendigen Trieb eingeprägt, jene Einheit, die durch Abstraktion in ihm aufgehoben worden, aus sich selbst wiederherzustellen, die Menschheit in sich vollständig zu machen und aus einem beschränkten Zustand zu einem unendlichen überzugehen.»[79]

Wenn unsere Fragestellung von der Alternative Wirklichkeit –Wahrheit ausging: hier ist sie formuliert. Nur kann die Frage, bleibt sie alternativ begriffen, nicht gelöst werden. Für Schiller handelt es sich um *historische* Unterscheidungen, es ist ein Gegensatz unauflösbar ähnlich dem von Citoyen und Bourgeois, wie Georg Lukács in seiner Schiller-Studie diese Diskrepanz übersetzte. Schiller weiß, daß seine Zustandsanalyse, sein Befund vom «paradise lost» der naiven Universalität und von der Gegenwart des entfremdet Sentimentalischen, eine *Synthese braucht*. Mehr als andeuten kann er sie nicht, wenn er über die Gegenstände der Natur und unserer Beziehung zu ihnen sagt: «Sie sind, was wir waren, sie sind, was wir werden sollen. Wir waren Natur wie sie, und unsere Kultur soll uns, auf dem Wege der Vernunft und der Freiheit, zur Natur zurückführen ... Dieser Weg, den die neueren Dichter gehen, ist übrigens derselbe, den der Mensch überhaupt sowohl im einzelnen als im ganzen einschlagen muß. Die Natur macht ihn mit sich eins, die Kunst trennt und entzweit ihn, durch das Ideal kehrt er zur Einheit zurück.»[80]

Der Einfluß dieser Abhandlung auf das Konzept des Literaturhistorikers Franz Mehring kann gar nicht hoch genug veranschlagt werden. Auch für Mehring, in einem anderen Sinne, handelt es sich um historische Kategorien bei der Unterscheidung zwischen naiver und sentimentalischer Literatur. Sämtliche Analysen der Literatur seiner Zeitgenossen können nur von diesem Orientierungspunkt her verstanden werden.

Seine Hauptbeschäftigung gilt dem Naturalismus, für ihn Prototyp einer Literatur, die keine Totalität mehr erreichen kann. Es ist kennzeichnend, daß er in der erwähnten Antwort an Eisner – also in einem Aufsatz, der ausschließlich Schiller zum Thema hat – in seine Polemik den Namen Heinz Sperber einbezieht. Naturalismusdiskussion und Auseinandersetzung um Schiller laufen ineinander – für Mehring ganz offensichtlich stimulierender Bestandteil seines großen Literatur-Konzepts: die moderne Literatur ist sentimentalisch. Nun ist dieser Begriff aber nicht rückgewendet, als uneinlösbare Sehnsucht nach dem heilen Ideal der griechischen Polis zu verstehen, sondern – vorwärts orientiert. Jene Synthese nämlich aus naturalistisch nachahmendem Dichter und aus Ideenträger, die auch Schiller schon halb ahnte, halb forderte, jene neue Dimension der Literatur sieht Mehring in der befreiten Gesellschaft, im Sozialismus.

Die sonderbare Ungleichzeitigkeit in Mehrings Urteil hat hier ihre Wurzel: während er als Vorsitzender der Freien Volksbühne jenen später den Theaterbau zierenden Spruch «Die Kunst dem Volke» als Credo sieht, glaubt er gleichzeitig nicht an die Effektivität von Kunst; während er, jahrzehntelanger politischer Publizist und Leitartikler, dem aufklärenden Wort eigentliche Bedeutung im politischen Kampf zumessen müßte, dekretiert er, «gereimte Leitartikel sind immer noch widerlicher als ungereimte»[81].

Der ideologische Hintergrund ist deutlich: die Entwicklung vom Gothaer Programm, Marx' furioser Kritik daran und zum schließlich erreichten Erfurter Programm, das zwar alle kritischen Ansätze von Marx berücksichtigt, aber in keinem Punkt darüber hinausgeht. Die Verfasser, Kautsky und Bernstein, geben zwar eine konkrete Klassenanalyse – sie geben aber keine Anleitung zum Handeln. Das Erfurter Programm ist eine Analyse, ein Programm ist es nicht. Ähnlich ist wohl Mehrings ästhetisches Programm zu sehen: eine unspezifische Utopie; auch ähnlich in erschreckenden Fehlurteilen. Seine abwertende Meinung über Hauptmanns «Vor Sonnenaufgang» und dessen Patenstück, Tolstojs «Macht der Finsternis», ist so überraschend wie seine Überbewertung des Bauernschriftstellers Schweichel, der ihm dankbar schrieb:

«... Sie haben übrigens die Achillesferse des Romans ganz richtig erkannt. Die historischen Vorgänge benehmen zuweilen den Romanfiguren, die doch auch mit ganz geringer Ausnahme eigentlich solche nicht sind, etwas den Atem ... Es kam mir aber in der Tat hauptsächlich darauf an, jenen Lesern, die Geschichtswerke wenig oder ungern lesen, mit meinem Roman eine ungeschminkte epischdramatische Geschichte des Bauernkriegs zu geben. Mein größter und sehnlichster Wunsch ist daher auch, daß das Buch in die Arbeiterklasse eindringen möge. Dem wird sich freilich jene Aesthetik, welche in den Schlappschuhen der Bourgeoisie daherschlurft und die mit den Schmutzfarben kolorierte Photographie für den Gipfel der Kunst hält, einigermaßen entgegenstellen. Sie können sich daher denken, mit wie lebhaftem Interesse ich Ihre Aesthetischen Streifzüge in der Neuen Zeit verfolge ... Ich bin übrigens überzeugt, daß Ihre Streifzüge ein gut Teil dazu beitragen werden, unserer Literatur über diese häßliche Erbschaft der Bourgeoisie bald hinweg zu helfen ...»[82]

Tatsächlich hatte Mehring viele seiner kritischen Angänge gegen den Naturalismus, vor allem gegen Hauptmann, offenbar als eine Art Parteiauftrag ausgeführt. Den Aufsatz über Hauptmanns «Vaterländisches Festspiel», das im Auftrage der Stadt Breslau geschrieben und von Reinhardt inszeniert wurde, hatte Clara Zetkin im Juni 1913 mit diesem Brief dringlich gefordert: «Übrigens liegt ein besonderer Fall vor, den niemand wie Sie behandeln könnte: das ist der Fall Hauptmann. Unsere Presse steht ihm ziemlich hilflos gegenüber. Die Bremer ‹Bürgerzeitung› hat das Festspiel als herrliches Kunstwerk gepriesen ... Es wäre nötig, daß Sie die Sache unter die literarische und politische Lupe nehmen würden. Unsere Genossen haben im allgemeinen entweder die eine oder andere zur Hand. Sie aber würden als Künstler und als Politiker die Angelegenheit betrachten.»[83]

Dieses Phänomen, daß ein Literaturhistoriker von Mehrings Format gleichzeitig recht und unrecht hat, hängt natürlich zusammen mit der angedeuteten politischen Erkenntnisbarriere, also mit den realen gesellschaftlichen Verhältnissen. Aber daß er so tief beeinflußt war von Schillers Ideenkonzept, es zu einer nahezu eschatologischen Zukunftsprophetie ausbaute, hängt *auch* damit zusammen. Typisch für diesen Vorgang der Selbstinterpretation, ja Selbstbestimmung im Prozeß der Schiller-Interpretation sind drei kritische Einwände, die Mehring nicht nur in der großen Biographie, sondern auch wiederholt in anderen Schiller-Studien formuliert. Der eine betrifft Schillers Gedicht «Die Künstler», 1788 entstanden als Reaktion auf Körners Kritik an den «Göttern Griechenlands»; Mehring tadelt das – auch den Bau des Gedichts überfrachtende – gedankliche Konzept: daß Licht- und Heilbringer der Menschheit die Kunst sei. Merkwürdig dann, wie Mehring an Schillers großer (wohl ungerechter) Kritik an Bürgers Gedichten vorübergeht – er sieht darin nur niedriges Vorhalten falscher Reime; «ungebührlich» und «ungehörig» sind Mehrings Worte. Tatsächlich aber ist doch Schillers Kritik eine Reflexion über Volkstümlichkeit der Kunst, über Popularität, eine Paraphrase des Themas Masse und Elite. Mehring verschweigt das sehr vernehmlich. Der dritte, häufig sich findende Leitsatz betrifft den Unterschied Fichte–Schiller, den Mehring als Unterschied zwischen «Täter» und «Merker», zwischen ethisch und ästhetisch sieht; Schillers gelegentliche Bemerkungen (in Briefen an Goethe) über den «Weltverbesserer» Fichte und dessen «unästhetische Natur» und sein Brief an Fichte anläßlich einer Diskussion über ein Manuskript für die «Horen», in dem das Wort von den «höchst verschiedenen Naturen» fällt – das ist Mehring plötzlich synonym für Vita activa und Vita contemplativa, für Zurückweisen des Movens Kunst.

Das wirkt wieder wie eine Alternative, wie ein «Alles oder Nichts». Nichts – das ist *jetzt;* und zwar auch, was die proletarisch-revolutionäre Literatur betrifft.

Ein weiteres Element jener Ungleichzeitigkeit: die neue Literatur kann erst sein, wenn der neue Mensch da ist. Die siegreiche Revolution erst bringt den Sieg der Literatur. Mehrings Interpretation der Weimarer Klassik ist also Grundlage seines gesamten Literaturverständnisses, Basis seiner literaturkritischen Arbeiten und Ausgangspunkt für sein Konzept einer proletarisch-revolutionären Literatur. Es ist eine Ästhetik des nicht mehr – aber auch: des noch nicht. Ist, wenn man so will, eine «linke Abweichung».

Hier ist auch der Ansatzpunkt von Lukács' Angriff auf Mehring zu suchen[84]. Es ist, wie immer bei Lukács, eher Ideologiekritik als Literaturkritik – und folgerichtig stützt er sich in seiner Mehring-Analyse in erster Linie auf die «Ästhetischen Streifzüge», Mehrings Klassik-Rezeption und sein Kant-Bild. Zu verstehen ist die scharfe, gelegentlich polemische Abwehr Mehrings bei Lukács wiederum aus dem historisch-politischen Kontext: Die Arbeit erscheint 1933, auf dem Höhepunkt des antifaschistischen Kampfes. Vorangegangen waren Wittfogels erste Mehring-Hinweise in der «Roten Fahne» und in der «Linkskurve» und Lukács' Aufsatz über die Literaturtheorie Lassalles in Willi Münzenbergs theoretischer Monatsschrift «Der rote Aufbau»; die letzte Nummer der «Linkskurve» vom November/Dezember 1932 druckte einen Reklamehinweis auf diesen Text unter der Überschrift «Lassalle, Mehring und wir»[85].

Die KPD, zu deren Führungsgremien Lukács engsten Kontakt unterhielt, hatte spät – zu spät – ihre Politik auf Volksfrontpolitik umgestellt und suchte Bündnispartner im liberalen Bürgertum, selbst in der verhaßten SPD. Die Veränderung von der Kaderpartei zur Massenpartei hatte schon Mitte der zwanziger Jahre begonnen, der Kampf gegen die sogenannte Fischer-Maslow-Gruppe entzündete sich vor allem an der Gewerkschaftsfrage; auf dem X. Parteitag in Berlin (12. bis 17. Juli 1925) hatte zwar Ruth Fischer noch das (moskautreue) ideologische Hauptreferat gehalten, Thälmann aber, frisch von einer Moskau-Reise zurück, hatte dieses zentrale Thema abgehandelt. Kurz nach dem Parteitag war er alleiniger Führer der KPD. Die Kritik an der «Linken» nahm zu. Höhepunkt dieser Kampagne war 1931 Stalins als Brief an die Redaktion der Zeitschrift «Proletarskaja Rewoluzija» gekennzeichneter Artikel «Über einige Fragen der Geschichte des Bolschewismus»[86]. Dieser Stalin-«Brief» und die darin vorgetragene scharfe Kritik an Rosa Luxemburg wurden als Äußerung ex cathedra aufgefaßt und auf dem Plenum des ZK der KPD im Februar 1932 nicht diskutiert, sondern zur Bannbulle erhoben; Thälmanns Rede war nur eine Verlängerung, er griff Rosa Luxemburg und die gesamte deutsche Linke, also auch Liebknecht und Mehring – die drei Gründer der KPD – scharf an.

Lukács' Aufsatz – verfaßt als Einleitung zu einer sowjetischen Mehring-Ausgabe – ist deutlich die ideologische Auffüllung der Stalinschen Politik. Erst ganz zum Schluß seines Essays – bezeichnenderweise in dem Abschnitt, der Freiligraths Parteilichkeitsbegriff erörtert – gibt Lukács das zu verstehen; seine Formulierungen, mit denen er Mehring, Rosa Luxemburg und der gesamten deutschen «Linken» falsche Konzeption und Unfähigkeit vorwirft, «die richtige und berechtigte Polemik gegen den weltanschaulichen und strategischen, taktischen und organisatorischen Opportunismus der II. Internationale konsequent in Theorie und Praxis durchzuführen»[87] – das sind fast wortgetreu Stalins Formulierungen. Lukács' Vorwürfe gegen Mehrings ‹Spontaneitätstheorie› in der Literatur benutzten nicht unabsichtlich diese Vokabel, um das politische Konzept des Nicht-Zentralismus zu denunzieren; Mehring hatte in anderem historischen Zusammenhang einmal höhnisch von «einer Handvoll Führer ohne Heer» gesprochen; gestützt werden sollte damit seine These vom revolutionären beziehungsweise nicht-revolutionären Potential der Bauernkriege – die These Lassalles.

Lukács macht Mehring zu einem einigermaßen blinden Lassalleaner und sieht im Nachschreiben einer nahezu hysterischen Anti-Lassalle-Tradition, in der sich die deutsche sozialistische Bewegung spätestens seit Schweitzer befangen hielt, nicht, daß es ja *Mehring* ist, der in seinem theoretischen Konzept weiter entfernt ist von Lassalles politischer Ideologie als er selber, Anhänger einer plebejischen Demokratie, nicht einer proletarischen Revolution. Mehring hat zwar immer die Person Lassalles verehrt, hat aber nie seine Politik in toto verteidigt. Lukács scheint dem Methodenirrtum anheimzufallen: Mehring, Polemiker und Pamphletist großen Stils, braucht immer eine «Figur», um gedanklich zu systematisieren, ob Friedrich II., den Hofprediger Stoecker oder Schiller oder Lessing. (Einer der Aufsätze, der Mehrings Hinwendung zum historischen Materialismus bezeichnet, heißt «Etwas über große Männer» – 1885 in den «Demokratischen Blättern» erschienen –; eine Luther-Analyse.) Gelegentlich nimmt das groteske, Karl Kraussche Formen an – wenn eben der Fall der Schauspielerin Else v. Schabelsky endgültiger Anstoß für den Eintritt in die SPD wird oder wenn das Herzstück seiner «Rechtfertigungsschrift» gegen die Vorwürfe des Dresdner Parteitags aus einer Attacke auf Maximilian Harden besteht – im Stile Maximilian Hardens. Aber Figuren oder Personen sind für Mehring nur psychologisch-faßbare Konkreta für Verhältnisse – und die analysiert Mehring meist richtig, Lukács oft nicht. Ein Beispiel:

Die einzige etwas ausführlichere Beschäftigung Mehrings mit einem deutschen Romantiker gilt Heinrich von Kleist. Im Gange seiner Darstellung sieht Mehring die deutsche Romantik als wesentlich feudale Reaktion auf die Gewalt gewordene französische Aufklärung. Er sieht natürlich die bürgerlichen Elemente, die beginnende Kapitalisierung der Landwirtschaft etwa – aber doch auch dort den Überhang feudaler Ideologie; entsprechend differenziert er die romantische Dichterschule als einerseits rückgewandte Sehnsucht nach der «mondbeglänzten Zaubernacht» des Mittelalters, andererseits als Teil nationaler Wiedergeburt aus dem Geiste der anti-napoleonischen Bewegung. Lukács' Sorge, die positiven Elemente bürgerlicher Entwicklung unterschätzt zu sehen – das Bürgertum war für ihn nun auch als Partner der Volksfrontpolitik politisch legitimiert –, führt ihn zu regelrechten literarhistorischen Fälschungen. Thomas Höhle hat in seinem Buch über den frühen Mehring nachgewiesen, daß die vier Marx-Belege, auf die Lukács sich für seine These beruft, schlicht falsch oder entstellend zitiert wurden[88]. Aus keiner der Marx-Äußerungen geht hervor, daß er die Romantik – wie Lukács behauptet – als rein bürgerliche Bewegung sah.

Lukács' Argumentation ist so einleuchtend wie einseitig: er tritt an gegen den Dialektiker Mehring, der keine Modelle sieht, nicht politisch-historisch, nicht ästhetisch, der beim Untersuchen von Modellstrukturen nur Prozesse bloßlegen, den *einen* großen Prozeß damit vorantreiben will. Dieser «linke Radikalismus» wird als politisch gefährlich erkannt und entsprechend denunziert.

Gleich gefährlich sieht Lukács die ästhetische Position Mehrings, sein Festhalten am Begriff Moral statt Parteilichkeit. Das ist ein Begriff, der nicht nur individuelle Ambivalenz gestattet, sondern auf viele Weise die Spontaneität als ästhetische Kategorie einführt, also «regel»widrig ist: Wenn alle Ästhetik nur eine bedingte Geltung habe, da auch sie dem historischen Wandel unterliege und im Grunde sich jedes schöpferische Kunstwerk seine eigene Ästhetik schaffe, dann habe Kunst allerdings beschränkten Erkenntniswert, Kampfwert schon gar nicht. Nicht: «Kunst ist Waffe»[89], sondern: «Unter den Waffen schweigen die Musen.» Also: «Kunst als ursprüngliches Vermögen der Menschheit.» Also Kant.

Die Spaltung in der ästhetischen Theorie Franz Mehrings ist nicht nur die des Schillerschen *Einst und Jetzt,* des Naiven und Sentimentalischen (wobei Schillers «Einst» die Vergangenheit, Mehrings «Einst» die Zukunft ist). Sie liegt tiefer, teilt den Agnostizismus zwischen reiner und praktischer Vernunft.

Dabei geht Mehrings Unternehmen, Kant als Annäherungswert zu legitimieren, erst einmal von einer Neudatierung aus: allgemein wird ja das Erscheinen der «Kritik der reinen Vernunft» ins Frühjahr 1787 vorverlegt, ein halbes Jahr nach dem Tode Friedrichs II., und – was wichtiger ist – in die Abschlußphase der Arbeit an der «Kritik der praktischen Vernunft» (1788). Tatsächlich aber handelt es sich hier um die zweite Auflage, die, wie Schopenhauer und Rosenkranz erst 50 Jahre später (1837) feststellten, von Kant wesentlich bearbeitet wurde. Es ist nicht bloß die Datengleichheit: Lessings Todesjahr, Schillers

«Räuber» und Friedrichs II. Etüde «De la littérature allemande», die Mehring an der ersten Auflage (1781) von Kants «Kritik» frappiert –, sondern mehr noch Kants Formulierung, der transzendentale Idealist sei ein empirischer Realist, der der Materie als Erscheinung eine Wirklichkeit zugesteht, die nicht geschlossen werden darf, sondern *unmittelbar* wahrgenommen werden muß.

Mehrings Verteidigung Kants – übrigens auch gegen Marx, von dem er annimmt, er nehme lediglich auf die zweite Auflage der «Kritik der reinen Vernunft» Bezug – ist wiederum eine Standortfixierung. In seinen verschiedenen Arbeiten über Kant wiederholt sich ja eine Gedankenfigur: Kant (und jeder Kantianer) ist unfähig, historische Zusammenhänge zu begreifen – selbst Jacoby habe seinen gänzlichen Mangel an geschichtlichem Sinn von Kant geerbt; und nur Schillers *literarischem* Ingenium gelang es, sich darüber hinauszuschwingen – «Wallenstein», nicht «Die Geschichte des Dreißigjährigen Krieges». Aber: trotz Königsberger Devotion und Beförderungsgesuch an die Zarin in einem Moment, in dem Fichte immerhin «Die Reden an die deutsche Nation» hielt – Kant ist der große Baumeister der Ästhetik. Mehring hat viele Einzelurteile und Bewertungen revidiert (seine positive Einschätzung Fichtes aus dem Jahre 1904 liest sich beispielsweise zehn Jahre später in dem Aufsatz «Philosophie und Proletariat» anders: «Fichtes angeblich revolutionäre Utopie ist schlechterdings nichts als ein ohnmächtiger Versuch, den altpreußischen Staat nach den Gesetzen der bürgerlichen Vernunft einzurenken.»[90]); aber die Trennung historischer und ästhetischer Kategorien hat Mehring nie überwunden. Jene Spaltung, ja *Un*gleichzeitigkeit, die wir durchgehend als Charakteristikum von Mehrings Theorien beobachten konnten, hat hier ihre Wurzel. *Es ist eine tiefe Praxisfeindlichkeit, die Kunst betreffend.* Mehring mißtraut aller Erkenntnistheorie, wird sie als gesellschaftliche Hebelkraft verstanden. Kunst gar als Unterkategorie der Erkenntnistheorie wird schlichtweg nicht wahrgenommen; damit allerdings ist ein wesentlicher Bestandteil der marxistischen Ästhetik geleugnet – die Praxis als Kriterium der objektiven Wahrheit reduziert sich bei Mehring als nur gesellschaftliche, will sagen ad hoc politische Praxis. *Er hat Marx links überholt.*

Dieser zentrale Satz aus seinem Kant-Aufsatz in den «Ästhetischen Streifzügen» hört sich wie eine Absage an: «Die ästhetische Urteilskraft verhält sich zur reinen und praktischen Vernunft wie das Gefühl von Lust und Unlust zum Erkenntnis- und Begehrungsvermögen. Die Welt der Verstandesbegriffe ist die Natur, die Welt der Ideen ist das moralische Reich der Freiheit, die Welt der natürlichen Zweckmäßigkeit ist die Schönheit und Kunst.»[91]

Absage an was?

Zieht man die Summe, so muß gesagt werden: *eine Absage an die Widerspiegelungstheorie.* Mehring mißtraut der Reproduktion der objektiven Wirklichkeit, ergänzt die Vokabel «Nachahmung» stets durch das Attribut «platt». Kunst ist für ihn, den revolutionären Sozialisten, mit Kant weitgehend Ideengebilde: «Die Gattung ist an sich nur ein Begriff. Wenn wir von einer Junker-, einer Bürger-, einer Arbeiterklasse sprechen, so sprechen wir von Begriffen, die wir uns gebildet haben, von Ideen als Individuen, von Idealen, und diese Ideale in natürliche Erscheinungen zurückzuverwandeln, ist die Aufgabe der schönen Kunst. Ein Junker, ein Bürger, ein Arbeiter, den der Dichter oder der Maler darstellt, wird im ästhetischen Sinne des Wortes um so schöner und um so wahrer sein, je freier er von den wesenlosen Zufälligkeiten des Individuums und je durchdrungener er von den wesentlichen Eigenschaften der Gattung ist.»[92]

Umgekehrt war Politik für Mehring wesentlich nicht Ideengebilde, war vielmehr eigene Praxis, geprägt und getragen von einer Mitleidsstruktur. Parteiarbeit, wie sie dieser große Alte, gleichermaßen heroische wie zerbrechliche Figur, begriff, war Akt des Zorns und des Aufbegehrens. Selbst die Gründung der Gruppe ‹Internationale›, schließlich der KPD – gemeinsam mit Rosa Luxemburg und Karl Liebknecht – war ein Akt menschlicher Solidarität in einem geschichtlichen Moment, in dem die äußerste Bedrohung des Menschen stattfand: im Krieg. Mehring war 1917 für den verhafteten Liebknecht eingesprungen und hatte dessen Stelle im preußischen Landtag eingenommen, hatte vor diesem Forum mit dem ihm eigenen Starrsinn und Respekt erheischenden lauteren Pathos gewarnt. Den Respekt fand er allerdings nicht bei jenen, gegen die er sein Leben lang gekämpft hatte – den preußischen Nationalen. Sie sperrten den greisen Veteranen ein, transportierten ihn im Grünen Wagen zusammen mit Dieben und Prostituierten ab und verdienten den schneidenden Hohn Karl Liebknechts, der in seiner berühmten Eingabe «Zur Strafsache gegen mich» schrieb:

«Der deutsche Militarismus schlägt seine ruhmvollsten Schlachten in der Heimat, Schlachten, von denen keine Zeitung kündet. Er schlägt seine ruhmvollsten Schlachten in der Heimat gegen Deutsche, gegen Hungernde, Freiheitsdürstende, Friedenfordernde... Er erficht täglich Siege gegen Wehrlose, gegen Frauen, Jugendliche, Greise; Siege, bei denen keine Glocken läuten. Und macht dabei Gefangene, Tausende, von denen kein Generalstabsbericht meldet. Am 10. Juli brachte er in schneidiger Attacke Rosa Luxemburg zur Strecke. Jetzt hat er einen neuen Triumph errungen, von dem die Nachwelt singen wird. In kühnem Sturm gelang es ihm, den siebzigjährigen Franz Mehring zu bezwingen und ihn, unter dessen Streichen Bismarck erzitterte, gefangen fortzuführen. Endlich! Ein Aufatmen geht durch die offizielle und offiziöse Welt Deutschlands! Endlich! Denn Franz Mehring hat es längst verdient.»[93]

Der Rebell aus Trotz und Widersinn, der Revolutionär mit dem Elite-Bewußtsein, der Historiker der Arbeiterbewegung, der ihr die eigene Artikulation absprach – er zeigte sich bis zur letzten Stunde als fähig zu trauern. Die Gegenwart war dem Attackier-Lustigen Tag des Schinders, die Vergangenheit Paradigma für mögliches Glück – dies, noch zernebelnd im Ungewissen, wollte er hereinholen für eine Zukunft des Menschen; dessen Bedrohung war auch die seine, wurde der gebrochen, zerbrach er. Den Mord an Rosa Luxemburg, das endgültige Klaffen von Moral und Politik, berichtet uns sein Nachlaßverwalter Eduard Fuchs, überlebte er nicht.

«Der Alte wollte nicht glauben, daß diese Tat hatte geschehen können. Als die Nachricht von dem bestialischen Meuchelmord an Karl Liebknecht und Rosa Luxemburg zu ihm traf, irrte er stundenlang in seinem Zimmer auf und ab. Ständig trieb es ihn umher, solange, bis der Greisenkörper erschöpft in den Lehnsessel sank. Aber er sprang immer sofort wieder auf, sobald er sich notdürftig erholt hatte, und von neuem begann er seine ruhelosen Wanderungen ... Nun sah ich keine Träne mehr in seinen Augen, wohl aber das immer erneute Aufzucken des Hohns und des Zorns: ‹Tiefer ist noch keine Regierung gesunken›, murmelte er mehrfach ... Es war erschütternd anzusehen, wie dieser große Geist noch im Absterben die höchste Kraft der Liebe und des Hasses in sich barg. Denn zu dieser Stunde trug Franz Mehring bereits den Tod in der Brust. Auch während der Nacht hatte ihm der Gedanke an den gewaltsamen Tod seiner Freunde keine Ruhe gelassen. Nur notdürftig bekleidet, war er vom Bett aufgesprungen und wiederum stundenlang im Zimmer auf und abgewandelt ... Die Folge dieser nächtlichen Wanderungen war eine starke Erkältung, aus der sich eine schwere Lungenentzündung entwickelte. Diesem Angriff war der alte, von der früheren Schutzhaft ausgemergelte Körper nicht mehr gewachsen.»[94]

Chancen und Grenzen einer proletarischen Kultur

«Ich hatte die Wahl, Becher oder Benn zu werden»

Als direkter Ausläufer des Streits um den Naturalismus und das divergierende Schiller-Konzept ist die Debatte zu sehen, die Lu Märtens Aufsatz «Zur ästhetisch-literarischen Enquête»[1] auslöst; als mehr sogar denn ein Pamphlet innerhalb dieser auslaufenden Diskussion – es ist der Beginn einer neuen Entwicklung, neuer Richtungen im gesamten Konzept materialistischer Kunstbetrachtung. Mit den komplizierten und widersprüchlichen Arbeiten von Lu Märten sind wir mitten in der Diskussion der zwanziger Jahre – eine Diskussion, die zwar von den bis dahin erarbeiteten Positionen geprägt ist, gleichwohl aber den veränderten Stand der Produktivkräfte, eine anders und stärker organisierte Arbeiterbewegung, neue zivilisatorische und künstlerische Techniken wie politische Hoffnungen reflektiert. Die Verankerung im Tradierten und der Aufsprung nach vorn werden deutlich in der Argumentation von Lu Märten, die schon in dieser frühen Arbeit eine Position bezieht, die sie in späteren wie etwa der Studie «Wesen und Veränderung der Formen»[2] von 1924 ausbaut.

Ihr Kunstbegriff entfernt sich erstmals von der Gleichung befreites Proletariat = freier Genuß von Beethovens IX. Sinfonie und gibt zu bedenken, ob veränderte gesellschaftliche Verhältnisse nicht Veränderungen auch der Kunstformen herbeiführen werden; eine sozialistische Kunst muß, das wird hier erstmals angedeutet, Kunst eigener Qualität sein – nicht für den neuen Menschen geschaffen, sondern von ihm. Ein neues Theaterpublikum, etwa, «produziere» gleichsam auch eine neue Dramaturgie. Georg Fülberth hat diesen qualitativen «Sprung nach vorn» in der Ästhetik-Diskussion erstmals angedeutet: «Andererseits gelangte Märten mit ihrer kurzen, kaum abgeleiteten Bemerkung von der wahrscheinlichen Hinfälligkeit der alten ästhetischen Kategorien weit über die Positionen ihrer sozialdemokratischen Zeitgenossen – auch Mehrings – hinaus. Mit diesem Aperçu stellte sie fest, daß die Revolution auch die künstlerischen Formen umwälzen müsse; es mußte also möglich sein, die Ästhetik historisch zu begreifen und zu verändern, während für Mehring und mit ihm die gesamte Literaturkritik der SPD der kulturpolitische Effekt der Revolution nur darin bestand, daß das sich aufhebende Proletariat und dann alle Mitglieder der befreiten Gesellschaft nunmehr massenhaft eine Kunst rezipierten und produzierten, deren strukturelle Übereinstimmung mit den Regeln der Kantschen Ästhetik nirgend bestritten wurde.»[3]

Das greift voran letztlich bis zu Brecht (Lu Märtens Aufsatz «Die Eigengesetzlichkeit des Rundfunks» erschien fünf Jahre vor Brechts «Der Rundfunk als Kommunikationsapparat»[4]), gewiß zu Piscator, zu Eisler – und zum Proletkult.

Es konnte nicht ausbleiben, daß die «klassische» linke Theorie, die auf Kant und Hegel zurückgriff, Lu Märtens Vorschläge zurückwies. Diese Position vertrat, so abwegig sich das heute anhören mag, vor allem «Die Rote Fahne». Die Zeitung der KPD hatte erst seit Dezember 1919 ein Feuilleton, ab 1. Mai 1920 hatte sich der gesamte Umfang der Zeitung verdoppelt, eine regelmäßige Kulturberichterstattung wurde eingerichtet. Gertrud Alexander, die noch unter Mehring Redakteurin der «Neuen Zeit» geworden war (und 1925 von Clara Zetkin ins Frauensekretariat der Kommunistischen Internationale nach Moskau geholt wurde), wurde Feuilletonchefin, damit bis mindestens 1924 einflußreichste Autorität der KPD in Kunstfragen. Ihr Mitredakteur war später K. A. Wittfogel, dessen Artikelserien «Über proletarische Kultur»[5] oder «Proletarische Kampfkultur»[6] Vorarbeiten zu seinen späteren großen Studien in der «Linkskurve»[7] waren und der dazu im hier aufgenommenen Gespräch noch 1979 Stellung nimmt; dort war er Ende der zwanziger Jahre enger ideologischer Kampfgefährte von Georg Lukács. Die Linie

Kant–Hegel–Mehring–G. Alexander–Wittfogel–Lukács ist von logischer wie politischer Stringenz. Sie ist gleichzeitig nahezu unirritiertes Kontinuum eines Kunstkonzepts, das, strenggenommen, nicht materialistisch genannt werden kann; es berührt sich auf gelegentlich absurde Weise mit der bürgerlichen Verweigerung: Kunst als aus dem Leben ausgewiesene Größe, nicht Teil, schon gar nicht etwa Promotor von Entwicklungen. Kunst als Über-Welt. Der bedenkliche Marx-Satz von der «ewigen Kindheit» der Menschheit, die das klassische Kunstwerk offenbare – klassisch hier als a-historische Permanenz-Kategorie begriffen –, ist die Verteidigungsüberschrift.

Lu Märtens Überlegungen wurden von Gertrud Alexander in scharfen Polemiken zurückgewiesen, ihr Vokabular verrät genau diesen Begriff der Über-Welt: genialisch, hehr, psychisches Erleben[8]. Nicht minder scharf ist die Replik von Lu Märten: «Der Genossin, die in der ‹Internationale› wie in der ‹Roten Fahne› meine ‹sogenannte Broschüre› ihrer schulmeisterlichen Kritik unterzog, kann ich aus Raummangel nur einige grundsätzliche Punkte entgegnen und verweise im übrigen auf meine Kunstartikel in der ‹Jugendinternationale›. Um dieses Grundsätzliche handelt es sich. Und wer dies nicht begriffen hat, der mag sich tausendmal mit seiner Dialektik brüsten und alle Heiligen des historischen Materialismus anrufen – er bleibt ein drapierter Ideologe. Der historische Materialismus ist kein Zahnstocher, mit dem man gerade nur bis auf die kritischen Schäden gelangt, sondern ein Wurzelinstrument. Als solches hat er die Aufgabe nicht des ‹intuitiven Erkennens›, die ein ideologisches Ideal ist, sondern die der deduktiven exakten Tatsachenbeweisführung...

Nur ein Flachkopf kann eine Methode verflachen. Davor schützt keine Methode, sondern allein die Fähigkeit dessen, diese, das Handwerkzeug, zu benutzen. Wer mit diesem Handwerkzeug nicht tiefer gedrungen ist als auf Erklärungen wie: ‹religiöses Bedürfnis›, ‹siegende Kirche›, ‹Geist der Revolution›, ‹Wesen des Künstlers› usw., der mag sein, wer er will, aber er hat nicht das Recht, über historisch-materialistische Resultate zu urteilen. Wenn wir überall Begriffe wie ‹ökonomisch-ideologisch› vernudeln wollen, um uns Mühe und Arbeit zu sparen, so kann sich jeder dabei etwas denken, nur die historisch-materialistische Methode brauchen wir dazu nicht. Derartige Intuitionen stehen in jeder besseren bürgerlichen Kunstgeschichte...

Denn was ist so ein Satz: ‹Die Gotik als Kunstblüte bedeutete den höchsten Aufschwung der siegenden Kirche.› Und: ‹Die Baukunst war schon längst so reif..., um ein Formproblem wie das der Gotik zu lösen.› (Ich greife nur dieses eine Beispiel heraus.) Also eine fertige ideologische Macht hat die Gotik entstehen lassen – und ‹das Formproblem lag sozusagen fertig in der Luft›. Das nennt sich die Tiefe des historischen Materialismus. Man kann selbstverständlich die Gotik rein optisch-ästhetisch und nach allen Seiten genießen und sie interpretieren – aber wissenschaftlich nach der genannten *Methode* über sie handeln, heißt auf den sie bedingenden *struktiven* und *charakteristischen* Charakter eingehen, eben den, der sie vom bisherigen als historisch-epochal unterschied und ihr den Schimpfnamen ‹gotisch› einbrachte (was damals soviel hieß wie Benennungen wie ‹Expressionismus› für alles mögliche Verrückte)...

Das heißt der Satz: jede Zeit erschafft oder erfindet sich ihre Mittel. Von den ideologischen Faktoren aus gesehen hieße es genauer: benutzt sie. Wenn eine siegende religiöse Macht – das ‹religiöse Bedürfnis›, wie die Genossin sagt – eine künstlerische oder technische Leistung erregen kann, warum hat die Religion der Perser oder Buddhas, die wesentlich geistiger, vager und abstrakter ist, als je eine christliche war, nicht entsprechend charakteristische Bau- oder materielle Werke geschaffen? Was heißt uns Materialisten eine Religionsform, die schon zur Zeit der Gotik scholastisch und erstarrt war (gegen die die Mystiker schon eine Reaktion waren), übertriebener werten als die anderen Kulte? Die asiatischen Despoten benutzten ihre religiösen Ideologien entsprechend ihren Mitteln genauso wie die siegende christliche Kirche. Ihre ungeheuren Steinmassen symbolisieren das nach dieser Seite. Aber die Technik dieser Bauten, wie auch der der Griechen oder Chinesen, ist nicht der beliebig interpretierte ‹Geist› dieser Ideologien, sondern zeigt dem Materialisten vor allem den historischen Stand der Arbeit und Technik. Das

Grundverhältnis und die Bedingungen einer ganzen Zeit, an die aller geistiger Ausdruck gebunden ist. Das ist historischer Materialismus.»[9]

Hier, das kann man nun einmal historisch exakt datieren, liegt der Beginn beispielsweise der inzwischen berühmt gewordenen Expressionismus-Debatte und der weitergehenden Divergenz zwischen Brecht und Lukács[10]. Hier liegt auch die Wurzel dessen, was nach 1945 in der DDR das ‹Formalismus-Problem› genannt wurde. Die Kritik, mit der «Die Rote Fahne» etwa 1920 Piscators ‹Proletarisches Theater› ablehnte, definiert das Unbehagen gegen Brechts Theater über die Jahrzehnte hinweg mit: «Gegen die Idee eines proletarischen Theaters ist nichts einzuwenden, und es ist zuzugeben, daß ein Verlangen nach einer proletarischen Bühne bestehen darf... Im Programm steht... dies solle keine Kunst sein, sondern Propaganda... Man wolle die proletarische, kommunistische Idee auf der Bühne zum Ausdruck bringen, um propagandistisch und erzieherisch zu wirken. Man will nicht ‹Kunst genießen›. Dazu ist zu sagen: Dann wähle man nicht den Namen Theater, sondern nenne das Kind bei seinem rechten Namen: Propaganda. Der Name Theater verpflichtet zu Kunst, zu künstlerischer Leistung!... Kunst ist eine zu heilige Sache, als daß sie ihre Namen für *Propagandamachwerk* hergeben dürfte!... Was der Arbeiter heute (1920!) braucht, ist eine starke Kunst... solche Kunst kann auch bürgerlichen Ursprungs sein, *nur* sei es *Kunst.*»[11]

Dies ist offensichtlich nicht das volkspädagogische Anheben des Bildungsniveaus der Arbeiter, was in der Tradition der Arbeiterbildungsvereine gemeint war, das Vermitteln bürgerlichen Kulturgutes; nicht mehr «Und ewig singen die Wälder», vielleicht aber dafür ein ewig «sterbender Schwan». Lu Märten spottete: «... Wir erwarten ‹Künste› und wursteln unseren Inhalt in den alten Poesieformen – zum Schaden des Inhalts; und andere warten auf den proletarischen Homer.»[12]

Es geht also um die Verarbeitung des Kulturerbes, und es geht zum zweiten um das Schaffen einer neuen, eigenen Tradition. Beides hängt unmittelbar miteinander zusammen. Was Bogdanow den «Kunstnachlaß»[13] nennt, meint eben dieses Aufarbeiten des Erbes – und führt auf eklatante Weise den inhärenten Widerspruch vor; Bogdanow – sich hier durchaus als Mehring-Anhänger ausweisend – hat gleichsam recht und nicht recht:

«Und soweit die Kunst der Vergangenheit imstande ist, die Gefühle und die Stimmung des Proletariats zu erziehen, soweit muß sie als Mittel ihrer Vertiefung und Aufklärung und der Erweiterung ihres Feldes auf das ganze Leben der Menschheit, auf ihrem ganzen Arbeitsweg – aber nicht als Mittel der Anregung, nicht als Agitationswerkzeug – dienen...

In der gegenwärtigen proletarischen Poesie herrscht bei uns der Agitationsinhalt vor. In Tausenden von Gedichten, die zum Klassenkampf rufen und die Siege in ihm verherrlichen, und in Hunderten von Erzählungen von der Entlarvung des Kapitals und feiner ‹Kriecher› ertrinkt alles andere. Das muß man ändern. Ein Teil muß nicht zum Ganzen werden. Eine allseitige Vertiefung in das Leben ist zwar schwerer als ein Sturm zum Durchbruch der feindlichen Linien; aber in der Sache des Sozialismus ist so eine Vertiefung noch notwendiger, weil nur ein allseitiges Verstehen des Lebens, seiner konkreten Gewalten und ihrer Wege eine Stütze für ein allumfassendes, praktisches Schaffen in ihm geben kann.

Die politisch-agitatorische Verengung der Poesie spiegelt sich ungünstig wider in ihrem Kunstcharakter selbst, welcher doch, dem Wissen nach, ihre eigentlich organisatorische Kraft ist. Es entwickelt sich die Herrschaft der Schablone – wie kann sich auch die Originalität in Tausenden von Wiederholungen erhalten – und die teilnahmsvolle Empfänglichkeit, die den Künstler mit den Massen verschmilzt, stumpft ab... In einer nahen Verwandtschaft mit derselben Agitationsbeengung des Schaffens steht noch eine vor kurzem entstandene Theorie, nach welcher die proletarische Kunst unbedingt immer ‹lebenslustig› und entzückt sein muß. Leider hat diese Theorie einen unzweifelbaren Erfolg, besonders bei den jüngsten und unerfahrensten proletarischen Dichtern, obwohl man diese Richtung nicht anders als kindlich bezeichnen kann. Die Tonleiter des kollektiven Klassengefühls darf nicht so beschränkt sein. Einem werktätigen Kollektiv ist eine lebendige und helle Empfindung seiner Kraft eigen; man muß aber nicht vergessen, daß auch die Kraft manchmal Niederlagen erleidet. Die Kunst muß vor allen Dingen aufrichtig und wahr sein, besonders als ein Organisator des Lebens: wen und was kann der organisieren, dem man nicht glaubt?»[14]

In Bogdanows Begriff ‹Agitationsverengung› liegen eigentlich zwei Begriffe ungetrennt verborgen, was den Text so widersprüchlich macht; man möchte ja und nein zugleich sagen. Erst Lukács versucht zehn Jahre später, die Doppelheit des Gemeinten in ‹Tendenz› und ‹Parteilichkeit› definitorisch aufzuspleißen[15]. Die Bogdanowsche ‹Agitationsverengung› ist eine Gefahr, wird sie als Applikation begriffen, als Credo ohne Sprengstoff, nicht Energie, die sich ihre eigene Form schafft. Davor warnt Bogdanow. Er warnt aber *auch*, gleichzeitig, vor ebendieser Sprengkraft. Das ist die Gefahr der Gefahr, wenn eine paradoxe Formulierung erlaubt ist; das ist die Warnung, vor der gewarnt werden muß. Weil eben beide Inhalte in so vielen unspezifischen Formulierungen marxistischer Theoretiker gleichberechtigt nebeneinanderliegen, entstanden und entstehen so viele Mißverständnisse.

Das in diesem behandelten Zeitraum eklatante Mißverständnis zeigt sich in der Debatte um Dada und in der aus dieser Debatte abgeleiteten Kunstpraxis der proletarischen Literatur. Eine durchaus politisch gemeinte Kunstbewegung – Dada – wird mit «agitationsverengten» Argumenten nicht erkannt; ausgerufen wird dagegen eine politisch-proletarische Literatur, die – bei genauem Hinsehen – unpolitisch ist; agitationsverengt.

Am ‹Kunstlumpen›-Skandal ist zu sehen, wie sehr die Formel «Les extrêmes se touchent» in unserem Zusammenhang übersetzt werden muß mit: kommunistische Kunsttheorie perpetuiert die bürgerliche. Im Zusammenhang mit dem Kapp-Putsch war es im Frühjahr 1920 auf dem Postplatz in Dresden zu Schießereien zwischen Demonstranten und Reichswehr gekommen, es gab 59 Tote und 150 Verletzte. Eine Kugel drang in die Galerie des Dresdner Zwingers und beschädigte Rubens' «Bathseba». Oskar Kokoschka, damals Professor der Dresdner Akademie, richtete daraufhin ein Manifest an die Einwohner Dresdens, in dem es hieß:

«Ich richte an alle, die hier in Zukunft vorhaben, ihre politischen Theorien, gleichviel ob links-, rechts- oder mittelradikale, mit dem Schießprügel zu argumentieren, die flehentliche Bitte, solche geplanten kriegerischen Übungen nicht mehr vor der Gemäldegalerie des Zwingers, sondern etwa auf den Schießplätzen der Heide abhalten zu wollen, wo menschliche Kultur nicht in Gefahr kommt... Ich wage nicht, zu hoffen, daß mein Gegenvorschlag durchdringt, der vorsähe: Daß in der deutschen Republik wie in klassischen Zeiten Fehden künftig durch Zweikämpfe der politischen Führer ausgetragen werden möchten, etwa im Zirkus, eindrucksvoller gemacht durch das homerische Geschimpfe der von ihnen angeführten Partei. Was alsdann harmloser und weniger verworren wäre, als die jetzt üblichen Methoden.»[16]

Darauf eröffneten John Heartfield und George Grosz die neue Nummer einer Zeitschrift mit einem rasenden Angriff auf den ‹Kunstlumpen›: «In den Staatsgebäuden zur Pflege und Erhaltung der mittelalterlichen Inventare und Gebilde, eines Stabes überflüssiger Kunstbeamten, alles toten, heutigen Lebensbedürfnissen zuwidersprechenden Gerümpels, Geschreibsels und Gemales, das bestenfalls nur historischen Nachschlagewert hat für Idioten und Nichtstuer, die die Dokumente der menschlichen Dummheit, bis in die greiseste Vergangenheit greifend, preisen zu müssen glauben, hängen die verstaubten ‹Werke› der Rubens, Rembrandts, die für uns heute nicht den geringsten Lebenswert mehr bergen. Die Marktinteresse für den Bürger haben! In denen er sein Geld sicherte und festlegte. Wie er auch sein überschüssiges Kapital in den Bildern der für ihn pinselnden Maler für sich aufhäuft und die bedeutenden Gemälde der bedeutenden ‹Schaffenden› (beleidigen Sie die Bedeutenden nicht und sagen Sie nicht ‹Arbeitenden›!) nur aus Kapitalsinteressen als sein Eigentum für seine unbewohnten Herren-, Speise- und Damenzimmer in dieser Hungerzeit erwirbt... Wir begrüßen mit Freude, daß die Kugeln in Galerien und Paläste, in die Meisterbilder des Rubens sausen, statt in die Häuser der Armen in den Arbeitervierteln!»[17]

Hinter dieser Übersteigerung standen natürlich Ekel und Wut gegen den bürgerlichen Kunstbetrieb; sie war nicht *wörtlich* ernst zu nehmen, sondern *inhaltlich* – die klassische Revolte des Dadaismus, des Surrealismus, des Expressionismus schließlich, das Aufsprengen des verkrusteten Überkommenen. Zu dessen Verteidigung nun fand sich – «Die Rote Fahne». Gertrud Alexander wandte sich an die «Herren John Heartfield und George Grosz»:

«Sie glauben, dem *Gegner* der Arbeiterschaft einen revolutionären Dienst zu leisten, indem Sie eine Lanze brechen für einen wahren Vandalismus ...

Wenn man durch die beiden Berliner Sezessionsausstellungen gegangen ist, begreift man ja Ihre wie der ‹Modernen› Abneigung gegen Rubens' ‹Fleischlichkeit›, seine unbändige sinnliche Lust. Denn alles spezifisch Moderne dort ist ohne Fleisch und ohne Freude, reine mittelalterliche Askese. Gerade bei den alten Niederländern finden wir das Derbe, das Gesunde, Volkstümliche in aller Lust und Kraft, das freilich der überfeinerten raffinierten Bourgeois-Kultur von heute mit ihrer Wirklichkeitsflucht – denn nichts anderes bedeutet heute der Futurismus und Kubismus – zuwider sein muß. So sicher als die Bourgeois-Kultur ihrem Ende entgegengeht, wird eine neue, eine Arbeiterkultur geschaffen werden. Sicherlich ist diese letzte Epoche bürgerlicher Kunst, in deren Zeichen wir jetzt stehen, kläglich und ohne Größe, so revolutionär sich auch alle modernen Richtungen gebärden möchten. Von diesen Bildern geht die Revolutionierung und Neuschöpfung der Kunst und Kultur nicht aus. Der Arbeiter aber wäre ein Vandale oder ein Narr, wenn er sich, um mit dieser Kunstrevolution zu beginnen, zur Aufgabe machen wollte, Museen und Sammlungen als Reste der Bourgeois-Kultur zu zerstören. Immerhin wird nicht zu bestreiten sein, daß in jenen Sammlungen, neben vielem Nebensächlichen und Irrtümlichen, auch Meisterwerke konserviert werden, die auch für den Arbeiter immer schön und bewundernswert sein werden, trotz solcher Leute, wie Kokoschka, John Heartfield und George Grosz. Abgesehen von ihrem Kunstwert haben diese Werke auch ihren historischen Wert.»[18]

Allerdings blieb das nicht unwidersprochen; Julian Gumperz antwortete 14 Tage später in der «Roten Fahne»:

«Vielleicht gelingt es Ihnen zu begreifen, daß es Heartfield und Grosz nicht auf Vernichtung irgendwelcher Bilder ankommt, sondern auf die Bekämpfung jeder Auffassung, die in Kunst und Kultur etwas ‹Ewiges›, *über* den Klassen und ihren Kämpfen Schwebendes sieht, und die gerade Sie typisch vertreten. Das bürgerliche Herz bleibt in der Regel in seinem Geldbeutel, verläßt es ihn aber, indem es sich zum Kommunismus bekennt, dann rettet es seine ganzen bürgerlichen Instinkte in die Regionen der Kunst und Kultur, und jeder Angriff auf seinen Glauben an Kultur und Kunst wird dann eiligst von ihm als ein Angriff auf die Kultur- und Kunst*werke* denunziert, ähnlich wie der politische Bürger mit Vorliebe den Angriff gegen das Privateigentum als Raub und Zerstörung verschreit. Der politische Bürger stellt seine Macht und sein Eigentum höher als die Existenz des Arbeiters; der Kunstbürger stellt seine Kultur und seine Kunst höher als das Leben der Arbeiterklasse...

Sie beschränken sich, Genossin G. G. L., darauf, die Auffassung von Heartfield und Grosz als Vandalismus zu kennzeichnen und die ‹Ewigkeits›-Werte der Kunst vor diesem Angriff in Schutz zu nehmen. Ich habe mich daher in meiner Entgegnung darauf beschränkt, Ihren Vorwurf des Vandalismus zu demaskieren, und die ‹Ewigkeits›-Werte als das erkennbar zu machen, was sie sind: als ideologische Ketten im Interesse der bürgerlichen Gesellschaft, die vernichtet werden muß.»[19]

Und ausgerechnet der Herausgeber der ersten Mehring-Ausgabe, August Thalheimer, der später als Revisionist verstoßene Kombattant Ruth Fischers, schließt die Diskussion im orthodoxen Sinne – mit einem Diskurs, der bezeichnenderweise von der Literaturschreibung der DDR gutgeheißen wird[20]: «Die Losung der Vernichtung oder der Ablehnung der Kunst der Vergangenheit, die sich ultrarevolutionär und antibürgerlich gebärdet, ist daher in Wahrheit eine bürgerliche Losung, das Spiegelbild der Praxis der untergehenden und sich zersetzenden Bourgeoisie. Das Proletariat, in seinem Kampf um die politische Macht, muß alle seine Kräfte auf diesen Kampf konzentrieren. Es kann in diesem seinem Kampf nicht schon seine eigene Kulturwelt sich aufbauen. Aber der Drang, das alte Kulturerbe sich anzueignen und freie Bahn für seine eigene Schöpfertätigkeit sich zu erobern, ist ein starkes vorwärtstreibendes Moment in diesem seinem politischen Kampf. Die Ausschaltung dieses Moments, abgesehen davon, daß sie ein Vandalismus ist, ist zugleich eine erhebliche Schwächung des politischen Kampfes des Proletariats und muß die noch *gesunden* Kräfte der bürgerlichen Welt abstoßen.»[21]

Wir wiesen darauf hin, daß sich aus dieser Debatte die Kunstpraxis einer genuinen proletarischen Literatur ableitete. Auf deren Voraussetzungen wie Zielvorstellungen gilt es einzugehen.

In diesem Zusammenhang muß die Gründung des BPRS, die schließlich am 19. Oktober 1928 stattfand, gesehen werden. Bestrebungen zur organisatorischen Zusammenfassung der kommunistischen Autoren reichen zurück bis zum Beginn der zwanziger Jahre. Schon auf dem 5. Kongreß der KI im Juni und Juli 1924 trafen sich – sozusagen am Rande des Kongresses – in Moskau sowjetische Schriftsteller mit einigen zum Kongreß delegierten ausländischen Kollegen, um eine solche organisatorische Vereinigung zu besprechen. Es entstand ein internationales Vermittlungsbüro proletarischer Literatur, und noch 1924 veröffentlichte die Internationale Pressekorrespondenz (Inprekor) einen unter anderem von Lunatscharskij unterzeichneten Aufruf und eine Resolution der Konferenz der Delegierten zur Frage der künstlerischen Literatur. 1926 konstituierte sich dann in Moskau das Internationale Büro für Revolutionäre Literatur (IBRL). 1927, anläßlich der Feiern zum 10. Jahrestag der Revolution, fand in Moskau die erste Konferenz proletarisch-revolutionärer Schriftsteller statt. Auf diesem Kongreß wurde offenbar auch die Gründung des BPRS verabredet, das heißt, daß der Impuls zur Gründung nicht so sehr von der KPD, sondern von Moskau ausging. Gleichzeitig mit der Gründung des BPRS stellte sich die Frage nach entsprechenden Publikationsmöglichkeiten. Zum internationalen Antikriegstag am 1. August 1929 erschien «Die Linkskurve».

Entsprechend der Politik des BPRS und der geschilderten früheren politisch-taktischen Haltung der KPD begann «Die Linkskurve», deren erste Nummer von Johannes R. Becher mit dem programmatischen Aufsatz «Unsere Front» eingeleitet wurde, mit scharfer Polemik gegen linksbürgerliche Autoren. Dem Absetzen gegen bisherige Bundesgenossen, zum Beispiel Toller und Tucholsky, aber auch gegen Barbusse und dessen Zeitschrift «Le Monde», lag das theoretische Konzept zugrunde, daß proletarische Literatur nur von Autoren entwickelt werden könnte, die aus dem Proletariat stammten, nicht von «bürgerlich sympathisierenden Schriftstellern»; bereits die Formulierung proletarisch-revolutionäre Literatur postulierte diesen Begriff und bedeutete in der Zusammenziehung der beiden Schlüsselbegriffe ein Programm: Revolutionäre Literatur war proletarische Literatur. Der in der «Roten Fahne» schon früher gegen Trotzkij gewandten Konzeption einer jetzt entstehenden eigenen Klassenliteratur entsprach die Überbetonung der Funktion der Arbeiterkorrespondenten. Einer der engsten Mitarbeiter Ernst Thälmanns war der Leiter der Agitpropabteilung beim ZK der KPD, Josef Lenz.

Er veröffentlichte in Heft 3/1930 unter dem Pseudonym N. Kraus einen Artikel «Gegen den Ökonomismus in der Literaturfrage». Lenz vermerkte zwar die Nützlichkeit der Arbeit der Arbeiterkorrespondenten im Klassenkampf, wandte sich aber scharf gegen ihre Verhimmelung als Urzelle proletarischer Kunst ohne Rückgriff auf bereits vorhandene bürgerliche Kunst. Ab Heft 4/1930 tritt also Wittfogel in die Redaktion der «Linkskurve» ein und beginnt in sieben Fortsetzungen eine verschiedene Male wieder abgebrochene Artikelfolge «Zur Frage einer marxistischen Ästhetik» zu veröffentlichen. Diese Artikelfolge entspricht insofern der Lenzschen Forderung, als hier zum erstenmal versucht wird, das bürgerliche Erbe kritisch zu verarbeiten, Positionen Kants und Hegels zu reflektieren und sich mit der 1929 von Thalheimer herausgegebenen Mehring-Ausgabe auseinanderzusetzen.

Im Sommer 1931 zieht Georg Lukács nach Berlin. Über Leo Flieg, den Verantwortlichen für Kulturfragen der KPD, hatte er direkten Kontakt zur Parteispitze, zu Heinz Neumann, Ernst Thälmann und Hermann Remmele; Heinz Neumann wiederum ist der Schwager von Willi Münzenberg. Nicht nur wird jetzt das neue Programm des BPRS umredigiert, sondern auch die «Phase der Selbstkritik», die Bechers «Wendungs»-Aufsatz[22] bereits angekündigt hatte, wird schon im darauffolgenden Heft im November 1931 mit Lukács' Kritik an Willi Bredels Romanen realisiert.

Diese Kritik an dem von Thälmann entdeckten Arbeiterschriftsteller offenbart eine höchst widersprüchliche theoretische Position: Lukács argumentiert zwar taktisch von links, ideologisch-ästhetisch aber eher konservativ. Er tadelt einerseits das artistisch Ungenügende, warnt vor einer falsch verstandenen proletarischen Literatur – bezieht sich aber andererseits in den Modellen, von denen er seine Kriterien ableitet, auf klassisch-realistische Erzählmuster. So sind alle seine großen «Linkskurve»-Aufsätze nicht nur – paradoxerweise – Angriffe von links auf links, sondern sie sind auch die Verweigerung neuer Formen. Seine Polemik gegen Ernst Ottwalts Justizroman «Denn sie wissen, was sie tun» ist ebenso Polemik gegen bestimmte moderne Erzähltechniken. Exakter noch zeigt das der daraus entwickelte grundsätzliche Essay «Tendenz oder Parteilichkeit», der den zweiten Begriff als den übergeordneten versteht, identisch mit realistischer Darstellungsweise, die die Grundstrukturen und Kräfte einer Epoche zusammenfaßt – entgegen der Tendenz, die «Äußerliches» wie Montage, Reportage, Verfremdungseffekt definiert. Lukács' Argumentation verbarrikadiert die Möglichkeit zu einer neuen Literatur[23].

Worauf aber Lukács bemerkenswerterweise nicht eingeht, ist eben das Strukturgesetz politisch-proletarischer Literatur. Die Frage: sind Arbeiterkorrespondenten wirklich Schriftsteller, wird ja keineswegs beantwortet, indem man den Roman eines Autors dieser Gruppe kritisiert; einer konzeptionellen Debatte dieses Themas entzog Lukács sich. Die Arbeiterkorrespondenten waren ja in erster Linie eine politische Organisation. Gerade zum hier erörterten Zeitabschnitt hielt Michail Kalinin, jahrzehntelanger Kampfgefährte Lenins aus den Tagen der Illegalität und bis an sein Lebensende Politbüromitglied, 27 Jahre lang Vorsitzender des Allrussischen Zentral-Exekutivkomitees, also des obersten Organs des Sowjetstaats, eine vielbeachtete Rede, die diese politische Organisationsform betraf[24]. Ob Dorf- oder

Arbeiterkorrespondenten – es handelte sich um ein Vertrauensmännernetz der Partei an der Basis. Vor allem in Deutschland, wo die KPD in den Betrieben stark unterrepräsentiert war, benötigte sie zur Zellenbildung einerseits, zur Information aus den Betrieben andererseits diese Korrespondenten. Als Literatur war das nicht gemeint, ursprünglich.

Eine Untersuchung dieser Literatur zeigt dann auch, daß sie sich als Instrument von Willens- oder Meinungsbildung im unmittelbaren Sinne begreift, als Kommentar zum Zeitgeschehen, wie etwa auch die «Klassiker» der Roten-Eine-Mark-Romane von Bredel, Schönstedt, Neukrantz oder Marchwitzas berühmter «Sturm auf Essen» demonstrieren.

Diese Bücher folgen einem kaum je variierten Agitationsmuster und sind daher zutiefst – unpolitisch. Sie bekehren die Bekehrten. Recht und Unrecht, Schuld und Unschuld sind akkurat verteilt, es gibt nur Stereotypen, sowohl in der Handlungsführung wie in den dramatis personae. Der Leihhausjude(!) und der breitschultrige Arbeiter, der Gerichtsvollzieher mit dem verdächtigen Namen Bendovsky oder der Spitzel mit dem ähnlichen Namen Petrowsky und der Vizepolizeipräsident mit dem jüdischen Namen Dr. Weiß, den zusammengekniffenen Augen vor langen, herabhängenden Vorhängen[25] (als sei es ein Spezifikum der Vorhänge im Polizeipräsidium, nicht aufrecht zu stehen ...) – Klischees und vorgeformte Begriffe wie fertige Urteile erstikken jede Möglichkeit der Wirkung dieser Literatur. Wenn man hier von Kitsch spricht, geht es nicht um ein achselzuckendes Verächtlichkeitsurteil, sondern um mehr Bekehrung der Bekehrten, das heißt ja Bestätigung statt Veränderung von Zuständen. Genau das ist Charakteristikum der bürgerlichen Trivialliteratur. Dem Grafen und dem gnä' Fräulein den blonden Arbeiterburschen und sein Mädel entgegenzusetzen, das heißt, denselben ästhetischen wie politischen Bewußtseinsstand zu zementieren. Das ist, was wir unpolitisch nennen an dieser pseudo-politischen Literatur – deren lustvoll-unbedachte Wiederkehr in jüngster Zeit, der neuen Linken zur Feier, symptomatisch ist.

Der Vergleich etwa jenes Romans «die letzten Tage von ...»[26], der vom 16. Oktober 1931 bis 4. Dezember 1931 in

Fortsetzungen in der «Roten Fahne» unter dem Pseudonym K. Olectiv – also Kollektiv, weil von einer Gruppe ungenannter Autoren verfaßt – abgedruckt war, mit Gladkows «Zement»[27] ist aufschlußreich. Dort die Bekehrung des anfangs «zwar lieben, aber zögernden Arbeitermädels» durch Lektüre der «Roten Fahne»; also die direkte Um-Münzung kapitalistischer Werbe-Methoden «Schlank werden durch ...», hier, bei Gladkow, der Mut, den Hauptheldem, also die Figur, die politisch im Recht ist, moralisch ins Unrecht zu setzen; die Ambivalenz eines Schicksals macht keineswegs die Revolution und ihre Stabilisierung ambivalent. Das eine Buch ist zu Recht vergessen, das andere zu Recht ein Klassiker.

Diese Bedenken müssen um ein weiteres ergänzt werden, einen spezifischen Einwand, der sich beispielsweise an den Arbeiten von Willi Bredel verdeutlichen läßt: Bredels Prosa nämlich bleibt ein Zwitter – nicht faktenvermittelnde Reportage, nicht Psychogramm. Lion Feuchtwangers Lob dieser «ersten Darstellung des deutschen Arbeiters»[28] läßt eigenartigerweise einen Umstand außer acht – wie alle anderen kritischen Betrachtungen des Bredelschen Werks: Arbeit kommt in den Büchern nicht vor. Der eigentliche Arbeitsprozeß degeneriert zur Kulisse, zum Hintergrund für Reflexionen. Die wenigen Szenen etwa, die Walter Brenten an seiner Metall-Drehmaschine zeigen, sind von genrehafter Oberflächlichkeit, bleiben gänzlich unspezifisch:

«In drei langen Reihen standen Werkbank neben Werkbank: Drehbänke, Hobelbänke, Stanz- und Bohrmaschinen, und an jeder hantierte ein Arbeiter. Das monotone Getöse der Motoren, die quietschenden schrillen Töne der Stähle und Bohrer, das klopfende Hämmern der Stanzmaschinen – das war seine Welt, daraus gab es keine Flucht. Und wieso Flucht? Die anderen zurücklassen, feige fliehen? Nein, das war auch nicht nach seinem Sinn.

Vorsichtig schob er den Support zurück, spannte eine neue Spindel ein. Gierig, fast lautlos schabte der hohlgeschliffene Stahl eine Schicht Eisen herunter.

Ein Arbeitsstück folgte dem andern. Walter hatte sich wieder in der Gewalt; mechanisch tat er die notwendigen Handgriffe. Er sah nach der Werkhallenuhr. Noch eine Stunde, dann war auch dieser Tag so weit, daß er ihm gehörte. Auf den Abend freute er sich; Dr. Eupert sollte einen Vortrag über Fichtes Freiheitsbegriff und seine Verteidigung der Französischen Revolution halten ...»[29]

Der Arbeitsvorgang wird nicht Teil der Prosa, nicht Darstellungsziel, sondern Fliehpunkt: er löst nur Bewußtseinsvorgänge aus, Denkmechanismen, Meinungen. Damit bleiben in dieser Prosa Leerstellen. Gleichzeitig werden genau diese nicht aufgefüllt durch psychologisch ausgeführte epische Geschöpfe des Autors; wie die Titel – und die entsprechenden Erzählstrukturen – seiner beiden ersten Romane es annoncierten: Arbeitswelt und Lebenswelt werden getrennt.

Für Bredels epische Versuche heißt das, die Ebene der Arbeiterkorrespondenten wurde verlassen, die Ebene der Prosa nicht erreicht. Da der Bewußtseinsgrad seiner Gestalten diktiert ist von der Zielbewegung «weg» (nämlich von der Drehbank, von der proletarischen Arbeit) statt von einer Zielbewegung «hin» (nämlich zu einem neuen, gesellschaftlichen Konzept von Arbeit), bleibt das Resultat ein ideologischer wie künstlerischer Kompromiß.

Sprache nicht nur als soziales Kommunikationssystem, sondern auch als Evidenz politischer Bewegungseinheiten findet bei Bredel nicht statt. Der bestimmende Wunsch von Arbeitern, nicht mehr Arbeiter sein zu wollen und die entfremdete Existenz gleichsam mit Hilfe einer entfremdeten, also illusionären Hoffnung überwinden zu können – der Traum vom besseren Leben durch den Aufstieg in der Hierarchie –, wird nicht analysiert. Daß Bildungsinhalte abhängig sind von spezifischer Fähigkeit, zu sprechen, zu lesen oder zu sehen, dieses Problem minimalisiert sich in Bredels Büchern auf die simple Form: wer sich der richtigen Partei anschließt, hat die Lösung.

Die Kleinbürgerlichkeit ist nicht mehr nur Darstellungsziel, etwa bei SPD-Bonzen oder verlogenen Zollinspektorsverwandten, sie ist Mittel der Darstellung geworden. Zahllose Dialoge, aber auch Beschreibungsdetails, in denen man «sich ein Stündchen aufs Ohr legt», ein «Mittagsschläfchen hält» oder ein «Pfeifchen schmaucht», lesen sich buchstäblich wie Zitate heutiger Unterhaltungsliteratur. Ganze Passagen erinnern an beliebte Fortsetzungs-Fernsehsendungen, deren Humor so lebensnah und deren Realitätswert gleich Null ist:

«Das Ernst-Drucker-Theater am Spielbudenplatz auf Sankt Pauli, ein ausgesprochenes Volkstheater, hatte als Publikum Seeleute, Hafenarbeiter, Fischhändler, Straßenverkäufer, Huren, und die dargebotenen Schauspiele waren Burlesken und Possen, meistens im hamburgischen Platt, derb, urwüchsig, gesund; der Schubbejack auf der Bühne bekam am Ende Prügel, und die arme Unschuld wurde erlöst und erhöht. So gefiel es diesem Publikum, das mit Beifall nicht geizte und oft am Schluß der Vorführungen den Schauspielern eine Runde Bier spendierte oder einen dicken Räucheraal hinaufreichte. Nun, einer der Dramaturgen dieses Volkstheaters war vor Jahren auf den Gedanken gekommen, die Gretchentragödie aus dem ‹Faust› herauszuschälen und zur Aufführung zu bringen ... Laute Klagen erschollen aus den Reihen des Publikums, als Gretchen sich in Gewissensqualen wand. Und beim Klatsch der Mädchen am Brunnen schrien einige Männer erregt: ‹Jojo, so is dat! Düsse verdammten Klatschwiewer!› Am Schluß aber gab's einen so mörderischen Skandal, wie ihn das altehrwürdige Theater noch niemals erlebt hatte, und in dessen Verlauf das entrüstete biedere Hamburger Publikum einen vollständigen Sieg über Goethe davontrug. Als Doktor Faust sein Gretchen im Kerker zurücklassen und sich mit seinem Teufelsbegleiter aus dem Staube machen wollte, half es absolut nichts, daß eine Stimme vom Himmel rief, sie sei gerettet. Das war den Hamburgern, in denen noch ein Gefühl für Recht und Gerechtigkeit lebte und deren Herz für die Unschuld schlug, nur doch ein mystischer und unsicherer Trost ... Männer wie Frauen erhoben sich, aufs höchste empört, und schrien: ‹Watt heet hier gerettet? ... Datt is Mumpitz! Heiroden sall he se! Heiroden sall he se! Hier mit dem Doktor! He sall he heiroden!›

Das Publikum schrie im Chor: ‹Heiroden! Heiroden! Heiroden!› Schreckensbleich stürzte der Regisseur auf die Bühne und bat um Ruhe. Er wies darauf hin, daß dieser Schluß nicht von ihm stamme, und daß ihn vielmehr Goethe nun einmal so gedichtet habe.

Er wurde niedergeschrien. ‹Watt heet hier Goethe! Datt sünd nur Utreden! Heiroden sall he se! Heiroden! Heiroden!› Endlich traten Gretchen und Doktor Faust, letzterer wie ein zerknirschter, reuiger Sünder, vor den Vorhang. Als es im Zuhörerraum still geworden war, begann der Doktor: ‹Verzeih mir Gretchen, ich habe schlecht an dir gehandelt. Ich will es gutmachen, darum frage ich dich: Willst du mich heiraten?›

Und Gretchen antwortet leise: ‹Ja, Heinrich!›

Darauf gaben sie sich die Hand und küßten sich.

Die korrigierte Schlußszene wurde mit unbeschreiblichem Jubel aufgenommen. Mehrere Male mußten Faust und Gretchen vor den Vorhang und sich vom Beifall des nun vollkommen zufriedengestellten Publikums überschütten lassen. Der Gastwirt vom ‹Roten Finken› in der Finkenstraße auf St. Pauli lud alle Schauspieler zum Freibier ein. Gretchen bekam einen Blumenstrauß und Faust eine Handvoll Zigarren auf die Bühne gereicht.»[30]

Das ist nur ganz witzig und pointenreich, aber nicht mehr. Es bleibt unanalysiert, also in der Darstellung flach. Warum nämlich Arbeiter ihre Kinder so gerne nach den Helden von Kitschromanen nennen – auch Edmund Hardekopf in den «Vätern» heißt ja nach Edmond Dantes, dem Romangrafen von Monte Christo, und Friedrich Wolf berichtet aus seinen Erfahrungen als Arzt der Mütterberatungsstelle in einer linkssozialistischen Wohngegend, daß zahlreiche Kinder Karlheinz oder Wilja hießen, wenn ein Jahr zuvor «Alt-Heidelberg» mit seinem Karlheinz oder die «Lustige Witwe» mit ihrer Wilja gespielt worden waren[31] – welche Vorbildbedürfnisse hier also kanalisiert werden, welcher falsche Bildungsbegriff sich verankert und wie man das zu ändern hätte: nichts davon bei Bredel. Hier wären, beispielsweise, Nuancen zu setzen, wären sozialpsychologiche Forderungen zu ziehen – und damit letztlich poetische.

Ein ähnliches Element des zutiefst Unpolitischen, verdeckt unter agitatorischem pseudopolitischem Gestus, ist in der politischen Lyrik zu analysieren. Es findet sich hier ein revolutionär gewendetes O-Mensch-Pathos; jetzt heißt es «O Zeitungsfrau»[32].

Es ist, noch immer, das Herz, das «rast, weint und flucht»[33]; Rudolf Leonhards Gedichte zum Beispiel regulieren sich aus dem Gestus des Aufrufs, des Hymnischen, ja des Heldischen: «O nehmt auch ihn»[34], «Ihr Kinder... o Mädchen»[35], «Du Knabe! Mann! Aus Generationen! Spartakuserbe! Dich ersehnt das Land, und Schwestern wachsen auf, Dich zu belohnen»[36]. Der Kämpfer ist gar ein «Heiliger hinter dem Maschinengewehr»[37], und Spartakus selber, nun ja keineswegs mehr als bloße historische Reminszenz berufen, gerät sonderbar feierlich:

«Spartakus! Sklavenfürst! Rebellenerster!
Aristokrat des Leidens! Aus den Massen
Herausgewachsener Du! Zu Deinem Hassen
wuchs Deine Liebe auf, zu der Du, Hehrster
der schwer Geschlagenen standest. Allen Klassen
Entrungner Du, Emporgetragner, schwerster
Aufgabe zugesprossen: was Du lehrst, er
der wie Du leidet, soll Dich ganz erfassen.»[38]

Dieser nahezu religiöse Zug ist Indiz. Schon ein Jahrzehnt zuvor findet sich, wenn auch säkular begriffen, dieses religiös-eschatologische Element, nämlich in jenem Gedicht auf den toten Karl Liebknecht, das schon Kurt Pinthus in der «Menschheitsdämmerung» abdruckte:

«Und mit einem Schimmer
auf hellen
starren Zähnen
beginnt seine Leiche
zu lächeln.»[39]

Wir haben zu konstatieren: eine Literatur, die sich primär realitätsbezogen (bis hin zum tagespolitischen Ereignis) versteht, verharrte gleichzeitig im Gestus des Irrealismus; man kann sagen, daß dieses Element des Utopisch-Illusionären, dieses Setzen einer Überwirklichkeit gegen den schlechten Alltag, durchgängig zu finden ist. Edwin Hoernles Gedicht «Der Mord von Mechterstädt» endet: «Noch sind unsere Toten nicht tot»[40], sein «Karl Liebknecht» schließt mit einem Wunsch, der der Realität nicht entsprach: «Tausend Liebknechte hat Deutschland»[41]. Johannes R. Bechers inkriminierte Zeile aus der DDR-Nationalhymne «... und die Sonne, schön wie nie, über Deutschland scheint»[42] verdankt sich dieser Haltung der Heilserwartung ebenso wie Kubas «Thälmann ist niemals gefallen»[43]. Es geht um ein Beschwörungsritual, um beides: Suggestion und Autosuggestion. Ein Gedicht Oskar Kanehls gibt das gesamte verfügbare Wortmaterial für diese Revolutionszeremonie; heilig, Schwur, fromm, Bruder, Glaube, Eid, Heil:

«Uns heiligt Klassenhaß und Klassenliebe.
Durch freien Willen bindet uns ein Schwur:
Wir glauben an den Sieg der roten Fahne.
Wir kämpfen für die Proletarierdiktatur.
Wir fechten fromm. Wir schießen gut.
Und ob ihr Kerkergitter oder Ketten schweißt.
Für uns nicht mehr. Wir rütteln dran.
Der Sturm der Brüder naht, der sie zerreißt.
Von Haß und Glauben flammen unsere Barrikaden.
Wir breiten nackte Brüste sieg- und todbereit.
General und Bürger. Fürsten und Pfaffen.
Wir nehmen sie auf unseren Fahneneid.
Proleten aller Länder. Einigt euch.
Zum letzten Schlag. Das Heil ist nah.
Wir stehn bereit. Wir treten an.
Heraus die Klingen. Wir sind da.»[44]

Suggestion und Autosuggestion, Drohung und Beschwörung: wir sind da. Es ist der Wunsch nach dem Eingehen in eine neue Kollektivität, in ein «wir»; und es ist der Wunsch, daß dieses «wir» sich bewegen möge. Das Hymnische der meisten Arbeiterlieder entspringt dieser Grundstruktur, dem Konzept, der lyrische Held sei das Kollektiv. Der entlaufene Bürger Becher sagt das am deutlichsten:

> «‹Genosse›: Wort, das uns alle verbindet,
> Unlösbarer als ‹Du›.»[45]

Das steht durchaus in einer Tradition. Der Band «Mit Gesang wird gekämpft – Lieder der Arbeiterbewegung» des Ostberliner Dietz Verlages beginnt mit Freiligraths «Reveille», der «Warschawjanka» und dem Lied «Die rote Fahne» des polnischen Dichters Boleslaw Czerwienski aus dem Jahre 1881, das Rosa Luxemburg übersetzte und dem die Musik des Pariser Commune-Liedes «Le Drapeau Rouge» zugrunde liegt. Alles Orientierungshilfen; denn sowohl jenes Wunschdenken als auch das Moment des Operativen finden sich hier bereits. Die proletarische Lyrik, das revolutionäre Gedicht – in der Essenz handelt es sich um *Lieder*. Deren Substanz gründet auf dreierlei Elementen: das Kollektive – also Chorische; das Utopische – also Hymnische; das Pädagogische – also Revolutionäre. Jedes dieser Elemente läßt sich an exemplarischen Beispielen analysieren.

Einer der wichtigsten proletarisch-revolutionären Dichter und Lieder-Schreiber ist Edwin Hoernle[46] – Pädagoge fast mehr noch denn Schriftsteller. Des Pastoren-Vaters wütendes Verdikt gegen den aufsässigen Sohn «Aus Dir wird einmal ein ganz Roter» wurde offenbar zum Marschbefehl: 1909, nach Theologiestudium und dreimonatiger Vikarszeit, endet diese erste «Lehrer»-Laufbahn. «Er begründet dies damit, daß seine religiösen Anschauungen sich von unserer Glaubenslehre sehr entfernt haben», heißt es im Landeskirchlichen Archiv[47]. 1910 ist er Mitglied der SPD; 1912 – auf Clara Zetkins Vorschlag – Redakteur der «Schwäbischen Tagwacht»; 1913 publiziert er in Clara Zetkins Zeitschrift «Gleichheit» und Lenins bevorzugter, von Julian Borchardt geleiteten marxistischen Zeitschrift «Lichtstrahlen»; ab 1915 erscheinen hier seine Oculi-Fabeln (nach seinem damaligen Pseudonym benannt), im selben Jahr tritt er der von Rosa Luxemburg, Karl Liebknecht, Franz Mehring gegründeten Gruppe ‹Internationale› bei, die ab 1916 ‹Spartakus› heißt; 1918 gehört er zu den ersten Mitarbeitern der «Roten Fahne». Kommunist der ersten Stunde, proletarischer Dichter, Fachmann für Agrarwirtschaft und Pädagoge, ist sein Lebenslauf – Gefängnis, Illegalität, sowjetisches Exil, Kopf der Bodenreform in der damaligen Sowjetischen Besatzungszone Deutschlands – nahezu obligat, jedenfalls exemplarisch.

Hoernles revolutionäres Wunschdenken soll nicht besinnlich, sondern begehrlich machen, er will nicht aufklären, sondern Besitz neu verteilen:

> «Das Gold der Freiheit wird durch deine Hände rinnen –
> Du reckst die ungebrochenen Glieder,
> Und krachend stürzen diese Kerkerzinnen.»[48]

Dieses Aktionsgebot hat oft die Simplizität des Lehrer-Schüler-Verhältnisses; einer weiß hier immer, wie alles gemacht werden muß. Walter Benjamin hat schon früh in seiner Rezension von Hoernles «Grundfragen proletarischer Erziehung» auf die Gefahr aufmerksam gemacht, die in einer Übertragung so simpler Belehr-Haltung liegt: «Trotzdem ist es nicht leicht, Hoernles Formulierung, daß die Erziehung der Kinder sich in nichts Wesentlichem von der erwachsener Massen unterscheide, ohne Vorbehalt hinzunehmen. So gewagte Erkenntnisse bringen es zum Bewußtsein, wie wünschenswert, ja nötig es gewesen wäre, das politische Exposé, das hier vorliegt, durch ein philosophisches zu ergänzen. Aber freilich: alle Vorarbeiten zu einer marxistischen, dialektischen Anthropologie des proletarischen Kindes fehlen. (Wie denn auch das Studium des erwachsenen Proletariers seit Marx nichts Wesentliches gewonnen hat.)»[49]

Die KPD hatte 1930, also zu einer Zeit, zu der infolge der Arbeitslosigkeit und generellen Not viele Menschen sich «radikalisierten», eine Gesamtmitgliederzahl von 136 000 im ganzen Reich (von der Beitragsrechnung erfaßt)[50]. Die Stimmenzahl von mehreren Millionen bei Reichstagswahlen und der vergleichsweise große Propagandaapparat der KPD legen den – falschen – Schluß nahe, es habe sich um eine organisatorisch oder auch numerisch starke Partei gehandelt. Tatsächlich waren KP-Mitglieder in den wichtigsten Produktionszentren kaum vorhanden, der ständige Ruf nach den ‹Massen› ist wesentlich Appell; gelegentlich scheint die KP-Führung Opfer ihrer eigenen, optimistisch verfälschenden Propaganda gewesen zu sein. Auch die Version, die KPD habe sich deswegen vor allem aus dem Heer der Arbeitslosen rekrutiert, weil ihre Mitglieder in Krisenzeiten zuerst entlassen wurden, hält einer Überprüfung nicht stand; 1925, also auf dem Höhepunkt der Stabilisierungsphase und keineswegs zu einer Krisenzeit, sieht eine Statistik für Berlin so aus:

Kleinbetriebe bis 50 Beschäftigte auf 6 Arbeiter
1 Kommunist
Kleinbetriebe von 50–100 Beschäftigte
auf 24 Arbeiter 1 Kommunist
Mittelbetriebe von 100–500 Beschäftigte
auf 49 Arbeiter 1 Kommunist
Mittelbetriebe von 500–1000 Beschäftigte
auf 58 Arbeiter 1 Kommunist
Großbetriebe 1000–5000 Beschäftigte
auf 137 Arbeiter 1 Kommunist
Großbetriebe 5000–10 000 Beschäftigte
auf 189 Arbeiter 1 Kommunist[51].

Das Konzept des Autors als Parteiarbeiter – mit gleicher Betonung auf beiden Wortgliedern – wird besonders deutlich in der erwähnten Entwicklung der Arbeiterkorrespondentenbewegung: der Arbeiterkorrespondent sollte ja beides sein – Agitator im Betrieb, Kern der Zelle und Nachrichtengeber über Betriebsereignisse für eine zu mobilisierende Öffentlichkeit. Er verstand sich als der ideologische Transmissionsriemen einer übergeordneten Kollektivität, Initiator eines großen ‹Wir›, aber bereits schöpfend aus Gemeinsamkeit. Die von Becher wesentlich mitbestimmte «Linkskurve» förderte diese Betriebsliteratur – ob Lyrik, Prosa oder Reportagen – anfangs besonders stark; dieses Eingehen und gleichzeitige Hervorkommen des Individuums aus der Gemeinschaft war Prototyp der neuen Literatur.

Eine sonderbar künstliche, pathetische Beziehung zu jenem Wunschziel-Wir, eine bemühte Dialoghaltung findet sich allenthalben bei Johannes R. Becher. In seinem berühmten ersten Gruß-Gedicht an die Russische Föderative Sowjet-Republik ist es noch «ihr»:

«Ihr werdet hart sein! Und sehr unerbittlich.
Und nicht vergessen! Wahret euer Recht.
Wälzt um! Befreit! Und dann erst –: wahrhaft friedlich
Erhöbe sich das göttliche Geschlecht.»[52]

Bald wird das schon zum Jubelruf

«Wir sind es, wir. Das Proletariat...
Masse ist Macht!»[53]

Jenes zweite Element, von dem als Substanz der proletarischen liedhaften Lyrik die Rede war – das Utopisch-Hymnische –, findet sich bei Becher besonders klar ausgeprägt; es ist die Hymnik der Revolution, Eschatologie; und es ist die Utopie vom Eingehen des Individuums ins «namenlose Kollektiv»[54]. Das nun findet in verquerer Dialektik eine spiegelverkehrte Entsprechung bei jenen Mitstreitern Bechers, die er im BPRS förderte beziehungsweise als Dichter neuer Qualität feierte. Genauere Betrachtung legt nämlich unter der scheinbar revolutionären Haltung dieser Lyrik privatistische Züge frei; wie in der Prosa von Bredel, Marchwitza oder Schönstedt, so ist auch in den Kampfliedern dieser proletarischen Schriftsteller eher eine Weg-Bewegung als eine Hin-Bewegung zu beobachten: weg von Fabrik und Arbeitswelt, hin zur Kleinstzelle Liebe, Familie, Natur. Tatsächlich dominieren zwei nur scheinbar widerläufige, realiter sich aber bedingende «Handlungsstränge» viele proletarische Gedichte. Klage, Wut und Vorwurf gegen den geldscheffelnden, genußsüchtigen Unternehmer – und Rückzug ins Private. Max Zimmerings «Das Fließband» etwa, das 1930 den Lyrikpreis der «Linkskurve» erhielt, begnügt sich mit der Deklamation:

«Der Herr steckt Dividenden ein...
Der Reiche schluckt die Rente»,

«Das Fließband», heißt es bezeichnenderweise, «nimmt uns Kraft und Willen.»[55] Emil Ginkels bekanntes «Fitschgetau» (ein dem Geräusch des Bandstuhls nachgeahmtes Wort) hat als emotionale Hauptachse den Satz «Denk an die Kinder, denk an die Frau»[56]. Zahlreiche Gedichte, Wilhelm Tkaczyks «Ich weiß», Helmut Weiß' «Bauernlied», ja auch Friedrich Wolfs «Arbeiternot ist Bauerntod»[57] geben diese Haltung des Aufmuckens – mehr nicht. Gelegentlich liest sich diese revolutionäre Lyrik wie Vormärz-Literatur, die einzige progressive Bewegung ihrer Autoren scheint das – Schreiben zu sein. Trotz des so oft betonten «meine Dichtungen sind Nebenprodukte kommunistischer Parteiarbeit»[58] scheinen viele Autoren sich eher «heraus» zu schreiben aus ihrer Realität. In einem Gedicht Hans Marchwitzas bekennt er:

«Ich höre nicht –
Ich schreibe!
...
Ich fühle nicht –
Ich schreibe.»[59]

Hans Lorbeer hat Jahrzehnte später, in einem Interview zu seinem 70. Geburtstag, ganz offen zugegeben, daß er die Arbeiter nicht mehr kennt[60].

Trotz – oder wegen? – der stark deklamatorischen Züge bleibt vieles an dieser Lyrik inhaltlich unspezifisch. Formuliert wird die Freiheit *von* etwas (von Ausbeutung, Entrechtung), kaum je die Freiheit *zu* etwas; Arbeit bleibt Last, nicht neue Möglichkeit eines neuen Menschen. Dieses gewisse inhaltliche Vakuum, die Reduktion auf erlebte Herr-und-Knecht-Wirklichkeit ohne Reflexion mag auch Erklärung dafür sein, daß verschiedene der ‹Arbeiterdichter›, meist Mitglieder der SPD, gelegentlich gar Funktionäre, so extrem politischen Wandlungen offen waren. Schon 1914 ertranken einige – wie Karl Bröger, Gerrit Engelke,

Heinrich Lersch – im wilhelminischen Patriotismus; Deutschlands ärmster Sohn sollte nun auch sein getreuester sein. Das Überlaufen Max Barthels zu den Nazis war dann lediglich die Konsequenz aus emotionalem, nicht rationalem Engagement. Das inhaltlich Vage bei aller vorgeblichen Konkretheit hat aber noch einen anderen Effekt.

Der Autor dieser proletarisch-revolutionären Lyrik sieht sich ja mehr als Stellvertreter denn als Individuum. So löst er den missionarischen, agitatorischen, aktivierenden Impetus häufig auf ins Kollektive. Ins Formale übersetzt heißt das: ins Chorische. Nun zeigt sich aber eines, übrigens bis ins musikalische Detail: immer da, wo die Balance Individuum-Kollektiv gänzlich außer acht gelassen bleibt, entsteht proletarisches Schunkellied; immer da, wo das Subjekt vorhanden ist, eingegliedert, aber wahrnehmbar als einzelnes innerhalb eines Ganzen, entsteht revolutionäres Volkslied.

So manches ‹revolutionäre› Lied wurde mühelos von der SA adaptiert, der berühmte (anonym verfaßte) «Kleine Trompeter»[61] wurde schnell vom «Lustigen Rotgardistenblut» zum «Lustigen Arbeiterblut» – und war schon konsumierbar. Mehr noch; das Bemühen zur Ent-Individualisierung geht so weit, daß der später so unrühmlich obligate ‹unbekannte› Dichter schon in der revolutionären Arbeiterbewegung auftaucht – Walter Bauers «Leuna-Lied» erhält noch 1967 in einer Ostberliner Sammlung das Kennzeichen: «Worte: unbekannt»[62].

Das signalisiert nicht bloße Austauschbarkeit. Es stellt auch die Frage nach dem literarischen, damit politischen Konzept. Die Frage heißt: Weinert oder Brecht.

Erich Weinert, ursprünglich Zeichenlehrer und kurz nach dem Krieg Debütant im Künstler-Kaffee von Berlins Budapester Straße – dem Kü-Ka – mit frechen Chansons, schrieb bald in mehr als 40 Blättern unter wechselnden Pseudonymen wie Pius oder Erhard Winzer[63] und trat in Tausenden von Arbeiterversammlungen als Rezitator eigener Texte auf[64], der «revolutionäre Sprachdichter»[65] der Nation. Weinert denunzierte expressis verbis den traditionellen Begriff des Autors, wollte am liebsten seine Arbeiten überhaupt nicht drucken lassen (außer auf

Flugblättern, keineswegs in Büchern)[66], suchte nicht Leser, sondern Resonanz. Weinert wollte nicht etwas sich von der Seele schreiben, sondern wollte aus dem Herzen aller sprechen. Das macht Würde und Schwäche seiner Arbeiten aus:

«Den Anspruch, Kunst zu sein, haben die meisten meiner Gedichte gar nicht gemacht; sie genügten, wenn sie aufklärten, überzeugten und dem Schwankenden Richtung gaben. Wenn sie beim Vortrag die stürmische Zustimmung: So ist es! fanden, so hatten sie ihre politische Mission erfüllt. Nicht selten trug ich ein Gedicht nur ein- bis zweimal vor, dann war sein Anlaß bereits von neuen Geschehnissen überschattet.

Hätte ich alles, was ich geschrieben und vorgetragen habe, in der nötigen Muße ausreifen lassen können, damit es als Kunstkristall vor den ‹Akademikern› bestehen könnte, so würde ich mich um tausend aktuelle, unmittelbare Wirkungen gebracht haben. Und auf diese kam es ja an, weit mehr als darauf, den Hörern Kunstwerke zu präsentieren.»[67]

Das ist richtig und falsch zugleich. Richtig, wenn man die Weinertsche Vers-Wochenrechnung, den Propagandavers, die Losung, den gereimten Kommentar zum Tagesereignis sui generis nimmt. Der enorme Erfolg seiner Veranstaltungen, ob in bekannten Szenenfolgen wie der «Roten Revue 1924» oder in Sälen und auf Massenveranstaltungen, spricht für sich. Das Gedicht als kürzere Formel für die Stimmung des Tages, die leicht verständliche Reimparole statt des langweiligen Referats, das waren zweifellos wirksame Agitationsformen. Literaturtaktik sozusagen – nicht Literaturpolitik. Über diesen Anspruch hinaus nämlich greifen diese Arbeiten nicht.

Sie waren vielleicht in jenem Sinne volkstümlich, den Brecht nicht mochte, weil für ihn «das Volk nicht tümlich» war. Seine Annäherungen ans Kollektiv-Chorische, mögen sie nun Song, Ballade oder Lied heißen, unterscheiden sich durch eine spezifische Härte. Die klingt sogar noch in seiner spöttischen Selbstpersiflage, der «Moritat vom Reichstagsbrand»:

«Als der Trommler dreizehn Jahre
Aller Welt verkündet hat
Die Verbrechen der Kommune
Fand noch immer keines statt.»[68]

Aber auch in den anderen unvergeßlichen Liedern Brechts sind Härte-Sätze, die sich wohl deshalb so einprägen, weil sie aus Verletzlichkeit kommen. «Wessen Welt ist die Welt?», der letzte Satz des «Solidaritätslieds»[69] braucht keinen Kommentar, das gilt bis Vietnam, bis Teheran, das wuchert im Hörer. «Und weil der Mensch ein Mensch ist, drum braucht er was zum essen, bitte sehr», die erste Zeile des «Einheitsfrontlieds»[70], ist Bitte wie Forderung, damit so spröde wie reich. Das Unbestimmte ist das Konkrete.

Weinert oder Brecht. Damit sind nicht nur Alternativen poetologischer Methoden gegeben; das sind auch Chiffren für zutiefst verschiedene theoretische Positionen.

Die Expressionismus-Debatte

Der Streit um den Realismus zwischen Georg Lukács und Bertolt Brecht

Ihren Ursprung hatte die Debatte in Lukács' Aufsatz «Größe und Verfall des Expressionismus»[1]. Seine Hauptthese war, daß dem Expressionismus kein echtes politisches Engagement zugrunde lag, sondern eine bohèmehafte Antibürgerlichkeit. Im Gegensatz sogar zu der selbst verworrenen Gesellschaftskritik des Naturalismus mit seiner proletarischen Elendsmalerei gefalle sich der Expressionismus in einer abstrakten Opposition gegen ‹Bürgerlichkeit› allgemein. Diese eher psychologische als politisch-bewußte Haltung sei nicht in der Lage, ökonomische und gesellschaftliche Zusammenhänge zu analysieren und zu erkennen. Aus einer anarchisch-bohèmehaften, abstrakten Antibürgerlichkeit könne deshalb so mühelos eine Kritik am Kapitalismus von rechts entstehen; während der Naturalismus immerhin noch den illegalen Kampf gegen das Bismarcksche Sozialistengesetz als politische Entwicklungsphase mit zu begreifen hatte, dadurch vom Faschismus nicht «beerbbar» war, habe der Expressionismus bereits eine Art Vorbereitungsrolle für die Sammelideologie der reaktionären Nachkriegsbourgeoisie – den Faschismus, der alle Strömungen der Epoche mit dekadent-parasitären Zügen, auch Scheinrevolutionäres und Scheinoppositionelles, in sich aufnimmt. Der ideologische Boden der vorgeblichen expressionistischen Revolte bleibe der Imperialismus, und der subjektiv noch so leidenschaftliche Kampf gegen den Krieg sei immer nur gegen den «Krieg überhaupt», nie gegen den imperialistischen Krieg, seine politisch-ökonomischen Ursachen, die unerkannt blieben – so, wie etwa der Protest gegen ‹Gewalt› nie die gegenrevolutionäre Gewalt des reaktionären Bürgertums begrifflich trennt von der revolutionär-kämpferischen Gewalt.

Der Protest des Expressionismus wird von Lukács als subjektiv-ehrlicher Aufschrei, aber als objektiv unverbindlicher Befund des äußeren Phänomens gewertet. Er beruft sich dabei ausdrücklich nicht nur auf Werfel oder Lasker-Schüler und die obligate «O Mensch-Lyrik», sondern auch auf Kurt Hiller, den Herausgeber der «Ziel»-Jahrbücher und der Anthologie «Kondor», der sich mit seiner Bewegung des Aktivismus ja durchaus politisch abgesetzt sehen wollte vom literarisch-beliebigen Expressionismus – der aber auch in seinem 1913 erschienenen Buch «Die Weisheit der Langeweile» anläßlich einer Auszeichnung Ganghofers und Lauffs durch Wilhelm II. ein rührend infantiles Bild vom «guten König» malte: «Traurig bleibt, daß der Regierer Deutschlands, wie dieser neue Akt erschreckend von neuem zeigt, zu dem was (vor Gott) Deutschlands Wert ist, nämlich zum deutschen Geist ... nicht den Schatten der Spur einer Beziehung hat ... Der Gedanke, ein deutscher Kaiser von Kultur würde Stefan George und Heinrich Mann in den erblichen Adelsstand erheben, ist kein so übler ... Ist das utopisch? Innerhalb einer Monarchie vielleicht weniger als in einer Republik.»[2]

Franz Werfels berühmtes «Fremde sind wir auf der Erde alle»[3] sieht Lukács als Credo sich durch alle Manifeste und Texte des politischen wie des literarischen Expressionismus ziehen bis hin zu der Grabrede des theoretischen Vorläufers und Begründers Wilhelm Worringer, die er dem Expressionismus im Oktober 1920 hielt und in der er den Zusammenbruch des Expressionismus gleichsetzte dem Zusammenbruch des Versuchs, die «neue Wirklichkeit» des Nachkriegskapitalismus intellektuell und künstlerisch zu erfassen. Worringers Satz, daß ja die Legitimität des Expressionismus nicht im Rationalen, sondern im Vitalen gelegen habe und daß eben darum der Fall hoffnungslos sei, weil er vital ausgespielt habe – birgt eine Auffassung, die wir auch 1922 im zweiten Vorwort zu seiner 1919 erschienenen Anthologie «Menschheitsdämmerung» bei Kurt Pinthus finden: «Die Glut dieser Generation hatte sich aus Opposition gegen das Gewesene, Verwesene entzündet und konnte für Augenblicke in die Zukunft leuchten, aber nicht die Menschheit zur großen Tat oder zum großen Gefühl entflammen.»[4] Diese Konzeption der führenden Theoretiker bestärkt Lukács in seinem Verdikt, zumal sogar ein bewußt linker Vertreter wie Ludwig Rubiner, der 1919 quasi das proletarische Gegenstück zur Pinthus-Anthologie, den Band «Kameraden der Menschheit», herausgegeben hatte, in seinem Nachwort schrieb: «Der Proletarier befreit die Welt von der wirtschaftlichen Vergangenheit des Kapitalismus; der Dichter befreit sie von der Gefühlsvergangenheit des Kapitalismus.»[5]

Lukács zieht aus all dem eine formal-politisch gekoppelte Konsequenz: der Vorgang, daß die expressionistischen Künstler den subjektiven Schaffensprozeß auf die Werkstruktur übertragen wollen, sich damit von Realitätswiedergabe auch nur der Oberflächenerscheinungen, wie es die Impressionisten oder Naturalisten noch versuchten, vollends entfernend – dieser formale Vorgang der Individualisierung ist ihm gleichzeitig Zeichen für die ideologische Rezession auf das «Wesen». Die Umkehrung von Außenwelt auf Innenwelt ist ihm gleichbedeutend mit einer Aushöhlung aller analysierbaren Begrifflichkeit (etwa zu erkennen, wie ein Ding entstanden ist, nicht nur wie es ist – was Picard forderte). Der Solipsismus des expressionistischen Künstlers ist für Lukács nur eine psychologisierende, aber ebenso agnostische Variante des Impressionisten, der bedeutsame Oberflächenzüge nachgestaltete: Beide sind gleich weit entfernt von der objektiven Realität; beide haben also dieselbe Verschleierungsfunktion. Die absurde Konsequenz des Joseph Goebbels, der zu Beginn seiner Laufbahn den Expressionismus im Gegensatz zur marxistisch-entarteten Milieuschilderung des Naturalismus gelten ließ, weil «unsere Zeit etwas Expressionistisches an sich hatte», ist für Lukács letzter Beweis für die Vorläufer- und Vorbereitungsfunktion dieser «Bohèmerevolte», was so viel bedeutet, daß Goebbels gerade das expressionistische Wegabstrahieren von der Wirklichkeit für ein passendes faschistisches Propagandamittel hält. Die auf den Kopf gestellte Begründung, daß die Wirklichkeit etwas Expressionistisches an sich hatte, zeigt den Weg, den der mythisierende Idealismus seither gegangen ist: die Expressionisten selbst hielten ihre schöpferische Methode nur noch für ein – stilisierendes – Erfassen des «Wesens»; der verlogene Demagoge Goebbels identifizierte sie bereits mit der Wirklichkeit selber.

Einige Umwege fallen auf bei genauer Untersuchung des Lukács-Pamphlets; so zum Beispiel der, daß fast ausschließlich Literatur über den Expressionismus zitiert wird, daß die Ideologen und Theoretiker zu Worte kommen beziehungsweise beim Worte genommen werden – daß aber zur Unterstützung seiner These Lukács so gut wie keinen der führenden Autoren, ob Dramatiker oder Lyriker, anführt. Der gelegentliche Hinweis auf die entsprechend den Erwartungen verlaufende Vita eines Autors – Benn, Johst, Bronnen – hätte natürlich der Ergänzung bedurft durch den Bericht über Johannes R. Becher oder Friedrich Wolf oder auch Ernst Toller; der Name Becher aber fällt nicht. Mehr noch: Auf die immerhin literarhistorisch wie politisch ganz benachbarte Bewegung des Surrealismus – Autoren wie Aragon oder Eluard, auch Majakowskij oder Chlebnikow bleiben unerörtert – wird überhaupt nicht eingegangen; eine für einen Literarhistoriker einigermaßen groteske Methode. Friedrich Wolfs vom Arbeitertheaterbund Deutschlands 1928 herausgegebene Broschüre «Kunst ist Waffe» war schließlich so wenig Bohèmerevolte wie etwa Ernst Tollers Diskussionsrede auf dem Moskauer Schriftstellerkongreß 1934, «Vom Werk des Dramatikers», die im selben Jahr und in derselben Zeitschrift «Internationale Literatur» veröffentlicht wurde wie Lukács' Aufsatz. Und Becher, der später jenen Satz über sich prägte: «Ich hatte die Wahl, Becher oder Benn zu werden», präzisierte in einem Rundfunkgespräch 1930 gerade mit diesem Benn, der Bechers Geschichtsbild von «ruchlosem Optimismus» fand, seine Literaturkonzeption:

«Auch ich habe an die Möglichkeit einer reinen Kunst geglaubt, denn ich habe an einen Geist geglaubt, der über den Wassern schwebt. Ich war demnach von der Souveränität und der Unabhängigkeit der Dichtung tief überzeugt, bis ich eines Tages auf Grund von Erlebnissen und Erkenntnissen Einsicht bekam in den Klassenmechanismus, der die Geschichte des Menschen und ganz besonders die heutige Geschichte der heutigen Menschen beherrscht. Es ist selbstverständlich, daß mit dieser für mich zentralen Erkenntnis sich auch ein Umbruch in meiner Dichtung vollziehen mußte. Ich könnte sagen, ich stieg in meiner Dichtung von dem Himmel zur Erde herab, ich hob das Jenseits auch in meiner Dichtung auf. Ich erkannte, daß es nicht in erster Linie wichtig ist, welche Meinung, welche Vorstellungen die Menschen über sich selbst haben, sondern daß es darauf ankommt, welche Funktion die Menschen in der Geschichte einnehmen, was die Menschen wirklich sind. Ich erkannte, daß der reine Dichter, der ich zu sein glaubte, in Wirklichkeit ein höchst unreiner Dichter war, ein Dichter einer bestimmten Klasse, der bürgerlichen Klasse. Mein Glauben an die reine Dichtung hatte sich als eine Fiktion erwiesen. Immer hatte ich, wenn auch noch so versteckt, Klasseninhalte gedichtet, und die Tendenz bestand nicht nur in dem, was ich dichtete, sondern auch in dem, was ich nicht dichtete, was ich verschwieg. Und ich verschwieg damals in meiner ganzen Dichtung das, was ich heute ausspreche, daß die Geschichte eine Geschichte von Klassenkämpfen ist. Dieser Klassenmechanismus ist eine Zwangsstellung, es gibt kein Darüber, es gibt kein Heraus. Wir sind nicht Menschen, wir sind Klassenmenschen, Menschen der einen oder anderen Klasse, und auch die Dichtung ist klassengebunden, auch das Wort ist dem Klassengesetz untertan.»[6]

Es kann also die desavouierte Individualrevolte, das erkenntnislose Aufbegehren nicht gänzlich ohne die Chance gewesen sein, auch determinierbare gesellschaftliche Zusammenhänge zur Wahrnehmung zu bringen, auch zu einer wahrnehmbaren eigenen Entwicklung. Wenn Lukács einen in seinem Sinne doch so exemplarischen literarischen Lebenslauf wie den Bechers ausklammert, dann ist das im Großen dasselbe Prinzip wie das im Kleinen angewandte amputierter Zitate. Ein wesentlicher Absatz aus Kurt Pinthus' Vorwort zu seiner «Menschheitsdämmerung», auf den sich Lukács bezieht, lautet: «Aber man fühlte immer deutlicher die Unmöglichkeit einer Menschheit, die sich ganz und gar abhängig gemacht hatte von ihrer eigenen Schöpfung, von ihrer Wissenschaft, von Technik, Statistik, Handel und Industrie, von einer erstarrten Gemeinschaftsordnung, bourgeoisen und konventionellen Bräuchen. Diese Erkenntnis bedeutet zugleich den Beginn des Kampfes gegen die Zeit und ihre Realität. Man begann, die Um-Wirklichkeit zur Un-Wirklichkeit aufzulösen, durch die Erscheinungen zum Wesen vorzudringen, im Ansturm des Geistes den Feind zu umarmen und zu vernichten, und versuchte demnächst, mit ironischer Überlegenheit sich der Umwelt zu erwehren, ihre Erscheinungen grotesk durcheinanderzuwürfeln, leicht durch das schwerflüssige Labyrinth hindurchzuschweben (Lichtenstein, Blaß) – oder mit varietéhaftem Zynismus ins Visionäre zu steigern (van Hoddis).

Doch schon fühlten die gereizten und überempfindlichen Nerven und Seelen dieser Dichter deutlich auf der einen Seite das dumpfe Heranrücken der liebe- und freudeberaubten proletarischen Massen, auf der anderen Seite den heranrollenden Zusammenbruch einer Menschheit, die ebenso hochmütig wie gleichgültig war.»[7]

Lukács aber zitiert nur den Teilsatz von der Auflösung der Um-Wirklichkeit zur Un-Wirklichkeit, der seiner These entspricht, erwähnt nicht den folgenden Satz, in dem immerhin das Proletariat auftaucht – weil er seine These zumindest in Frage stellen würde.

Nicht weil das alles ohne Interesse gewesen wäre, sondern weil der Faschismus inzwischen in Deutschland staatlich inthronisiert war und Autoren von Rang über ganz Europa verstreut waren, dauerte es geraume Zeit, bis Lukács' Thesen zu einer Debatte führten; keiner der betroffenen Schriftsteller lebte mehr in Deutschland – außer eben Benn und Johst –, neue Zeitschriften entstanden erst zögernd und unter großen Schwierigkeiten; die Kommunikation war rein technisch-postalisch schwierig, selbst Briefe konnten nicht durch Deutschland gehen. Das Impressum beispielsweise der von Oskar Maria Graf, Wieland Herzfelde und Anna Seghers herausgegebenen Emigrantenzeitschrift «Neue Deutsche Blätter» trägt die Namen Prag, Wien, Zürich, Paris, Amsterdam als Verlagsort.

Als erster meldete sich Klaus Mann aus Südfrankreich. Gottfried Benns berühmte «Antwort an den literarischen Emigranten»[8] gibt nicht nur ein vorbehaltloses Bekenntnis zum Irrationalismus, zu Mythos, Volk und Rasse, sondern auch ein Ja zum Staat Adolf Hitlers. Klaus Manns Satz «Erst kommt das Bekenntnis zum Irrationalen, dann zur Barbarei, und schon ist man bei Adolf Hitler»[9] wird mehr als akzeptiert, wird zum Credo gemacht: «Es handelt sich um das Hervortreten eines neuen biologischen Typs, die Geschichte mutiert, und ein Volk will sich züchten.»[10]

Klaus Manns großer Aufsatz dann im «Wort»[11] geht durchaus ab von dem ‹Fall Benn› und behandelt das Symptomatische; er stellt im Nachgang zu Lukács, auf den er sich auch bezieht, die Frage, wie weit der atavistische Komplex, die Sehnsucht nach der «frühen Schicht», nach Urahn und Schleim, bei Benn nicht antizivilisatorisch war von Beginn an. Wenn Wille zur Form gleich Wille zur Zivilisation, also Wille zum Humanismus ist, dann ist das ohne ein «innig bemühtes Interesse fürs Gesellschaftliche überhaupt unvorstellbar». Benns «zwanghaftes» Zurück, sein manisches Isolieren des Formproblems von allem Menschlichen, also natürlich auch vom Gedanken des sozialen Fortschritts, ist für Klaus Mann aber nicht Spezifikum des Expressionismus, sondern des Extremisten Benn. In seinem Aufsatz «Der literarische Expressionismus» wehrt sich der literaturkundige Sohn Thomas Manns betont dagegen, «eine große literarische Strömung nach ihren Mitläufern und Affen» zu beurteilen. Gegen Lukács' Verdammung will er auch den Enthusiasmus, den Überschwang des Gefühls als revolutionäres Element gelten lassen. Und Klaus Mann, ganz gewiß kein Marxist und an Kraft des systematischen Denkens Georg Lukács weit unterlegen, hält Lukács eben jenen revolutionären Überschwang entgegen, darauf hinweisend, daß er ohne Antwort blieb:

«Er wäre auszunutzen gewesen. Da versagte die Republik. Unausgenutzt blieb die revolutionäre Bereitschaft eines ganzen Teils der Nation. Festzustellen ist, daß diese hochgestimmte Intellektuellenschicht den Mut und die Kraft nicht aufbrachte, den Ablauf der Ereignisse in Deutschland zu ändern oder nur korrigierend in ihn einzugreifen. Aber einige von ihnen haben doch gewarnt, viele Jahre lang. Gegen sie war die ganze Macht, von Anfang an. Kein Echo empfingen sie, wenn sie riefen.»[12]

Hier halten wir bei demselben Problem, das wir von der Sikkingen-Debatte[13] an bis zur Balzac- oder Tolstoj-Konzeption[14] erörterten: Lukács gibt zu verstehen, daß die Intellektuellen eigentlich Verräter waren, daß sie Einsichten nicht hatten und daraus ableitbare Taten unterließen, die im Volke latent vorbereitet waren. Klaus Mann – ohne den Kern dieses Problems überhaupt wahrzunehmen –, fast naiv, hält dem entgegen wie Lassalle seinen Kritikern Marx und Engels: Da war kein Echo, da war kein revolutionäres Volk. Für alle, die nicht mit Werfel die Begriffe Poesie und Politik für kontradiktorisch hielten, gab es wenig reale Hoffnung, beides zu vereinen. Lukács forderte eine andere Literatur, wie Marx und Engels von Lassalle ein anderes Stück gefordert hatten. Nur fehlte für beides jeweils die gesellschaftliche Basis. Daß dieser klagende Einwand ausgerechnet von Klaus Mann kam, hat insofern seine Pointe, als ja dessen berühmter Vater und sein Werk immer Lukács' Modell des Totalen in der Literatur waren – auch in dieser Debatte.

Vor allem Ernst Bloch wandte sich gegen den Begriff der ungebrochenen Totalität. Seine Antwort auf Lukács erschien 1938 im «Wort» und ist als geschliffene, sehr definitive Formulierung einer offenen Literatur zu verstehen, deren Experiment des Zerfällens nicht als identisch auszugeben sein darf mit dem Zustand des Verfalls. Bloch nennt Lukács' Muster des unzerfallenen, objektiven Realismus nicht nur ein der Klassik fälschlich entnommenes Ideal, sondern das Konzept insgesamt idealistisch, weil der Realität nicht entsprechend. Lukács' Realitätsbegriff – also nicht nur der des Realismus – hat selber noch klassisch-systemhafte Züge, ist objektivistisch-geschlossen, geht für Bloch bei der Gegenposition Kurellas sogar bis zum Ideal der heilen Bürgerwelt, der edlen Einfalt und stillen Größe.

Bezeichnenderweise hat ja Lukács in einer früheren Arbeit, nämlich seiner Kritik an Ernst Ottwalts Justizroman «Denn sie wissen, was sie tun», 1932 in der «Linkskurve» seine grundsätzlichen Einwände gegen das Prinzip der Montage in ähnlichen Formulierungen vorgetragen wie Ziegler-Kurella die seinen gegen den Expressionismus, dem er «kläglich geleimtes Gerümpel» attestierte. Lukács mochte ebensowenig die seltsam neuen Inhalte erkennen, die der Einsturz der Oberflächenwelt in die Kunst einführte oder kunstfähig machte. Lukács beruft sich auf Engels' Satz aus der «Dialektik der Natur», demzufolge «das allgemeine Gesetz der Formwechsel der Bewegung viel konkreter ist als jedes einzelne konkrete Beispiel», und unterstellt dem Reportage- beziehungsweise Montage-Prinzip eine Quasi-Objektivität, die nur Surrogat bleibt und vom Gestaltet-Typischen, vom Dichterisch-Typischen prinzipiell qualitativ unterschieden ist. John Dos Passos' berühmtes «Kameraauge» beispielsweise nimmt Lukács wie ein reales totes Kameraauge – und sieht nicht, daß ja auch dieses artistische Muster ein arrangiertes, also gestaltetes ist, wenn auch ein möglichst abgekühltes, undeklamatorisches. Was Kurella «Zersetzung der Zersetzung»[15] nannte, birgt für Lukács die Gefahr, daß der Autor als Dirigent seines Stoffes nicht genügend präsent ist, nicht stets die «treibenden Kräfte des Gesamtprozesses vor Augen hat», sondern nur Einzelheiten entlarvt. Die Parteilichkeit, genauer gesagt: die Parteinahme des Autors bleibt zu zurückhaltend – Ottwalts oder Dos Passos' Methode bietet lediglich die Möglichkeit, Realität zu arrangieren, nicht, sie zu manipulieren.

Für Lukács ist die Wirklichkeit, die so wiedergegeben wird, eine Scheinwirklichkeit mit Zügen fetischistischer Selbständigkeit – sie schlägt ihm zu sehr durch, die notwendige (nicht tatsächliche) Gesamtentwicklung ist hier nicht unterzubringen; das eigenartige, von Lukács immer mal wieder ins Spiel gebrachte und immer mal wieder aus dem Spielfeld gewiesene Subjekt kann hier nicht mehr die Relation von Zufall und Notwendigkeit bestimmen. Mit Engels befürchtet Lukács, daß die Zufälligkeit auf diese Weise nicht zur Notwendigkeit erhoben, sondern die Notwendigkeit zur Zufälligkeit degradiert wird. Lukács sagt ausdrücklich: «Bei Ottwalt stehen Notwendigkeit und Zufälligkeit steif und ausschließlich einander gegenüber.»[16] Und sein Mißtrauen gegen den formalen Versuch, solchermaßen Wirklichkeit zu reproduzieren, begründet Lukács besonders explizit – da die Form vom Inhalt unabhängig ist, ihr gar starr und fremd gegenübersteht, sind beide auch klar voneinander zu trennen; dieser mechanische, nicht dialektische Materialismus schlägt auf diese Weise in Idealismus um. «Es entsteht», wie Lukács mit allen Anzeichen des Horrors sagt, «ein Formexperiment.»[17] Vor allem die Verwechslung von Realitätspartikeln mit der Wahrheit der Wirklichkeit scheint Lukács die Quelle des Formalismus zu sein; schon Marx weist im «Kapital» darauf hin, «daß in der Erscheinung die Dinge sich oft verkehrt darstellen», daß also der innere Zusammenhang wiederhergestellt werden muß. Lenin hat diesen künstlerischen Prozeß einmal als eine von zwei Etappen definiert, die erste des «Auf-Deckens», die zweite des «Zu-Deckens» von Zusammenhängen. In diesem Sinn will auch das von Lukács gegebene Lenin-Zitat aus dem «Philosophischen Nachlaß» begriffen sein, in dem es heißt:

«Dadurch, daß das Denken vom Konkreten zum Abstrakten aufsteigt, entfernt es sich – wenn es richtig ist – nicht von der Wahrheit, sondern kommt ihr näher. Die Abstraktion der Materie, des Naturgesetzes, die Abstraktion des Wertes usw., mit einem Wort: alle wissenschaftlichen (richtigen, ernst zu nehmenden, nicht unsinnigen) Abstraktionen spiegeln die Natur tiefer, getreuer, vollständiger wider. Vom lebendigen Anschauen zum abstrakten Denken und von diesem zur Praxis, das ist der dialektische Weg der Erkenntnis der Wahrheit.»[18] Hier taucht also wieder das auf, was wir bei Lenins wie Lukács' Tolstoj-Analyse als «innere Wahrheit» kennenlernten[19]: Nicht Tatsachen sollen transparent werden oder deren Mechanismus, sondern ein inneres Entwicklungsgesetz – dieses aber folgt nicht nur objektiv-historischen Gesetzen, sondern einem von Logik und Moral.

Dieser Identifikation aber von Dargestelltem, Darstellendem und Darstellung – von Objekt, Subjekt und Methode also – widersetzt sich Bloch. Er will der revolutionären Phantasie Raum und die Möglichkeit reserviert wissen, anderes Material – bis hin zu archaischen Bildern – zu formen, und weigert sich, die banale Gleichung vom Klassischen als dem Gesunden und vom Romantischen als dem Kranken mitzumachen, die Lukács' Fassung des Expressionismus zugrunde liegt und die jegliches avantgardistisches Antizipieren innerhalb der spätkapitalistischen Gesellschaft unmöglich machen würde. Dieses Moment der Antizipation spielt bei Blochs Entgegnungen eine große Rolle. In dem Aufsatz für «Die Neue Weltbühne»[20], den er gemeinsam mit Hanns Eisler publizierte in Form eines platonischen Dialogs zwischen einem Kunstfreund K (= Bloch) und einem künstlerischen Produzenten P (= Eisler), geht er darauf noch einmal ausführlich ein und betont, daß die Leistungen Picassos wie Einsteins ein Antizipierendes haben, «weil sie von einer Welt beschienen sind, die noch nicht ist». Selbst dem aus dem marxistischen Gedankengebäude verbannten Freud wird die geschichtliche Leistung bescheinigt, jahrhundertealte Lügen und den Muff einer verfaulten Moral abgeräumt zu haben.

Bloch betont noch einmal, wie verhängnisvoll – und übrigens platt idealistisch – die Methode sei, die Wirklichkeit nach einer puren Idee des historischen Materialismus zu konstruieren; allein die Groteske, daß man der gerne zur Technik heruntergespielten Naturwissenschaft, also den Erkenntnissen Plancks oder Heisenbergs oder Bohrs, zugesteht, innerhalb des totalen ideologischen Niedergangs Fortschritt denken und schaffen zu können, während man die Möglichkeit, auch positive künstlerische Leistungen in einer sich auflösenden Gesellschaft hervorbringen zu können, denunziert, führt sich selber ad absurdum. Hier wird die gegenseitige Abhängigkeit von Veränderung der Lebensform und Fortschritten der Technik gänzlich außer acht gelassen – also undialektisch gedacht. Es kann Ideologie, genauer gesagt: ideologischer oder künstlerischer Überbau, nicht generell und total verwerflich sein, wenn dem Technisch-Wissenschaftlichen Progressionselemente zugebilligt werden. Ohne Schönberg, kurz gesagt, gäbe es keinen Eisler.

Eisler selber nun, ein wahres Monstrum an Belesenheit, Bildung und dialektischer Brillanz, wie ihn vor allem sein Freund Ernst Fischer schilderte und verehrte, sieht in Lukács' Schematismus nicht nur eine künstlerische, sondern auch eine politische Katastrophe, die die Jugend verjagt; denn nicht die Mitteilung, daß alles, was heute produziert wird, notwendigerweise faul sei, werde gebraucht, sondern eine Aufschlüsselung der spezifischen

Produktionsprobleme, die genaue Bezeichnung der Grenze, an der Erbe und Erben nicht mehr möglich ist.

Groteskerweise nun ist es ausgerechnet Franz Leschnitzer, der in einem auf Klaus Mann und Alfred Kurella folgenden Aufsatz im «Wort»[21] Lukács besonders angreift; er merkt es übrigens gar nicht – gedacht ist sein Beitrag als Unterstützung für Lukács' These. Aber Leschnitzer tut das, was Lukács versäumte – er untersucht das Werk einiger Expressionisten und kommt zu ganz anderen Ergebnissen, nämlich der Entdeckung durchaus progressiver Phasen in der expressionistischen Literatur. Georg Heym beispielsweise unterscheidet sich ganz wesentlich von den mystisch-nächtlichen Versen Trakls, und ein Gedicht wie etwa Heyms grandioses «Die Dämonen der Städte»[22] ist keineswegs von jenem stadtfeindlichen romantischen Antikapitalismus getragen, der dann in Berchtesgaden endete, sondern von einer wahrhaft dämonischen sozialen Prophetie. Leschnitzer weist mit Recht auf ähnliche prophetische Gedichte wie «Der Krieg»[23], geschrieben drei Jahre vor Ausbruch des Weltkrieges, oder «Rußland»[24] aus dem Jahre 1911 hin, die nichts mit Seherblick und Vision zu tun haben, sondern mit analytischer Kraft. Schließlich gab es eben nicht nur Hillers «Ziel»-Jahrbücher, auf die Leschnitzer sich immer wieder bezieht, sondern beispielsweise jene 1919 gegründete Expressionismus-Zeitschrift «Schrey», die, wenn auch der «Aktion» nachgemacht, doch vor allem Büchners «Hessischen Landboten» zum Vorbild hatte. Und die zwar ekstatischen, aber auch didaktisch-suggestiven Gedichte von Ernst Wilhelm Lotz waren eben durchaus von sozialer Relevanz, waren keineswegs «besetzbar» durch die Ideologie des Faschismus. Weder Lotz noch die Zeitschrift «Schrey» gibt es bei Lukács, noch jene alte Frau, die die Zürcher Polizei 1936 in einem Zustand der Verstörung und der panischen Angst nachts auf einer Parkbank aufgriff und die ihren Namen, Else Lasker-Schüler, nicht sagen wollte. Sie war in Berlin auf der Straße mit Knüppeln niedergeschlagen worden und halb betäubt zum Bahnhof und aus Deutschland geflohen. Was man als biographisches Detail, als ‹Panne› abtun könnte. Aber der Prozeß vor dem Hamburger Landgericht (1911) im Nachgang zu dem unerlaubten Abdruck eines ihrer Gedichte aus Herwarth Waldens «Sturm», das Urteil mit der Schadensersatzzahlung von zehn Mark und seine Begründung sind durchaus als intellektuelle Vorwegnahme dieser «biographischen Details», nämlich als ideologische Markierung zu werten; das Urteil lautet:

«Geht man von der gemeinhin verbreiteten Vorstellung aus, daß die Sprache dazu dient, Gedanken zutage zu fördern, so fragt man sich vergebens nach der Existenzberechtigung eines Geistesprodukts, das im wesentlichen nur Worte enthält, denen wenigstens prima facie irgendwelcher vernünftige Sinn nicht innewohnt. Wenn es beispielsweise in dem Gedicht heißt:

‹Du nahmst dir alle Sterne
Über meinem Herzen›

und weiter

‹Ich kann den Abend nicht mehr
Über die Hecken tragen›

sowie endlich

‹Mein Herz geht langsam unter,
Ich weiß nicht wo›

so steht der normale Leser diesen Gefühlsausbrüchen ebenso ratlos gegenüber wie der Frage, welche Beziehung wohl der Titel des Gedichts ‹Leise Sagen› zu dem Inhalt des Gedichtes haben mag...»[25]

Richtersprüche, «normaler Leser», und wie es zwanzig Jahre später ein Heinrich Binder fordert, «einem gesunden Volk gesunde geistige Kost bieten» – das alles sind eigentlich nicht Vokabeln, die darauf schließen lassen, daß hier ein Wegbereiter der «völkischen Erneuerung» gefeiert wird. In einer Akte der Bayerischen Politischen Polizei heißt es dann auch zwei Jahre später konsequent: «Das Verzeichnis ist im Interesse eines einheitlichen Vorgehens zur Säuberung des deutschen Büchermarktes von Schund und Schmutz, sowie von antinationaler Literatur, geschaffen worden. Es sind einzuziehen: von Else Lasker-Schüler alles.»[26]

Und noch einmal drei Jahre weiter, 1936, gibt es einen «Schulungsbrief der NSDAP», der den Expressionismus keineswegs als eine Bewegung sieht, die konsequenterweise in den Faschismus mündete, im Gegenteil: «Aus zahllosen Kloaken ergoß sich der Schmutz über das deutsche Volk, um die letzten Hemmungen wegzuspülen. Die ‹Dichtkunst› jener Zeit bewegte sich zwischen Verbrecherkaschemme und Bordell – ihre schwülstige Erotik steigerte sich bei den ganzen ‹Modernen› zu völlig unverständlichem Wortsalat. Als typischer Fall sei hier an die Gedichte der Jüdin Else Lasker-Schüler erinnert. Welche Idioten damals auf das Volk losgelassen wurden, ist kaum noch vorstellbar. All diese expressionistischen und dadaistischen Dichtereien wurden als Literatur angepriesen und achtungsvoll in literarischen Zeitschriften gewürdigt ...»[27]

Eines ist deutlich: Georg Lukács ist nicht von der realen Situation des Expressionismus und seiner Autoren ausgegangen, hat nicht ihre Möglichkeiten anhand ihrer Texte analysiert, sondern hat ein fertiges ideologisches Modell eingepaßt. ‹Der Expressionismus›, in toto, gibt nicht her, was Lukács von ihm sagt.

In jenem berühmten Briefwechsel[28], der sich im Juni 1938 zwischen Anna Seghers und Georg Lukács dann entspann, spielten bezeichnenderweise auch diese Goethesche Unterscheidung vom Klassisch-Gesunden und Romantisch-Kranken und ihre Anwendbarkeit eine wesentliche Rolle. Wenn Anna Seghers das Verhältnis, besser: Nicht-Verhältnis, Goethe–Kleist betont, so ist das keineswegs als Nacherzählen literarhistorischer Anekdoten zu verstehen. Es ist vielmehr der Versuch, deutlich zu machen, daß das olympisch Anerkannte gleichzeitig oft nicht in der Lage ist, den Wert an Kunst und Wahrheit im Neuen zu erkennen. Goethes mitleidiger Satz zu Falk, 1809, also ein Jahr nach dem Weimarer Mißerfolg des «Zerbrochenen Krug» (den Goethe bekanntlich in zwei Teile zerschnitt und eine Pantomime dazwischenlegte), in dem es heißt: «Ich habe ein Recht, Kleist zu tadeln, weil ich ihn geliebt und gehoben habe, aber sei es nun, daß seine Ausbildung, wie es jetzt bei Vielen der Fall ist, durch die Zeit gestört wurde, oder was sonst für eine Ursache zu grunde liege; genug – er hält nicht, was er zugesagt.»[29]

Dieser Satz und sein Brief an Kleist vom 1. Februar 1808 mit der Kritik an «Penthesilea» waren getragen von einem Ideal der Weltharmonie und ihrem Korrelat, der Persönlichkeitsharmonie. Die Summe des Gedankens vom klassischen vollendeten Menschen findet sich beispielsweise in Goethes Winckelmann-Schrift von 1805: «Wenn die gesunde Natur des Menschen als ein Ganzes wirkt, wenn er sich in der Welt als in einem großen, schönen, würdigen und werten Ganzen fühlt, wenn das harmonische Behagen ihm ein reines, freies Entzücken gewährt – dann würde das Weltall, wenn es sich selbst empfinden könnte, als an sein Ziel gelangt aufjauchzen und den Gipfel des eigenen Werdens und Wesens bewundern.»[30]

Und tatsächlich ist das ein Konzept, wie es sich auch bis in die Formulierung hinein bei Lukács finden läßt – und kein Wunder ist es, daß Bloch sich gerade gegen diese Winckelmann-Klassik wandte, wie Anna Seghers sich gegen die Goethesche Klassik-Rezeption sträubt und «Penthesilea» verteidigt:

«Die Goethe-Winckelmannsche Antike war von der antiken Periode, die etwa meine Generation am meisten liebt, so verschieden wie die Gotik oder wie die romanische Kunst von der gotischen. Und innerhalb jeder Periode bemühte sich manche Methode um die Lösung... Ich selbst, und wie vielen mag es so gegangen sein, habe viele Künstler niemals für Realisten gehalten, bis ich selbst die Möglichkeit hatte, ihre gesellschaftliche Existenz in der Nähe kennenzulernen... Erst in Italien konnte man wissen: diese italienischen Maler waren in Wirklichkeit Realisten, sie waren in nichts idealistisch; so waren die Farben ihres Landes, so die Totalität des Lebens. Oder umgekehrt. Greco hat manche Wirkungen auf Maler unserer Zeit gehabt. Im vorigen Sommer erst, als ich zum erstenmal in meinem Leben nach Spanien kam, ist mir klargeworden, in welchem Maß dieser auf viele nur unrealistisch wirkende Maler Realist war. Seine Farben waren keine Visionen, sondern die Farben seines Landes. Seine Proportionen sind den Proportionen seiner Menschen angeglichen, nur hat er das alles zu sehen gewagt.»[31]

Natürlich geht es hier nicht um Kleist und El Greco, sondern, sagen wir, um Brecht und Picasso. Wer Kleist sagt, sagt Kafka. Der Tenor jenes Briefes «An den Vater» klingt ja durchaus bei

Kleist an, etwa in seinem Brief vom 5. Februar 1801 an die Schwester Ulrike: «Ach, liebe Ulrike, ich passe mich nicht unter die Menschen; es ist eine traurige Wahrheit, aber eine Wahrheit; und wenn ich den Grund ohne Umschweif angeben soll, so ist es dieser: sie gefallen mir nicht ... Indessen wenn ich mich in Gesellschaften nicht wohl befinde, so geschieht dies weniger, weil andere, als vielmehr weil ich mich selbst nicht zeige, wie ich es wünsche. Die Notwendigkeit, eine Rolle zu spielen, und ein innerer Widerwillen dagegen machen mir jede Gesellschaft lästig, und froh kann ich nur in meiner eignen Gesellschaft sein, weil ich da ganz wahr sein darf. Das darf man unter Menschen nicht sein, und keiner ist es.»[32]

Es geht um den Streit, ob Realismus eine Methode ist, ein Stil, oder ob es, wie die Seghers an anderer Stelle fragt, «überhaupt ein wirkliches Kunstwerk gibt, in dem nicht eine Substanz Realismus enthalten ist, nämlich eine Tendenz zur Bewußtmachung von Wirklichkeit»[33].

Der Realismus als fixierbare Methode, gar Technik, die Verordnungsmodelle Tolstoj oder Balzac oder Fontane werden schlichtweg geleugnet – sogar die jeweilige Erkennbarkeit. Die Seghers zeigt am Beispiel Rembrandts oder Tizians oder auch der französischen Impressionisten, daß «die Aneinanderreihung scheinbar zufälliger Elemente sich erst nachher als die Herausarbeitung des Typischen, als die wesentlichen Momente im Gesicht der Klasse» erwiesen. Immer wieder im Verlauf dieses Briefwechsels betont Anna Seghers, daß es ihrer Meinung nach ein Verhängnis sei, die Methode zum Maßstab zu machen, so, als könne die Methode an und für sich schon zu etwas führen. Die Polemik über das Gorkij-Zitat «Der Schriftsteller ist nicht mehr Spiegel der Welt, sondern ein kleiner Splitter; das soziale Amalgam ist von ihm abgewischt, er spiegelt Bruchstücke, kleine Splitter zerschlagener Seelen»[34] – ist natürlich auch ein Streit über den Expressionismus und über Lukács' These von der Totalität. Die neue Form nämlich, so zerbrochen und zersplittert sie auch wirken mag, kann aufrichtiger und damit richtiger Partielles einfangen und ausdrücken als ein Scheinspiegel. Eine neue Form kann zum Beispiel neue Inhalte, Beginnendes, noch nicht zum Totalen Gefügtes erfassen: Anna Seghers will für das gesellschaftliche Neue, für das politische Wagnis nicht eine alte Kunst, sondern das künstlerische Experiment.

Höhepunkt dieser gesamten Auseinandersetzung um die Begriffsbestimmung Realismus ist der Streit zwischen Brecht und Lukács. In seinem gleich an Blochs Entgegnung anschließenden summierenden Aufsatz «Es geht um den Realismus»[35]erwähnte Lukács zum erstenmal Brecht und natürlich polemisch. Übrigens gibt Lukács in seiner 1963 erschienenen Ästhetik zu, daß er Brechts wichtigste Stücke erst nach dem Krieg kennenlernte. Weder spielt Brecht im Lukácsschen Werk eine Rolle, noch findet man Lukács bei Brecht häufig erwähnt – im Personenregister der sieben Bände «Schriften zum Theater» taucht er so oft auf wie Emil Ludwig oder Ludwig XIV. In seiner «Skizze einer Geschichte der neueren deutschen Literatur»[36] erwähnt Lukács Brechts Dichtung als «ein interessantes und geistreiches Formexperiment». Brecht – der ja Mitherausgeber des «Wort» war – beklagte sich bei dem Chefredakteur Bredel in einem Brief darüber, daß Lukács ihn jetzt mit der bürgerlichen Dekadenz in einen Topf werfe und sah in ihm und Julius Hay Wortführer einer Debatte, die nur geeignet sei, die intellektuelle Volksfront gegen den Faschismus zu torpedieren; konsequenterweise plädierte er als Mitherausgeber für einen Abbruch der Debatte und veröffentlichte seine Gegenthesen nicht (sie blieben zu Brechts Lebzeiten ungedruckt).

Brecht hatte nämlich nach der «Maßnahme» (1930) und kurz nach Hitlers Machtergreifung in acht Punkten eine radikalistische «Plattform für die linken Intellektuellen»[37] ausgearbeitet, in der er als Bündnispartner für den Kampf gegen den Faschismus nur das Proletariat gelten ließ. Erst bei der Vorbereitung seiner Rede für den Pariser Schriftstellerkongreß 1935 und dann schließlich mit dieser Rede hatte er sich vorbehaltlos zur Volksfrontpolitik bekannt. Lukács indessen hatte auch politisch eine wesentlich andere Position. Nach seinem Aufsatz «Rechtsordnung und Gewalt» (1919)[38], der seinen Übergang zur KP markierte – bis 1929 war Lukács ständiges Mitglied des ZK der ungarischen KP –, arbeitete er die Blum-Thesen aus, in denen er

Anfang der dreißiger Jahre den antifaschistischen Kampf mit der Forderung einer demokratischen Revolution verband, eine Art utopisches Kontrastbild zum Faschismus. Dieses Konzept, für das die bürgerliche Revolution klassisches Vorbild blieb, war diametral entgegengesetzt der zur selben Zeit entstandenen «Plattform» Brechts. Die völlig verschiedenen politischen Ansatzpunkte bei Brecht und Lukács mußten natürlich auch zu ebenso verschiedenen, unvereinbaren ästhetischen Konzeptionen führen. Werner Mittenzwei stellt in seiner Untersuchung der Brecht-Lukács-Debatte fest:

«Ausgehend von seiner Konzeption der ‹revolutionären Demokratie› sieht Lukács im Engagement des bürgerlichen Dichters für Fortschritt und Demokratie den eigentlichen Drehpunkt seiner Realismus-Auffassung. Lukács' Interesse gilt weniger dem Dichter, der den radikalen Bruch mit seiner Klasse vollzog, als dem, der im geistigen Spielfeld der ‹revolutionären Demokratie› verbleibt. Deshalb auch Lukács' Unverständnis für die neuen methodologischen Wege und Gestaltungsmittel, die zum Beispiel Brecht für die sozialistische Literatur nutzbar macht. So wie sich Lukács politisch auf eine lange Übergangsperiode einrichtet, so faßt er den Realismus nur als die Weiterführung der großen progressiven Strömungen des 19. Jahrhunderts auf. Anstelle der Eroberung und Aufdeckung neuer Kunstmittel auf Grund neuer gesellschaftlicher Verhältnisse, worauf es Brecht ankommt, steht bei Lukács die Säuberung der Literatur von den Einbrüchen der Dekadenz.»[39]

In mehreren großen Arbeiten grenzt Brecht sich polemisch gegen Lukács ab; in seiner Notiz «Kleine Berichtigung» verbat er sich Lukács' Ton, der von den «Eislers» gesprochen hatte, als er sich auf den «Neue Weltbühne»-Aufsatz «Die Kunst zu erben» bezog. Brecht schrieb:

«In der Expressionismusdebatte des «Worts» ist in der Hitze des Gefechts etwas passiert, was einer kleinen Berichtigung bedarf. Mit meinem Freund Eisler, der wenigen als blasser Ästhet vorkommen wird, hat Lukács gleichsam den Ofen geputzt, weil er bei der Testamentsvollstreckung angesichts des Erbes nicht die vorgeschriebene pietätvolle Rührung gezeigt haben soll. Er kramte sozusagen darin herum und weigerte sich, *alles* in Besitz zu nehmen. Nun, vielleicht ist er als Exilierter nicht in der Lage, soviel mit sich herumzuschleppen.

Aber über das Formelle der Angelegenheit gestatte man mir einige Zeilen. Es wurde da von ‹den Eislers› gesprochen, die irgend etwas sollten oder nicht sollten. Meiner Meinung nach sollten die Lukács' es unbedingt unterlassen, solch eine Mehrzahl anzuwenden, solange es unter unsern Musikern tatsächlich nur einen Eisler gibt. Die Millionen von Arbeitern weißer, gelber und schwarzer Rasse, die die Massenlieder Eislers geerbt haben, werden da sicher meiner Meinung sein. Aber auch allerhand Fachleute für Musik, die Eislers Arbeiten, in denen er, wie man mir sagt, das Erbe der deutschen Musik in großartiger Weise weiterbildet, würde man verwirren, wenn die deutsche Emigration im Gegensatz zu den sieben griechischen Städten, die sich darum stritten, einen Homer hervorgebracht zu haben, sich zu der Prahlerei hinreißen ließe, sieben Eislers zu haben.»[40]

Meist aber enthielt sich die Debatte des polemischen Tons; Brecht versuchte, in mehreren grundsätzlich angelegten Arbeiten seine Position zum Thema Realismus und Methode darzulegen[41]. Er plädierte für eine Literatur, die die neuen Fähigkeiten der Menschen simultan aufzunehmen oder zu abstrahieren oder rasch zu kombinieren nicht außer acht läßt, und weigert sich, den inneren Monolog als technische Möglichkeit zu tabuieren, und weil «Tolstoj so etwas anders gemacht hätte, die Art, wie Joyce es macht, abzulehnen».

Brecht berichtet auf sehr überzeugende Weise, wie wenig seine eigene Arbeit mit den landläufigen Klischees erfaßbar wäre, daß sich bei der Arbeit am Julius-Cäsar-Roman eine bestimmte Montage-Technik als notwendig herausstellte, die sich aber demzufolge nicht hätte als notwendig herausstellen dürfen. Und die Arbeit an den Szenen von «Furcht und Elend des Dritten Reiches» sieht er als ständiges Modelle-bauen, weil er die Wirklichkeit darstellen möchte – es ist aber gleichzeitig eine rein formal interessierte Arbeit:

«Ich habe Farbenvorstellungen vager Art im Hinterkopf, Eindrücke bestimmter Jahreszeiten, höre Tonfälle ohne Worte, sehe

Gesten ohne Sinn, denke an wünschbare Gruppierungen von nicht benamten Gestalten und so weiter. Die Vorstellungen sind reichlich unbestimmt, keineswegs aufregend, ziemlich oberflächlich, wie mir scheint. Aber sie sind da. Der ‹Formalist› in mir arbeitet.»[42]

Immer wieder wehrt sich Brecht auch gegen das Balzac-Muster, dessen Romantisierung und Individualisierung der Konkurrenzkämpfe des nachnapoleonischen Frankreich er mit dem hämischen Hinweis desavouiert, daß Balzac ja zugegeben hat, er habe seine Anregungen den Indianergeschichten Coopers entnommen. Balzacs Kampf des einzelnen gegen die ganze Gesellschaft heißt, die komplizierten kapitalistischen Konkurrenzkämpfe – also einen gesetzmäßigen ökonomischen Mechanismus – zu Kämpfen von überdimensionierten Individuen machen. Winnetou gegen die Rothschilds, sozusagen. Brecht sieht die Sprengung dieser Individual-Erzählform durch einen modernen Autor wie Dos Passos als notwendig und hat Angst vor den falschen Erben, die Epigonen heißen. Shelleys symbolistische Schreibweise kann realistischer – also mehr Realität transponierend – sein als Balzacs, bei dem «man viel lernen kann, vorausgesetzt, man hat schon viel gelernt».

Mit sarkastischem Vergnügen nennt Brecht die Lukácssche Realismus-Konzeption formalistisch, sie erinnere ihn an eine Chaplin-Szene, in der Chaplin einen Koffer packt und alles, was über den Koffer hinausquillt, einfach mit der Schere abschneidet.

Hier werden zwei einander fast ausschließende Kunsttheorien entwickelt, die beide jeweils eine marxistische Realismus-Definition für sich in Anspruch nehmen. Beide, Lukács und Brecht, sind Anhänger der Abbildtheorie; Lukács aber will Gegensätzlichkeit im Gesamtmechanismus seiner Abbildtheorie zwar nicht ausklammern, aber überwinden. Er will, als konsequenter Hegel-Schüler, Wesen und Erscheinung harmonisieren. Das Ziel, richtiger: das Gelingen großer Kunst liegt darin, «ein Bild der Wirklichkeit zu geben, in welchem der Gegensatz von Erscheinung und Wesen, von Einzelfall und Gesetz, von Unmittelbarkeit und Begriff usw. so aufgelöst wird, daß beide im unmittelbaren Eindruck des Kunstwerks zur spontanen Einheit zusammenfallen, daß sie für den Rezeptiven eine unzertrennbare Einheit bilden»[43].

Lukács geht damit in gewisser Weise sogar hinter Lenin zurück, der den eigentlichen Sinn der Dialektik darin begriff, die Widersprüche im Wesen der Dinge selber zu erforschen und nicht nur die Erscheinung als fließend, beweglich, vergehend sah, sondern auch die diversen, divergierenden Wesenheiten der Dinge.

Brecht natürlich, bis hin zum Leugnen des Genuß-Moments in der Kunst, will Wesen und Erscheinung nicht zur großen Einheit zusammenfügen, sondern Unterschiede und Disharmonie demonstrieren. Sein Abbild soll um sich herum, am Rande, noch Spuren anderer Bewegungen und Züge aufweisen, soll sogar den widerspruchsvollen Prozeß des Abbildungsvorgangs selber dokumentieren. «Die Abbildungen müssen nämlich zurücktreten vor dem Abgebildeten»[44], schreibt er im «Kleinen Organon für das Theater». Deutlicher kann der Gegensatz nicht sein – Lukács, bis hin zur favorisierten Form, dem realistischen Roman, zu dessen Aufbau und Wirkung für ihn auch der vollendete Schluß als Aufklärung des Anfangs gehört, will die große, geschlossene Welt des Bürgertums im Kunstwerk einholen oder zurückholen. Er will Widersprüche tilgen, er kennt keine offene Form.

Brechts Kunstgenuß dagegen ist der Genuß des Erkennens von Zusammenhängen, die vorgeführt werden, von Disparatem, von dem, das sich zwischen Erscheinung und Wesen geschoben hat. Brecht schiebt den Genuß aus dem Kunstwerk hinaus und will ihn für die Erwartung aktivieren, für den Kampf nämlich um Harmonie, nicht im Abbild, sondern in der Realität. Das, sagt er, ist realistische Schreibweise. Es ist der Unterschied zwischen aristotelischer und nichtaristotelischer Kunstauffassung. Lukács nämlich, besonders betont übrigens auch in seinem großen Entwurf über «Die Eigenart des Ästhetischen», sieht in der Katharsis den letzten Sinn großer Kunst. Die kathartische Wirkung ist ja aber nicht nur eine ethische – statt gesellschaftliche –, sondern auch eine idealistische; zu fragen wäre: Wovon wird der

Mensch durch Kunstgenuß «gereinigt»? Von der Realität? Genau dieser psychologischen Anverwandlung, dieser Scham-Wirkung mißtraut Brecht, der kein «Erkenne dich selbst» erreichen will, der bis in die Form seines Kunstwerkes kein Einfühlen will, sondern Distanz. Kunst soll die dialektische Spannung von Gut und Böse nicht idealistisch entspannen, sondern die Veränderbarkeit der Gesellschaft und ökonomischer Existenzbedingungen lehren. Selbst der späte Lukács spricht in seiner Katharsistheorie immer von der Kritik des Lebens, nicht der Gesellschaft; diese Verschiebung von soziologischer zu biologischer, von politischer zu psychologischer Terminologie definiert den Abstand zwischen Georg Lukács' klassischer, ethisch gebundener Ästhetik und Bertolt Brechts Befragung der Realität.

Der hölzerne Eisenring

Georg Lukács und Theodor W. Adorno

Max Weber hat schon früh über den jungen Georg von Lukács gesagt, letztes Ziel der Kunst sei für ihn die Erlösung von der Welt, nicht in ihr[1]. Dieses Urteil charakterisiert in nuce Lukács' gesamte Ästhetikkonzeption – Literatur als Lebenshilfe, ja: Lebensersatz. Sein kunsttheoretisches Riesenwerk wölbt sich in immer neuen Verstrebungen über dieser Krypta. Es ist gleichsam einer jener enormen gotischen Bauten geworden, in denen der Mensch sich klein, verächtlich, überflüssig dünkt; kein Raum für den einzelnen, sondern Platz für viele, dem Kommenden geweiht. Verlesen wird das Gewisse. Das will sagen: Literatur ist sicherer Kodex über das Woher und Wohin dieser Welt, sie spiegelt deren Fluch wie Verheißung. Ihre Totalität ist eine eschatologische, deutet ins Einst. Doch dieses – von Lukács oft und gern benutzte – Wort hat zweierlei Bedeutung: Vergangenheit und Zukunft. Nicht Jetzt. Diese Dimension des Historischen weist den Menschen letztlich aus – er ist Möglichkeit, nicht Wirklichkeit. Das Ergebnis ist frappant: Lukács' gigantische Kunsttheorie, in der das Subjekt hoffnungsbesetzte Zukunftschiffre ist, ermöglicht ihm großangelegte Werkanalysen voller kenntnisreicher und gelegentlich aufregender Blicke in Kunststrukturen – sie verweigert jedes Begreifen moderner Kunst. Es gibt keine einzige Untersuchung von Georg Lukács zum artistischen Jetzt.

«Noten», «Stichworte» und «Eingriffe» nennt Adorno seine Überlegungen zur Literatur. Die literaturfremden Hauptworte verstehen sich durchaus als pointillistischer Reiz, als operativer Eingriff. Wie bei dem, so hier: das Ganze wird abgedeckt, um ein

Kleines hervorzuheben, bloßzulegen für Stich, Schnitt und Naht. Die Untersuchungsmethode Adornos ist eine sezierende. Sprache und Verstand als Skalpell. Einblick statt Überblick. Genauestes Mikroskopieren verästelter Nervengeflechte und kein Nachzeichnen großer Zusammenhänge, Strukturen. Adornos fulminante Ästhetiktheorie ist Geigerzähler für entlegenste Vergiftungen, Verletzungen, Vermoderungen des Subjekts. Das von ihm oft und gern eingesetzte Wort heißt «Wunde» – also Gegenwart. Wunde, das ist Jetzt. Adornos Begriff des Historischen kristallisiert im Heute, in der Wirklichkeit. Sein Prinzip Realismus ist anti-total und anti-harmonisch. In der Welt. Daher sind seine Überlegungen nahezu ausschließlich der modernen Kunst gewidmet. Es gibt keine einzige Untersuchung von Theodor Adorno zu einem Gesamtwerk.

Ein Widerspruch zweier sich als materialistisch verstehender Kunsttheorien, dessen Ursachen und Wirkungen es nachzugehen gilt. Keineswegs sind die großen Vorbilder in Entwurf und Gelingen für Georg Lukács nur Hegel und Balzac. Ein entscheidender Einfluß, bislang kaum beachtet, ging deutlich aus von einem der großen französischen Frühsozialisten, dessen Name bei Lukács zwar versteckt, aber nicht ohne Nachdruck fällt: Charles Fourier[2]. Nun hat dieser Zeitgenosse Hegels und Balzacs aber nicht nur auf witzige Weise geschildert, wie die Philosophie ihr Herz an den Handel verloren hat und Aufkäufe in Pindar'schen Tönen besungen werden – «der Zucker ist schwach, die Seife hat ihre große Stunde, der Käse gibt nach»[3]: das erinnert durchaus an Balzacs von Lukács so oft zitiertes Diktum, das wie ein Szenario für seine Romane klingt: daß im Kapitalismus die Menschen entweder Kassierer oder Defraudanten – ausgebeutete Dummköpfe oder Schurken – würden. Also an Marx. Fourier hat aber auch konkrete gesellschaftliche Modelle entworfen, Wohn- und Arbeitsgenossenschaften für jeweils zirka 300 Menschen, deren Tageslauf vom Wecken bis zum Lichtlöschen geregelt und aufeinander abgestimmt ist, seinem zentralen Begriff folgend: «Der Mensch ist ein für die Harmonie und alle Arten von Assoziationen geschaffenes Wesen.»[4]

Damit ist die wichtigste Kategorie benannt von Georg Lukács' gesamter Denkstruktur, der politischen wie ästhetischen. Nur: Harmonie im Verständnis von Fourier war ein Konkretum, eben keine Kategorie. Die Menschen in seinem Phalansterium nannte er «Harmoniebewohner». «In der Harmonie leben» hieß für Fourier nicht etwa, im Zustande einer unspezifischen Aussöhnung zu existieren, sondern schlicht Mitglied einer Siedlung zu sein, die man als Vorform einer Mischung aus Kibbuz und volkseigenem Betrieb sehen muß. Lukács löste diesen Begriff ab, ideologisierte ihn, trug ihn in die ästhetische Theorie als Postulat für große Kunst. Fouriers Vorstellung vom Menschen, der nicht mehr allein ist, verändert sich bei Lukács zur Forderung, Literatur dürfe nicht *einsame Menschen* erfassen.

Das Wort fällt nicht von ungefähr. Lukács' Verdikt gegen die moderne Literatur beginnt nämlich beim Naturalismus, bei Gerhart Hauptmann. Für ihn ist die Entwicklung vom Drama gleichen Titels aus dem Jahre 1891 über den Expressionismus bis zu Beckett eine genuine, ein Irrweg der Dekadenz. Man muß sich bei dieser Gelegenheit der Kritik Franz Mehrings am Naturalismus erinnern sowie der wütenden Angriffe gegen «Schmutz und Häßlichkeit» der naturalistischen Literatur auf dem sozialdemokratischen Parteitag von 1896[5]. Letztlich liegt dieses Verständnis von Literatur, das knapp auf das Vokabular von «Schmutz und Schund und entartet» verzichtet, im Zentrum von Georg Lukács' Ästhetik. Es ist die Theorie der Kalokagathie – der Identität des Schönen mit dem Guten. Er wird das später im großen Alterswerk über die «Eigenart des Ästhetischen» sehr präzise formulieren: «Struktur... bedeutet eine dem Menschen immanente, ihm von seinem Menschentume aus angehörige harmonische Zusammenstimmung irdischer, diesseitiger Verhältnisse; mögen diese nun ein Sichtbarwerden der Harmonie seines physischen Aufbaus oder die Offenbarung der Harmonie seiner geistigen und sittlichen Fähigkeiten darstellen. Das wesentlich bestimmende Prinzip ist das gleiche und ist – letzten Endes – das der Proportionalität. Damit geht diese Frage weit über die der abstrakten Formelemente hinaus, und berührt – geradezu philosophisch – so entscheidende Probleme, *wie die prinzipiellen Berührungspunkte von Ethik und Ästhetik*.»[6] [Hervorhebung FJR]

Dieses Prinzip ist aber von Beginn an Regel seines Interpretationsverfahrens. Mit dessen Hilfe leugnet er nicht nur jede Möglichkeit des Disproportionalen in der Kunst, also von Flaubert über Hanns Eisler bis Picassos Guernica das Einnisten von Wahrheit in Kluft und Klaffen; er wehrt auch einen neu sich zusammensetzenden eigenen Wirklichkeitsbegriff der Kunst ab in jenem Sinne, wie Balzac ihn meinte, als er sagte – sich seiner Arbeit zuwendend – «kehren wir zur Wirklichkeit zurück». Und der übrigens mit der von Lukács besonders inkriminierten Antwort korrespondiert, die Ulrich, der «Mann ohne Eigenschaften», auf die Frage gibt, was er täte, hielte er das Weltregiment in Händen: «Es würde mir nichts übrig bleiben, als die Wirklichkeit abzuschaffen.»[7] Mehr noch: Lukács setzt sich sogar von den Realitäten der Kunstgeschichte ab, ob er nun der modernen bürgerlichen Literatur generell ein «gedanklich niedriges Niveau» bescheinigt oder sagt, diese Literatur (der «Dekadenz») habe keine einzige wirklich bleibende Gestalt geschaffen – als gäbe es keinen Bloom, keinen Josef K., keinen Molloy[8]. Er dekretiert sogar, das Finden der «richtigen» Proportionalität sei für jeden Künstler unerläßlich, schließt diese Folgerung mit einem scheinbar beweiskräftigen «also» wie eine logische Konsequenz an zwei Dürer-Sätze an – in denen aber genau das Gegenteil gesagt wird: «Unmöglich bedünkt mich, so Einer spricht, er wisse die besten Maß in menschlicher Gestalt anzuzeigen. Ich weiß nit anzuzeigen ein sunder Maß, welches zum Hübschesten macht haben.»[9] Noch in seinem Aufsatz «Kunst und objektive Wahrheit» summiert 1954 Lukács, «die konsequente Subjektivierung der unmittelbaren Reproduktion der Wirklichkeit vollzieht sich praktisch in der Entwicklung des Naturalismus»[10].

Subjektivierung – Einsamkeit – krank: das ist eine logische Kette, eine konsequente Fehlentwicklung der Literatur. In einer großen Studie aus derselben Zeit spricht er von einer kontinuierlichen avantgardistischen Entwicklung in der modernen Literatur vom Naturalismus bis heute, und Kennzeichen dieser Kontinuität ist ihm tatsächlich das «In-den-Vordergrund-Treten des Pathologischen»[11]. Lukács nimmt hier also nicht nur ungerührt die 20 Jahre zurückliegende Debatte mit Anna Seghers wieder auf, in der die Autorin des «Grubetsch» und des «Aufstands der Fischer von St. Barbara» hochgemut die Literatur der skeptischen Versager Kleist und Büchner gegen jene Verordner verteidigt hatte, «die sich im Vollbesitz der Methode des Realismus dünken, aber eine unerlebte Welt schildern – sie hatten es fertig gebracht, die Welt ganz zu entzaubern»[12]; er rückt auch unbemerkt in die Nähe der Position etwa Emil Steigers, in dessen berühmter Rede «Literatur und Öffentlichkeit» 1966 es hieß: «Man gehe die Gegenstände der neueren Romane und Bühnenstücke durch. Sie wimmeln von Psychopathen, von gemeingefährlichen Existenzen, von Scheußlichkeiten großen Stils und ausgeklügelten Perfidien. Sie spielen in lichtscheuen Räumen und beweisen in allem, was niederträchtig ist, blühende Einbildungskraft.»[13] Und es war Max Frisch, dessen Homo Faber einst gesagt hatte: «Ehrlich sein: allein sein», der Steiger antwortete und eine lange Liste der relevanten Literatur von Genet über Arno Schmidt zu Grass gleichsam zurückgab mit der einzigen Frage: «Wen?»[14]

Dieselbe Frage an Georg Lukács gerichtet, wen er meine mit den Autoren dieser Fehlentwicklung, ergäbe eine eigenartige Linie. Die Reizworte, gegen die er anläuft, sind immer wieder «prinzipielle Einsamkeit des Menschen», «Pathologie», «Perversität»[15]. Ihre Repräsentanten sind Musil wie Benn wie Bekkett. Musils resignativer Satz «Wenn die Menschheit als Ganzes träumen könnte, müßte Moosbrugger entstehen» (Moosbrugger ist ein halbidiotischer Lustmörder), verweist für Lukács auf eine Ontologie der «Geworfenheit», auf die Degeneration des Exemplarischen zum Exzentrischen; dabei taucht bei Lukács ein wesentlicher Begriff auf – Gesellschaftlichkeit. Er sieht in der Zuspitzung vieler moderner Texte auf Urtümliches, Unveränderbares – also aufs Individuum? – einen bewußten Entgesellschaftungsprozeß. Dabei entgeht ihm etwas, das auch gesellschaftliches Produkt sein mag, aber nicht nur. Lukács zitiert ein Gedicht von Benn:

«O daß wir unsere Ururahnen wären.
Ein Klümpchen Schleim in einem warmen Moor.

Leben und Tod, Befruchten und Gebären
glitte aus unseren stummen Säften vor.

Ein Algenblatt oder ein Dünenhügel,
vom Wind Geformtes und nach unten schwer.
Schon ein Libellenkopf, ein Möwenflügel
wäre zu weit und litte schon zu sehr.»[16]

Dem Motiv von Leid verweigert sich Lukács, er sieht in der angstvollen Verkrochenheit dieser Zeilen nur krude-koketten Antihumanismus. Der Beweis: Die Statik dieses Weltbildes und seines Darstellungsprinzips («Statische Gedichte» heißt ein Band von Gottfried Benn). Das Leugnen von Entwicklung und geschichtlichem Fortschritt, die Perspektivelosigkeit ist das Kriterium. Ob nicht gerade darin Sprengkraft und Denkschub der Literatur liegen, bleibt ungefragt. Sartres Aufsatz über die «Tropismen» der Nathalie Sarraute würde damit so gut verworfen wie das Werk Paul Celans. Was aber die Fragwürdigkeit dieser analytischen Beweiskette noch schärfer vorführt: von Brechts «Warum seid ihr nicht im Schoß eurer Mütter geblieben»[17] bis zu Peter Huchels «Die Öde wird Geschichte / Termiten schreiben sie / mit ihren Zangen / in den Sand»[18] / oder zu Erich Arendts «Wie Wasser / und Sand ist / die Zukunft»[19]: wie wird dieses Interpretationsmodell mit der Leiderfahrung auch sozialistischer Schriftsteller fertig? Lukács versteht die Entwicklung der gesamten modernen Literatur als Fehlhaltung und setzt durchweg Autoren zweiten Ranges ein, wenn er die «richtige Proportion» kenntlich machen will: Romain Rolland, nicht Aragon; Sinclair Lewis, nicht Dos Passos; Thomas Wolfe, nicht Faulkner; Louis Bromfield, nicht Beckett. Fast steht man vor einem Rätsel – ein vor Bildung und Kenntnis strotzendes Riesenwerk ist gleichzeitig eine Kette literarhistorischer Irrtümer. Wann immer Lukács das 19. Jahrhundert verließ, ging er an der großen Literatur vorüber – von Proust bis Brecht. Und auch im 19. Jahrhundert lautet die Devise Balzac – nicht Flaubert.

Eben doch kein Rätsel. Tatsächlich hilft sein Konzept, Individualität als «literarisches Risiko» zu begreifen und Zeitgeschehen an dessen Platz zu sehen, dieses Rätsel zu lösen. Sein Vorwurf gegen Gerhart Hauptmann gibt genau über diesen Punkt Aufschluß. Er bescheinigt ihm subjektive Ehrlichkeit und wirft ihm vor: Tiefe, Verstehen, Mitleid mit aller Kreatur[20]. Ungewöhnliche Anklagepunkte. Aus ihnen setzt sich aber sein generelles Urteil zusammen, Hauptmann habe kein einziges Werk von bleibendem Wert geschaffen. Nun ist interessant, welchen Text Lukács zur Demonstration seines Urteils benutzt:

«Ma kann's ni ändern: an Tummheet is. Aber wann ma a Leuten de Augen will ufkneppen: is ni! Tummheet regiert de Welt. Was sein mir: Sie, ich, alle zusamm'? Mir han uns mußt schinden und schuften durchs Leben, seener so gutt wie der andere dahier. Nu etwa! Also! Mir wern woll Bescheid wissen. Wer ni mitmacht, is faul, wer de mitmacht, is schlecht.»

Dieses könnte ein Text von Brecht sein, könnte von der Courage gesprochen werden; mit der wir ja nicht Mitleid haben, aus deren Demonstration wir vielmehr Erkenntnisse keltern sollen. Auch hier soll ja, fast schon mit einer Art V-Effekt, demonstriert werden, nicht etwa zur Identifikation ermuntert. Jenes «sachliche» Nebeneinander rügt Lukács, andere Autoren hätten eben aus diesem unentwirrbaren Knäuel eine Harmonie oder wenigstens Hohn und Zynismus deutlich gemacht und nicht lediglich Nichtverstehen vorgeführt, «verfremdet». Es spricht aber die Frau Fielitz im «Roten Hahn». Es ist das einzige Stück eines bedeutenden deutschen Zeitgenossen, das Bertolt Brecht (in einer Zusammenfassung mit dem «Biberpelz») in eigener Bearbeitung inszenieren wollte.

Genau an diesem Punkt setzt Adornos ästhetischer Begriffsapparat an. Dieser «Entkunstungsprozeß», den man bei Lukács beobachten kann – Kunst als eine Art Vorleistung auf noch nicht entwickelte Wissenschaft –, ist für ihn gleichbedeutend mit der Ausweisung des Individuums: «Lukács denkt kunstfremd, wo er typische ‹normale› Werke atypischen und darum abwegigen gegenüberstellt.»[21] So postuliert Adorno genau das Gegenteil, subjektive Erfahrung habe Bilder einzubringen, die nicht Bilder von etwas sind – und eben dadurch kollektive Wesen sind; also konsumierbar, verständlich. Das Abweichen von Empirie, die empirische Deformation ist nahezu Voraussetzung für ein Kunstganzes. Auch das sublimste Kunstwerk bezieht Stellung zur Realität – indem es aus deren Bann heraustritt. Man malt, nach Schönbergs Wort, ein Bild – nicht, was es darstellt[22]. Nur «vom Subjekt organisierte Kunstwerke vermögen... was die subjektlos organisierte Gesellschaft nicht zuläßt»[23]. Mit der ihm eigenen Lust zur Banalmetapher erzählt Adorno die «kunstfremde» Anekdote vom Offiziersburschen, der nach einem Zoobesuch aufgeregt berichtet: «Herr Leutnant, solche Tiere gibt es nicht.»

Die Stadtplanung nämlich – als angeblich gesellschaftliches Konkretum – hinkt bereits hinter dem zweckfreien Gebilde, etwa einem Gedicht, her. Diesen Doppelcharakter der Kunst als autonom und fait social sieht und betont Adorno scharf. Diese Antinomie ist eben nicht aufhebbar, schon gar nicht harmonisierbar. Diese Erkenntnis hat drei verschiedene Konsequenzen; eine inhaltliche, eine formale, eine soziale. Die erste formuliert Adorno, indem er Kunstwerke als neutralisierte, dadurch qualitativ veränderte Epiphanien bezeichnet[24]; also genau Leid zum Zentrum macht, jene Lukács verdächtige Kategorie. Für die zweite nimmt er vor allem das Element der Innovation in Anspruch, die Spur in Material und Technik, die jedes bedeutende Werk hinterläßt, «und diesen zu folgen ist die Bestimmung des Modernen als des Fälligen, nicht: zu wittern, was in der Luft liegt»[25]; Adorno nennt das die «Verhaltensweise» eines Kunstwerks, und nur die gibt ihm die raison d'être.[26]

Sein Gelingen kennzeichnet sich durch das Verschwinden des Subjekts im Werk, nicht durch Anbiederung an die Realität. Dieses Prinzip von Leid und ins Werk eingegangener Individualität konstituiert die dritte – soziale – Konsequenz: «denn wahr ist nur, was nicht in diese Welt paßt»[27]. Eben nicht soll Kunst neue Ordnung schaffen oder nur scheinen lassen, sondern – im Sinne Karl Krausscher Scharfzüngigkeit – Chaos in die Ordnung einer totalen Welt bringen. Hier liegt die Radikalität des Artistischen – nicht im Kunstbau einer vorgespiegelten oder vorformulierten Humanität, glattharmonisch. Jene nichtmateriale Erfahrung, gegen die Lukács sich allergisch zeigt, bezeichnet die sich genauso materialistisch verstehende Ästhetik-Konzeption Adornos als einzig wahres Kommunikationsangebot moderner Kunst:

«Becketts Erzählungen, die er sardonisch Romane nennt, bieten so wenig gegenständliche Beschreibungen der gesellschaftlichen Realität, wie daß sie – nach einem verbreiteten Mißverständnis – Reduktionen auf menschliche Grundverhältnisse darstellten, auf das Minimum an Existenz, das in extremis verbleibe. Wohl aber werden Grundschichten der Erfahrung hic et nunc, von dem, wie es nun ist, von diesen Romanen getroffen und zu einer paradoxen Dynamik im Einstand gebracht.»[28] Dieser Begriff von der Artikulation des «Comment c'est» korreliert mit dem «So ist es», dem wir uns im Kunstwerk konfrontiert sehen. Dessen Ausdruck muß zugleich bestimmt und unstimmig sein. Bestimmt als subjektive Vermittlung eines Objektiven, ob Trauer, Energie oder Sehnsucht; nicht bloße Verdopplung des subjektiv Gefühlten, das bliebe nichtig bis zum Kitsch. Die ästhetische Versöhnung wird ästhetisch untriftig. Aber Gegenstand – ja: Welt – sui generis. Mit «offenen Rändern» – nur diese «Offenheit», die eigene Sehnsucht des Kunstwerks nach Ergänzung, erlaubt das Einnisten der Beteiligung; hier ist seine soziale Funktion. Elfengleich und katzenhaft kann sich einschleichen, was nicht Konsum heißen sollte, sondern Partizipation. Teilhabe – in Schock oder Lust – am listigen Trug der Kunst: «Schein ist das Kunstwerk nicht allein als Antithesis zum Dasein, sondern auch dem gegenüber, was es von sich selbst will. Es ist mit Unstimmigkeit geschlagen.»[29]

Mit diesem Scheincharakter der Kunst, ihrer Unstimmigkeit, ist nun wiederum ein Verschiedenes gemeint. Zum einen jener schon bei Homer äquivalente Begriff von Verschlagenheit – verschlagen werden und verschlagen sein ist dasselbe –, der eben List und Trug des Kunstwerkes umfaßt; Ernst Blochs «Heimat ist Entronnensein» will das besagen[30]. Wenn Adorno darauf immer wieder zurückkommt, dann heißt das nichts anderes als: Kunst hat keinen Zweck. Vom Anekdotischen bis zur Debatte Kantscher Ästhetikkategorien – Adorno umzingelt unentwegt die Fragestellung, wie weit das Kunstwerk, gibt es seine Autonomie auf, sich selber aufgibt. Die brävliche Frage des sehungewohnten deutschen Besatzungsoffiziers vor dem Guernica-Bild: «Haben Sie das gemacht», und Picassos Antwort im Atelier, «Nein, Sie», dient ihm dazu wie Sartres Satz «Das Kunstwerk hat keinen Zweck, darin stimmen wir mit Kant überein. Es ist aber ein Zweck.»[31] Es ist kein Zufall, daß Adorno sich auf diese Debatte einläßt in einer längeren Erörterung über Theorie und Praxis von Brecht. Denn bis hin zu dessen modisch so leicht handhabbarem, in Wahrheit präzise nicht definierbarem Diktum vom Gebrauchswert des Gedichts liegt hier ein zentraler Dissens. Wobei Ungleichzeitigkeiten und Widersprüche die verschiedenen Konzepte prägen, kaum Einigkeit.

Fraglos ist des Altvaters Franz Mehring materialistische Literaturbetrachtung stark von Kant abhängig, was seine zwiespältige Theorie, zwischen «Kunst ist Waffe» und «Unter den Waffen schweigen die Musen», hervorbrachte[32]. Sein Kampf gegen den Naturalismus – für Mehring eine Mischung aus Kampfliteratur und unanständiger Entartung; kurz: unschön – hat unter anderem hier seine Ursache. Lukács' scharfe Kritik wiederum an Mehring, dessen gleichsam «politischem Kantianertum» – also seinem Lassalleanismus –, ist genau betrachtet die Abwehr einer theoretischen Versuchung. Was er an Mehring kritisiert ist, was er an Lukács kritisieren müßte. Die scheinbar extrem gegensätzlichen Positionen sind sich so ähnlich, wie sich die beiden Enden eines Hufeisens nahe sind – jedes gleichweit entfernt von der Mitte. Mehring wie Lukács wollen letztlich dasselbe, und dieses Selbe gibt es nicht: das zweckfrei Zweckvolle. Die politisch-theoretisch zielgebundene Kunst, ungebunden. Den hölzernen Eisenring. Daß Mehrings Kant-Abhängigkeit der Hegel-Abhängigkeit Lukács' entspricht, hat Adorno klar gesehen, auch wenn er die beiden Namen nicht nennt: «Kant unterstellt die Kunstwerke der Idee eines an sich und in sich Zweckvollen, anstatt ihre Einheit einzig der subjektiven Synthesis durch den Erkennenden zu überantworten ... Hegels Methode, der Beschaffenheit der ästhetischen Objekte sich zu überlassen und von ihren subjektiven Wirkungen als einem Zufälligen abzusehen, macht auf die Kantische These die Probe: objektive Teleologie wird zum Kanon ästhetischer Erfahrung. Der Vorrang des Objekts in der Kunst und die Erkenntnis ihrer Gebilde von innen her sind zwei Aspekte des gleichen Sachverhalts.»[33]

Wenn Adorno sich gegen die Hegelsche Inhaltsästhetik als eine der Stoffe wendet, ihre rohe Beziehung auf Gegenstände gar eine «Banausie»[34] nennt, dann meint das mehr. Es ist gleichzeitig Abwehr der Diffamierung des virtuosen Elements in der Kunst bis hin zur Rancune gegen Picasso wie der Horror vor affirmativer Ideologie; denn: Diffamierung des Virtuosen ist ja Denunziation des Hermetischen. Dieser «gescholtenen Unverständlichkeit der hermetischen Kunstwerke»[35] setzt Adorno den Rätselcharakter aller Kunst entgegen. Und hier tritt etwas Merkwürdiges ein – große sozialistische Künstler haben in ihrem Alterswerk gerade diesen Raum von Geheimnis, von Deutbarkeit statt Deutlichkeit postuliert. Der bedeutende DDR-Lyriker Erich Arendt etwa, dessen Werk jahrzehntelang mit dem Verdikt «hermetisch» versiegelt wurde, sagte in einem Interview ganz unverhohlen, «schnelles Verstehen, leichte Zugänglichkeit sind keine Kriterien gegen oder für ein Kunstwerk»[36]. Und Louis Aragon betont, gar gegen Valéry und sein Konzept der «Geschicklichkeit» gewandt, in seiner grandiosen Matisse-Studie, «nur versteht dieser Schriftsteller nicht, daß es Menschen gibt, die sich das Unaussprechliche zur Lebensaufgabe gemacht haben, ja, das Unaussprechliche»[37]. Keineswegs steht der Name Aragon hier zufällig, vielmehr gibt es mehr als einen Zusammenhang – fast wörtliche Entsprechung nämlich. Genau am Scheitelpunkt seiner Erörterung der gegenstandsbezogenen Ästhetik setzt Adorno sich mit der kunstkritischen Äußerung eines Zeitgenossen auseinander, der der Wahrheit, daß Stühle Sitzflächen haben und der Regen von oben nach unten fällt, die «Richtigkeit» abspricht; also die Kunstfähigkeit. Adorno repliziert darauf einigermaßen gereizt: «Tatsächlich kann der gemalte Stuhl etwas sehr Wichtiges sein ... Im Wie der Malweise können unvergleichlich viel tiefere, auch gesellschaftlich relevantere Erfahrungen sich niederschlagen als in treuen Portraits von Generalen und Revolutionshelden.»[38]

Nun ist aber einer der zentralen Exkurse des Aragonschen

«Matisse-Romans» eine Studie über dessen berühmten «Muschelsessel» von Vence (zu dem es zahllose Skizzen und Entwürfe gibt und der den Maler «völlig aus dem Häuschen brachte»); es ist eines der analytischen Meisterstücke Aragons, wie er nicht nur die produktive Faszination nachzeichnet, von der Matisse ihm berichtet, sondern wie er auch jene «gesellschaftliche Relevanz» herauskristallisiert – sie liegt in der dialektischen Spannung zweier Worte, gleichzeitig historisches Fixativ: Neunzehnhundertzweiundvierzig – Glücksempfinden. Der «Überschuß», das über Objekt und Intention Hinausgehende, macht das jeweils Geheimnisvolle aus, macht Kunst. Dieses Wort taucht nicht zufällig bei Aragon auf: «Das Bild, das ich kürzlich bei Matisse am Boulevard Montparnasse gesehen habe, ist für mich neben den ‹Schlachten› von Uccello, dem ‹Gefangenen› von Tour, dem ‹Ladenschild› von Watteau und ‹Weißer Clown› von Renoir eines der geheimnisvollsten Gemälde dieser Welt. Fast das einzige Bild, von dem ich verstehen kann, daß man mit ihm leben möchte (es gibt vielleicht schönere Matisse-Bilder, die mir besser gefallen, aber bei ihnen habe ich dasselbe Glücksempfinden, wenn ich sie in Reproduktionen anschaue – bei diesem Sessel hingegen ist es was anderes ...).»[39]

Das ist haargenau, was Adorno meint. Das ist haarscharfe Abfuhr jenes Diktums über die Autoren, die ihre Wahrheiten über Stühle oder den Regen als (Pseudo)-Wahrheiten über wichtige Dinge ausgäben; erst genaues Hinsehen ließe erkennen, daß sie nur sagten, «ein Stuhl ist ein Stuhl» und «niemand kann etwas dagegen machen, daß der Regen nach unten fällt». Die kunstkritische Äußerung, in der diese Sätze fallen, nennt sich «Schwierigkeiten beim Schreiben der Wahrheit». Ihr Autor heißt Bertolt Brecht. Adorno nennt sie eine «blague»[40]. Der genaue Schnittpunkt der einander widerlaufenden ästhetischen Konzeptionen liegt im Werk Brechts. Beide Ästhetiken definieren sich nahezu aus ihrem jeweiligen Widerspruch zum Stückeschreiber und Theoretiker[41].

Zu zeigen aber ist, daß Lukács' frühes Unverständnis gegenüber der theoretischen wie praktischen Arbeit Brechts sich erhalten hat bis hinein in den großen Entwurf von der «Eigenart des

Ästhetischen»; das ist weniger ergiebig für irgendeine Brecht-Interpretation als vielmehr zur Positionsbestimmung von Lukács' Kunstbegriff. Der DDR-Wissenschaftler Werner Mittenzwei geht so weit, von einer Tragik zu sprechen, daß Lukács Zeit seines Lebens zum Werk Brechts «kein gescheites Wort zu sagen wußte»[42]. Der Dissens ist nicht lediglich einer der Ästhetik, sondern wesentlich politischer Natur. Kunst ist Lebensersatz – das ist die zentrale Kategorie in Lukács' Denken. Erlösung von der Welt, nicht in ihr. Diese Mischung aus Weltabgewandtheit und Heilserwartung ist keineswegs nur typisch für den jungen Georg von Lukács; dessen Auffassung von der Tragödie etwa in der Arbeit über den klassizistischen Dramatiker Paul Ernst[43] und gleichsam ausführlich kommentiert in seinem Briefwechsel mit dem verehrten Dramatiker[44] wird beibehalten ein lebelang: «...ein Bild der Wirklichkeit zu geben, in welchem der Gegensatz von Erscheinung und Wesen, von Einzelfall und Gesetz, von Unmittelbarkeit und Begriff usw. so aufgelöst wird, daß beide im unmittelbaren Eindruck des Kunstwerks zur spontanen Einheit zusammenfallen, daß sie für den Rezeptiven eine unzertrennbare Einheit bilden»[45].

Die Forderung nach artistischer Geschlossenheit leitet zu dem späteren Oberbegriff: Totalität. Diese Totalität findet sich für Lukács nur im realistischen Roman (vornehmlich des 19. Jahrhunderts – mit dem Ausläufer Thomas Mann) oder im klassischen respektive klassizistischen Drama; bis hinein in die künstlerische Konstruktion, bis zum «auflösenden» Ende einer Roman-Komposition etwa. Es ist die Ablösung der schlechten Wirklichkeit durch eine bessere. Es ist damit ein Identifikationsangebot: «Du mußt Dein Leben ändern» ist die Zielvorstellung. Also eine ethische. Kein Zufall, daß Lukács im Abschnitt von der «Katharsis als allgemeine Kategorie der Ästhetik» das Rilke-Gedicht, das einen archaischen Apollotorso beschreibt und mit diesem Satz endet, als Postulat der Kunstleistung in seinem ästhetischen Hauptwerk zitiert[46].

Ebendas will Brecht nicht – statt Leben will er die Gesellschaft ändern, statt Wirklichkeit in der Kunst zu harmonisieren, liegt das Wesen der Kunst für ihn darin, die Widersprüche der Wirklichkeit zu demonstrieren. Er will jene «Unähnlichkeit» des Abgebildeten, die Max Liebermann einer Anekdote zufolge gemeint haben mag, als er einem verständnislos blickenden Porträtierten lakonisch sagte: «Ich habe Sie ähnlicher gemalt als Sie sind.» Brecht sieht den abgebildeten Menschen «mit seinesgleichen nicht ganz gleich» oder, wie jener Satz im «Kleinen Organon» heißt, der schon in unserer Darstellung der Expressionismusdebatte eine wesentliche Rolle spielte, «die Abbildungen müssen nämlich zurücktreten vor dem Abgebildeten, dem Zusammenleben der Menschen»[47].

Brecht hat überhaupt keine ethischen Ziele, sondern politische. Brecht will Realität vorführen und damit ihre Handhabung – sprich: Veränderung – erreichen; er will eine neue Kunst. Lukács will eine erneuerte alte Kunst. Brecht will – dies ist die Wurzel des Dissens – eine neue Gesellschaft; die proletarische Revolution. Lukács will eine verbesserte alte Gesellschaft; die plebejische Demokratie. Er will letztlich keine Revolution, auch keine der Kunst. Er beruft sich zu wiederholten Malen auf eine berühmte Stelle in der Poetik des Aristoteles: «Wie auch Sophokles sagte, er dichte die Menschen, wie sie sein sollten, Euripides aber, wie sie seien.»[48] Er schließt, expressis verbis, an diese Überlegung eine Betonung des ethischen Elements in dieser Differenzierung an und betont, daß alle großen Gestalten der Kunst, von Othello bis Vautrin, ihre Geburt dem Geiste des Sophokles zu verdanken haben. Große Kunst ist Sophokleische Kunst.

Die Menschen, wie sie sein sollten – das ist das Prinzip eines «eschatologischen Realismus». Es ist von Marx' Kritik an Lassalles «Sickingen» über Mehrings Vorbehalte gegen den Naturalismus bis zu Lukács' Attacke auf die «Dekadenz» eine Linie, ein Disput. Ob man es nun ethisch nennt oder pädagogisch oder dirigistisch: von Flaubert bis Majakowskij, von Kafka bis Beckett – es ist das Prinzip, das die «Euripideische» Literatur vom Hofe weist. Die Literatur, die von Menschen spricht, wie sie sind. Lukács nennt sie die fetischisierende Literatur, weil sie das Objekt – also die Tatsachen, «le monde réel» – zum Fetisch mache[49]. Und ganz folgerichtig zieht er eine ungebrochene Linie von Zola über

Stifter und Dos Passos bis zu Robbe-Grillet. Von deren Werk gehe Schamwirkung nicht aus – ein anderes Wort für Katharsis. Es ist das Werk Samuel Becketts, das Lukács aus diesen Gründen am energischsten verwirft; quasi die letzte Variante des lediglich dokumentierenden, vorweisenden «Naturalismus». Diese These zu stützen, zitiert Lukács zustimmend einen Satz aus dem Beckett-Essay von Maurice Nadeau: «... so daß am Ende der Autor nicht nur nichts hat sagen wollen, sondern tatsächlich nichts gesagt hat»[50]. Nun kann man diesen Satz aber in zwei verschiedenen Betonungen lesen. Für Lukács liegt die Betonung auf «nichts hat sagen wollen» beziehungsweise «nichts gesagt hat». Gemeint ist aber, daß der Autor sich nicht einmischen will – es ist jener Gestus der Mutmaßung, der moderne Literatur durchgängig bestimmt. Es soll nicht belehrt, von höherer Erkenntniswarte aus mitgeteilt werden. Eine allenfalls aufgereizte subjektive Sensibilität arrangiert nur mehr – gibt Nachdenklichkeiten auf; keine Identifikationsangebote. Eben nicht «Kunst als Selbstbewußtsein der Menschheitsentwicklung»[51]. Allenfalls ein vorgeführtes Ohnmachtsbewußtsein als Reflexionsangebot. Die offene Form; wie Brecht seine meisten Gedichte «offen» ließ, die letzte Strophe habe sich in den Hirnen der Leser zu schreiben.

Der Kreis schließt sich: Beckett, als einzigen seiner großen Zeitgenossen, wollte Brecht inszenieren. Er sah hier realistische Literatur, sah jene Radikalität der Moderne, die Adorno meint, wenn er sagt, die Kunst verwahre – bei Strafe ihrer Selbstaufhebung – Gesellschaft «einzig verdunkelt und eingelassen wie in den Träumen», mit denen man Kunst von je verglich[52]. Das steht im Kontext seiner Erörterungen zu Brecht, zu dem Phänomen, daß es jesuitischer Veranstaltungen bedurfte, um Gesellschaft eben nur schattenhaft vorkommen zu lassen: «Das Brechtische China ist... nicht weniger stilisiert als das Schillersche Messina.»[53] Es geht hier nicht darum, ob Brecht eventuell sein eigenes Gebot der Verfremdung in praxi gelegentlich verletzt habe; Georg Lukács, dessen Unvertrautheit mit dem Brechtschen Œuvre so weit geht, daß er die «Mutter Courage» und den «Kaukasischen Kreidekreis» Lehrstücke nennt, behauptet ja, Brecht habe die «in ihrer Übersteigerung ins Falsche umschlagende

Theorie dichterisch-praktisch hinter sich gelassen»[54]. Noch in der Studie «Deutsche Literatur im Zeitalter des Imperialismus» bezeichnet er Brechts «radikal neue Kunst» als ein jeglicher sozialer Funktion entbehrendes geistreiches Formexperiment[55]. Er zwingt Brecht posthum eine kathartische Theaterpraxis wider Willen und Wissen auf, gleichsam einen Balzac der Bühne aus ihm machend, dessen Kunstgebrauch das eigene Bewußtsein überrundet hat. Nur so kann Lukács Bertolt Brecht für die sozialistische Literatur retten.

Anders Adorno. Seine Überlegungen stülpen sich nicht über das Werk. Er argumentiert genuin. Wenn er vom «Engagement» in der Kunst spricht - wie eine seiner Studien heißt –, dann meint er ein anderes: jenes «Es soll anders sein», das auch noch das sublimierteste Kunstwerk birgt; dieses Element des Wollens wird nur und ausschließlich durch die Gestalt des Werkes vermittelt, «dessen Kristallisation sich zum Gleichnis eines Anderen macht, das sein soll»[56]. Das deckt Brecht wie Beckett ab. Also nicht manifeste Stellungnahme, sondern eine immanente Bewegung gegen die Gesellschaft ist das «Gesellschaftliche» an der Kunst; ihre Funktion ist ihre Funktionslosigkeit[57]. Gibt sie die zugunsten der Eindeutigkeit auf, begibt sie sich ihrer spezifischen Möglichkeit; ihrer Wahrheit. Beschwörung durchaus im Sinne des archaischen Bannens setzen Lukács wie Adorno ein als Boden-Satz der Kunst. Doch: Lukács will Verzauberung. Adorno will Entzauberung. Lukács sieht Führer. Adorno sieht Führer-Darsteller.

Jeglicher unmittelbaren Wirkung, ob in der Absicht des Autors oder ihm unterlaufen, meldet Adorno seine Skepsis an; es ist für ihn die typische Sehnsucht der bürgerlichen Ästhetik seit je – ob im Begriff vom Theater als moralischer Anstalt oder in der Hoffnungsglättung des Hollywoodfilms, banalste, ja verkommenste Variante des «harmonischen Kunstwerks». Aussöhnung als Happy-End. Diesen verhängnisvollen Zirkel hat Adorno offenbar im Auge, wenn er sagt: «Tragik wird auf die Drohung nivelliert, den zu vernichten, der nicht mitmacht, während ihr paradoxer Sinn einmal im hoffnungslosen Widerstand gegen die mythische Drohung bestand. Das tragische Schicksal geht in die gerechte Strafe über...»[58] Es ist dieser enge Begriff der Funktion, die zum Beispiel die so stark von Lukács' Denkkategorien geprägte DDR-Literatur weitgehend ent-funktionalisiert, das heißt: Trivialliteratur entstehen macht aus dem Mißverständnis immediater Umsetzungs- und Eingriffsmöglichkeit. Dieser falschen, weil flachen Weltlichkeit setzt Adorno die Weltlosigkeit Becketts entgegen – ein Kosmos aus Augen betrachtet, die ohne Tränen sind. Stumme Sätze. Die wegätzende Radikalität Becketts sieht Adorno als wahre Verfremdung, setzt sie dem eher als schick gesehenen Härenen der Brechtschen Schlichtheit entgegen. Becketts Weigerung, sich an irgendeinen Trost zu verschachern, ist für Adorno mehr «Engagement» als Brechts Sisyphus-Anstrengung, einen hochgezüchteten und differenzierten Geschmack zu schlichten.

Schon Ernst Fischer sah in seiner Erörterung über Kunst und Koexistenz das «Endspiel» als radikalere Verdeutlichung der Verhältnisse Herr und Knecht, verglichen mit dem «Puntila»[59]. Seine Metapher von der tropfenden Angst zwischen Hamm und Clov als geronnene Zeit findet sich wieder bei Adorno, der das Angsterregende von Becketts Kunst als ihre Möglichkeit gesellschaftlichen Durch-Artikulierens definiert; konfrontiert wird mit Ergebnissen, der Prozeß ist amputiert: «Becketts Ecce homo ist, was aus den Menschen wurde.»[60] Und ebensowenig ist es Zufall, daß dem Autor, der der Welt denselben Zerrspiegel der Angst vorhielt, ohne aber zu eigener Kunstform zu gelangen – vielmehr «engagierte» Literatur im alten Sinne vorwies –, ein Essay von Georg Lukács gilt: dem einzigen sowjetischen Schriftsteller, dem er je eine größere Untersuchung widmete (und den Ernst Fischer in seinem erwähnten Essay Beckett gegenüberstellt) – Solschenizyn. Lukács' Negation der Modernität von Brecht endet bei einem neuen Tolstoj.

Adornos oft ironische Skepsis gegenüber den Brechtschen Modernismen landet bei einem neuen Kafka. Seine wenn auch kaum mehr als pointillistische Durchleuchtung der «Mutter Courage» und des «Arturo Ui» zeigt, wo sein Ansatzpunkt liegt. Die Analyse kulminiert in dem Satz: «Nimmt man Brecht beim Wort; macht man die Politik zum Kriterium seines engagierten

Theaters, so erweist es an dieser sich als unwahr.»[61] Adornos Einwand ist der gegensätzliche von Lukács: nicht die Unmöglichkeit zum Mitleid mit einer Mutter Courage wirft er dem Stückeschreiber vor, sondern die historische, damit politische Unrichtigkeit der Figur; nicht das Vorführen einer Demonstration – also das Wie, sondern das Verführen, falsche Beweise zu akzeptieren – also das Was. Die Schuld der Marketenderin sieht Adorno weder aus der Kriegssituation – die ja denunziert werden soll – zwingend entstehen, noch durch ihr Verhalten. Die Unvergleichbarkeit der Gesellschaft des Dreißigjährigen Krieges mit der technisch-moderner Massenkriege verhindert das Zustandekommen eines überzeugenden Funktionszusammenhangs, «in dem Leben und Tod der privaten Individuen ohne weiteres durchsichtig würden aufs ökonomische Gesetz ... So verleitet die Konstruktion der Gesellschaft erst zur gesellschaftlichen Fehlkonstruktion und dann zum dramatisch Unmotivierten. Politisch Schlechtes wird ein künstlerisches Schlechtes und umgekehrt.»[62] Schwärzer noch fällt dieser Schlagschatten auf Brechts Hitler-Stück. Wenn anläßlich einer Fernsehübertragung der Modell-Inszenierung des Berliner Ensembles von 1959 Benjamin Henrichs 1975 in berechtigtem Entsetzen nur noch triviale Verzerrungen statt Verdeutlichungen, Gliedergehampel und Stimmengeturne in einem System von Theatertricks sieht, Technik der Vorstellung statt der Verfremdung, dann bleibt das noch weitgehend Rüffel für heruntergekommene leere Artistik[63].

Auch Peter Wapnewski nimmt in seinem großen Realismus-Essay bezeichnenderweise auf die Praxis des Berliner Ensembles Bezug, um seine Definition «Realismus ist Darstellung der Wirklichkeit plus Illusion» am Gegenbeispiel zu überprüfen: «Naturalismus macht die Dinge und ihr Funktionieren zum Hauptakteur: da läuft sogar das Wasser aus dem Hahn, und so kann man es im Theater am Schiffbauerdamm erleben. Der blanke Illusionismus macht den Zaubertrick zum Hauptakteur.»[64]

Adorno sieht die Ursache im politischen, nicht lediglich im künstlerischen Defekt: die Verkleinerung des Gegners ist ein so falsches Kunstprinzip, wie es falsche politische Praxis des Jahres

1933 war. Schon die Verächtlichmachung des «Anstreichers» hört sich merkwürdig an aus dem Munde des Klassenbewußten; diesen Berufsstand zum Schimpfvehikel gemacht zu haben, ist Brechts Verdienst so gut wie es das von Karl Kraus ist, den Titel «Herr» als Belastungszeugen ins polemische Tribunal eingeführt zu haben: Herr Schicklgruber. Das sind lediglich Kürzel für profundere Mißverständnisse, und auf eben die weist Adorno hin[65]. Der läppische Karfioltrust eskamotiert das wahre Grauen des Faschismus; die Demontage von Individuen – durchgängig bei Brecht – als Versuch, gesellschaftliche und wirtschaftliche Zusammenhänge transparent zu machen, endet im Falle des Arturo Ui genau bei dem, was nicht beabsichtigt war – Machtübernahme als Unglücksfall, Geschichte als Verbrechen. Es ist dasselbe Debakel, in dem Chaplins Hitler-Film als bratpfannenschlagende Kostümklamotte versandet. Der politische Gegner als Karikatur ist keiner mehr. Anders gesagt: das politische Kunstwerk, so eng begriffen, gar als Karikatur, ist keines mehr; beides nicht. Adorno faßt es kraß: «An der Zeit sind nicht die politischen Kunstwerke, aber in die autonomen ist die Politik eingewandert, und dort am weitesten, wo sie politisch tot sich stellen ...»[66]

Die gesamte Gedankenkette knüpft Adorno schließlich zusammen in die Betrachtung des Kleeschen «Angelus novus». In ihm – wie in zahlreichen aus literarischen Wurzeln gespeisten Arbeiten Paul Klees – sieht er ein Kunstwerk par excellence, das von Karikatur und Engagement kein offenes Emblem mehr trägt, doch beides weit überflügelt. Nun ist dies aber wesentlich mehr als Fazit eigener Reflexion – es ist «Übergabe» einer gedanklichen Stafette an einen Anderen, Geistesverwandten. Wir wissen ja, daß dieses Blatt Klees der wichtigste, nahezu geheiligte Besitz von Walter Benjamin war, der seine so hochverschlüsselte wie melancholische Kunst- und Geschichtskonzeption aus der Auseinandersetzung mit diesem Bild entwickelte; mit dem Engel, der nicht gibt, sondern nimmt.

Das Aquarell, datiert 1920 und von Benjamin 1921 in München erworben, durchzieht bis zu seiner letzt-datierbaren Arbeit, den «Thesen zur Geschichte», als Denkanstoß wie reflektorischer Hintergrund die wichtigsten Arbeiten Benjamins. Gershom Scholem hat in einer luziden Analyse[67] auf den engen Zusammenhang zu jenem hermetischen Text hingewiesen, der sich in zwei Fassungen unter dem rätselhaften Titel «Agesileus Santender» im Notizbuch Benjamins aus den Jahren 1932/33 findet; eines der von Benjamin geliebten Anagramme, zu lesen als angelus satanas. (Dieser Lesart wird übrigens in der neueren Benjamin-Forschung widersprochen – worauf im Benjamin-Kapitel dieses Buches eingegangen wird.) Nun ist im Hebräischen das Wort für Engel – mal' ach – identisch mit Bote und Satan mit Ankläger. So sehr aber die Engel-Allegorie in Benjamins persönlichem Leben eine Rolle spielte, als jene «fürchterlichste Droge, die wir in der Einsamkeit zu uns nehmen – uns selber»[68] definiert, so sehr bezeichnet sie aber auch sein Geschichtskonzept. Und das heißt, seines der Kunst. Die Dialektik von Vergangenheit und Zukunft ist eine deutlich resignative. Das leere Übrigbleiben, Zentrum jener verschlüsselten Tagebuchmetaphorik wie des gesamten Trauerspielbuches, gegen dessen Ende der Psalm 126/6 barock paraphrasiert wird

> «mit Weinen streuten wir den Samen in die Brachen
> und giengen traurig aus»[69]

ist ebenfalls Summe des Karl-Kraus-Aufsatzes – einer der wichtigen Texte Benjamins, in dem er Kunst und ihre gesellschaftliche Funktion erörtert. Auch hier wird der Kleesche Engel eingeführt, «von jenen einer, welche ... geschaffen werden, um ... in Nichts zu vergehen»[70]. Aber nicht nur das Bild des Vergänglichen, des Ephemeren – von Benjamin selber beim Plan einer Zeitschriftengründung mit dem Titel «Angelus Novus» in den Vordergrund gerückt – ist letzter Ausdruck von Kunstwollen; jene neue Humanität, als deren Vermittlungskategorie Benjamin einerseits Kunst sieht, ist andererseits eine, «die sich an der Zerstörung bewährt». Und der neue Engel ist einer, «welcher die Menschen lieber befreite, indem er ihnen nähme, als beglückte, indem er ihnen gäbe»[71].

Darin verrät sich, im großen Bogen, kein optimistischer Geschichtsbegriff. Kunst als Besinnung, nicht Gesinnung. Und tatsächlich taucht in einem mächtigen Bild der Engel mit den Schriftrollen als Haar wieder auf, das Benjamins dialektischen Geschichtsbegriff interpretiert – Geschichte als Anhäufung von Trümmern. Ihnen zugewandt ist das Antlitz des Engels, den ein Sturm in die Zukunft trägt, aber ohne seinen Willen, er hat sich in seinen Flügeln verfangen, die er gegen ihn nicht mehr schließen kann, und dieser Zukunft – kehrt er den Rücken. Wie in seiner Trauerspielstudie Geschichte ein Vorgang ewigen Verfalls war, so ist in diesem letzten Text Walter Benjamins die Summe der Geschichte Katastrophe. Ein Bild der Melancholie.

«Es gibt ein Bild von Klee, das Angelus Novus heißt. Ein Engel ist darauf dargestellt, der aussieht, als wäre er im Begriff, sich von etwas zu entfernen, worauf er starrt. Seine Augen sind aufgerissen, sein Mund steht offen, und seine Flügel sind ausgespannt. Der Engel der Geschichte muß so aussehen. Er hat das Antlitz der Vergangenheit zugewendet. Wo eine Kette von Begebenheiten vor uns erscheint, da sieht er eine einzige Katastrophe, die unablässig Trümmer auf Trümmer häuft und sie ihm vor die Füße schleudert. Er möchte wohl verweilen, die toten Ecken und das Zerschlagene zusammenfügen. Aber ein Sturm weht vom Paradies her, der sich in seinen Flügeln verfangen hat und so stark ist, daß der Engel sie nicht mehr schließen kann. Dieser Sturm treibt ihn unaufhaltsam in die Zukunft, der er den Rücken kehrt, während der Trümmerhaufen vor ihm zum Himmel wächst. Das, was wir den Fortschritt nennen, ist dieser Sturm.»[72]

Georg Lukács hat sich systematisch nie mit Benjamin beschäftigt. In seiner großen Untersuchung über die «Eigenart des Ästhetischen» wird Benjamin kaum mehr Platz als eine Fußnote gewidmet; die einzige Passage, die einer inhaltlichen Auseinandersetzung gleicht, ist weitgehend wörtliche Übernahme einer früheren Arbeit von Lukács. Was sich jetzt unter der Überschrift «Allegorie und Symbol»[73] findet, war schon Teil des Kapitels «Weltanschauliche Grundlagen des Avantgardismus» aus dem großen Aufsatz «Die Gegenwartsbedeutung des kritischen Realismus» von 1957[74]. Und zwar setzt Lukács geradezu exakt an dem Punkt an, der hier gekennzeichnet wurde: Geschichte als Leidensgeschichte der Welt, bedeutend nur in den Stationen ihres Verfalls. Genau die Fortführung des Psalm-Zitats «... und gingen traurig aus» ist für Lukács Dollpunkt seiner Argumentation: «Leer aus geht die Allegorie», heißt es da bei Benjamin, «das schlechthin Böse, das als bleibende Tiefe sie hegte, existiert nur in ihr, ist einzig und allein Allegorie, bedeutet etwas anderes, als es ist. Und zwar bedeutet es ganz das Nichtsein dessen, was es vorstellt.»[75] Lukács sieht hier die Maske des Barocks zu Boden fallen und den Totenkopf des Avantgardismus sichtbar werden[76]. Ganz zu Recht versteht er Benjamins Arbeit als essayistischen Anlaß, keineswegs nur über das relativ unbedeutende Barockdrama zu reflektieren, sondern auch als den, eine Ästhetik der Allegorie zu entwickeln. Vernichtung von Geschichtlichkeit ist aber für Lukács Teil der Darstellungsform Allegorie. Er zitiert den «romantischen Antikapitalisten» Benjamin zur Unterstützung seiner These: «Und zwar prägt, so gestaltet, die Geschichte nicht als Prozeß eines ewigen Lebens, vielmehr als Vorgang unaufhaltsamen Verfalls sich aus. Damit bekennt die Allegorie sich jenseits von Schönheit. Allegorien sind im Reiche der Gedanken, was Ruinen im Reiche der Dinge.»[77]

Benjamins Kunstbegriff spricht der profanen Welt ein vernichtendes Urteil, so, wie es gleichsam die Allegorie als Kunstform und Kunstmittel tut. Etwas künstlerisch Bedeutendes kann nicht nur Eines meinen – «jedwede Person, jedwedes Ding, jedes Verhältnis kann ein beliebiges Anderes bedeuten»[78]. Der Abbild-Theorie Lukács' widerläuft das total, seinem Begriff von Realismus auch. Jene Austauschbarkeit, Vieldeutbarkeit, das Zeichen – Rune nennt Benjamin es, «der falsche Schein der Totalität geht aus»[79] – ist ihm Entwertung der Welt, ihrer Vernünftigkeit, Sinnhaftigkeit. Das Kunstprodukt muß bei Lukács immer für etwas stehen – Symbol. Bei Benjamin steht es für sich selber, ist autonom, «kann nicht nur eines meinen» – Allegorie.

Die aber, so verstanden, hebt das Typische auf; der immanente Zusammenhang der Welt wird zerrissen, meint Lukács, einer erkenntnisfeindlichen Weltanschauung wird Beihilfe geleistet, indem ihr eine Kunsttheorie und -praxis beigesellt wird, die statt realistischer Details Partikularität (be)zeichnet. Von «Einsame Menschen» bis «Endspiel» – eine Linie: «Hier wird wieder der Zusammenhang der avantgardistischen Literatur mit dem Naturalismus deutlich... die Besonderheit der avantgardistischen Literatur erscheint in diesem Aspekt als die Tendenz, das konkret Typische durch eine abstrakte Partikularität zu ersetzen.»[80]

Für Lukács enthält die ästhetische Widerspiegelung implicite immer und überall eine allseitige Humanität; sie sieht er verletzt, zumindest außer acht gelassen im allegorischen Kunstprinzip. Es sind einander widersprechende Verfahren – Dinghaftes zu personifizieren schließt aus, was Benjamin meint, wenn er dem Allegorischen die Kraft zugesteht, «durch Ausstaffierung als Person das Dinghafte imposanter zu gestalten»[81]. Lukács nennt dies Imposantmachen die Dinge fetischisieren. Es ist also die alte Debatte, und sie geht um – Brecht. Denn dessen Prinzip ist das der Allegorie, nicht des Symbols, und dessen dramatische Versuche liefen darauf hinaus, nicht Personen einsehbar, sondern Dinge – will sagen: Verhältnisse – transparent zu machen. Transparent aber hieß für Brecht veränderbar. Lukács' Kategorie der «allseitigen Humanität» als Ingrediens der ästhetischen Widerspiegelung ist lediglich andere Phrasierung für seine Forderung nach Katharsis. Die Alternative lautet immer wieder: den Menschen ändern, die Gesellschaft ändern. Der Standpunkt artistischer Rigorosität erweist sich als der letztlich politischere.

Georg Lukács hat sich dem zeitlebens verweigert. Eine sonderbare Volte, die er in diesem Zusammenhang schlägt, demonstriert das grell; obwohl er sagt und weiß, daß Ernst Bloch nicht nur positiv zu Joyce steht, sondern auch zu dessen Kunstmethode – der allegorischen Kosmogonie –, zitiert er Blochs Joyce-Passus aus «Erbschaft dieser Zeit», mißkennend oder verleugnend, daß hier ein Prinzip Kunst bejaht wird: «Eine taube Nuß und der unerhörte Ausverkauf zugleich; eine Beliebigkeit aus lauter zerknüllten Zetteln, Affengeschwätz, Aalknäueln, Fragmenten aus Nichts, und der Versuch zugleich, Scholastik im Chaos zu gründen; ein dies irae beliebig aus der Mitte herausgerissen, ohne Gericht, ohne Gott, ohne Ende, mit Traumabsud gefüllt, mit Absud eines abgesunkenen Bewußtseins, mit gärend neuer Traum-Essenz zugleich. Das ist die hohlste und überfüllteste, die haltloseste und die produktivste Groteske, Grotesk-Montage der Spätbourgeoisie, Hoch-, Breit-, Tief-, Querstapelei aus verlorener Heimat; ohne Wege mit lauter Wegen, ohne Ziele, mit lauter Zielen.»[82]

Exakt hier setzt Adorno mit seiner Lukács-Kritik ein. Beide haben einander kaum öffentlich zur Kenntnis genommen, für Lukács war Adorno offenbar hauptsächlich Musiktheoretiker; dem gelten gelegentliche Nebenbemerkungen. Adornos Aufsatz «Erpreßte Versöhnung»[83] allerdings zeigt, daß er nicht nur das zum Anlaß der Auseinandersetzung genommene Buch «Wider den mißverstandenen Realismus» gründlich kannte, sondern auch genauestens mit Lukács' Werk vertraut war. Adornos Betonung der eigenen Wirklichkeit, zu der ein Kunstwerk zusammenschießt, gibt eben der These Parole, daß hier auch das gesellschaftlich Verbindliche zu suchen und zu finden ist in der Kunst. Dies ist die Dialektik eines Kunstbaus. Es liest sich wie die Fortsetzung von Blochs sturzhafter Joyce-Argumentation, wenn Adorno über Proust sagt: «Sein individualistisches Werk wird zum Gegenteil dessen, als was Lukács es schmäht: wird anti-individualistisch.»[84] Die vorgebliche Weltlosigkeit ist eben beides: Wahrheit und Schein der losgelösten Subjektivität. Das große Kunstwerk durchschlägt eben diesen Schein, gelangt zur Wahrhaftigkeit, gerade indem es dem Einzelnen Relief verleiht und zugleich in ihm das Ganze ergreift. Daß Lukács diesen inneren Umschlagsprozeß nicht mitmacht, ja nicht einmal wahrzunehmen scheint, der doch große Kunst überhaupt konstituiert, ist Adorno so unbegreiflich bis zur polemischen Wut; er hält Lukács' gesamtes Ästhetikkonzept für kunstfremd: «Kein bärtiger Geheimrat könnte kunstfremder über Kunst perorieren.»[85] Lukács' stets proklamierte Dialektik in Form und Inhalt ist in Adornos Begriff eine dem Wesen der Kunst äußerliche, also keine. Nur die Form macht das Spezifische aus, nur in ihr birgt sich Welt und spricht aus ihr. Noch der Gestus der Unerkennbarkeit der Welt bei Autoren wie Joyce oder Beckett kann zu einem Moment von Erkenntnis werden, das ist die tatsächliche

Dialektik von ästhetischem Bereich und Realität, die Adorno bei Lukács verleugnet sieht. Becketts Werk lediglich als Darstellung des Perversen und Pathologischen zu nehmen, heißt, das Dargestellte der Darstellung zur Last legen[86]. Adorno stellt konsequent die Frage, was wohl von der Attischen Tragödie bliebe, wenn man zu ihrem Kriterium die Fabel nähme, die jedermann kannte.

«Schöne Form»? Das eben wäre im Sinne von Adorno Formalismus, Form nämlich als das bloß Hinzugefügte zu begreifen; dem entspringt jener falsche Identitätsbegriff, den in parodistischer Weise ein Dialog mit Franz Marc überliefert – ein Ausstellungsbesucher sagte befremdet: «Pferde sind nicht blau», und der Maler antwortete: «Dies sind auch keine Pferde. Es sind Bilder.» Form also lediglich als Form gesehen, als eine gar erlernbare, jedenfalls umlernbare Weise, Wirklichkeit wiederzugeben, führt zu Mißverstehen und zu Verdikt; so kann man Brechts Theater als «interessante Formspielerei» abtun, über die wichtigsten Werke der modernen Malerei als «farbig geordnete Inhaltslosigkeit»[87] sich entrüsten oder sich verwundert fragen, «warum so große Talente wie Matisse, so gewaltige Schöpfer wie Picasso so oft in einem problematischen Experimentieren steckengeblieben sind»[88]. Gerade die Bildwelt der Malerei läßt die Frage nach dem Fundus des Politischen in der Kunst neu aufleuchten – von Goya bis Picasso. «Der Schlaf der Vernunft gebiert Monstren», heißt Goyas Meisterwerk aus den «Caprichios»: Grundakkord für das Thema politische Malerei schlechthin. Doch Goyas Malerei lebt von der schrecklichen Lust des Auges, ist allegorische Kunst. Sie meint nicht, sie ist. Der gefährdete Mensch wird sinnlich wahrnehmbar – die Monstren der Nicht-Vernunft zeigen sich als Eitelkeit und Schamlosigkeit, führen die Farce vor von Wollust und Geiz, Rankünе und Laster, Hochmut und Demütigung. Das Würdelosmachen des Anderen läßt auch den Täter seine Würde verlieren – jene unheilvolle Dialektik zwischen Täter und Opfer ist bei Goya schon ins Bild gebannt, die Jahrhunderte später Bertolt Brecht sein Pferd, das von den Leuten geschlachtet wird, «anklagen» läßt: «So helfet ihnen doch.»[89]

Von Goyas Tiermenschen bis zu Kafkas Käfer – die Dehumanisierung des Menschen fand sich immer in Verwandlung, nicht im Gleichen. Lefze statt Lächeln. Es ist jener erbarmungslose Bann, mit dem Goya die Gefährdung des Menschen zu eben jenem sinnlich Wahrnehmbaren macht – die Niedrigkeit im Triumph, das höhnische Nichts, das hohläugige, grinsende Spektakel hinter der Galgenhand. Das meinte Horst Janssen, als er von Goya sagte: «Er stellte das hoffnungslos Schreckliche so schön dar. Die unbedingte Lust seines Auges wird von der Moral gestraft – aber von der Zeit belohnt. Dies verzwickte Ding, das Auge des Zeichners, ist ganz unnütz für das Notwendige, überflüssig fürs Gemeinwohl, ein asozialer Lüstling und gänzlich ungeeignet fürs Demonstrieren. Es ist das Auge eines ‹nichtengagierten› Künstlers. Doch: Käthe Kollwitz meinte es gut, Goya war es.»[90]

So ist das vorgeblich «bloß Schöne» das Politische, Wirksame. Velasquez' Bild «Las Meninas» ist nicht nur ein Meisterwerk der Malerei des 17. Jahrhunderts – es hat sein Thema, das pompöse Gefrieren höfischer Zeremonie, sowohl seziert wie bildnerisch wieder zusammengefügt. Ein Bild ohne Bewegung. Starr voneinander wegblickende Menschen, Pirouette leerer Artigkeiten, Lauern und Hinterhältigkeit der Untergebenen, uralt. Die steife Feierlichkeit als Bildnis menschlicher Verödung. Es war Picasso, der den politischen Effekt des Bildes begriff. Seine berühmten Variationen auf dieses Bild sind ein Skelettierungsvorgang, eine Übersetzung: Zeremonie als Handreichung und falsche Huldigung. Artigkeit als hinterlistiges Spiel. Die Hand als Werkzeug, Haken; sie droht, statt zu geben. Das Lächeln der Prunksucht wird entlarvt als Grimasse, und die Härte, gewonnen aus Abweisen und Abwesen, zerrinnt zu Blödigkeit, Hohn und Bedrohlichkeit. Ein gefrorener Tanz von Lemuren – doch das Abstoßendste stößt nicht ab. Es hat die Faszination des Schönen. Es ist unplakativ, leise, einschleicherisch. Es produziert aus gestischer Phantasie das, was politisch wirkt, weil es die Vernunft nicht schlafen macht: Nachdenklichkeit. Es ist genau jenes Mißverständnis von Kunst, das Adorno immer wieder «banausisch» nennt, das dazu führt, Schreibstile oder Malweisen vorzuschreiben im Dekret – «schreib' dasselbe, aber nicht so». Anna Seghers treibt diesen Appell bis zur Farce, wenn sie in einer ihrer letzten Erzählungen Franz Kafka zerknirscht auf das Diktum «jeder ist selbst schuld, wenn man sein Werk nicht versteht» reagieren läßt: «Ich hätte es wenigstens so schreiben sollen.»[91] Adorno betont das Mittelbare von Kunst als seine Mitteilensmöglichkeit:

«Indem das Kunstwerk nicht unmittelbar Wirkliches zum Gegenstand hat, sagt es nie, wie Erkenntnis sonst: das ist so, sondern: so ist es. Seine Logizität ist nicht die des prädikativen Urteils, sondern der immanenten Stimmigkeit: nur durch diese hindurch, das Verhältnis, in das es die Elemente rückt, bezieht es Stellung.»[92]

Im Sinne dieses Kodex liest sich auch Adornos Balzac-Studie durchaus als Gegen-Analyse zu Lukács' großen Untersuchungen. Beide gegeneinandergesetzte, tatsächlich sich ergänzende Arbeiten führen auch jenen seltsamen Widerspruch vor, von dem die Rede war: Lukács liefert eine groß angelegte Strukturuntersuchung und bleibt in ihr schuldig, das spezifisch Kunstschöne zu charakterisieren. Adorno andererseits argumentiert pointillistisch, gibt keineswegs die inneren Zusammenhänge eines Œuvre, legt aber Intima seiner Artistik bloß. Für Lukács ist Balzac der Musterfall des realistischen Romanbaus par excellence, er sieht sein Œuvre als «konkret, real, seinshaft», was vor allem auf der «tiefen Auffassung des Typischen»[93] beruhe. Der von Balzac geschaffene Desillusionsroman ist die perfekte Widerspiegelung der «unheroischen» Epoche der französischen Geschichte, die der Royalist Balzac entgegen seinen politischen Überzeugungen in ihrer Lasterhaftigkeit und Geldgier zeichnet; sein Realismus schlägt gleichsam durch, die künstlerische Wahrnehmungs- und Darstellungsgabe überwältigt die eigene politische Anschauung, die damit keine mehr ist im Sinne des Wortes, vielmehr zu etwas Vorsätzlichem gerinnt. Balzacs romaneskes Œuvre ist in Lukács' Darstellung so nahezu-identisch der wirklichen Welt wie ein Gipsabdruck; zitierfähig für Marx zur Verdeutlichung seines Kapital-Begriffs.

Nicht so bei Adorno. Der sieht zwar auch, daß die Restaurations-Parole «enrichissez-vous» Balzacs Figuren zum Tanzen bringt, aber «Balzac rückt der Welt um so näher auf den Leib, je weiter er von ihr sich entfernt, indem er sie schafft»[94]. Adorno stellt die bereits im ersten Kapitel dieses Buches zitierte Anekdote in den Mittelpunkt seiner Überlegungen, derzufolge Balzac sich in den Tagen der Märzrevolution von den politischen Ereignissen ab und seinem Schreibtisch wieder zuwandte mit den Worten «kehren wir zur Wirklichkeit zurück». Den romantischen Zug im Werk des Romanciers drückt Adorno nicht – wie Lukács – beiseite, sondern er sieht in ihm das Wesentliche, in den kompensatorischen Phantasien des Weltfremden scheint die Welt genauer auf als im sogenannten realistischen Bild. Adorno weist auf die von Lukács unbeachtete Stilfigur des Konkretistischen bei Balzac hin: die handwerkliche Genauigkeit, die jeden deutschen Leser des Originals zu entlegensten Wörterbüchern treibt, ist in Wahrheit eine Präzision, die Nähe fingiert. Seine Kenntnis kompletter Terminologien von technischen Spezialgebieten übt zwar die Suggestion des Konkreten aus, ist aber – Beschwörung. Ist nicht primärer, sondern abgeleiteter Realismus. Ist Realismus aus Realitätsverlust. Selbst die Homosexualität, wie Balzac sie für die Literatur entdeckte – Vautrin, Sarrasine –, ist überhaupt nicht «typisch» im Sinne eines Widerspiegelungs-Realismus, vielmehr «mochte er von der geächteten, vorweg hoffnungslosen Liebe angesichts des unwiderstehlich sich durchsetzenden Tauschprinzips etwas wie deren unverstümmelte Gestalt sich erträumen»[95]. Entwurf, nicht Abbild.

Beide, Lukács wie Adorno, haben ihre Überlegungen zu Balzac mit solchen zur Literaturtheorie erweitert. Lukács hat seiner Analyse sehr programmatisch die Alternative Balzac-Flaubert vorangestellt und sie fast provokant verlängert in ein Entscheidungsfeld von heute: Balzac und Tolstoj oder Proust und Joyce[96]. Adorno dagegen beschließt seinen Aufsatz damit, die gesamte Comédie Humaine als mächtige Phantasmagorie zu sehen, als Trouvaille des Literaten Balzac, er betont gerade die Nicht-Identität von Geschriebenem und Schreibendem. Diese Trennung aufzuheben, so klingt die aufschreckende Warnung Adornos, endet bei der Hetze gegen Literaten. In solchem Zusammenhang muß man auch eine andere Gegenanalyse verstehen, die in nuce dasselbe meint – nämlich wenn Adorno sich auf Lukács' Interpretation jenes Benn-Gedichts einläßt. Er liest den Seufzer «O, daß wir unsere Ururahnen wären» nicht als buchstäblichen Wunsch, sondern als Gedichtzeile; will sagen: Spiel, Stilisierung, das Komisch-Uneigentliche eines fingierten Wunsches, dahin zu gelangen, wohin man sich gar nicht zurückwünschen kann; das ist alles gleichsam mitzulesen: «Im Wort ‹Ururahnen› ist Grinsen mitkomponiert... Durch Übertreibung suspendiert er die Regression, die Lukács geradewegs ihm zuschreibt.»[97]

Die Les-Art eines literarischen Textes als Direktauskunft über Wirklichkeit oder Moralität, ohne die irisierenden Luftpolster von Wehmut, Hohn oder Trauer wahrzunehmen, führt an Literatur letztlich vorbei. Im besten Fall endet das in der Trivialität jenes Schreibbeflissenen, der Thomas Manns Stil so geschickt nachahmen konnte und über den sich der Schriftsteller amüsierte: «Er schreibt genau wie ich, aber er meint es ernst.» Im schlimmsten Fall endet es vor dem «Tribunal de la Seins», Sechste Strafkammer, Datum vom 20. August 1857. Verurteilt wurden die Verleger Auguste Poulet-Melassis und Eugéne De Proise. Sie hatten zehn Gedichte verlegt, die die «öffentliche Moral beleidigten». Der Autor hieß Charles Baudelaire, und sein Band mit hundert Gedichten war der Beginn der literarischen Moderne, «Les Fleurs du Mal».

Vom Riesen, der heute Großbank heißt, und einem Kolportagestück, «Fidelio» geheißen

Der pessimistische Optimist Ernst Bloch

«Die Elemente seiner Persönlichkeit, ihr hell-dunkler Zusammenklang, die Mischung von Voltaire und Jakob Böhme in ihm, das Paradox seiner klassisch-klaren Prosa, die vom Untersten, Nächtigsten kündet, seine stolze Misanthropie, die nie die Ehrfurcht vor der Idee des Menschen verleugnet, kurz, was ich seine pessimistische Humanität nannte, erscheint mir voll von Zukunftsbestimmung und verheißt seinem Gedankenwerk nach modischem Ruhm und halber Vergessenheit vielleicht noch eine tiefe und fruchtbare menschliche Wirkung. Seine geistige Sinnlichkeit, seine Lehre, die Leben war, daß Erkenntnis, Denken, Philosophie nicht nur Sache des Kopfes, sondern des ganzen Menschen mit Herz und Sinn, mit Leib und Seele sind – sein Künstlertum, mit einem Wort, gehört einer Menschlichkeit jenseits von Vernunftdürre und Instinktvergottung an und mag behilflich sein, sie hervorzubringen.»[1]

Ein besserer Nachruf auf Ernst Bloch konnte nicht gehalten, genaueres Porträt nicht gezeichnet werden. Allein: es ist das Ende von Thomas Manns kennerisch-einfühlsamem Essay über – Schopenhauer.

Willkürliche Zitatenklauberei, falsch Zeugnis und Montage des Nicht-Zusammengehörenden? Doch nicht ganz. Es gibt ein Schopenhauer-Motiv im Denken Blochs. Und das zieht sich durch viele Erörterungen; vor allem die zur Kunst. Blochs Abwehr profanmaterialistischer Reduktion eines Kunstwerks kennt man: «Wenn Kautsky erklärte, die Reformation sei ‹nichts als der ideologische Ausdruck tiefgehender Veränderungen auf dem europäischen Wollmarkt›, so ist das genau solch starr-isolierter Unsinn wie der idealistische Hochschwulst, die Reformation stamme allein aus dem germanischen Gemüt.»[2]

Sie entspricht fast wörtlich Schopenhauers Satz aus dem Abschnitt «Über das innere Wesen der Kunst» im III. Buch der «Welt als Wille und Vorstellung», mit dem er sich dagegen wehrt, eine Dichtung Shakespeares oder Goethes *zurückzuführen* auf eine abstrakte Wahrheit, deren Mitteilung ihr Zweck gewesen wäre[3]. Schopenhauer macht exakt den Unterschied zwischen Wahrheit und Wirklichkeit[4], den Bloch den Unterschied zwischen dem Wirklichen und dem Möglichen nennt[5]; für Schopenhauer kann nur der «Phantasiebegabte» – also der Künstler – jene Wahrheit offenlegen, die unter der platten Wirklichkeit verborgen liegt[6].

Blochs Konzept der Kunst, die «ins Bessere fährt»[7], das er mit vielerlei Verweisen und Leseerfahrungen gleichsam füttert – «Franz Marc hat gesagt, Bilder seien unser eigenes Auftauchen an einem anderen Ort»[8] –, dieses Konzept ist auf frappante Weise vorgeformt bei Schopenhauer: «Obgleich demnach die eigenthümliche und wesentliche Erkenntnißweise des Genies die *anschauende* ist; so machen den eigentlichen Gegenstand derselben doch keineswegs die einzelnen Dinge aus, sondern die in diesen sich aussprechenden Ideen ... Im Einzelnen stets das Allgemeine zu sehn, ist gerade der Grundzug des Genies.»[9]

Man muß nur das Bloch-Wort für «Ideen» einsetzen, nämlich «Tendenz»; und man muß nur Blochs begrifflichen Fortgang mitmachen, wo es nicht mehr «das einzelne und allgemeine» heißt, sondern «Prozesse statt Fakten», um hier ganz deutliche Entsprechungen zu entdecken: «... nicht alles dem Gegenstand forttreibend Hinzugefügte ist und bleibt idealistisch, im Sinn des Irrealen; vielmehr kann ihm gerade das wichtigste Element des Wirklichen entsprechen: das ungelebte Mögliche. Derart bringt bedeutende Dichtung einen *beschleunigten Strom von Handlung, einen verdeutlichten Wachtraum von Wesentlichem* ins Bewußtsein der Welt; sie will dazu verändert werden. Mithin: das *Weltkorrelat* zur poetisch-treffenden Handlung ist eben die *Tendenz,* zum poetisch-treffenden Wachtraum eben die *Latenz* des Seins. Und gerade heute stirbt der poetisch genaue Traum an keiner Wahrheit; denn die Wahrheit ist nicht Abbildung von Fakten, sondern von Prozessen, sie ist letzthin die Aufzeigung der Tendenz und Latenz dessen, was noch nicht geworden ist und seinen Täter braucht.»[10]

Zeit seines Lebens verwahrte Bloch sich gegen die «Pidgin-Englisch-Funktion» der Kunst, die er in seinem Schiller-Aufsatz als «Wahrheit zu herabgesetzten Preisen» höhnt. Auch und gerade Schillers Poesie ist nur begreifbar als «währende Antizipation».[11]

Ein anderes Realismus-Konzept. Eines, das den offenen Rand, das Fragment, die Phantasie-Mitarbeit des Lesers fordert. Kunst als nicht deckungsgleich, sondern als Sprengsatz nach vorn. Jene Forderung Brechts, die letzte Strophe eines Gedichts müsse im Kopfe des Lesers geschrieben werden, ist Ableitung daraus: «Muß doch sogar der Schriftsteller stets dem Leser noch etwas zu denken übrig lassen; da *Voltaire* sehr richtig gesagt hat: Le secret d'être ennuyeux, c'est de tout dire. In der Kunst aber ist überdies das Allerbeste [...] geistig: [...] es muß in der Phantasie des Beschauers geboren, wiewohl durch das Kunstwerk erzeugt werden.»[12] Nur: dies ist ein Schopenhauer-Satz!

Und dennoch keine Willkür. Bloch geht in seinen Arbeiten unentwegt auf Schopenhauer ein, beruft sich auf ihn, widerlegt ihn. Gerade beim Entwickeln seiner Gedanken über das Noch-Nicht-Bewußte und das Dämmern nach Vorsätzen zitiert er ihn, typischerweise: «Im Allgemeinen ist zu sagen, daß von jeder Wahrheit sich, ehe sie gefunden worden, ein Vorgefühl kund gibt, eine Ahnung, ein undeutliches Bild, wie im Nebel, und ein vergebliches Haschen, sie zu ergreifen; weil eben die Fortschritte der Zeit sie vorbereitet haben.»[13] Ernst Blochs Utopie-Entwurf ist konsequente, materialistische Verlängerung einer Philosophie skeptischen Abmessens von Möglichkeiten; «Die Welt als Utopie und Hoffnung» könnte sein Werk heißen. Es ist die Verwerfung dieser Skepsis, das Inthronisieren der Möglichkeit gegenüber dem «schlechten Draußen»; insofern Skepsis einbauend. Überwunden nicht.

Ein frühes Buch von Ernst Bloch über «Das Materialismusproblem», eine Art Vorstudie zum «Prinzip Hoffnung», weist seinen Materiebegriff als einen zu Ende geschriebenen Idealismus aus, dessen moralischen Appell umwendend als das Sehnen, das in der Materie geborgen liegt. Blochs Materialismusbegriff ist ein prozeßhafter, Materie ist nicht Sein, sondern Können – «Materie nach vorwärts». Dem Gedanken der Potentialität geht er mit emsiger Beharrlichkeit nach, sein Ariadnefaden ist rot. Der wesentliche Unterschied (bereits im Sinne fortgeschrittener Qualität) des Aristoteles-Konzepts gegenüber dem des Platon liegt hier. Die Haupt-Kategorie der Materie-Lehre des Aristoteles ist für Bloch das «In-Möglichkeit-Sein», damit eben Erhebung über Platons «Stoff als Nicht-Sein». Materie, hier bereits, ist nicht nur Fragendes, sondern Austragendes; sie ist Erbe des platonischen Eros (findet sich somit nicht zufällig in Blochs erstaunlich biologischen Formulierungen als Matrix-Mutter): sie ist «Schoß der Formen». Diese Sehnsucht der Materie nach Form – Michelangelo glaubte in einem Marmorblock die in ihm schlafenden Gestalten zu sehen – ist Keimzelle für Bewußtsein, für Theorie, und damit für Praxis. Deshalb zitiert Bloch so wohlgefällig Flauberts Satz: «Ce qui n'est pas formé, n'existe pas.»[14] Blochs historische Notwendigkeit des Marxismus (als wahrer Konsequenz allen Materialismus) liegt hier begründet. Auch seine schon so früh angemeldeten, später schärfer vorgetragenen Bedenken. Das Übergreifende, Ränder nicht Akzeptierende, dieser Prozeß innerhalb des Materialismus ist Blochs zentrale Kategorie, nicht nur Synthese seiner dialektischen Untersuchung, sondern eben eins mehr: Forderung. Und, damit, Politikum.

Blochs Arbeiten zur Philosophiegeschichte mit der Frage nach der Substanz des Materialismusproblems sind nicht mißzuverstehen als Verwirrgang durch Bildungsgärtlein. Sein Abwehren früher Erz-Idealismen wie etwa des Hegel-Satzes «Der Geist ist die existierende Wahrheit der Materie, daß die Materie selbst keine Wahrheit hat» ist von Beginn an eingelegte Lanze. Das Buch wurde immerhin 1936/37 geschrieben – auf dem Höhepunkt der Stalinschen Prozesse, dem Tiefpunkt der marxistischen literatur-theoretischen Debatte, dem Fixpunkt einer Stagnation marxistischer Philosophie. Zur selben Zeit zirkulierten

Exemplare einer Streitschrift «Lenin als Philosoph», die unter dem Pseudonym J. Harper, Amsterdam, vervielfältigt worden war – erster innermarxistischer Angriff auf Lenins ungenügende und unsachliche Auseinandersetzung mit Macht und dem Materialismusproblem. J. Harper war jener uns schon bekannte Anton Pannekoek, holländischer Rätesozialist, Kampfgefährte Rosa Luxemburgs, Karl Liebknechts, Franz Mehrings, Mitarbeiter Radeks in Bremen und «Abtrünniger» seit Stalins Kampf gegen die «Linken» in der III. Internationale. In der von Paul Mattick in Chicago herausgegebenen Zeitschrift «Living Marxism» erschien eine ausführliche, die Lenin-kritische Linie noch verschärfende Rezension von Pannekoeks Buch unter den Initialen «L. N.». Hinter denen verbarg sich: Karl Korsch, der Lehrer des stückeschreibenden Bertolt Brecht und Freund Hanns Eislers.

Ernst Bloch lebte zu der Zeit in Princeton. Seine Gedanken müssen im historischen Zusammenhang der hier skizzierten ideologisch-politischen Auseinandersetzung gesehen werden. Es fallen bei Bloch keine Sätze nebenbei. Wenn er die «eigentliche Stufung von Qualitätsbestimmungen und Qualitätssphären ... selbst im dialektischen Materialismus» eine Crux nennt[15], dann ist das akute Auseinandersetzung; wenn er Marx' Brief an Ruge zitiert, in dem es heißt: «Die Reform des Bewußtseins besteht nur darin, daß man die Welt ihr Bewußtsein innewerden läßt, daß man sie aus dem Traum über sich selbst aufweckt, daß man ihre eigenen Aktionen ihr erklärt ... Es wird sich dann zeigen, daß es sich nicht um einen großen Gedankenstrich zwischen Vergangenheit und Zukunft handelt, sondern um die Vollziehung der Gedanken der Vergangenheit»[16], dann ist das aktueller Appell; schon wenige Zeilen später wird der formuliert: «Primär am Kulturwerk ist die Hoffnung; nur sie versteht und vollzieht auch die Vergangenheit, öffnet die lange, gemeinsame Heerstraße.»[17] Tatsächlich denkt Bloch gleichsam in zwei Richtungen. Er weiß, daß man keine neuen Erdteile entdeckt, verläßt man die vertrauten Küsten nicht; er weiß aber ebenso scharf, daß alles Lebendige der alten Küsten mitfährt im Prozeß des Neuen – «Nichts ist überlegter konservativ als konkrete Revolution»[18]. Seine philosophie-geschichtliche Analyse ist Abwehr idealistischer Fehlhaltungen; nahezu behaglich leiht er sich die Klingen und Fechtdegen, wo sie sich bieten – gegen Hegels Panlogismus, dem der Übergang zur Natur ein eher unbegreiflicher Sturz, ein «Abfall von der Idee» ist, zitiert er das Diktum des Hegelianers Rosenkranz: «Der Kristall ist nicht unlogisch, aber die logischen Bestimmungen, die ihm inhärieren, machen ihn nicht zum Kristall. Zum Quarzkristall wird er nur durch die Kieselsäure, die aus keiner logischen Kategorie herauszupressen ist.»[19]

Blochs Analyse marxistischer Denkkategorien aber, dies die zweite «Denkrichtung», ist Waffengang heute und hier. Die Erinnerung an Marx' frühe Formulierung des «realen Humanismus» (bevor er vom «dialektischen Materialismus» sprach) ist eingeordnet in ein genaues Bezugssystem: wenn Bloch sich auf Marx beruft, schwört er ihn ein auf jenen Humanisierungsvorgang, der ihm eben das Prozeßhafte des Materialismus ist, gute Möglichkeit in schlechter Wirklichkeit.

Jene Bewegung, die Qual der Materie (die bei Jakob Böhme mit «Quellen» und «Qualität» zusammenhängt) ist: Aktivität. Blochs Begriff des «Tun» ist humane Konsequenz der Materie-Bewegung. Der «aufrechte Gang» ist dreierlei in einem: Bedingung für Tun, für Arbeit; Voraussetzung also für Bewußtsein; Möglichkeit fürs Humane, damit für Politik. Das ist dialektischer Materialismus. Der gelegentlich nahezu polemische Ton programmatischer Formulierungen ist Bloch keineswegs unterlaufen. Die Feststellung, marxistische Dialektik sei es, Widerspruch nicht nur als Form des Denkens anzusehen, sondern zu akzeptieren, daß Widerspruch unabhängig vom Denken in der Materie gegeben sei, die Bewegung der Materie also objektiv dialektisch verlaufe: eine solche Feststellung ist auch Kampfansage, und zwar nicht nur gegen idealistische Vorleistungen der Philosophiegeschichte, sondern auch – vor allem? – gegen das, was Bloch «Erstarrung» nennt, gegen einen Weltbegriff von Materialismus als «selbstverständlich gewordene Banalität, begriffslos geratenes Klischee». Dies eben ist der zweite Aggressionspunkt Blochs: der «östlich übliche, erneut stationierte, ja kasernierte, entspannte, banalisierte, so ohne Freiheit wie ohne Offenheit abgerichtete historisch-dialektische Materialismus». So heißt es in dem gewiß nicht absichtslos gerade diesem Buch beigefügten Anhang über «Avicenna und die Aristotelische Linke» – ein Text aus dem Jahr 1952![20]

Konsequent, daß Bloch ausführlich auf Engels' «Dialektik der Natur» eingeht; denn worauf Bloch ja hinauswill, ist das langsame, aber präzise Herausformulieren eines neuen Freiheitsbegriffs; das hat schon gelegentlich die gemächlich-boshafte Spannung eines intellektuellen Kriminalromans. Engels' Satz, daß nicht die ökonomische Lage allein aktive Ursache, alles andere nur passive Wirkung sei, daß man es mit einer *Wechselwirkung* zu tun habe, deren Grundlage eine eben in letzter Instanz stets sich durchsetzende ökonomische Notwendigkeit sei – das ist quasi der listig betrachtete Marmor. Bloch hat seine «Skulptur» schon im Kopf. Das ist ein-leuchtend im wahren Sinne des Wortes, von logischer Stringenz wie moralischer Schönheit. Es ist die Zuspitzung jener Existenz über die Ränder hinaus, die Ernst Bloch formuliert als Postulat. Das Prinzip dieser Existenz der Menschwürdigkeit gibt dann seinem nächsten Buch den Titel. Dieses endet – Summe seines Materialismusbegriffs – mit einem Satz, der hinüberleitet – «Utopie, ein Anti-Nihil im radikalen Ziel»[21].

Da nimmt es nicht wunder, daß Bloch das wahre Kunstwerk Fragment ist. Kunst kann immer nur Annäherung sein, Versuch, eine Wahrheit zu entbinden, deren wir in Gänze nie teilhaftig werden können; im Sinne des Eingepuppt-Verborgenen, das unter jedem Gedicht, hinter jeder Prosa liegt: «Die Paradiesesschlange ist dann sozusagen die Raupe der Göttin Vernunft» – das ist die Summe von Blochs Analyse der Seeräuberjenny von Bertolt Brecht[22]. Er zitiert gern den Auftritt des Malers in Lessings «Emilia Galotti», der dem Prinzen das bestellte Bild bringt. In der Szene (I. Aufzug, 4. Auftritt) heißt es von der Kunst, sie müsse malen, «... ohne den Abfall, welchen der widerstrebende Stoff unvermeidlich macht, ohne den Verderb, mit welchem die Zeit dagegen ankämpft»[23]. Dieses Wort vom «widerstrebenden Stoff» variiert Bloch immer und immer wieder, es ist ihm Vorfassung seines dialektisch-antithetischen Begriffs der Materie, die «nach Möglichkeit ist», und der Materie, die «in Möglichkeit ist». Die aktive Materie also, natura naturans, «die eben ihre eigene Potenz-Potenzialität im Künstler weiter aktualisiert»[24]. Der Schoß der Materie nämlich ist mit dem wirklich Gewordenen, sichtbar Gewordenen, nicht erschöpft. Das wieder ist der Gegensatz vom Vorhandensein und Wirklichen: dieses reicht über jenes weit hinaus, das Vorhandene ist nur prima vista erkennbar. Aufgabe und Chance der Kunst ist es, größere Teile des – verborgen liegenden – Wirklichen zu heben; damit das Wahre. Avicenna, betont Bloch, habe die Form «die feurige Wahrheit des Stoffs» genannt. Und er zitiert, abermals, einen vertrauten Kronzeugen im Verlauf dieser Überlegung – Schopenhauer, der von Genius behauptet hat, daß er «gleichsam die Natur auf halbem Worte versteht und nun rein ausspricht, was sie nur stammelt, daß er die Schönheit der Form ... dem harten Marmor aufdrückt, sie der Natur gegenüberstellt, ihr gleichsam zurufend: ‹Das war es, was du sagen wolltest!› und ‹Ja, das war es!› hallt es aus dem Kenner wider»[25].

Weil aber Kunst nur Annäherung sein kann, ein Prozeß eben, darf sie beides nie sein: Widerspiegelung und vollkommen. Ein Meisterwerk sieht nie aus wie ein Meisterwerk, dieses scheinbare Paradoxon liebt Bloch[26]; «Der Mensch ist noch undicht»[27], will sagen: sein Gang durch diese Welt ist so wenig abgeschlossen wie der Gang der Welt. Daher das Utopische wesentlicher Bestandteil der Kunst ist; aber als Fragment: «Denn die Welt selber, wie sie im argen liegt, so liegt sie in Unfertigkeit und im Experiment-Prozeß aus dem Argen heraus. Die Gestalten, die dieser Prozeß aufwirft, die Chiffren, Allegorien und Symbole, an denen er so reich ist, sind *allesamt selber noch Fragmente, Realfragmente, durch die der Prozeß ungeschlossen strömt und zu weiteren Fragmentformen dialektisch vorangeht.*»[28] Zwangsläufig ergibt sich daraus, daß Kunst nicht Widerspiegelung des Vorhandenen sein kann. Sie bliebe ohne Geheimnis, ohne Dimension – ein mißverstandenes Mißverständnis. Autoren, die nach solcher Regel schrieben, «hörten bloß, was gängig war, nicht was vorging»[29]. Blochs Begreifen der Kunst als eines Aktivums ist bereits dem Bild des – passiven – Spiegels fremd. Kunst als Vor-Schein, das heißt ja auch das Bemühen um ein noch nicht erreichtes Gelingen, birgt den Kampf um ein Voran; ist damit ein wesentlich politischer Begriff, Teil nämlich revolutionärer Praxis. Wenn er sich auf Lessing beruft, dann ist das in diesem Zusammenhang keineswegs nur Bezugnahme auf ästhetisches Programm: « ‹Auf dem Theater wollen wir nicht lernen, was dieser oder jener Mensch getan hat, sondern was ein jeder Mensch von einem gewissen Charakter unter gewissen gegebenen Umständen tun werde.› Von hier aus zeigt auch der berühmte Satz des Aristoteles (auf den Lessing sich offenbar bezog) seine latenten Hintergründe: ‹Der Geschichtsschreiber und der Dichter unterscheiden sich voneinander nicht durch den Gebrauch der gebundenen oder ungebundenen Rede, sondern [...] der Unterschied liegt darin, daß der Eine wirklich Geschehenes aussagt, der Andere solches, was wohl geschehen könnte. Darum ist auch die Dichtung philosophischer als die Geschichtsschreibung, denn sie zeigt mehr das Allgemeine.› »[30] Dieses «die Dichtung ist philosophischer» will im Sprachgebrauch Blochs verstanden sein durchaus als ein «die Dichtung ist politischer» – das ist sein Philosophiebegriff, sein Politikkonzept wie sein Kunstentwurf.

Kunst, so als Hoffen und Sprengen gesehen, hat keine Schmuckfunktion. Sie kann nicht dienen noch bestätigen. Sie muß dem jeweils Bestehenden feindlich, weil seine Ritzen und Klüfte aufsprengend, sein. Mit der Lust des Einverständnisses erzählt Bloch die Begeisterung Bakunins, als der junge Wagner ihm in Dresden aus dem «Holländer» vorspielt: «Die Lust der Zerstörung ist eine schaffende Lust. Barrikaden, Wagner, Barrikaden! Es ist Musik auf Barrikaden und zündet an, der Sturm zündet schon im Wasser. Welche Musik werden Sie erst für Feuer schreiben!»[31] Es ist natürlich kein Zufall, daß viele Jahrzehnte später der greise Ernst Bloch diese ihm frisch gebliebene Metapher verwendet, als er bei einer Documenta-Eröffnung den Bildern wünscht, sie mögen «Fackeln im Wasser brennen lassen»; und wenn er dem Himmelstürmerischen applaudiert, selbst in der Anekdote, der zufolge der 25jährige Majakowskij dem 28jährigen Prokofjew ein Exemplar «Krieg und Frieden» dediziert: «Dem Vorsitzenden der Musiksektion des Weltalls –

der Vorsitzende der Poesiesektion des Weltalls.» Bloch schätzte solch Größenwahn, sah Größe und Wahn in legitimer Nachbarschaft – «großartig» nannte er so stolzen Sturm und Drang[32].

Daß Bloch damit Hemisphären entfernt war vom «sozialistischen Realismus», antipodisch gegenüber Georg Lukács wohnte und nicht Modelle sah, gar Entwurf, sondern Versuche – das war schon deutlich in den dreißiger Jahren, im Verlauf des Expressionismus-Streits und der Realismus-Debatte[33]. Die Arbeit Brechts vor allem war ihm interessant, sie kommt in immer variierten Diskursen und Reflexionen vor; auch, wenn sie nicht vorkommt. Wie Brecht (und wie Adorno, übrigens) ließ Bloch sich besonders gerne auf vermeintlich Banales, aufs nicht «kunstwürdige», triviale Detail ein. Exemplarisch etwa seine Überlegungen zu Märchen und Kolportage; die eine ohne das andere nicht zu denken, das zum Schund abgefallene Märchen, seine reißende Abenteuergeschichte – das ist heute die Kolportage. Deren Traum ist der des Märchens: nie wieder Alltag. Und das verheißungsvolle, ersehnte Ende, verkommener «Traum nach vorn» und Abreise ins Bessere, Happy-End geheißen, ist der Glanz von Glück, Liebe und Sieg – auch wenn er chemisch erzeugt wird, Gaukel wird. Vokabular des Aufbruchs durchzieht ja Blochs gesamtes kunsttheoretisches Œuvre, ob er das Sammeln (von Kunst oder Antiquitäten) eine «besonders vertrackte Art des Aufbruchs» nennt oder die scheinharmonische Bewegung der «Gesellschaft» als Knitterform eines echten Schrittes aus der Gesellschaft heraus analysiert: «Auch was tanzt, will anders werden und dahin abreisen. Das Fahrzeug sind wir selbst...»[34]

Von Nacht zum Licht also –: diese Auffahrt liegt dem Streben des Menschen zugrunde – aller Produktivität der Phantasie, des Kreativen. Gegen juste milieu und Ofenwinkel allemal. Ob Fluchen oder Piratenschiff, ob Stürme, Passate oder Räuberromantik – auch in der Kolportage steckt Durchbruch und Rache am «Bete und arbeite»; diese frühdeutsche Übersetzung von «Law and order» war Bloch stets Gleichung für das zu Zerstörende, um zur Freiheit zu gelangen, die dahinter lag. Und keineswegs ist hier nur Schiller gemeint – «das eigentliche Genie der Kolpor-

tage»; oder jenes Musikstück, von dem hier fast im Tone des Sakrilegs die Rede ist, dessen Umwertung aber gemeint ist: «... das Textbuch zu ‹Fidelio›, das Trompetensignal selber wären nicht und nicht so ohne die Kolportage, die sie darstellen. Gerade die Fidelio-Handlung ist schärfste, brisante Kolportage, wie bekannt, und sie gehört der Befreiung zu. Tiefer Kerker, Pistole, Signal, Rettung: Dinge, die im gehobenen Schrifttum neuerer Art keinesfalls oder nie von Haus aus derart vorkommen, ergeben eine der stärksten überhaupt vorhandenen Spannungen.»[35]
Es ist vielmehr das theoretische Millimeterpapier, auf das jene Ballade geschrieben wurde, die den Briganten zum antigesellschaftlichen Helden hob und den Ludergeruch literarisch feinen Nasen entgegenblies:

> «Von Sonne krank und ganz von Regen zerfressen
> Geraubten Lorbeer im zerrauften Haar
> ...
> O ihr, die ihr aus Himmel und Hölle vertrieben
> Ihr Mörder, denen viel Leides geschah
> Warum seid ihr nicht im Schoß eurer Mütter
> geblieben?»[36]

Jenes Gedicht kann füglich als rhythmisierter Ausdruck der gesamten Blochschen Kunstphilosophie angesehen werden, es feiert den Traum und singt «das Land, wo es besser zu leben ist»: Ausbruch und Aufbruch. Brecht also auch da, wo er gar nicht genannt wird. Traum gegen die fatale Wehliteratur – sie bestätigt, was ist; nie wird sie fabulieren, entwerfen, was sein kann; für Bloch ist das: was sein wird, soll.

Die Grenze zu irratio ist schmal. Bloch weiß das genau. Und irratio – das heißt zu seiner Zeit: Faschismus. In einem seiner wichtigsten Aufsätze in der «Weltbühne» vom April 1937 analysiert er das Versagen der kommunistischen Propaganda und stellt den Traum-Schaum dar, mit dem der Nazi die Sehnsucht zum Aufbruch ins Andere löschte, in eine Flucht zurück verfälscht: «Als ein kommunistischer Redner, er sprach vor Angestellten, lange genug seine Ziffern, Statistiken, auch einige letzte

Resolutionen in der üblich gewesenen Terminologie vorgetragen hatte, vor einem völlig teilnahmslosen, ja ermüdeten Parkett, sprang der Naziredner auf, wischte die Ziffern mit einer Armbewegung fort und rief: Euer Referent hat von Zahlen gesprochen, von denselben Zahlen, mit denen ihr den ganzen langen Tag lang an der Additionsmaschine zu tun habt; ich aber spreche zu euch von Deutschlands Glück und Größe, und ich spreche in höherem Auftrag. Sogleich war der Stromkreis geschlossen, das Parkett nahm allen folgenden Unsinn hin, lauschte Versprechungen, entzündete seine antikapitalistische Sehnsucht, mehr noch seine privaten Rachewünsche und war ins Bodenlose entrückt. Technisch meisterhaft spielte der Nazi auf dem Verführungsklavier...»[37]

Hier bleibt eine offene Stelle im Kunstbau von Ernst Blochs Denken. Utopie ist ihm nämlich stets und ausschließlich ein positiv besetzter Begriff, hat als Kern immer den Sprengsatz des Fortschritts. Ein «Geniewerk», wie er das gelungene Kunstwerk nennt[38], kann für ihn nie Regression, muß vielmehr nahezu gesetzmäßig Projektion sein. Stimmt das, wenn man das Œuvre von Céline, Ezra Pound, auch Ernst Jünger betrachtet? Bloch hat die Frage, ob es auch faschistische Kunst gibt, ob Kreativität und Rückgewandtheit, Phantasiegelingen und Traum ins Zurück sich ausschließen, nie gestellt. Er hat sich dem Vagen seiner eigenen Position damit nicht gestellt. Es mag stimmen, daß Ideologie und Kunst sich ausschließen, daß diese Art der Rechtfertigung von Geschichte und Gesellschaft nie künstlerisch Verantwortliches hervorgebracht hat. Aber wenn Bloch dem entgegensetzt, daß es die Utopie ist, die Zeit aufreißt, sie zu Ende bringt – an jenes Ende, an dem gezeigt werden kann, tua propria vera res agitur[39]: wer bestimmt, was das ist, die ganz eigene und wahre Sache, die da abgehandelt wird? Dieses Ungelöste muß nicht vorgeführt werden in Widersprüchen zwischen Werk und Verlautbarung von Autoren. Also nicht Hamsun kann Beispiel sein, der schließlich ein humanes Werk verriet, als er die Nazis feierte, und nicht der Kommunist Aragon, der den Einmarsch in Prag «ein Biafra des Geistes» nannte. Die Frage muß sich vielmehr auf das Genuine richten, muß wie ein Suchlicht gerichtet werden auf das Werk derer, die einem Ernst Bloch Beispiel waren: Prokofjew, Brecht, Majakowskij. Deren Kunst war Praxis, ihr Sehnen nach Unerfülltem war die antizipierte Revolution. Was aber taten sie – wenn Wort doch Aktivität ist – mit der realen Revolution? Die den einen zerrieb, den anderen zu klammheimlichen Tagebucheintragungen trieb und den dritten zu Stalin-Oden? Die Frage zielt nicht – eben nicht – auf Manifestationen; sie zielt auf den Bau des Werkes. Fehlen da nicht einige Streben?

Das Fehlen, der Hohlraum, auch das ist herleitbar aus den Blochschen Kategorien. Sie erleichtern ja das Verlassen der Erde im philosophischen Raumschiff, ermöglichen gar die Verachtung des Vorhandenen als der «noch nicht entbundenen Materie». Bloch will das als «utopistisch» abtun, spannt seinen Begriff der Utopie mit dem des Konkreten zusammen; diese ist «objektiver Aggregatzustand des Heraufkommenden»[40]. Das ist Ausweis jedes Kunstwerks, das diesen Titel verdient, ein jedes hat, «implicite, obzwar nicht immer (wie Goethes Faust) explicite, einen dermaßen verstandenen utopischen Hintergrund... Geist der Utopie ist im letzten Prädikat jeder großen Aussage, im Straßburger Münster und in der Göttlichen Komödie, in der Erwartungsmusik Beethovens und in den Latenzen der h-moll-Messe.»[41]

Nur zernebelt das auch ins Vage. Es ist das Angebot einer Lösung, im anderen Sinne des Wortes Losmachen; von Verantwortung. Es erinnert an eschatologische Trostfunktionen; diese schnöde Welt ist böse, kann nur minim geändert werden. Einst wird kommen der Tag, und den vorwegzunehmen, ist Kunst geeignet. Ernst Blochs Kunsttheorie hat da eine eigentümliche historische Grenze. Die alte Welt zerbohren und zernichten, aus ihr die Verheißung einer neuen zu keltern – das sah er als Chance der Kunst; von Kafka über Picasso zu Eisler, von Joyce über Malewitch zu Prokofjew. Und die alte neue, neue alte Welt? Sie kommt bei Bloch nicht vor, ihre Verwucherungen, Zersetzungen, Entfremdungen. Ihr Prozeß-Charakter im schrecklichen Sinne des Wortes. Auch sie war nicht, was Bloch erdacht, erhofft, erarbeitet hatte; gewiß. Aber sie war – und ist – existent. Und ihre Evidenz, ob nun Millionen Stalin-Opfer oder neun

Monate Verhörhaft des jungen Schriftstellers Jürgen Fuchs: wie kommt ihr die Kunst bei, die das dereinst chiffriert? Es scheint, als läge hier ein Moment der Rechtfertigung des Bestehenden verborgen, eine Auflösung von Macht und Ohnmacht. Aufbruch und Abreise werden zu Auffahrt und Erlösung; ein letztlich tiefer Skeptizismus liegt darunter, ein Element von Philosophie des Pessimismus, wie man das Denken Schopenhauers nennt. Der Künstler als Seher, als Missionar im heidnisch bleibenden Land – die Literatur als Opium des Volkes?

Die Kräfte des Rausches für die Revolution gewinnen

Der Literaturbegriff des preußischen Snobs und jüdischen Melancholikers Walter Benjamin

Er liebte Nietzsches Spruch «Wenn einer Charakter hat, so erfährt er immerfort dasselbe»[1] – und bewunderte Tretjakows Geldsammlung für den Aufkauf von Traktoren[2]; er zitierte genüßlich Jacques Rivières Satz über Proust, «Er ist an derselben Unerfahrenheit gestorben, die ihm erlaubt hat, sein Werk zu schreiben ... er ist gestorben, weil er nicht wußte, wie man Feuer macht, wie man ein Fenster öffnet»[3] – und beginnt den eigenen Lebensbericht mit der Feststellung, «daß ich noch heute mir keine Tasse Kaffee kochen kann»[4]; er forderte Tendenz, Haltung und nützliche Lehre vom Schriftsteller[5] – und feierte den Flaneur, den Opiumesser, den Träumer, den Berauschten als «Erleuchteten»[6]; er wollte den «Ort der Intellektuellen im Klassenkampf» bestimmen[7] – und neidete Saint-Pol-Roux den schönen Einfall, vor die Tür seines Schlafzimmers ein Schild zu hängen «Le poète travaille»[8]; er haßte den Lärm und die Betriebsamkeit – aber sein vielleicht wichtigstes Buch vom «Ursprung des deutschen Trauerspiels» schrieb er im Berliner «Prinzess-Café» in der Nähe einer Jazzkapelle[9]; er verfaßte die luzidesten Studien über Kafka, Baudelaire, Proust[10] und fabrizierte Hunderte von belanglosen Auftragskritiken[11]; er lebte im April 1939 «in Erwartung einer über mich hereinbrechenden Unglücksbotschaft»[12], womit er das Ausbleiben der Monatsrente von Horkheimers Institut meinte, nicht den Krieg – und als der kam, war er – preußischer Snob und jüdischer Melancholiker, der einst von der fürchterlichsten Droge, «uns selber», gesprochen hatte[13] – tot: fast auf den Tag genau ein Jahr danach. «Über einen Toten erst recht hat niemand Gewalt», sagte Ernst Bloch, und das war ein Wort von – Walter Benjamin[14]. Sein Werk ist ein verrätselt Buch, labyrinthisch, verspielt, irrlichternd. Sein Genuß ist der Widerspruch, sein Widerspruch ist der Genuß.

Zwei frühe Arbeiten, der vom neuen «Patron» Hofmannsthal in den «Neuen Deutschen Beiträgen» gedruckte Aufsatz über die «Wahlverwandtschaften» und der «Sürrealismus»-Essay aus der «Neuen Rundschau», bergen einem Samenkorn gleich sein kunsttheoretisches Konzept; das Bild mag erlaubt sein angesichts Benjamins eigener Vorliebe für die beiden Weizenkörner in der jüdischen Abteilung des Musée Cluny, «on which a kindred soul has inscribed the complete Shema Israel»[15]. Schon in den ersten Sätzen des Goethe-Aufsatzes gibt Benjamin eine Art Selbstbestimmung: «Die Kritik sucht den Wahrheitsgehalt eines Kunstwerks, der Kommentar seinen Sachgehalt.»[16] Walter Benjamin ist *Kritiker*. Der Wahrheitsgehalt aller Kunst ist für ihn die Form – nicht die Idee; sie liegt zugrunde, wird aber aufgezehrt, bewahrt ausschließlich im Formalen. An der entscheidenden Stelle des Textes, die sich wie ein theoretisches Credo liest, nennt Benjamin es das «Ausdruckslose» – «im Ausdruckslosen erscheint die erhabne Gewalt des Wahren»[17] – und zitiert aus Hölderlins Anmerkungen zum «Ödipus» den Satz, in dem «der tragische Transport als nemlich eigentlich leer» bezeichnet wird[18]. Diese komplizierten und mißverständlichen Begriffe sind aber von Benjamin deutlich und nicht mißkennbar «übersetzt» worden, gleich im Anschluß, als Summe seines Exkurses:

«Ja, man könnte jenen Rhythmus nicht genauer bezeichnen als mit der Aussage, daß etwas jenseits des Dichters der Dichtung ins Wort fällt. Hier liegt der Grund ‹warum eine Hymne selten (und mit ganzem Recht vielleicht niemals) schön genannt werden wird›. Tritt in jener Lyrik das Ausdruckslose, so in Goethescher die Schönheit bis zur Grenze dessen hervor, was im Kunstwerk sich fassen läßt. Was jenseits dieser Grenze sich bewegt, ist Ausgeburt des Wahnsinns in der einen, ist beschworene Erscheinung in der anderen Richtung.»[19]

Für Benjamin ist das Kunstwerk nicht Teil der Welt, sondern das Chaos; nicht geglättete Verständnishilfe, sondern Geheimnis, schwarz und doch durchsichtig wie das Wasser. Ist es einsehbar, ist es versehrt, gar nicht mehr Kunst: «Daher darf kein Kunstwerk gänzlich ungebannt lebendig scheinen ohne bloßer Schein zu werden und aufzuhören Kunstwerk zu sein. Das in ihm wogende Leben muß erstarrt und wie in einem Augenblick gebannt erscheinen. Dies in ihm Wesende ist bloße Schönheit, bloße Harmonie, die das Chaos – und in Wahrheit eben nur dieses, nicht die Welt – durchflutet, im Durchfluten aber zu beleben nur scheint.»[20]

Walter Benjamins künstlerische Vorlieben, von Goethe zu Nietzsche, von Kafka zu Proust, leiten sich aus diesem Entwurf ab. Wie er die «Fleurs du Mal» – mit Proust sprechend – als das Gedichtbuch verehrt, das nicht mehr überboten werden kann und dessen Vorspruch an den Leser «Hypocrite lecteur, – mon semblable, – mon frère»[21] ihm das Urgesetz aller Feindschaft gegenüber raschem Verstehen benannte, so liebte er Heine – und so erzählte er gerne und oft die von Heinrich Laube überlieferte Anekdote: «Eine Dame äußerte gegen Goethe über die Wahlverwandtschaften: Ich kann dieses Buch durchaus nicht billigen, Herr von Goethe; es ist wirklich unmoralisch und ich empfehle es keinem Frauenzimmer. – Darauf hat Goethe eine Weile ganz ernsthaft geschwiegen und endlich mit vieler Innigkeit gesagt: Das tut mir leid, es ist doch mein bestes Buch.»[22] «Aber ist's nicht schön ausgedrückt?» antwortete bekanntlich Heine auf alle Vorhaltungen wegen seines Börne-Buches ...[23]

Kunst also nicht als Illustration, gar Interpretation einer außerhalb von ihr existierenden Wirklichkeit; Kunst vielmehr als eigene – damit auch als Revolte per se, nicht Bild und Aufruf der Revolte. Sprache hat den Vortritt, «nicht nur vor dem Sinn. Auch vor dem Ich»[24]: Das ist die Bilanz des Surrealisten, das ist Benjamins Ausrufen jenes radikalen Begriffs von Freiheit, wie es ihn «in Europa seit Bakunin»[25] nicht mehr gab; und das ist der gemeinsame Kern einer Kunstexplosion in Europa, zu der die Anarchisten vierzig Jahre zuvor die Höllenmaschinen gebastelt haben mögen – Dostojewskij, Rimbaud, Lautréamont; denn «Stawrogin ist ein Sürrealist avant la lettre ... Dostojewskijs Gott hat nicht nur Himmel und Erde und Mensch und Tier geschaffen, sondern auch die Gemeinheit, die Rache, die Grausamkeit»[26].

In die Zeit dieses Aufsatzes fällt auch Benjamins erste Beschäftigung mit Proust. Im Sommer 1925 hatte er seinen ersten Übersetzervertrag geschlossen (für «Sodome et Gomorrhe»), bald darauf fallen in Briefen an Hofmannsthal und Rychner Bemerkungen über Pläne einer eigenen Arbeit zu Proust. Sein Essay erschien aber erst Juni/Juli 1929 in drei Fortsetzungen in der «Literarischen Welt». Berücksichtigend, daß noch in der Baudelaire-Arbeit von 1939 Proust wesentlich mit eingedacht ist, die Notiz aus den letzten Lebensjahren ernst nehmend, er habe ein Buch über Proust, Joyce und Kafka schreiben wollen[27], und wissend, daß sich im Nachlaß ein Umschlag «Proust-Papiere» – als Notate – fand, kann man in dem Aufsatz wohl nur eine Vorstudie sehen. Dennoch ist es eine gloriose Analyse und, in ihr knapp verborgen, ein kunstvolles Selbstporträt. Der gesamte Essay ist durchzogen von Beobachtungen, die – darf man Zeugenaussagen von Menschen, die Benjamin kannten, trauen – auf den Analysierenden so gut wie auf den Analysierten zutreffen – ob da von der «Verbindung einer beispiellosen Intensität des Gesprächs mit einer nicht zu überbietenden Ferne vom Partner» die Rede geht, vom erfolgreichen Training, seine Natur zu schmeidigen, «um sie so undurchdringlich und findig, devot und schwierig zu machen, wie er um seiner Aufgabe willen es werden mußte», oder von einer sehr «elegischen Glücksidee»[28]. Die Skizze «Zum Bilde Prousts» ist Entwurf eines Autoportraits; damit inneres Zentrum von Walter Benjamins Kunstbegriff.

Die völlige Identität einer inneren Disposition – bis hin zum Rasseln des Asthmas, das sich in seiner Syntax wiederfindet – mit den Zerrüttungen einer Gesellschaft, deren «obere Zehntausend als Verbrecherclan»[29] begriffen wurden: das war die Voraussetzung für Prousts «satanische Feerie»[30]. Homosexueller, Jude, Kranker: eine Außenseiterrolle, immer gespielt und immer ernst genommen, die zum Basiliskenblick befähigte – der ließ Gesellschaft zum Totentanz und ihre Lemuren zu Larven erstarren: «Nicht Reflexion – Vergegenwärtigung ist Prousts Verfahren. Er ist ja von der Wahrheit durchdrungen, daß wir alle keine

Zeit haben, die wahren Dramen des Daseins zu leben, das uns bestimmt ist. Das macht uns altern. Nichts andres. Die Runzeln und Falten im Gesicht, sie sind die Eintragungen der großen Leidenschaften, der Laster, der Erkenntnisse, die bei uns vorsprachen – doch wir, die Herrschaft, waren nicht zu Hause.»[31]

Der detektivischen, ja voyeuristischen Intensität entspricht Prousts nahezu zirzensische Fähigkeit, sich zu entzingeln; greifbar ist er nie: «In mir habt ihr einen, auf den könnt ihr nicht bauen» – dies Lebensgesetz eines Jahre später von Benjamin entdeckten und verehrten Schriftstellers ist auch hier wirksam, wird von dem Kritiker mit großem Einverständnis geteilt. Prousts stete kleine Zeremonien, etwa während eines Diners den Kammerdiener der Gastgeberin nach seiner Medizin zu schicken, aber um nichts in der Welt simpel seine Adresse zu geben – «Sie können es nicht verfehlen. Das einzige Fenster auf dem Boulevard Haussmann, in dem noch Licht brennt» –, ruft Benjamins helles Entzücken hervor. Prousts fast lasterhafte Mischung aus Neugier, Schmeichelei und koketter Zierlichkeit wird verstanden nicht als bloße Mimikry, sondern als Produktionsinstrument; bis hin zur Anekdote: «Später wurde die Mystifikation, die Umständlichkeit ihm dermaßen zur Natur, daß seine Briefe manchmal ganze Systeme von Parenthesen – und nicht nur grammatischen – sind. Briefe, die trotz ihrer unendlich geistvollen, wendigen Abfassung bisweilen jenes legendäre Schema in Erinnerung rufen: ‹Verehrte, gnädige Frau, ich merke eben, daß ich gestern meinen Stock bei Ihnen vergaß, und bitte Sie, dem Überbringer dieses Schreibens ihn auszuhändigen. P. S. Verzeihen Sie bitte die Störung, ich habe ihn soeben gefunden.›»[32]

Der vergessene Stock ist wichtiger als die Adressatin eines Briefes, Höflichkeit ist besonders dünn gefrorene Form von Gleichgültigkeit; Proust hat in tausend Bildern, Details, parodierten Pastiches Dinge und Menschen zum Tanzen gebracht; damit eigene pas-de-deux choreographiert: Menschen als Dinge.

Diese Art der Schriftstellerproduktion, diese Form des Künstlerergebnisses entsprechen Benjamins Idealvorstellung vom Kunstwerk; das steht außer Frage. Bemerkenswert, daß seine

Studie über den russischen Erzähler Nikolaj Lesskow, zu Lebzeiten ungedruckt, entworfen wohl 1936 und von Benjamin selber ins Französische übersetzt[33] – von vergleichbaren Thesen getragen ist: Genauigkeit, Psychologie, Erinnerung und Einsamkeit des Urhebers: «Der Erzähler nimmt, was er erzählt, aus der Erfahrung; aus der eigenen oder berichteten. Und er macht es wiederum zur Erfahrung derer, die seiner Geschichte zuhören. Der Romancier hat sich abgeschieden. Die Geburtskammer des Romans ist das Individuum in seiner Einsamkeit, das sich über seine wichtigsten Anliegen nicht mehr exemplarisch auszusprechen vermag, selbst unberaten ist und keinen Rat geben kann. Einen Roman schreiben heißt, in der Darstellung des menschlichen Lebens das Inkommensurable auf die Spitze treiben. Mitten in der Fülle des Lebens und durch die Darstellung dieser Fülle bekundet der Roman die tiefe Ratlosigkeit des Lebenden.»[34]

Wichtiger aber in unserem Zusammenhang ist Benjamins Umgang mit Kafka. Drei Begriffe regieren seine Bemühungen: Vergessen, entstelltes Leben, gesellschaftliche Scham. Ein Lot wird ausgeworfen, das jenseits aller bildnisfähigen Wirklichkeit Echo hervorruft: «Kein Dichter hat das ‹Du sollst Dir kein Bildnis machen› so genau befolgt»[35] – das ist Benjamins höchstes Lob. Weshalb er Kafkas Phantasien solche der «Vorwelt» nennt, dessen sonderbarster Bastard etwa Odradek ist: «... die Form, die die Dinge in der Vergessenheit annehmen. Sie sind entstellt.» Diesen Entstellungen, dieser Verlorenheit auf den Grund zu gehen, ist Benjamin mutig genug, eine eigene Geschichte zu erzählen:

«In einem chassidischen Dorf, so erzählt man, saßen eines Abends zu Sabbath-Ausgang in einer ärmlichen Wirtschaft die Juden. Ansässige waren es, bis auf einen, den keiner kannte, einen ganz ärmlichen, zerlumpten, der im Hintergrunde im Dunklen einer Ecke kauerte. Hin und her waren die Gespräche gegangen. Da brachte einer auf, was sich wohl jeder zu wünschen dächte, wenn er einen Wunsch frei hätte. Der eine wollte Geld, der andere einen Schwiegersohn, der dritte eine neue Hobelbank, und so ging es die Runde herum. Als jeder zu Worte gekommen war, blieb noch der Bettler in der dunklen Ecke. Widerwillig und zögernd gab er den Fragen nach: ‹Ich wollte, ich wäre ein großmächtiger König und herrschte in einem weiten Lande und läge nachts und schliefe in meinem Palast und von der Grenze bräche der Feind herein und ehe es dämmerte wären die Berittenen bis vor mein Schloß gedrungen und keinen Widerstand gäbe es und aus dem Schlaf geschreckt, nicht Zeit mich auch nur zu bekleiden, und im Hemd, hätte ich meine Flucht antreten müssen und sei durch Berg und Tal und über Wald und Hügel und ohne Ruhe Tag und Nacht gejagt, bis ich hier auf der Bank in eurer Ecke gerettet angekommen wäre. Das wünsche ich mir.› Verständnislos sahen die andern einander an. – ‹Und was hättest du von diesem Wunsch?› fragte einer. – ‹Ein Hemd›, war die Antwort. Diese Geschichte führt tief in den Haushalt von Kafkas Welt. Niemand sagt ja, die Entstellungen, die der Messias zurechtzurücken einst erscheinen werde, seien nur solche unseres Raums. Sie sind gewiß auch solche unserer Zeit.»[36]

Diese Volte des Kritikers zeigt die Kühnheit des Interpreten – so führt er Zeit als Kategorie ein; also die Appellfähigkeit dessen, der sich so kompliziertem Kunstbau aussetzt. Doch Katharsis? Sein dritter Begriff, der der gesellschaftlichen Scham, deutet darauf hin – und ist damit Vorwegnahme der explosiven Kafka-Konferenz von Liblice[37] auf bestürzende Weise: «‹Es war, als sollte die Scham ihn überleben› – das sind die Worte, die den ‹Prozeß› beschließen. Die Scham, die seiner ‹elementaren Reinheit des Gefühls› entspricht, ist die stärkste Gebärde Kafkas. Sie hat aber ein doppeltes Gesicht. Die Scham, die eine intime Reaktion des Menschen ist, ist zugleich eine gesellschaftlich anspruchsvolle. Scham ist nicht nur Scham vor den andern, sondern kann auch Scham für sie sein.»[38]

Es sind gleichsam vorformulierte Begriffe; wir werden sie bei Benjamin sehr bald in anderer «Übersetzung» finden. Benjamins Beschäftigung mit Kafka hängt unmittelbar zusammen mit seiner Arbeit an und mit Bertolt Brecht[39]; neben Scholem und Adorno ist Brecht Benjamins intensivster Gesprächspartner bei allen seinen Annäherungen an Kafka, die Jahrzehnte dauerten und zu denen er Hunderte von Aufzeichnungen hinterlassen hat. Die früheste Notiz findet sich in einem Brief an Scholem vom

21. Juni 1925, der mit dem lapidaren Satz endet: «Als Krankenengel habe ich an meinem Lager Kafka. Ich lese den ‹Prozeß›.»[40] Kurz darauf – der Roman erschien 1926 – ist auch vom «Schloß» die Rede. Geplante größere Studien kommen nicht zum Abschluß, sogar ein bezahlter Vertrag mit Rowohlt wird nicht erfüllt. Der Name Brecht taucht im Zusammenhang mit Kafka bezeichnenderweise gleich beim ersten Mal in einer Abwehrstellung auf – in einem Brief an Scholem vom Mai 1934: «Wenn vielmehr etwas die Bedeutung kennzeichnet, die das Werk von Brecht [...] für mich besitzt, so ist es eben dies: daß es nicht *eine* jener Alternativen aufstellt, die mich nicht kümmern. Und wenn die nicht geringere Bedeutung des Werks von Kafka für mich feststeht, so ist es nicht zum wenigsten, weil nicht *eine* der Positionen, die der Kommunismus mit Recht bekämpft, von ihm eingenommen wird.»[41]

Scholem (wie übrigens auch Adorno) hielten Brechts Einfluß auf Benjamin für schädlich und besorgniserregend, Grund zur Wegwendung von jüdisch-zionistischen Fragestellungen und zur Hinwendung zu einem vulgären Marxismus[42]. Der Brief stammt aus dem ersten Sommer, den Benjamin bei Brecht in Svendborg verbringt. Benjamin berichtet darüber: «Vor drei Wochen hatte ich B. meinen Aufsatz über Kafka gegeben. Er hatte ihn wohl gelesen, war aber von sich aus nie darauf zu sprechen gekommen und hatte die beiden Male, da ich die Sprache darauf gebracht hatte, ausweichend geantwortet. Ich hatte das Manuskript schließlich stillschweigend wieder an mich genommen.»[43]

Andere Tagebucheintragungen referieren dann lange und erregte Dispute mit Brecht, der Kafka vorwarf, dem jüdischen Faschismus Vorschub zu leisten[44]. Eigenartigerweise gibt Benjamin seine Reaktion darauf nicht wieder – faßt vielmehr seinen «Scham»-Begriff präziser, indem er Kafkas «Vorwelt» jetzt seine «geheime Gegenwart» nennt[45]. Und zwei andere, winzige Notizen in Benjamins unendlichen Kafka-Zettelkästen zeigen Ergebnisse der Debatten mit Brecht; «Kafkas Denken hat gotischen Charakter»[46], schreibt er im Zusammenhang seiner Überlegungen zu Kafkas Tierparabeln (die er an anderer Stelle in die

Nähe von Brechts «Traum des Soldaten Feskoombey» aus dem «Drei-Groschen-Roman» rückt)[47]. Und gleich darauf findet sich eine wesentlich politischere Definition der «entstellten» Welt – erstmals ist von «Herrschenden» die Rede: «Odradek ist die Form, die die Dinge in der Vergessenheit annehmen. Von dieser Seite her gesehen ist Kafkas Werk überhaupt die Antwort auf die Frage: wie sieht die Welt im Stande des Vergessenseins aus? Und haben die Oberen, Herrschenden sie nicht vergessen? Die Welt im Stande des Vergessenseins ist entstellt.»[48]

Ist «entstellt», was nun bald «entfremdet» heißen wird? Der Mäander von Walter Benjamins geistigem Prozeß ist so labyrinthisch wie deutlich. Haltepunkte sind Namen und Werke: während der Kafka-Debatten mit Brecht ist die Beschäftigung mit Proust nicht aus den Augen verloren. Eine handschriftliche Notiz fügt das auf engste Weise zusammen: «Es gibt etwas, das Kafka mit Proust gemeinsam ist, und wer weiß, ob dieses etwas sich irgendwo sonst findet. Es handelt sich um ihren Gebrauch des ‹Ich›. Wenn Proust in seiner recherche du temps perdu, Kafka in seinen Tagebüchern Ich sagt, so ist das bei beiden ein gleich transparentes, ein gläsernes. Seine Kammern haben keine Lokalfarbe; jeder Leser kann sie heute bewohnen und morgen ausziehen.»[49] Entscheidend aber ist die Eintragung auf der Rückseite dieses Zettels: «ad Baudelaire».

Tatsächlich fällt in diese Zeit auch Benjamins Baudelaire-Erörterung mit Adorno – die fast im Zerwürfnis enden soll. Adorno vermißte im ersten Baudelaire-Essay – «Das Paris des Second Empire bei Baudelaire»; auch dieser Text zu Lebzeiten unveröffentlicht – eine «Dialektik der Vermittlung» und fürchtete, Benjamin habe sich unter einer Art Vorzensur nach materialistischen Kategorien seine kühnsten und fruchtbarsten Gedanken verboten[50]. Der Text liest sich wie eine lustlose Fleißarbeit, in einem – gemessen an Benjamins stilistischem Anspruch – dürren und farblosen Stil, voller schiefer Bilder und Vergleiche. Ein historischer Exkurs, der zwischen facts und fiction schwankt, unentschiedene Begriffe, Eindrücke, historische Daten ineinanderschiebend. Baudelaire mal als Metaphysiker der Provokation, mal als Fortsetzer von Flauberts Wort «Von der ganzen Politik verstehe ich nur ein Ding: die Revolte»[51], mal als gelangweilter Bohemien, dessen Assimilierung an die Gesellschaft durch Flanieren in Boulevards und Passagen vollzogen wird – ein konfuses Bild, angesichts dessen man nie weiß, verurteilt Benjamin, beschreibt er oder nimmt er teil. Noch im Lesskow-Aufsatz hieß die Langeweile der «Traumvogel, der das Ei der Erfahrung ausbrütet»[52], war also notwendig-wichtige Keimzelle der Phantasie und des Kreativen; nun ist sie Produkt einer «saturierten Reaktion»[53] – das Gegenteil. In der Goethe-Studie wie im Trauerspiel-Buch hatte Benjamin betont, daß sich der Gegenstand der Erkenntnis nicht mit der Wahrheit decke, daß Erkenntnis erfragbar sei, nicht Wahrheit, daß Erkenntnisse sich auf Einzelnes, statt auf die Einheit richten[54]. Jetzt rügt Benjamin, als sei er ein anderer: «Die Stereotypien in Baudelaires Erfahrungen, der Mangel an Vermittlung zwischen seinen Ideen, die erstarrte Unruhe in seinen Zügen deuten darauf hin, daß die Reserven, die großes Wissen und umfassender geschichtlicher Überblick dem Menschen eröffnen, ihm nicht zu Gebote standen.»[55]

Verglichen etwa mit Kracauers Offenbach-Studie ein plattes Buch – das geradewegs in Benjamins geschliffenste Analyse einer Dichtung hineinführt. Der zweite Essay – «Über einige Motive bei Baudelaire» – ist ein Feuerwerk gelungener Formulierungen, ein Glanzstück der Interpretationskunst. Die Verzahnung des Proustschen und Baudelaireschen Zeitbegriffs, ungeschichtlich, aber Geschichte durch Erinnerung, abgesunkene Erfahrung hellmachend – das zu verdeutlichen ist Benjamin hier meisterhaft gelungen: «Es ist, wenn man Bergson glauben will, die Vergegenwärtigung der durée, die dem Menschen die Obsession der Zeit von der Seele nimmt. Proust hält es mit diesem Glauben und hat aus ihm die Exerzitien hervorgebildet, in denen er lebenslang darauf aus gewesen ist, Verflossenes, gestättigt mit allen Reminiszenzen, die während seines Verweilens im Unterbewußtsein in seine Poren gedrungen waren, ans Licht zu heben. Er war ein unvergleichlicher Leser der ‹Fleurs du mal›; denn er hat Verwandtes in ihnen am Werk gespürt. Es gibt keine Vertrautheit mit Baudelaire, die Prousts an ihm nicht mit umfaßt.»[56]

Benjamin läßt sich auf winzige Details, Zeilen, Worte, Silben ein, um die Schönheit der «Fleurs du mal» zu verdeutlichen. Im ersten Zyklus, in den «Spleen-Gedichten», heißt das achtzigste «Gefallen am Nichts»; es endet in schwarzer Resignation:

«Le Printemps adorable a perdu son odeur!

Et le Temps m'engloutit minute par minute,
Comme la neige immense un corps pris de roideur;
Je contemple d'en haut le globe en sa rondeur
Et je n'y cherche plus l'abri d'une cahute.

Avalanche, veux-tu m'emporter dans ta chute?»

«Die Frühlingswonne hat ihren Duft verloren!
Und die Zeit verschlingt mich Minute um Minute, wie einen frosterstarrten Körper ungeheurer Schnee; von meiner Höhe betrachte ich die runde Welt und halte dort nicht mehr nach einer Hütte, die mich schütze, Ausschau!
Lawine, willst du in deinem Sturz mich mit dir nehmen?»[57]

Benjamin setzt sich dieser geschichtslosen Zeit – «die Minuten decken den Menschen wie Flocken zu» – aus; er weiß, daß das Bewußtsein vom Zeitverlauf tief betäubt sein muß, wenn dem Wiedererkennen eines Dufts vor jeder anderen Erinnerung das Vorrecht zu trösten eignet. Deshalb nennt er die Zeile

«Le Printemps adorable a perdu son odeur»

unergründlich trostlos: «Für den, der keine Erfahrung mehr machen kann, gibt es keinen Trost.»[58]

Man weiß heute, nach Veröffentlichung der meisten Korrespondenz, daß dieser zweite Teil Ergebnis der Briefdebatte ist, die Benjamin mit Adorno (und Horkheimer) führte. In seinem seitenlangen Schreiben vom 10. November 1938 hatte Adorno keinen Hehl aus seiner Enttäuschung gemacht und unumwunden erklärt: «Ihre Solidarität mit dem Institut, über die keiner froher sein kann, als ich es bin, hat Sie dazu bewogen, dem Marxismus Tribute zu zollen, die weder diesem noch Ihnen recht anschlagen ... Wahlverwandtschaften und Barockbuch sind besserer Marxismus als die Weinsteuer und die Deduktion der Phantasmagorie aus den behaviours der Feuilletonisten.»[59]

Er hatte Benjamin beschworen, sich nicht Denkarmaturen zu bedienen, «gegen deren Griffe Ihre Hand ohne Unterlaß sich sträubt»[60], hatte aber gleichzeitig unmißverständlich das wahllose Versammeln von Motiven ohne stringente Durchführung gerügt: «Doch manches Rätsel knüpft sich neu.»[61] Januar 1940, ein Jahr nach Beginn der Arbeit am Text, erscheint «Über einige Motive bei Baudelaire» in der letzten Nummer der «Zeitschrift für Sozialforschung», die einen Impressumvermerk aus Europa trägt. Es ist – wie die meisten Texte – Teil eines unvollendet gebliebenen Buches «Charles Baudelaire. Ein Lyriker des Hochkapitalismus»; es ist Teil des Passagenwerks – und es ist ein Essay, den man sich schwerlich im Moskauer «Wort» vorstellen könnte, obwohl Freund Brecht – einer der Mitherausgeber – das anbot.

Nicht vorstellen jedenfalls konnten sich die «Moskauer» den Abdruck eines anderen Textes von Walter Benjamin – «Das Kunstwerk im Zeitalter seiner technischen Reproduzierbarkeit». Die Publikationsgeschichte dieses Aufsatzes[62] liest sich wie eine Farce, in der keiner der berühmten Akteure gute Figur macht: nicht Raymond Aron, der Pariser Redakteur der «Zeitschrift für Sozialforschung», nicht der Rilke-Sohn Pierre Klossowski, der ihn übersetzte, nicht Adorno noch Horkheimer noch Walter Benjamin; dessen nahezu hysterischer Brief- und Telegrammwechsel, mit dem er um jeden Preis eine Drucklegung – egal ob in New York oder in Moskau – herbeizwingen beziehungsweise Kürzungen tief beleidigt unterbinden wollte, kulminiert in der Absurdität: die politisch-ideologischen Querelen, die der Exilzeitschrift «Das Wort» den Garaus zu machen drohten, interessierten einen Deut – das heißt, nur unter dem Aspekt der Veröffentlichung seines Textes: «Ob unter Umständen wie den angedeuteten die Redaktion des ‹Wortes› ihre gegenwärtige Zusammensetzung lange beibehalten wird, weiß ich nicht. Ich wäre daran interessiert, daß sie es wenigstens solange tut, bis der Versuch, den nur Brecht unternehmen kann, meine Arbeit über das ‹Kunstwerk im Zeitalter seiner technischen Reproduzierbarkeit› in deutscher Fassung dort erscheinen zu lassen, gemacht worden ist.»[63]

Die Logik der Farce will es, daß Adornos seitenlanger Brief vom März 1936 voller Bedenken gegen diese Arbeit mit der Warnung vor dem Schreckensmann Brecht endet – «Wie ich denn überhaupt bei unserer theoretischen Differenz das Gefühl habe, daß sie gar nicht zwischen uns spielt, sondern daß es vielmehr meine Aufgabe ist Ihren Arm steifzuhalten bis die Sonne Brechts einmal wieder in exotische Gewässer untergetaucht ist»[64] –, daß es aber eben dieser Brecht ist, der kurze Zeit später wütend in seinem Arbeitsjournal notiert: «... alles mystik, bei einer haltung gegen mystik. In solcher form wird die materialistische geschichtsauffassung adaptiert! es ist ziemlich grauenhaft.»[65] Das konnte Walter Benjamin nicht wissen, als er um seinen Aufsatz kämpfte – einen seiner inzwischen berühmtesten, aber auch fragwürdigsten Texte.

Daß es Brecht grauste, ist leicht zu verstehen; Benjamins Hauptthesen lesen sich nicht nur wie Rücknahmen eigener Arbeiten, sondern auch wie Postulate eines Mannes, der Brechts Arbeit und die daraus abgeleiteten Theorien nicht kennt. Das Vokabular von «Aura» und «Magier» ist hochgradig irrational, die Gedankenführung dadurch widersprüchlich ohne Ende. Die Kunstform Film wird etwa auf diese Weise durch ein stetes «einerseits-andererseits» zerredet statt analysiert: «Das Publikum fühlt sich in den Darsteller nur ein, indem es sich in den Apparat einfühlt. Es übernimmt also dessen Haltung: es testet.»[66] Kein Zufall: zwei Brecht-Begriffe; aber genau umgekehrt eingesetzt – denn Brecht favorisiert ja durchaus die «Test»-Haltung, fordert sie geradezu – und lehnt jegliches «Einfühlen» ab. Der Brecht-Schauspieler soll sich gerade *nicht* «in eine Rolle versetzen» – was Benjamin expressis verbis verlangt[67]. Gleichzeitig verklärt er die Möglichkeiten des Films als einzigen Kunstmittels, Details, Sprünge, Raumwechsel oder Zeitverzögerungen zu benutzen und dadurch bewußt zu machen. Auch das liest sich wieder, als hätten Dos Passos oder Döblin nie gelebt (es wird Benjamins Mißverstehen von Döblin noch zu zeigen sein).

Die Konsequenz ist geradezu abenteuerlich: die technische

Reproduzierbarkeit (ob Bild durch Graphik, Schrift durch Druck, Porträt durch Photographie) läßt die Autonomie des Kunstwerks auf immer erlöschen[68]. Guernica also gleichsam «erlöst» durch Kodak, Chartres «entbunden» durch Paramount, die «Histoire du soldat» «revolutioniert» durch Electrola. Nichts davon stimmt – und bezeichnenderweise ist dieser Benjamin-Text bar jeglicher exakter Untersuchung, gar Beweisführung. Er wimmelt dagegen von Behauptungen oder Platitüden. Den Gegensatz etwa zwischen einem Rembrandt-Betrachter und dem Kinopublikum faßt Benjamin so: «Der vor dem Kunstwerk sich Sammelnde versenkt sich darein; er geht in dieses Werk ein, wie die Legende es von einem chinesischen Maler beim Anblick seines vollendeten Bildes erzählt. Dagegen versenkt die zerstreute Masse ihrerseits das Kunstwerk in sich.»[69]

Der Satz sagt schier gar nichts. Adorno hätte das eine «Blague» genannt. Der große Wurf dieser Studie ist in die letzten drei Seiten, ins Nachwort verbannt – Benjamins inzwischen so schrecklich überprüfbar gewordenen Thesen von der Ästhetisierung der Politik durch den Faschismus klangen damals drohend, lesen sich heute prophetisch. Sie heben sein eigenes Prinzip Hoffnung auf, die Reproduzierbarkeit der Kunst mache sie und damit die «Massen» revolutionär; es sei denn, dieser Begriff bliebe auch rechts unter Option.

Im selben Umfeld – biographisch-historisch wie gedanklich – ist Benjamins wohl ebenso berühmter und ebenso in unkritischem Beifall erstickter Aufsatz «Der Autor als Produzent» zu sehen. Selbst die Entstehungsgeschichte ist vergleichbar. Der Essay wurde konzipiert während der Beschäftigung mit Kafka und Brecht. Der Untertitel – «Ansprache im Institut zum Studium des Fascismus in Paris am 27. April 1934» – ist wohl eher Legende; jedenfalls geht aus der Geschichte dieses (wesentlich von Arthur Koestler und Willi Münzenberg geprägten) Instituts nirgendwo hervor, daß dort Vorträge gehalten wurden. Dem Datum widerspricht ein später datierter Brief an Adorno, der von dem entstehenden Text erzählt – der im übrigen das Schicksal so vieler Arbeiten Benjamins teilt: unveröffentlicht zu Lebzeiten, gedruckt 26 Jahre nach Benjamins Tod. Abgelehnt wurde er diesmal nicht in New York oder Moskau, sondern in Amsterdam; von Klaus Mann für die von ihm herausgegebene Exilzeitschrift «Sammlung».

Der Aufsatz trägt eher eine Forderung als eine These vor: der gesellschaftlich verantwortliche Autor dürfe die Produktionsapparate des Kapitalismus nicht bedienen, sondern habe sie zu verändern – im Sinne des Sozialismus. Nirgendwo, allerdings, wird gesagt, was genau das heißt, wie es zu tun sei; wer es auch nur versucht habe. Brechts freundliches Aufnehmen dieser Postulate, deren Wahrheit so konkret ist wie die des Spruches «L'imagination au pouvoir», ist bekannt; nur benutzt er verräterischerweise den Begriff «Fortentwicklung»: «‹Dieser›, sagte er, ‹ist in der Tat an einem Punkt mit den Interessen des Proletariats solidarisch: am Punkt der Fortentwicklung seiner Produktionsmittel. Indem er es aber an diesem einen Punkt ist, ist er an diesem Punkt, als Produzent, proletarisiert, und zwar restlos. Diese restlose Proletarisierung an einem Punkt macht ihn aber auf der ganzen Linie mit dem Proletariat solidarisch.›»[70]

Fortentwicklung – das ist gewissermaßen ein quantitativer, kein qualitativer Begriff. Er impliziert den Weg vom Hochofen zum Laserstrahl, vom Propellerflugzeug zur Mondlandung, vom Tintenfaß zum IBM-Kugelkopf. Er impliziert, zunächst einmal, überhaupt keine neuen Inhalte. Der Unterschied vom «Simplizissimus» zur «Blechtrommel» läßt sich nicht festmachen am Unterschied des Fertigungsprozesses. Es geht sogar weiter (beziehungsweise weniger weit): Leben und Lebensgefühl des wirklichen Proletariers mögen sich durch «Fortentwicklung» verändern – das des Schriftstellers letztlich nicht; nicht dadurch; sonst könnte man den «ersten freien Autor» Lessing nicht zitieren, als sei's von heute. Diese Art Solidaritätsbekundung mit dem Proletariat ist pures Gerede, bleibt nahezu hochmütige – weil unernste – Metapher des «radical chic». Und nun geht es noch weiter. Zu fragen muß erlaubt sein: wer dieser Autoren – zum Beispiel Brecht, zum Beispiel Benjamin – hat denn wo und wann und wie welche Apparate «verändert»? Walter Benjamin die «Frankfurter Zeitung» oder den Rowohlt Verlag? Bertolt Brecht das Schiffbauerdammtheater oder die Filmfirma Nero? Irgendeine

Radiostation? Irgendeine Vortragsgesellschaft? Und wie hätte das wohl aussehen müssen? Gegen die allen Opportunitäten sich höchst geschwind anpassenden Publikationspraktiken Walter Benjamins nimmt sich der brav-bescheidene Kampf eines Dieter Lattmann und seines Schriftstellerverbandes um Autoren-Norm-Verträge wie der siegreich lange Marsch eines Mao aus.

Dieser totgelobte Aufsatz ist Absatz für Absatz, Beispiel für Beispiel, Postulat für Postulat ohne Substanz. Er schreibt bedenkenlos die Platitüde hin: «Die beste Tendenz ist falsch, wenn sie die Haltung nicht vormacht, in der man ihr nachzukommen hat» – und kennt doch nicht nur seinen Heine, sondern auch seinen Brecht; das lebende Gegenbeispiel. Er ruft Tretjakows Aktivitäten des Jahres 1928 – Massenmeetings, Traktorkäufe, Inspektion von Lesesälen – hymnisch zum Modell des «operierenden Schriftstellers» aus, als könne das alles nicht ein gebildeter Funktionär tun; und wurde von der Geschichte bis hin zum gräßlichen Ende dieses Mannes so schandbar belehrt. Benjamin tut haargenau das, was er – in unangenehmer Eitelkeit sich anonym selber zitierend: «ein einsichtiger Kritiker» – den linken Melancholikern «vom Schlage der Kästner, Mehring oder Tucholsky» vorwarf: «Ihre Funktion ist, politisch betrachtet, nicht Parteien, sondern Cliquen, literarisch betrachtet, nicht Schulen, sondern Moden, ökonomisch betrachtet, nicht Produzenten, sondern Agenten hervorzubringen. Agenten oder Routiniers, die großen Aufwand mit ihrer Armut treiben und sich aus der gähnenden Leere ein Fest machen.»[71]

Es ist nicht zu entdecken, worin der parteilose Walter Benjamin, publizierend in bürgerlichen Blättern und Verlagen, lebend vom vermögenden Elternhaus und die Annehmlichkeiten einer erlesenen Bibliothek wohl schätzend, sich von diesen Kollegen unterschieden hätte; und hätte unterscheiden können. Als seien nicht auch «linke» Publikationsorganisationen wie Malik Verlag oder Münzenberg-Konzern (in denen beiden Walter Benjamin nicht publizierte) als *Produktionsapparat* Hugenberg oder S. Fischer völlig identisch.

Ob Benjamin von diesem unauflöslichen Circulus vitiosus geplagt war bis an den Rand einer gewissen Selbstverachtung, wenn er eines Tages – und das hieß zumeist – Brotkritiken schrieb? Denn, verwunderlich und anstößig genug, es bleibt dennoch – mit mächtiger Gänsehaut ins kalte Wasser[72] – zu sagen: Walter Benjamin war ein schlechter Literaturkritiker; war keineswegs, was er bescheiden den «besser deutsch schreibenden Schriftsteller als die meisten unserer Generationen» nannte; war durchaus nicht Deutschlands «hervorragendster Literatur-Kritiker», als den ihn Freund Scholem lobte. Der Band 3 von Benjamins «Gesammelten Schriften», Versammlung aller Kritiken und Rezensionen, führt einen in der Auswahl seiner Objekte eher wahllosen, in deren Beurteilung eher von Literatur-Intrigen bestimmten als an der Zeitgenossenschaft interessierten, Inhalte referierenden statt Strukturen analysierenden Rezensenten vor. Wäre von seinen Arbeiten – eine beim Schicksal Benjamins und seines Werkes nicht abwegige Möglichkeit – nichts als das geblieben, bliebe die Hochschätzung durch seine bedeutenden Freunde, ob Bloch oder Brecht, Adorno oder Horkheimer, unverständlich[73].

Benjamin sah in seiner Kritikertätigkeit offenbar in erster Linie Broterwerb. 1930 schreibt er an Gerhard Scholem: «Ich bin nicht unzufrieden, daß ... ich fast nichts mehr von dem, was ich als Brotarbeit, sei es in Zeitschriften, sei es im Rundfunk, ansehen muß, mehr niederschreibe, sondern derartige Dinge einfach diktiere.»[74] Derartige Dinge sah er wohl nicht als Kritik im Sinne der eigenen Definition aus dem Beginn des «Wahlverwandtschaften»-Aufsatzes: «Die Kritik sucht den Wahrheitsgehalt eines Kunstwerkes, der Kommentar seinen Sachgehalt.»

Diesem Rückzug auf Darstellung und Kommentar verdankt sich gewiß der Umstand des Frappant-Beliebigen der Buchauswahl – weder der flanierend sammelwütige Büchernarr noch der später materialistische Kategorien versuchende Essayist spricht hier. Die wichtigsten Autoren seiner Zeit, die großen Buchereignisse sucht man in dem Band vergebens: Joyce oder Pound, Benn oder Kafka, Musil oder Thomas, gar Heinrich Mann – kein Wort über diese bei Benjamin (sehr spät findet sich die bizarre Briefbemerkung: «Der ‹Zauberberg› fesselt mich durch schlechthin souveräne Mache.»)[75]. Von Lukács – bis auf Nebensätze – wird so wenig Kenntnis genommen (von Franz Mehring zu schweigen) wie von Korsch; von Bloch (wie Brecht, wie Hofmannsthal) eher aus persönlichen Gründen, worauf noch einzugehen sein wird. Die kritische Zusammenhäufung zahlreicher überflüssiger, zu ihrer wie unserer Zeit irrelevanter Buchpublikationen zeigt ein anderes Mal: Walter Benjamins Literaturbegriff war jenseits von Zeit und Raum. Die politische Literatur seiner Zeit existiert für ihn schlichtweg nicht. Das Wort Levisite fällt einmal, der Name des Autors eines gleichnamigen Romans – cause célèbre wegen des Verbots, das Monate hindurch die literarische Öffentlichkeit beschäftigte – nicht: Johannes R. Becher. In einem Brief wird die Ermordung de Haas' erwähnt, der Name eines Autors, der diesen «Fall» zum Thema seines Romans «De Vriendt kehrt heim» machte, nicht: Arnold Zweig.

Kisch oder Weinert, Renn oder Friedrich Wolf existieren nicht in Benjamins literarischem Panorama; nicht der Bund proletarisch-revolutionärer Schriftsteller, nicht «Die Linkskurve», nicht publizistische Unternehmungen wie Münzenbergs berühmte AIZ oder politische Theaterversuche wie die Piscators. Der Begriff «Tendenzroman» wird – einmal – ungeprüft übernommen; analysiert wird er nicht. Der Begriff Arbeiterdichtung wird weder übernommen noch sein Inhalt erörtert; es gibt ihn nicht. Daß es in der deutschen Republik die organisierte Bewegung der Arbeiterkorrespondenten[76] gab – Willi Bredels «Maschinenfabrik N. + K.» war eines der bekanntesten Beispiele für deren literarische «Nutzung», die Debatte zwischen Lukács-Bredel-Gotsche in der «Linkskurve» wichtiger Abschnitt der sozialistischen Literatur-Debatte[77] –, nimmt Benjamin schlicht nicht zur Kenntnis. Diese punktuelle Banalität hängt aber mit mehr zusammen als «vergessenen Büchern», also der kaum Standpunkte verratenden Wahllosigkeit seines kritischen Gegenstandes; obwohl die augenfällig ist – Graphologie oder «Geschichte der neulateinischen Lyrik in den Niederlanden», Kinderbücher, Reisebücher, graezistische Editionen oder ein deutsches Lesebuch für norwegische Gymnasien. Literaturkritik zwischen 1912 und 1940: kaum mehr als vier Autorennamen, die nennenswert sind und «blieben», tauchen auf, keineswegs immer vertreten mit ihren Hauptwerken (Hofmannsthal, Döblin, Brecht, Seghers). Von politischer Publizistik ist schon gar nicht die Rede, Kracauers Buch über die «Angestellten» mag da noch als stärkste Annäherung gelten. Der Überfall auf Fritz von Unruh – «an dem Unruh habe ich freilich im vorigen Jahre auf Capri mit Applikation gearbeitet» – ist bester Karl Kraus, ist Kampf gegen eine Person, nicht Analyse eines Autors, gar einer politischen Institution; der Eitelkeit, mit der Benjamin hier von der «Arbeit» an diesem Feuilleton berichtet, als habe er ein Buch geschrieben, entspricht die Eitelkeit seiner sprachlichen Volten, und der Kampf, das kleine Pamphlet gegen Interventionen der «Frankfurter Zeitung» zum Druck zu befördern:

«An die Geschäftstour schließt der Bummel sich zwanglos an. Der Gast schleift seine Wirte durch die Stadt und vor dem Kneipendunst der Tafelrunde sperrt nun der Bürger Mund und Ohren auf, da er sich endlich Zeuge werden sieht, wie's unterm Künstlervölkchen so frei dahergeht. Der Verfasser rülpst sich in Herzenslauten und in der Ehrlichkeit seines seraphischen Pazifismus erkennt der Spießer freudig und erstaunt die sonore Bierehrlichkeit seiner früheren Kommilitonen wieder. Vom Abendstern gleitet immer wieder ein tränenfeuchter Blick zum Ordensstern herunter: denn das eiserne Kreuz erster Klasse im Kriege war dieser Brust, was der Schlag des erstklassigen Herzens darunter im Frieden. Allmählich kommt dann unter Schwüren und Geständnissen die Stunde der Zote herauf. Durchdringender sind Schweinereien in kein Ohr geflüstert und zimperlicher niemals stilisiert worden. Doch keine, der er ihre erbauliche Seite nicht abgewönne. Und endlich heben alle europäischen Renkontres dem Schmock sich gegen einen Hintergrund ‹nächtlicher Dirnen› ab, deren grobgemalter Prospekt das Reisepanorama schließt. Bewandert in Palästen und in Puffs, vor Pfeilerspiegeln und vor Pfützen gleich sehr zu Hause (wo immer einer sich bespiegeln kann: wie denn sein Bild in den eigenen Lackschuhen eine Abflucht von Tiefsinn im Autor wachruft), kann er das Fazit seiner Reise nicht prägnanter fassen, als in dem Traum, von dem er uns erzählt, daß ein französischer und ein deutscher Genius – Rodin und Lehmbruck – ihn, den Friedensboten, unwiderstehlich nach sich ziehen – zu zwei Huren. Die Geschäftsreise endet als Bierreise und die Völkerverständigung geht im Dreck aus. Denn weiter als die Dummheit dieses Buchs reicht die spiegelgeile Eitelkeit des Verfassers, höher als die Eitelkeit des Autors türmt der Unrat einer Produktion sich auf, an der ganz neu die theologische Erkenntnis sich bewährt, daß die Werke der Eitelkeit Schmutz sind. Er ist hier über beide Länderbreiten ausgegossen, daß kein großer und ehrlicher Name mehr bleibt, der von seinem Gestank nicht durchtränkt wäre.»[78]

Das ist, allenfalls, ganz witzig. Mehr nicht. Benjamin führt den Schmock vor wie den Zirkusaffen im Smoking, der rauchen und bis vier zählen kann; vom Affen, von der Dressur, von den Dompteuren erfahren wir nichts. Die Funktion des bürgerlichen Pazifismus wird auch nicht andeutungsweise begriffen; obwohl «nur» eine Theaterkritik – in Herbert Iherings Verriß der Reinhardtschen «Phaea»-Aufführung findet sich viel Substantielleres zum Pazifismus-Problem: «Gerade Unruhs Schwäche war seine Beliebtheit. Seine Thesen waren unfaßbar, allgemein, vieldeutig. Er erging sich in Deklamationen und Menschenliebe, des verschwommenen Gefühls, die von keinem Geist, keiner Anschauung kontrolliert wurden. Unruh schien der letzte Vertreter des deutschen Idealismus zu sein. Schien. Man war zufrieden geworden. Pathos – also ein neuer Schiller. Unruh war Offizier – also ein neuer Kleist. Edelphrasen – also ein Idealist. In Unruh drückt sich die ideologische Unklarheit einer ganzen Epoche aus. Sein Fall geht tiefer. Der neue Staat griff nach Unruh, um einen festlichen, ihn darstellenden, ihn feiernden Dramatiker zu haben. Als Unruh versagte und versagen mußte, warf niemand die Frage auf, ob der Staat überhaupt schon so weit ist, so fest auf gedanklicher und weltanschaulicher Basis steht, daß er im Drama ausgedrückt werden kann.»[79] Geschichte, auch die Eigenerfahrung Zeitgeschichte, bleiben für Benjamin offenbar nebeneinander die Taten von Einzelkämpfern. Hier liegt die Wurzel für das kontinuierlich sich steigernde Unbehagen, das die Lektüre dieser Buchbesprechungen auslöst: Geschichte als Katastrophe. Und vor Katastrophen flüchtet man, natürlich. Daß sich ausgerechnet in der Baudelaire-Studie, die ja stark auf den Einzelkämpfer

Blanqui Bezug nimmt, jener Satz findet, ist kein Zufall: «Der Begriff des Fortschritts ist in der Idee der Katastrophe zu fundieren. Daß es ‹so weiter› geht, *ist* die Katastrophe.»[80] Flucht aus der Geschichte ist bei Benjamin Rückzug in die Literatur, «kein Gedicht gilt dem Leser, kein Bild dem Beschauer, keine Symphonie der Hörerschaft».

Der Flaneur und Rentier – «Seitdem verhandelt er mit meinen Eltern, denen ich meinerseits zugestanden habe, für meinen Erwerb tätig zu sein, jedoch unter der doppelten Bedingung, daß dies erstens in einer Weise geschieht, die mir die künftige akademische Laufbahn nicht versperrt, das heißt, also auf keine Weise als kaufmännischer Angestellter, zweitens, daß mein Vater mir sogleich ein Kapital auszahlt, mit dem ich mich an einem Antiquariat beteiligen kann»[81] –, der bibliophile Fetischist, der den Gebrauchswert von Büchern ablöst durch deren Kultwert, «nimmt sich heraus»; Revolution und Räterepublik kommen (bis auf einen Nebensatz) nicht vor, Mühsam, Toller, Leviné bleiben unbeachtet, Fememorde, Schwarze Reichswehr, aufkommender Faschismus werden so wenig wahrgenommen wie die Dignität derer, die sich mit derlei beschäftigen, heißen sie nun Siegfried Jacobsohn oder Gumbel oder Ossietzky. Die Rezension von Kurt Hillers «Der Sprung ins Helle» (im Jahr 1932!) zeigt besonders deutlich den Widerspruch, an dem Benjamin letztlich scheiterte; unter einem pseudomaterialistischen Vokabular liegt in Wahrheit tief-skeptische Denkweise, A-Historizität verborgen. Nicht nur: *so* läßt sich nichts ändern, sondern: es läßt sich überhaupt nichts ändern. Wie Analyse gerade auch der disparaten Linken aussehen kann, das führt etwa ein Text des hier abgewehrten Kurt Hiller vor – ein Text über Carl von Ossietzky, der immerhin im Jahr dieser Benjaminschen Läppischkeit seinen berühmten Aufsatz zur Sammlung der disparaten Linken «Ein runder Tisch wartet» publiziert hatte:

«Nun war Ossietzkys Kritik durchaus nicht nur negativ und zersetzend; sie war an einem positiven Kulturgefühl, einem Ethos orientiert. Doch an keinem positiven Denkbild einer Sozialwelt; an keiner konstruktiven Idee. Seine politische Publizistik war impressionistisch, war... lyrisch-ethisch, war auf höchster Stufe journalistisch; denkerisch, baumeisterlich war sie nicht ... Er war als Denker unzulänglich. Er würde als Chef der – damals wichtigen – ‹Weltbühne› drei intellektuelle Möglichkeiten gehabt haben: den Liberalismus (von dem er kam) gegen den rechts und links anstürmenden Kollektivismus zu verteidigen; zweitens: sich loszusagen vom Liberalismus, dabei dessen Goldgehalt in den Sozialismus rettend; (zu dieser Möglichkeit hätte die leidenschaftliche und präzise Propaganda für die Herstellung einer revolutionären sozialistischen Einheitspartei, zumindest Einheitsfront, gehört); dritte Möglichkeit: in Erkenntnis der Mängel des Marxismus systematisch hinzuarbeiten auf eine neue, mängelfreiere, moderner Erkenntnis angepaßte sozialistische Ideologie. Nichts von all dem tat er. Er hat den Liberalismus weder verteidigt noch preisgegeben, er hat sich an den Versuchen, zu einer Überwindung der Spaltung des Sozialismus in Deutschland zu gelangen, nicht beteiligt.»[82]

Es sollen nicht Birnen vom Apfelbaum erwartet, nicht politische Tagesartikel vom Literatur-Rezensenten verlangt werden. Walter Benjamin ist nicht Modell für einen Kritiker, der den historischen Materialismus anwendet auf das Kontinuum literarischer Produktion. Er schreibt 1931 seine Überlegungen zur «linken Melancholie» des «Weltbühnen»-Kreises – statt mögliche Verbündete zu sehen und zu suchen. Man vergleiche die Briefe des von ihm verabscheuten Tucholsky mit den seinen: dort der Versuch, sich mit der Zeit, ihren Pestwucherungen, Bedrohungen und menschlichen Verwüstungen auseinanderzusetzen bis zum Abschied vom Publizieren (und von mehr); hier eine Zeit generös nicht zur Kenntnis nehmende Kette von Eitelkeiten, schlechterdings nichts im Auge habend als die Möglichkeit, weiter zu publizieren, auch in Hitlers Reich; hier, zwei Monate vor jenes Tucholsky Ende, Oktober 1935, gibt es für Benjamin vornehmlich *eine* «ansehnliche Misere», den Verlust «eines sehr schönen, für mich unersetzlichen Füllfederhalters»[83]. Dieselbe Mischung aus kompromißbereiter Hybris und Egoismus, gar Verächtlichkeit seiner Umwelt gegenüber, die sein Satz aus dem Jahre 1925 «... werde ich mit der Aussicht in absehbarer Zeit mindestens vorübergehend nach Moskau zu kommen – in die

Partei eintreten»[84], verrät oder die ihn einen so grotesken Satz zu schreiben befähigt, «... daß Sowjet-Rußland in sich gegangen ist und mir in zwölfter Stunde nun doch den Goethe-Artikel für die Enzyklopädie übertragen hat»[85], diese eher beschämende Gier nach dem Gedrucktwerden, koste es was es wolle, klingt auch aus den Briefen nach Hitlers Machtergreifung:

«Das bißchen Fassung, das man in meinen Kreisen dem neuen Regime entgegengebracht hat, ist rasch verbraucht und man gibt sich Rechenschaft, daß die Luft kaum mehr zu atmen ist; ein Umstand, der freilich dadurch an Tragweite verliert, daß einem die Kehle zugeschnürt wird. Dies vor allem einmal wirtschaftlich. Die Chancen, die von Zeit zu Zeit durch den Rundfunk geboten wurden und die überhaupt meine einzig ernsthaften waren, dürften so grundsätzlich fortfallen, daß selbst dem ‹Lichtenberg›, wiewohl er in Auftrag gegeben war, eine Aufführung nicht mehr sicher ist. Die Desorganisation der ‹Frankfurter Zeitung› schreitet fort. Ihr Feuilleton-Redakteur ist von seinem Posten entfernt worden, obwohl er gerade kurz vorher durch Erwerb meiner ‹Berliner Kindheit› zu einem lächerlichen Spottpreis eine zumindest kaufmännische Eignung erwiesen hatte. Jetzt scheint dort Heinrich Simon zu walten. Die Publikation meiner Arbeit ruht nun seit mehr als vierzehn Tagen... Was mich betrifft, so sind es nicht diese – seit langem mehr oder minder absehbaren – Verhältnisse gewesen, die in mir, und zwar erst vor einer Woche, in unbestimmten Formen, die Entschließung, Deutschland zu verlassen zur schleunigsten Entfaltung gebracht haben. Es war vielmehr die fast mathematische Gleichzeitigkeit, mit der von allen überhaupt in Frage kommenden Stellen Manuscripte zurückgereicht, schwebende bzw. abschlußreife Verhandlungen abgebrochen, Anfragen unbeantwortet gelassen wurden. Der Terror gegen jede Haltung oder Ausdrucksweise, die sich der offiziellen nicht restlos angleicht, hat ein kaum zu überbietendes Maß angenommen. Unter diesen Umständen kann die äußerste politische Zurückhaltung, die ich seit jeher und mit gutem Grunde geübt hatte, den Betreffenden zwar vor planmäßiger Verfolgung, nicht aber vor dem Verhungern schützen.»[86]

Dies wurde, ein Postskriptum weiß es hervorzuheben, auf «edelstem Papier» geschrieben. Es wurde – von anderen – anderes geschrieben zu dieser Zeit; in einem Brief Tucholskys an Walter Hasenclever heißt es: «Ohne mich. Das ist aus und vorbei. Wobei einem dann immer taktvoll, wie man sie hat, gesagt wird: ‹Wovon wollen Sie denn leben?› Als ob das ein Grund wäre, Dreck zu fressen.»[87]

Walter Benjamin nimmt an nichts Anteil als an sich. Die wichtige Expressionismus-Debatte im «Wort» zwischen Bloch, Lukács, Eisler und – ungedruckt zu seinen Lebzeiten – Brecht geht ihn offenbar nichts an; im August 1936 hat er zwar Grund zu dem Zweifel, «ob die gegenwärtige Zusammensetzung der Redaktion lange beibehalten wird ...» – aber es interessiert ihn daran nur, wie wir in anderem Zusammenhang bereits erörterten, daß sie sich nicht auflöse, bis seine Arbeit «Das Kunstwerk im Zeitalter seiner technischen Reproduzierbarkeit» erscheinen konnte. Dieser Zirkel um sich selber, manchmal liebenswertversponnen den altmodischen Hedonisten vorführend (der etwa am Fall Österreichs vor allem bedauert, daß nun «ein Fünftel oder ein Sechstel des europäischen Kunstschatzes in den Händen der Nationalsozialisten ist»), manchmal sehr unsympathisch einen indolenten Menschen zeigend – diese monologisch-manische Konstruktion eines eigenen Sonnensystems verhindert offensichtlich jene «Teilhabe», die es zum Kritiker braucht.

Benjamins Literaturbegriff ist geprägt von Blanquis Elite-Verständnis: «Blanquis Tat ist die Schwester von Baudelaires Traum gewesen.»[88] Die – übrigens von Rosa Luxemburg heftig kritisierte – These Blanquis, formuliert etwa in der Zeitschrift «Proletariat» vom 2. Oktober 1883, daß «die Klasse des arbeitenden Volkes unfähig zum Umsturz sei» und sich durch «Gewählte» – also Führer – vertreten lassen müsse: das ist Benjamins intellektuelles Konzept. Er ist Erwählter, und er ist Beobachter. Baudelaires Satz: «Der Beobachter ist ein Fürst, der überall im Besitze seines Inkognitos ist», von Benjamin gern zitiert, schlägt jene Brücke zwischen dem Selbstverständnis revolutionärer Elite und künstlerischer impassibilité; denn Inkognito heißt ja: «In mir habt ihr einen, auf den könnt ihr nicht bauen.»

Die Faszination, die auf Benjamin von Brechts publikumslos gedachten Exerzitien – den Lehrstücken – ausging, war Faszination eines sich links begreifenden magister ludens. Beim Neuromantiker Hesse, Vorfahr und Ahnherr der easy-rider-Flucht aus Gesellschaft und Partizipation, hieß es «Glasperlenspiel»; beim stud. phil. Walter Benjamin in seiner Dissertation über den «Begriff der Kunstkritik in der deutschen Romantik» benannte sich diese selbstgenügende Kritik so: «Kritik ist also gleichsam ein Experiment am Kunstwerk, durch welches *dessen* Reflexion wachgerufen, durch das *es zum Bewußtsein und zur Erkenntnis seiner selbst gebracht wird.*»[89] (Im großen Brief an Martin Buber heißen die «Hauptworte»: Schrifttum, dichterisch, prophetisch, magisch, unmittelbar, nicht Vermittlung von Inhalten, Würde und Wesen.[90])

Kritik als Intransitivum. Diese Position führt zum großartigen, eindringlichen Begreifen von Proust, Valéry, Kafka; zur kreativen Analyse literarischer Phänomene, ob des Surrealismus oder der Passage; zum völligen Mißverständnis, ja zur Mißkenntnis politischer Literatur von der «Fackel» bis zur «Weltbühne»; und sie verführt zur kritischen List-Kurve: peinlich die hymnisch-devoten Huldigungen an Hugo von Hofmannsthal, stilistisch gelegentlich wie eine Parodie klingend mit schwingendem Ausklang und weihevoller Syntax; Hofmannsthal hatte ja Benjamins «Wahlverwandtschaften»-Essay gedruckt. (Noch zur Wiederkehr von Hofmannsthals Todestag kleidet Benjamin sich in violetten Samt: «Der grenzenlosen Entfremdung, die um sein Grab war, scheint nun in dieser Sammlung ‹Loris, die Prosa des jungen Hofmannsthal› der Genius des Toten weniger entgegenzutreten, als leidend sich zu entrücken.»[91]) Ebenso peinlich das permanente Hervorheben eines unbedeutenden Autors namens Franz Hessel; am 2. August 1925 taucht der Name das erste Mal auf, «mein Freund Franz Hessel, Lektor bei Rowohlt» – am 24. September 1926 erscheint in der «Literarischen Welt» Benjamins erste Hessel-Kritik über «Teigwaren, leicht gefärbt», eine hübsche Nichtigkeit – 1928 erscheint seine «Einbahnstraße» bei Rowohlt. «War Korruption im Spiel?»

So manches Urteil scheint nicht ungetrübt. Blochs durchaus vehemente Analyse des Nazismus, sein Buch «Erbschaft dieser Zeit», eine Art intellektuelle Partitur zu Brechts gestischen Szenen «Furcht und Elend des Dritten Reiches», erfährt diese überraschend herbe Abfuhr: «Der schwere Vorwurf, den ich dem Buch mache (wenn auch nicht dem Verfasser machen werde) ist, daß es den Umständen, unter denen es erscheint, in gar keiner Weise entspricht, sondern so deplaziert auftritt wie ein großer Herr, der, zur Inspektion einer von Erdbeben verwüsteten Gegend eingetroffen, zunächst nichts eiligeres zu tun hätte, als von seinen Dienern die mitgebrachten – übrigens teils schon etwas vermotteten – Perserteppiche ausbreiten, die – teils schon etwas angelaufenen – Gold- und Silbergefäße aufstellen, die – teils schon etwas verschossenen – Brokat- und Damastgewänder sich umlegen zu lassen. Selbstverständlich hat Bloch ausgezeichnete Intentionen und erhebliche Einsichten. Aber er versteht es nicht, sie denkend ins Werk zu setzen. Seine übertriebenen Ansprüche hindern ihn daran. In solcher Lage – in einem Elendsgebiet – bleibt einem großen Herrn nichts übrig als seine Perserteppiche als Bettdecken wegzugeben und seine Brokatstoffe zu Mänteln zu verschneiden und seine Prachtgefäße einschmelzen zu lassen.»[92]

Man wundert sich über diesen Verbal-Akt des Nichtbegreifens, über diese Unruh-Last der vokabulären Vernichtung statt echter Auseinandersetzung (vielleicht ja auch über das Phänomen Faschismus). Aber man wundert sich nicht mehr, liest man die nahezu kakelnde Aufregung, mit der Benjamin alle Briefpartner seit Monaten befragt: «Haben Sie das neue Buch von Bloch gelesen, es soll peinliche und bösartige Auseinandersetzungen mit mir enthalten», germanisches Café. Blochs keineswegs peinliche und bösartige Überlegung zur «Einbahnstraße» wäre mehr als ein Rankünewitterndes Aperçu wert gewesen. Sein Beschluß war eher nachdenklich stimmend: «Das surrealistische Philosophieren ist musterhaft als Schliff und Montage von Bruchstükken, die aber recht pluralistisch und unbezogen solche bleiben. Konstitutiv ist es als Montage, die an wirklichen Straßenzügen mitbaut, dergestalt, daß nicht die Intention, sondern das Bruchstück an der Wahrheit stirbt und für die Wirklichkeit verwertet wird; auch Einbahnstraßen haben ein Ziel.»[93]

Pluralistisch und unbezogen. In der Tat zwei Begriffe, die auch Benjamins kritische Waffengänge zu kennzeichnen vermögen. Einer der wichtigsten sowjetischen Romane, den wir schon erörterten, Gladkows «Zement», bleibt unbegriffen, der episch-moralische Drehpunkt, daß nämlich moralisch unrecht haben kann, wer politisch recht hat, wird schlicht als «Emanzipation» mißverstanden: «Hier hat eine große Erfahrung sich gültig gestaltet: nicht nur die Bindung, auch die Entfremdung der Gatten hat kanonische Formen, die mit den Zeitaltern sich verändern und oft, so unaussprechlich wie die Liebesformen selber, die Züge dieses ihres Alters tragen. Allmählich prägt sich, anders als die aufgeklärten Philanthropen es erwartet haben (wie für Rußland, so auch für Europa), das wahre Antlitz einer Emanzipation der Frau. Wenn wirklich die Befehls- und Herrschgewalten weiblich werden, dann wandeln sich diese Gewalten, wandelt das Weltalter, wandelt das Weibliche selber sich. Wandelt sich nicht ins vage Menschliche, sondern es schickt sich an, ein neues, ein rätselhafteres Antlitz erstehen zu lassen: ein politisches Rätsel, wenn man so will, ein Sphinxgesicht, mit dem verglichen alle Boudoirmysterien verbrauchten Scherzfragen ähnlich sehen. Dieses Gesicht ragt in das Buch hinein.»[94]

Die, vorsichtig gesagt, unangemessene Sprache verrät unangemessenes Denken – ohne Bezug zur übrigen proletarischen Literatur, zu den Büchern von Neukrantz oder Bredel oder Schönstedt oder Marchwitza kann dieses Buch weder in seinen Kategorien erfaßt noch in seiner Besonderheit gedeutet werden[95]. Diese Gleichgültigkeit dem wahren Gegenstand – nicht dem Inhalt – des kritisierten Buches gegenüber zeigt auch die Besprechung des Briefwechsels Lenin–Gorkij. An der Beziehung dieser Männer wäre nun wirklich exemplifizierbar das Verhältnis Geist und Macht, die Interdependenz, das Fehlverhalten, die Tragik auch zweier verschiedener politischer Entwürfe, beide nur annäherbar, beide nicht einlösbar. Nichts davon bei Benjamin; statt dessen schieres Gerede, banales Feuilleton im schlimmsten Sinne, inhaltsloses Appeasement, Rotwelsch:

«Nicht als private Zeugnisse eines ‹Genies› im Sinne bürgerlicher Geschichtsschreibung sind diese Briefe zu lesen. Jede undialektische Konstruktion der Individualität – und die bürgerliche ist eine solche – muß fallen. Die dialektische aber kristallisiert sich um die Verantwortung. Einzig und weit ist die Person nicht in der Fülle dessen, wie sie lebt – sie reicht, soweit der Kreis der Dinge sich dehnt, für welche sie haftet: haftbar gemacht werden muß, nicht haftbar sich fühlt. Größe im Sinne des historischen Materialismus bestimmt sich an dem Maße, in welchem die ‹Indifferenz› der Person ‹schöpferisch› durch Verantwortung wird. So gesehen sind diese Briefe, in welchen Freundschaft unter dem Diktat politischer Verantwortung sich zeigt, ein neues Zeugnis für Lenins Größe.»[96]

Hier spricht ersichtlich ein «would-be»-Linker, einer, der seine Sprache überlagert hat mit marxistischem Modevokabular, obwohl deren innere Struktur – wie seine Denkstrukturen – nichts mit Materialismus zu tun haben. Der große Appell Gerhard Scholems vom März 1931 – aus Jericho! – ist nicht abzutun: «Es ist jedem unbefangenen Leser deiner Arbeiten, scheint mir, klar, daß du in den letzten Jahren dich zwar, entschuldige wenn ich sage: krampfhaft, bemühst, deine zum Teil sehr weitreichenden Einsichten in einer der kommunistischen denkbar angenäherten Phraseologie vorzutragen, daß aber – und hierauf scheint es mir anzukommen – eine verblüffende Fremdheit und Beziehungslosigkeit besteht zwischen deinem *wirklichen* und deinem *vorgegebenen* Denkverfahren. Du gewinnst deine Einsichten nicht etwa durch eine strenge Anwendung einer materialistischen Methode, sondern vollständig unabhängig davon (bestenfalls), oder (schlechtestenfalls, wie in manchen Arbeiten aus den letzten zwei Jahren) durch ein Spielen mit den Zweideutigkeiten und Interferenzerscheinungen dieser Methode... Das ostensible Bemühen dagegen, diese Resultate nun in einen Rahmen einzuspannen, in dem sie sich plötzlich als Scheinresultate materialistischer Überlegungen darstellen, bringt ein ganz fremdes, mit Leichtigkeit von jedem intelligenten Leser loszulösendes Form-Element hinein, das deiner Produktion in dieser Zeit den Stempel des Abenteuerlichen, Zweideutigen und Volteschlägerischen aufdrückt. Du wirst verstehen, daß ich einen so demonstrativen Ausdruck nicht ohne größtes Widerstreben gebrauche; aber wenn ich mir zum Beispiel die geradezu phantastische Diskrepanz vergegenwärtige, die in einer so großartigen und zentralen Arbeit wie der über Kraus zwischen der wahren und der durch die Terminologie vorgestellten Methode klafft, wie da plötzlich alles hinkt, *weil die Einsichten des Metaphysikers über die Sprache des Bürgers,* ja sagen wir selbst über die des Kapitalismus, auf künstliche und eben nur allzu leicht durchschaubare Weise *identifiziert werden mit denen des Materialisten über die ökonomische Dialektik der Gesellschaft* dergestalt, daß es scheinen möchte, als ob sie auseinander hervorgingen! – so bestürzt es mich, mir sagen zu müssen, daß diese Selbsttäuschung nur möglich ist, weil du sie willst, und mehr: daß sie nur dauern kann, solange sie nicht auf die materialistische Probe gestellt wird. Die völlige Gewißheit, die ich behaupte, darüber zu haben, was deinem Schrifttum geschehen würde, wenn es sich beifallen ließe, *innerhalb* der kommunistischen Partei zu erscheinen, ist recht trübselig.»[97]

Jürgen Habermas hat in seiner Studie über Walter Benjamins Aktualität dessen gesamtes ästhetisches Konzept ins Reich des eher Konservativen verwiesen, ihn gegen den eigenen Irrtum und den «Wunsch seiner marxistischen Freunde» verteidigt, hier handele es sich um eine eigene Rezeption des historischen Materialismus; des DDR-Literaturwissenschaftlers Gerhard Seidel Jubelruf in der inzwischen zurückgezogenen Leipziger Benjamin-Ausgabe, hier habe man es mit «Denken vollends im hellen Mittag materialistischer Erkenntnis» zu tun, klingt einigermaßen unvermittelt. Habermas' Begriff des «Messianismus» meint, was mit Rückgriff auf Bakunin «elitär» genannt wurde. Und sein Beweis, daß auch die Sprachtheorie Benjamins die Darstellungsfunktion der Sprache – also die humanspezifischen Eigenschaften – eher leugnet zugunsten ihrer expressiven Qualität, komplettiert dieses Bild; denn expressive Eigenschaften kommen ja auch der «Sprache» der Tiere zu – die Engelssche «Arbeitskraft» Sprache aber, wichtiger Teil der Menschwerdung als Kommunikation aus dem Arbeitsprozeß heraus, findet Benjamins Interesse nicht. Habermas' weitergreifende Untersuchung geht nur an einer Stelle auf Literatur*kritik* ein:

«Seine Kunstkritik verhält sich zu ihren Gegenständen konservativ, gleichviel, ob es sich ums barocke Trauerspiel, um Goethes Wahlverwandtschaften, Baudelaires Fleurs du Mal oder den sowjetrussischen Film der frühen zwanziger Jahre handelt; sie zielt zwar auf die ‹Mortifikation der Werke›, aber die Kritik verübt am Kunstwerk eine Abtötung nur, um das Wissenswürdige aus dem Medium des Schönen ins Medium des Wahren zu transponieren – und dadurch zu retten.»[98]

Interessant ist, eine kritische Operation Benjamins an diesem konkreten Beispiel zu verfolgen. In der Nr. 7/1930 der Zeitschrift «Die Gesellschaft» veröffentlichte Benjamin eine Kritik des im Jahr zuvor bei S. Fischer erschienenen Romans «Berlin Alexanderplatz» von Alfred Döblin. Das Buch, erste deutsche Nachfolge bestimmter epischer Methoden, die bis dato von Joyce oder Dos Passos bekannt waren, erregte beträchtliches Aufsehen. Döblin, früheres USPD-, zu der Zeit SPD-Mitglied, hatte schon viel publiziert – nicht zuletzt unter dem Pseudonym Linke Poot (dem das treffende Wort von der «Republik ohne Gebrauchsanweisung» zu verdanken ist). Die kommunistische Linke attackierte das Buch. Gleich 1929 veröffentlichte in der Dezember-Nummer der «Linkskurve» Klaus Neukrantz einen heftigen Angriff:

«Döblin hat in diesem Buch seiner offen erklärten Feindschaft gegen den organisierten Klassenkampf des Proletariats unverhüllten Ausdruck gegeben. Soweit überhaupt bei ihm von politisierenden Arbeiten die Rede ist, sprechen sie nicht die Sprache des klassenbewußten Arbeiters, sondern einen Kaschemmenjargon. Döblin macht den bewußten Versuch, den Typus des Arbeiters unserer Zeit, der durch die politischen und ökonomischen Auseinandersetzungen mit dem Kapital zu einer ausgeprägten scharf umrissenen Gestalt geformt wurde, mit einem Zynismus sondergleichen zu verhöhnen und lächerlich zu machen... Unter einer geschickten Maske verbirgt dieses Buch einen reaktionären und konterrevolutionären Angriff auf die These des organisierten Klassenkampfes.»[99]

Otto Biha, soeben aus dem Feuilleton der «Roten Fahne» zur «Linkskurve» als deren verantwortlicher Redakteur übergewechselt (er lebt heute in Jugoslawien und publiziert unter dem Namen Oto Bihalji-Merin Essays über bildende Kunst), kritisierte sieben Nummern später noch einmal scharf Döblins politischen Standort. Das alles war Benjamin natürlich bekannt, als seine Kritik erschien. Sie beginnt so:

«Das Dasein ist im Sinne der Epik ein Meer. Es gibt nichts Epischeres als das Meer. Man kann sich natürlich zum Meer sehr verschieden verhalten. Zum Beispiel an den Strand legen, der Brandung zuhören und die Muscheln, die sie anspült, sammeln. Das tut der Epiker. Man kann das Meer auch befahren. Zu vielen Zwecken und zwecklos. Man kann eine Meerfahrt machen und dann dort draußen, ringsum kein Landstrich, Meer und Himmel, kreuzen. Das tut der Romancier. Er ist der wirklich Einsame, Stumme. Der epische Mensch ruht nur aus. Im Epos ruht das Volk nach dem Tagwerk; lauscht, träumt und sammelt. Der Romancier hat sich abgeschieden vom Volk und von dem, was es treibt. Die Geburtskammer des Romans ist das Individuum in seiner Einsamkeit, das sich über seine wichtigsten Anliegen nicht mehr exemplarisch aussprechen kann, selbst unberaten ist und keinem Rat geben kann. Einen Roman schreiben heißt, in der Darstellung des menschlichen Daseins das Inkommensurable auf die Spitze treiben.»[100]

Benjamins Analyse ist lediglich eine Formel-Beschreibung, der «Dialogue intérieur» wird als zu große Nomenklatur verworfen, das Stilprinzip als konstituierend (den Roman «sprengend») hervorgehoben; er sieht Charles Dickens' «großen Zauber» am Werk, dessen Vorführen von Interessenidentitäten der Bürger und Verbrecher – homogene Bürger- und Ganovenwelt. Benjamin sieht Franz Biberkopfs Weg zum Zuhälter und zum Kleinbürger als «heroische Metamorphose des bürgerlichen Bewußtseins». Die Geschichte des Franz Biberkopf als éducation sentimentale der Ganoven – «äußerste, schwindelnde, letzte, vorgeschobenste Stufe des alten bürgerlichen Bildungsromans».

Stimmt das? Zu fragen bleibt: biegt Benjamins Analyse nicht, keineswegs zufälligerweise, aus vor dem eigentlichen Thema des Romans, jener *emanzipatorischen Aktivität* nämlich, die Günter Grass von Döblins Figuren als «Helden wider die Absurdität» sprechen ließ? Das Modell «Bildungsroman» ist ja Passivitätschiffre. Benjamin amputiert gleichsam das Buch. Der Satz Döblins «weiter ist hier von seinem Leben nichts zu berichten» ist eben *nicht* das Ende des Romans – die letzten acht Zeilen sind kursiv gesetzt und beginnen mit dem Satz: «Es geht in die Freiheit, die Freiheit hinein, die alte Welt muß stürzen, wach auf, die Morgenluft.»[101]

Das ist, wenn man wie Benjamin die Handlung des Romans als sein Thema mißversteht, anorganischer Appendix, auf eine Leidensgeschichte okulierter Zweig der Aktivität. Das ist aber, wenn man die das Buch durchziehenden Autoren-Kommentare, die scheinbar abseitigen Geschichten, Zitate aus dem Alten Testament, symbolischen Erzählungspartikel etc. nicht als Technik, sondern als den tieferen Sinn des Buches versteht, die «Botschaft». Nach jenem Satz nämlich, daß es hier nichts weiter zu berichten gäbe, heißt es: «Wir sind am Ende dieser Geschichte. Sie ist lang geworden, aber sie mußte sich dehnen und immer mehr dehnen, bis sie jenen Höhepunkt erreichte, den Umschlagspunkt, von dem erst Licht auf das Ganze fällt.»[102]

Danach kommt bekanntlich die Passage vom Sich-Stoßen, vom Hinfallen, vom Erwachen: «Da brannte die Laterne hell über ihm, und das Schild war zu lesen.»[103]

Hier ist der «Umschlagspunkt», der auch Döblins Meisterschaft ausweist, mit der zur inneren Struktur des Romans, sehr langsam durch die äußere, die «Methode» geführt wird. Des letzten Buches achtes Kapitel heißt «Aller Anfang ist schwer», das Kapitel davor ist überschrieben «Abzug der Bösen Hure». Biberkopf erwacht, hat nachgedacht (im 5. Kapitel heißt es noch «er hat nichts zugelernt und nichts erkannt»); das «Licht auf das Ganze» ist die helle Laterne, das Schild, das zu lesen war, ist – neuer Anfang; er heißt nun Franz Karl Biberkopf. Er kann *tun*. Döblins Vision riesiger Marschzüge – nach Abzug der Hure Babylon – ist der Text jenes nun lesbaren Schildes, und es ist eine konkrete Vision: «...marschiert die französische Revolution, marschiert die russische Revolution, marschieren die Bauernkriege, die Wiedertäufer...»[104]

Aus einem Wesen ist ein Individuum geworden, Opfer ist nicht Kapitulation. In kunstvoller Mosaikarbeit ist das zusammengesetzt worden auf ein deutliches Ziel hin; ob die «Mahnungen» der Schlachthofszenen («Wenn du dich nicht bald zusammennimmst, wirst du ins Asyl müssen...») oder die Warnungen des alten Juden («Aber die Hauptsache am Menschen sind seine Augen und seine Füße. Man muß die Welt sehen können und zu ihr hingehen») oder der aktivierende Rhythmus der Sprache, der durch den ständigen Wechsel von Imperfekt und Präsens erreicht wird: Franz Biberkopf ist keineswegs in jenen «Himmel der Romanfiguren entrückt worden», wo ihn «Hoffnung und Erinnerung... über sein Geschicktsein trösten». So will es Walter Benjamin – Döblin nicht. Daß Benjamin sich diesem Buch in seiner Kritik – einer der wichtigsten von etwa hundert – letztlich verweigert, ins formale Konstatieren ausweicht vor der Analyse des Gemeinten, ist paradigmatisch. Die Literatur dieses Melancholikers, eitel aus Ängstlichkeit, intelligent aus Flucht, war Traum, nicht Tat.

Jede Form ist ein Konzept vom Menschen

Max Raphael – eine materialistische Kunsttheorie, die sich als Widerspruch zu sich selber begreift

Aufbruch und Abgesang lagen einander so nahe wie die beiden Enden eines Hufeisens, der Mitte jeweils fern. Seine zweite Buchpublikation, schon kurz nach Erscheinen als bedeutender Beitrag der Kunstphilosophie gewertet, schloß mit dem Abscheu vor einer Zeit, in der die Politik die Stelle des Ethos ersetzt und das Feuilleton über die Philosophie triumphiert habe; vor einer Gegenwart, die erfüllt sei vom Ruf nach mehr Lohn und weniger Arbeit: «Diese Gegenwart, die uns den Seufzer aus der Seele ringt: domine, miserere nobis.»[1] Das war 1921.

Mehr als eineinhalb Jahrzehnte später hielt der Pariser Emigrant Vorträge zur marxistischen Kunsttheorie im Louvre, die mit dem Satz anhoben, der Marxismus habe in hundert Jahren wenig zur Entwicklung einer Wissenschaft der Kunst geleistet: «Es ist eine unleugbare und sehr erregende Tatsache, daß der Marxismus – seit der Leistung von Marx selbst – auf der ganzen theoretischen Front keinerlei wesentliche Fortschritte gemacht hat, daß er – als wäre er eine bürgerliche Ideologie und nicht eine in der konkreten Geschichte wurzelnde, mit ihr sich umwälzende Theorie – zu einer Wiederkäuerangelegenheit geworden ist und schließlich (trotz des von Lenin gebotenen Einhaltes) unter jedes noch bezeichenbare Niveau gesunken ist.»[2]

Zwischen diesen beiden Positionen liegt die Entwicklung eines Kunsttheoretikers, die er selber (in unveröffentlichten autobiographischen Notizen) vielleicht am besten charakterisiert hat: «Aber das ist für meinen Hang, das Unmögliche zu wollen, sehr charakteristisch.»[3]

Ein Lebensweg, auf beunruhigende Weise ähnlich dem Walter Benjamins. Max Raphael wurde 1889 in Schönlanke geboren, einem winzigen Ort in Westpreußen, dessen knapp 5000 Einwohner zu zwei Drittel protestantisch waren; der Rest teilte sich in Katholiken und Juden. Der Einfluß des Rabbiners wich bald einer bestimmten Haltung «gegen die drei Religionen, wohl bedingt durch die Lage der drei Kirchen. Jede der Kirchen war für die anderen Gläubigen unzugänglich»[4]. Schon 1900 übersiedelt die Familie nach Berlin, Raphael beginnt nach dem Gymnasium in München und Berlin bei Georg Simmel und Heinrich Wölfflin zu studieren, der es ablehnt, eine Arbeit über Picasso auch nur zu lesen, geschweige denn, sie als Dissertation anzunehmen. Die akademische Laufbahn bleibt Raphael so verschlossen, seinem Studium der Nationalökonomie bei Lujo Brentano und Schmoller schließt er schließlich ein zweites Studium (der Mathematik und Naturwissenschaften) in Berlin an. Aber Raphaels kunstwissenschaftliche Interessen führen ihn, statt sich einem bürgerlichen Universitätsabschluß zu widmen, früh nach Frankreich, wo er unter anderem Vorlesungen bei Bergson hört. Nachdem er schon 1910 Max Pechstein kennengelernt hatte, ist die Begegnung mit Rodin und dem jungen Picasso bahnbrechend. Er verwirft eine eigene Studie über Rodin nach dessen Ratschlag: «Wenn Sie an einer einzigen meiner Skulpturen, am besten einem unvollendeten Werk, meine künstlerische Methode entwickeln können, dann können Sie vermeiden, den vielen schlechten Büchern, die man über meine Kunst geschrieben hat, ein weiteres schlechtes hinzuzufügen.»[5]

Statt dessen entsteht sein Buch «Von Monet zu Picasso», das 1913 in München und Leipzig erscheint, wohl eine der ersten deutschen Veröffentlichungen, die Picasso als Beginn einer neuen Kunstperiode ernst nehmen, die von der «Eroberung des neuen Lebensgefühls» sprechen. Es ist ein Buch, gänzlich getragen vom Duktus werkimmanenter Interpretation, vom Konzept des Genies, das aus sich heraus eine Welt schafft: «Matisse sagte mir einmal, daß er Wochen und Monate durch dieselben Dinge gehe, bis sie ihn plötzlich zum Schaffen drängen. Und dann mit einer unabweislichen Energie. Künstler berichten, daß der

Rhythmus eher da war als der Text, ein Liniengewirr vor der Figur. Dem entspricht die Energie des Berufenseins.»[6]

Das schmale Buch nennt sich im Untertitel «Grundzüge einer Aesthetik und Entwicklung der modernen Malerei», sein Einleitungsaufsatz ist der «Versuch einer Grundlegung des Schöpferischen» und ist eine rein formal interessierte Studie des Stilwandels vom Impressionismus bis Picasso; es ist zugleich energische Abwehr mimetischer Kunstkonzepte. Max Raphaels «Hauptworte» sind schöpferischer Trieb, Empfindung, immanent:

«Erst wenn der Nachdruck ganz ins Subjekt gelegt wird, wenn der schöpferische Trieb sich nicht mehr als Wiedergabe und Ordnung der Realität, sondern als gesetzmäßiges Setzen seiner ihm immanenten Funktion erkennt; wenn die Realität mit Zeit, Raum und Kausalität nicht mehr als Empfindung erlebt und als Kategorie gefordert wird, sondern als eine neue, in sich beschlossene Welt aus den Gründen der Gesetze des Werdens der Objekte gestaltet wird; wenn das Erlebnis nicht mehr eine Vereinzelung oder ein Allgemeines ist, sondern eine Totalität, von der Basis des Psychologischen fortgerückt wird in eine ganz andere Ebene, in der es seinen letzten Sinn und seine logischen Ausdrucksformen findet, dann erst hat der schöpferische Trieb seine letzte und höchste Gestaltungsstufe: die absolute Gestaltung erreicht, die aber nach der Veranlagung des Menschen immer nur ein unendliches Ziel bleiben kann.»[7]

In dieser Zeit entstehen auch dramatische Versuche, die Raphael vernichtet. Im Ersten Weltkrieg dient er als Rekrut, es heißt, ein unveröffentlichtes Kriegstagebuch habe seiner wachsenden antimilitaristischen Haltung Ausdruck gegeben[8]; der Titel lautete, in unbewußter Heinrich-Mann-Paraphrase, «Geist gegen Macht». Wichtig für Raphaels Arbeit und seine Entwicklung werden die Jahre 1920 bis 1932 in Berlin, unterbrochen von einigen Kuraufenthalten in Davos – zu langes Forschen und Vermessen in ungeheizten Kirchen hatten ihm ein Lungenleiden zugezogen. Seine überaus akribische, zu einer gänzlich neuen Betrachtungsweise führende Untersuchung aus dem Jahr 1930, «Der dorische Tempel – dargestellt am Poseidonstempel zu Paestum», ist gewidmet «meinen Hörern der Volkshochschule

Groß-Berlin als Erinnerungszeichen gemeinsamer Arbeit». Ab 1924 lehrte Raphael dort, gut die Hälfte seiner Veranstaltungen waren Museumsführungen und Kunstkurse; aber er hielt auch Vorlesungen über die disparatesten Themen, von Aristoteles zu Husserl, von Meister Ekkehart zur Analyse einer Rembrandtzeichnung, von Hegel zu Marx.

Das war der Weg. Das war das Ergebnis eines polyglotten Studiums von staunenswerter Vielfalt der Interessen, für die Raphael auf Reisen durch ganz Europa Material und Belege gesammelt hatte, ob in Chartres oder Sizilien. Abhandlungen «über den Prosastil von Paul Valéry» oder die «pyrrhonäische Skepsis» betiteln diesen Hunger nach Neugier und Wissen. Zu stillen schien dieser Hunger Max Raphaels nur auf dem Wege «von der Niederschrift des Einzeln-Monographischen aus zur totalen Methode»[9]. So jedenfalls charakterisierte er seine Mitarbeit an den von Maximilian Beck herausgegebenen «Philosophischen Heften», in denen auch seine erste wichtige Arbeit zu dem neuen Thema, der neuen totalen Methode, veröffentlicht wurde: «Zur Kunsttheorie des dialektischen Materialismus.» Der Herausgeber schickte dem Aufsatz eine sehr distanzierte Vorbemerkung voraus:

«Man kann den historischen Materialismus weder durch vulgäre Zerrbilder seiner Theorie und Schlagworte noch durch vornehmes Schweigen oder gar durch Schimpfen überwinden. Sondern: man muß ihn verstehen, um bei einem Widerlegungsversuch wirklich ihn selbst zu treffen! Und zu allererst muß man ihn so verstehen, wie er sich im Kopfe von Anhängern interpretiert, die nicht verbohrte Politiker und Positivisten ohne Organ für die autonomen Werte geistigen Bereiches sind, sondern Geister mit echtem und konkretem Verhältnis zu Philosophie, Wissenschaft, Kunst und Literatur... Max Raphael ist wie kein anderer dazu legitimiert, uns die Basis einer sachlichen Diskussion zu geben, die dazu dienen soll, in einer späteren Publikation dieser Zeitschrift das Gegenteil des historischen Materialismus: die primäre geschichtliche Bestimmungskraft geistiger Werte zu beweisen.»[10]

Dieser Text führt auf exemplarische Weise Raphaels Fragestellung vor wie die Widersprüchlichkeit seines Antwortversuchs. Der Hauptwiderspruch wird in der Titelverschiebung eines späteren Buches deutlich – Elemente einer Erkenntnistheorie liefert Raphael durchaus, eine «materialistische Theorie des geistigen Schaffens» keineswegs.

Schon dieser frühe Aufsatz reduziert den Vorgang geistiger und künstlerischer Produktion auf die Rezeption; nicht Agens, sondern Reagens. Fast alles, was Max Raphael als notwendig zu berücksichtigende Elemente der Genesis eines Kunstwerks anführt – ökonomische, historische, politische Strukturen, kurz: gesellschaftliche –, zeugt von hoher analytischer Intelligenz, die mit fundierter Bildung argumentiert. *Fast* alles – denn einer seiner Kernsätze zeigt bereits eine bestimmte kategoriale Unsicherheit: «Wenn man feststellt, daß die protestantischen Landesfürsten Deutschlands und der Protestantismus als herrschende Klasse und Ideologie Künstler bevorzugt haben, deren einseitige Expression in Manierismus endete (während der komplexe und normative Dürer nur gelegentlich herangezogen wurde); daß dagegen schon vorher italienische Stadtfürsten sich an einen Lionardo hielten – ist damit nicht der sporadische Charakter protestantischer und norddeutschlandesfürstlicher Kunstverbundenheit gleich am Anfang vollständig bloßgelegt? Und wenn man feststellt, daß das Papsttum eben diesen skeptisch-mystischen, normativen, komplexen Lionardo verschmähte, sich dagegen an den monomanen Michelangelo hielt, der von der Sache und der Norm zur Expression sich entwickelte, oder an den geschmäcklerisch-schönen Raffael –, ist damit nicht schon der Schein in der liberalen und weltfreudigen Geste des Medicäers enthüllt, das wahre Kräfteverhältnis zwischen der Person des Papstes und der Institution der Kirche und die reaktionäre Tendenz des Katholizismus?»[11]

Die Crux ist offenbar: Was heißt «sporadisch, normativ, komplex, monoman» in diesem Zusammenhang? Raphael setzt eine Begriffsapparatur ein, die weder abgesichert noch erläutert ist. Was kein «stilistisches» Problem ist, vielmehr eines des analytischen Prozesses: Im selben Kontext finden sich auch die Begriffe «Werthöhe» und «Intensität».

Hier nun hätte zu beginnen, wer ästhetische Kategorien neu überdenken will. Raphael hört hier auf. Er nennt bestimmte Kunstwerke (etwa die Kathedrale von Chartres) «bedeutender» als andere – ohne auszuweisen, worin ihre (gar überragende) Bedeutung liegt. Er bleibt bei wertindifferenten Urteilen – was er ehrlicherweise sieht und sagt: Das müsse späteren, ausführlicheren Abhandlungen überlassen werden.

Der Aufsatz erschien 1932. Ein Jahr des Bruchs in mehrfachem Sinne. Raphael gab seine Lehrtätigkeit an der Volkshochschule auf. Verschiedene Quellen nennen «rassische und politische Gründe», was einigermaßen vordatiert scheint. Wahrscheinlicher klingt die Angabe seines späteren Briefpartners und Schülers Claude Schaefer, Raphaels Themenvorschlag «Die Geschichte des dialektischen Materialismus» sei abgelehnt worden, und er habe daraufhin das Lehramt niedergelegt.[12]

Max Raphael lebt von nun an in Paris, arbeitet wie immer an disparatesten Themen, Homer und Spinoza, Flaubert, Racine oder die «Ästhetik der romanischen Kirchen in Frankreich», publiziert über den Schulneubau seines Freundes André Lurçat im Auftrag der kleinen kommunistischen Pariser Vorstadtgemeinde Villejuif und «Trois études sur la sociologie de l'art – Proudhon, Marx, Picasso». Derselbe Pariser Verlag – Editions Excelsior –, der diese seine erste französische Buchpublikation 1933 vorlegt, gibt ein Jahr später auf deutsch die Zusammenfassung dessen heraus, was Max Raphaels Annäherung an materialistische Denkkategorien genannt werden kann: «Zur Erkenntnistheorie der konkreten Dialektik.»

Das Buch ist wesentlich identisch mit dem 1974 in Frankfurt/Main erschienenen Band «Theorie des geistigen Schaffens auf marxistischer Grundlage», das sich lediglich durch Marginalien unterscheidet. Es ist die 1932 versprochene «ausführliche Abhandlung» zum Thema seines Aufsatzes desselben Jahres. Doch dieses Versprechen löst er nicht ein.

Max Raphael hat in seiner Untersuchung, deren Sprache spröde bis dürr ist, nicht viel mehr geleistet als eine voluminösgebildete Interpretation bestimmter, von Marx und Engels gelieferter Standards: daß «Zeit» – also gesellschaftliche Realität in ihrer komplexen Form – jegliches Kunstwerk prägt, ja nahezu produziert. Gut.

Aber, mit Brecht zu sprechen, das – wenn nicht Autarke, so doch – Autonome der Kunst ist damit auch nicht ansatzweise begriffen. Hans-Dietrich Sander hat in seinem brillanten Essay über Max Raphael die klassische Formulierung gefunden: «Mit dem Einbruch der Zeit in das Spiel hat man das Spiel noch nicht.»[13] Eben das *quale,* nach dem zu fragen ist, der eigene Raum, die Existenz *sui generis* des Kunstwerks bleibt unerschlossen. Raphael erörtert den berühmten Marxschen Fragesatz aus den «Grundrissen», warum ein bestimmtes Kunstwerk (die «Ilias») seine eigenen materiellen Bedingungen überdauert, «ewigen Reiz» haben kann – aber er verlängert lediglich die Frage durch Bildungsgeranke und kommentierendes Beiwerk; Antwort gibt er nicht.

Das Buch besteht gleichsam aus drei Ebenen: der immer wieder formulierten Aufgabenstellung («unsere Aufgabe ist jetzt klar erkenntlich»); dem exegetischen Zitieren vor allem später Engels-Briefe, in denen er sich mehr und mehr kritisch gegenüber früher geleisteten monokausalen Ableitungen zeigte («wir alle haben zunächst das Hauptgewicht auf die *Ableitung* der politischen, rechtlichen und sonstigen ideologischen Vorstellungen und durch diese Vorstellungen vermittelten Handlungen aus den ökonomischen Grundtatsachen gelegt und legen müssen. Dabei haben wir dann die formelle Seite über der inhaltlichen vernachlässigt: die Art und Weise, wie diese Vorstellungen etc. zustande kommen»[14]); das dritte Element gleicht einer Begriffswippe, in der Dialektik zur Sophisterei verkommt: «Was speziell die Irrationalität des Unbewußten und Unterbewußten angeht (das psychisch Irrationale als die sinnlichste Form des religiös Irrationalen), so leugnet der Marxismus nicht die Existenz dieser Tatsache; er verwahrt sich aber dagegen: daß man ihre erste Ursache woanders suchen dürfe als in einer materiellen Produktionsweise der Gesellschaft, die der objektiven Wirklichkeit der Außenwelt gegenüber noch ungenügend ist, und in der sozialen Rolle, die sie einzelnen Klassen und den angehörenden Menschen zuschreibt.»[15]

Max Raphael löst das immer wieder versucherisch gegebene Versprechen nicht ein. Hinter der (sehr) dornigen vokabulären Hecke liegt gar keine Jungfrau. Und so wird auch nicht wachgeküßt.

Der provokanten wie schlüssigen Frage, die Günter Kunert einmal so faßte: «Weswegen die Ode, wenn sie bloß eine Anweisung zur Solidarität enthält; dann doch lieber gleich die Anweisung», entzieht sich Raphael. Keines seiner Beispiele stimmt – Naturgefühl hat sich nicht geändert seit Gorkijs «Feinden» bis zu Bretons «Nadja» –, aber die Kunstformen offensichtlich; Flaubert, Fontane, Henry James: drei sehr unterschiedliche formale Angänge in *einer* Zeit, also als Produkt derselben gesellschaftlichen Verhältnisse. Das verstörend Unbefriedigende, gleichzeitig Erratische wie Löchrige dieser Abhandlung verdankt sich einer Eigentümlichkeit: Sie ist selber gänzlich unhistorisch. Max Raphael hat sich künstlich aus jedem Diskussionszusammenhang begeben; er hat gleichzeitig Resultate seiner Wissenschaft nicht zur Kenntnis genommen: Bloch oder Korsch, Benjamin oder Lukács existieren nicht.

Adorno und Horkheimer lehnten das Buch «mit Hinweis auf einige sprachliche Archaismen hochtönend ab», wie Raphaels Schüler, der jetzt in den USA lebende Kunsthistoriker Joachim Schumacher, berichtet[16]; doch Schumacher spricht selber von einem «oft strapaziert dürr» erscheinenden Text, von einem «Exzess formalbegrifflicher Nüchternheit»[17] und muß schließlich zugeben:

«Sollte Raphael diesen Text als Unterlage für einen Kursus geschrieben haben (was ich vermute, aber nicht beweisen kann), so hätte er bestimmt aus seiner großen Kenntnis kulturgeschichtlicher Stoffe und Tendenzen den Stufen der verschiedenen Denkprozesse die dazugehörigen Zimmer und Räume geöffnet.»[18]

Schon in seinen Pariser Vorträgen, die per «Ihr» und «Euer» beginnen und sich an «klassenbewußte Proletarier» wenden, fragt man sich, ob Raphael wirklich geglaubt hat, die Kompliziertheit seiner Terminologie, die unendlichen Assoziationen seiner großbürgerlichen Bildung – der parenthetische Bemerkungen über aquitanische Kuppelkirchen oder burgundische

Kirchenportale des XII. Jahrhunderts so selbstverständlich sind wie Periodisierungen «bis zum Thermidor» –, könnten von Arbeitern mitvollzogen werden. Ist das Sprache und Begriffswelt von Arbeitern?

«Das Paradigma der klassizistischen Kultur ist David. Unter dem ancien régime stellt er in einem farblosen Clair-obscur Mythologien und Geschichtsepisoden der Antike dar, die für die Eingeweihten einen revolutionären Sinn haben sollten, denn er war der Freund der Revolutionäre: Er stimmte für den Tod des Königs und fixierte das unbändige Temperament des erstochenen Marat. Einige Jahre später malte er die Krönung Bonapartes zum Kaiser in farbiger Buntheit und aufgeblasener Leere. Und als der Einzug der Bourbonen ihn nach Belgien ins Exil trieb, gab er mit überwiegend zeichnerischen Mitteln Portraits von einem Naturalismus, der im XIX. Jahrhundert kaum je überboten worden ist. Der Bürger hatte den Weg seiner möglichen und nötigen Metamorphosen durchlaufen.»[19]

Es wirkt wie ein Exerzitium für Eingeweihte, hat Monologstruktur. Das ist das zweite Charakteristikum der meisten Arbeiten Raphaels – sie stehen in keinerlei Arbeits- oder Diskussionszusammenhang mit den Arbeiten materialistischer Denker seiner Zeit; eine verblüffende Tatsache angesichts des Klischees von der Weimarer Republik als eines einzigen, riesigen romanischen Cafés. Tatsächlich scheint Raphael die Arbeiten von Wittfogel und Lukács in der «Linkskurve», die Thesen Blochs in der «Weltbühne» oder Texte Brechts und Korschs überhaupt nicht gelesen zu haben. Es sei denn, man wollte seine Ausarbeitung des Begriffs «Tendenz» als polemisch gegen Lukács gerichtet sehen – was offensichtlich nicht der Fall ist:

«Wesentlich bewußter als die Grenzen der überlieferten Ausdrucksmittel werden dem Künstler gewisse Eigentümlichkeiten der Inhalte, welche ihm die Arbeiterbewegung zur Gestaltung darbietet, und gegen die er prinzipielle Einwände von seinem Standpunkt als Künstler glaubt erheben zu müssen. Er wehrt sich dagegen, seine Kunst in den Dienst des politischen Tageskampfes zu stellen, weil dessen Parolen jener inneren Spannweite und Totalität entbehren, die ein Stoff haben müsse, um künstlerisch gestaltbar zu sein. Ihr könnt ihm erwidern, daß die politischen Tagesereignisse nur ein Teil des weltgeschichtlichen Kampfes um eine neue Gesellschaftsordnung sind, des Kampfes einer Klasse für das Menschentum aller, das Sich-Opfern für die Heraufführung einer neuen Kultur, und daß es nur nötig ist, die tägliche Phase, ihre Anforderungen und ihre Nöte, in diese Gesamtlinie hineinzustellen, um zu der gewünschten Weite und Ganzheit zu kommen.

Es verbirgt sich hinter diesem Entwurf die Furcht des Künstlers vor der Tendenz. Es ist ihm zu antworten: Tendenz ist ein Interessensbegriff. Die Interessen können beschönigt oder herausgestellt werden, aber die Apotheose ist nicht weniger eine Tendenz als die Anklage. In diesem Sinne erscheint der beherrschten Klasse vieles als Tendenz, was der herrschenden Klasse selbstverständlich ist und umgekehrt.»[20]

So bietet er auch eine wahre Anthologie später Engels-Briefe, um vor monokausalen Ableitungen zu warnen, die dem Mißverständnis Vorschub leisten könnten, Kunst sei allenfalls eine Illustration ökonomischer Zusammenhänge und Bewegungen[21].

Darüber aber war die Diskussion seiner Zeit bereits weggeschritten, eine gewisse Eigengesetzlichkeit der Kunst zugebilligt worden – im Rahmen des Realismus. An dieser Debatte beteiligte sich Max Raphael nicht, er definiert aber (in einem unveröffentlichten Fragment «Künstler als Politiker») die Rolle und Funktion der Künstler so, als habe er die Formel seines Lehrers Bergson vom schöpferischen Trieb als einem «élan original» nie ganz vergessen. In seinem frühen Buch «Von Monet zu Picasso» benutzte er diese Terminologie, sprach vom Künstler als dem «geborenen Feind des Sozialen, das Nivellierung oder Veräußerlichung bedeutet»[22]. Jetzt, in dem Nachlaßfragment, nennt er den Künstler ein «für jede Revolution unzuverlässiges Element» und gibt der Kunst ganz und gar erstaunliche Prioritäten, auch und gerade in ihrer politischen Wirkmöglichkeit:

«Der Künstler ist nicht ein praktisch-ökonomisches und ein logisches Wesen... Er gehorcht nicht dem Satz von Grund und Folge, sondern dem Gesetz von Reiz und Reaktion, von Einwirkung und Entfaltung. Er bedarf der Anziehung, der Pflege durch seine Umgebung, er neigt sich seinem Wesen gemäß (und nicht nur um materieller Vorteile wegen oder aus Berechnung) derjenigen Schicht zu, die ihm ein Maximum an Selbstverwirklichung erlaubt. Will daher eine sociale Schicht, eine Klasse, daß der Künstler in ihren Dienst tritt, so muß sie gleichzeitig in den Dienst des Künstlers treten.

Der Künstler kann auf zweifache Weise politisch wirken, einmal direkt wie jeder Bürger, dann indirekt durch die Kraft seines besonderen Berufes. In beiden Fällen bleibt er durch seine Klassenbasis bedingt; aber im zweiten Fall hat er die Neigung über die Klassengrenzen hinauszugehen und die Menschheit zu umfassen. Versperrt ihm die Klasse zu stark den Weg zur Menschheit, so wendet er sich gegen sie, übt in seiner mehr emotionalen als intellektuellen Art Gesellschaftskritik, Gesellschaftsverdammung. Diese indirekte politische Wirkung durch sein Werk ist in den meisten Fällen weittragender als seine direkte politische Aktion, und seine kritische Darstellung der herrschenden Klasse nützlicher für die unterdrückte Klasse als das direkte Eintreten für sie.»[23]

Ohne Frage: Max Raphaels marxistische Kunsttheorie birgt von Beginn an Widerspruch zu sich und zur gängigen Doktrin. Daher der Charakter des Forderns, des Ausrufens von Geboten – es ist ein Sich-selber-Zurufen; und zwar zur Ordnung wie zur Unordnung zugleich. Einerseits sieht Raphael, daß die bloße Aneinanderreihung alles dessen, was materielle Basis zur Produktion von Kunst ist, das Phänomen Kunst weder begreifen noch erläutern kann – «alles dieses würde nur eine ‹synthetische› bürgerliche Geschichtswissenschaft ergeben, d. h. einen Synkretismus, der sich mit der Zusammenstellung von Resultaten begnügt, die aus andern als marxistischen Methoden gewonnen sind»[24]. Raphael fordert demgegenüber eine «konkrete Methode» – aber er fordert sie, er liefert sie nicht. Weder aus seinen theoretischen Überlegungen noch aus eigenen interpretatorischen Einzelanalysen geht hervor, wie sie aussähe, was sie – anderen überlegen – bewirken könnte.

Für den Leser des Jahres 1979 ist Max Raphael damit auf frappante Weise «modern» – produzieren diesen Widerspruch doch alle Untersuchungen zum Thema, die auch in den Jahrzehnten nach seiner Arbeit entstanden und die sich als ebenso intelligente Analysen erweisen, ohne eigentliche Resultate zu bieten. Ein Beispiel, das – pars pro toto – «Nachfahr» in diesem Sinne wäre, ist in der Untersuchung zu sehen, die Oskar Negt und Alexander Kluge 1972 unter dem Titel «Öffentlichkeit und Erfahrung» vorlegten. Sie ist voller Widerhaken, Widerspruch und Weiterungen, sozusagen Band 2 von Jürgen Habermas' «Strukturwandel der Öffentlichkeit» (dessen intime Kenntnis die Autoren expressis verbis voraussetzen). Negt und Kluge wollen weniger argumentieren, sondern aktivieren. Bereits der Untertitel des Buches zeigt, daß ihnen nicht an einer Zustandsanalyse gelegen ist, sondern an dem Ausdenken möglicher neuer Organisationsmodelle – weg von bürgerlicher, hin zu proletarischer Öffentlichkeit. Dieses motorische Denkgesetz des Buches, dieses Element des Nichtstatischen bis ins sprachliche Detail hinein ist sein Faszinosum; es ist wohl auch Ursache für das Unfertige. Denn das Eingangsbekenntnis aus der Vorrede: «Wir behaupten in unserem Buch nicht, daß wir angeben können, was der Inhalt proletarischer Erfahrung ist»[25], grenzt bewußt aus, was allenfalls an Erwartung für theoretische Fertigbauweise an eine solche Untersuchung herangetragen werden könnte. Was damit vorliegt, ist ein Katalog durchreflektierter Fragen – vor allem der einen Frage, was proletarische Öffentlichkeit nun sei –, wo sie sich von bürgerlicher, auch emanzipatorischer Öffentlichkeit unterscheidet und ob sie heute und hier mehr als nur denkbar ist. Nach hinten ist eine solche Fragestellung leicht abzusichern, wenn etwa mit Recht der beispielsweise in der Weimarer KP übliche Appell an proletarische Öffentlichkeit verworfen wird: «Die instrumentalisierende Berufung auf Massen und deren Akklamation entspricht aber gerade einem Prinzip der bürgerlichen Öffentlichkeit.»[26]

Nach vorne aber, eben zum Ziel und Modell hin, eben zum Versuch der Definition einer Öffentlichkeit, die nicht mehr in diesem zitierten Sinne Passivum ist, wird es schwierig. Wenn proletarische Öffentlichkeit mehr ist als Addition von Erfahrung, wenn sie, wie die Autoren sagen, bereits die Erfahrung in der Herstellung von Erfahrung einbeziehen soll, dann wird gleichsam ein Bewußtseinsvorgang vorausgesetzt, der erst geschaffen werden muß. Hier liegt die Crux nicht etwa der vorliegenden Arbeit, sondern des Zustands, den sie untersucht. Der obligate «Klassenstandpunkt» führt da keineswegs weiter:

«Ein Arbeiter z. B., der als Springer an ganz verschiedenen Stellen des Betriebs eingesetzt wird, äußert sich an einem Tag, an dem er unter besonderer Hitzewirkung extrem schwierige, verschleißende körperliche Arbeit (Knochenarbeit) zu leisten hat, über seine Arbeit ‹zufrieden›. Es ist ihm offensichtlich unmöglich, in der Antwort die ihn psychisch und physisch bedrückende Situation dadurch zu verstärken, daß er sie sich auch noch bewußt eingesteht; er muß in seinem Bewußtsein die von der Arbeitssituation ausgehende Entfremdung kompensieren. An einem anderen Tag ist derselbe Arbeiter mit einer leichten Arbeit beschäftigt, er befindet sich jedoch in einem Streit mit einem der Betriebsvorgesetzten; er äußert vehemente Arbeitsunzufriedenheit. Diese Unzufriedenheit bezieht sich nicht nur auf den gegenwärtigen Moment, sondern auch auf alle früheren Tätigkeiten, die er in Erinnerung ruft. In der Phase einer Streikbewegung ist dieser Arbeiter aktiv und schaltet sich wortreich in den Arbeitskampf ein. In der Zeit betrieblicher Windstille erscheint er resigniert, bildet er seine Interessen in seinen Antworten nicht mehr ab, usf. Alle diese verschiedenen, in Worten aussprechbaren und nicht aussprechbaren Reaktionen bilden sein Bewußtsein und haben Einfluß auf sein Verhalten.»[27]

Aus derlei verschiedenen, sich gegenseitig überlagernden Reaktionen ergibt sich nicht, was proletarische Öffentlichkeit, also ein Bewußtsein gemeinsamer Interessen und dessen Artikulation, genannt werden kann. Negt und Kluge sprechen zu Recht an dieser Stelle ihres Buches von einer Aporie: Wenn man äußere Organisationsformen, die die bürgerliche Welt bietet, wie etwa Gewerkschaften, als Teil der bürgerlichen Öffentlichkeit sieht, dann muß man nämlich gleichzeitig sagen, daß hier innerhalb dieser bürgerlichen Öffentlichkeit sich Möglichkeiten proletarischer Interessen und Erfahrungen anbieten; keineswegs ist hier nur eine Scheinpartizipation:

«Auf sie können nicht nur die Apologeten des bestehenden Herrschaftssystems hinweisen, sondern die Arbeiter selber sehen mit Recht Teile ihrer Ansprüche hier eingelöst, andere Teile sehen sie als Zukunftsversprechen, dem Prinzip nach als zugestanden an. Diese Annahme der Arbeiter ist keine völlige Täuschung. Ihre Interessen sind wirklich in den Lebenszusammenhang der Gesellschaft einbezogen – so wie sie es auch in der künftigen Programm- und Bewußtseinsindustrie sein werden –, aber sie sind es als bloß objektive, als Gegenstände der Befriedigung verdinglichter Bedürfnisse. Die Integration beginnt damit, daß sie der bürgerlichen Familie nachgebildete Ehen führen; Sprache und Kultur der bürgerlichen Gesellschaft benutzen; Institutionen oder Organisationen – meist zentralistische – frequentieren müssen, um diesen Status quo zu halten. Es ergibt sich eine Aporie; sie können den Zustand dieser sie auf einen passiven Standpunkt beschränkenden proletarischen Öffentlichkeit nicht aufgeben – sonst müßten sie sich von ihren Erfahrungen und Interessen, die in diesem Zustand organisiert sind und dessen Formen angenommen haben, trennen. Sie können diesen Zustand aber auch nicht beibehalten.»[28]

Soweit bleibt auch die Argumentation der Autoren überzeugend, und da wir es mit zwei klugen Marxkennern zu tun haben, taucht auch prompt zur Absicherung des eigenen Standpunktes jene besonders eindringliche und schöne Passage aus den «Deutsch-Französischen Jahrbüchern» auf, in der Marx davon spricht, daß die Welt längst den Traum von einer Sache besitzt, von der sie nur das Bewußtsein besitzen müsse, um sie wirklich zu besitzen. Marx' Widerspruch, daß es sich zeigen werde, daß die Menschheit keine *neue* Arbeit zu beginnen habe, sondern lediglich mit Bewußtsein ihre alte Arbeit zustande bringen müsse, bedient sich bezeichnenderweise dieses Vokabulars von Traum und Bewußtsein.

Wenn die Autoren aber in gelegentlich polemischem Ton aufklärerische Kulturkritik als «Fernsehhumanismus» denunzieren, hier eine bloße Dämpfung des Bedürfnisses der Arbeiter sehen, dann stellt sich die doppelte Frage: einmal, was sie denn selber mit einem solchen Buch anders tun, zum zweiten, wo genau die neuen Inhalte, also das konkrete Spezifikum der erfragten proletarischen Öffentlichkeit, liegen. Die erste Frage ist vielleicht die weniger wichtige, hat eher Anmerkungscharakter. Es scheint, daß die Autoren sich gelegentlich selber ad absurdum führen – einerseits wollen sie gerade jene Entfremdungserscheinung beenden, die sich in einer akademischen Sprache ausdrückt, «die die Erfahrungen der Intelligenz wiedergibt, in der sich jedoch die Erfahrung der Arbeiter nicht abspielt»[29]. Sie verlangen eine andere Ökonomie des Redens und wissen (woher eigentlich?), daß «für die Ausdrucksform des Arbeiters die kürzeste Verbindung zwischen zwei Erfahrungen nicht die reine Logik ist»[30]. Man kennt Oskar Negts frühe Untersuchungen gerade zu diesem Themenkreis, und es ist nicht überraschend, sondern folgerichtig, daß sich auch hier wieder ein Kapitel zu diesem Thema findet. Nur enthält dann dieses Kapitel auch nahezu parodiereife Beispiele für das, was Negt meint, wenn er von Sprachbarrieren spricht:

«Für Arbeiterkinder ist dies eine der wichtigsten Konfrontationen mit dem Ausgrenzungsmechanismus der bürgerlichen Öffentlichkeit, dem sie unterworfen sind, ohne ihn durchschauen zu können. Für sie ist die Sprache weniger ein Erkenntnis- und Denkinstrument als ein Mittel der Kommunikation und Verständigung innerhalb der eigenen sozialen Klasse. In dieser Sprache ist der Sozialisierungseffekt wichtiger als der Individualisierungseffekt des ‹elaborierten Sprach-Codes›, wie ihn die Mittelschichtkinder gewohnt sind. Die umgangssprachlichen Formen des ‹restringierten Codes›, wie ihn die Arbeiterkinder in der Regel benutzen, entsprechen den symbolischen Repräsentanzen der objektiven Realität und der zwischenmenschlichen Beziehungen, in denen sich die gesamte Sozialisationserfahrung dieser Kinder ausdrückt.»[31]

Da darf man doch ein ganz klein bißchen unsicher sein, ob proletarische Öffentlichkeit so herzustellen geht. (Gelegentlich gerät das zur Koketterie: die mit kennerischem Blinzeln nur in Daten ausgedrückte Widmung an Adorno hat den Schick der teuer-zerrissenen Jeans-Anzüge aus Revolutions-Boutiquen.)

Das führt direkt zu der zweiten Frage: Was genau wird verlangt oder zumindest erwartet? Wenn Einigkeit darüber besteht, daß empirische Arbeiteröffentlichkeit (ob Fußballplatz oder Schmeißen von Runden in der Eckkneipe) vorläufig lediglich Variante bürgerlicher Öffentlichkeit ist; wenn beide Autoren gleichzeitig wiederholte historische Versuche der Arbeiterbewegung vor allem deshalb unrealistisch nennen, weil sie Ideale übernehmen wollten, «Mensch» oder «Fortschritt» oder «Recht auf Arbeit» – Ideen anstelle wirklicher emanzipatorischer Bewegung: dann bleibt die Frage, wie nun genau diese «wirkliche emanzipatorische Bewegung» aussieht.

Negt und Kluge wenden sich durchgehend gegen «Aufklärung». Sie gehen auf den berühmten Marxsatz ein, radikal sein bedeute, die Dinge an der Wurzel zu fassen, und die Wurzel des Menschen sei der Mensch, und interpretieren ihn so, daß konsequenterweise die Radikalität der Analyse und des Kampfes sich nur nach unten verbreiten könne; es sei ein bürgerlicher Reflex, sie nach oben, zu den Ideen, Plattformen, Autoritäten hin zu verbreiten. Aber das genau, zum Beispiel mit diesem Buch, tun die Autoren. Da ja Erfahrung nicht bereits Analyse – also ohne Idee – ist, warum dann die Abwehr etwa von Utopien? Interessanterweise weichen die Autoren rasch in die Negativdefinition aus, wo ein Positiv gesetzt werden müßte. Wenn sie beispielsweise auf die Marxsche Definition des gesellschaftlichen Reichtums eingehen und zu seinen Hauptworten Gesellschaftlichkeit – Kooperation – Freiheit – Bewußtsein – Universalität – Reichtum der Bedürfnisse und der subjektiven menschlichen Sinnlichkeit feststellen, daß sie unter den bestehenden Verhältnissen auseinanderfallen, dann muß man die Autoren so gut wie sich selber fragen, wann und wo tun sie das nicht? Was heißt dann, präzise, Universalität und Aufhebung der Arbeitsteilung, was heißt – konkret – die Aufhebung der Teilung zwischen körperlicher und geistiger Arbeit? Es nutzt wenig, daß an diesem Punkt des Buches ein Voltaire-Zitat steht: «Dieses Reden von Freiheit, von Sonderrechten, setzt Unterwerfung voraus. Freiheiten sind die Ausnahmen der allgemeinen Knechtschaft.»[32]

Also wieder nur eine Negativdefinition – die positive, an der sich beide Autoren versuchen, ist keine: «Freiheit wird verstanden als eine materielle Einfügung des emphatischen Begriffs Freiheit, den das Bürgertum prägte, das diesen Begriff nie verwirklicht hat; sie umfaßt Autonomie, Identität durch die von Produzenten selbst bestimmte Produktion.»[33]

Ein scheinbar so eingängig klingender Satz wie der von einer durch die Produzenten selbst bestimmten Produktion gibt letzten Endes nicht viel her. Da ja hier offenbar nicht einem hergebrachten Rätemodell das Wort geredet wird. Es genügt nicht zu sagen, daß die Frage nach wahren Bedürfnissen die konkrete Anweisung enthält, falsche Bedürfnisse abzuwehren. Das wissen wir. Wichtig wäre eine konkrete Positionsangabe.

Hier bleibt ein Rest, und hier liegt das Unfertige, das in jedem Sinne des Wortes Aufregende des Buches. Die Autoren argumentieren einerseits unentwegt gegen sich selber an, fallen sich gleichsam selber ins Wort und geben damit letztlich nur zu, daß über Negativbefund und Hoffnungspostulat nicht hinauszukommen ist. Was mit Sicherheit seine Ursache nicht in mangelnder Redlichkeit oder Intelligenz von Oskar Negt und Alexander Kluge hat, was vielleicht aber mit der historischen Situation zusammenhängt, auf deren Interpretation sie sich eingelassen haben. Ein von ihnen hervorgebrachter Satz führt genau diese Kalamität vor, nämlich den aufklärerischen Antiaufklärungsgestus und jene Utopie, die abgewiesen werden soll; ein solcher Satz zeigt, warum das Buch produktiv ist auch in dem Sinne, daß es unentwegt Fragen produziert, und er gibt in nuce die Ratlosigkeit der Ratgeber wieder, Zirkuskuppel oder nicht.

«Eine Gegenöffentlichkeit, die sich auf Ideen und Diskurse mit aufklärerischem Inhalt stützt, vermag keine wirksamen Waffen gegen den Zusammenhang von Schein, Öffentlichkeit und öffentlicher Gewalt zu entwickeln. In dieser Situation werden die Kompensationen, die die klassische bürgerliche Öffentlichkeit gegenüber den öffentlichen Gewaltverhältnissen besaß, zunehmend unwirksam. Gegen Produktion der Scheinöffentlichkeit helfen nur Gegenprodukte einer proletarischen Öffentlichkeit; Idee gegen Idee, Produkt gegen Produkt, Produktionszusammenhang gegen Produktionszusammenhang. Anders ist es ausgeschlossen, die permanente Zustandsveränderung zu fassen, die die gesellschaftliche Gewalt in ihrer Hin- und Herbewegung zwischen kapitalistisch organisierter Produktion, Scheinöffentlichkeit und öffentlichem Gewaltmonopol veranstaltet.»[34]

So ist auch Max Raphaels Arbeit ein großes Selbstgespräch zur Einkreisung der eigenen Position, zum vorläufig noch nicht angesprochenen Selbstzweifel. Wie einen Stein des Anstoßes wälzt er jenen Satz des jungen Marx aus der «Einleitung zur Kritik der politischen Ökonomie» vor sich her, in dem es heißt:

«Bei der Kunst [ist es] bekannt, daß bestimmte Blütezeiten derselben keineswegs im Verhältnis zur allgemeinen Entwicklung der Gesellschaft, also auch der materiellen Grundlage, gleichsam des Knochenbaues ihrer Organisation stehen. Zum Beispiel die Griechen verglichen mit den Modernen oder auch Shakespeare. Von gewissen Formen der Kunst, z. B. dem Epos, ist es sogar anerkannt, daß sie in ihrer Weltepoche machenden klassischen Gestalt nie produziert werden können, sobald die Kunstproduktion als solche eintritt, also, daß innerhalb des Bereiches der Kunst selbst gewisse bedeutende Gestaltungen derselben nur auf einer unentwickelten Stufe der Kunstentwicklung möglich sind. Wenn dies im Verhältnis der verschiedenen Kunstarten innerhalb des Bereiches der Kunst selbst der Fall ist, so ist es schon weniger auffallend, daß es im Verhältnis des ganzen Bereiches der Kunst zur allgemeinen Entwicklung der Gesellschaft der Fall ist...

Ist Achilles möglich mit Pulver und Blei? Oder überhaupt die Iliade mit der Druckerpresse und der Druckmaschine? Hört das Singen und Sagen und die Muse mit dem Preßbengel nicht notwendig auf, also verschwinden nicht notwendige Bedingungen der Poesie?»[35]

Raphael fleddert diese Position förmlich. Er weist darauf hin, daß sie voraussetze, man wisse genau, was «Kunstvollkommenheit» sei – habe also objektive Normen, sowohl für historische Abläufe und Kulminationspunkte als auch für ästhetische; er nennt beide Marxsche Termini – «Blütezeit» und «allgemeine Entwicklung der Gesellschaft» – nicht analysierte Begriffe[36]; er weist nach, daß Marx etwa bei der Iliade viel zu unspezifisch bleibt, um überhaupt argumentieren zu können – zwischen der Entstehung der einzelnen Sagenkreise und der Zusammenfassung liegen Jahrhunderte, in denen die ökonomische Entwicklung vom einfachen Ackerbau zur städtischen Handelswirtschaft fortschritt[37]; er wendet den Begriff der Vollkommenheit nach drei Seiten, um das Auseinanderklaffen historischer Koordination und der in sie eingebetteten Kunst vorzuführen:

«Eine Kunstgattung ist vollkommen, wenn ihre spezifischen Merkmale am reinsten entwickelt sind, z. B. das Epische im Gegensatz zum Lyrischen oder Dramatischen. Ein Kunst*werk* ist vollkommen, wenn die größte Spannung zwischen den Gegensätzen zur höchsten Einheit gebracht ist. Eine Kunst*epoche* ist vollkommen, wenn sie den Geist der herrschenden Klasse mit den ihm adäquaten Mitteln gestaltet, und zwar durch eine möglichst große Anzahl von Künstlern und auf einem möglichst hohen künstlerischen Niveau.

Diese drei Faktoren: der puristische, der intensive und der historische können zusammenfallen, aber sie müssen es nicht – weder der Zeit noch dem Orte nach. Die Renaissance hat ihre historische Vollkommenheit in Florenz und Rom durch Michelangelo und Raffael erlebt; ihre größten Werke hat Lionardo geschaffen, der in Mailand und dann in Frankreich lebte, und ihre reinsten Maler sind die Venetianer Giorgione und Tizian gewesen. Oder wenn für die imperialistische Epoche des Kapitalismus Picasso der größte Künstler ist, so ist er im Sinne der Malerei viel weniger puristisch als Braque oder Matisse, und die historische Vollkommenheit hat die industriekapitalistische Kunst nicht in England, Deutschland oder Amerika gefunden, sondern in Frankreich. Die Gründe für die Möglichkeit solchen Auseinandergehens sind sehr kompliziert, weil sie in dem Wechselverhältnis der konkreten gesamthistorischen Bedingungen einer Epoche mit dem Wesen der Kunst liegen, so daß jeder einzelne Fall einer besonderen Erörterung bedarf.»[38]

Die Gründe sind sehr kompliziert – als Summe ziemlich ratlos lassend, als ergänzende Position nicht hinausgehend über jede bürgerliche «Sozialgeschichte der Kunst». Raphael nimmt immer wieder bewährte Modelle zu Hilfe, Balzac als künstlerischer

Vorläufer des Naturalismus, lange vor dem eigentlichen Industriekapitalismus und als politischer Ideologe des reaktionären Königtums. Cézanne, Flaubert, Racine, Poussin – Max Raphael führt sie wie Hilfstruppen ins Feld, um seine Position zu stärken; sie wird aber, je länger behauptet, desto weniger rational:

«Der von Racine gebrauchte Wortschatz ist geringer als der eines halbwegs begabten Gymnasiasten. Die Ursache in diesem besonderen Falle ist leicht zu erkennen: die Musik der Verse wird nicht mit Worten, sondern mit Vokabeln und Konsonanten gemacht, und deren Anzahl bleibt die gleiche, ob das Vokabularium aus 500 oder 5000 Worten besteht; die Mannigfaltigkeit der Worte lenkt nur von der reinen Musikalität ab zu den Gedanken.»[39]

Nur! Dieses eine Wort ist verräterisch, heißt es doch, daß die reine Musikalität – also die ästhetische Form eines Werkes – gedanklich nicht zu fassen, auf Gedankliches nicht reduzierbar ist. Diese Freiheit des Kunstschaffens, des Kunstwerks von der «Materialität des Stoffes» hatte Max Raphael schon viele Jahre zuvor, 1917, in einem Brief an den Kunsthistoriker Richard Hamann postuliert[40]. Es scheint, als sei die Entwicklung des Denkers Max Raphael vergleichbar einer Spirale – die zwar höher führt, aber zu nichts anderem. Fast hochmütig beweist er, wie unwissenschaftlich Marx war, als er die Griechen «normale Kinder» nannte[41]; das erinnere an Jacob Burckhardts Griechen als «ewige Jünglinge», gehe gründlich an der Tatsache vorbei, daß es sich bei der griechischen Kultur um die Aufnahme und Fortführung sehr alter Kulturen, wie die der Ägypter, handele, so daß Archäologen mit Recht bereits von der vorklassischen Epoche der griechischen Plastik als von einer Art Rokoko sprächen: «Es ist offensichtlich, daß [Marx'] Erklärung nicht aus dem Wesen des historischen Materialismus gewachsen ist ... Legt man aber den Nachdruck der Erklärung auf das Moment: daß die griechische Kunst als Norm wirke, weil sie eine normale Gestaltung sei, so ist ja das Entscheidende nicht gesagt: was denn eine normale Gestaltung ist. Hier greift die spezielle Fassung des Problems auf die allgemeine zurück, für die aber Marx nirgends eine konkrete Lösung gegeben hat.»[42]

Max Raphael auch nicht. «Man wird müssen... Man wird festzustellen haben... Eine Analyse müßte zeigen...» – diese Leerformeln schließt er an die Forderung nach konkreter Lösung an. Er verrät sogar die eigene Bildung und Augenlust am Bildnerischen.

In einem seiner Louvre-Vorträge hatte er eingangs gesagt, der Marxismus als historischer Materialismus könne die Kunstwerke aller Epochen erklären und die allenthalben im Kunstwerk verborgenen sozialkritischen Elemente aufdecken. «Ich will diese Sozialkritik an einem Gemälde zeigen, in dem man bisher nur reine Kunst gesehen und verehrt hat: in Veroneses ‹Hochzeit zu Cana›.»[43]

Raphael entwirft im Gange dieser Analyse ein vollkommen anderes Bild. Als habe nicht er selber das Beispiel des Racine mit dem geringen Wortschatz genannt, um zu beweisen, mit wie sparsamen Mitteln großes künstlerisches Gelingen erarbeitet sein kann, behauptet er nun, die Jesusfigur in der Mitte des Bildes – deutliche Zentralgestalt und artistischer Mittelpunkt – sei «verschwindend klein und in den Hintergrund gerückt mit einem fast verschämten Heiligenschein». Als sei klein gleich unbedeutend. Die in der Mitte der Bildtafel versammelten Musikanten – ein Selbstporträt Veroneses, Porträts von Tizian, Tintoretto und Bassano – sind für Raphael Zeugnis für «den Bruch zwischen Kunst und Gesellschaft», weil sie eine eigene Gruppe bilden, von den auf ihr Mäzenatentum so stolzen Bankiers und Condottieres nicht «angenommen» seien; in Wahrheit ist es ein Spiel im Spiel (wie schon die nur Eingeweihten verständlichen Künstlerporträts zeigen), ein Bild der Epoche venezianischer Lebensfreude, als das Cézanne es zu Recht feierte. Wenn schon ein «Bruch» versinnbildlicht wäre, dann eher der mit der Religion, denn Gastgeber ist ja nicht ein Bankier, sondern Gottes Stellvertreter auf Erden; es wäre also im Cézanneschen Sinne ein Symbol des kraftvollen Stolzes der säkularisierten Kunst. Nachgerade zur Farce wird Raphaels Analyse, wenn er die von unzähligen Bildern bekannte Lust des Homosexuellen Veronese, die Körperlichkeit schöner Knaben liebevoll darzustellen, zur Volksverbundenheit stilisiert. Die Nachdrücklichkeit, mit der der Maler

– sich gleichsam «entschweigend» – auf den nackten Unterschenkel und den bloßen Arm des Wein kredenzenden Negerknabens eingeht, gilt für Raphael vor allem «dem Burschen aus dem Volke».

Das Selbstgespräch des Kunstwissenschaftlers Max Raphael ist zur Autosuggestion eines geworden, der angesichts des militant gewordenen Kleinbürgertums, das inzwischen auf Deutschlands Straßen marschiert, nahezu panisch nach einer intellektuellen Lösung sucht; und sei es um den Preis des Opferns alles bisher Erreichten. Der Zuruf an sich selber gleicht einem Hilferuf – es muß doch etwas geben, eine Methode, ein Modell, einen konkreten geschichtlichen Leitfaden. Die unerbittliche Redlichkeit seiner Suche nach einer noch zu findenden Zeit ist nicht verständlich ohne den Zeitablauf dieses Lebens: der jüdische Antifaschist in Paris, 1940 verhaftet und ins Lager Gurs, im Februar 1941 in Les Milles interniert – dort, wo Walter Hasenclever und Walter Benjamin sich umbrachten, dort, von wo Willi Münzenberg zur Flucht aufbrach, um nirgendwo anzukommen. Max Raphael gelang die Flucht, im Sommer 1941 kann er in die USA entkommen. Bis zu seinem Selbstmord 1952 lebt er in New York. Diese elf Jahre beschäftigt er sich ausschließlich mit kunsthistorischen Studien, über altsteinzeitliche Jagdkultur, neolithische Tongefäße Ägyptens oder die Bildhauerei der Osterinsel. Sein letztes Projekt, das er Freunden noch im Sommer vor seiner geplanten Rückkehr nach Frankreich im September 1952 erläuterte, galt dem Totemismus und der Wiedergeburtsmagie.

Es scheint, als liege da ein Bruch, eine Distanz, eine innere Entfernung. Als habe da jemand die Summe gezogen – und festgestellt, daß die Rechnung eine ewige Unbekannte enthielt. Es ist wohl nicht pure Spekulation, wenn man in seiner großen, zu Lebzeiten unveröffentlichten Arbeit «Das Sowjetpalais» diese Rechnung sieht. Auch eine Abrechnung mit den eigenen bisherigen Positionen. Der Untertitel lautet: «Eine marxistische Kritik an einer reaktionären Architektur.» Im Verlaufe dieser Arbeit, die sein Freund, der französische Architekt André Lurçat, zwar als Typoscript in die Sowjetunion schmuggeln konnte, die aber auch dort ungedruckt, unerwähnt und undiskutiert blieb, muß

Raphael klar geworden sein, daß alle seine theoretischen Versuche einer entkrusteten materialistischen Ästhetik von der Kruste eines Zuckerguß-Kunstverständnisses erstickt worden sind. Der umfangreiche Essay liest sich wie die Analyse einer Stein gewordenen Umschreibung des Satzes, den ein anderer marxistischer Emigrant geprägt hatte, Bertolt Brecht: «Eigentlich habe ich dort keine Freunde. Und die Moskauer selber haben auch keine – wie die Toten.»[44]

Im Jahre 1930 hatte die sowjetische Regierung entschieden, einen Wettbewerb für den Bau des Sowjetpalastes auszuschreiben. Er sollte gegenüber dem Kreml, am Ufer der Moskwa, entstehen – ein Versammlungssaal für 15 000 Personen mit einer Bühne für 1500 Akteure und einem Vestibül für 14 000 Personen; ein weiterer Saal für Konzerte, Kino, Vorträge, mit einem Fassungsvermögen für zirka 6000 Menschen, einer Bühne für 500 und genug Platz für Demonstranten; außerdem diverse kleine Säle, Bibliothek, Verwaltungszentrum. Ein Monument, um das Stalin von Hitler glühend beneidet wurde, den die Verhinderung des Baus durch den Kriegsbeginn besonders erleichterte. Es gab drei Phasen der Wettbewerbsausschreibung (bis 1935), in der letzten Phase waren nur noch sowjetische Architekten beteiligt. Den Zuschlag erhielt der Entwurf von Boris Michailowitsch Gofan, der unter anderem die Ausstellungspavillons 1937 in Paris und 1939 in New York baute. Es war von allen erdenklichen und vorgeschlagenen die schlimmste Lösung, nach einem nahezu genialen Entwurf Le Corbusiers ein Debakel.

Das analysiert Max Raphael in seinem furiosen Aufsatz. Der Verfasser eines glanzvollen Buches über den dorischen Tempel wendet sich geradezu angeekelt gegen a-historische Prinzipien der sowjetischen Architektur, die Marx' Mißverständnis von der Blütezeit der «normalen Kinder Griechen» in Eisenbeton gießen wollen:

«‹Der neue Stil, der Sowjetstil, muß kommen, und er wird kommen, ob wir nun in der Vergangenheit schöpfen oder nicht.› (Fomin.)

An dieser Begründung, die von einem alten Akademiker stammt, ist schlechthin alles falsch und Kompromiß. Zunächst das Ziel, das man erreichen will: Formen zu finden, die zu unserer Kunst passen. Man kann in einer Renaissance der Antike nur Hilfsmittel finden, die einer allgemeinen Gesellschaftsideologie zum architektonischen Ausdruck verhelfen, die sich künstlerisch noch nicht adäquat ausdrücken kann, sei es, weil die allgemeine Ideologie noch nicht entwickelt genug ist, sei es, weil sie sich verschleiern muß. Man kann aber nicht für eine schon bestehende Kunst Ergänzungen in der Kunst einer anderen Zeit finden. Damit hat man ein eklektisches Programm formuliert, demgegenüber jede Beteuerung, daß es sich nicht um ‹eine halbe Drehung nach rückwärts› handle, eine heuchlerische Phrase ist.»[45]

In das Zentrum seiner Analyse dieser architektonischen Fehlentwicklung rückt er einen Gedanken, der Bedeutung hat für die gesamte Ästhetikdebatte im Marxismus: Wenn nämlich die Diktatur des Proletariats nach Marx eine gesellschaftliche Durchgangsstation ist und wenn während dieser vorübergehenden Phase das Bewußtsein von der notwendigen Selbstaufhebung nicht verlorengeht – dann ist kein Haltepunkt erreicht, der endgültige Kunst ermöglicht. Raphael argumentiert hier sehr scharf in der Nähe von Mehrings «Unter den Waffen schweigen die Musen»[46]. Allerdings differenziert er stärker. Der Umstand, daß sozialistischer Aufbau in der Periode der Diktatur des Proletariats nicht ein Aufbau ist, der *von* einer sozialistischen Gesellschaft vollzogen wird, sondern vielmehr einer, der *zu* einer sozialistischen – zu einer klassenlosen – Gesellschaft hinführt[47], darf nicht zu der irrigen Annahme verleiten, es gäbe nun überhaupt keine Chance einer künstlerischen Gestaltung der proletarischen Idee; Raphael will nur gewisse Grenzen wahrgenommen sehen, über die man das Bemühen um eine neue Kunst in dieser historischen Phase nicht hinaustreiben kann, ohne eben seinerseits a-historisch, und das heißt: un-künstlerisch, vorzugehen.

Eben das geschah mit der «neuen» sowjetischen Architektur, die monumental mit kolossal verwechselte, die einen unfundierten Begriff der Antike übernahm und damit Äußerlichkeiten reproduzierte, deren Gesetz und Geheimnis nie begriffen wurden (etwa die unregelmäßigen Abstände der Säulen im antiken Tempelbau). Wir sehen hier, nur anhand eines anderen Materials, dieselbe Debatte um wahren Realismus – respektive wahren Formalismus –, wie sie zur selben Zeit zwischen Brecht und Lukács ausgetragen (beziehungsweise nicht ausgetragen) wurde. Die Bedeutung der Arbeiten Max Raphaels liegt hier: Sie machen deutlich, daß das Problem nicht etwa an eine Disziplin gebunden ist, sondern Kunst in jeglicher Form betrifft; daß die Frage der «offenen Form» bei der Handhabung jeglichen künstlerischen Materials im Kern eine politische ist. Raphael macht auf präzisierte Weise deutlich, daß Raumaufteilung und Gliederung architektonischer Einheiten über das bloß Formale hinaus stets ein Konzept vom Menschen bergen, ob es ihn nun einbezieht oder ausgliedert:

«Welches ist z. B. der Sinn der Manifestationen, und welches ist die Rolle der Manifestanten? Handelt es sich um Aktionen mit einem bestimmten Ziel, vollzogen von den eigentlichen Schöpfern der Geschichte? Oder handelt es sich um abstrakte Massenbewegungen um ihrer selbst willen, um rein dekorative, im günstigsten Fall um regulative Märsche von Menschen, die Objekte der Geschichte sind? Und analog in bezug auf den kleinen Saal: In welchem Sinne wird hier Kongreßarbeit geleistet? In dem aktiven, daß die Erfahrungen diskutiert und die Entschlüsse von den Delegierten selbst vorbereitet und gefaßt werden? Oder in dem passiven, daß die Delegierten nur Reden anhören und fertige Vorlagen billigen? In welchem Verhältnis stehen die Manifestanten zum Präsidium, zu den Kongreßdelegierten?»[48]

Damit ist unausgesprochen die klassische Frage nach dem Wesen utopisch-revolutionärer Architektur gestellt. Es ist kein Zufall, daß Hitler den schließlich im dritten Ausschreibegang preisgekrönten Entwurf des sowjetischen Architekten Gofan so glühend bewunderte und seinem Triumphal-Architekten Speer als Muster und Modell empfahl. War es doch derselbe Albert Speer, der 1941 einem andächtig lauschenden Jean Cocteau im besetzten Paris die Ideen von Boullée und Ledoux vortrug – also jener neben Lequeu bedeutendsten Vertreter einer wohl ebenfalls fälschlich so genannten Revolutionsarchitektur.

Boullées megalomanische Entwürfe weisen Menschen ab. Sie haben nicht einmal mehr Piranesis Skepsis, sondern sind hochfliegend – hochmütig; das Monument für Isaac Newton etwa ist ein «temple de la mort. Son aspect doit glacer nos cœurs.» Aus einer totalen Moral entsteht der «Tempel der Vernunft», so wie Ledoux' «republikanischer Weg» zur «Heiligen Stadt» führt, die phrygische Mütze allenfalls als Dekor. Ledoux, wie Boullée knapp der Guillotine entronnen, berühmt vor allem als Baumeister jener fünfzig Kilometer langen Zollmauer um Paris, an der – dem verhaßten Symbol von Fiskus und Tyrannei – sich das Volk im Juli 1789 noch vor dem Niederreißen der Bastille rächte, wird von Sebastian Mercier etwa keineswegs als revolutionärer Architekt begriffen:

«Für jedermanns Auge empörend ist, wie man die Schlupfwinkel des Fiskus in Säulenpaläste verwandelt hat, die richtiggehende Festungen sind. Kolossalstatuen flankieren diese Bauwerke. Nach Passy zu sieht man eine, die in ihren Händen dem Ankommenden Ketten entgegenhält; es ist dies eine Personifizierung des Genius der Steuer mit seinen tatsächlichen Attributen. Wahrlich, Monsieur Ledoux, Sie sind ein schrecklicher Architekt. Gegen diese Mauer hat sich ein einmütiger Protestruf erhoben. Dennoch wurde sie ohne Zwischenfall fertiggestellt, und schon erhebt man an den neuen Toren Gebühren. Die Architektur dieser Barrieren ist kubisch und kantig. In ihrem Stil liegt etwas Strenges, Bedrohliches.»[49]

Dies eben ist Charakteristikum der menschenabweisenden Groteskbauten: Boullées Nekropole («Kenotaph für einen Krieger»), sein Justizpalast – oder Stadionentwurf –, das sind gigantomanische Aufmarschkulissen. Bedrohlich. Gewalt wie Gewalttätigkeit dieser Architektur ist Ausdruck sozial nicht gebundener Utopie. Ledoux, der sich auf der Rückseite einer «Bogen des Volkes» betitelten Zeichnung über ebendieses lustig machte («gezeichnet, um mich vor der Guillotine zu retten – alles für mein Vaterland»), entwarf einen «Tempel der Liebe», der zwar «Oikema» hieß, aber der Ideologie nach auch «Lebensborn» hätte heißen können; er folgte Restif de la Bretonnes Vorschlag, die Prostitution von der Straße zu bannen und in öffentlichen Lusthäusern zu domestizieren – Ledoux will die gemeinschaftsgefährdende Libido pädagogisch nutzbar machen:

«Der Anblick des Lasters weckt die schlummernde Tugend und führt in den Hafen der Ehe.»

Das Hauptwerk dieses «architect maudit», eben jene «Salines Royales», hatte keine Perspektive: Der nie fertiggestellte Plan seiner Idealstadt in Arc-et-Senan fixiert aufs exakteste hierarchische Strukturen; eine gerechte, aber keine egalitäre Gesellschaft wird hier architektonisch entworfen – der «pavillon du directeur» ist kein Pavillon, sondern ein Palais. Die «pavillons des ouvriers» sind welche. Eine Linie von Palladio bis Lequeu wird deutlich: vom Hoffärtigen zum Hochfahrenden.

Diese Verbindungslinien sind bloßstellend. Raphael mit seiner Abweisung des Monumentalen als eines Stils, der mit der Methode der materialistischen Dialektik unvereinbar sei, spricht deswegen von «reaktionärer Architektur». Es ist die sich anbahnende Gigantomanie des Stalinismus, Verrat an jenem Lenin, den Gorkij als «ganz in Worte gehüllt wie ein Fisch in Schuppen» bezeichnet hat, «so einfach und so gerade wie alles was er sprach». Der wird nun, als meterhohe Statue, hoch über der Kuppel des Palais, allem menschlichem Begreifen entrückt; aller Möglichkeit, von ihm ergriffen zu sein. Das ist der äußerlich sichtbar gemachte Begriff eines Systems, das statt dessen nach Menschen greift. Als Max Raphael 1952 in New York seinem Leben ein Ende setzte, wird er das gewußt haben.

Von der Notwendigkeit der Kunst

Ernst Fischer – der Rebell als Renegat

Mit sechs Jahren erteilte er seine erste Belehrung, indem er Erziehung und Mythengläubigkeit gegen Erzieher und Mythenüberlieferer wendete: Zu Weihnachten legte der Wiener Offizierssohn seinem Vater einen Brief auf den Schreibtisch: «Wenn Du zu Deinen Kindern nicht freundlicher bist, werde ich Dich strafen. Das Christkind.»[1] Mit sechzig Jahren erhielt der marxistische Kulturkritiker und Essayist von Thomas Mann, dessen «Faustus» eine seiner eindringlichsten Studien gewidmet ist, diese Laudatio: «... ich freue mich des Umgangs mit einem so feinen und starken, von menschheitlichem Gefühl bewegten und erwärmten Verstand.»[2] Über Fischers Buch «The Necessity of Art», das in zwei Auflagen als Penguin-Taschenbuch in London erschien, veröffentlichte der prominente englische Kritiker Kenneth Tynan einen enthusiastischen Aufsatz, in dem es heißt: «Der Marxismus brauchte seit langem seinen Aristoteles; ich habe den Verdacht, in Ernst Fischer hat er seinen Mann gefunden.»[3]

Erich Fried hat ihm seinen Gedichtband «Überlegungen» gewidmet; Vortragsreisen haben ihn um die halbe Welt geführt (sein Referat auf dem Salzburger Hegel-Kongreß 1964 galt als ebenso sensationell, wie es seine Ausführungen auf der Prager Kafka-Konferenz 1964 waren); seine Bücher sind in Österreich, in der DDR, in der Bundesrepublik und in vielen Übersetzungen erschienen – doch in der DDR war der neben Bloch, Mayer und Lukács interessanteste Interpret einer materialistischen Ästhetik kein gerngesehener Gast mehr: Von dem einstigen Hauptmitarbeiter bei «Sinn und Form» erschien seit Peter Huchels Ausscheiden zwei Jahre lang kein Wort in der Zeitschrift der Ostberliner Akademie der Künste – bis man seinen Namen unter den Mitarbeitern des 1964 erschienenen Hanns-Eisler-Sonderheftes wieder fand. Gleichzeitig aber erhielt er – nach wie vor Mitglied des ZK der KPÖ – keine Einreisegenehmigung mehr in die DDR. Seit seinem Buch «Kunst und Koexistenz – Beitrag zu einer modernen marxistischen Ästhetik» häuften sich Angriffe und Polemiken, seine Anthologie «Was Marx wirklich sagte» wurde dann als endgültiger Ausweis von Renegatentum und Revisionismus gewertet: ein Namenloser namens Alfred Kosing veröffentlichte im VEB Deutscher Verlag der Wissenschaften 1969 eine Schmähschrift «Ernst Fischer – ein moderner Marxist?», die mit dem Satz endete: «Das zeigt anschaulich, daß Ernst Fischer und seinesgleichen – um mit einem treffenden Wort Lenins zu schließen – keine sozialistischen Intellektuellen, sondern der verkörperte Verrat am Sozialismus sind.»[4] Ernst Bloch schickte es mit handschriftlicher Widmung dem Freunde: «Lieber Ernst, mögen alle ‹Verräter am Sozialismus› so sein wie Du. Tübingen, 12. 11. 1969.»

Die Attacke galt einem Mann, der seit den Wiener Februarkämpfen im Jahre 1934 Mitglied der KP war (seit 1927 der Redaktion der «Wiener Arbeiter-Zeitung» angehörte), während des Zweiten Weltkrieges Kommentator von Radio Moskau, dann 1945 Unterrichtsminister der ersten österreichischen Regierung war und bis 1959 als Abgeordneter im österreichischen Nationalrat saß; der 1920 seinen ersten Gedichtband herausgab, dessen erstes Theaterstück «Das Schwert des Attila» 1924 im Wiener Burgtheater aufgeführt wurde und der – abgesehen von zwei im Kriege verlorengegangenen Manuskripten – auf ein Werk blicken konnte, das in vielen Bänden Dramatisches, Lyrisches und Historisch-Philosophisches beziehungsweise Literaturkritisches umfaßt; einem Mann, zu dem Otto Bauer – als er zu ihm mit einem Lenin-Drama in die Redaktion der «Wiener Arbeiter-Zeitung» kam – sagte: «Sie sind ein Romantiker der Revolution, der ein romantisches Stück gegen die Romantik schreibt»; einem Mann, der seinen Lebensbericht «Erinnerungen und Reflexionen» mit dieser Selbstcharakteristik begann: «Zu Protokoll gegeben wird das Geständnis eines Mannes, der schwach war, doch über seine Kraft zu leben bemüht, einer, dessen anfälliger Organismus Sparsamkeit, dessen unstillbare Phantasie Verschwendung forderte, einer, dessen Talent es war, zu träumen, nicht die Wirklichkeit zu gestalten, den aber die Wirklichkeit nötigte, das zu werden, was seiner Natur widersprach: Politiker.»[5]

Die fulminante Könnerschaft des Interpreten Ernst Fischer weist etwa ein Vergleich seines Hanns-Eisler-Aufsatzes[6] mit dem Hanns-Eisler-Gedenkartikel von Georg Lukács in der «Zeit» vom 3. September 1965 aus. Lukács' Text ist ein über alle Erwartungen hinaus enttäuschender, eher autobiographischer als biographischer Monolog, eine Verbalnote, die sich beschränkt auf «ich möchte bloß hinweisen», «ich erwähne nur nebenbei», «muß kurz hervorgehoben werden»; Fischers Studie ist die kongeniale Darstellung eines bedeutenden, ungewöhnlichen Mannes, ein beziehungsreicher Essay, der Eislers Vorliebe für Proust ebensowenig zufällig betont wie seine Übereinstimmung mit Robert Musils Haß auf des modernen Bürgers «Vereinigung von Kohlenpreis und Seele». Wer je auch nur einen Abend mit Eisler verbracht hat, Zeuge dieser Energieballung aus Temperament und Kenntnis, dieser schlechterdings erstaunlichen Leistung eines Geistes und Gedächtnisses war, aus dem Eisler mühelos halbstündige Passagen von Homer oder Hegel, von Majakowskij, Hölderlin oder Goethe zitieren konnte oder umwerfende Parodien auf Hofmannsthal – der weiß, daß Ernst Fischer hier ein flimmerndes, lebendiges, kunstvolles Porträt gelungen ist, ein Bild, das stimmt.

Auch das hat seine Vorgeschichte. Fischer hatte sich schon einmal sehr energisch mit der Arbeit Eislers beschäftigt anläßlich der großen Faust-Debatte in der DDR 1953, die die dialektische Beziehung zwischen dem Individuellen und dem Besonderen, zwischen dem subjektiv Möglichen und dem objektiv Nötigen, also dem Wahren und Wirklichen, veranschaulicht. Hanns Eisler hatte dem Stoff insofern eine neue, bedeutungsschwere Variante abgewonnen, als er die Gleichzeitigkeiten von Luther,

Münzer und Dr. Faustus – also von Reformation, Bauernkrieg und Teufelspakt – als Motiv heraushob und ineinanderfügte: das Heraushalten Fausts aus der revolutionären Aktion gebar den Pakt mit Mephisto als Möglichkeit, das Gewissen zu betäuben. Genius als Konsequenz aus dem Rückzug aus gesellschaftlicher Verantwortung. Fausts Gegenspieler ist nicht etwa Mephisto, sondern die Revolution. Eisler führte seinen Johann Faustus als einen Bauernsohn vor, der im Bauernkrieg zu den Herren übergelaufen ist und der seinem Gegenspieler, dem geblendeten Karl, der ihm die abgehackten Armstümpfe entgegenhält, verzagt sagt und damit übrigens Plechanows bekannten Satz aus dem Jahre 1906 paraphrasiert: «Man hätte nicht zu den Waffen greifen sollen... Du bist nicht die Wahrheit, Karl, du bist das Unglück. Warum mußtest du auch dem Münzer nachlaufen?» Ernst Fischer hatte mit einem großen Aufsatz in diesem Renegaten Faust das Symbol der deutschen Geschichte als Geschichte der deutschen Misere gefeiert, den deutschen Humanisten, der vor der Revolution zurückschaudert. Dieser Teufelspakt als Symbol des Klassenverrats erinnert an Mehrings Charakteristik des Lassalleschen Sickingen:

«Sonst stellt sich Sickingen zur Bauernbewegung so, daß er den Aufruhr des gemeinen Mannes kommen sieht, aber ihn fürchtet und abzuwenden sucht, weil der große Haufen mit Unvernunft dreinzuschlagen und gegen den Unschuldigen wie gegen den Schuldigen zu wüten pflege. Und so ermahnt dieser Ritter, der aus den eigennützigsten Gründen und unter den frivolsten Vorwänden so viele Städte gezwackt und so viele Dörfer ausgepocht hatte, den ungebärdig nach Karst und Flegel rufenden Bauern, er möge doch nur geduldig warten, und wenn es ja zum Dreinschlagen komme, nicht aus Eigennutz, Neid oder Rachbegier, sondern in christlicher Meinung, um Gottes und der Gerechtigkeit willen handeln.»[7]

Und die in der DDR beginnende Debatte, vor allem Abusch in seinem programmatischen Aufsatz – «Faust – Held oder Renegat?»[8], spielt immer wieder hinüber zur Sickingen-Debatte, die auch Brecht im Auge gehabt haben wird, wenn er in seinen zwölf Thesen zur Faustus-Diskussion dekretiert: «Wir müssen unbedingt ausgehen von der Wahrheit des Satzes: ‹Eine Konzeption, der die deutsche Geschichte nichts als Misere ist und in der das Volk als schöpferische Potenz fehlt, ist nicht wahr.› »[9]

Also auch hier noch das Primat eines vorwegbestimmten Geschichtsablaufs, einer angenommenen Progressivität der Bauernaufstände gegenüber der Möglichkeit, ein Individuum, vielleicht sogar einen Renegaten – ob Sickingen, Danton oder Faust –, die Problematik der Revolution aussprechen, den Automatismus historischer Progression gar in Frage stellen zu lassen.

«Von der Notwendigkeit der Kunst», so hießen drei verschiedene Untersuchungen Ernst Fischers – so heißt das Thema seiner Lebensarbeit. Die drei Aufsätze sind Metamorphosen entstandener Studien zu diesem Thema; der erste erschien 1949 als eine von drei Arbeiten in dem Band «Kunst und Menschheit» in Wien, der zweite bereits als selbständiges Buch und unter dem Titel des Themas 1959 in Dresden und die dritte Version 1963 bei Penguin in London. Ein Vergleich dieser drei Fassungen zeigt nicht nur den Wandel eines avancierten marxistischen Denkers, sondern auch den Wandel, das Avancement des marxistischen Denkens der letzten anderthalb Jahrzehnte.

Nicht erstaunlich ist der Ausgangspunkt Fischers, nämlich die bekannte Engelssche These von der Menschwerdung des Affen durch die Arbeit, durch die allmähliche Verwendbarkeit der Hand, die schon in Benjamin Franklins Definition des Menschen als einem «toolmaking animal» anklang und noch wesentlich früher bei Thomas von Aquin, wenn er von der menschlichen Hand als «organum organorum» spricht und seinerseits den Menschen definiert «Habet homo rationem et manum». Die Gleichung Hand = Arbeit = Verstand (weil Zwang zur Verständigung) = Bewältigung der Umwelt = Magie = Kunst, die der historische Materialismus bietet, ist bekannt. Interessant ist, wie Ernst Fischer schon hier, im frühestmöglichen Stadium einer marxistischen Kunstanalyse, Raum für etwas schafft, was man ein «Moment der Durchlässigkeit» nennen könnte; wenn nämlich, mit ausdrücklichem Bezug auf Kunstfertigkeit und Kunst, schon bei der Deduktion der Marx-Engelsschen Thesen die Worte «Auswahl» und «Möglichkeit» benutzt werden wie im folgenden Zitat, ist palimpsestartig das Wort «Experiment» gefallen: «Die Entdeckung der verschiedenen Möglichkeiten, die *Auswahl* unter verschiedenen Möglichkeiten, und damit die Möglichkeit, ein Ding mit dem anderen zu vergleichen, seine größere oder geringere Brauchbarkeit festzustellen, ist das Neue. Für den Affen ist es unmöglich, den Apfel zu pflücken, der seiner Hand entrückt ist, aber durch den Gebrauch des Werkzeugs ist im Prinzip nichts mehr unmöglich, man muß nur das geeignete Werkzeug finden, dann kann man alles erreichen, was bisher unerreichbar war. Eine neue Macht über die Natur wurde gewonnen, und diese Macht ist *potentiell grenzenlos;* in dieser Entdekkung liegt eine der Wurzeln der Magie und damit der Kunst.»[10]

Man muß sich vergegenwärtigen, daß diese früh angesetzte Möglichkeit zur Auswahl, zum Grenzenlosen, 1949 formuliert wurde, zu einer Zeit also, zu der Lukács Sartre einen «bezahlten Agenten des Imperialismus» nannte und Ernst Fischer selber ein entsetzlich banales Anti-Tito-Drama «Der große Verrat» schrieb oder an dem läppischen Vergleich der Moskauer und Pariser Metro die Kunstfreudigkeit der Sowjetunion zu demonstrieren versuchte; es war die Zeit des reaktionärsten Dogmatismus. Das Besondere an der intellektuellen (und real-politischen) Situation dieser und der folgenden Jahre aber war ja, daß es gerade diese Köpfe waren, die mit ihrer Beharrlichkeit und Eloquenz, ihrer Überlegenheit und ihrem Engagement eben diesen Dogmatismus lockerten. Listenreich und brillant baute Ernst Fischer den winzigen Spalt aus, füllte ihn mit neuen Gedanken, neuem Zweifel, neuen Häresien. Sogar die – immerhin von Friedrich Schlegel und Nietzsche übernommene – Verwendung eines so heiklen dialektischen Begriffspaares wie apollinisch (also Verherrlichung bestehender Mächte und Zustände) und dionysisch (als Revolte und Aufbruch) machte aufhorchen.

Nicht daß hier Konterbande geschmuggelt werden sollte – aber neue Sprache sollte neues Denken (= Bedenken) hervorrufen. Es ist vollkommen deutlich, wenn man die drei verschiedenen Fassungen dieses großen Essays vergleicht und sieht, an welcher Stelle ausgebaut, erweitert und verlängert wurde, daß hier systematisch Land gewonnen wurde zu späterem Hausbau (ohne Frage hat sich der Autor auch selber oft korrigieren müssen, etwa in seiner anfangs pauschal negativen Einschätzung Brechts). Der erst nur zaghaften Andeutung solcher Begriffe wie Expressionismus oder Dadaismus folgt später eine ausführliche Darlegung der verschiedenen Elemente des Surrealismus (ein früheres Tabu-Wort), und absichtsvoll wird Aragons Essay «Un Perpetuel Printemps» zitiert: «Und wenn sich dir die Frage stellt: Rimbaud, Lautréamont – wirst du imstande sein, sie vor der Partei zu verteidigen? Das hatte damals, so schien es, die Evidenz der Unmöglichkeit... Aber nach dreißig Jahren kann man sehen, und das gilt nicht nur für Rimbaud, Lautréamont, daß dies in meiner Partei (ein wenig hab' ich dazu beigetragen) leicht geworden ist; ich habe stets den Himmel meiner Jugend verteidigt.»[11]

Auch hier wieder: Es wird nicht etwa Rimbaud als «Modell» gefordert, aber es setzt sich ein marxistischer Literaturkritiker mit ihm auseinander. Niemand kann erwarten oder fordern, daß er etwa jenen Rimbaud-Satz akzeptiert, in dem gesagt wird, Ich ist ein anderes, und in dem es heißt, «Wenn das Blech als Trompete aufwacht, dann ist nicht ihm das anzurechnen. Ich bin beim Aufblühen meines Denkens zugegen, ich schaue ihm zu, ich höre ihm zu.» Rimbaud findet es falsch zu sagen: «Ich denke. Es müßte heißen: Man denkt mich.»

Diese Form subjektiver Ent-subjektivierung ist dem Marxismus so diametral entgegengesetzt, daß sie nicht akzeptiert werden kann; aber wenn die Beschäftigung mit anderen poetischen Prinzipien wenigstens ein Hinhören, allenfalls ein Revidieren von Vorurteilen bewirkt, hat der Interpret seinem Beruf schon Genüge getan. Worauf es ankommt (und was die einzigartige Qualität der Untersuchungen Ernst Fischers ausmacht), ist nicht eine abermalige falsche oder richtige Etikettierung Rimbauds, Mallarmés oder Baudelaires, sondern die Fähigkeit, aus einer kritischen Beschäftigung mit der europäischen Kulturtradition neue Impulse dem ihm wichtigen Denkgebäude des Marxismus zuzuleiten. In der zweiten Fassung seines Essays reklamiert Fischer für den Künstler das «Recht auf das Wort»; erstmals ist in der marxistischen Ästhetik vom Primat der Form die Rede, die aus sich heraus Sinn und Zusammenhang gebären kann: «Jeder Lyriker kennt die Sehnsucht, entweder eine vollkommen neue, unmittelbare Expression ermöglichende Sprache zu produzieren oder zum ‹Ursprung›, in die Tiefen einer uralten, unverbrauchten, den Menschen magisch ergreifenden Sprache hinabzusteigen. Die meisten großen Lyriker haben die Sprache um neue, bisher unerhörte Wörter bereichert, verschollene Wörter wiederentdeckt oder gebräuchlichen Wörtern einen fast schon verlorengegangenen, ursprünglichen Sinn zurückgegeben ... Dieses Neue besteht in der Dialektik, in der Wechselwirkung der Wörter innerhalb des Gedichts und dadurch, daß das Wort nicht nur einen Inhalt mitteilt, sondern gleichsam selber ein Inhalt ist, eine eigenmächtige Wirklichkeit. Jedes Wort hat im Gedicht seinen Platz (wie das Atom im Kristall), woraus sich die Strukturen, die Gestalt des Gedichts ergibt, und durch scheinbar kleine, unwesentliche Wortumstellungen kann man das Gedicht unwirksam machen, seine Struktur, seine Gestalt zerstören, das kristallisierte Gebilde in einen amorphen Brei auflösen.»[12]

Fischer beruft sich nicht nur herrisch auf Goethes «Das Was bedenke, mehr jedoch das Wie», sondern er fordert auch sehr konkrete kulturpolitische Konsequenzen. In der Dresdner Ausgabe findet sich noch eine peinlich-summarische Lobespflichtkür vor der DDR-Literatur («der aus kräftigem Erzählertalent vielseitig vorwärtsschreitende Erwin Strittmatter; der eindrucksvoll, spannend und farbig erzählende Bodo Uhse; der begabte Kuba»); in der englischen Taschenbuchausgabe, die sich einfältigerweise als reine Übersetzung gibt und nirgends zu erkennen gibt, wie wesentlich sie sich unterscheidet, steht an dieser Stelle eine intelligente Analyse der Möglichkeit oder Notwendigkeit für den Sozialisten, sich stets zu identifizieren, die in der Feststellung gipfelt: «Die Balance zwischen dem Ich und der Gemeinschaft ist nie ausgeglichen; sie muß wieder und wieder hergestellt werden, durch Widerspruch und Konflikt.»[13]

Fischer vermißt in der Seismographen-Kalligraphie des Nouveau Roman diese beiden Elemente; er spricht schon 1949 vom «statistischen» Roman, der durch die gleichwertige Aneinanderreihung von Tatsachen und Ereignissen die Wirklichkeit deformiert. Zu bedenken wäre dabei, ob der Verzicht aufs Beschwörende der Magie, die Reduzierung aufs Spiel also, die gleichermaßen in der modernen Malerei wie in der Literatur zu beobachten ist, tatsächlich einem bedeutungslosen Befund gleichzusetzen ist. Die Autoren der Moderne sehen sich nicht mehr so vergleichsweise eindeutigen Gleichungen Guernica = Ermordung Lorcas gegenüber. Die Gleichzeitigkeit ist heute Gleichwertigkeit: Suez *und* Budapest, China *und* Persien. Und genau diese Gleichwertigkeit reduziert Werte und Begriffe in einer Balance des Bösen, zumindest des Banalen.

Fraglos hat es der westeuropäische Schriftsteller heute mit einem spezifischen Raster, mit komplizierten Chiffren zu tun. Wenn John F. Kennedy zum Beispiel im Wahlkampf 1960 mit seinen Mitarbeitern nicht mehr redete, sondern sich im Flugzeug mittels Zettelnotizen verständigte, um seine Stimme zu schonen, ist dies ein eklatantes Beispiel für die Aufhebung der Kommunikation, für die Reduzierung der Sprache zur Ansprache. Und wenn bei einer Wahlversammlung sein Ghostwriter Soerensen für den Überlasteten vor Tausenden die Rede hielt, dieselben Witze machte, dieselben Gesten parat hatte – das Blatt, von dem er scheinbar las, aber leer war und viele Zuhörer gar nicht merkten, daß nicht der Kandidat sprach, sondern ein Helfer –, dann ist das ein ebenso eklatantes Beispiel für Austauschbarkeit und Gleichwertigkeit, für die Beliebigkeit des Realen und die neu gewonnene «realere» Realität des Image.

Dieser Verschübe ist sich Ernst Fischer bewußt; auch der Gefahr des Plebiszits. Wenn hierzulande noch eben moderner Sprachgestus (zum Beispiel Hemingway) zur Wodkareklame verkommen kann, so droht in der sozialistischen Literatur das Kraftfeld zwischen Zuspruch und Konflikt künstlich ent-spannt zu werden, indem man Unterhaltungskitsch zuläßt und große Literatur nicht. Energisch hat Fischer gegen diese Volkstümelei Protest angemeldet: «Nicht die unbestreitbar formalistischen Gedichte Mallarmés oder der formalistische Lyrismus in den Bildern von Klee, sondern die höchst handfesten, keineswegs formalistischen Erzeugnisse, die der Massenbetäubung und -verblödung dienen, sind die Gefahr. Das Argument: ‹Weil die

Arbeiter die fortgeschrittenste, die zur Führung berufene Klasse der modernen Gesellschaft sind, muß auch in künstlerischen Fragen ihr Geschmack als letzte Instanz gelten›, ist ein falsches Argument... Wir sind dagegen, diesen in einer Zeit des Übergangs noch vorherrschenden Geschmack als unumstößliche Instanz anzuerkennen... In dem gewaltigen Guernica-Bild ist es Picasso gelungen, die Explosion... als echtes Symbol einer einstürzenden Welt künstlerisch darzustellen – freilich mit Methoden jenseits jedes Naturalismus. Diese Methoden abzulehnen ist jedermanns Recht... – doch ebenso töricht ist es, eine Methode grundsätzlich zu verwerfen, weil sie viele Betrachter zum Widerspruch herausfordert.»[14]

Hier ist das, was «Moment der Durchlässigkeit», Raum für Auswahl, für Experiment gar genannt wurde. Konsequenterweise war es Ernst Fischer, der schon 1960 Aufsätze über Musil und Kafka veröffentlichte, Plädoyers. Diese behutsamen Deutungen, in denen Fischer sich bewußt ein brillantes Feuerwerk der Worte versagt, die vielmehr an die ausforschende, exakte Poesie von Kaltnadelradierungen erinnern und sich damit in scheinbar müheloser Perfektion präsentieren, haben gewiß dazu beigetragen, daß Kafka inzwischen in sozialistischen Ländern erscheinen konnte, und auch in der DDR mit einem Auswahlband. Undemonstrativ und doch präzise erforscht Fischer das «Grenzland zwischen Einsamkeit und Gemeinschaft», von dem Kafka im Oktober 1921 sagte, er habe es nur selten überschritten und das jenes Phänomen der Kälte produziert, dem Fischer schon in seiner Faustus-Studie nachging; eine Kälte, die, wie Marx sagt, die Menschen «zur gesellschaftlichen Hieroglyphe» reduziert und sie «Tätigkeit als Leiden, Kraft als Ohnmacht, Zeugung als Entmannung» erleben läßt – die sich selber entfremdet. Und der Marxist Ernst Fischer, Christkind mit sechs Jahren, um Mythen anzuzweifeln und Gefühle zu erziehen, Streiter durch Jahrzehnte gegen das Wort «Intuition», benutzt genau diese Begriffe, um klarzumachen, daß das Bild vom Menschen in der Kälte auch Gültigkeit in der sozialistischen Welt hat:

«Aus einem System von Klischees auszubrechen, aus einer durch Übereinkunft, Vorurteil, Erziehung, Presse, Phrase zurechtgemachten Welt der ‹Tatsachen›, aus einer entwirklichten Welt also, in eine noch ungeordnete, unerforschte, gärende Wirklichkeit einzudringen, ist für den Schriftsteller Bedürfnis und Notwendigkeit. Ohne Ahnungsvermögen, Phantasie, Intuition ist diese so widerspruchsvolle Wirklichkeit unseres Zeitalters nicht zu entdecken und darzustellen, noch weniger jedoch ohne Vernunft und gesellschaftliches Bewußtsein. Nicht vor unerwarteten, mitunter unverständlichen, mythenhaft bestürzenden Bildern zurückzuschrecken, sie aber schließlich auf ein Ziel hin zu ordnen, sie dem Bewußtsein zu unterwerfen, ist mehr denn je die Aufgabe der diese moderne Wirklichkeit künstlerisch Darstellenden.

Der Schriftsteller, der die Antwort parat hat, bevor er noch richtig die Frage stellte, der die Welt so sieht, wie sie zu sehen er sich programmatisch verpflichtet fühlt, der das Bestürzende zurückweist und den Gestalten, den Situationen seines Werks nicht gestattet, Eigenleben zu gewinnen, wird nicht imstande sein, diese widerspruchsvolle Wirklichkeit künstlerisch darzustellen; mag er seine Konstruktionen auch aus handfesten Tatsachen zusammenfügen, sie werden dennoch zumeist nicht mehr sein als in bestimmte Form zusammengeballte Gebilde aus Luft.»[15]

Mythos und Kafka: zwei wichtige «halbe Worte» für das Begreifen von Fischers Arbeit. Seine spektakuläre Rede auf der Kafka-Konferenz am 27. und 28. Mai 1963 in Liblice – «Holt das Werk Kafkas aus unfreiwilligem Exil zurück! Gebt ihm ein Dauervisum» – beschränkte sich keineswegs auf ein allgemeines literarhistorisches Rubrizieren. Zum Entsetzen der protestierenden DDR-Literaturwissenschaftler deutete er Kafka eben *nicht* historisch. Zum ersten Mal wurde in einem sozialistischen Land, auf einer marxistischen Tagung ausgesprochen, was bis dahin nur geraunt wurde und was von nun ab die Debatten – «Ein Gespenst geht um in Osteuropa ...» – nicht mehr verlassen sollte: Entfremdung als Phänomen auch der sozialistischen Welt: «Ich möchte zunächst der Behauptung entgegentreten, daß Kafka nur mehr eine historisch zu wertende Erscheinung sei, daß sein Werk der Vergangenheit angehöre. Kafka ist ein Dichter, der uns alle angeht. Die Entfremdung des Menschen, die er mit maximaler

Intensität dargestellt hat, erreicht in der kapitalistischen Welt ein schauerliches Ausmaß. Sie ist aber auch in der sozialistischen Welt keineswegs überwunden. Sie Schritt für Schritt zu überwinden, im Kampfe gegen Dogmatismus und Bürokratismus, für sozialistische Demokratie, Initiative und Verantwortung, ist ein langwieriger Prozeß und eine große Aufgabe. Die Lektüre von Werken wie ‹Der Prozeß› und ‹Das Schloß› ist geeignet, zur Lösung dieser Aufgabe beizutragen. Der sozialistische Leser wird in ihnen Züge der eigenen Problematik wiederfinden, und der sozialistische Funktionär wird genötigt sein, in manchen Fragen gründlicher und differenzierter zu argumentieren. Anstatt Kafka als abgetan zu betrachten oder vor ihm Angst zu haben, sollte man seine Bücher drucken, und dadurch eine Diskussion auf hohem Niveau heraufbeschwören. Kafka ist ein Dichter von großer Aktualität.»[16]

Ernst Fischer wußte, was er da sagte – und wußte auch, daß er die uralte Realismus-Diskussion aufs neue aufnahm. So schloß er an seine provozierende Verkündung von Kafkas Aktualität gleich die Frage «Ist er ein Realist – was ist Realismus?» Fischers Kafka-Vortrag wurde zu einer Lektion gegen jenes falsche Programm der Widerspiegelungstheorie und Totalität: «Manches, was an Kafka als Schwäche getadelt wird, ist im Gegenteil eine Komponente seiner dichterischen Kraft. Die ‹Buddenbrooks› sind nicht so tief in die Finsternis der spätkapitalistischen Welt eingedrungen wie der fragmentarische Roman ‹Der Prozeß›.»[17]

Dies, und das Ausrufen anderer literarischer Möglichkeiten, «Ahnen» wie Rabelais oder Swift nennend, war pure Häresie. Es war, wie immer bei kulturpolitischen Debatten des Marxismus, Politikum. Mit nur geringer Überspitzung kann man sagen, daß die Ära Dubček und sein Programm des demokratischen Sozialismus hier begannen. So abwegig es sich anhören mag: die durch eine literarische Fragestellung ausgelöste Debatte eines Problems, weit über die Ränder des Literarischen hinausgreifend, wurde Politikum.

Und umgekehrt. Aus dieser politisch *gewordenen* Fragestellung filtert Fischer seinen neuen Begriff des Mythos (in seinem Essay «Lob der Phantasie»); in den modernen Mythen, ob vom

Landvermesser K., vom Diener Clov, der Magd Grusche oder vom Sträfling Iwan Denissowitsch, wirkt die «Authentizität des Unsichtbaren». Fischers Zuordnung ist so erstaunlich einfach wie überzeugend: der Drang moderner Mythen nach *Vereinfachung* (angesichts zunehmender Komplexität und Unverständlichkeit) entspricht dem Mythos der Frühzeit, in dem der Wunsch des Menschen offenbar wurde, Chaos zu überwinden, Ordnung in die Welt hineinzutragen. Die fälschlich für Kunst gehaltene maximale Vereinfachung ist Agitation; sie ist «falscher Mythos». Kunst dagegen – und Fischer schließt da an Arbeiten von Roger Garaudy an – ist nicht «terrible simplificateur», sondern Reduktion. Sie richtet Fragen an die Welt und ihre Ordnung. Damit ist sie das Gegenteil von «gesichertem Wissen», von Protokoll und Dokument. Je vager, je präziser: «Vielleicht vermöchte die genaueste, sorgfältigste, kein noch so winziges Detail außer acht lassende Darstellung dieser Wirklichkeit hinter dem Augenschein an die Wahrheit des Mythos heranzureichen; doch sie bedürfte Tausender Seiten, um zu sammeln, was dieser in einer einzigen Situation zusammenfaßt, und das über Tausende Seiten Ausgebreitete wäre als *Gesamtheit* kaum zu apperzipieren.»[18]

Das war ideologischer Sprengsatz. Und er zündete: in Prag. Fischers «Teilnahme» am tschechoslowakischen Modell des demokratischen Sozialismus war total; wie seine Verzweiflung über den Einmarsch der Warschauer-Pakt-Staaten. Seine Desillussion war nun perfekt. Im Vorspruch zu einem schmalen Bändchen «Die Revolution ist anders – Ernst Fischer stellt sich zehn Fragen kritischer Schüler» sagt er: «Wir irren vorwärts, im Unterschied zu den im Stillstand des Denkens Eingepanzerten. Wenn ich sage ‹wir›, so meine ich eine keineswegs organisierte, doch zunehmende Schar unabhängiger Marxisten und Nicht-Marxisten, Kommunisten, Sozialisten, Christen, Demokraten, die sich zu einer neuen Denk- und Kampfgemeinschaft zusammenfinden. Geächtet von allen Hierarchien, über keinerlei Macht verfügend, sind wir vielleicht ein ‹mächtiges Häuflein›, ein im Entstehen begriffenes.»[19]

Sein letztes, unvollendetes Buch, der zweite Band seiner Lebenserinnerungen, heißt bezeichnenderweise «Das Ende einer Illusion». Es ist sein Testament. Kein Zufall, daß er den Prozeß des politischen Bewußtwerdens, der konkreten politischen Aufgabe, einmal beschrieb mit den Sätzen Viktor Sklovskijs aus dessen «Theorie der Prosa»: «Kinder unterscheiden sich dadurch von uns, daß sie alles realistisch wahrnehmen, wie Erwachsene es nicht können. Für uns ist Stuhl ein Teil des Begriffes Möbel, aber Kinder kennen die Kategorie Möbel nicht und ein Stuhl ist für sie so lebendig, wie er es für uns nicht sein kann. Dies ist die Arbeit, die der Schriftsteller tut; er zerstört die Kategorie und löst den Stuhl aus dem Begriff Möbel heraus.»[20]

Ernst Fischer versuchte, diesen Prozeß in den «Begriff des Politischen» einzubringen, Kategorien zu zerstören, Moralität aus dem abstrakten Begriff herauszulösen und konkret zu nehmen. Exemplarisch und modellfähig eben die Wirrnis, die Unlogikstruktur innerhalb einer historischen Pseudologik, das ist das Beispielhafte, Mahnende, nachdenklich Machende dieses Lebens. Gegen Warnsignale seiner Nerven, gegen Unbehaglichkeiten und Zögern, überwand sich Ernst Fischer zu einem Weg, der letztlich nicht der seine war. Es ist das Schicksal, das wir von Bloch oder Brecht, Adorno oder Benjamin kennen, das Schicksal linker Denker, die die linke Praxis als Horror zwar bald erkannten, aber nicht wahrhaben wollten.

Lion Feuchtwangers makabrer Satz zu den Stalin-Prozessen, manches sei undurchsichtig, aber die Alternative sei schlechthin unvorstellbar, Brechts schreckliche Klarsicht, er habe «dort» keine Freunde und die Moskauer selber haben auch keine, wie die Toten, Chaplins Aperçu zu Hanns Eisler, «Bei euch geht es zu wie bei Shakespeare» – Ernst Fischer, wacher und unbarmherziger als viele seiner Zeitgenossen, hat versucht zu ergründen, warum Menschen sich jenem pseudologischen Geschichtsgesetz unterwerfen; und warum sie es nicht aushalten. Die Analyse dieses Prozesses – nur scheinbar Analyse literarischer Produkte – formulierte schließlich Ernst Fischers Entscheidung, indem sie andere Entscheidungsmöglichkeiten vorwies, die Frage nämlich, der wir uns alle zu stellen haben, die Frage, die sich Robert Havemann wie Jean Paul Sartre, Leszek Kolakowski oder Günter

Grass vorlegen, lautet: Sind Wirkung und Möglichkeiten des Intellektuellen, des Schriftstellers gar, einzuschwören auf die Linie von Partei oder Regierungen, ist das Gewissen des einzelnen – diese geschmähte, wenn nicht geschundene Institution – nicht nur empfindlicher, sondern auch wichtiger, schließlich sogar von größerer Kraft? Wer seine Skepsis verliert, seine Melancholie verleugnet, seine Hoffnung zu niedrig hängt – kann der überhaupt noch Politik bestimmen?

Ernst Fischers Weg nach dem Zweiten Weltkrieg zeigt die Entscheidung für die nicht immediate, für die langsame – wer weiß –, langfristige Wirkung. Er hat das Avancement marxistischen Denkens der letzten eineinhalb Jahrzehnte mitbewirkt, das Ausbauen eines Systems neuer Denkweisen, die Verteidigung einer neuen Subjektivität. «Bejahen» darf nicht heißen «Mitmachen»; «ich stelle mich» darf nicht heißen «ich unterwerfe mich» – die Rolle des Intellektuellen einer Partei gegenüber, gar *in* einer Partei, wird nie gänzliche Identifikation, nie totale Integration sein; die Wirkung eines Schriftstellers muß und wird immer über Ränder hinausgreifen, muß die Kraft zur Korrektur behalten wie die Energie, Einengungen und Verkrustungen aufzusprengen.

Das Gebrochene, Zögernde dieser Entscheidung, die Ungleichzeitigkeiten der verschiedenen Phasen dokumentiert der zweite Band der Lebenserinnerungen. Die Selbstbefragung wird zum kritisch reflektierten Selbstzitat (früherer eigener Publikationen); Geschichte wird zum Kontinuum von «Fällen» – der Fall Tito, der Fall Slánský, der Fall Rajk. Das Buch, auch wenn er am Tage seines Todes die letzte Seite schrieb, ist nicht fertig, ist eher die Materialsammlung zu dem Buch, das Ernst Fischer meinte. Von der Landung des Moskauer Remigranten im noch umkämpften Österreich mit jenem Flugzeug, das man aus Wolfgang Leonhards Erinnerungen kennt, über die Bildung der neuen Republik Österreich, deren erster Unterrichtsminister er war, bis zu den Querelen im ZK und der Frage, «was als ästhetische Problematik sich anmeldete – war es nicht mehr?»: das Raster von Daten, Namen, Ereignissen aus der jüngsten Geschichte Österreichs drängt sich zwar vor die Reflexion, erreicht aber wird dennoch gelegentlich die furiose Intensität des seiner Frau gewidmeten Kapitels – dem übrigens zu entnehmen ist, daß Lou Eisler Modell war für Brechts Szene «Die jüdische Frau» –, das im Spektrum eines Menschenbildes Zeit abbildet:

«Wo Warschau stand, war 1945 nichts. Ein polnischer Freund erzählte uns: ‹Als wir aus Praha über die Weichsel kamen, war das erste, was ich sah, ein Leichnam. Seine Hand war um einen Stein verkrampft. Dieser Stein war Warschau.›»[21]

Der Anspruch auf Glück ist so illusorisch wie die Liebe eines Nekrophilen

Leszek Kolakowskis Entwurf eines neuen Mythos

Leszek Kolakowski ist der tanzende Teufel im orthodoxen Marxismus. Leszek Kolakowski ist der Häretiker der Ratio im orthodoxen Christentum. Die Position dieses Philosophen mit dem polnischen Paß und dem Lehrstuhl in Oxford, dem die Frankfurter Studenten die – von Habermas vorgeschlagene – Nachfolge Adornos verwehrten, definiert sich aus diesem Widerspruch: ein irrationaler Aufklärer; ein aufgeklärter Irrationalist.

Das verleiht seinem Werk eine innere Gespanntheit, die nie davor zurückschreckt, den Dialog gleichsam mit sich selber zu führen. Kolakowski wirft Fragen auf, deren Antwort er selber wieder in Frage stellt; deren zentrale ist die anthropologische: «l'homme machine» oder «l'homme créatif». Wenn nämlich der Mensch mehr ist als determinierbares Funktionsrädchen, vielmehr Schöpfer seiner selbst, dann muß neu konzipiert werden das Bild des Menschen. Zumal das des Marxismus. Kolakowskis Marxismus-Kritik beginnt hier.

Seine Unterscheidung ist höchst differenziert. Es lag zwar nicht in den *Intentionen* – also der subjektiven Zielsetzung – des Marxschen Entwurfs, was der heutige despotische Sozialismus in inhumaner Realität vorweist; aber es lag in der «*inneren* Logik», sich derart zu verkörpern[1]. Kolakowski nennt den Despotismus keine «Degeneration» des Kommunismus: «Es stimmt keineswegs, daß nur historische Zufälle für den tatsächlichen Prozeß verantwortlich waren, der von der Doktrin zu ihrer leninistisch-stalinistischen Verkörperung führte, die Doktrin also unschuldig war und infolge einer Laune der Geschichte, die für ihr Experiment ein ungeeignetes Testgelände wählte, ‹verzerrt› wurde.»[2]

Hier beginnt der Widerspruch zu und mit sich selber; denn nicht immer hat Kolakowski so strikt formuliert wie in diesem Essay «Das Schisma steht noch aus», in dem er die Summe zieht: «Bisher fehlen uns die empirischen Beweise, daß ein demokratischer Kommunismus überhaupt möglich ist.»[3] Das stammt aus dem Jahre 1977.

In einem zwanzig Jahre zurückliegenden Aufsatz zum Thema der «Marxschen Idee der Persönlichkeit» nennt Kolakowski die These, Marx betrachte die menschlichen Individuen schlechthin als Exemplare sozialer Klassen, noch als «weitverbreiteten Irrtum»[4] und sagt unmißverständlich: «Demnach ist es klar, daß die ‹Rückkehr zum Gattungswesen› im Marxschen Sinne nicht die Nivellierung der Individualitäten zu unpersönlichen und homogenisierten Formen kollektiven Lebens bedeuten soll, sondern daß Marx im Gegenteil die Voraussetzungen für solche sozialen Verhältnisse formulieren will, unter denen das kollektive Leben die Individualität nicht ständig auf tierische Verhaltensweisen reduziert.»[5]

Es ist in diesem Zusammenhang zu sehen, daß Kolakowski im Laufe dieser Erörterung auf Phänomene der Kunst zu sprechen kommt, und zwar auf Sartres Kritik am Persönlichkeitsentwurf des Marxismus in der «Kritik der dialektischen Vernunft». Das ist Sartres erstes Berühren einer Problematik, die schließlich zur Energiezelle seines Flaubert-Buches wurde. Bezeichnenderweise versucht Kolakowski schon hier, nicht gegen Sartres Begriffsapparat zu polemisieren, sondern ihn zu integrieren. Es ist Kolakowskis letzter Rettungsversuch einer Dimension, deren Verlust er später am brillantesten analysiert: «Er fügt den Kategorien, die den Menschen bestimmen, biographische Eigenschaften hinzu, schafft also ein *principium individuationis* oder auch eine *haecceitas,* die das Individuum identifizieren hilft und seine völlige Zerlegung in die Vielfalt sozialer Bedingtheit verhindert.

Mit anderen Worten: Er liefert rein äußerliche Daten zur Unterscheidung des einen Individuums vom anderen. Er läßt dagegen außer acht, was für die existentialistische Analyse spezifisch war, nämlich die als Existenzbewußtsein begriffene Existenz, welche also nur von innen zugänglich ist. Diese letzte Kategorie könnte dagegen kein Produkt des ‹marxistischen Randgebietes› sein, das sich in der Folge widerstandslos mit dem zentralen Text verbinden ließe, denn weder von Sartre noch von irgend jemand anderem ist ein synthetischer Begriff bekannt, der die Persönlichkeit als nur immanent zugängliche Welt und als biographische Konstruktion gleichsam umfassen würde.»[6]

Das überfordert die Variabilität marxistischen Denkens – und es unterfordert Sartres künstlerische Potenz. Eines der Hauptkapitel seines philosophischen Werkes «Das Sein und das Nichts» behandelt als «die Einstellung zum anderen» Liebe, Sprache und Masochismus. Womit wir bei Flaubert wären. Dessen Kunstbau als Kommunikationsersatz mit den anderen erwächst ja aus Liebesverlust, Sprachverweigerung und Auto-Sadismus. Und eben deswegen hat Sartre wiederum den Hauptteil seiner Untersuchung «Question de méthode» (die im Deutschen leicht irreführend «Marxismus und Existentialismus» heißt) Flaubert gewidmet. Diese fünf Flaubert-Analysen des Jahres 1960 sind die Keimzelle des nun (fragmentarisch) vorliegenden Buches, die Skizze des Freskos. Der Beginn gibt bereits die Zielvorstellung: «Der zeitgenössische Marxismus weist beispielsweise nach, daß der Realismus Flauberts in symbolisierender Wechselbeziehung zur sozialen und politischen Entwicklung des Kleinbürgertums des Second Empire steht. *Niemals* aber zeigt er die Entstehung dieser Wechselseitigkeit der Perspektiven auf... Der Marxismus gliedert ein, aber er entdeckt sonst weiter nichts.»

Sartre geht genau auf jenes Problem ein, das mit dem Wort «Ungleichzeitigkeit» angedeutet sein sollte: daß nämlich ein Kunstwerk – etwa «Madame Bovary» – seiner Zeit voraus zu sein scheint, weil es hinter ihr zurück ist, «weil sein Werk unter einer Maske einer von der Romantik angeekelten Generation die nachromantische Verzweiflung eines Schülers von 1830 ausdrückt».[7] Der objektive Sinn des Buches ist nicht lediglich, wie Marxisten es gern begreifen, durch die Zeitumstände des

Autors bedingt. Das reduziert den Menschen auf den Erwachsenen – als kämen wir erst an dem Tage auf die Welt, an dem wir das erste eigene Geld verdienen. Es wäre der Ersatz von Natur durch Geschichte. Selbstentfremdung, Verdinglichung, Ekel, Haß und Selbstverlust aber erlebt schon das Kind.

Der Kreis schließt sich. Sartres Methode der Zergliederung einer Persönlichkeit ist gleichzeitig eine hochpolitische. Seine Erzählung «Kindheit eines Chefs», ohne Polit-Poster zu sein, war die Analyse des Faschismus. Sein Flaubert-Tableau, Genuß bereitend wie ein großer Entwicklungsroman, ist die radikalste Analyse des Bürgertums; und seiner Kunstproduktion.

Radikal im Sinne jenes berühmten Satzes von Karl Marx, in dem er davon spricht, radikal sein hieße, die Dinge an der Wurzel zu fassen; die Wurzel der Dinge aber sei der Mensch. Radikal ebenso im Geiste des Sigmund Freud, der eben jene tiefe Verklammerung von Libido, Aggressivität und Narzißmus erstmals benannte in seiner Theorie vom Über-Ich, das «sich zu Zwecken der Hilfeleistung selbst mit Libido erfüllen muß, dadurch selbst Vertreter des Eros wird und nun leben und geliebt werden will». Sartre hat die Kühnheit einer Synthese gewagt aus den Gedankengebäuden der beiden überragenden Denker; er hat einen gezeigt, der war Narziß, Onanist, Autist – und ein genialer Künstler. Er hat ihn entdeckt als Antwort auf den eigenen Satz: «Wer schreibt, versteckt sich.»

Einige Jahre später, in seinem Buch über «Die Gegenwärtigkeit des Mythos», gelangt auch Kolakowski zu einem – Sartre sehr ähnlichen – Bedenken gegen die diskursive Vernunft. Es geht bezeichnenderweise Hand in Hand mit einer sehr aggressiven Skepsis gegen utopisches Denken. Es ist, um es in einen Satz zu fassen, Kolakowskis inzwischen entstandene Kritik am historischen wie am dialektischen Materialismus. Und diese Kritik konzentriert sich wiederum auf das Menschenbild.

Die Sequenz eines Interviews aus demselben Jahr wie das Mythos-Buch zeigt das deutlich: «Ist es nicht so, daß Marx die Fragen des Leidens, des Todes und alle Sinnfragen für jene spätere Zeit aufbewahrt, die nach dem ‹Sprung aus dem Reich der Notwendigkeit in das Reich der Freiheit› anbricht, und daß er nur bis dahin auf der unbedingten Priorität des Historisch-Gesellschaftlichen besteht?

Kolakowski: Ich weiß nicht, worauf Sie diese Vermutung gründen. Nach allem, was ich aus Marx' Schriften kenne, erwartet er für später die unbegrenzte Freiheit des Individuums, das mit der Gesellschaft in ihrer Totalität in keinem Konflikt steht, weil die Harmonie zwischen den Interessen aller dann gesichert ist. Nur die Trennung zwischen Klassen schaffe Konflikte; mit der Überwindung der Klassen würden sie verschwinden. Die Frage nach dem, was im Menschen von Natur her begrenzt ist, wird nicht gestellt.»[8]

Das heißt nicht mehr und nicht weniger, als daß die Interpretationsangebote des historischen Materialismus nicht ausreichen, die Situation des Menschen in dieser Welt auszuloten; daß Wesentliches außer acht bleibt; dies Wesentliche ist nicht ohne Grund meist Gegenstand der Kunst. In seinem neuen Buch bringt Kolakowski das auf die so knappe wie eindringliche Formel: «Diese Abwesenheit von Körper und Tod, die Abwesenheit von Geschlecht und Aggression, die Abwesenheit von Geographie und Fortpflanzung, die Umstülpung aller dieser Fakten in rein gesellschaftliche stellt einen der charakteristischsten und am wenigsten beachteten Bestandteile der Marxschen Utopie dar.»[9] Damit ist das wesentliche Stichwort gefallen, eine Kategorie, die Kolakowski an anderer Stelle seines Buches den «Kristallisationspunkt» dessen nennt, wie man die Alternative, Utopismus oder historischer Fatalismus, vermeiden könne. Kolakowski sieht nämlich jetzt die Idee des kommunistischen Despotismus «durchaus natürlich» aus dem Boden des utopischen Denkens wachsen[10]; er zitiert in diesem Zusammenhang einen französischen kommunistischen Autor Jean-Jacques Pillot, der auf die Frage «Und wenn die Menschheit nicht mitmacht?» die sofortige Antwort parat hat: «Und wenn die Insassen von Bicêtre (einer Irrenanstalt) ihr Bad nicht nehmen wollen?»

Die Menschheit – will sie nicht, wie irgendwelche Führer, Kader, Politbüros wollen – als Irre: eine nicht nur im Zeichen sowjetischen Psychiatriemißbrauchs grausige Idee. Sie liegt zugrunde GULag wie dem Magdeburg-Muff eines Provinzfunktionärs, der bestimmt, welches Gedicht gedruckt wird; sie liegt zugrunde den mörderischen Ausfällen von Karl Marx gegen Bakunin wie dem Mordanschlag auf Trotzkij. Die vehemente Warnung, daß diese Sicherheit der Richtung zu einer Hinrichtungsgewißheit gerinnen wird, prägte schon Kolakowskis Buch «Der revolutionäre Geist»: «Der Gedanke, daß die bestehende Welt so völlig verdorben ist, daß es undenkbar ist, sie auszubessern, und daß gerade aus diesem Grunde die Welt, die ihr nachfolgen wird, die Fülle der Vollkommenheit und die endgültige Befreiung bringen wird, dieser Gedanke ist eine von den monströsesten Aberrationen des menschlichen Geistes; der gesunde Verstand flüstert viel eher: je mehr die bestehende Welt verdorben ist, desto länger, schwerer und unsicherer ist der Weg, der sie von dem erträumten Reich der Vollkommenheit trennt. Diese Aberration ist zwar keine Erfindung unserer Zeit; man muß aber zugestehen, daß sie im religiösen Denken, das die Ganzheit der zeitlichen Werte der Kraft der übernatürlichen Gnade gegenüberstellt, viel weniger abstoßend ist als in den weltlichen Doktrinen, die uns versichern, wir seien imstande, uns aus dem Höllengrund mit einem Sprung auf den Gipfel des Himmels zu retten. Eine solche Revolution wird nie kommen.»[11]

Kolakowskis Denkweise des abendländisch-skeptizistischen Aufklärers begnügt sich nicht mit Kurz-Resultaten; er geht vielmehr dem Marxschen Denken bis in die Details der Formulierung nach, um das oft Zwanghafte, aber Un-Zwingende bloßzulegen: «Wenn Marx (in ‹Das Elend der Philosophie›) sagt: ‹Die Handmühle *ergibt* eine Gesellschaft mit Feudalherren, die Dampfmühle eine Gesellschaft mit industriellen Kapitalisten› [Hervorhebung L. K.], so ist es klar, daß derlei Formulierungen nicht wörtlich genommen werden dürfen; eine Handmühle ‹ergibt› nämlich ausschließlich Mehl, nichts anderes im übrigen als eine Dampfmühle.»[12]

Dazu gehört so viel intellektueller Mut wie Redlichkeit. Dazu gehört auch jene umfassende Bildung, die Angebote philosophemer «Neuerungen» auf ihren überkommenen Platz verweisen kann – etwa wenn er Engels' Grabrede über Marx' unsterbliches Verdienst der Entdeckung, daß «Menschen vor allen

Dingen zuerst essen, trinken, wohnen und sich kleiden müssen, ehe sie Politik, Wissenschaft, Kunst, Religion usw. treiben können», so behutsam wie präzise als un-neu bestimmt: «Es ist in der Tat nicht einzusehen, in welcher Weise die Wiederholung des antiken Wahlspruchs *primum edere, deinde philosophari* eine unsterbliche wissenschaftliche Entdeckung sein sollte.»[13] Mit derselben argumentativen Kühle zersetzt Kolakowski auch Marx' gesamte Arbeitswerttheorie: «Die Behauptung, der wirkliche Wert sei nichts anderes als die kristallisierte Arbeitszeit, hat denselben ontologischen Status wie die Behauptung, Opium wirke einschläfernd, weil es eine einschläfernde Kraft besitze.»[14]

Das geht einigermaßen weit; denn auch die Feststellung, daß etwa Kunst, Literatur, Theater ohne Berücksichtigung der sozialen Komponenten und Konflikte ihrer jeweiligen Epoche weder erklärt noch verstanden werden können, war schließlich vor und ohne Marx vielen französischen Historikern, auch konservativen, bekannt. Wenn man mit dem späten Engels diesen «einzigen Faktor» eben nicht als einzigen, sondern als einen neben anderen begreift, bleibt auch beim Definieren der Dialektik zwischen Basis und Überbau wenig Ungewöhnliches: «Es erhebt sich mithin die Frage: Worin besteht eigentlich der historische Materialismus? Wenn er darin bestehen sollte, daß alle Einzelheiten des ‹Überbaus› als Produkte eines ‹Basis›-Desiderats erklärt werden können, wäre er eine unbegründete und unannehmbare Absurdität. Verzichtet er hingegen, im Sinne der Engelsschen Bemerkungen, auf jene Idee der eindeutigen Determination, so ist er eine Common-sense-Wahrheit. Im rigorosen Verständnis erscheint der historische Materialismus als eine Vergewaltigung der Gebote des einfachsten rationalen Denkens, im lockeren Verständnis hingegen als Banalität.»[15]

Kolakowski scheut sich nicht vor der häretischen Konsequenz, den als Geschichtstheorie verstandenen Marxismus, «in der die Gesamtheit der historischen Umwandlungen durch den technischen Fortschritt und die gesamte Kultur durch den Klassenkampf erklärt wird», unhaltbar zu nennen: «Der Marxismus als Theorie der ‹Wechselwirkung› von Technik, Eigentumsverhältnissen und Kultur ist eine Binsenwahrheit.»[16]

Was Kolakowski den flachen Ableitungen entgegensetzt, ist allerdings explosiv. Es ist ein neuer Begriff des Mythos. Entgegen etwa Roland Barthes' Verständnis des Mythos als reinem Instrument von Herrschaft und Verschleierung, als Verlust der unmittelbaren wie politischen Wirklichkeit, versucht Kolakowski ein gänzlich neues Angebot zur Selbstfindung des Menschen zu strukturieren. Es ist ein vollständig eigenes «Prinzip Hoffnung»; wobei diese Chiffre nicht absichtslos eingesetzt ist: Ernst Blochs Essay «Zerstörung, Rettung des Mythos durch Licht» ist in ganz naher Nachbarschaft zu sehen. Bloch, gegen das Anti-Wunderhafte des modernen (auch theologischen) Weltbildes polemisierend, requiriert für sich eine andere, lucide Rationalität, gleichsam «lichtdurchlässig» – also Wunder einbegreifend.

«Licht» ist seine wichtigste Metapher: «Dies Licht ist letzthin allemal eines des Noch-Nicht: ‹Es ist noch nicht erschienen, was wir sein werden, wenn es aber erscheinen wird, so werden wir ihm (dem auferstandenen Christus) gleich sein› (1. Joh. 3,2). Dies höchste wie tiefste Utopikum im Mythischen gehört gewiß zu den Schätzen, die von Rost und Motten, aber auch von bloßem Lysol eines ‹modernen Weltbilds› nicht gefressen werden. Auch Inwendigkeit ist hier kein Ersatz, am wenigsten eine, die sich – vor lauter Utopiemangel – so wenig Aktion und Auswendigkeit zutraut. Aktion gerade gegen Bann und Unwissenheit im Mythischen, doch für Freiheit und Ahnung in mancher seiner Hüllen.»[17]

Das ist so einprägsam wie deutlich. Es ist in anderer Formulierung Blochs Satz, den er als Deklination des Begriffs «zuvor» seinem Buch «Spuren» voraussstellte: «Wie nun? Ich bin. Aber ich habe mich nicht. Darum werden wir erst.» Das genau ist zu verstehen unter seiner «Rettung des Mythos durch utopisches Licht begriffener Künftigkeit» – so gut ein gegen banal vorhersehbare oder deterministische Kausalitäten gewendetes Denkmodell wie das Kolakowskis. Es ist eine ganz andere Utopie; keine, die ein exerzierbares Ziel hat, gar verordnet. Ihr Weg ist das Ziel.

Ebendieses Konkrete, zu Verordnende greift Kolakowski an:

«Die Idee, daß fünfhundert Jahrtausende Geschichte der menschlichen Gattung und fünf Jahrtausende geschriebener Geschichte alsbald in einem Happy-End ihren Abschluß finden würden, ist Ausdruck einer Hoffnung. Die, die diese Hoffnung hegen, sind nicht in einer besseren intellektuellen Verfassung als die, die sie nicht teilen. Der Glaube Marxens an das ‹Ende der Vorgeschichte› ist ein Appell, nicht aber eine wissenschaftliche Theorie, ist das Wort eines Propheten, nicht das eines Wissenschaftlers.»[18]

Kolakowski verweigert dem die Wahrheit, damit die mögliche Kraft zu humaner Wirklichkeit. *Diese* Utopie ist ihm zu sehr Zukunft, als daß sie Gegenwart bergen, retten, ja: auch nur klären könnte. Sie führt die Menschen von sich weg statt auf sich zu. Der Mythos indessen gibt ihm Kraft zur Durchleuchtung des Augenblicks seines Lebens. «Der Mythos liefert nicht Nachrichten. Was im Mythos geschieht, geschieht immer *jetzt*»[19], heißt es schon in dem Band «Geist und Ungeist christlicher Traditionen». Kolakowski will das Einbeziehen aller Konflikte, das ist sein Jetzt. Er will keinen Entwurf, der eine Gesellschaft ohne Konflikte avisiert. Die hält er für utopisch im Sinne des nie Erreichbaren. Der wirklich freie Mensch kann nur entstehen im Wahrnehmen seiner Konflikte, nicht im Verdrängen oder Abstoßen. Seine zentrale Metapher ist die «Gleichgültigkeit der Welt». Sie kann nicht überwunden werden durch Anstreben irgendeiner Harmonie:

«Die Gesellschaft, der es gelingen würde, diesen Zustand zu verwirklichen, müßte auf alle Werte verzichten, die nicht gleichzeitig allen anderen zugänglich sein könnten, müßte somit den Zustand totaler Uniformität der menschlichen Individuen erreichen, gemäß den Mustern der aufklärerischen Utopisten. Das gräßliche Ideal des vollkommenen Totalitarismus von Dom Deschamps, eine aus identischen Exemplaren der menschlichen Gattung bestehende Gesellschaft, identisch hinsichtlich der Kleidung, der Lebens- und Denkweise, der Gefühle, Wünsche, selbst des physischen Aussehens, ist im Grunde der Versuch einer konsequenten Anwendung der Grundsätze, auf denen die edlen Liberalen ihre politischen Gedanken aufbauen: der vielleicht einzige Versuch, dessen Schöpfer nicht davor zurückschreckt, das Ideal zu Ende zu führen, indem er die Konflikt- und Wettbewerbsquellen zwischen den Menschen endgültig abschafft... Mit andern Worten: Die vollkommen konfliktlose Gesellschaft setzt eine Situation voraus, in der die einzelnen Individuen jeglicher Fähigkeit zur Wahl, also auch zum Schaffen, beraubt werden, die Schaffensfähigkeit wäre somit der gesamten Sozietät genommen.»[20]

Für den falschen, weil uneinlösbaren Harmoniebegriff setzt Kolakowski den einer neuen Freiheit; er entsteht aus Erkenntnis von Unvereinbarkeiten. Alles andere ist «illusorisch wie die Liebe eines Nekrophilen»[21].

Wieder ein Begriffspaar, das in der spielerisch eingesetzten Redeweise über Absicht hinwegtäuschen mag. Dabei ganz eminenter Bestandteil von Kolakowskis Philosophie: Eros und Thanatos. Wie er die in marxistischer Denkwelt vermißte, so setzt er sie nun ein zur Ergründung der großen «Unvereinbarkeit»; denn wovor wir fliehen, unser Leben hindurch, «ist die Erfahrung der Gleichgültigkeit der Welt, und die Versuche, diese Gleichgültigkeit zu überwinden, bilden den zentralen Sinn des menschlichen Ringens mit dem Schicksal in seiner Alltäglichkeit und in seinen Extremen»[22]. Dieses «Ringen» vollzieht sich wesentlich auf zwei Ebenen – und diese zwei Ebenen sind Hauptelemente des Mythos: Lieben und Sterben. In der Durchdringung dieses Phänomens zeigt sich der *Schriftsteller* Kolakowski, der seine Denkfiguren nicht zuletzt aus Sprache entwickelt; der weiß, daß es gerade die Kunst ist, die jenes intensivste Welterleben bannen kann – auch darin wieder Blochs Gedankenwelt nahe, in dessen Begriff «Kunst ohne den Boden des Mythos nicht auskommt». Es ist diese größte Anspannung, deren der Mensch fähig ist, Welt in sich hineinzureißen, ihre Gleichgültigkeit zu überwinden, die wir «Liebe» nennen; denn die Intimität der erotischen Begegnung ist der gigantische Versuch, «dem ewigen Androgynen-Mythos seine Realität zurückzuerstatten»[23]. Dieser ewig einzige Versuch, eins zu sein, ist zugleich der stets sich wiederholende Augenblick der Erkenntnis, daß eine Schwelle der Nicht-Mittelbarkeit bleibt. Der erotische Akt als Akt der Erkenntnis. Höchste Hoffnung ist Gleichzeitigkeit tiefster Wahrheit: Separation als Gleichgültigkeit der Welt. Das ist die Wurzel des Todestriebs, der in aller Sexualität sich birgt.

Zwei Konsequenzen bieten sich an. Der endgültige Verzicht auf den Versuch, die Gleichgültigkeit der Welt zu überwinden, ist die radikalste: «Im Selbstmord ist zugleich der utopische Wunsch enthalten, mich der Welt mit einer Dosis der gleichen Gleichgültigkeit zu revanchieren, die sie mir erweist, gewissermaßen das Verlangen, sie durch Vergeltung zu bestrafen. Dieses Verlangen ist selbstverständlich wirkungslos, daher verfehlt der Selbstmord – als Versuch, meine Beziehungen zur Welt zu annullieren – das Ziel, um das es mir geht; die Welt wird nicht bestraft, ihre Gleichgültigkeit verändert sich infolge meiner Abwesenheit nicht.»[24] Die andere, fruchtbare Konsequenz ist, das Wissen von der Begrenztheit, ja: Endlichkeit beider Überwindungsversuche zu akzeptieren, damit «das Sein zu zähmen». Das ist Kolakowskis Begriff des Mythos. Die Barrieren vor der Welt sind nicht überwindlich. Beide «Erfahrungen», Liebe und Tod, sind keine endgültigen Grenzüberschreitungen der universellen Eigenschaften der Welt. Der Mensch, der das weiß, ist frei. Insofern hatte Sartre recht mit seinem Wort: Es gibt keine unmenschlichen Situationen. Insofern hatte Freud recht mit dem seinen: Es gibt kein Recht, aufgrund dessen der Mensch zum Glück berufen wäre. Diese beiden Sätze umklammern Kolakowskis spekulativen Entwurf. Er birgt eine gänzlich neue Hegel-Interpretation, die um den Satz kreist, «die Weltgeschichte ist nicht der Boden des Glücks. Die Perioden des Glücks sind leere Blätter in ihr; denn sie sind die Perioden der Zusammenstimmung, des fehlenden Gegensatzes»[25]. Hier liegt in nuce Kolakowskis gesamte Kritik an Marx und dem Marxismus, an jeder Art Verheißung. Seine Position ist keine eschatologische, auch keine resignative; keine Paradiese irgend – aber diese Welt. Es ist die Position einer Moralität aus Rationalität. Sie ist zusammengefaßt in dem Satz, in dem er davon spricht, daß ohne die vereinigende Kraft des Intellekts Erfahrung unmöglich sei.

So räumt er dem Marxismus allenfalls die Möglichkeit historischer Analysen ein; das Recht auf irgendwelche Ableitungen daraus nicht mehr. Für die Medizin mag es zutreffen, daß ihre Therapie nicht möglich ist ohne Analyse – aber die Geschichte ist keine Naturwissenschaft. In der Medizin ist der Mensch ihr Objekt, in der Geschichte ihr Subjekt. Deshalb kann es keine historischen «Gesetze» geben, die in irgendeine Zukunft hineinwirken. Und deshalb ist der marxistische Glaube an eine große, nicht-antagonistische Einheit der Gesellschaft gefährlich. Gefährlich, weil es eine verordnete Harmonie wäre, die zu erreichen, gar zu erzwingen einer – oder eine Gruppe – sich das Recht anmaßte. Vielmehr muß der Mensch erkennen, daß es keinen Sinn in der Welt gibt, keine Pflichten, keine Sünde. «Nichts hat einen Sinn», sagte Kolakowski einmal. Der Sinn ist von uns willkürlich der Welt, der Geschichte oktroyiert. Empirisch ist er weder beweisbar noch deduzierbar.

Das klingt wie eine «Philosophie der Skepsis», jener «Philosophie der Praxis» entgegengesetzt, die wir bereits als Antonio Gramscis Verständnis des Marxismus kennengelernt haben. Kolakowski wehrt sich allerdings immer wieder gegen den Begriff Skepsis, gar Hoffnungslosigkeit. Nur wehrt er ebenso emphatisch den Marxismus als Schein-Mythologie, die der Geschichte Sinn verleihen will, ab – er sieht ihn, wie er es in einem Bild faßt, ähnlich wie Theologen: «Der Teufel ist der Affe Gottes.» Die Selbsterlösung des Menschen ist Aberglaube; und aller Aberglaube birgt die Gefahr der Gewalt. Wenn nämlich die ganze Versöhnung mit uns, mit der Welt, mit der Natur nicht nur möglich, sondern *notwendig* ist, dann ist der Kommunismus als prometheische Selbsterlösungslehre gleichzeitig eine Lehre der Gewalt. Und zwar ohne Legitimation – denn nirgendwo wird gesagt, warum Geschichte in diese Richtung arbeiten soll, an deren Ende Glück steht.

Eben diesen empirisch irgendwie abgesicherten Anspruch auf Glück gibt es nicht. Unser Versuch, in die Geschichte – in Wahrheit eine Reihung von Wundern und Zufällen – Ordnung hineinzubringen, wird nur unternommen, weil der Gedanke ziemlich unerträglich ist. Es ist nicht Denken, sondern Wunschdenken. Kolakowski nennt es auch «humanistisches Denken», als eines, das dem seinen, dem neuen Entwurf des Mythos entgegengesetzt ist. In diesem humanistischen Denken hat sich beispielsweise der Begriff Subjekt verschoben. Subjekt dieser prometheischen Leistung ist jetzt die Gesellschaft – weswegen der einzelne zum Eigentum der Gesellschaft wird. Damit wird dem wahren Subjekt – also dem einzelnen Menschen – abgesprochen, einen eigenen, unübertragbaren, unaustauschbaren Wert zu haben. Ohne aber daran zu glauben, kann die Menschheit nicht überleben. Und da dies wiederum nicht nachweisbar ist, muß man im Sinne eines mythologischen Kontinuums daran *glauben*. Wie es in einer klassischen Formulierung bei Kolakowski heißt: «Werte kann man nicht beweisen wie Fieber oder Haarausfall.»[26]

Dieser Entwurf vom Wert des einzelnen liegt allem christlichen Denken zugrunde. Auf die Frage «Sind Sie Christ?» hat Kolakowski zwar geantwortet, «Nicht im Sinne der Zugehörigkeit zu einer Kirche oder Sekte»[27] – aber seine Denkstrukturen sind willentlich und wissentlich christlich. Den Einwand möglicher und in der Geschichte nachweisbarer christlicher Despotie weist er ab – die hat sich nur da entwickeln können, wo auf der Basis christlicher Werte Lösungsangebote für alle Lebensgebiete ausgearbeitet wurden – etwa für das wissenschaftliche Denken. Bei einem Verzicht auf staatliche Belange, sagte Kolakowski, gibt es despotiefreie Christlichkeit.

Dies neue erarbeitete Erbe, dieses Sich-Eingebettet-Wissen in eine große, lebendige, christliche Kultur ist in seinem Gedankengebäude nicht lediglich die Reduktion auf irgendeine vage Morallehre. Es ist vielmehr eine zentrale Frage der Anthropologie: der Mensch ist gut *und* böse; das Böse ist lebendig. Kolakowski glaubt an die These von der Erbsünde. Hier liegt der Kern seines Dissens' mit marxistischen Denkkategorien – der Mensch ist nicht veränderbar. Er ist böse, unvermeidlich.

Er will damit nicht Hoffnungslosigkeit predigen. Aber zuviel Hoffnung heißt auch zuviel Frustration, zuviel Niederlagegefühl. So will Kolakowski seine «Predigt» lieber als angemeldetes Mißtrauen gegen alle weltliche Eschatologie verstanden wissen. Deshalb akzeptiert er den demokratischen Sozialismus nicht als Modell; er sieht in ihm eine Sammlung von Werten, sozialen Werten, die wir teilweise annehmen können, aber von denen man wissen muß: nie werden sie alle verwirklicht; denn man kann nicht gleichzeitig umfassende Planung *und* Autonomie in kleinen Einheiten haben. Beides schließt sich aus – wie Freiheit und Gleichheit. Die einst lediglich rechtlich gemeinte Egalité der Französischen Revolution ist jetzt zur Gleichschaltung, Egalisierung verkommen – ist damit eine selbstzerstörerische Losung geworden. Demokratie und Sozialismus schließen einander aus, sagt Leszek Kolakowski – es sei denn, man fülle diese Worte mit einem Sinn, der dem tradierten diametral entgegengesetzt ist.

Ästhetik ist immer auch Moral

Ein Gespräch mit Karl August Wittfogel

Ernst Thälmann war sein Gast, Georg Lukács war sein Freund, Rudi Dutschke war sein Schüler, Henry Kissinger war sein Leser: der letzte große marxistische Soziologe lebt halbvergessen in New York. In den USA erschien soeben eine 700-Seiten-Biographie, in Frankreich verlegte kürzlich einer der renommiertesten Verlage sein Hauptwerk «Orientalischer Despotismus», in Israel und Persien werden Seminare über ihn gehalten – in Deutschland aber gibt es zwar Dutzende entlegener Raubdrucke, Reprints und Einzelausgaben, aber keine Werkausgabe eines seriösen Verlages. Erwin Piscator inszenierte seine ersten Stücke, Bertolt Brechts frühe Gedichte wurden von ihm in der «Roten Fahne» kritisiert, und er leitete die berühmte Podiumsdiskussion über Brechts «Maßnahme»-Aufführung im Dezember 1930, wie er mit Carl von Ossietzky auf der letzten öffentlichen Veranstaltung des Schutzverbandes Deutscher Schriftsteller sprach. Das war 1932. Dann kam das KZ; aus Esterwegen konnte er Wolfgang Langhoffs inzwischen berühmtes «Lied der Moorsoldaten» herausschmuggeln, über das Thomas Mann in seinen Tagebüchern so ergriffen sinniert.

Die Biographie von Karl August Wittfogel ist so kompliziert wie sein Werk, voller Widersprüche und Ungleichzeitigkeit. Einer der wenigen Zeugen einer rasch versinkenden Zeit, schien Wittfogel interessanter als Partner eines Disputs denn als Objekt einer essayistischen Untersuchung; deshalb wurde diese Form gewählt – gleichsam Dokument in sich. Zum ersten Mal seit vielen Jahren gab der 82jährige Karl August Wittfogel ein Interview, antwortete auch auf heikle Fragen, etwa die nach seiner Kooperation mit Senator McCarthy.

F.J.R.: Ist es richtig oder falsch, wenn man Sie einen marxistischen Antikommunisten nennt?

Wittfogel: In dieser Kurzform ist die Frage schwer zu beantworten. Ich bin kein Marxist mehr, aber seit meiner Loslösung vom Kommunismus/Marxismus habe ich mich einem neuen Studium von Marx ergeben; das Ergebnis ist eine sehr positive Auffassung der wissenschaftlichen Leistung von Marx. Ich bin kein Marxist mehr, aber ich versuche, im Marxismus eine neue Dimension zu bestimmen.

F.J.R.: Das ist gleich ein sehr theoretischer Anfang. Ihre berufliche, intellektuelle Karriere hat ja mit artistischen Dingen begonnen, vor allem erstmal mit mehreren Theaterstücken. Waren diese Stücke von Ihnen nur als politische oder auch als künstlerische Äußerung gemeint?

Wittfogel: Die Stücke, die der Malik-Verlag veröffentlichte, hatten alle eine politische Orientierung. Meine frühen Stücke, ein expressionistisches eingeschlossen, die nicht gedruckt wurden, waren nicht politisch; sie hatten ein rebellisches und trotziges Element, aber sie waren nicht politisch in dem Sinne meiner späteren veröffentlichten Stücke.

F.J.R.: Aber die Dramatik Ihrer Zeit, eigentlich vor Brecht, muß man ja datieren, also etwa 1921 bis 1924 zu Teilen von Piscator realisiert, war von Ihnen durchaus als Politikum mehr denn als schöngeistiges Schreiben gemeint?

Wittfogel: Ja. Als Politikum, aber im künstlerischen Raum und mit Inanspruchnahme künstlerischer Mittel.

F.J.R.: Fällt in dieselbe Zeit Ihre Beschäftigung mit Problemen der ästhetischen Theorie?

Wittfogel: Das griff ineinander über. Ich habe zu meinen Stükken meist Vorworte geschrieben, nicht, weil Shaw das so machte, sondern weil ich oft noch etwas zu sagen hatte, das über das Literarische hinausging; in diesem Sinne ist meine kunsttheoretische Arbeit parallel mit der dramatischen vor sich gegangen. Es war wohl die Zeit, als ich, ich glaube Anfang 1925, über Brecht sagte, er sei der Ideologe des Lumpenproletariats.

F.J.R.: Über seine Gedichte?

Wittfogel: Das schloß auch «Trommeln in der Nacht» ein, «Trommeln in der Nacht» und die Gedichte.

F.J.R.: Das war in der «Roten Fahne».

Wittfogel: Das war in der «Roten Fahne», ja. Als ich eine Zeitlang an der «Roten Fahne» Feuilleton-Redakteur war. Aus dieser Arbeit, sehr oft der eines Theaterkritikers, entwickelte sich meine Beschäftigung mit grundsätzlichen Fragen der Kunsttheorie, schließlich mit Hegel – den ich, um mit Marx zu reden, auf die Füße stellen wollte, wenigstens auf dem Gebiet der Ästhetik. So entstanden meine Aufsätze für «Die Linkskurve», auf die Ihre Frage wohl zielt.

F.J.R.: Ist es richtig, daß in dieser Phase bereits ein Einfluß durch Georg Lukács vorhanden war? Lukács hat doch eine wesentliche Rolle – und sei es als Widerpartner – in Ihrer kunsttheoretischen Arbeit gespielt?

Wittfogel: Ja, aber nicht vor dem Ende der zwanziger Jahre. Lukács war mir natürlich Anfang der zwanziger Jahre weit voraus als marxistischer Theoretiker. Ich war damals marxistisch eigentlich noch ein großes Kind. Ich war daher etwas erstaunt, als er eine Besprechung meines kleinen Buches «Die Wissenschaft der bürgerlichen Gesellschaft» veröffentlichte und ich mich auf diese Weise als bereits kritisch ernstgenommen sah. Damals war ich durchaus ein Lernender. Später, 1926, sah ich Lukács in Wien wieder, ich hielt dort Vorträge vor den kommunistischen Studenten über China usw. Aber als ich die Ästhetik-Artikel für «Die Linkskurve» (und einige für Münzenbergs «Roten Aufbau») schrieb, da war Lukács nicht in Berlin und arbeitete nicht mit uns, den proletarischen Schriftstellern. Er kam erst später aus Moskau zurück.

F.J.R.: Die kunsttheoretische Position von Lukács ist doch eigentlich eine kunstreaktionäre. Im Grunde genommen ein geschlossenes System, sich wehrend gegen Experimente, gegen bestimmte literarische wie künstlerische Formen (Brecht, Döblin). Wenn Lukács tatsächlich Ihren vorausgegangenen Arbeiten theoretisch nahe war, dann heißt das, daß auch Sie ästhetischreaktionär argumentiert haben.

Wittfogel: Das folgt daraus nicht. In der Beurteilung der Kunst folgte ich Hegel und dem Fluß des Lebens, nicht Kant, der das künstlerische Schaffen abstrakt von der Realität des Lebens fernhielt (Lukács' Ausgangspunkt war neu-kantianisch; und sein fortgesetzter Subjektivismus zeigt, daß diese Einstellung seiner geistigen Persönlichkeit entsprach). In meinen theoretischen Äußerungen betonte ich die schöpferische Bedeutung des Experiments; und in meiner bescheidenen Kunstpraxis versuchte ich, neue Formen zu finden. Ich erinnere mich noch an einen Disput mit Piscator, das war 1929 nach einem Vortrag von mir, in dem ich zur Entwicklung von «Guerilla-Formen» aufforderte, vom Telefoneinakter bis zum Puppentheater. Sie haben doch Mehring herausgegeben – Sie kennen also meinen Widerspruch auch gegen ihn, meinen Versuch (nachzulesen etwa im neuen Nachwort zu meinen «Beiträgen zur marxistischen Ästhetik») einer *revolutionären* Anwendung von Hegel.

F.J.R.: Was heißt das auf deutsch?

Wittfogel: Es ist der Versuch, Hegels schöpferische Methode, nicht seinen Kanon, zu verwenden, seine Denkweise in diesem Sinne für die Kunst der Vergangenheit wie die der Gegenwart fruchtbar zu machen. Moravia findet, daß Kunst «antisozial oder asozial» ist. Wie steht es mit der Theorie der Kunst und der Theorie der Bedingungen, unter denen Kunst, oder eine bestimmte Art der Kunst, möglich ist? Wie ich im Nachwort zu den «Ästhetischen Beiträgen» bemerkte, hat Hegel über die Möglichkeit (und Unmöglichkeit) der wirklich freien Lyrik und zur echten Tragödie in verschiedenen Gesellschaftsordnungen gesagt: Unter welchen Umständen war die Schilderung des Liebeslebens von Odysseus' Frau möglich? Unter welchen ist es wesentlich, Lehren aus der Darstellung der Belagerung von Troja für das Einzelleben zu ziehen? So interessiert mich «Troja».

F.J.R.: Das verrät ein Konzept. Sie sind, wie mir scheint, nicht ein Mann der schönen Künste. Was Sie eben gesagt haben, heißt im Klartext doch wohl, daß Ihnen die politische Theorie wichtiger und interessanter war und ist.

Wittfogel: Bitte nicht interessant, interessant ist ein zu schwaches Wort. Und bitte nicht «politische» Theorie. Es handelt sich um die Theorie der Gesellschaft und Geschichte im Vergleich zur Theorie der Kunst. Unter bestimmten Umständen und bis zu einem Punkte liefert die Theorie der Gesellschaft den Schlüssel zum Verständnis der Entwicklung der Kunst. Unter diesen Umständen ist sie «wichtiger», um Ihre Formulierung zu wiederholen, die Marx bereits im Jahre 1857 in einem ähnlichen Zusammenhang anwandte.

F.J.R.: Nun frage ich, wie und wann sind Sie überhaupt zum Marxismus – damals ja noch gleichbedeutend mit Kommunismus – gekommen? Wann sind Sie in die KP eingetreten?

Wittfogel: Es ist *nicht* gleichbedeutend...

F.J.R.: Damals doch...

Wittfogel: Nicht damals, als ich Marxist und Sozialist wurde. Ende des Ersten Weltkrieges trat ich (wie Brecht, wie Korsch, wie Marcuse, wie Tucholsky) der Unabhängigen Sozialdemokratischen Partei bei. Ich war keineswegs automatisch Kommunist, weil ich Marxismus und Kommunismus erst zu entdecken begann.

Als ich 1920 auf einer Arbeitervolkshochschule Wirtschaft und Soziologie unterrichtete, abends auch moderne Literatur darbot, da begann eine Entwicklung vom Pazifismus (der ja die USPD prägte) zum theoretischen Sozialismus. Erst nach der Spaltung der USPD – im Herbst 1920 – schloß ich mich, gemeinsam mit Karl Korsch, der KPD an. Schon begann meine Skepsis gegen gewisse «letzte Wahrheiten», schon damals begann ich häretisch zu denken. Ich betonte Korsch gegenüber, daß es im Denken von Marx Fehler gibt wie im Handeln von Lenin.

F.J.R.: Sie waren also gleichzeitig skeptischer und orthodox linientreuer Kommunist?

Wittfogel: Das paßt beides zum Teil. Ein Freund von mir sagte: «Karl August, wenn die Partei-‹Bonzen› hören würden, was du in manchen deiner Vorträge sagst, denen würden die Haare zu Berge stehen...» Ich wollte einerseits nicht die Sünde gegen die Wissenschaft begehen. (Ich hatte eine tiefe Beziehung zur Wahrheit.) Aber ich wollte es andererseits nicht zum Konflikt kommen lassen. (Die Sowjetunion war mir damals die größte sozialistische Errungenschaft. Ich glaubte damals – in den zwanziger Jahren –, daß, wenn man sie aufgeben würde, man gegen seine höchsten Werte verstoße.)

F.J.R.: Wie sind Sie innerhalb dieser Entwicklung zu dem Spezialgebiet der asiatischen Problematik gekommen? Wann hat das angefangen und wodurch eigentlich?

Wittfogel: Vormarxistisch. Es kam aus meinem Interesse an großen Zusammenhängen, an Weltgeschichte und in den Anfängen noch Kultur –, auch Religionsgeschichte. Von 1917 an habe ich angefangen, Vorträge über Weltregionen mit starker Betonung auf die asiatische Entwicklung zu halten. 1919 hielt ich sechs Vorträge über die Kultur Chinas.

F.J.R.: Aber Sie sind eigentlich kein klassischer Sinologe?

Wittfogel: Nein. Ich habe später natürlich auch Sinologie studiert, an mehreren Universitäten. Aber meine Interessen waren nicht Sprachen und Literatur. Ich fing an mit der Landwirtschaft und den Bauern. Das war mir wesentlich.

F.J.R.: Herr Wittfogel, ich bin kein Fernsehjournalist, will also nicht in einer Minute zwanzig Sekunden «alles über den Existentialismus» wissen; aber sind Sie imstande, in einer präzisen Kurzfassung zu sagen, wo eigentlich der Sprengsatz Ihres Modells liegt, das sich mit dem Titel Ihres Hauptwerks «Orientalischer Despotismus» nennt? Was ist das, was die orthodoxen Kommunisten heute und schon damals so erbost hat an Ihrer Theorie?

Wittfogel: Nicht erbost. Es geschah da eine doppelte Spaltung. Am Anfang hatte ich keine Schwierigkeiten. Als ich in meinem Buch «Geschichte der bürgerlichen Gesellschaft» (1924) andeutete, daß «Asien» eine andere Entwicklungsgeschichte hatte, da wurde ich nicht aus theoretischen Gründen angegriffen – die Probleme der asiatischen Gesellschaft waren damals noch nicht klar in Moskau –, sondern weil ich ein Freund von Lukács und Korsch war. Als ich dann im Herbst 1928 nach Moskau kam, wurde mir der Bruch klar. Was ich über China vortrug, fand den Beifall wirklicher Gelehrter. (Rjazanoff sagte mir: «Oh, Genosse Wittfogel, da ist ja noch viel, viel mehr über Asien in den unveröffentlichten Marx-Manuskripten.») Aber die Politiker und die Generale, die in China in der Einheitsfront gewesen waren, schlichen sich weg, als ich gesprochen hatte. Ich dachte, sie verstünden das China-Problem nicht, aber sie verstanden es auf ihre Art sehr gut...

F.J.R.: Moment! Sie verstanden nämlich *was*? Ist der Stein des Anstoßes Ihr Nachweis, daß es in einer staatlich strukturierten Wirtschafts- und Agrarform eine neue Klasse gibt, die man Funktionäre nennen könnte oder Bürokratie?

Wittfogel: Bürokratie als herrschende Klasse, ja. Aber diese Einsicht kam mir uneben und in mancher Beziehung in Sprüngen. Meine Beweisführung, daß die asiatische Gesellschaft nicht mit der herkömmlichen marxistischen Elle des Klassenstaates gemessen werden könne, war anfangs naiv und fand anfangs sogar in der «Prawda» Lob. Erst als Stalin mehr und mehr Macht häufte, wurde der Sprengsatz meiner These, Asien – China – sei ein Arbeiter- und *Beamten*staat, erkannt. Beamte, Beamte! Nicht Kapitalinhaber, als herrschende Klasse! Sie verstehen...

F.J.R.: Sie selber, nicht nur Ihre Kritiker, haben also sehr früh eine Verkümmerung des Sozialismus, eine Verkrustung, kurz: die Stalinisierung gesehen. Wieso haben Sie keine Konsequenzen daraus gezogen?

Wittfogel: Nein, nein, nein – nicht früh! Die Entwicklung in Rußland habe ich nicht früh erkannt, sondern langsam.

F.J.R.: Wann?

Wittfogel: Oh, unglaublich spät. Trotz zunehmender Kritik im einzelnen, die ich mit vertrauenswürdigen Genossen besprach, habe ich lange den russischen Genossen und Exgenossen getraut, daß sie es im ganzen richtig machen würden. Ich wollte mir nicht zugeben, daß es solche Brutalitäten und die Lager, wie ich sie bei den Nazis erlebt hatte, in dem Lande gebe, das ich für sozialistisch hielt. Selbst als ich mit dem Kommunismus brach – nicht zu sprechen von den zwanziger Jahren, als ich «Wirtschaft und Gesellschaft» schrieb –, habe ich das weltgeschichtliche Prinzip nicht erkannt. Erst 1947/48, als ich entdeckte, was Marx und Engels, vor allem Marx, über Rußland sagten und dann was Lenin darüber sagte, da riß etwas entzwei. Sehr spät. Ich bin natürlich nicht stolz auf meine Langsamkeit. Das einzige, was ich «zu meinen Gunsten» sagen kann, ist: Bei mir hat es sehr lange gedauert. Bei den anderen ist es gar nicht gekommen.

F.J.R.: Warum vorher der Bruch mit dem Kommunismus? Der Erkenntnisvorgang dauerte ja, wie Sie eben selber sagten, bis nach Ende des Zweiten Weltkriegs.

Wittfogel: Ja. Es war eine langsame Aufweichung. Sie setzt sich aus vielen Elementen zusammen. Nehmen Sie etwa die Kollektivierung. Die habe ich in ihrer Schrecklichkeit nicht völlig verstanden. Zum Teil, nicht völlig. Dann sah ich, daß neunzig Prozent der alten Kommunisten abgeschlachtet wurden, von denen mir viele sehr nahe standen. Und schließlich hatte ich aus der Nähe gesehen, daß Moskau, daß Stalin mit mir irrsinnig erscheinender Deutschlandpolitik den Hitler zur Macht brachte.

F.J.R.: Das war aber vorher, schon vor 1933!

Wittfogel: 1931 bis 1933. Zu meinem KZ-Buch «Staatliches Konzentrationslager VII», das jetzt in Deutschland wieder erscheint, sagte damals eine Freundin: «Dein Held ist ein Kommunist, aber du sagst ja nichts über den Kampf der Kommunisten gegen Hitler.» Darauf antwortete ich: «Nein, denn da war nichts, du weißt das doch. Es gab wunderbare einzelne Gestalten, und die habe ich beschrieben (und denen ist zum Teil auch meine Neuauflage gewidmet), aber ein Kampf der Bewegung (der KPD und der Kommunisten) war nicht da.» Es ist schwer begreifbar zu machen, aber die einzelnen Kommunisten sahen etwas, das man nicht akzeptieren und in Konsequenz umwandeln wollte. Lukács sagte mir im Januar 1931, er würde «lieber Dreck fressen, als sich von der Bewegung losreißen lassen». Auch für mich war der Dreck damals noch sozialistischer Dreck. Im Nazi-KZ war das Schlimmste, was ich erlitten habe, nicht die Prügel oder, daß Leute lebendig eingegraben wurden – sondern der Gedanke: All das, was da vor sich geht, wofür wir da leiden, ist eine Farce, denn die Führer unserer Bewegung wollten Hitler nicht bekämpfen, wollten ihn zur Macht bringen. Darum hat sich der Brecht 1943 so aufgeregt, als ich ihn an Moskaus wirkliche Hitlerpolitik erinnerte. Radek, der höchste Ratgeber Stalins, hat mir selber 1932 gesagt: «Die deutschen Arbeiter müssen eben auf zwei Jahre die Nazis auf sich nehmen.» Da entstanden für mich politisch fast unerträgliche innere Zweifel. Aber als Sozialist hatte ich nichts anderes. Wohin? Mein Bruch war ein unfertiger Bruch. Er war nicht bis zu Ende durchdacht.

F.J.R.: Sie müssen mir, als jemandem, der ein paar Jahre jünger ist – und es gibt inzwischen eine ganze Menge Leute in Deutschland, die jünger sind –, nochmals die Frage gestatten, die ja immer wieder in solchen Gesprächen – etwa mit Ernst Bloch – auftaucht: Wie kann ein solcher Erkenntnisprozeß so lange dauern? Was in der Sowjetunion geschah, wußte man doch. Koestler, zum Beispiel ...

Wittfogel: Der hat zuerst auch nichts gesagt.

F.J.R.: Zuerst nicht, aber früher als alle anderen. Er hat sich auch früher losgesagt.

Wittfogel: Ja, aber Koestlers Gebiet war Europa, mein Gebiet war China. Auf meinem Gebiet hat man mich länger geduldet ...

F.J.R.: Aber Herr Wittfogel, man liest ja trotzdem Nachrichten, auch wenn man von mir aus über Buddhismus arbeitet; das sind doch zwei verschiedene Dinge. Was in der Sowjetunion geschah, wußte man. Ich wehre mich dagegen, gegen diese Prozeßtheorie, ob sie nun von Ihnen oder von wem immer vorgetragen wird. Sie läuft nämlich sehr leicht parallel zu der bekannten Argumentation: «Wir haben auch in der Nazi-Zeit nichts gewußt.» Da heißt es ja auch, «mein Gott, ich hab' doch Briefmarken gesammelt», oder «ich war Spezialist für ägyptische Skulpturen – ich wußte nichts von Auschwitz». Verstehen Sie: denselben Vorwurf muß sich doch Ihre Generation auch in puncto KP-Mitgliedschaft machen lassen.

Wittfogel: Bitte sehr, wollen wir das bitte teilen. Das zweite nehme ich an, aber mit tieferer Begründung, das erste ist nicht mein Fall. Wenn Sie so etwas sagen, dann müssen Sie auch sagen, daß, als ich Kommunist wurde (1920), die russischen Eisenbahnen stillstanden, daß nur fünf Prozent der Fabriken in Betrieb waren. Die Bolschewisten hatten damals fast keine Macht und keine Erfahrung. Man hatte das ja nie probiert. Das war ein großer Traum. Jahrelang glaubte ich, der Traum wird sich durchsetzen. Ich war nie Trotzkist, aber ich stimmte eine Zeitlang überein mit der berühmten Formel, daß Sowjetrußland eine heruntergekommene Arbeiter- und Bauerngesellschaft sei. Der Durchbruch kam erst im Herbst 1947. Meine neuen weltgeschichtlichen Einsichten (über Rußlands «asiatischen» Hintergrund) brachten die für mich entscheidende Erklärung. Es ist eine komplizierte Begründung, warum es so lange gedauert hat, aber selten hat eine Sache nur einen Grund.

F.J.R.: Wie würden Sie diesen ganzen langwierigen Prozeß in die Geschichte von Horkheimer/Adornos Frankfurter Institut einbringen – in deren vorhandenen oder nicht vorhandenen Faschismus-Begriff?

Wittfogel: Die Geschichte des Frankfurter Instituts ist langwierig; und meine Beziehung zu ihm ist es auch. Das Institut durchlief mehrere Phasen. Die erste war die Phase Gerlach (dessen Assistent der spätere Spion Richard Sorge war). Nach Gerlachs Tod war Carl Grünberg von 1924 an Direktor, tatsächlich bis zu seinem Schlaganfall 1928, formell bis 1931. Ich war so etwas wie Grünbergs Lieblingsschüler. Danach kam die neue Leitung, Horkheimer; und die wandte sich von der sozial-ökonomischen Orientierung ab und zur Sozialphilosophie, Sozialpsychologie und Kultursoziologie hin. Die Behandlung dieser Komplexe war subtil und bemerkenswert; aber ihre Wirklichkeit war nicht die meine. Man ließ mich auf meine Art gewähren, auch was meinen offenen Kampf gegen den Faschismus anging. Aber obgleich die Institutsführer sehr um mich bemüht waren, als ich 1933 in mehreren Gefängnissen und Konzentrationslagern war, begannen sie erst in Amerika den Faschismus in ihre Forschung einzufügen. Später zogen sie sich von mir zurück; und noch später entdeckten sie (Adorno und Horkheimer) mich wieder... Aber ich bin abgeschweift – Sie wollten eigentlich auf etwas anderes hinaus?

F.J.R.: Eher zurück. Wie nämlich aus einem Prozeß der wachsenden Kritik an Marxismus und Kommunismus ein militanter Antikommunist namens Wittfogel erwachsen ist.

Wittfogel: Das ist ein politisches Schlagwort. Es erinnert an solche Parolen wie «kalter Krieger», die mehr Verwirrung als Klärung bringen. Ich habe das zugrunde liegende Problem in meinen Vorlesungen und meinen Schriften dargelegt. Ich will versuchen, Ihre Frage jetzt, am Ende dieses Interviews, kurz zu beantworten. Es handelt sich um ein Riesenproblem, das Marx aufwarf und das Lenin ambivalent aufgriff und in seiner Behandlung der asiatischen Restauration ambivalent verwischte. Ist Kommunismus (oder Sozialismus) wirklich möglich als ein ökonomisch und politisch zentralisierter Machtapparat? Ich gewann die Überzeugung, zu der ich mich unter Bezugnahme auf Marx' «asiatische» Argumente langsam durchkämpfte, daß dies nicht möglich ist. Seit ich das einsah, bekämpfte ich diese Einstellung, die unter der Flagge des Sozialismus oder Kommunismus das förderte, was Marx «die allgemeine Sklaverei» nannte. Robert Owen wurde wegen seiner Genossenschaften Kommunist genannt. Sei's drum. Die christlichen Apostel wurden wegen ihrer Verbrauchergemeinschaft Kommunisten genannt. Sei's drum. Man mag meine Bekämpfung der allgemeinen Sklaverei als «Anti-Kommunismus» bezeichnen. Man mag das tun. Aber ich denke, daß zur Beantwortung dieser Frage der Lumpenkommunismus nicht gut genug ist.

F.J.R.: Eine letzte Frage, die Sie wahrscheinlich explodieren läßt. Gefragt werden muß: Würden Sie wieder hingehen und vor irgendeinem McCarthy-Ausschuß aussagen?

Wittfogel: Nein, nein, nein.

F.J.R.: Mehr will ich gar nicht wissen.

Wittfogel: Doch, ich will noch etwas dazu sagen. Ich explodiere gar nicht. Ich bin sogar ausgesprochen dankbar dafür. Ich bedaure nur, daß am Ende eines langen Interviews so wenig Zeit bleibt zur Besprechung einer Frage, die Grundprobleme der modernen Demokratie aufwirft. Sie wissen durch die Evidenz, die Sie kennen – durch das Ulmen-Buch über Karl August Wittfogel und andere dokumentierte Darstellungen –, daß ich nie vor einem McCarthy-Ausschuß ausgesagt habe und daß ich in Senator McCarthys Gegenwart «Hexenverfolgung *(witchhunting)*» verurteilt habe. Sie wissen auch durch die Ihnen zugängliche Evidenz, daß ich nicht einmal in den öffentlichen Hearings des Senators McCarran erscheinen wollte, obgleich, wie dieselbe Evidenz zeigt, dies Komitee nach der Meinung unabhängiger liberaler und sozialistischer Beobachter seine Tätigkeit sehr gewissenhaft handhabte. Ich fügte mich der amtlichen «Vorladung *(subpoena)*» des McCarran-Komitees nicht, weil ich anderenfalls zu einer Gefängnisstrafe von einem Jahr hätte verurteilt werden können, sondern weil nach den von diesem Komitee entdeckten Dokumenten die kommunistische Durchdringung gewisser amerikanischer Regierungsorgane eine ungeahnte Dimension angenommen hatte. Wie ernst sollte man diese Bedrohung nehmen? Darüber konnte offenbar die Möglichkeit einer Gefängnisstrafe nicht entscheiden. Meinen Freunden gegenüber, die mein Verhalten 1951 mit der *subpoena* zu erklären suchten, antwortete ich in leidenschaftlich geführten Aussprachen, daß in dieser Beziehung es besser gewesen wäre, wenn ich durch Aussageverweigerung ein Jahr Gefängnis auf mich geladen hätte. Gefängnis erschreckte mich nicht. Was mich erschreckte, war die Dimension der amerikanischen Naivität und die Dimension, die die kommunistische Durchdringung unter diesen Umständen hatte annehmen können. Ich hatte mich so intensiv mit den Problemen der Asiatischen Despotie beschäftigt und seit 1947 so intensiv mit den Problemen des «halb-asiatischen» Rußlands und der Asiatischen Restauration, daß mir die Probleme amerikanischer Demokratie (wie sie de Tocqueville so eindringlich schildert) viel weniger klar waren. Aber ich fühlte, daß man diese Demokratie trotz all ihrer Mängel und brutalen Züge mit allen zu Gebote stehenden legitimen Mitteln verteidigen müsse. Wie schwer diese Entscheidung sein kann, weiß ein jeder, der die Unvollkommenheit und Verwundbarkeit der modernen Demokratie kennt. Ich habe in diesem Zusammenhang an Churchill gedacht, der die Demokratie die schlechteste aller Regierungsformen nannte – außer allen anderen. Es gibt keine breite Heerstraße zur Mathematik. Es gibt auch keine breite Heerstraße zur Verteidigung der Freiheit.

Quellennachweise und Anmerkungen

Der Beginn der materialistischen Literaturtheorie
Karl Marx – Friedrich Engels – Ferdinand Lassalle

1 Karl Marx, Friedrich Engels, «Werke», hg. vom Institut für Marxismus-Leninismus beim ZK der SED, Band 1–39, Berlin 1956–1968 (MEW), Ergänzungs-Band I. Teil, S. 10
2 «Karl Marx, Chronik seines Lebens», Frankfurt/Main 1971, S. 4
3 Paul Lafargue, «Das Recht auf Faulheit & Persönliche Erinnerungen an Karl Marx», hg. und eingeleitet von Iring Fetscher, Frankfurt/Main 1966, S. 59
4 Friedrich Engels, «Cola di Rienzi. Ein unbekannter dramatischer Entwurf», bearbeitet und eingeleitet von Michael Knierim, Wuppertal 1974, S. 63
5 Ebda., S. 11
6 Ebda., S. 27
7 Zit. nach Helmut Hirsch, «Friedrich Engels» (rowohlt monographie Nr. 142), Reinbek bei Hamburg 1968, S. 21
8 Friedrich Engels an Karl Marx, 4. 11. 1859, MEW Bd. 29, S. 503
9 Friedrich Engels an Karl Marx, 28. 3. 1869, MEW Bd. 32, S. 288
10 Friedrich Engels an Viktor Adler, 19. 8. 1892, MEW Bd. 38, S. 431
11 Friedrich Engels, «Alexander Jung und das Junge Deutschland», zit. nach Gustav Mayer, «Friedrich Engels. Eine Biographie», Bd. 1, «Friedrich Engels in seiner Frühzeit (1820–51)», Berlin 1920, S. 191
12 Vgl. dazu Peter Demetz, «Marx, Engels und die Dichter», Stuttgart 1959, S. 16–38
13 Wladimir I. Lenin, «Marx, Engels, Marxismus», Berlin 1957, S. 57

14 Vgl. Peter Demetz, «Marx, Engels und die Dichter», a.a.O., S. 139

15 Eugène Sue, «Die Geheimnisse von Paris», München 1970, S. 5

16 Friedrich Engels und Karl Marx, «Die Heilige Familie», MEW Bd. 2, S. 9ff., vgl. vor allem Kap. VIII, S. 175f.

17 Auf die Sickingen-Debatte wird in diesem Buch immer wieder einzugehen sein; sie muß als zentraler Orientierungspunkt bei allen Erörterungen zur materialistischen Kunsttheorie angesehen werden. Die Texte sind zusammengefaßt in Karl Marx, Friedrich Engels, Ferdinand Lassalle, «Die Sickingen-Debatte 1859» in Karl Marx, Friedrich Engels, «Über Kunst und Literatur», Bd. 1, Berlin 1967, S. 166ff. beziehungsweise in Walter Hinderer (Hg.), «Sickingen-Debatte», Darmstadt und Neuwied 1974 (Sammlung Luchterhand Nr. 141).
Eine Würdigung des Briefwechsels findet sich in Lenins Artikel von 1911, «Prinzipielle Fragen der Wahlkampagne», in dem er auf die Bedeutung der Linksblock-Taktik hinwies und sich auf das hier von Marx und Engels entwickelte Konzept der Rolle der Bauern in einer demokratischen Revolution bezieht. Lenin setzt sich ausdrücklich mit den angeblichen Fehlern Lassalles und der seiner Meinung nach damit zusammenhängenden Taktik der Menschewiken auseinander.
In seinem Aufsatz «Die Sickingen-Debatte zwischen Marx/Engels und Lassalle» von 1931 analysierte Georg Lukács dieses Kernstück der marxistischen Literaturtheorie. Der Text wurde erstmals in Buchform veröffentlicht in dem Band «Karl Marx und Friedrich Engels als Literaturhistoriker», Berlin 1948.

18 Karl Marx an Ferdinand Lassalle, 22. 2. 1858, MEW Bd. 29, S. 550

19 Georg Lukács, «Karl Marx und Friedrich Theodor Vischer», in «Beiträge zur Geschichte der Ästhetik», Berlin (Ost) 1954, S. 222/223

20 Friedrich Theodor Vischer, «Ästhetik oder Wissenschaft des Schönen. Zum Gebrauche von Vorlesungen von Friedrich Theodor Vischer», Bd. 2, Reutlingen, Leipzig 1847, S. 324–361

21 Ebda.

22 Georg Lukács, «Karl Marx und Friedrich Theodor Vischer», a.a.O., S. 225

23 Friedrich Theodor Vischer, «Zur Kritik der ‹Mystères de Paris› von Eugène Sue», in «Kritische Gänge», hg. von Robert Vischer, München 1922, Bd. 2, S. 152

24 Friedrich Engels an Margaret Harkness, Anfang April 1888, MEW Bd. 37, S. 42
25 Friedrich Engels an Minna Kautsky, 26. 11. 1885, MEW Bd. 36, S. 392
26 Vgl. dazu Peter Demetz, «Marx, Engels und die Dichter», a. a. O., S. 135 ff.
27 Honoré de Balzac, «Etudes sur Stendhal et la Chartreuse de Parme. Suivies de la réponse de Stendhal», ed. par V. Del Litto, Parma 1967, S. 29
28 Ebda., S. 136, 137, 138
29 Ebda., S. 120, 130 f.
30 Karl Marx an Ferdinand Lassalle, 19. 4. 1859, MEW Bd. 29, S. 590–593. Alle Quellen zur Sickingen-Debatte vgl. Anm. 17
31 Ebda. beziehungsweise Ferdinand Lassalle, «Nachgelassene Briefe und Schriften», Bd. 3, «Der Briefwechsel zwischen Lassalle und Marx», Berlin 1922, S. 185–213
32 Friedrich Engels, «Der deutsche Bauernkrieg», MEW Bd. 7, S. 329 f.
33 Vgl. Anm. 31
34 Luise Büchner, «Deutsche Geschichte von 1815–1870», Leipzig 1875, S. 216 f.
35 Gottfried August Bürger, «Der Bauer. An seinen durchlauchtigen Tyrannen», in «Gottfried August Bürgers Sämtliche Werke», Bd. 1, Gedichte, Göttingen 1884, S. 84
36 Zit. nach Hans Mayer, «Georg Büchner und seine Zeit», Wiesbaden 1960, S. 155
37 Ludwig Börne, «Sämtliche Schriften», neu bearbeitet und herausgegeben von Inge und Peter Rippmann, Darmstadt 1965, Bd. 3, S. 3 f.
38 Georg Büchner, «Werke und Briefe», Leipzig 1952, S. 209
39 Ebda., S. 43
40 Vgl. dazu Anm. 17
41 «Monatshefte für deutschen Unterricht, deutsche Sprache und Literatur», Volume XLVI, October 1954, Number 5, S. 241–248. Nachgedruckt in Walter Hinderer (Hg.), «Sickingen-Debatte», a. a. O. Unsere Zitate daraus, S. 216
42 Ebda., S. 212
43 Shlomo Na'aman, «Führung und Masse – ein Problem der Demokratie» (1970) in ebda., S. 347
44 Marx, Engels, «Historisch-kritische Gesamtausgabe. Werke,

Schriften, Briefe» (MEGA), I. Abteilung, Bd. 3, Glashütten im Taunus 1970, S. 117

45 Ebda., I. Abteilung, Bd. 1, Erster Halbband, a. a. O., S. 115

46 Ernst Schumacher, «Die Marxisten und die Tragödie», «Theater der Zeit», 11/1977, S. 4

47 Ernst Bloch, «Das Prinzip Hoffnung», Bd. 1, Frankfurt/Main 1959, S. 224

48 Ebda., S. 257f.

49 Karl Marx, Einleitung zur «Kritik der politischen Ökonomie», MEW Bd. 13, S. 640f.

50 Ebda., S. 641

51 Wladimir I. Lenin, «Über Kunst und Literatur», Berlin (Ost) 1960, S. 98. (Zuerst gedruckt in «Proletari», 11. 9. 1908)

52 Georgi W. Plechanow, «Verwirrung der Begriffe» (Anläßlich eines wenig bekannten Buches), in Georgi W. Plechanow, «Kunst und Literatur», Berlin (Ost) 1955, S. 773/774

53 Rosa Luxemburg, «Tolstoi als sozialer Denker», «Leipziger Volkszeitung», 9. 9. 1908; Rosa Luxemburg, «Tolstoi», «Gleichheit», 5. 12. 1910; Wladimir I. Lenin, «L. N. Tolstoi», «Sozialdemokrat», 16. 11. 1910; Rosa Luxemburg, «Tolstois Nachlaß», «Neue Zeit», 18. 4. 1913; Wladimir I. Lenin, «Leo N. Tolstoi und seine Epoche», «Swesda», 22. 1. 1911

54 Nikolaj G. Tschernischewskij, «Die ästhetischen Beziehungen der Kunst zur Wirklichkeit», Berlin (Ost) 1954, S. 108

55 Nikolaj A. Dobroljubow, «Was ist Oblomowtum?», in «Ausgewählte philosophische Schriften», Moskau 1951, S. 229f.

56 Georg Lukács, «Der russische Realismus in der Weltliteratur», Berlin (Ost) 1949, S. 35

57 Vgl. Peter Demetz, «Marx, Engels und die Dichter», a. a. O., S. 184 und 283

58 Zum Folgenden vgl. Georgi W. Plechanow, «Kunst und Literatur», Berlin (Ost) 1955, und darin das Vorwort von M. Rosental, «Die ästhetischen und literaturkritischen Ansichten G. W. Plechanows»

59 Georgi W. Plechanow, «Die französische dramatische Literatur und die französische Malerei des 18. Jahrhunderts vom Standpunkt der Soziologie», in ebda., S. 196/197

60 Wladimir I. Lenin, «Parteiorganisation und Parteiliteratur», in «Über Kultur und Kunst», Berlin (Ost) 1960, S. 59f.

61 Georgi W. Plechanow, «Vorwort zur 3. Auflage des Sammelban-

des ‹Zwanzig Jahre›», in «Kunst und Literatur», a. a. O., S. 219/220

62 Ebda., S. 226/228

63 Georgi W. Plechanow, «Zur Psychologie der Arbeiterbewegung», in ebda., S. 830ff.

64 Ebda., S. 838

65 Josef W. Stalin, «Werke», Bd. 1, Berlin (Ost) 1951, S. 50

66 Vgl. Vera Piroschkow, «Freiheit und Notwendigkeit in der Geschichte», München 1970, Kap. 1

67 Wladimir I. Lenin, «An A. M. Gorki», in «Über Kultur und Kunst», a. a. O., S. 480/481

68 Anton Pannekoek, «Lenin als Philosoph», mit einer Einleitung von Paul Mattick und einer Rezension von Karl Korsch, Frankfurt/Main 1969

69 Vgl. das Mehring-Kapitel dieses Buches

70 Leo Trotzkij, «Proletarische Kultur und proletarische Kunst», in «Literatur und Revolution», Berlin 1968, S. 158–173

71 Ebda., S. 442

72 Nikolaj I. Bucharin, «Proletarische Revolution und Kultur», Frankfurt/Main 1971, S. 38

73 Hans Mayer, «Außenseiter», Frankfurt/Main 1975

74 Ebda., S. 308

75 Ebda., S. 309

76 Ebda.

Die Mehring-Legende

Über echte wahre Kunst – oder Dekadenz und Fäulnis in der modernen Literatur

1 Friedrich Engels an August Bebel, 24. 6. 1885, MEW Bd. 36, S. 348

2 Zit. nach Thomas Höhle, «Franz Mehring», Berlin 1956, S. 300/301

3 Ebda., S. 119

4 Zit. nach Maxim Gorkij, «Zeitgenossen», Frankfurt/Main 1962, S. 191

5 Clara Zetkin an Franz Mehring, 24. und 28. 10. 1906, Archiv des Instituts für Marxismus-Leninismus beim ZK der KPdSU, Moskau, Fonds 201, Franz Mehring, Nr. 4. Zit. nach Josef Schleifstein, «Franz Mehring», Berlin 1959, S. 55

6 Franz Mehring, «Die Lessinglegende», Vorrede zur 2. Auflage, in «Gesammelte Schriften», Bd. 1–14, Berlin 1963 (nachfolgend GS genannt), Bd. 9, S. 5
7 «Die Neue Zeit», 12. Jhrg., 1894, Bd. 2, S. 144; vgl. auch Franz Mehrings Aufsatz «3 × 1 = 1, Ein Kapitel über historische Methode», GS Bd. 8, S. 287
8 August Bebel, «Aus meinem Leben», Bd. 2, Berlin 1946, S. 200 f.
9 Johann Jacoby, «Vier Fragen, beantwortet von einem Ostpreußen», Straßburg 1841, S. 5–7
10 Zit. nach Heinrich von Treitschke, «Deutsche Geschichte im 19. Jahrhundert», Leipzig 1879–1894, Bd. 4, S. 57/58
11 Johann Jacoby, «Gesammelte Schriften und Reden. Teil II», Hamburg 1872, S. 19 ff.
12 Franz Mehring, «Zurück auf Schopenhauer!», «Die Neue Zeit», 27. Jhrg. 1908/1909, Bd. 2, S. 625–628, in GS Bd. 13, S. 155–158
13 Karl Marx an Friedrich Engels, 27. 1. 1870, MEW Bd. 32, S. 432
14 Karl Marx an Ludwig Kugelmann, 17. 2. 1870, MEW Bd. 32, S. 650
15 Wladimir I. Lenin, «Ausgewählte Werke in zwei Bänden», Moskau 1947, S. 573
16 Wladimir I. Lenin an W. W. Worowski, 20. 9. 1918, in Wladimir I. Lenin, «Über Deutschland und die deutsche Arbeiterbewegung», Berlin 1957, S. 446/447. Zit. nach Hans Koch, «Franz Mehrings Beitrag zur marxistischen Literaturtheorie», Berlin 1959, S. 352
17 Wilhelm Blos, «Denkwürdigkeiten eines Sozialdemokraten», München 1919, Bd. 1, S. 158/159
18 Franz Mehring, «Zwei Nachrufe», «Die Neue Zeit», 17. Jhrg., 1899, Bd. 1, S. 545
19 Franz Mehring, «Meine Rechtfertigung», Leipzig 1903, S. 9
20 «Geschichte der Frankfurter Zeitung», S. 239. Zit. nach Thomas Höhle, a. a. O., S. 62
21 «Frankfurter Zeitung», Nr. 328, 24. 11. 1874, beziehungsweise «Meine Rechtfertigung», a. a. O., S. 36
22 Ebda., S. 9
23 Karl Marx an Friedrich Engels, 1. 8. 1877, MEW Bd. 34, S. 66
24 Franz Mehring, «Meine Rechtfertigung», a. a. O., S. 9
25 «Briefe im Nachlaß Wilhelm Liebknechts», zit. nach Thomas Höhle, a. a. O., S. 86
26 Ebda., S. 87
27 Ebda., S. 89

28 Ebda., S. 110/111

29 Franz Mehring, «Arthur Schopenhauer», «Volkszeitung Berlin», Nr. 45, 22. 2. 1888, in GS Bd. 13, S. 151–154, hier S. 153

30 Franz Mehring, «Kapital und Presse», Berlin 1891, S. 101

31 «Friedrich Engels' Briefwechsel mit Karl Kautsky», Zweite, durch die Briefe Karl Kautskys vervollständigte Ausgabe von «Aus der Frühzeit des Marxismus», hg. und bearbeitet von Benedikt Kautsky, Wien 1955, S. 381 bzw. 388

32 «Leipziger Volkszeitung», 21. 2. 1919

33 Franz Mehring, «Meine Rechtfertigung», a. a. O., S. 39

34 Bericht über den Prozeß Mehring-Sonnemann, in «Magdeburger Zeitung», Nr. 591, 17. 12. 1876 (und folgende Nr.); «Frankfurter Zeitung», Nr. 351, 16. 12. 1876 (Abendausgabe); zit. nach Thomas Höhle, a. a. O., S. 69/70 und 121

35 Alle Zitate entnommen: Franz Mehring, «Geschichte der deutschen Sozialdemokratie», Bremen 1878, S. 68/69, 128/129, 241, 229, 55/56, 5, 217–221. Mehring veröffentlichte mehrere, auch erweiterte Versionen seiner Schrift:
1877 – Verlag Faber (Verlag der «Magdeburger Zeitung»), Broschüre, «Zur Geschichte der deutschen Sozialdemokratie. Ein historischer Versuch».
1877 – C. Schünemann Verlag Bremen (Verlag der «Weser-Zeitung»), statt eines Nachdrucks der rasch vergriffenen Broschüre «Die deutsche Sozialdemokratie, ihre Geschichte und ihre Lehre. Eine historisch-kritische Darstellung»
1878 – vermehrte und erweiterte 2. Auflage
1879 – 3. Auflage, fortgeführt bis zum Sozialistengesetz, 347 Seiten
1879/80 – Neun Artikel in der «Gartenlaube», Auszüge aus der Bremer Fassung.

36 Franz Mehring, «Die deutsche Sozialdemokratie», a. a. O., S. 194

37 Ebda., S. 271/272, 279, 282/283

38 «Weser-Zeitung», 10. 5. 1879

39 Franz Mehring, «Herr Hofprediger Stoecker, der Sozialpolitiker», Bremen 1882, S. 2

40 Friedrich Engels an August Bebel, 19. 1. 1885, MEW Bd. 36, S. 273

41 «Leipziger Volkszeitung», 2. 9. 1888

42 Franz Mehring, «Platen», «Die Neue Zeit», 15. Jhrg., 1896/1897, Bd. 1, S. 97–101, in GS Bd. 10, S. 343–349, hier S. 348/349

43 Friedrich Engels an August Bebel, 24. 7. 1885, MEW Bd. 36, S. 347

44 Zit. nach Thomas Höhle, a. a. O., S. 242/243

45 «Von diesem Standpunkt persönlicher Freundschaft habe ich ihm einige geringfügige Gefälligkeiten bei Gründung der «Zukunft» erwiesen; die wesentlichste war, daß ich das Blatt taufte: ich sagte ihm im Scherz: da Sie bisher bei der «Gegenwart» gewesen sind, so nennen Sie das Blatt doch «Zukunft», und es war auch ein wenig Ernst dabei, wenn ich hinzufügte: der Titel ist ja auch ganz passend, da Sie doch zur Sozialdemokratie kommen werden.» Franz Mehring, «Meine Rechtfertigung», a. a. O., S. 21
46 Friedrich Engels an August Bebel, 8. 3. 1892, MEW Bd. 38, S. 292
47 Friedrich Engels an Karl Kautsky, a. a. O., S. 346
48 Ebda., S. 345
49 MEW Bd. 39, S. 96
50 Franz Mehring, «Friedrich Schiller. Ein Lebensbild für deutsche Arbeiter», Leipzig 1905, GS Bd. 10, S. 91–241 (2. Auflage von 1909), hier S. 203
51 Franz Mehring, «Heine-Biographie», Einleitung zu «Heines Werke in zehn Bänden», Berlin 1911, GS Bd. 10, S. 422–464 (hier S. 435)
52 Franz Mehring, «Emile Zola», GS Bd. 12, S. 36
53 Wilhelm Liebknecht, «Brief aus Berlin», 17. 2. 1891, «Die Neue Zeit», Nr. 9, Bd. 1, S. 170
54 Franz Mehring, «Ästhetische Streifzüge», «Die Neue Zeit», 17. Jhrg., 1898/1899, Bd. 1, S. 281–640; GS Bd. 11, S. 141–226, hier S. 225
55 Protokoll über die Verhandlungen des Parteitags der Sozialdemokratischen Partei Deutschlands, Berlin 1896, S. 78
56 Ebda., S. 93
57 Ebda., S. 102
58 Edgar Steiger, «Das arbeitende Volk und die Kunst», Leipzig 1896, S. 6. Zit. nach Georg Fülberth, «Proletarische Partei und bürgerliche Literatur», Neuwied und Berlin 1972, S. 93
Fülberths Untersuchung ist die bei weitem ausführlichste und beste zu diesem gesamten Themenkomplex.
59 R. Bérard, «Das arbeitende Volk und die Kunst», «Hamburger Echo», Nr. 230, 10. Jhrg., 1896, 1. 10. 1896
60 Vgl. in diesem Zusammenhang das Kapitel «Die Expressionismus-Debatte» in diesem Buch.
61 «Franz Mehring. Werkauswahl», Bd. 3, hg. von Fritz J. Raddatz, Darmstadt und Neuwied 1975, S. 21/22
62 Vgl. auch dazu Georg Fülberths erschöpfende Darstellung und Analyse, a. a. O., S. 127 ff.

63 Vgl. in diesem Zusammenhang das Kapitel «Chancen und Grenzen einer proletarischen Kultur» in diesem Buch.
64 Vgl. auch das Kapitel «Die Expressionismus-Debatte» in diesem Buch.
65 «Die Rote Fahne», Nr. 20, 17. 10. 1920. Zit. nach Erwin Piscator, «Das Politische Theater», Reinbek bei Hamburg 1963, S. 51
66 Friedrich Engels an August Bebel, 8. 3. 1892, MEW Bd. 38, S. 292
67 Franz Mehring, «Meine Rechtfertigung», a. a. O., S. 39
68 «Die Neue Zeit», Nr. 31, 23. Jhrg., 1904/1905, Bd. 2, S. 136
69 Ebda.
70 Franz Mehring, «Eine Schillerausgabe», «Die Neue Zeit», 29. Jhrg., 1910/1911, GS Bd. 1, S. 611–614
71 Vgl. in diesem Zusammenhang das Kapitel «Der Beginn der materialistischen Literaturtheorie», insbesondere Anm. 17
72 «Die Neue Zeit», Nr. 31, 23. Jhrg., 1904/1905, Bd. 2, S. 153
73 Franz Mehring, «Lassalles Trauerspiel ‹Franz von Sickingen›», GS Bd. 11, S. 20
74 Karl Marx, Friedrich Engels, Ferdinand Lassalle, «Die Sickingen-Debatte» (Ferdinand Lassalle an Karl Marx und Friedrich Engels, 27. 5. 1859), in «Marxismus und Literatur», hg. von Fritz J. Raddatz, Reinbek bei Hamburg 1969, Bd. 1, S. 82, 84
75 Friedrich Schiller, München 1966, Bd. 8, S. 7 f.
76 Ebda., S. 13
77 Johann Wolfgang von Goethe, «Sämtliche Werke», Stuttgart und Tübingen 1840, Bd. 31, S. 200
78 Friedrich Schiller, a. a. O., Bd. 19, S. 118 f.
79 Ebda.
80 Ebda.
81 Franz Mehring, «Der heutige Naturalismus», «Die Volksbühne», 1. Jhrg., 1892/1893, Heft 3, S. 9–12, GS Bd. 11, S. 131–133, hier S. 132
82 Robert Schweichel an Franz Mehring, 15. 12. 1898, zit. nach GS Bd. 11, S. 595
83 Clara Zetkin an Franz Mehring, 20. 6. 1913, zit. nach GS Bd. 11, S. 591
84 Vgl. in diesem Zusammenhang das Kapitel «Der Beginn der materialistischen Literaturtheorie» dieses Buches.
85 «Die Rote Fahne», 20. 4. 1930, «Mehring, zur Literaturgeschichte», «Der Rote Aufbau», Nr. 3 und 4, 1932, «Franz Mehring als Literaturwissenschaftler»

Georg Lukács, «Kritik der Literaturtheorie Lassalles», «Der Rote Aufbau», Heft 18 und 19, 1932
Franz P. Schiller, «Franz Mehring und die marxistische Literaturwissenschaft», «Internationale Literatur», Heft 2, 1932

86 Josef W. Stalin, «Fragen des Leninismus», Moskau 1947, S. 425

87 Georg Lukács, «Kritik der Literaturtheorie Lassalles», a. a. O. Dieser Aufsatz wurde in Lukács' Buch «Beiträge zur Geschichte der Ästhetik», Berlin (Ost) 1954 erstmals in Buchform veröffentlicht und löste eine grundsätzliche Debatte über Mehring aus; vorläufiger Abschluß ist Hans Kochs 1959 in Berlin (Ost) erschienenes Buch «Franz Mehrings Beitrag zur marxistischen Literaturtheorie».
Koch weist darin Lukács' Konzeption von Mehring als einem Hauptideologen der II. Internationale zurück.

88 Thomas Höhle, a. a. O., S. 15; es handelt sich um drei Briefstellen über Bruno Bauer beziehungsweise Chateaubriand und die Kritik am Naturrecht Gustav Hugos in der «Rheinischen Zeitung», 1842.

89 Friedrich Wolfs Aufsatz mit diesem Titel, 1928 als Broschüre herausgegeben vom Arbeitertheaterbund Deutschlands, gilt als militantes Manifest proletarischer Kultur. Abgedruckt in «Marxismus und Literatur», a. a. O., Bd. 2, S. 250–262

90 Abgedruckt in «Franz Mehring. Werkauswahl», Bd. 1, a. a. O., S. 317 ff.

91 Franz Mehring, «Ästhetische Streifzüge», GS Bd. 11, S. 146

92 Ebda., S. 182

93 «Das Zuchthausurteil gegen Karl Liebknecht», hg. von der KPD, Berlin 1919, S. 103, zit. nach Josef Schleifstein, a. a. O., S. 72

94 Zit. nach ebda., S. 76/77

Chancen und Grenzen einer proletarischen Kultur
«Ich hatte die Wahl, Becher oder Benn zu werden»

1 Ein erster Versuch zu einer Bio-Bibliographie der Arbeiten von Lu Märten sowie einige Interpretationsansätze finden sich in «alternative», Nr. 89, April 1973, «Materialistische Literaturtheorie VI», «Lu Märtens Kunsttheorie zwischen marxschem Arbeitsbegriff und sozialdemokratischer Technikgläubigkeit».

2 Lu Märten, «Wesen und Veränderung der Formen (Künste). Resultate historisch-materialistischer Untersuchungen», Frankfurt/Main 1924

3 Georg Fülberth, «Proletarische Partei und bürgerliche Literatur», Neuwied und Berlin 1972 (Sammlung Luchterhand Nr. 60), S. 143
4 Lu Märten, «Die Eigengesetzlichkeit des Rundfunks», in «Arbeiterbildung», Beilage zur Zeitschrift «Die Bücherwarte», 2/1927, S. 115 ff.; Bertolt Brecht, «Der Rundfunk als Kommunikationsapparat», in «Schriften zur Literatur und Kunst», Bd. 1, Berlin (Ost) und Weimar 1966, S. 138 f.
5 «Die Rote Fahne», 122/1925
6 «Die Rote Fahne», 127/1925
7 «Zur Frage einer marxistischen Ästhetik», in «Die Linkskurve», Jhrg. 2, 1930, Heft 5 und folgende Hefte
8 Gertrud Alexander, «Historischer Materialismus und Kunstkritik», in «Die Internationale», Jhrg. 3, 1921, S. 180 f.
9 Lu Märten, «Kunst und historischer Materialismus», zit. nach «alternative», a. a. O., S. 60 f.
10 Vgl. das Kapitel über die Expressionismus-Debatte in diesem Buch.
11 «Die Rote Fahne», Nr. 210, 17. 10. 1920, zit. nach Erwin Piscator, «Das politische Theater», Reinbek bei Hamburg 1963, S. 51. Siehe auch «Literatur im Klassenkampf. Zur proletarisch-revolutionären Literaturtheorie 1919–1923», eine Dokumentation von Walter Fähnders und Martin Rector, München 1971, S. 196
12 Zit. nach «alternative», a. a. O., S. 88
13 Alexander A. Bogdanow, «Über den Kunstnachlaß», in «Die Kunst und das Proletariat», Leipzig und Wolgast 1919, S. 37 ff.
14 Ebda., S. 59, S. 75, S. 77
15 Georg Lukács, «Tendenz und Parteilichkeit», in «Die Linkskurve», Jhrg. 4, 1932, Heft 6. Abgedruckt in Georg Lukács, «Literatursoziologie», ausgewählt von Peter Ludz, Neuwied 1968, und in «Marxismus und Literatur», hg. von Fritz J. Raddatz, Reinbek bei Hamburg 1969, Bd. 2, S. 139–149
16 Zit. nach «Literatur im Klassenkampf», a. a. O., S. 47
17 Zit. nach ebda., S. 43/49
18 «Die Rote Fahne», Jhrg. 3, 1920, Nr. 99 (22. Juni), zit. nach ebda., S. 50/51
19 «Die Rote Fahne», Jhrg. 3, 1920, Nr. 110 (22. Juni), zit. nach ebda., S. 53–55
20 Vgl. zu dieser Debatte «Literatur im Klassenkampf», a. a. O. Als Marginalie sei angemerkt, daß die entsprechende DDR-Publikation «Arbeiterbewegung und Klassik», hg. von H. Holtzhauer, Weimar

1964, die Namen der Beteiligten unterschlägt, um falsche Solidarität (mit Kokoschka) beziehungsweise Frontstellungen (gegen Heartfield) nicht kommentieren zu müssen; Thalheimers Beitrag etwa bleibt «anonym», weil er als Beweis «des hohen Standards der Literatur-Diskussion der KPD» qualifiziert wird – Thalheimer aber bekanntlich aus der KPD ausgeschlossen und führender Oppositioneller wurde.

21 «Die Rote Fahne», Jhrg. 3, 1920, Nr. 112 (24. Juni), zit. nach «Literatur im Klassenkampf», a. a. O., S. 61

22 Johannes R. Becher, «Unsere Wendung. Vom Kampf um die Existenz der proletarisch-revolutionären Literatur zum Kampf um ihre Erweiterung», in «Die Linkskurve» 1931/10/1; abgedruckt in «Zur Tradition der sozialistischen Literatur in Deutschland», Berlin (Ost) 1967, S. 370f.

23 Eine ausführliche Darstellung dieses gesamten Themenkomplexes bei Helga Gallas, «Marxistische Literaturtheorie – Kontroversen im Bund proletarisch-revolutionärer Schriftsteller», Neuwied und Berlin 1971 (Sammlung Luchterhand Nr. 19)

24 Michail I. Kalinin, «Über die Aufgaben der Dorfkorrespondenten», in «Über Kunst und Literatur», Berlin (Ost) 1960, S. 106ff.

25 Alle diese Beispiele sind entnommen: Klaus Neukrantz, «Barrikaden am Wedding», Berlin 1971, S. 9, 13, 15, 32, 48

26 Münster 1972

27 Berlin (Ost) 1972

28 «Das Werk, wie es nun als Ganzes vorliegt, ist wirklich die erste Darstellung des deutschen Arbeiters in seiner Entwicklung durch das letzte Jahrhundert und wird schon deshalb einen dauernden Platz in der deutschen Literaturgeschichte einnehmen. Darüber hinaus leuchtet die Grundidee immer durch, ohne daß sie aufdringlich zerredet würde.

Das ganze Buch ist glänzend erzählt, die Menschen sind klarlinig und lebendig, die Sprache schlicht.

Einen kleinen Einwand müssen Sie mir erlauben, lieber Bredel. Zuweilen erliegen Sie der Versuchung, schwarz und weiß zu malen. Freilich können Sie einwenden, daß wenn Sie's nicht täten, das Ganze zerflatterte.»

Lion Feuchtwanger, «Willi Bredel, Dokumente seines Lebens», Berlin (Ost) 1961, S. 216

29 Willi Bredel, «Die Söhne», Berlin (Ost), S. 154

30 Willi Bredel, «Die Väter», Berlin (Ost) 1961, S. 124/126

31 Friedrich Wolf, «Kunst ist Waffe!», abgedruckt in «Marxismus und Literatur», a. a. O., Bd. 2, S. 250–262

32 Vgl. «Hymne an eine Zeitungsverkäuferin», «Arbeiter und Arbeiterinnen», beide in Rudolf Leonhard, «Ein Leben im Gedicht», Berlin (Ost) 1964, S. 53, 104

33 «Aus den Schlachten
Ich bin in die Schlachten herabgestiegen
und habe das Grauen aufgesucht:
mein Herz hat auch im wüstesten Lärm nicht geschwiegen,
es hat gerast, geweint, geflucht –
und wenn mir nach dem Frieden noch zu leben beschieden ist,
will ich immer lauter aussagen, was dann zu sagen ist!»
(Auf dem Marsche in Polen, Februar 1915), ebda., S. 25

34 «Die Einzelnen», ebda., S. 106

35 «Rettet die Kinder!», ebda., S. 107

36 «An den Matrosen», ebda., S. 114

37 «An einen aus der Besatzung der Zeitungsgebäude», a. a. O., S. 115

38 «An Spartakus», ebda., S. 93

39 «Der tote Liebknecht», ebda., S. 48

40 «Proletarisch-revolutionäre Literatur 1918 bis 1933», Berlin (Ost) 1962, S. 28

41 «Wir sind die Rote Garde. Sozialistische Literatur 1914–1935», Leipzig 1967, Bd. 1, S. 65

42 Vgl. dazu Hans Mayer, «Die Literatur der DDR und ihre Widersprüche», in «Zur deutschen Literatur der Zeit», Reinbek bei Hamburg 1967, S. 384:
«Die Nationalhymne malt einen Zustand aus, wo ‹die Sonne, schön wie nie, über Deutschland scheint›. Man ist wieder bei den Visionen des Gedichts von Preißler vom schöneren Gesang der Stare in einer nicht mehr antagonistischen Gesellschaft. Die Zukunft hat Märchencharakter angenommen: auch bei Becher. Die Natur befindet sich in einem neuen Zustand der Harmonie. Die sozialistische Gesellschaft als das neue Arkadien.»

43 Vgl. «Thälmann-Lied», in «Mit Gesang wird gekämpft. Lieder der Arbeiterbewegung», Berlin (Ost) 1967, S. 132. Am 14. Juni 1956 druckte die (Ost) «Berliner Zeitung» dazu folgenden Kommentar:
«Der Dichter des Thälmann-Liedes, dessen Kehrreim ‹Stimme und Faust der Nation› ich für unangemessen halte, ist mir persönlich nur von einigen flüchtigen Begegnungen in größerem Kreise her bekannt. Er hat hohe Ehren genossen und genießt weiteres Ansehen.

Sein ‹Thälmann-Lied› wird bei uns von Millionen junger Menschen gesungen. Gerade darum bedarf es des Einspruchs. Denn da heißt es:

‹Deutsch unsere Flure und Auen!
Bald strömt der Rhein wieder frei.
Brechen den Feinden die Klauen,
Thälmann ist immer dabei.›

Nein, nein und nochmals nein! Stimme und Faust bedeuten Ausreden für Marktschreier, Demagogen und Schläger, ehrwürdige Vorkämpfer des Sozialismus sind anderes und mehr. Sie sind Fürsprecher, Mahner, Gewissen ihres Volkes. Will man denn nicht endlich zur Kenntnis nehmen, daß Form und Inhalt einander bedingen, daß man sozialistischen Inhalt nicht mit dem Wortschatz der SA-Horden zum Ausdruck bringen kann, daß schlechte Wortbilder (Metaphern) schiefem Denken entsprechen, daß großsprecherischer Schwulst nicht männliche Entschlossenheit bedeutet, sondern Unfähigkeit, einen Gedanken in unserer schönen deutschen Sprache zu formen?» Zit. nach Alfred Kantorowicz, «Deutsches Tagebuch», Bd. 2, München 1961, S. 665. Kantorowicz zitiert eine frühere Fassung des Liedes.

44 «Fahneneid der Roten Soldaten», in «Wir sind die Rote Garde», Bd. 1, a. a. O., S. 313

45 «Genossen!», in ebda., S. 317

46 Bezeichnenderweise taucht der Pädagoge Hoernle auch gelegentlich in bundesrepublikanischen Publikationen auf, natürlich im Walter Benjamin-«Kritiken»-Band (Frankfurt/Main 1972), aber auch als Beiträge des 1972 erschienenen Bandes «Sozialistische Erziehung»; schließlich existiert ein Nachdruck seines Hauptwerkes «Grundfragen proletarischer Erziehung», Darmstadt 1968.

47 Unveröffentlichter Lebenslauf Edwin Hoernles, in Institut für Agrargeschichte der Deutschen Akademie der Wissenschaften, Berlin-Archiv. Zit. nach «Edwin Hoernle, ein Leben für die Bauernbefreiung», Berlin (Ost) 1965, S. 14

48 «Der Morgen», in «Wir sind die Rote Garde», Bd. 1, a. a. O., S. 148

49 Walter Benjamin, «Eine kommunistische Pädagogik», in «Gesammelte Schriften», Bd. 3, «Kritiken und Rezensionen», Frankfurt/Main 1972, S. 208/209

50 «Geschichte der deutschen Arbeiterbewegung», Berlin (Ost) 1966, Bd. 4, S. 310

51 Hans Dieter Heilmann, Bernd Rabehl, «Die Legende von der Bol-

schewisierung der KPD», II, in «Sozialistische Politik», Heft 10, Februar 1971, S. 26

52 «Gruß des deutschen Dichters an die Russische Föderative Sowjet-Republik», in «Wir sind die Rote Garde», Bd. 1, a. a. O., S. 72

53 «Massen», in «Wir sind die Rote Garde», Bd. 2, a. a. O., S. 19 f.

54 «Als namenloses Lied durchs Volk zu gehen» – Vorstellungen dieser Art durchziehen Bechers Werk. («Auswahl in sechs Bänden», «Dichtung», Zweiter Teil, Berlin (Ost) 1952, S. 222.) Vgl. auch «Dem Volk ein Lied geben – was kann es Höheres geben für einen Dichter. Als Namenloser ins Volk eingehen und von ihm als Lied weitergetragen werden: das ist wahrer Ruhm und das ist Unsterblichkeit.» («Tagebuch 1950. Auf andere Art so große Hoffnung», in «Auswahl in sechs Bänden», Bd. 6, a. a. O., S. 120)

55 «Wir sind die Rote Garde», Bd. 1, a. a. O., S. 342

56 Ebda., S. 339

57 Ebda., S. 336; ebda., S. 367; ebda., S. 385

58 Edwin Hoernle, zit. nach «Proletarisch-revolutionäre Literatur 1918 bis 1922», a. a. O., S. 58

59 «Ich schreibe ...», in «Wir sind die Rote Garde», Bd. 1, a. a. O., S. 487

60 Dieter Heinemann, «Interview mit Hans Lorbeer», in «Weimarer Beiträge», 12/1971, S. 62 f.

61 «Der kleine Trompeter

Von all unsern Kameraden
war keiner so lieb und so gut
als unser kleiner Trompeter
ein lustig Rotgardistenblut.

Wir saßen so fröhlich beisammen
in einer so stürmischen Nacht,
mit seinen Freiheitsliedern
hat er uns so fröhlich gemacht.

Da kam eine feindliche Kugel
bei einem so fröhlichen Spiel.
Mit einem seligen Lächeln
unser kleiner Trompeter, er fiel.

Da nahmen wir Hacke und Spaten
und gruben ihm ein Grab.
Und die ihn am liebsten hatten,
die senkten ihn stille hinab.

Schlaf wohl, du kleiner Trompeter
Wir waren dir alle so gut.
Schlaf wohl, du kleiner Trompeter,
du lustig' Rotgardistenblut.»

Zit. nach «Mit Gesang wird gekämpft. Lieder der Arbeiterbewegung», a. a. O., S. 52

62 Ebda., S. 41

63 Vgl. dazu Erich Weinert, «Prosa, Szenen, Kleinigkeiten», in «Gesammelte Werke», hg. von Li Weinert unter Mitarbeit von Ursula Münchow, Berlin (Ost) 1960, S. 8, und Erich Weinert, «Das Zwischenspiel», Berlin (Ost) 1953, S. XX

64 «Ich war oft wochenlang auf Reisen und fuhr kreuz und quer, von einem zum andern Ende des deutschen Sprachgebiets. Das war zuweilen ermüdend; es geschah zum Beispiel, daß ich an einem Abend in Danzig sprach, nach Schluß rasch in den Nachtschnellzug steigen mußte, um, ohne geschlafen zu haben, am nächsten Abend rechtzeitig im Rheinland einzutreffen, und daß ich wieder abschließend mit dem Nachtzug abreisen mußte, um am nächsten Abend einen Vortrag in Oberschlesien zu halten. So habe ich in den letzten zehn Jahren weit über zweitausendmal an der Rampe gestanden; das Gebiet meines Wirkens erstreckte sich von Bremen bis Klagenfurt, von Gleiwitz bis Düsseldorf, von Luzern bis Danzig.» Erich Weinert, «Ein Dichter unserer Zeit», Berlin (Ost) 1960, S. 17 f.

65 Weinert nannte sich selber so. Vgl. «Zehn Jahre an der Rampe», ebda., S. 9

66 Erich Weinert, «Gedichte als Partisanen», Vorwort zu Erich Weinert, «Rufe in die Nacht. Gedichte aus der Fremde 1933–1945», Berlin (Ost) 1957, S. 5 f.

67 «Zehn Jahre an der Rampe», a. a. O., S. 20

68 Bertolt Brecht, «Die Moritat vom Reichstagsbrand», in «Gedichte. Band VIII. Nachträge zu den Gedichten 1913–1947», Berlin (Ost) 1969, S. 109

69 Bertolt Brecht, «Solidaritätslied», in «Gedichte 1930–1933», Frankfurt/Main 1961, S. 222

70 Bertolt Brecht, «Einheitsfrontlied», in «Gedichte 1934–1941», a. a. O., S. 37

Die Expressionismus-Debatte

Der Streit um den Realismus zwischen Georg Lukács und Bertolt Brecht

1 Dieser Aufsatz erschien 1934 in Heft I der «Internationalen Literatur», Moskau. Erstmals in Buchform abgedruckt in Georg Lukács, «Schicksalswende. Beiträge zu einer neuen deutschen Ideologie», Berlin (Ost) 1948, S. 180ff. Wiederabgedruckt in «Marxismus und Literatur», hg. von Fritz J. Raddatz, Reinbek bei Hamburg 1969, Bd. 2, S. 7–42.
Der Aufsatz löste eine große Debatte aus, die allgemein als ein Kulminationspunkt in der Entwicklungsgeschichte der marxistischen Realismustheorie aufgefaßt wird. Die Diskussion wurde eröffnet von Klaus Mann mit einem Aufsatz «Gottfried Benn, die Geschichte einer Verirrung» in der Zeitschrift «Das Wort», Heft 9/1937. (Die literarische Monatsschrift «Das Wort», herausgegeben von Bertolt Brecht, Willi Bredel und Lion Feuchtwanger, erschien vom Juli 1936 bis März 1939 in Moskau.) In derselben Nummer erschien auch unter dem Pseudonym Bernhard Ziegler, hinter dem sich Alfred Kurella verbarg, eine weitere Abrechnung mit Benn unter dem Titel «Nun ist dies Erbe zuende...», eine Überschrift, die auf Gottfried Benns Brüsseler Rede aus dem Jahre 1916 Bezug nimmt. Klaus Mann hatte schon in einem Vortrag im Herbst 1930 in Wien «Zweifel an Gottfried Benn» angemeldet.
In einem privaten Brief an den von ihm einst sehr verehrten Benn aus Le Lavandou vom 9. Mai 1933 hielt er dem in Deutschland und in der von den Nazis annektierten Akademie der Künste Verbliebenen, aus der Thomas und Heinrich Mann ausgetreten waren, seine Kooperation mit den Nationalsozialisten vor. Gottfried Benn erwiderte in seiner berühmt gewordenen Antwort an die «Literarischen Emigranten», ein Offener Brief, den er am 24. Mai 1933 im Rundfunk verlas und der einen Tag später in der «Deutschen Allgemeinen Zeitung» veröffentlicht wurde. Klaus Manns Brief wurde erst von Gottfried Benn mit einem respektvollen Kommentar in seiner autobiographischen Schrift «Doppelleben», 1950, veröffentlicht. Dem Aufsatz in «Das Wort» ging ein

Artikel von Klaus Mann, «Gottfried Benn oder die Entwürdigung des Geistes» in «Die Sammlung», Heft 1/1933, voraus. Unveröffentlicht blieb eine größere Auseinandersetzung Klaus Manns mit dem literarischen Expressionismus; das Manuskript ist datiert Noordwijk-Zaanvoort, Juni/Juli 1934. Alle erwähnten Texte Klaus Manns sind gesammelt in dem von Martin Gregor Dellin herausgegebenen Band «Prüfungen. Schriften zur Literatur», München 1968.

Die beiden Beiträge von Klaus Mann und Kurella lösten eine heftige Diskussion aus, an der 15 Autoren und Bildende Künstler teilnahmen, u. a. Herwarth Walden, «Vulgärexpressionismus», «Das Wort», Heft 2/1938; Gustav von Wangenheim, «Klassischer Expressionismus», «Das Wort», Heft 3/1938; Heinrich Vogeler, «Erfahrungen eines Malers», «Das Wort», Heft 6/1938; Rudolf Leonhard, «Eine Epoche», «Das Wort», Heft 6/1938; Ernst Bloch, «Diskussionen über Expressionismus», «Das Wort», Heft 6/1938; außerdem hatten Hanns Eisler und Ernst Bloch in «Die Neue Weltbühne», Heft 1/1938, mit einem Beitrag «Die Kunst zu erben» eingegriffen. Georg Lukács beendete die gesamte Debatte mit dem Aufsatz «Es geht um den Realismus», «Das Wort», Heft 6/1938, in dem er besonders auf Ernst Bloch eingeht, aber sich auch besonders polemisch mit Eisler auseinandersetzt. Alfred Kurella schließlich resümierte die gesamte Diskussion in einem «Schlußwort», in dem er zugab, daß von einer Diskussion eigentlich nicht die Rede sein könne, «weil die ganze Aussprache offensichtlich im Zeichen von Ressentiments stand»; er bezog seinen eigenen einleitenden Aufsatz ausdrücklich mit ein und distanzierte sich vor allem von der eigenen These, daß der Expressionismus, konsequent durchgeführt, in den Faschismus führe. «Der berüchtigte Satz ist falsch.» Einen Satz «Es mag den Eislers überlassen werden...» nahm Brecht zum Anlaß einer geharnischten Entgegnung, die damals unveröffentlicht blieb und erstmals unter der Überschrift «Kleine Berichtigung» in «Schriften zum Theater» Band 3 (Frankfurt/Main 1963) gedruckt wurde. Lukács veränderte diesen Passus seiner Polemik in der verbesserten Fassung seiner Realismus-Aufsätze. Sie erschienen in Buchform erstmals, teilweise überarbeitet, 1955 im Aufbau-Verlag Berlin, in einem Sammelband «Probleme des Realismus», nachdem ein Teil der Arbeiten schon 1947 im selben Verlag unter dem Titel «Essays über Realismus» veröffentlicht worden war.

Ernst Blochs Aufsatz erschien inzwischen in «Erbschaft dieser Zeit», Frankfurt/Main, erweiterte Ausgabe 1962.
Bertolt Brecht, Mitherausgeber der Zeitschrift «Das Wort», hielt nicht nur Lukács' kritischen Ansatzpunkt für falsch, sondern auch die Debatte für politisch unopportun. In einem Brief an den Chefredakteur Willi Bredel beklagte er sich über Lukács' Versuch, ihn zur dekadenten Literatur zu zählen, und plädierte dafür, die Debatte abzubrechen. Erstmals 1958 in Heft 4 von «Sinn und Form» erschien sein Aufsatz «Volkstümlichkeit und Realismus», dann in Band III der «Schriften zum Theater» ein Text über «Fragen des Formalismus in der Dramatik» und die erwähnte «Kleine Berichtigung zur Verteidigung Hanns Eislers», die er durch einen Abschnitt ergänzte, der ursprünglich in seinem Aufsatz «Praktisches zur Expressionismus-Debatte» gestanden hatte. Dieser Aufsatz, wie alle übrigen von Brecht zum Thema, wurde erstmals veröffentlicht in dem von Walter Heck redigierten Band «Schriften zur Literatur und Kunst», Band II, Berlin und Weimar 1966.
Walter Benjamin notierte am 29. Juli 1938 in seinen «Svendborger Notizen»: «Brecht liest mir mehrere polemische Auseinandersetzungen mit Lukács vor, Studien zu einem Aufsatze, den er im «Wort» veröffentlichen soll. Es sind getarnte, aber vehemente Angriffe. Brecht fragt mich, was ihre Publikation angeht, um Rat. Da er mir gleichzeitig erzählt, Lukács habe derzeit drüben eine große Stellung, so sage ich ihm, ich könne ihm keinen Rat geben. ‹Hier handelt es sich um Machtfragen. Dazu müßte sich jemand von drüben äußern. Sie haben doch Freunde dort?› Brecht: ‹Eigentlich habe ich dort keine Freunde. Und die Moskauer selber haben auch keine – wie die Toten.›»

2 Kurt Hiller, «Die Weisheit der Langeweile. Eine Zeit- und Streitschrift», Leipzig 1913, Bd. 2, S. 54f.

3 Für Lukács ist vor allem Werfel einer der Hauptrepräsentanten einer «Beruhigungsideologie»: «Wohin dieser reaktionär-utopische Scheinradikalismus führt, wie klar er in die gegenrevolutionäre Predigt des Erduldens der Gewalt der Kapitalistenklasse mündet, zeigt sehr deutlich das Gedicht Franz Werfels ‹Revolutionsaufruf› (in: ‹Menschheitsdämmerung›).
Werfel sagt hier:
‹Laß nur die Mächte treten den Nacken dir,
Stemmt auch das Schlechte zahllose Zacken dir,
Sieh, das Gerechte feurig fährt aus den Schlacken dir.›

Das ist bei Werfel nicht bloß poetische Stimmung. In einem größeren Aufsatz ‹Die christliche Sendung. Offener Brief an Kurt Hiller› nimmt er folgerichtig den Kampf gegen die ‹Politisierung› (auch im Sinne der Expressionisten) für das Christentum auf. ‹Was will der politische Aktivismus?› fragt er. ‹Das Übel mit den Mitteln des Übels heilen (der Aktivist wird sich entschließen, Gewerkschaftssekretär zu werden). Er will auf dem alten Wege das Ziel erreichen. Er will zum Beispiel die Organisation, die er dem Regime abgeguckt hat, für die soziale Fürsorge verwenden. Und hierin liegt der gefährliche Irrtum ... Die soziale Empörung ist die Empörung gegen eine Ordnung, zugunsten einer anderen Ordnung gleichen Stoffes, nur mit anderen Vorzeichen.› (‹Das Ziel› II, 215/8.) Diese Formulierungen sind darum wichtig, weil sie die notwendigen logischen Folgerungen der bisher analysierten expressionistischen Theorie sind ... Die offene Panik Werfels ist aufrichtiger und folgerechter als der Aktivismus Hillers, der ja auch nur ‹aktiv› ist, um die Revolution in die Bahn des ‹Geistes› zu lenken, das heißt, sie in einen engen, bürgerlichen Rahmen zu pressen. Und solche Bestrebungen schaffen eine solche Nähe zur Strategie der USP, daß die Grenzen sachlich und oft auch persönlich (Toller in München) verschwimmen.»

Georg Lukács, «‹Größe und Verfall› des Expressionismus», in «Marxismus und Literatur», a. a. O., Bd. 2, S. 29/30 und 31

4 Wiederabgedruckt in «Menschheitsdämmerung. Ein Dokument des Expressionismus», hg. von Kurt Pinthus, Reinbek bei Hamburg 1961 (3. Aufl.), S. 34

5 «Kameraden der Menschheit. Dichtungen zur Weltrevolution», hg. von Ludwig Rubiner, Potsdam 1919, S. 176

6 Rundfunkgespräch zwischen Johannes R. Becher und Gottfried Benn, um 1930, in Johannes R. Becher, «Lyrik, Prosa, Dokumente», Wiesbaden 1965, S. 77/78

7 «Menschheitsdämmerung», a. a. O., S. 26

8 Vgl. dazu Anm. 1

9 Ebda.

10 Ebda.

11 Ebda.

12 Klaus Mann, «Der literarische Expressionismus», in «Prüfungen. Schriften zur Literatur», hg. von Martin Gregor Dellin, München 1968, S. 205

13 Vgl. «Der Beginn der materialistischen Literaturtheorie», Anm. 17

14 Vgl. ebenfalls das Kapitel «Der Beginn der materialistischen Literaturtheorie», insb. Anm. 53
15 Vgl. Alfred Kurella (Bernhard Ziegler), «Nun ist dies Erbe zuende...», in «Marxismus und Literatur», a. a. O., Bd. 2, S. 43–50
16 Georg Lukács, «Reportage oder Gestaltung? Kritische Bemerkungen anläßlich eines Romans von Ottwalt», in ebda., S. 150–158
17 Ebda.
18 Georg Lukács, «Aus der Not eine Tugend» (Lukács' Antwort auf Ottwalts Entgegnung), in ebda., S. 166–177, hier S. 175
19 Vgl. das Kapitel «Der Beginn der materialistischen Literaturtheorie»
20 Vgl. Anm. 1
21 Franz Leschnitzer, «Über drei Expressionisten», in «Das Wort», Heft 12/1937, S. 44ff.
22 Georg Heym, «Dichtungen und Schriften», hg. von Karl Ludwig Schneider, Hamburg und München 1964, Bd. 1, S. 186. Vgl. dazu auch die Studie «Georg Heyms Gedicht ‹Der Krieg›» von G. Dammann, K. L. Schneider und G. Schöberl, Heidelberg 1978
23 Ebda., S. 346
24 Der Titel «Rußland» dieses Heym-Gedichts stammt von dem Nachlaß-Herausgeber und nicht von Heym selber. In der Ausgabe Georg Heym, «Dichtungen und Schriften», a. a. O., S. 252, findet es sich unter dem Titel «Mit weißem Haar, in den verrufenen Orten...»
25 Vgl. dazu Wieland Herzfelde, «Else Lasker-Schüler», «Sinn und Form», Heft 6, 1969, S. 1294ff.
26 Ebda.
27 Ebda.
28 «Ein Briefwechsel zwischen Anna Seghers und Georg Lukács», zuerst in Buchform veröffentlicht in Georg Lukács, «Essays über Realismus», Berlin (Ost) 1948, S. 171ff. Vgl. auch Anm. 1
29 «Johannes Falk, Goethe aus näherem persönlichem Umgange dargestellt. Ein nachgelassenes Werk von Johannes Falk», hg. von Karl Georg Wendriner, Berlin 1911, S. 119
30 Johann Wolfgang von Goethe, «Skizzen zu einer Schilderung Winckelmanns», in «Winckelmann und sein Jahrhundert. In Briefen und Aufsätzen», hg. von Goethe, in «Goethes Werke», XXII. Bd., Wien/Stuttgart 1821, S. 276
31 «Ein Briefwechsel zwischen Anna Seghers und Georg Lukács», a. a. O., S. 179

32 «Kleist, Geschichte meiner Seele. Das Lebenszeugnis der Briefe», hg. von H. Sembdner, Frankfurt/Main 1977 (Insel Taschenbuch 281), S. 169/170
33 «Ein Briefwechsel zwischen Anna Seghers und Georg Lukács», a. a. O., S. 179
34 Ebda., S. 207
35 Vgl. Anm. 1
36 Berlin (Ost) 1953 (die Brecht-Anspielung auf S. 142)
37 «Plattform für die linken Intellektuellen», in Bertolt Brecht, «Schriften zur Politik und Gesellschaft», Bd. 2, Berlin (Ost) und Weimar 1968, S. 86
38 Georg Lukács, «Geschichte und Klassenbewußtsein», Neuwied und Berlin 1968, S. 83–89
39 Werner Mittenzwei, «Die Brecht-Lukács-Debatte», «Sinn und Form», 19/1967, Heft 1, S. 235
40 Bertolt Brecht, «Schriften zur Literatur und Kunst 2. 1934–1941», Frankfurt/Main 1967, S. 159 f.
41 Vgl. den Abschnitt «Über den Realismus», in ebda., S. 91–216
42 Ebda., S. 111
43 Dieses Konzept prägt den gesamten Aufsatz «Es geht um den Realismus», in dem (S. 166) der inkriminierte Satz von «den Eislers» fällt; vgl. Georg Lukács, «Essays über Realismus», Berlin (Ost) 1947, S. 128 ff.
44 Bertolt Brecht, «Schriften zum Theater. Über eine nichtaristotelische Dramatik», Frankfurt/Main 1957 (Bibliothek Suhrkamp Nr. 41), S. 173

Der hölzerne Eisenring
Georg Lukács und Theodor W. Adorno

1 Marianne Weber, «Max Weber. Ein Lebensbild», 1926, S. 508 f., zit. nach Paul Ernst/Georg Lukács, «Dokumente einer Freundschaft», hg. von K. A. Kutzbach, Emsdetten 1975, S. 215
2 Georg Lukács, «Das Ideal des harmonischen Menschen in der bürgerlichen Ästhetik», in «Essays über Realismus», Neuwied und Berlin 1971, S. 305
3 Charles Fourier, «Theorie der vier Bewegungen», in «Die Frühsozialisten», Reinbek bei Hamburg 1970 (Rowohlts Klassiker 264–266), S. 186

4 Charles Fourier, «Abhandlung über die landwirtschaftlich-häusliche Assoziation», in ebda., S. 191
5 Vgl. das Mehring-Kapitel dieses Buches
6 Georg Lukács, «Die Eigenart des Ästhetischen», Neuwied und Berlin 1963, S. 308
7 Zit. nach Georg Lukács, «Die Gegenwartsbedeutung des kritischen Realismus», in «Essays über Realismus», a. a. O., S. 276
8 Georg Lukács, «Marx und das Problem des ideologischen Verfalls», in ebda., S. 273 bzw. S. 297
9 Georg Lukács, «Die Eigenart des Ästhetischen», a. a. O., Bd. 1, S. 302
10 Georg Lukács, «Kunst und objektive Wahrheit», in «Essays über Realismus», a. a. O., S. 614
11 Georg Lukács, «Die Gegenwartsbedeutung des kritischen Realismus», in ebda., S. 480
12 «Ein Briefwechsel zwischen Anna Seghers und Georg Lukács», in «Marxismus und Literatur», hg. von Fritz J. Raddatz, Reinbek bei Hamburg 1969, Bd. 2, S. 110–138
13 Zit. nach «Neue Zürcher Zeitung», 20. 10. 1966
14 Max Frisch, «Endlich darf man es wieder sagen», in «Öffentlichkeit als Partner», «Es», Nr. 209, S. 138
15 Georg Lukács, «Die Gegenwartsbedeutung des kritischen Realismus», in «Essays über Realismus», a. a. O., S. 482 und 484
16 Ebda., S. 484
17 Bertolt Brecht, «Ballade von den Abenteurern», in «Gedichte», Band 1, Berlin (Ost) 1961, S. 79
18 Peter Huchel, «Psalm», in «Chausseen Chausseen», Frankfurt/Main 1963, S. 84
19 Erich Arendt, «Nachtfahrt», in «Feuerhalm», Leipzig 1973, S. 16 f.
20 Georg Lukács, «Gerhart Hauptmann», in «Essays über Realismus», a. a. O., S. 78/79
21 Theodor W. Adorno, «Ästhetische Theorie», Frankfurt/Main 1970, S. 147
22 Ebda., S. 14, 15
23 Ebda., S. 57
24 Ebda., S. 125
25 Ebda., S. 60
26 Ebda., S. 26
27 Ebda., S. 93

28 Ebda., S. 53
29 Ebda., S. 161
30 Vgl. in diesem Zusammenhang das Kapitel «Der pessimistische Optimist Ernst Bloch» dieses Buches
31 Jean Paul Sartre, «Was ist Literatur?», Reinbek bei Hamburg 1960 (3. Aufl.), (rowohlts deutsche enzyklopädie Nr. 65), S. 31
32 Vgl. in diesem Zusammenhang das Kapitel «Die Mehring-Legende» dieses Buches
33 Theodor W. Adorno, «Ästhetische Theorie», a. a. O., S. 166 f.
34 Ebda., S. 224
35 Ebda., S. 186
36 «Verstehen und Verständlichkeit», Gespräch mit Erich Arendt (von Achim Roscher), «Neue Deutsche Literatur» 4/1973
37 Louis Aragon, «Henri Matisse – Roman –», Stuttgart 1975, Bd. 1, S. 70/71
38 Theodor W. Adorno, «Ästhetische Theorie», a. a. O., S. 225
39 Louis Aragon, «Henri Matisse – Roman –», a. a. O., S. 213
40 Theodor W. Adorno, «Ästhetische Theorie», a. a. O., S. 225
41 Vgl. in diesem Zusammenhang das Kapitel über die Expressionismus-Debatte in diesem Buch
42 Werner Mittenzwei, «Die Brecht-Lukács-Debatte, «Sinn und Form», 1/1967, S. 264
43 Georg Lukács, «Metaphysik der Tragödie. Paul Ernst», in «Die Seele und die Formen», Neuwied und Berlin 1971 (Sammlung Luchterhand Nr. 21)
44 Paul Ernst und Georg Lukács, «Dokumente einer Freundschaft», Emsdetten 1975
45 Georg Lukács, «Probleme des Realismus», Berlin 1955, S. 13/14
46 Georg Lukács, «Die Eigenart des Ästhetischen», a. a. O., Bd. 1, S. 818
47 Bertolt Brecht, «Kleines Organon für das Theater», in «Schriften zum Theater. Über eine nicht-aristotelische Dramatik», Frankfurt/Main 1957 (Bibliothek Suhrkamp Nr. 41), S. 173
48 Georg Lukács, «Die Eigenart des Ästhetischen», a. a. O., Bd. 1, S. 517
49 Ebda., S. 723
50 Ebda., S. 754
51 Ebda., S. 618
52 Theodor W. Adorno, «Ästhetische Theorie», a. a. O., S. 336
53 Ebda.

54 Georg Lukács, «Die Eigenart des Ästhetischen», a. a. O., Bd. 1, S. 546 und 547
55 Georg Lukács, «Deutsche Literatur im Zeitalter des Imperialismus», in «Skizze einer Geschichte der neueren deutschen Literatur», Berlin 1953, S. 141/142
56 Theodor W. Adorno, «Engagement», in «Noten zur Literatur III», Frankfurt/Main 1965, S. 134
57 Theodor W. Adorno, «Ästhetische Theorie», a. a. O., S. 336
58 Theodor W. Adorno, Max Horkheimer, «Dialektik der Aufklärung», Frankfurt/Main 1969, S. 160f.
59 Vgl. Ernst Fischer, «Kunst und Koexistenz», Reinbek bei Hamburg 1966, S. 7ff., und das Ernst-Fischer-Kapitel dieses Buches
60 Theodor W. Adorno, «Noten zur Literatur III», a. a. O., S. 129
61 Ebda., S. 121
62 Ebda., S. 123
63 Vgl. «Die Zeit», 4. 7. 1975, S. 32
64 Peter Wapnewski, «Der neue Realismus: Glaubwürdigkeit und Genauigkeit», «Theater heute», Dezember 1975, S. 31
65 Theodor W. Adorno, «Noten zur Literatur III», a. a. O, S. 119
66 Ebda., S. 134/135
67 Gershom Scholem, «Walter Benjamin und sein Engel», in «Walter Benjamin zu Ehren», Sonderausgabe aus Anlaß des 80. Geburtstages von Walter Benjamin, Frankfurt/Main 1972, S. 77ff. Eine weniger mystisch-philosophische, damit auch wahrscheinlichere Interpretation des Namensspiels gibt Werner Fuld in seinem Aufsatz «Agesilaus Santander oder Benedix Schönflies – die geheimen Namen Walter Benjamins» in «Neue Rundschau», 2/1978, S. 253ff. Dieser Artikel ist ein Vorabdruck aus Werner Fulds Benjamin-Biographie, Werner Fuld, «Walter Benjamin. Zwischen den Stühlen. Eine Biographie», München 1979.
68 Walter Benjamin, «Angelus Novus», Frankfurt/Main 1966, S. 213/214
69 Walter Benjamin, «Ursprung des deutschen Trauerspiels», Frankfurt/Main 1969, S. 264
70 Walter Benjamin, «Karl Kraus», in «Über Literatur», Frankfurt/Main 1969, S. 139
71 Ebda., S. 138
72 Walter Benjamin, «Schriften I», Frankfurt/Main 1955, S. 499, zit. nach Gershom Scholem, «Walter Benjamin und sein Engel», a. a. O., S. 116

73 Georg Lukács, «Die Eigenart des Ästhetischen», a. a. O., Bd. 2, S. 727–775
74 Georg Lukács, «Die Gegenwartsbedeutung des kritischen Realismus», a. a. O., S. 494 ff.
75 Walter Benjamin, «Ursprung des deutschen Trauerspiels», a. a. O., S. 264
76 Georg Lukács, «Die Gegenwartsbedeutung des kritischen Realismus», a. a. O., S. 496
77 Zit. nach ebda., S. 494/495
78 Ebda., S. 495
79 Ebda.
80 Ebda., S. 496
81 Walter Benjamin, «Schriften I», a. a. O., S. 311. Dieses Zitat bei Georg Lukács, «Die Eigenart des Ästhetischen», a. a. O., Bd. 2, S. 764
82 Ernst Bloch, «Erbschaft dieser Zeit», Frankfurt/Main 1972, Gesamtausgabe Bd. 4, S. 245. Dieses Zitat bei Georg Lukács, «Die Eigenart des Ästhetischen», a. a. O., S. 769
83 Theodor W. Adorno, «Erpreßte Versöhnung. Zu Georg Lukács' ‹Wider den mißverstandenen Realismus›», in «Noten zur Literatur II», Frankfurt/Main 1970, S. 152–187
84 Ebda., S. 165
85 Ebda., S. 155
86 Vgl. die Kapitel «Die Mehring-Legende», «Chancen und Grenzen einer proletarischen Kultur» und «Die Expressionismus-Debatte» des vorliegenden Buches
87 Georg Lukács, «Die Eigenart des Ästhetischen», a. a. O., Bd. 2, S. 746
88 Ebda., S. 774
89 Bertolt Brecht, «O Falladah, die du hangest!», in «Gedichte 1930–1933», Frankfurt/Main 1961, S. 172
90 Horst Janssen, «Vom Auge und vom Engagement», Schillerpreisrede, «Frankfurter Allgemeine Zeitung», 3. 3. 1975
91 Anna Seghers, «Sonderbare Begegnungen», Berlin (Ost) 1973, S. 146
92 Theodor W. Adorno, «Erpreßte Versöhnung», a. a. O., S. 175
93 Georg Lukács, »Balzac und der französische Realismus», Berlin (Ost) 1952, S. 54
94 Theodor W. Adorno, «Balzac-Lektüre», in «Noten zur Literatur II», a. a. O., S. 24

95 Ebda., S. 23
96 Georg Lukács, «Balzac und der französische Realismus», a. a. O., S. 5
97 Theodor W. Adorno, «Erpreßte Versöhnung», a. a. O., S. 177/178

Vom Riesen, der heute Großbank heißt, und einem Kolportagestück, «Fidelio» geheißen

Der pessimistische Optimist Ernst Bloch

1 Thomas Mann, «Schopenhauer», in «Arthur Schopenhauer», Zürich 1978 (detebe Nr. 153), S. 132/133
2 Ernst Bloch, «Ästhetik des Vor-Scheins 1», hg. von Gert Ueding, Frankfurt/Main 1974 (edition suhrkamp Nr. 726), S. 179
3 Arthur Schopenhauer, «Die Welt als Wille und Vorstellung», Zweiter Band, zweiter Teilband, Zürich 1977 (detebe Nr. 140/IV), S. 483
4 Ebda., S. 449
5 Ernst Bloch, «Marxismus und Dichtung», in «Literarische Aufsätze», Frankfurt/Main 1965, S. 141
6 Arthur Schopenhauer, «Die Welt als Wille und Vorstellung», a. a. O., S. 449
7 Ernst Bloch, «Ästhetik des Vor-Scheins 2», hg. von Gert Ueding, Frankfurt/Main 1974 (edition suhrkamp Nr. 732), S. 264
8 Ebda., S. 292
9 Arthur Schopenhauer, «Die Welt als Wille und Vorstellung», a. a. O., S. 449
10 Ernst Bloch, «Marxismus und Dichtung», a. a. O., S. 441
11 Ernst Bloch, «Weimar als Schillers Abbiegung und Höhe», a. a. O., S. 113
12 Arthur Schopenhauer, «Die Welt als Wille und Vorstellung», a. a. O., S. 481
13 Zit. nach Ernst Bloch, «Ästhetik des Vor-Scheins 2», a. a. O., S. 114
14 Zit. nach ebda., S. 118
15 Ernst Bloch, «Das Materialismusproblem, seine Geschichte und Substanz», Frankfurt/Main 1972, S. 253
16 Ernst Bloch, «Ästhetik des Vor-Scheins 1», a. a. O., S. 207
17 Ebda.
18 Ebda.

19 Ernst Bloch, «Das Materialismusproblem, seine Geschichte und Substanz», a. a. O., S. 240
20 Ebda., S. 520
21 Ebda., S. 478
22 Ernst Bloch, «Ästhetik des Vor-Scheins 2», a. a. O., S. 74
23 Ernst Bloch, «Ästhetik des Vor-Scheins 1», a. a. O., S. 169
24 Ebda.
25 Ebda., S. 170
26 Ernst Bloch, «Die Kunst, Schiller zu sprechen», in «Literarische Aufsätze», a. a. O., S. 142
27 Ernst Bloch, «Ästhetik des Vor-Scheins 1», a. a. O., S. 314
28 Ebda.
29 Ernst Bloch, «Über Gegenwart in der Dichtung», in «Literarische Aufsätze», a. a. O., S. 146
30 Ernst Bloch, «Ästhetik des Vor-Scheins 1», a. a. O., S. 322
31 Ernst Bloch, «Kulturbolschewismus unverpackt», in «Literarische Aufsätze», a. a. O., S. 34/35
32 Ernst Bloch, «Ästhetik des Vor-Scheins 2», a. a. O., S. 179
33 Vgl. in diesem Zusammenhang das Kapitel «Die Expressionismus-Debatte» des vorliegenden Buches
34 Ernst Bloch, «Ästhetik des Vor-Scheins 1», a. a. O., S. 117
35 Ebda., S. 90
36 Bertolt Brecht, «Ballade von den Abenteurern», in «Gedichte», Bd. 1, Berlin (Ost) 1961, S. 79
37 Ernst Bloch, «Ästhetik des Vor-Scheins 1», a. a. O., S. 138 f.
38 Ebda., S. 195
39 Vgl. ebda.
40 Ebda., S. 279
41 Ebda.

Die Kräfte des Rausches für die Revolution gewinnen

Der Literaturbegriff des preußischen Snobs und jüdischen Melancholikers Walter Benjamin

1 Walter Benjamin, «Berliner Chronik», Frankfurt/Main 1970 (Bibliothek Suhrkamp Nr. 251), S. 63
2 Walter Benjamin, «Gesammelte Schriften» (im nachfolgenden GS genannt), II, 2, «Aufsätze, Essays, Vorträge», Frankfurt/Main 1977, S. 687

3 Walter Benjamin, GS, II, 1, «Aufsätze, Essays, Vorträge», a. a. O., S. 322
4 Walter Benjamin, «Berliner Chronik», a. a. O., S. 11
5 Walter Benjamin, GS, II, 2, a. a. O., S. 696
6 Walter Benjamin, GS, II, 1, a. a. O., S. 308
7 Walter Benjamin, GS, II, 2, a. a. O., S. 691
8 Walter Benjamin, GS, II, 1, a. a. O., S. 297
9 Walter Benjamin, «Berliner Chronik», a. a. O., S. 50
10 Walter Benjamin, «Zum Bilde Prousts», in GS, II, 1, a. a. O., S. 310–324
11 Vgl. dazu S. 218 dieses Aufsatzes
12 Walter Benjamin an Adrienne Monnier, 29. 4. 1939, in Walter Benjamin, «Briefe», Bd. 2, Frankfurt/Main 1966, S. 814
13 Walter Benjamin, GS, II, 1, a. a. O., S. 308
14 Zit. nach Hannah Arendt, «Benjamin, Brecht. Zwei Essays», München 1971 (Serie Piper Nr. 12), S. 12
15 Gershom Scholem, «Leo Baeck Memorial Letters», zit. nach ebda., S. 19
16 Walter Benjamin, GS, I, 1, «Abhandlungen», Frankfurt am Main 1974, S. 125
17 Ebda., S. 181
18 Ebda.
19 Ebda., S. 182
20 Ebda., S. 181
21 «... scheinheiliger Leser, – meinesgleichen, – mein Bruder!» So endet das erste Gedicht – «An den Leser» – der «Fleurs du Mal». Vgl. Charles Baudelaire, «Sämtliche Werke/Briefe in acht Bänden», hg. von Friedhelm Kemp und Claude Pichois in Zusammenarbeit mit Wolfgang Drost und Robert Kopp, Bd. 3, München 1975, S. 57
22 Walter Benjamin, GS, I, 1, a. a. O., S. 165
23 «Begegnungen mit Heine», hg. von Michael Werner, Hamburg 1973, S. 417
24 Walter Benjamin, GS, II, 1, a. a. O., S. 297
25 Ebda., S. 306
26 Ebda., S. 305
27 Vgl. dazu Walter Benjamin, GS, II, 3, «Aufsätze, Essays, Vorträge», a. a. O., S. 1047
28 Alle Zitate aus Walter Benjamin, «Zum Bilde Prousts», a. a. O., S. 310–324

29 Ebda., S. 319
30 Ebda.
31 Ebda., S. 320/321
32 Ebda., S. 316
33 Vgl. dazu Walter Benjamin, GS, II, 3, a. a. O., S. 1288/1289
34 Walter Benjamin, GS, II, 2, a. a. O., S. 443
35 Ebda., S. 428
36 Ebda., S. 433
37 Vgl. hierzu das Kapitel über Ernst Fischer in diesem Buch, S. 259
38 Walter Benjamin, GS, II, 2, a. a. O., S. 428
39 Vgl. zum Thema Benjamin-Kafka-Brecht den Anmerkungsteil in Walter Benjamin, GS, II, 3, a. a. O., S. 1153–1276
40 Ebda., S. 1154
41 Ebda., S. 1159
42 «Dies haben beide bestätigt, Scholem in der ‹Leo Baeck Memorial Lecture› (1965), in der er erklärte: ‹I am inclined to consider Brecht's influence on Benjamin's output in the thirties baleful, and in some respects disastrous›; und Adorno in einer Äußerung an seinen Schüler Rolf Tiedemann, derzufolge Benjamin ihm zugestanden habe, er hätte ‹den Kunstwerk-Aufsatz [geschrieben], um Brecht, vor dem er sich fürchtete, an Radikalismus zu überbieten›. (Zitiert bei Tiedemann, ‹Studien zur Philosophie Walter Benjamins›, Frankfurt am Main 1965, S. 89.) Daß Benjamin gesagt hat, er fürchte sich vor Brecht, ist unwahrscheinlich, wohl auch von Adorno nicht behauptet; was aber die übrige Bemerkung angeht, so ist leider nur zu wahrscheinlich, daß Benjamin sie gemacht hat, weil er sich vor Adornos Kritik fürchtete. Denn er hatte zwar eine große Scheu im Umgang mit Menschen, die er nicht seit seiner Jugend kannte, aber gefürchtet hat er sich immer nur vor solchen, von denen er abhängig war. Eine solche Abhängigkeit von Brecht hätte sich nur ergeben, wenn er dessen Anregung, aus Paris nach dem erheblich billigeren Dänemark in seine unmittelbare Nähe überzusiedeln, gefolgt wäre. Gegen ein solches ausschließliches ‹Angewiesensein auf einen Menschen› im fremden Land mit einer ‹ganz unbekannten Sprache› hatte er dann in der Tat schwere Bedenken (s. Briefe, Bd. II, 596, 599).»
Hannah Arendt, «Benjamin, Brecht. Zwei Essays», a. a. O., S. 16
43 Walter Benjamin, «Gespräche mit Brecht. Svendborger Notizen», in «Versuche über Brecht», Frankfurt am Main 1966 (edition suhrkamp Nr. 172), S. 121

44 Walter Benjamin, GS, II, 3, a. a. O., S. 1165
45 Ebda.
46 Ebda., S. 1238
47 Ebda., S. 1249
48 Ebda., S. 1239
49 Ebda., S. 1221
50 Theodor W. Adorno an Walter Benjamin, 10. 11. 1938, in Walter Benjamin, GS, I, 3, «Abhandlungen», Frankfurt/Main 1974, S. 1095 ff.
51 Walter Benjamin, GS, I, 2, «Abhandlungen», a. a. O., S. 515
52 Walter Benjamin, GS, II, 2, a. a. O., S. 446
53 Walter Benjamin, GS, I, 2, a. a. O., S. 539
54 Walter Benjamin, «Ursprung des deutschen Trauerspiels», Wissenschaftliche Sonderausgabe, Frankfurt am Main, 1969, S. 10
55 Walter Benjamin, GS, I, 2, a. a. O., S. 574
56 Ebda., S. 633
57 Charles Baudelaire, «Sämtliche Werke/Briefe in acht Bänden», a. a. O., S. 206
58 Walter Benjamin, GS, I, 2, a. a. O., S. 642
59 Walter Benjamin, GS, I, 3, a. a. O., S. 1097/1098
60 Theodor W. Adorno an Walter Benjamin, 10. 11. 1938, in ebda., S. 1098
61 Ebda., S. 1094
62 Vgl. exakte Details dazu in ebda., S. 982–1063
63 Walter Benjamin an Werner Kraft, 11. 8. 1936, in Walter Benjamin, GS, I, 3, a. a. O., S. 1024
64 Theodor W. Adorno an Walter Benjamin, in Walter Benjamin, GS, I, 3, a. a. O., S. 1001–1006
65 Bertolt Brecht, «Arbeitsjournal», Eintragung vom 25. 7. 1938, Bd. 1, Frankfurt am Main 1973, S. 16
66 Walter Benjamin, GS, I, 2, a. a. O., S. 488
67 Ebda., S. 490
68 Ebda., S. 486
69 Ebda., S. 504
70 Walter Benjamin, GS, II, 3, a. a. O., S. 1462
71 Walter Benjamin, GS, II, 2, a. a. O., S. 695
72 Diese Worte benutzt Theodor W. Adorno in seinem Brief an Walter Benjamin vom 11. 11. 1938 wegen des Baudelaire-Aufsatzes; Walter Benjamin, GS, I, 3, a. a. O., S. 1095
73 Dieser Teil meines Aufsatzes entspricht in wesentlichen Teilen

einem im «Merkur» Nr. 306, Heft 11, November 1973, publizierten Text. Der Fairneß halber soll auf den energischen Widerspruch hingewiesen werden, den Jörg Drews im darauffolgenden Heft des «Merkur» veröffentlichte; da es sich bei dieser Entgegnung – im Unterschied etwa zu der banalen Seminarfleißarbeit von Bernd Witte, «Walter Benjamin – Der Intellektuelle als Kritiker», Stuttgart 1976 – um ein so sachliches wie sachkundiges Korrektiv handelt, sollen einige Auszüge aufgenommen werden:

«Als er im Januar 1930 aus Paris an Gershom Scholem schrieb, das Ziel, das er sich gesetzt habe, sei ‹*d'être consideré comme le premier critique de la litérature allemande*›, da hatte Benjamin als Mittel und Berechtigungsnachweis gewiß nicht seine Buchbesprechungen im Sinn (oder doch nur einige davon), die er offen, wenige Tage später und ebenfalls in einem Brief an Scholem, unter die ‹journalistische Brotarbeit› rechnet, welche er zur Entlastung einfach ‹diktiere›. Die Notwendigkeit des Broterwerbs, die wohl der Grund dafür ist, daß er manche Besprechung belangloser Bücher schrieb, die ihm eine Redaktion zusandte, mag eine vordergründige Entschuldigung darstellen, mag auch als Mißachtung des kritischen Handwerks zu tadeln sein; jedenfalls war sich Benjamin über das geringe Gewicht mancher seiner Besprechungen im klaren und bezog seine Bestimmung von Kritik als der Suche nach dem ‹Wahrheitsgehalt eines Kunstwerkes› eher auf die umfangreichen Essays über Julien Green, Kafka, Scheerbart, Proust, Robert Walser und Karl Kraus, auf den Aufsatz über den Surrealismus und die ‹Kleine Geschichte der Photographie›. Wir können nicht davon absehen, daß die Buchbesprechungen oft nur Nebenprodukte darstellen und das Entscheidende seiner Produktion woanders geschah; hinter dem ‹Paravent›, wie er selbst einmal schreibt, der kleineren Arbeiten vollzog sich die Arbeit an der ‹Berliner Kindheit um Neunzehnhundert›, an den Brecht-Interpretationen und am Passagen-Projekt.

Seinen Ruf als Kritiker wollte er gar nicht darauf gründen, bei allen wichtigen zeitgenössischen Autoren regelmäßig seine kritische Visitenkarte abgegeben zu haben. Daß er dazu allzu versponnen, zu idiosynkratisch in seinen Neigungen war, ist nur die psychologische Seite der Gründe dafür, und gerade seine so entschiedenen wie ausgebreiteten Interessen hinderten ihn wohl auch daran, sich diszipliniert jeweils in den Dienst des Aktuellen zu stellen, sich sozusagen regelmäßig an Neuerscheinungen zu entäußern, wie dies ein Kritiker normalerweise muß tun können. Was literarisch und politisch an der Tagesordnung sei, bestimmte er distanziert, scheinbar hochmütig, vielleicht aber auch ganz klug und bescheiden in dem Brief an Scholem vom August 1928: ‹*Das wahrhaft Aktuelle kommt immer zurecht.*›»...

«Von dem moralisch scheinbar gut gedeckten, aber der Komplexität von Benjamins Existenz gegenüber allzu einfachen Standpunkt, auch er hätte sich – seiner mehrfach bekundeten Überzeugung folgend, daß eine kommunistische Veränderung der gesellschaftlichen Verhältnisse notwendig sei und welthistorisch auf der Tagesordnung stehe – unmittelbar am publizistisch-politischen Kampf beteiligen müssen, läßt sich seine Beschäftigung mit den ‹vielen anderen Sachen›, von Kinderbüchern bis zu Dissertationen über Johann Peter Hebel, durchaus angreifen. Von hier aus muß auch die Beliebigkeit, mit der Benjamin punktuell politische Literatur und sozialwissenschaftliche Bücher, etwa ‹Zement› von Gladkow oder Siegfried Kracauers ‹Die Angestellten›, aufgreift, aber nicht konsequent bei anderen Autoren verfolgt, ein Ärgernis darstellen. Aber Benjamin war – das ist ja schon lange bekannt, darüber konnte auch seine allzu umstandslose Beschlagnahme durch einige Vertreter der Neuen Linken niemanden täuschen – eine vielschichtige Erscheinung, eine Gestalt des Übergangs und des Widerspruchs. Er war Antiquar und (beinahe) Kommunist zugleich; von seinem ‹Janushaupt›, das Weimar und dem Sowjetstaat zugleich zugewandt sei, spricht er selbst in einem Brief an Scholem. Er war wohl im Grunde ein unpolitischer, ein ‹altmodischer› Mensch, und zu seinen Mißgeschicken zählte das grundlegende, daß er in einer Zeit lebte, die es ihm nicht erlaubte, ein unpolitischer Sammler und Privatgelehrter zu sein; und daß er es sich auch materiell nicht leisten konnte, die ihm (wie Hannah Arendt erkannte) angemessene Existenz des *homme de lettres* zu führen. Wenn manche der Rezensionen ihn nicht auf der vollen Höhe seiner selbst zeigen, sollte man das ohne falsche Pietät feststellen, aber nicht auf die Diagnose die Schelte häufen. Denn das hieße dann eben doch, Birnen vom Apfelbaum zu erwarten.

Daß Benjamin aber Geschichte und Fortschritt in der Idee der ‹Katastrophe› fundieren wollte und schrieb: ‹daß es so weitergeht, *ist* die Katastrophe›, dürfte gar nicht so unmarxistisch gedacht sein, ist auch nicht so entfernt von der Konzeption, daß die bis-

herige Geschichte nur Vorgeschichte sei: Geschichte begänne dann, wenn die mythischen Katastrophen aufhören. Und wie eine solche Geschichtskonzeption nicht einfach auf die psychische Disposition dessen reduzierbar ist, der sie entwirft, so ist auch die Konzeption der ‹rettenden Kritik›, deren Zusammenhang mit Benjamins Geschichtsphilosophie Jürgen Habermas entfaltete (‹Zur Aktualität Walter Benjamins, 1972›), keineswegs nur als intellektuelles Fluchtmanöver zu werten, sozusagen als Ideologie des Antiquars. Sicher kann man gerade bei Benjamins Kritiken und Rezensionen diesen Impuls zur Rettung von Vergangenem, von ‹mit Jetztzeit geladener Vergangenheit› (‹Ausgewählte Schriften›, Band 1, 1955, S. 276), nicht immer im strengen Sinn in Anspruch nehmen. Zu evident ist oft, daß ihn vordergründige Notwendigkeiten – wenn die Notwendigkeit des Gelderwerbs vordergründig genannt werden kann – zu mancher Besprechung trieben. Aber es gibt, und viele der Kritiken legen davon Zeugnis ab, auch einen Willen zur Rettung, sagen wir besser: zur genauen Sichtung von schlecht Gegenwärtigem, von dem Benjamin offenbar glaubte – darin dem *Ernst Bloch* der ‹Erbschaft dieser Zeit›, eines Buches, das er gewiß mit nur geringem Recht so schmähte, gar nicht so unähnlich –, daß es, mit dem richtigen Blick gemustert, so ganz unfruchtbar nicht sei. ‹Und das will nur besagen, daß der revolutionäre Wille heute den konservativen dialektisch in sich enthält: daß er heute der einzige Weg zu den Dingen ist, als deren Hüter die Bourgeoisie schon längst zu Unrecht sich ansieht.› (‹Kritiken und Rezensionen›, S. 68.) So bedauerlich es sein mag, daß wir von Benjamin nicht kritische Stellungnahmen zu anderen Gegenständen der Literatur und Ästhetik der zwanziger Jahre besitzen – es ist doch erstaunlich, wie er auch in Besprechungen entlegener Bücher oder durchschnittlicher Arbeiten der von ihm verachteten bürgerlichen Kunst- und Literaturwissenschaft deren Aporien auf den Begriff bringt und überdies seine subversive Konterbande einschmuggelt.»
Jörg Drews, «Der Literaturkritiker Walter Benjamin – eine Fiktion. Zu Fritz J. Raddatz' Kritik», «Merkur», Nr. 307, Heft 12, Dezember 1973

74 Walter Benjamin, «Briefe», Bd. 2, a. a. O., S. 508

75 Walter Benjamin an Gerhard Scholem, 19. 2. 1925, in Walter Benjamin, «Briefe», Bd. 1, Frankfurt/Main 1966, S. 374

76 Vgl. das Kapitel «Chancen und Grenzen einer proletarischen Kultur»
77 Vgl. ebda.
78 Walter Benjamin, GS, III, «Kritiken und Rezensionen», Frankfurt/Main 1972, S. 27
79 Herbert Ihering, «Von Reinhardt bis Brecht», Bd. 3, Berlin (Ost) 1961, S. 68
80 Walter Benjamin, GS, I, 2, a. a. O., S. 683
81 Walter Benjamin an Florens Christian Rang, 14. 10. 1922, in Walter Benjamin, «Briefe», Bd. 1, a. a. O., S. 292
82 Kurt Hiller, «Erinnerungen an Carl v. Ossietzky», in «Köpfe und Tröpfe», Hamburg/Stuttgart 1950, S. 343 und 340
83 Walter Benjamin an Margarethe Steffin, Ende Oktober 1935, in Walter Benjamin, «Briefe», Bd. 2, a. a. O., S. 692
84 Walter Benjamin an Gerhard Scholem [ca. 20.–25. 5. 1925], in Walter Benjamin, «Briefe», Bd. 1, a. a. O., S. 382
85 Walter Benjamin an Gerhard Scholem 24. 5. 1928, in a. a. O., S. 473
86 Walter Benjamin an Gerhard Scholem [28. 2. 1933], in Walter Benjamin, «Briefe», Bd. 2, a. a. O., S. 562 f.
87 Kurt Tucholsky an Walter Hasenclever, [Juli 1934?], in Kurt Tucholsky, «Ausgewählte Briefe 1913–1935», Reinbek bei Hamburg 1962, S. 280
88 Walter Benjamin, GS, I, 2, a. a. O., S. 604
89 Walter Benjamin, «Der Begriff der Kunstkritik in der deutschen Romantik», hg. von Hermann Schweppenhäuser, Frankfurt/Main 1973 (suhrkamp taschenbuch wissenschaft 4), S. 60
90 Walter Benjamin an Martin Buber, Juli 1916, in Walter Benjamin, «Briefe», Bd. 1, a. a. O., S. 126 f.
91 Walter Benjamin, GS, III, a. a. O., S. 251
92 Walter Benjamin an Alfred Cohn, 6. 2. 1935, in Walter Benjamin, «Briefe», Bd. 2, a. a. O., S. 648 f.
93 Ernst Bloch, «Erbschaft dieser Zeit», Frankfurt/Main 1973, S. 371
94 Walter Benjamin, GS, III, a. a. O., S. 62
95 Vgl. die Seiten 120 ff. des vorliegenden Buches
96 Walter Benjamin, GS, III, a. a. O., S. 53
97 [Gerhard Scholem an Walter Benjamin], 30. 3. 1931, in Walter Benjamin, «Briefe», Bd. 2, a. a. O., S. 526 f.
98 Jürgen Habermas, «Bewußtmachende oder rettende Kritik – die Aktualität Walter Benjamins», in «Zur Aktualität Walter Ben-

jamins», hg. von Siegfried Unseld, Frankfurt/Main 1972, S. 185 f.

99 «Die Linkskurve», 1. Jhrg., Nr. 5, Dezember 1929, S. 30
100 Walter Benjamin, GS, III, a. a. O., S. 230 f.
101 Alfred Döblin, «Berlin Alexanderplatz», Olten/Freiburg 1977, S. 501
102 Ebda., S. 499
103 Ebda.
104 Ebda., S. 490

Jede Form ist ein Konzept vom Menschen

Max Raphael – eine materialistische Kunsttheorie, die sich als Widerspruch zu sich selber begreift

1 Max Raphael, «Idee und Gestalt. Ein Führer zum Wesen der Kunst», München 1921, S. 185/186
2 Max Raphael, «Arbeiter, Kunst und Künstler. Beiträge zu einer marxistischen Kunstwissenschaft», Frankfurt am Main 1975, S. 170
3 Zit. nach Norbert Schneiders Nachwort zu Max Raphael, a. a. O., S. 265. Schneider zitiert aus einem Manuskript, das ihm Emma Raphael am 7. April 1973 zur Einsicht gab.
4 Claude Schaefer, «Zu Leben und Werk von Max Raphael», in Max Raphael, «Theorie des geistigen Schaffens auf marxistischer Grundlage», Frankfurt am Main 1974, S. 188
5 Ebda., S. 188
6 Max Raphael, «Von Monet zu Picasso. Grundzüge einer Ästhetik und Entwicklung der modernen Malerei», München 1919, S. 11
7 Ebda., S. 16
8 Vgl. dazu Claude Schaefer, a. a. O., S. 189
9 Ebda., S. 190
10 Max Raphael, «Zur Kunsttheorie des dialektischen Materialismus», Sonderdruck «Philosophische Hefte» 1932, S. 125
11 Ebda, S. 134
12 Claude Schaefer, «Zu Leben und Werk von Max Raphael», a. a. O., S. 190
13 Hans-Dietrich Sander, «Marxistische Antipositionen – Raphael», in «Marxistische Ideologie und allgemeine Kunsttheorie», Tübingen 1970, S. 200

14 Friedrich Engels an Franz Mehring, 14.7. 1893, MEW Bd. 39, S. 96
15 Max Raphael, «Theorie des geistigen Schaffens auf marxistischer Grundlage», a. a. O., S. 27
16 «Nachdenkliches zu Max Raphael», Nachwort zu Max Raphael, a. a. O., S. 180
17 Ebda., S. 176/177
18 Ebda., S. 178
19 Max Raphael, «Arbeiter, Kunst und Künstler. Beiträge zu einer marxistischen Kunstwissenschaft», a. a. O., S. 13
20 Ebda., S. 26
21 «Sowie die neue Arbeitsteilung nötig wird, die Berufsjuristen schafft, ist wieder ein neues selbständiges Gebiet eröffnet, das bei aller seiner allgemeinen Abhängigkeit von der Produktion und dem Handel doch auch eine besondre Reaktionsfähigkeit gegen diese Gebiete besitzt. In einem modernen Staat muß das Recht nicht nur der allgemeinen ökonomischen Lage entsprechen, sondern auch *ein in sich zusammenhängender* Ausdruck, der sich nicht durch innere Widersprüche selbst ins Gesicht schlägt. Und um das fertigzubringen, geht die Treue der Abspiegelung der ökonomischen Verhältnisse mehr und mehr in die Brüche. Und dies umso mehr, je seltner es vorkommt, daß ein Gesetzbuch der schroffe, ungemilderte, unverfälschte Ausdruck der Herrschaft einer Klasse ist: Das wäre ja selbst schon gegen den ‹Rechtsbegriff›... So besteht der Gang der ‹Rechtsentwicklung› großenteils nur darin, daß erst die aus unmittelbarer Übersetzung ökonomischer Verhältnisse in juristische Grundsätze sich ergebenden Widersprüche zu beseitigen und ein harmonisches Rechtssystem herzustellen gesucht wird und dann der Einfluß und Zwang der ökonomischen Weiterentwicklung dies System immer wieder durchbricht und in neue Widersprüche verwickelt.»
Friedrich Engels an Conrad Schmidt, 27. 10. 1890, MEW Bd. 37, S. 491
«Je weiter das Gebiet, das wir grade untersuchen, sich vom Ökonomischen entfernt und sich dem reinen abstrakt Ideologischen nähert, desto mehr werden wir finden, daß es in seiner Entwicklung Zufälligkeiten aufweist, desto mehr im Zickzack verläuft seine Kurve. Zeichnen Sie aber die Durchschnittsachse der Kurve, so werden Sie finden, daß, je länger die betrachtete Periode und je

größer das behandelte Gebiet ist, daß diese Achse der Achse der ökonomischen Entwicklung um so mehr annähernd parallel verläuft.»
Friedrich Engels an W. Borgius, 25. 1. 1894, MEW Bd. 39, S. 207
«Es ist Wechselwirkung zweier ungleicher Kräfte, der ökonomischen Bewegung auf der einen, der nach möglichster Selbständigkeit strebenden, und weil einmal eingesetzten, auch mit einer Eigenbewegung begabten neuen politischen Macht.»
Friedrich Engels an Conrad Schmidt, 27. 10. 1890, MEW Bd. 37, S. 490
«Die politische, rechtliche, religiöse, literarische, künstlerische usw. Entwicklung beruht auf der ökonomischen. Aber sie alle reagieren auch aufeinander und auf die ökonomische Basis. Es ist nicht, daß die ökonomische Lage *Ursache,* allein *aktiv* ist und alles andere nur *passive* Wirkung. Sondern es ist Wechselwirkung auf Grundlage der in *letzter Instanz* stets sich durchsetzenden ökonomischen Notwendigkeit.»
Friedrich Engels an W. Borgius, 25. 1. 1894, MEW Bd. 39, S. 206

22 Max Raphael, «Von Monet zu Picasso», a. a. O., S. 19/20
23 Zit. nach Hans-Dietrich Sander, a. a. O., S. 212/213
24 Max Raphael, «Arbeiter, Kunst und Künstler», a. a. O., S. 176
25 Oskar Negt, Alexander Kluge, «Öffentlichkeit und Erfahrung. Zur Organisationsanalyse von bürgerlicher und proletarischer Öffentlichkeit», Frankfurt/Main 1972 (edition suhrkamp 639), S. 14
26 Ebda., S. 11
27 Ebda., S. 59
28 Ebda., S. 110
29 Ebda., S. 80
30 Ebda., S. 88
31 Ebda., S. 89
32 Ebda., S. 149
33 Ebda.
34 Ebda., S. 143
35 Karl Marx, Einleitung zur «Kritik der politischen Ökonomie», MEW Bd. 13, S. 640
36 Max Raphael, «Arbeiter, Kunst und Künstler», a. a. O., S. 227
37 Ebda.
38 Ebda., S. 223/224
39 Ebda., S. 225

40 «Daß aber diese Wirklichkeiten nicht als solche, sondern erst durch ihre spezifisch künstlerische Erzeugung Inhalte des künstlerischen Schaffens, Teile eines Kunstwerkes werden können, erklärt sich aus der allgemeinen Natur unseres Geistes, für den ‹das Ding an sich› nirgends existiert, und aus der spezifischen Natur des künstlerischen Schaffens, das eine bestimmte Freiheit von der Materialität des Stoffes erreichen muß.»
«Über den Expressionismus», Offener Brief an Herrn Prof. Rich. Hamann, in «Das Kunstblatt», Nr. 1/1917
41 Karl Marx, Einleitung zur «Kritik der politischen Ökonomie», a. a. O., S. 641 f.
42 Max Raphael, «Arbeiter, Kunst und Künstler», a. a. O., S. 234
43 Ebda., S. 41. Alle weiteren Zitate in diesem Zusammenhang aus diesem Textabschnitt
44 Walter Benjamin, «Gespräche mit Brecht», in «Versuche über Brecht», Frankfurt/Main 1967 (edition suhrkamp Nr. 172), S. 133
45 Max Raphael, «Für eine demokratische Architektur», Frankfurt/Main 1976, S. 102
46 Vgl. das Kapitel «Die Mehring-Legende» dieses Buches
47 Max Raphael, «Für eine demokratische Architektur», a. a. O., S. 62
48 Ebda., S. 57
49 Louis-Sébastien Mercier, «Paris am Vorabend der Revolution. Entdeckung einer Weltstadt», Karlsruhe 1967, S. 323 f.

Von der Notwendigkeit der Kunst

Ernst Fischer – der Rebell als Renegat

1 Vgl. dazu das Kapitel «Kindheit» in Ernst Fischer, «Erinnerungen und Reflexionen», Reinbek bei Hamburg 1969, S. 33 f.
2 Ernst Fischer, «Doktor Faustus und die deutsche Katastrophe», in «Kunst und Menschheit», Wien 1949, S. 35 ff. Der Satz von Thomas Mann stammt aus einem Brief Thomas Manns an einen Freund Ernst Fischers; zit. nach mündlicher Mitteilung Ernst Fischers an den Autor.
3 Zit. auf dem Schutzumschlag der englischen Ausgabe von Ernst Fischer, «The necessity of Art. A Marxist approach», A Pelican Original, Penguin Books, London 1963
4 Alfred Kosing, «Ernst Fischer – ein moderner Marxist?», Berlin

(Ost) 1969, S. 157. (Das erwähnte Widmungsexemplar befindet sich im Besitz des Verfassers.)

5 Ernst Fischer, «Erinnerungen und Reflexionen», a. a. O., S. 7

6 Ernst Fischer, «Hanns Eisler und die Literatur», in «Überlegungen zur Situation der Kunst», Zürich 1971, S. 77 ff.

7 Franz Mehring, «Zur Sickingen-Debatte zwischen Marx, Engels und Lassalle», in Walter Hinderer (Hg.), «Sickingen-Debatte», Darmstadt und Neuwied 1974 (Sammlung Luchterhand Nr. 141), S. 133. Vgl. auch Anm. 17 im ersten Kapitel.

8 Alexander Abusch, «Faust – Held oder Renegat in der deutschen Nationalliteratur?», in «Marxismus und Literatur», hg. von Fritz J. Raddatz, Reinbek bei Hamburg 1969, Bd. 3, S. 123–135

9 Bertolt Brecht, «Thesen zur Faustus-Diskussion», in «Schriften zur Literatur und Kunst 3. 1934–1956», Frankfurt/Main 1967, S. 201

10 Ernst Fischer, «Von der Notwendigkeit der Kunst», in «Kunst und Menschheit», a. a. O., S. 110

11 Das Zitat findet sich in der 2., also Dresdner Fassung des Aufsatzes «Von der Notwendigkeit der Kunst», Dresden 1961 (2. Aufl.), S. 74

12 Ebda., S. 141 f.

13 Vgl. die Seiten 88/89 der Dresdner Fassung und die Seiten 112 f. der englischen Fassung

14 Ernst Fischer, «Von der Notwendigkeit der Kunst», a. a. O., S. 180/181, 184

15 Ernst Fischer, «Franz Kafka», in «Von Grillparzer zu Kafka. Sechs Essays», Wien 1962, S. 326/327

16 Ernst Fischer, «Kafka-Konferenz», in «Franz Kafka aus Prager Sicht», Prag 1965, S. 157/158

17 Ebda., S. 160

18 Ernst Fischer, «Lob der Phantasie», in «Kunst und Koexistenz. Beitrag zu einer modernen marxistischen Ästhetik», Reinbek bei Hamburg 1966, S. 200

19 Ernst Fischer, «Die Revolution ist anders», Reinbek bei Hamburg 1971 (rororo Nr. 1458), S. 8

20 Mit diesem Satz endet – seinerseits ein Zitat von Rozanow – Viktor Sklovskijs «Theorie der Prosa», Frankfurt/Main 1966, S. 185

21 Ernst Fischer, «Das Ende einer Illusion», Wien 1973, S. 253/254

Der Anspruch auf Glück ist so illusorisch wie die Liebe eines Nekrophilen
Leszek Kolakowskis Entwurf eines neuen Mythos

1 Leszek Kolakowski, «Die Hauptströmungen des Marxismus. Entstehung. Entwicklung. Zerfall», München 1977, Bd. 1, S. 479
2 Leszek Kolakowski, «Das Schisma steht noch aus», «Der Spiegel», 19/1977
3 Ebda.
4 Leszek Kolakowski, «Traktat über die Sterblichkeit der Vernunft», München 1967, S. 141
5 Ebda.
6 Ebda.
7 Jean Paul Sartre, «Marxismus und Existentialismus», Reinbek bei Hamburg 1964 (rowohlts deutsche enzyklopädie Nr. 196), S. 49, 54
8 «Der Teufel ist mir lieb», Gespräch mit François Bondy, «Die Zeit», 42/1973
9 Leszek Kolakowski, «Die Hauptströmungen des Marxismus», a. a. O., S. 473
10 Ebda., S. 251
11 Leszek Kolakowski, «Der revolutionäre Geist», Stuttgart 1972 (Urban-Taschenbücher Reihe 80, Band 833), S. 18/19
12 Leszek Kolakowski, «Die Hauptströmungen des Marxismus», a. a. O., S. 411
13 Ebda.
14 Ebda., S. 371
15 Ebda., S. 412
16 Ebda., S. 418
17 Ernst Bloch, «Literarische Aufsätze», Frankfurt/Main 1965, S. 343/344
18 Leszek Kolakowski, «Die Hauptströmungen des Marxismus», a. a. O., S. 425
19 Leszek Kolakowski, «Geist und Ungeist christlicher Traditionen», Stuttgart-Berlin-Köln-Mainz 1971, S. 92
20 Leszek Kolakowski, «Die Gegenwärtigkeit des Mythos», München 1973 (Serie Piper Nr. 49), S. 127, 128, 129
21 Ebda., S. 95
22 Ebda., S. 90
23 Ebda., S. 100

24 Ebda., S. 103
25 Leszek Kolakowski, «Die Hauptströmungen des Marxismus», a. a. O., S. 87
26 «Marxismus ist das Opium des Volkes», Gespräch mit Leszek Kolakowski, in Fritz J. Raddatz, «Zeit-Gespräche», Frankfurt/Main 1978 (suhrkamp taschenbuch Nr. 520), S. 96
27 Ebda., S 97

Ergänzende Essays

Das Taubenherz im Adler

Die zerbrochene Utopie der Rosa Luxemburg

Sie wurde geliebt und geschmäht, befehdet und schließlich ermordet: die kleine hinkende Jüdin aus Zamost im Gouvernement Lublin, wo sie als jüngstes von fünf Kindern am 5. März 1871 geboren wurde (andere Quellen geben das Jahr 1870 an): «Eng und ärmlich sind die Verhältnisse, tief das kulturelle Niveau der Bevölkerung... In dieser von Sabbatkerzen flackernd erhellten Düsternis nistet dumpfer Fanatismus... Eine abgelegene, rückständige Welt von Entsagung, Schmutz und Not.»

Der Bezirk Lublin war mal polnisch, mal österreichisch, mal russisch; Rosa Luxemburgs Eltern sprachen polnisch, lebten – in einem hübschen, heute noch erhaltenen Renaissancebau gegenüber dem Rathaus – in bescheidenem Wohlstand. Die Ordnungsliebe und anspruchsvoll gepflegte Kleidung der späteren Revolutionärin wurden einmal sprichwörtlich, ob Frisur, Hüte oder blankgeputzte Schuhe. Eine Anekdote erzählt von den schüchtern auf der Sofakante hockenden Schülern der Dozentin an der Berliner Parteihochschule (wo sie ab 1907 unterrichtete), die bei der Kaffee-Einladung den Kuchenteller an die Brust drückten, um ja nicht zu krümeln. Ein für unsere heutigen Begriffe bürgerlicher Lebensstil – doch ein lebenslanger Kampf gegen die Welt der Bürger. August Bebels schmetternder Satz «Ich will der Todfeind dieser bürgerlichen Gesellschaft und dieser Staatsordnung bleiben» hätte auch von Rosa Luxemburg sein können.

Eine enge Freundin, Luise Kautsky, hat in ihrem kleinen «Gedenkbuch» ein liebevoll-genaues Porträt mit den scheinbaren

Widersprüchen entworfen: «Wohl liebte sie es, nach außen hin, stolz und streng zu scheinen, und wenn sie in der Öffentlichkeit, sei es in Versammlungen, sei es auf Kongressen, sei es selbst im Lehrsaal, auftrat, einen Panzer von Wissenschaftlichkeit und theoretischer Unnahbarkeit anzulegen, wohl wies sie es sogar von sich, mit Parteigenossen, von denen sie auch nur eine leise Nuance sachlich-politisch trennte, sich an einen Tisch zu setzen, weil ihr das die Kraft nähme, gegen sie mit der ihr geboten erscheinenden Schärfe aufzutreten. Aber unter dem Panzer, mit dem sie sich für den ‹Beruf› gürtete, schlug ein sehr weiches Herz, das nicht nur groß und edel, sondern auch mütterlich zu fühlen vermochte. [...] Ihre von der Natur so stiefmütterlich bedachte Gestalt hat sie zeitlebens als eine unverdiente Kränkung empfunden. Und wenn sie auch zu stolz und zu verschlossen war, darüber zu klagen, so entrang sich ihr doch hie und da eine bittere Äußerung, in der sie sich selbst verspottete. Sie liebte stattliche Menschen, und ihr dienstbarer Geist mußte stets groß sein, denn sie wollte nicht, daß ihre Besucher glauben sollten, sie seien in ein ‹Zwergenheim› geraten. Als sie sich einen eigenen Hausstand gegründet hatte, begann sie sich auch für den Haushalt zu interessieren, verschmähte es auch nicht, sich um die Küche zu kümmern, und liebte es, wenn ihre Gäste sich bei ihr wohl fühlten. [...] Wenn sie von geistiger Arbeit ermüdet war, so nahm sie wohl auch gern eine Handarbeit vor, und ich habe manches Sofakissen und Deckchen unter ihren geschickten Fingern aufblühen sehen.»

Schon der hochbegabten Schülerin war die ihr zustehende Goldmedaille «wegen ihrer oppositionellen Haltung zu den Behörden» vorenthalten worden. Das klingt wie ein Leitmotiv für ihr Leben: Glück, Anerkennung, Liebe fand Rosa Luxemburg wenig in ihrem Leben – es war kurz, voller Kampf, Haft und Schmähung; die kam oft und heftig von den eigenen Kampfgefährten – «eine trockene zänkische Person» nannte sie einer ihrer polnischen Landsleute, und die Krakauer Zeitung «Naprzód» (Vorwärts) schrieb über ihren ersten Artikel in der «Neuen Zeit»: «Wir bedauern nur, daß eine ernste deutsche Zeitschrift auf den Leim des Fräulein Rosa ging, welches in der Schweiz die

Leute anschwindelt, als repräsentiere sie irgend jemand oder etwas in Polen.» Polnische Emigranten verunglimpften sie gar als «trejfe», unrein. Jahre später noch wurde sie von den «Sozialistischen Monatsheften» als «Imitation der Jungfrau von Orléans» gehöhnt. Das war schon in Berlin.

Vorerst lebte Rosa Luxemburg in der Schweiz, dem klassischen Exilland osteuropäischer Emigranten, vor allem Polen und Russen. Ihr Biograph Peter Nettl schildert die «Ausreise» nach Streik- und Verhaftungswellen in Polen: «Nachdem sie vor drohender Verhaftung gewarnt worden war, wurde sie 1889 mit Hilfe ihres Freundes und Mentors Marcin Kasprzak aus dem Lande geschmuggelt. Es gab reguläre illegale Grenzübergänge zwischen Russisch-Polen und den polnischen Landesteilen Deutschlands und Österreichs; der Schmuggel von Personen, Literatur und Geld war bereits gut organisiert. Nur wenige wurden bei diesen Grenzübertritten gefaßt. [...] In Rosas Fall gab es noch ganz zuletzt im Grenzdorf Schwierigkeiten; vermutlich war das beschaffte Gefährt nicht benutzbar. Kasprzak erzählte dem katholischen Priester des Ortes, ein jüdisches Mädchen habe den heißen Wunsch, Christin zu werden, könne dies aber nur im Ausland vollbringen, da ihre Angehörigen sich heftig widersetzten. Halb aus Nationalgefühl, halb aus Glaubenseifer gab der Priester seinen Beistand und sorgte dafür, daß sie, unter Stroh verdeckt, in einem Bauernwagen über die Grenze befördert wurde.»

Als Rosa Luxemburg Ende 1889 in Zürich eintraf, wollte sie keineswegs aus heißem Wunsche Christin werden; eher könnte man wohl sagen, sie wollte mit kühlem Kopfe Marxistin werden. Ihr wichtigster Lehrer, Julius Wolf, bei dem sie öffentliches Recht studierte und der sie in seiner Autobiographie als den «begabtesten Schüler meiner Züricher Jahre» charakterisierte, sprach allerdings davon, daß sie als «fertige Marxistin» aus Polen gekommen war. Das war gewiß ein Mißverständnis. Vielmehr waren die Schweizer Jahre eine Art Schulzeit in Theorie und praktischer Politik. Ihre 1897 abgeschlossene Dissertation zum Thema «Die industrielle Entwicklung Polens» legte den Grundstein für Rosa Luxemburgs zahlreiche und wichtige nationalökonomische Arbeiten der kommenden Jahre; nicht zufällig ließ Franz Mehring sie später das Kapitel über die «Akkumulation des Kapitals» in seiner Marx-Biographie schreiben. Der englische Sozialist John Stuart Mill schwärmte geradezu, «wieviel Leben und Energie in der Frau steckte, wie klug und scharfsinnig sie war, auf welch hohem geistigen Niveau sie sich bewegt». Die Begegnung muß um die Zeit stattgefunden haben, zu der in Zürich (6. bis 12. August 1893) der III. Internationale Sozialistenkongreß tagte. Es war die Feuerprobe für Rosa Luxemburgs taktisches Geschick, weil die zahllosen polnischen und russischen Splittergrüppchen, die sich in Zürich bekämpften - darunter auch der griesgrämige Plechanow –, einander die Mandate streitig machten. Ein Augenzeuge des Kongresses, der belgische Sozialistenführer Emile Vandervelde, schildert den Auftritt der durch ein Hüftleiden von Kindesbeinen an leicht hinkenden jungen Frau: «Rosa, damals dreiundzwanzig Jahre alt, war mit Ausnahme einiger sozialistischer Kreise Deutschlands und Polens vollkommen unbekannt. [...] Ihre Gegner hatten gegen sie einen schweren Stand. Ich sehe sie noch, wie sie aus der Menge der Delegierten aufsprang und sich auf einen Stuhl schwang, um besser verstanden zu werden. Klein, schmächtig, zierlich in ihrem Sommerkleid, das geschickt ihren körperlichen Fehler verbarg, verfocht sie ihre Sache mit einem solchen Magnetismus im Blick und mit so flammenden Worten, daß die Masse des Kongresses, erobert und bezaubert, die Hand für ihre Zulassung erhob.»

Erobert und bezaubert. Das hatte die temperamentvolle, nicht hübsche, aber geistsprühende Emigrantin auch einen einzelnen Menschen; diese Jahre in Zürich waren auch die Jahre von Rosa Luxemburgs – wohl einziger? – großer Liebe: Leon Jogiches. Erst lange nach beider Tod – und in vollem Umfang erst nach der Publikation von Rosa Luxemburgs erschütternden Liebesbriefen – wurde die Dimension dieser Beziehung bekannt. Mit der eigenartigen Mischung aus Diskretion und Prüderie, mit der man in sozialistischen Kreisen das Privatleben verbarg (und verbirgt), blieb selbst intimen Freunden wie der Familie Kautsky dieses Verhältnis unklar. Offiziell wohnten die beiden nie zusammen, redeten sich in der Öffentlichkeit per «Sie» an – was zumindest zu Beginn der Freundschaft auch die Gesetze der Konspiration geboten.

Leon Jogiches war Emigrant wie Rosa Luxemburg. Der am 18. April 1867 in Wilna als Sohn einer wohlhabenden jüdischen Familie Geborene gehörte ganz früh einer Gruppe sozialistischer Revolutionäre an, mit der von Petersburg aus unter anderem Lenins später hingerichteter Bruder Alexander Uljanow Kontakt hatte. Jogiches, den wir aus Rosa Luxemburgs Briefen als herrischen, befehlsgewohnten, mißtrauisch-eifersüchtigen Mann kennen, muß diese Eigenschaften schon früh entwickelt haben; der ca. Zwanzigjährige wird von seinem Wilnaer Mitverschwörer, Charles Rappaport, so charakterisiert: «L. Jogiches war einer der tatkräftigsten Revolutionäre in Wilna – – er war jedoch nicht beliebt in Wilnaer revolutionären Kreisen wegen seines überspannt verschwörerischen Verhaltens und seiner dünkelhaften Haltung – – Begabt mit starkem Willen, klug, aber eigensinnig, verbissen, widmete er sich mit aller Leidenschaft der revolutionären Aufgabe, und er war tatsächlich ein vortrefflicher Verschwörer. Er schuf gute Kontakte zu Schmugglern und kannte vorzüglich alle geheimen Schmuggelpfade über die Grenze. In sich verschlossen, obwohl er in Wirklichkeit gar nicht so schwierig und unzugänglich war, wie es scheinen mochte, konnte er auch sehr witzig sein, wenn er nur wollte. Wahrhaftig, sein Witz war stets sarkastisch und beißend.»

Als Rosa Luxemburg ihm 1890 in Genf begegnete, war der per Steckbrief der zaristischen Polizei Gesuchte aus einem Gefangenentransport nach Turkestan geflohen. Leon Jogiches hatte es verstanden, einen beachtlichen Teil seines Vermögens zu retten beziehungsweise im Laufe der Jahre zu erhalten - was er ausnahmslos in die illegale Arbeit, den Druck von Parteibroschüren, politische Reisen oder den politischen Schmuggel investierte. Diese Mischung aus Revolutionsromantik, selbstloser Disziplin und Grüppchenfanatismus ist von heute aus schwer zu verstehen; zumal die zahllosen, unendlich verfehdeten Cliquen, Emigrantenzirkel und einander Recht, Mandat, gar die Ehre absprechenden nationalen und politischen Organisationen schwer einzuordnen sind. Man muß sich klar machen, daß noch 1917 die Führer der deutschen Sozialdemokratie auf eine Intervention Lenins zu Ungunsten der Menschewiki sagen konnten: «Wir kennen euren Lenin nicht...»

Aber man muß sich *auch* klar machen, daß es in diesem Wirrwarr *Menschenschicksale* gab, Liebe und Traurigkeit neben Haß und Mut nisteten. Die Dimension der widersprüchlichen Persönlichkeit Rosa Luxemburgs ist überhaupt nur zu erfassen, wenn man sich auch ihrer Verzagtheit und ihrem Bedürfnis nach Zärtlichkeit nähert. Hier turnte keine verklemmte Megäre auf Barrikaden herum, noch geiferte eine Zukurzgekommene nach Umsturz, weil sie etwa selber instabil war. Hier analysierte eine große, humane, nach menschlicher Wärme suchende Frau eine Gesellschaft, die Kälte und Verlassenheit bot. Rosa Luxemburgs Glücksbegriff war für sie ein Menschenbedürfnis. Wie ihr Revolutionsbegriff ein erlösender war, so war ihr Liebes-Schelten ein Verlangen. Im März 1895 schreibt sie «ihrem Mann», wie sie Leon Jogiches nennt:

«Siehst Du, wie gemein Du bist, ich merke schon, daß jedes Wort beim blödesten Geschäft Dich 2 mal, ja 10–100 mal mehr interessiert als mein persönlicher Herzensgruß. Und insonderheit irgendetwas über die PPS, da leuchten Dir sofort die Augen, vollkommen anders, als wenn ich Dir etwas über mich schreibe, daß ich müde bin, daß ich Sehnsucht habe etc.

Weißt Du, ich habe sehr rüde Absichten! Wirklich, ich habe mir hier ein wenig über unsere Beziehungen Gedanken gemacht, und wenn ich zurückkomme, werde ich Dich so gestreng in die Klauen nehmen, daß Du piepst. Du wirst sehen! Ich werde Dich vollkommen terrorisieren. Du mußt Dich *demütigen,* mußt Dich ergeben und beugen, das ist die Bedingung unseres weiteren Zusammenlebens. Ich muß Dich zerbrechen, Deine Hörner zermalmen, anders halte ich es nicht aus mit Dir. Du bist ein schlechter Mensch, das ist mir jetzt sonnenklar, nachdem ich Deine ganze seelische Physiognomie ausfindig gemacht habe. Und ich werde diese Schlechtigkeit in Dir drosseln, so wahr ich lebe, solche Pflänzchen sollten nicht frei wachsen. Ich habe das Recht, das zu tun, weil ich 10 mal besser bin als Du und ganz bewußt über diese, die stärkste Seite Deines Charakters, den Stab breche. Ich werde Dich jetzt ohne alle Barmherzigkeit terrorisieren, bis ich Dich weich habe, und Du beginnst, zu empfinden und Dich den Menschen gegenüber verhältst wie ein gewöhnlicher guter Mensch. Ich hege gleichzeitig für Dich unbegrenzte Liebe und unversöhnliche Strenge Deinen schlechten Charaktereigenschaften gegenüber. Bedenke dies – *nimm Dich in acht!* ... Und als Auftakt meines Terrorismus: merke Dir, *sei gut!* Schreibe warmherzige, gute Briefe, schreibe mir nicht so förmlich, Deinerseits eine taktlose Schroffheit. Äffe nicht meine Briefe nach, sei demütig und geruhe, mir Deiner Liebe Ausdruck zu verleihen, und fürchte nicht, Du hättest Dich erniedrigt, wenn Du mir heute für 3 Groschen mehr erwiesen hast als ich Dir. Fürchte und schäme Dich nicht, Gefühle für mich zu äußern (wenn Du jetzt welche *hast,* denn *das* betreffend, erlege ich Dir keinen Zwang auf), magst Du auch in Angst sein, daß ich sie vielleicht mit ungenügender Aufmerksamkeit aufnehme. Lerne ein wenig, im Geiste niederzuknien und das *nicht nur* in den Augenblicken, wenn ich mit offenen Armen nach Dir rufe, sondern auch dann, wenn ich Dir den Rücken zukehre. Kurz, sei freigebiger, innerlich hochherziger, gehe mit Deinen Gefühlen etwas edelmütiger um. Ich verlange das!»

Hier ist der Schlüssel zum Wesen des «Adlers», wie Lenin seine spätere Gegnerin Rosa Luxemburg nannte; ihre revolutionäre Ungeduld und die sich allmählich ausbildende Theorie von der Spontaneität der Massen hatten auch mit dem Charakter dieser Frau zu tun. Es ist wohl kein unerlaubtes Psychologisieren, wenn man ihr lebenslanges Mißtrauen gegen Funktionäre, gegen Parteihierarchien (und Diktatur!) in Zusammenhang sieht mit ihrem Charakter, der auf Liebe gründete. Ein Brief gleich aus der ersten Berliner Zeit gibt dem Ausdruck: «Jeder Kontakt mit der Parteibande hinterläßt in mir so einen schalen Geschmack, daß ich jedesmal beschließe: *drei Seemeilen weit vom tiefsten Stand der Ebbe!* ... Nach jeder Fühlungsnahme mit ihnen wittere ich soviel Unrat, sehe ich soviel Charakterschwäche, Nichtigkeit etc., daß ich zurück in mein Mauseloch eile.» Der Brief stammt vom 27. April 1899 und beschreibt, was Rosa Luxemburg an anderer Stelle einmal «blaue Flecken an der Seele» nannte. Wichtig für unseren Gedankengang aber ist, daß diesem Brief vier Wochen zuvor ein anderer vorausgegangen war; erst wenn man diese beiden Selbstzeugnisse in einen Zusammenhang bringt, erschließt sich einem diese tragische Gestalt einer geschmähten und geschändeten Politikerin, deren «Geist der Utopie» weit hinter den Horizont griff:

«Meinst Du denn, ich wüßte Deinen Wert nicht zu schätzen – daß Du mir immer, wenn der Kampfruf ertönt, hilfreich beistehst, mir Mut zur Arbeit machst und allen Streit, alle meine Versäumnisse vergißt! ... Du hast keinen Begriff, mit welcher Freude und Sehnsucht ich auf jeden Brief von Dir warte, weil mir jeder so viel Stärke und Lebensmut bringt. Am glücklichsten war ich über den Teil Deines Briefes, so Du schreibst, daß wir beide jung sind und uns auch unser persönliches Leben noch einrichten können. O Liebster, wenn Du doch Dein Versprechen erfüllen würdest! ... Unsere eigene kleine Wohnung, unsere eigenen Möbelchen, eine eigene Bibliothek, ruhige und regelmäßige Arbeit, gemeinsame Spaziergänge, von Zeit zu Zeit ein Opernbesuch, ein kleiner, sehr kleiner Kreis intimer Freunde, die man manchmal zum Essen einlädt. Jedes Jahr ein Monat Sommerfrische, aber unbedingt ganz ohne Arbeit! ... Und vielleicht noch so ein kleines, ganz kleines Baby? Wird das nie erlaubt sein? Nie?! Liebster, weißt Du, was mir gestern bei einem Spaziergang im Tiergarten einfiel? Ohne jede Übertreibung? Ein kleines Kind, drei oder vier Jahre alt, in einem schönen Kleidchen, mit blonden Haaren, starrte mich an, und plötzlich fühlte ich einen übermächtigen Drang, es zu rauben und mit ihm nach Hause zu rennen. O Liebster, werde ich nie mein eigenes Baby haben?»

Diese Briefe also kommen bereits aus Berlin. Dort war Dr. Rosalie Lübeck am 20. Mai 1898 eingetroffen: Eine Scheinehe mit dem Sohn eines deutschen Emigranten, Gustav Lübeck, hatte ihr die deutsche Staatsbürgerschaft erbracht. Es heißt, das jungvermählte Paar habe sich noch auf den Stufen des Basler Standesamts, Frühjahr 1897, getrennt, und schon im Mai reiste «Frau Gustav Lübeck», wie sie sich humorvoll im Hotelmeldezettel eintrug, mit Leon Jogiches nach Paris. Frankreich und noch mehr

Italien, in jedem Fall aber der Süden blieben ihre Sehnsucht. Ihre Wirklichkeit aber hieß Deutschland. Auch wenn sie die Deutschen nie mochte, sie steif, temperamentlos, zugeknöpft, schablonenhaft fand; auch wenn sie Berlin als besonders abstoßend empfand: «kalt, geschmacklos, massiv – die richtige Kaserne; und die lieben Preußen mit ihrer Arroganz, als hätte jeder von ihnen den Stock verschluckt, mit dem man ihn einst geprügelt» – es war das Land mit der größten, fortschrittlichsten und bestorganisierten Arbeiterbewegung. Die sozialistische Welt schaute auf Deutschland. Wer revolutionär in die Geschichte eingreifen wollte, konnte das ehestens in und von Deutschland aus. Rosa Luxemburg wußte das – und der Adler stürzte sich ins Getümmel. Das hieß, grob definiert, zweierlei:

- Den Revisionismus des ehemaligen Friedrich-Engels-Sekretärs Eduard Bernstein bekämpfen. Dessen These «Das Endziel ist mir nichts, die Bewegung ist mir alles», in der Rosa Luxemburg einen Reformparteien-Parlamentarismus sah, stellte sie die abrupte Alternative entgegen: «Die Bewegung als Selbstzweck ist mir nichts, das Endziel ist uns alles.» In anderen Worten: die Revolution wird ein sehr langsamer, sehr mühseliger Prozeß – und kein jähes Ereignis – sein; aber schließlich wird die Explosion kommen, die eine verkrachte Gesellschaft beiseitefegen und eine befreite errichten wird.
- Damit hatte Rosa Luxemburg eine «linke» (antireformerische) Position definiert – die den zweiten Teil ihres Kampfes bestimmte. Auf dem Stuttgarter Parteitag 1898 hielt sie zwei Reden, und in der zweiten hieß es: «Daß ich noch meine Epauletten in der deutschen Bewegung erst holen muß, weiß ich; ich will es aber auf dem linken Flügel tun, wo man mit dem Feinde kämpfen, und nicht auf dem rechten, wo man mit dem Feinde kompromisseln will.»

Vom ersten Augenblick an – Spartakus war noch weit und eine KPD auch – focht Rosa Luxemburg diesen Doppelkampf, der eigentlich nur *einer* war und sich in der Alternative begreifen läßt: Sozialreform oder Revolution. Für Rosa Luxemburg, das heißt auch für ihren Begriff von Sozialdemokratie, besteht da nur *ein* Zusammenhang – die Sozialreform ist das Mittel, die soziale

Umwälzung der Zweck. Das ist ein Totalitätsanspruch, für den das Parlament ein verbrauchtes Instrument ist; es ist aber kein *totalitärer* Anspruch. Denn er integriert Demokratie: «Die Demokratie ist unentbehrlich, nicht, weil sie die Eroberung der politischen Macht durch das Proletariat *überflüssig*, sondern umgekehrt, weil sie die Machtergreifung ebenso *notwendig* wie auch einzig *möglich* macht.»

Es ist eine im Grunde simple Dialektik: Bewußtsein und Wünsche in den Menschen wecken, damit sie sich ihr Glück erobern. Ähnlich schrieb sie an Leon Jogiches: «Es stimmt, ich habe verfluchte Lust glücklich zu sein und bin bereit, Tag für Tag um mein *Portiönchen Glück* mit dumpfem Eigensinn zu feilschen.» Was in *ihr* steckt und entsteht, will sie übertragen; oft hat dieser «Erweckungsgedanke» etwas Rührend-Jungmädchenhaftes: «Ich habe das Bedürfnis, so zu schreiben, daß es auf die Menschen wie ein Blitzschlag wirkt, daß es sie mitreißt, nicht mit Deklamation, sondern durch die Weite des Blicks, die Macht der Überzeugung und die Kraft der Vorstellung. Aber wie, was, wo? Ich weiß es noch nicht ... Aber ich sage Dir, ich fühle in mir die völlige Gewißheit, daß sich etwas *regt*, etwas geboren wird.»

Aber es hat auch etwas Konsequentes: Herrschaft wird abgelehnt. So, wie Rosa Luxemburg sich gegen Herrscherattitüden ihres Geliebten wehrte, der ihren Weg in Deutschland mit Eifersucht verfolgte und mit instruktionsähnlichen Ratschlägen geradezu umbiegen wollte, so war ihr auch zeitlebens jeglicher Dirigismus irgendeines ZK fremd. (Noch 1918 entgeisterte sie sich über den Terror der Tscheka: «Aber wie kann Dzierzynski so grausam sein?») Ihr geradezu phantastisch rasender Lebensgalopp kennt nur schwarz und weiß – keine Konzessionen, keine Kompromisse. Sie hatte Bebel im Hotel einst einen Zettel in den Schuh gesteckt «Aujust, ick liebe Dir» – aber sie hat ihn später erbarmungslos bekämpft. Sie hatte selber magna cum laude promoviert und stets die wissenschaftliche Analyse geliebt – aber sie hat Katheder-Sozialisten mit ihrer geradezu unbarmherzigen Polemik verfolgt; auf Werner Sombarts Vorbehalte gegen sozialistische Agitatoren antwortete sie: «Also, Sie wollen die Arbeiterklasse von den ‹Zerrbildern politischer Agitatoren› befreien,

Herr außerordentlicher Professor? Ja, wen meinen Sie eigentlich damit? Sind etwa jene zahllosen Agitatoren der Sozialdemokratie, die unter dem Sozialistengesetz ein Jahrtausend hinter den Gefängnismauern verbracht haben, die faulen Kerls, Sie nationalökonomischer Belletrist, der Sie sich Ihr Lebtag auf dem sicheren Boden der akademischen Hörsäle und bürgerlichen Salons bewegt haben! Sind etwa unsere bescheidenen Redakteure der kleinen Provinzblätter und unsere Versammlungsredner, die sich mit unsäglicher Mühe aus ihrem proletarischen Dasein emporgearbeitet, sich jedes Körnchen Bildung in zähem Ringen angeeignet und sich durch eigene Arbeit zu Aposteln der großen Befreiungslehre gemacht haben, sind das jene ‹seichten, hirnlosen Schwätzer›, von denen Sie sprechen? Sie seichter Schwätzer, dem man von der Jugend an die abgestandenen Plattitüden und Selbstverständlichkeiten der deutschen Nationalökonomie eintrichterte, um aus Ihnen, wenn Gott und die Weltpolitik hilft, einen ordentlichen Professor zu machen!»

Sie hatte gerungen und manchmal nahezu gebettelt um die Liebe von Leon Jogiches – aber sie hat, als sie 1907 von seinem Treuebruch erfuhr, die Beziehung brüsk beendet. Rosa Luxemburg sagte einmal von sich selber, sie habe genug Temperament, um eine Prärie in Brand zu stecken; diese Jäheit – im Positiven wie im Negativen – war ihr Lebensgesetz. Mit diesem jähen Schwung stürzte sie sich auch in ihre zweite Liebesbeziehung zu dem wesentlich jüngeren Sohn Clara Zetkins, Konstantin. Wie sich das im Menschlichen wie Politischen mischt, zeigt ein Brief an die jüngere Freundin Mathilde Wurm, Frau des Redaktionssekretärs der «Neuen Zeit». Diesen De profundis schleuderte sie aus dem Frauengefängnis Barnimstraße des Berliner Polizeipräsidiums, aus ihrer achten und vorletzten Haft; der Brief liest sich wie ein Testament:

«Ja, Dein Brief hat mich fuchsteufelswild gemacht, weil er mir, so kurz er ist, in jeder Zeile zeigt, wie sehr Du wieder ganz im Bann Deines Milieus stehst. Dieser heulmeierische Ton, dieses Ach und Weh über die ‹Enttäuschungen›, die Ihr erlebt habt – angeblich an Anderen, statt nur selbst in den Spiegel zu blicken, um der Menschheit ganzen Jammer in treffendstem Konterfei zu erblicken! Und ‹wir› bedeutet jetzt in Deinem Munde Deine sumpfige Froschgesellschaft, während es Dir früher, wenn Du mit mir zusammenwarst, *meine* Gesellschaft bedeutete. Dann wart, ich werde Dich per ‹Ihr› behandeln. Und nun wütet der Orkan gegen die, welche ihre Freiheit besitzen, aber nichts damit anzufangen wissen. Ihr seid mir ‹zu wenig draufgeherisch›, meinst Du melancholisch. ‹Zu wenig› ist gut! Ihr seid überhaupt nicht ‹geherisch›, sondern ‹kriecherisch›. Es ist nicht ein Unterschied des Grades, sondern der Wesenheit. ‹Ihr› seid überhaupt eine andere zoologische Gattung als ich, und nie war mir euer griesgrämiges, sauertöpfisches, feiges und halbes Wesen so verhaßt, wie jetzt. Das ‹Draufgängertum› würde euch schon passen, meinst Du, bloß wird man dafür ins Loch gesteckt und ‹nutzt dann wenig›. Ach, Ihr elende Kleinkrämerseelen, die Ihr bereit wäret, auch ein bißchen ‹Heldentum› feilzubieten, aber nur ‹gegen bar›, und sei es um verschimmelte drei Kupferpfennige, aber man soll gleich einen ‹Nutzen› auf dem Ladentisch sehen. Und das einfache Wort des ehrlichen und geraden Menschen: ‹Hier steh ich, ich kann nicht anders, Gott helf mir›, ist für euch nicht gesprochen. Ein Glück, daß die bisherige Weltgeschichte nicht von Euersgleichen gemacht war, sonst hätten wir keine Reformation und säßen wohl noch im Ancien régime.

Was mich anbelangt, so bin ich in der letzten Zeit, wenn ich schon nie weich war, hart geworden wie geschliffener Stahl und werde nunmehr weder politisch noch im persönlichen Umgang auch (nur) die geringste Konzession machen. Wenn ich mich nur an die Galerie Deiner Helden erinnere, so ergreift mich der Katzenjammer: der süße [Hugo] Haase, der [Wilhelm] Dittmann mit dem schönen Bart und den schönen Reichstagsreden, der schwankende Hirte Kautsky, dem Dein Emmo natürlich getreu durch alle Höhen und Tiefen folgt, der herrliche Arthur [Stadthagen], – ah, je n'en finirai ((ach, ich kann sie gar nicht alle aufzählen)). Ich schwöre Dir: lieber sitze ich jahrelang – ich sage nicht hier, wo ich's nach allem wie im Himmelreich habe, sondern lieber in der Spelunke am Alexanderplatz, wo ich in der 11 cbm großen Zelle, morgens und abends ohne Licht, eingeklemmt zwischen das C (aber ohne W) und die eiserne Pritsche, meinen Mörike deklamierte, als mit Euren Helden zusammen mit Verlaub zu sagen ‹kämpfen›, oder überhaupt zu tun zu haben! Dann schon lieber Graf Westarp, – und nicht deshalb, weil er von meinen ‹mandelförmigen Samtaugen› im Reichstag redete, sondern weil er ein *Mann* ist ... Ich sage Dir, sobald ich wieder die Nase hinausstecken kann, werde ich Eure Froschgesellschaft jagen und hetzen mit Trompetenschall, Peitschengeknall und Bluthunden, – wie Penthesilea, wollte ich sagen, aber Ihr seid bei Gott keine Achilleus. Hast Du jetzt genug zum Neujahrsgruß? Dann sieh, daß Du *Mensch* bleibst: Mensch sein ist vor allem die Hauptsache. Und das heißt: fest und klar und *heiter* sein, ja heiter trotz alledem und alledem, denn das Heulen ist Geschäft der Schwäche. Mensch sein heißt sein ganzes Leben ‹auf des Schicksals großer Wage› freudig hinwerfen, wenn's sein muß, sich zugleich aber an jedem hellen Tag und jeder schönen Wolke freuen, ach ich weiß keine Rezepte schreiben, wie man Mensch sein soll, ich weiß nur, wie man's ist, und Du wußtest es auch immer, wenn wir einige Stunden zusammen im Südender Feld spazieren gingen und auf dem Getreide roter Abendschein lag. Die Welt ist so schön bei allem Graus und wäre noch schöner, wenn es keine Schwächlinge und Feiglinge auf ihr gäbe. Komm, Du kriegst doch noch einen Kuß, weil Du doch ein ehrlicher kleiner Kerl bist. Prosit Neujahr!»

Der Ungebärdigkeit ihres persönlichen Lebens entsprach die kompromißlose Konsequenz ihres politischen Konzepts. Die schöne Anekdote faßt das zusammen, derzufolge sie dem besorgten Bebel, als sie sich einmal bei einem Spaziergang mit Clara Zetkin verspätete und zum Essen bei Kautsky nicht rechtzeitig eintraf, geantwortet haben soll: «Sie haben das schlimmste befürchtet? In dem Falle hätte der Grabspruch lauten können ‹Hier ruhen die beiden letzten Männer der deutschen Sozialdemokratie›.» Weil das Menschliche das Politische so stark durchdrang, konnte ihr Biograph Nettl das in einem markanten Satz zusammenfassen: «Nur so kann Rosa Luxemburgs Revolutionsbegriff verstanden werden: erfüllt von Moral und Menschlichkeit.»

Am deutlichsten abzulesen ist das in ihrer Kritik an Lenin und den starr-diktatorischen Methoden der Bolschewiki, deren Oktoberrevolution sie emphatisch begrüßt hatte. Sie hat von Beginn an der Praxis des Von-oben-nach-unten-Regierens eine Dialektik des Von-unten-nach-oben entgegengesetzt, damit auch eine Forderung nach demokratischer Kontrolle erhoben; genau, was in der Sowjetunion außer Kraft gesetzt war: «... sagen wir doch unter uns offen heraus: Fehltritte, die eine wirklich revolutionäre Arbeiterbewegung begeht, sind geschichtlich unermeßlich fruchtbarer und wertvoller als die Unfehlbarkeit des allerbesten Zentralkomitees.» Rosa Luxemburg wehrte sich dagegen – unter anderem in ihrer Arbeit «Die russische Revolution» –, daß Lenins Hauptaugenmerk auf Einengung und «Schurigelung» gerichtet war statt auf Befruchtung, daß ihm die Partei wichtiger war als die Massen, daß er in Wahrheit einer Elite das Wort redete. Lenins Gegenpolemik «Ein Schritt vorwärts, zwei Schritte zurück» bezeichnete Rosa Luxemburg hochfahrend als «Quasselei» von Uljanoff. Rosa Luxemburgs Attacke auf die «Abschaffung der wichtigsten demokratischen Garantien eines gesunden öffentlichen Lebens» in der jungen Sowjetunion liest sich geradezu wie eine Prophetie des sklerotischen Stalinismus:

«Freiheit nur für die Anhänger der Regierung, nur für Mitglieder einer Partei – mögen sie noch so zahlreich sein – ist keine Freiheit. Freiheit ist immer nur Freiheit des anders Denkenden. Nicht wegen des Fanatismus der ‹Gerechtigkeit›, sondern weil all das Belehrende, Heilsame und Reinigende der politischen Freiheit an diesem Wesen hängt und seine Wirkung versagt, wenn die ‹Freiheit› zum Privilegium wird. [...] Lenin [...] vergreift [...] sich völlig im Mittel. Dekret, diktatorische Gewalt der Fabrikaufseher, drakonische Strafen, Schreckensherrschaft, das sind alles Palliative. Der einzige Weg zur Wiedergeburt ist die Schule des öffentlichen Lebens selbst, uneingeschränkteste breiteste Demokratie, öffentliche Meinung. Gerade die Schreckensherrschaft demoralisiert [...] Aber mit dem Erdrücken des politischen Lebens im ganzen Lande muß auch das Leben in den Sowjets immer mehr erlahmen. Ohne allgemeine Wahlen, ungehemmte Presse- und Versammlungsfreiheit, freien Meinungskampf erstirbt das Leben in jeder öffentlichen Institution, wird zum Scheinleben, in dem die Bürokratie allein das tätige Element bleibt. Das öffentliche Leben schläft allmählich ein, einige Dutzend Parteiführer von unerschöpflicher Energie und grenzenlosem Idealismus dirigieren und regieren, unter ihnen leitet in Wirklichkeit ein Dutzend hervorragender Köpfe, und eine Elite der Arbeiterschaft wird von Zeit zu Zeit zu Versammlungen aufgeboten, um den Reden der Führer Beifall zu klatschen, vorgelegten Resolutionen einstimmig zuzustimmen, im Grunde also eine Cliquenwirtschaft – eine Diktatur allerdings, aber nicht die Diktatur des Proletariats, sondern die Diktatur einer Handvoll Politiker, das heißt Diktatur im bürgerlichen Sinne [...] Ja noch weiter: solche Zustände müssen eine Verwilderung des öffentlichen Lebens zeitigen.»

Daß es später – 1931 in einem offenen Brief an die Zeitschrift «Proletarskaja Revoluzija» – Stalin war, der den Luxemburgismus denunzierte, nimmt nicht wunder.

Ihre Theorie der Spontaneität – also der nicht von Eliten, Politbüros oder ZK-Kadern dirigistisch geführten Massen – arbeitete Rosa Luxemburg immer genauer aus; sie gipfelte schließlich in einer Art proletarischer Morallehre, die sie 1915 im Gefängnis verfaßte und die unter dem Titel «Die Krise der Sozialdemokratie» erschien – unter dem Pseudonym «Junius»; eine historische Anspielung auf jene von 1769 bis 1772 in London erschienenen «Public Advertiser»-Briefe, in denen die Korruption der herrschenden Schicht angegriffen und die einem Staatsbeamten namens Sir Philip Francis zugeschrieben wurden. Rosa Luxemburg hätte ihrem Pamphlet das Motto aus der Offenbarung geben können, das sie einem späteren Artikel voranstellte: «Ach, daß Du kalt oder warm wärest! Weil Du aber lau bist und weder kalt noch warm, werde ich Dich ausspeien aus meinem Munde.» Der Artikel galt bereits der Definition der Spartakusgruppe, aus der die KPD entstand. So, wie Rosa Luxemburg unter dem Eindruck des Krieges ihre Theorie vom Imperialismus als fortgeschrittenem Stadium des Kapitalismus entwickelt hatte, so forderte sie auch – zum Beispiel empört über die Bewilligung der Kriegskredite durch die SPD – eine höhere Form von Sozialdemokratie in einem imperialistischen Land. Doch die SPD taktierte und paktierte. Rosa Luxemburgs Distanz zu ihren Führern wurde größer, ihre Kritik schärfer. Waren die Junius-Briefe eine vehemente Verwerfung des Krieges und seiner Verursacher gewesen, so waren ab Januar 1916 «Politische Briefe» das Vehikel zur Abgrenzung von der Partei, «außen rot und innen weiß». Die Briefe waren signiert mit «Spartacus». Von nun an gab es eine «Spartakusgruppe». Ihr Programm basierte auf Thesen, die Rosa Luxemburg 1915 aus dem Gefängnis geschmuggelt hatte:

«1. Der Weltkrieg hat die Resultate der 40jährigen Arbeit des europäischen Sozialismus zunichte gemacht, indem er die Bedeutung der revolutionären Arbeiterklasse als eines politischen Machtfaktors [...] vernichtet, die proletarische Internationale gesprengt [...] und die Wünsche und Hoffnungen der Volksmassen in den wichtigsten Ländern der kapitalistischen Entwicklung an das Schiff des Imperialismus gekettet hat.

2. Durch die Zustimmung zu den Kriegskrediten und die Proklamation des Burgfriedens haben die offiziellen Führer der sozialistischen Parteien in Deutschland, Frankreich und England (mit Ausnahme der Unabhängigen Arbeiterpartei) dem Imperialismus den Rücken gestärkt [...] und [...] die Verantwortung für den Krieg und seine Folgen mitübernommen.

3. Diese Taktik [...] bedeutet einen Verrat an den elementarsten Grundsätzen des internationalen Sozialismus ...»

Eine Partei war das noch nicht. Eher eine kleine, radikale Splittergruppe um Franz Mehring, Clara Zetkin und den unermüdlichen Karl Liebknecht, den Rosa Luxemburg in einem Brief an ihren letzten Lebensgefährten Hans Diefenbach schilderte: «Sie wissen vielleicht, wie er seit langen Jahren lebte: nur noch im Parlament, Sitzungen, Kommissionen, Besprechungen, in Hatz und Drang, stets auf dem Sprung von der Stadtbahn auf die Elektrische und von der Elektrischen ins Auto, alle Taschen vollgepfropft mit Notizenblocks, alle Arme voll frisch gekaufter Zeitungen, die er doch unmöglich Zeit hatte, alle zu lesen, Leib und Seele mit Straßenstaub bedeckt, und doch immer mit dem liebenswürdigen jungen Lächeln im Gesicht.»

Außer in Berlin hatte Spartakus wenig Anhänger, und noch während der Revolution wurde auf einer Vollversammlung aller Berliner Arbeiter- und Soldatenräte am 10. November 1918 im Zirkus Busch Rosa Luxemburg und Karl Liebknecht die Aufnahme in den Vollzugsrat verwehrt, weil sie weder Arbeiter noch Soldaten waren. Selbst die Besetzung des «Berliner Lokalanzeigers» und der Druck von mehr als der ersten Nummer der «Roten Fahne» auf dessen Maschinen scheiterten an der Loyalität der Drucker und Setzer zum Scherl-Verlag. Proletarisches Gewissen?

Hatte Rosa Luxemburg – sie war erst am 9. November 1918 aus dem Breslauer Gefängnis entlassen worden – zu lange jenseits der Wirklichkeit gelebt? Gab es ein perfektes, gar nobles Konzept von Revolution, das diese Frau, die viele Jahre ihres Lebens in Haft verbringen mußte, sich *ausgedacht* hatte – aber keine Revolution? Die historischen Vorgänge sind bekannt – die Übergabe der Amtsgeschäfte des Reichskanzlers Max von Baden an den SPD-Vorsitzenden Ebert; Liebknechts Versuch, am Mittag des 9. November 1918 vom Balkon des Schlosses die sozialistische Republik zu proklamieren; Scheidemann – der davon im Reichstag während einer Permanenztagung der SPD-Fraktion hörte – erinnerte sich, wie er daraufhin die demokratische Republik ausrief: «Nun sah ich die Situation klar vor Augen. Ich kannte seine Forderung: ‹Alle Macht den Arbeiter- und Soldatenräten!› Deutschland also eine russische Provinz, eine Sowjet-Filiale?? Nein! Tausendmal nein! [...] Einige Arbeiter und Soldaten, die den [...] Saal mit mir betreten hatten, [...] schrien in den Saal: ‹Scheidemann hat die Republik ausgerufen!› [...] Ebert war vor Zorn dunkelrot im Gesicht geworden, als er von meinem Verhalten hörte [...] ‹Du hast kein Recht, die Republik auszurufen! Was aus Deutschland wird, ob Republik oder was sonst, das entscheidet die Konstituante!›» Woraufhin Ebert mit Spa telefonierte ...

Die politisch-psychologischen Vorgänge (Hintergründe?) sind weniger bekannt. Die Widersprüche lassen sich kaum auflösen: Rosa Luxemburg hatte nie auf eine Organisation, stets auf die Kraft, Entschlußfreude und Spontaneität der Massen vertraut. Jetzt hatte sie – und die kleine Gruppe ihrer Anhänger – beides nicht. Ihre Thesen waren geistig scharf, aber vis-à-vis einer ganz anders strukturierten Wirklichkeit stumpf, nein: illusorisch. «Die Hoffnung der Ebert-Scheidemann auf die Beherrschung des Proletariats mit Hilfe der rückständigen Soldaten sind zum großen Teil bereits erschüttert [...] Das Proletariat hat jede Illusion verloren über die Verkoppelung von Ebert-Scheidemann-Haase als sogenannte sozialistische Regierung [...] Diese Regierung verliert mit jedem Tag mehr den Rückhalt in den großen Massen des Proletariats, es sind neben dem Kleinbürgertum nur noch Reste, traurige Reste der Proletarier, die hinter ihr stehen, von denen es aber sehr unklar ist, wie lange sie noch hinter Ebert-Scheidemann stehen werden.» Genau das stimmte nicht. Weder hatte Spartakus die Massen hinter sich – noch hatte das die «höhere Form der Sozialdemokratie»: die neue Partei. «Wieviele Leute hatten wir da?» fragte skeptisch-verblüfft schon bei den Vorbereitungen zur Parteigründung der illegal aus Moskau eingeschleuste Sowjetabgesandte Karl Radek; den Gründungsparteitag charakterisierte er mit den Worten: «Ich fühlte nicht, daß hier schon eine Partei vor mir war.»

Gegründet aber war sie, die KPD – vierzehn Tage nach Rosa Luxemburgs Programm des Spartakusbundes, am allerletzten Tag des Jahres 1918. Es war wesentlich Rosa Luxemburgs Werk, ihm zugrunde lag ihre Lebensidee der Kompromißlosigkeit. Sie und Karl Liebknecht – der zu Unrecht als ihr Liebhaber galt, hinter vorgehaltener Hand war gar von Orgien die Rede – zogen alsbald allen Haß auf sich – ob des Bürgertums, der marodierenden Soldateska oder auch der Traditions-SPD. Obwohl es nicht nur den wilden Spartakusaufstand in Berlin gab (den Liebknecht und Luxemburg zu dämpfen suchten), sondern auch eine korrekte Kooperation mit der USPD, überstürzten sich die Gerüchte und Verleumdungen: «Liebknecht hat in Spandau 200 Offiziere ermordet. Liebknecht ist in Spandau ermordet worden [...] Liebknecht plündert Läden. Liebknecht verteilt Geld unter die Soldaten, um sie zur Gegenrevolution aufzustacheln [...] So schwirren seit einer Woche in Berlin die wildesten Gerüchte über unsere Richtung. Klirrt irgendwo auf der Straße eine Fensterscheibe, platzt an der Ecke ein Pneumatik mit lautem Knall, gleich schaut sich der Philister mit gesträubten Haaren und einer Gänsehaut auf dem Rücken um: Aha, sicher ‹kommen die Spartakusleute›!» Flugblätter schrien nach Liebknechts Tod. Am 13. Januar 1919 brachte der «Vorwärts» dieses Gedicht seines Mitarbeiters Artur Zickler, in dem dieser die KPD-Führer zieh, das aufständische Proletariat verführt und im Stich gelassen zu haben:

«Das Leichenhaus

Vielhundert Tote in einer Reih –
Proletarier!
Es fragten nicht Eisen, Pulver und Blei,
ob einer rechts, links oder Spartakus sei,
Proletarier!
Wer hat die Gewalt in die Straßen gesandt,
Proletarier?
Wer nahm die Waffe zuerst zur Hand
und hat auf ihre Entscheidung gebrannt?
Spartakus!
Vielhundert Tote in einer Reih –
Proletarier!
Karl, Rosa, Radek und Kumpanei –
Es ist keiner dabei, es ist keiner dabei!
Proletarier!»

Das Chaos tobte durch Berlin. Ledebour war bereits verhaftet. Das Zentralbüro der KPD war vom Militär besetzt und verwüstet, drei Funktionäre verhaftet worden. Auf Karl Liebknechts und Rosa Luxemburgs Kopf waren hohe Prämien ausgesetzt; es gibt Quellen, denen zufolge Scheidemann das gewußt habe. Beide jagten durch die Stadt, Nacht für Nacht in anderen Quartieren, auf der Flucht von Neukölln bis Wilmersdorf. Am 14. Januar erschien in der «Roten Fahne» Rosa Luxemburgs Artikel «Ordnung herrscht in Berlin»: «‹Ordnung herrscht in Berlin!›

Ihr stumpfen Schergen! Eure ‹Ordnung› ist auf Sand gebaut. Die Revolution wird sich morgen schon ‹rasselnd wieder in die Höh' richten› und zu eurem Schrecken mit Posaunenklang verkünden:

Ich war, ich bin, ich werde sein!»

Am nächsten Tag war Rosa Luxemburg tot. Der Hergang ihrer Ermordung ist vielfach geschildert worden, nicht zuletzt von Wilhelm Pieck, ihrem einstigen Meisterschüler an der Parteihochschule, der Augen- und Ohrenzeuge war: «Ich war in der Wohnung von Marcussohn gemeinsam mit Liebknecht und Rosa Luxemburg verhaftet und per Auto nach dem Edenhotel gebracht worden. Beim Betreten des Hotels waren im Vorraum eine Menge Soldaten und Offiziere. Die Offiziere beschimpften Frau Luxemburg ganz flegelhaft, etwa: ‹Röschen, da kommt die alte Hure!› Ich erhob dagegen Protest. Da erklärte ein Offizier: ‹Was will der Kerl, ist wohl ihr Kavalier, haut ihm in die Fresse!› Dann wurde Rosa Luxemburg die Treppe hinaufgeführt. Ich wurde daneben an den Pfeiler gestellt. Ich sah dann, daß ein Offizier, der von den anderen als Hauptmann angeredet wurde, herumlief, den Soldaten Zigaretten anbot und sagte: ‹Die Bande darf nicht mehr lebend das Edenhotel verlassen!› Nach einer Viertelstunde erhielten zwei Soldaten den Auftrag, mich die Treppe hinaufzuführen. Ich wurde den Korridor hinaufgeführt und sah im Vorbeigehen an einer Tür das Schild ‹Hauptmann Papst› [...] Kurze Zeit danach kam ein Dienstmädchen herauf, fiel einer Kollegin in die Arme und rief: ‹Ich werde den Eindruck nicht los, wie man die arme Frau niedergeschlagen und herumgeschleift hat.›»

Wer sie verraten hat, wer genau ihre Ermordung und die von Liebknecht geplant und beschlossen hat – darüber gibt es Zeugnisse, Legenden und Rekonstruktionen. Belegt ist, wie Liebknecht der Schädel eingeschlagen, er in ein Auto gezerrt und im Tiergarten erschossen wurde; wie Rosa Luxemburg – vor Smoking-Gästen des eleganten Edenhotels – beschimpft und mißhandelt, halbtot in einen Wagen geschleift und dort von dem berüchtigten Leutnant Vogel durch Kopfschuß ermordet wurde.

(Nach Recherchen eines Reporterteams des Süddeutschen Rundfunks Stuttgart soll den tödlichen Schuß ein Leutnant zur See Hermann Wilhelm Souchon abgefeuert haben.) Erst dann fuhr man zu einer Brücke des Landwehrkanals und warf die Leiche hinein. Das Taubenherz im Adler schlug nicht mehr.

Der Verräter, Stalin, bist du

Die Arbeit und das rätselhafte Ende des «roten Pressezaren» Willi Münzenberg

Der «rote Pressezar» stammte aus fürstlichem Geblüt: Willi Münzenbergs Vater war das uneheliche Kind einer Schäferin und des Freiherrn von Seckendorf, auf dessen Gütern das Mädchen lebte. Durch allergnädigste Vermittlung durfte er Förster werden, später – nach der Heirat mit einer Bauerntochter – Gastwirt. Als Willi Münzenberg elf Jahre alt war, erschoß sich der seit Jahren zum Trinker gewordene Vater, die Mutter war bereits sechs Jahre früher gestorben. Eine Flucht des Elfjährigen zu den Buren führte nicht weit – nicht weiter als bis zur Lehre in einem Barbiersalon in Gotha. Die Übersiedlung mit der Schwester nach Erfurt, wo er als ungelernter Arbeiter begann, war gleichzeitig auch Beginn einer politischen Laufbahn.

In Erfurt nämlich führte ihn Georg Schumann in den Arbeiterbildungsverein «Propaganda» ein, und Schumann wurde ein frühes Vorbild für Münzenberg (er war später einer der Begründer der KPD, Redakteur der «Roten Fahne», Landtags- und Reichstagsabgeordneter und wurde nach jahrelanger KZ-Haft im Januar 1945 in Dresden ermordet). Schon 1907 nach Schumanns Weggang aus Erfurt war Willi Münzenberg Vorsitzender des Arbeiterbildungsvereins und schuf die ersten Kontakte zu Arbeiterjugendverbänden. Die erste von ihm organisierte Gruppe hieß «Freie Jugend Erfurt», und als Vertreter dieser Organisation kam Münzenberg zu einer Konferenz aller deutschen Jugendgruppen im September 1908 das erste Mal nach Berlin. Seine erste Rede bei einer Veranstaltung Hellmut von Gerlachs, des damaligen Vorsitzenden der Deutschen Friedensgesellschaft, kommentierte der «Erfurter Allgemeine Anzeiger»: «Den Vogel in der Versammlung aber hat der 17-jährige Willi Münzenberg abgeschossen.»

Wiederum sollte ein gescheiterter Reiseplan die vielleicht wichtigste Etappe im politischen Lebenslauf Willi Münzenbergs werden, eine geplante Amerikareise des wandernden Handwerksburschen endet 1910 in Zürich. Durch Wilhelm Bock, den Vorsitzenden der Schweizer Jugendorganisation, kommt Münzenberg rasch in Kontakt mit den sozialdemokratischen Jugendorganisationen in der Schweiz, die mit allen möglichen anderen Organisationen zusammenarbeiten. Als Münzenberg beispielsweise Jahrzehnte später während des 2. Kominternkongresses beim Volkskommissar Tschitscherin im Kreml eingeladen war und sich ihm vorstellen wollte, schlug der ihm auf die Schulter und sagte: «Aber reden Sie doch nicht, wir kennen uns ja aus dem Pockenhüsli in Außersihl.»

Die Treffen in jenem Pockenhüsli waren Anfang des Jahrhunderts vom Pfarrer Paul Pflüger organisiert worden, der den in der Züricher Johanneskirche gegründeten «Verein gleichgesinnter Arbeiterjünglinge zum Zwecke der Belehrung und Freundschaft» leitete. Bald war er ein Hauptzentrum der Anarchisten und Anarchosyndikalisten. So war auch der Einfluß des 1876 in Bern gestorbenen Bakunin in der Schweiz noch durchaus virulent. Zeitgenossen wie etwa der 70jährige Guillaume lebten noch in Lausanne, und auch das Wirken von Peter Kropotkin oder Max Stirner drang in viele dieser Organisationen ein. Der berühmte Züricher Armenarzt Fritz Brupbacher, der wiederum mit Pfarrer Pflüger befreundet war, kam durch diese Einflüsse zur sozialdemokratischen Partei, wenn auch zu deren anarchistischem Flügel. In dem später von ihm gegründeten Schwänliclub, in dem sich Autoren wie Leonhard Frank, Richard Hülsenbeck, Erich Mühsam und Gustav Landauer sowie allerlei Künstler zusammenfanden und den er aus einer Art Überdruß am ewigen Streit mit der Parteibürokratie gegründet hatte, begann auch Münzenberg – vor allem unter dem Einfluß des nach Zürich gekommenen Dresdner Arbeiterdichters Max Barthel – zu dichten. Erzählungen, Theaterstücke für Arbeiterbühnen – wie das soziale Drama «Kinder der Tiefe» oder sein Stück «Die Kommune» – brachten Münzenberg sogar Erfolge; einigen seiner Arbeiten begegnete er noch Jahre später in schwedischen, norwegischen oder russischen Übersetzungen, und als er 1920 zum ersten Mal in die Sowjetunion kam, wurde er dort als Arbeiterdichter gefeiert.

Erst eine Reise nach Italien im Frühjahr 1911 zeigte ihm dann allerdings den Unterschied zwischen der munteren Züricher Boheme mit sozialistischer Einfärbung und einer großen, über das ganze Land verbreiteten Jugendorganisation, die bereits über 82 Ortsgruppen mit insgesamt 6000 Mitgliedern verfügte. Hochburg war Mailand, wo der linke Flügel unter Benito Mussolinis Führung stand, der 1912 die reformistische sozialistische Parteileitung stürzte und damit verhinderte, daß die Jugendorganisation von ihr aufgelöst wurde. Hier fand Münzenberg sein Modell für den Aufbau einer Jugendorganisation.

Nach dem berühmten Kongreß der II. Internationale im Baseler Münster, November 1912, dessen Teilnehmerliste Namen wie August Bebel, Clara Zetkin, Kamenew, Trotzki, Mussolini, Viktor Adler, Jean Jaurès vorwies, schlug Münzenberg ein eigenes Jugendsekretariat vor. Ab Januar 1914 war er Sekretär dieser neugegründeten Organisation. Dabei legte er bei zahllosen Propagandafahrten durch die Schweiz, um die an revolutionäre Töne noch nicht gewöhnten Jugendlichen nicht zu verstören, den Hauptakzent auf Bildungs- und Aufklärungsarbeit; allein im Jahre 1914 – in dem der Kriegsbeginn wochenlang jedes Reisen fast unmöglich machte – hielt Münzenberg 336 Sitzungen und Veranstaltungen ab. Innerhalb kurzer Zeit stieg die Zahl der Mitglieder von 1000 auf 6000 und die Zahl der Sektionen von 20 auf 150, und die von ihm mitherausgegebene Zeitschrift erreichte eine Auflage von 8000 Exemplaren.

In diesem Jahr lernt Münzenberg auch den zeitweiligen Vorstand des Arbeiterbildungsvereins «Eintracht» kennen: Leo Trotzki. Kurz nach Kriegsbeginn treten beide bereits gemeinsam in einem öffentlichen Meeting gegen den Krieg auf, und es sieht so aus, als bezöge Münzenberg anfangs Partei gegen Lenin. Zwischen Lenin und Trotzki herrscht zu dieser Zeit Uneinigkeit über die Frage des Krieges: Trotzkis Broschüre aus dem Herbst 1914 «Der Krieg und die II. Internationale», in der er für einen Friedensschluß ohne Annexion und ohne Sieger und Besiegten und für eine Zertrümmerung Österreich-Ungarns eintrat, lief der Leninschen Konzeption zuwider. Lenin bekämpfte dieses Konzept zum ersten Mal in einem Vortrag im Lausanner Volkshaus bei einer Veranstaltung, auf der Plechanow das Hauptreferat hielt. Schon drei Tage später, am 14. Oktober, hält Lenin einen Vortrag «Proletariat und Krieg», in dem er bereits dem bisherigen Führer der II. Internationale den Kampf ansagt und die Gründung einer neuen Internationale fordert, die u. a. bereit sein müsse, den imperialistischen Krieg in einen Bürgerkrieg zu verwandeln. Unterstützung findet Lenin vor allem bei Sinowjew und Karl Radek. Schließlich vermittelt Radek die Bekanntschaft zwischen Lenin und Münzenberg – und Münzenberg wird rasch einer der engen Mitarbeiter Lenins.

An ihn wendet sich auch der russische Emigrant nach dem Ausbruch der Revolution am 11. März 1917 mit der dringlichen Bitte um Unterstützung bei seinen Bemühungen, schleunigst nach Rußland zurückzukehren. Das Hin und Her zwischen der anfänglichen provisorischen Regierung, des in Zürich unter der Leitung des menschewistischen Professors Reichesberg gebildeten Russischen Zentralen Evakuationskomitees, dem deutschen Gesandten in Bern, Herrn von Romberg, dem Auswärtigen Amt in Berlin und dem deutschen Generalstab ist bekannt. Selbst der politische Referent im Großen Hauptquartier, Herr von Hülsen, sprach sich schließlich eindringlich für das «Durchbringen der Anhänger der Partei Lenin, der Maximalisten und Bolschewiki» aus. Willi Münzenberg schilderte später die aufregenden Verhandlungen:

«Da wurde ich eines Tages gegen Mittag telefonisch ersucht, ins Restaurant ‹Eintracht› am Neumarkt zu kommen. Man sagte mir, daß ich dringend im kleinen Sekretariatszimmer erwartet würde. Ich traf dort Lenin, Karl Radek und Fritz Platten. Es war das einzige Mal, daß ich Lenin in ernster Aufregung und voller Zorn antraf. Mit kurzen hastigen Schritten durchmaß er das kleine Zimmer und sprach in heftigen kurzen Sätzen. Es wurde die Frage aufgeworfen, welche anderen Möglichkeiten bestünden, um rascher zu einem günstigen Resultat und einer rascheren Heimreise zu kommen.»

Kurz darauf sollte Münzenberg sich in einer ähnlichen Situation befinden: Nach seiner Rückkehr von einer Sitzung des internationalen Jugendbüros in Stockholm wurde er in Zürich verhaftet, weil die Schweizer Jugendsozialisten an militanten Protestkundgebungen gegen den Krieg beteiligt waren. Ein Ausweisungsantrag wurde erst nach diversen Protesten – u. a. der soeben gegründeten sowjetischen Regierung – zurückgenommen und Münzenberg nach fünf Monaten Haft gegen Kaution freigelassen.

Sogleich machte sich Münzenberg an die Propagierung der Idee der neuen Revolutionsregierung – eine Extranummer der «Jugendinternationale» erschien mit Beiträgen von Lenin in 10 000 Exemplaren unter dem Titel «Brot, Frieden, Freiheit». Und die erste deutschsprachige Broschüre über die Oktoberrevolution «Der Kampf und Sieg der Bolschewiki» verbarg hinter dem Pseudonym E. Arnold ebenfalls Willi Münzenberg als Autor.

Aufgrund heftiger Proteste der bürgerlichen Presse wurde er wiederum interniert, lebte allerdings vergleichsweise komfortabel in einem Sonderstatus in dem abgelegenen Zuchthaus Witzwil, wo er in Ruhe arbeiten konnte. Der vernehmende Staatsanwalt, in dessen am Zürichsee gelegenen Haus Münzenberg die Nachmittage bei Kaffee und Kuchen verbrachte, charakterisierte seinen «Klienten»:

«Was ihn aus der Menge Gleichgesinnter hervorhob, war seine vielseitige auch literarische Begabung, sein stetes Bestreben, die Lücken seiner Bildung zu heben und hierbei anderen zu helfen, ein ungezügelter Betätigungsdrang, eine gewaltige Arbeitskraft und eine Energie in der rücksichtslosen und klugen Verfolgung seiner Ziele, die man hinter dem zarten, noch sehr jugendlich und weich aussehenden Mann nicht vermuten würde. Dazu kamen eine große volkstümliche Rednergabe, die Möglichkeit, die Stimmung seiner Zuhörer richtig zu erfassen, Liebenswürdigkeit im Verkehr und vor allem sein seltenes Organisations- und Agitationstalent. Anerkannt wird auch die Selbstlosigkeit seines Schaffens im Interesse der Jugendbewegung, wie er sie auffaßt. Die Mischung zwischen einem begabten Erzieher der Jugend, einem überzeugten Kämpfer für die Besserstellung der jungen Arbeiter und einem Revolutionär, der sich zu größeren Taten berufen fühlt, ist für Münzenberg typisch. Das erstere ist wohl der innerste Kern seines Wesens, das letztere dürfte eher angelernt, durch das Milieu und die Zeitverhältnisse gezüchtet und großgezogen worden sein. Daß Münzenberg gerade der letzteren Eigenschaft den größeren Wert beilegt, ist eine Folge der allgemeinen Täuschung durch Selbsteinschätzung.»

Der Ausbruch der Revolution in Deutschland und die sofort eintreffenden Protesttelegramme gegen Willi Münzenbergs Internierung bewirken schließlich seine Freilassung am 10. November 1918.

«Ich lief in der Dunkelheit los, sah als Ziel die Lichter von Singen vor mir und versank plötzlich bis zum Halse in einem Wassergraben. Mühsam krabbelte ich heraus. Plötzlich brüllte ein deutscher Soldat mit Gewehr im Anschlag: ‹Wer da?› Als ich keine Losung sagen konnte, schrie er mich an: ‹Bleiben Sie ruhig stehen, Sie sind verhaftet!› Ich war wieder in Deutschland!»

Willi Münzenberg ging nach Stuttgart, wo sich schon am 4. November in Zusammenarbeit mit Clara Zetkin, August Thalheimer und Albert Schreiner ein Arbeiter- und Soldatenrat gebildet hatte; von hier aus lud Münzenberg telegraphisch Jugenddelegierte der verschiedenen Länder zu einer Konferenz für den 7. Dezember nach Berlin. Bei der Abreise sagte er zu Max Barthel: «Revolutionen sind die Lokomotiven der Weltgeschichte, aber hier fährt man mit der Schwäb'sche Eisebahne! Man sollte nach Berlin gehen, Mensch, und dort etwas Großes aufbauen.»

Münzenberg begann in Berlin mit dem Aufbau der Kommunistischen Jugendinternationale. Tatsächlich aber beginnen auch zu diesem frühen Zeitpunkt bereits seine ersten Differenzen mit der sowjetischen Führungsspitze, der III. Internationale. Münzenbergs Programm war auf entschiedene Weise für eine Unabhängigkeit und Selbständigkeit der Jugendinternationale. Sein sowjetischer Gegenpartner, Lazar Schatzkin, forderte dagegen das bedingungslose Unterordnen der Jugendorganisation unter die Moskauer KP-Führung. Das definitive Programm der kommunistischen Jugendinternationale war schließlich ein Kompromiß: «Die Organisationsbeziehungen zur Partei werden durch zwei Grundprinzipien bestimmt: 1. Selbständigkeit der Jugend, 2. enger Kontakt und gegenseitige Hilfe.»

Bei einem ersten Besuch in Moskau hoffte Münzenberg in Gesprächen mit Lenin, Trotzki und Radek die Differenzen beilegen zu können. Statt dessen verhärteten sich aber die Gegensätze, und es kam zu einer heftigen Auseinandersetzung mit Lenin, der Münzenbergs Hartnäckigkeit gegen den Anschluß seiner Organisation an die Komintern als Gauchismus und Sektierertum abtat. Münzenberg entwickelte noch einmal sein Konzept, nach dem er die Jugend zwar kommunistisch und revolutionär schulen und sie der Komintern und ihren Parteien zuführen, «nie und nimmer aber der Jugend von der Partei ihre politische Haltung befehlen lassen» wollte.

Lenins Rede auf dem 3. Allrussischen Kongreß des kommunistischen Jugendverbandes am 4. Oktober 1920, in der er die Aufgaben der kommunistischen Jugendorganisation definierte und ihr in erster Linie erzieherische und kulturelle Aufgaben zuwies, aber keinerlei politische, war als direkte Antwort auf Münzenbergs Intervention zu verstehen. Höhepunkt der Auseinandersetzung war der Streit um den Tagungsort des nächsten Jugendkongresses: Trotz eines vorliegenden Beschlusses des Jugendbüros und seines Leiters Münzenberg, diesen Kongreß in Deutschland abzuhalten, drängte Moskau auf einen Kongreß in der Sowjetunion. Briefe Münzenbergs an Sinowjew blieben unbeantwortet. Als der Kongreß schließlich im April 1921 in Jena eröffnet wurde, kam an Stelle eines Begrüßungstelegramms aus Moskau ein telegraphisches Statement, dem zufolge das Exekutivkomitee der kommunistischen Internationale den Kongreß als private Konferenz definierte. Auf dem Kongreß selber übergab ein Vertreter des Exekutivkomitees noch einmal eine kurze Botschaft desselben Inhalts, d. h. Moskau bestand darauf, die Konferenz zur unverbindlichen Besprechung umzudefinieren und den eigentlichen offiziellen Kongreß kurz darauf in die Sowjetunion einzuberufen.

Tatsächlich fand dieser Kongreß im Juli 1921 gleich im Anschluß an den 3. Weltkongreß der Komintern statt. Willi Münzenberg übte Selbstkritik, die Jugendinternationale wurde nach Moskau verlegt, sein Nachfolger wurde: Lazar Schatzkin. Die noch in der Weimarer Republik erschienene dreibändige Geschichte der kommunistischen Jugendinternationale spiegelt deutlich die Auseinandersetzungen wider: der 1. Band erwähnt Willi Münzenberg so gut wie überhaupt nicht, d. h. nur da, wo sein Name auf Teilnehmerlisten nicht wegzuretuschieren war. Der 2. Band, verfaßt von Alfred Kurella, gibt die Auseinandersetzungen explizit wieder, wehrt die Versuche Münzenbergs, das Verhältnis zu den kommunistischen Parteien nur als «engste Kampfgemeinschaft» zu sehen, energisch ab und zitiert u. a. empört einen offenbar von Münzenberg verfaßten Programmatischen Aufsatz aus der Februarnummer 1920 der «Jugendinternationale»:

«Das Problem der politischen Autonomie ist noch nicht endgültig geklärt. Die Jugend erobert sich die politische Autonomie, um sie dann zum aktiven Eingreifen in den politischen Kampf zu benutzen. Wie und an welcher Stelle der Front des Proletariats soll sie (die Jugend) kämpfend eingreifen? Wer soll darüber entscheiden? Die alten Parteiführer [...] die wir im August 1914 und die ganzen Jahre hindurch bis heute die Arbeiterklasse verraten sahen? Oder nicht vielmehr die Jugend selbst? Nie und nimmer kann sie (die Jugend) sich von der Partei ihre politische Haltung befehlen lassen! Autonomie für die Kritik des politischen Kampfes des Proletariats, Autonomie für die Entscheidung, an welcher Stelle die proletarische Jugend zu kämpfen hat, das ist, was die historische Entwicklung selbst von der Jugendbewegung fordert. Sie (die kommunistische Jugend) geht die engste Kampfgemeinschaft mit dem revolutionären Führer des Proletariats, mit der KP ein.»

Bemerkenswert an dieser Historiographie ist, daß Alfred Kurella selber zum Sekretariat der Jugendinternationale gehörte und daß vor allem er es war, der den russischen Standpunkt vertrat. Er selber erwähnt in seinem Buch immer wieder die Diskussionsbeiträge und Artikel des Genossen Ziegler, der die einzig richtige Position, nämlich die russische, eingenommen und energisch vertreten hatte. Was er nicht erwähnt, ist, daß Ziegler das Parteipseudonym war für Alfred Kurella.

Zu dieser Zeit aber, im Herbst 1921, konnte Lenin sich einen Bruch mit einem seiner alten Kampfgefährten, einem so glänzend begabten Organisatoren, nicht leisten. In der katastrophalen Lage, in der sich die Sowjetunion auf dem Höhepunkt einer riesigen Hungersnot, von der mindestens 25 Millionen Menschen betroffen waren, befand, brauchte Lenin offenbar einen Mann wie Münzenberg: Er beauftragte ihn mit der Organisation der Internationalen Arbeiterhilfe. Schon im August 1921 kehrt Münzenberg nach Berlin zurück und veröffentlicht kurz darauf den ersten Aufruf des von ihm neugegründeten «Ausländischen Komitees zur Organisierung der Arbeiterhilfe für die Hungernden in Rußland». Dieser erste Aufruf trägt bereits die Namen von Käthe Kollwitz, Albert Einstein, Maximilian Harden, Alexander Moissi, George Grosz, Leonhard Frank, George Bernard Shaw, Anatole France, Henri Barbusse und vielen anderen mehr. Münzenberg nannte die Unterzeichner später «Gründer der Internationalen Arbeiterhilfe». In gewisser Weise kann man sie auch als Gründer des Münzenbergtrusts bezeichnen, zumindest jener «Unterschriften-Stampiglie», wie es Manès Sperber später einmal nennen sollte.

Am ersten November 1921 gab die IAH schon die erste Nummer einer «Illustrierten Arbeiter-Zeitung» heraus, die sich «Sowjetrußland in Wort und Bild» nannte und mit einer Anfangsauflage von 10 000 Exemplaren erschien. Schon drei Jahre später, jetzt unter dem Namen «Sichel und Hammer», hatte diese Zeitung 325 000 Auflage und wuchs schließlich in die berühmte «Arbeiter Illustrierte Zeitung» – AIZ – hinein, die ab 1925 in dem ein Jahr zuvor von Münzenberg übernommenen Neuen Deutschen Verlag erscheint und eine wöchentliche Auflage von 450 000 Exemplaren erreicht (einer der frühesten und erschütterndsten Berichte über die Hungergebiete stammt übrigens von Franz Jung, der zu dieser Zeit mit der Gründung einer gigantischen Landbewirtschaftungs AG im Ural mit 4000 Traktoren und mit der Errichtung einer modernen Betonstadt in der Sowjetunion beschäftigt ist).

IAH errang unter Münzenbergs Führung sehr rasch unübersehbare Ausmaße. Allein in den USA wurden 360 Millionen Dollar gesammelt, und Münzenbergs Position entsprach der Sonderstellung der IAH: Einerseits handelte es sich um eine riesige weltumspannende Wirtschaftsorganisation, deren Millionentransaktionen große Unabhängigkeit voraussetzten; andererseits verstand dieses Instrument sich von Anfang an als Propaganda-Instrument der Komintern. Münzenberg, seit dem Leipziger Parteitag Mitglied des Zentralausschusses der KPD – des späteren ZK –, hatte in dieser Doppelfunktion gleichzeitig eine Unabhängigkeit und Machtbefugnis wie kaum ein anderer Kominternfunktionär. Zahllose bürgerliche, aber auch sozialdemokratische und ausländische Zeitungen deckten immer wieder die enge Verflechtung der IAH mit der KPD und der Komintern auf. Münzenberg war so geschickt, diesen Vorwürfen damit zu begegnen, daß er sie gleichsam wahr machte und beim allmählichen Unnötigerwerden der Hilfsaktionen seine ganze riesige Organisation in ein Propagandaimperium verwandelte.

Eine Chance dazu bot sich, als der populäre kommunistische Verteidiger Felix Halle, Autor der Broschüre «Wie verteidigt sich der Proletarier vor Gericht», ihm den Verlagstitel Neuer Deutscher Verlag anbot (Halle emigrierte übrigens 1933 in die Sowjetunion, verschwand dort nach seiner Verhaftung 1937 spurlos; seine Frau tötete sich bei der Verhaftung durch einen Sturz in den Treppenschacht ebenjenes Hotels, aus dem später auch Münzenbergs Schwager Heinz Neumann abgeholt wurde). Die erste Veröffentlichung des Neuen Deutschen Verlages sollte typisch werden für die Arbeitsweise von Münzenberg und seine immer größeren und mächtigeren Unternehmen: Es war eine populäre illustrierte Broschüre «Lenin», deren Material, vor allem die Fotos, Münzenberg von der Beerdigung Lenins aus Moskau mitgebracht hatte; er verlangte den Druck dieser Broschüre in einer Woche – tatsächlich erschien das Heft in einer Massenauflage zwei Wochen nach Lenins Tod.

Die Parteizentrale war keineswegs erfreut über den Aufbau dieses weitgehend unabhängigen Nebenapparates, der mit Mitteln finanziert war, die ihrer Kontrolle nicht unterworfen waren, und der sich nicht zuletzt durch Geschwindigkeit, Geschick und Sinn für das Aktuelle auszeichnete. Arthur Koestler, der Jahre später in der französischen Emigration für kurze Zeit mit Münzenberg zusammenarbeiten sollte, hat den Mann und seine Unternehmungen einmal so charakterisiert:

«Sein Gesicht hatte die einfachen und kräftigen Züge eines Holzschnitts, es erweckte spontanes Vertrauen. Auch sein behäbiger thüringischer Dialekt und seine unmittelbare Art sich zu geben, dämpften den Eindruck einer wuchtigen und, wenn nötig, harten Persönlichkeit. Er war ein feuriger, demagogischer und unwiderstehlicher Redner und ein geborener Menschenführer. Obwohl ihm jede Spur von Arroganz abging, und er sich niemals überlegen gebärdete, strahlte er eine solche Autorität aus, daß ich oftmals Zeuge war, wie sozialistische Politiker, hartgesottene Bankiers und österreichische Erzherzöge sich in seiner Gegenwart wie Schuljungen benahmen. Seine Mitarbeiter waren ihm ergeben, die Genossinnen im Büro vergötterten ihn, und sein Privatsekretär arbeitete oft bis 3 oder 4 Uhr morgens, um die plötzlichen Einfälle, die unablässig aus Willis fruchtbarem Gehirn sprudelten, in lesbare Form zu fassen. In der Kominternhierarchie hatte Willi eine ungewöhnliche Position inne, und zwar aus zwei Gründen:

Erstens war er nicht Politiker, sondern Propagandist, nicht Theoretiker, sondern Aktivist. Er nahm an den Fraktionskämpfen in der Partei nicht teil, intrigierte nicht, und die Streitigkeiten über die dialektisch korrekte Auslegung der Parteilinie ließen ihn kalt.

Zweitens stand Willi einer weltweiten Organisation vor und erfreute sich daher eines größeren Maßes an Unabhängigkeit als irgendein anderer Kominternführer. Ungestört von der lähmenden Kontrolle der Parteibürokratie konnten die Zeitungen, Bücher, Film- und Theaterproduktionen des Münzenberg-Konzerns phantasievolle Propagandamethoden anwenden, die in schlagendem Gegensatz standen zu der pedantischen, sektiererischen Sprache der offiziellen Parteipresse. Willis blendende Erfolge, seine unorthodoxen Methoden und unverhohlene Verachtung für die trockenen Schleicher und Kriecher brachten ihm die tiefverwurzelte Feindschaft der Parteibürokratie ein. Die deutschen Führer, vor allem Ulbricht, Pieck, Eisler und Konsorten arbeiteten dauernd auf seinen Fall hin.»

Münzenberg scharte um sich begabte Autoren und Redakteure. Der Redakteur seiner AIZ – Franz Höllering – hatte vorher mit Brecht und Heartfield die Sportzeitung «Arena» herausgegeben. Höllering war wiederum befreundet mit Kisch; Lilly Corpus, die ehemalige Sekretärin von Ruth Fischer, Enkelin von Albert Ballin und ein Protegé Alexander Abuschs, wurde später die Frau von Johannes R. Becher; John Heartfield prägte nicht nur mit seinen genialen Fotomontagen in der AIZ einen ganz neuen Propagandastil, sondern hatte nicht zuletzt durch seinen Bruder, den Inhaber des Malik-Verlages, Wieland Herzfelde, und durch seinen Freund George Grosz zahlreiche Verbindungen zu linksdemokratischen Intellektuellen, auch außerhalb der Partei. So schrieb nicht nur Erich Weinert in der AIZ, sondern auch Kurt Tucholsky. Zum 1. Mai 1928 erschien eine französische Kopie der AIZ «Nos Regards, Illustré Mondial du Travail», schließlich eine illustrierte Wochenbeilage der «Humanité». Die katastrophale Hindenburgwahl, bei der das Festhalten der KPD an ihrem Kandidaten Thälmann den Ausschlag gab und die Münzenberg mit dem entgeisterten Ausruf «Mein Gott, wir helfen der Reaktion in den Sattel» kommentierte, machte ihm die Wichtigkeit brisanter Propaganda erneut deutlich. Als ihm 1926 die «Welt am Abend», die bisher einer Gruppe von Redakteuren und ehemaligen USP-Mitgliedern gehört hatte, angeboten wurde, kaufte er das Blatt und brachte es bald zu einer großen Auflage.

Mit und durch die «Welt am Abend» veranstaltete Münzenberg Matineen und Massenveranstaltungen in der Scala und im Wintergarten, zu denen er bekannte Kabarettisten und Schauspieler wie Rosa Valetti, Blandine Ebinger, Kate Kühl oder Paul Graetz engagierte. Für seine riesigen Lunaparkveranstaltungen mit Musik und Tanz mußten die Berliner Verkehrsbetriebe regelmäßig Extrawagen einsetzen. Der Erfolg bestätigte Münzenbergs Methoden und ließ ihn eine Mittagszeitung «Berlin am Morgen» gründen. Sie erschien 1931 unter der Chefredaktion von Bruno Frei und erreichte sehr rasch eine Abonnementsauflage von 60 000 Exemplaren. Schon nach eineinhalb Jahren trug auch dieses Unternehmen sich selber – 1932 hatte die «Welt am Abend» eine Auflage von 180 000 und «Berlin am Morgen» von 80 000 Exemplaren. Beide Zeitungen erschienen im Kosmos-Verlag, der dem Münzenberg-Konzern angegliedert war. Ein weiterer Verlag vertrieb die theoretische Halbmonatsschrift für «Politik, Literatur, Wirtschaftssozialpolitik und Arbeiterbewegung», die Willi Münzenberg als Herausgeber persönlich unter dem Titel «Der Rote Aufbau» herausgab und in der u. a. wichtige Arbeiten von Georg Lukács und K. A. Wittfogel erschienen. Auf Anraten des mit ihm befreundeten Malers Otto Nagel gründete Münzenberg den «Eulenspiegel» und gewann Zille als Hauptmitarbeiter. Auch die illustrierte Frauenzeitung «Der Weg der Frau» (deren Chefredakteurin Marianne Gundermann ebenfalls nach ihrer Emigration in die Sowjetunion 1937 verhaftet wurde und spurlos verschwand) erreichte rasch eine Auflage von 100 000 Exemplaren.

Münzenberg hieß bald der «rote Hugenberg», seine Unternehmungen waren so vielfach verflochten, sowohl in ihrer finanziellen als auch in ihrer organisatorischen Struktur, daß er selber gelegentlich als Millionär galt. Erst Jahre nach seinem Tode hat sich herausgestellt, daß Münzenberg persönlich überhaupt kein Geld hatte, sondern von relativ bescheidenen Abgeordnetendiäten und gelegentlichen Einnahmen lebte. So unklar die Finanzierung seines gesamten Trusts bis heute sein mag, so zweifelsfrei ist jedoch, daß das Hauptgeld aus Moskau kam, dem er letzten Endes als Leiter des Westbüros der Agitpropabteilung der Komintern unterstand.

Münzenberg selber wehrt sich in verschiedenen Aufsätzen gegen die Formulierung Münzenberg-Konzern, in der er die Unterstellung vermutet, daß ihm die diversen Unternehmen persönlich gehörten. Nachdem sogar im «Vorwärts» ein von ihm organisierter «Roter Ball» im Februar 1929, bei dem er 10 RM

Eintrittsgeld verlangte, als «Gesindel von Salonkommunisten» apostrophiert wurde und das ZK der kommunistischen Jugend zu einer Protestresolution aufrief, veröffentlichte er einen großen Artikel im «Roten Aufbau» vom Mai 1929, den er später noch einmal als Sonderbroschüre unter dem Titel «Münzenberg-Konzern?» verbreiten läßt. Hier legt er präzise seine Vorstellungen von organisatorischer und propagandistischer Arbeit innerhalb des Kapitalismus dar. Er ist sozusagen die theoretische Gesetzgebung seiner praktischen Arbeit, die «Verfassung» des Münzenberg-Trusts. Den hat er inzwischen durch weitere wirtschaftliche Verflechtungen ausgebaut, hat ihm beispielsweise einen «Roten Konsumverein» angegliedert und eine Zigarettenfabrik «Solidarität», die der Nazifirma «Der Trommler» die Marken «Die Rote Sorte» oder «Kollektive» entgegenstellte und die er dadurch popularisierte, daß den Packungen Sammlerfotos von internationalen Arbeiterführern beigegeben wurden.

Der wichtigste Teil des Konzerns – auch hier übrigens wieder deutlich im Gegenzug zum Ufa-Aufkäufer Hugenberg, der sich beim Finanzieren der Ufa expressis verbis auf Münzenberg berief – wurde dann Münzenbergs Filmfirma. Schon in der zu seinem Konzern gehörenden Zeitschrift «Film und Volk» hatte er es als demagogisch verurteilt, den Film als neutrale Kunst zu bezeichnen:

«Alle bürgerlichen und sozialistischen Parteien und die Kirchen haben Filmorganisationen und -produktion. Man muß dafür die gleiche Kraft einsetzen wie für Zeitungen und Verlage. Der Film ist das fortschrittlichste Mittel der Propaganda.»

Aus einem Kollektiv «Russ», das sich im Jahre 1923 um Hilfe an die IAH gewandt hatte, und einer Firma, die Filmlizenzen aufkaufte und Filme in der Sowjetunion verlieh, wurde auf Münzenbergs Vorschlag hin schließlich im August 1924 in Moskau eine gemeinsame Filmgesellschaft gegründet, die den Namen «Meschrabprom-Russ» erhielt. Diese Firma entwickelte sich zu einem Unternehmen, das Hunderte von Arbeitern beschäftigte, mehrere große Ateliers, eigene Kinos und eine Filmfabrik umschloß. Münzenbergs Filmunternehmen förderte gleichzeitig die wichtigsten jungen sowjetischen Regisseure, wie etwa Pudowkin; berühmte Filme, wie der 1926 nach Gorkis Roman gedrehte «Die Mutter» oder «Das Ende von St. Petersburg», «Sturm über Asien» und «Der Weg ins Leben» wurden von Meschrabprom-Russ entweder gedreht oder finanziert oder zumindest verliehen. Außerdem verpflichtete Münzenberg zahlreiche ausländische Filmschaffende wie Piscator, Ioris Ivens, Lotte Lenya, Alexander Granach. Zwischen 1924 und 1931 wurden etwa 250 Filme produziert, und um bei der Verbreitung russischer Filme in Deutschland mit dem bürgerlichen Verleihsystem konkurrieren zu können, gliederte Münzenberg seiner Firma noch das deutsche Unternehmen «Prometheus» an. Sein größter Erfolg gerade mit diesem Verleihsystem wurde dann 1926 der «Panzerkreuzer Potemkin», der trotz verschiedener Verbotsanträge bei der Filmprüfstelle wie bei der Preußischen Reichsregierung, bei der General Seeckt persönlich vorstellig wurde, einen Siegeszug durch Deutschland antrat.

In dieser ganzen Zeit gelang es Willi Münzenberg, sich weitgehend aus ideologischen Debatten und Querelen herauszuhalten. Es fällt daher schwer, ihn einer der rivalisierenden Gruppen zuzurechnen, die in der Deutschen Kommunistischen Partei in der Mitte der zwanziger Jahre sich erbitterte Fehden lieferten. Einerseits gehört Münzenberg in gewisser Weise zur sogenannten rechten Fraktion im ZK des Politbüros, die auch über bestimmte Verbindungen zur Redaktion der «Roten Fahne» verfügte und deren Haupt-«Abweichung» darin bestand, daß sie eine Verständigung mit der SPD ansteuerte. Diese später in einem Offenen Brief von der Komintern als parteifeindliche Fraktion gebrandmarkte Gruppe – unter anderem Brandler und Thalheimer – war wiederum keineswegs die Gruppe, zu der man Münzenberg in seiner Taktik und auch in seiner organisatorischen Linie zählen konnte. Es ist deutlich, vor allem, wenn man die Artikel von Münzenberg, die er selber veröffentlichte, miteinbezieht, daß er bereits in diesen Jahren in einen ideologischen Zickzackkurs gerät: Überschneidungen oder in gewisser Weise Rückläufigkeiten lassen sich immer wieder beobachten. Als Stalin zum Beispiel im Februar 1929 Trotzki wegen Organisierung einer illegalen sowjetfeindlichen Partei ausweist und Trotzki auf der türkischen, am Marmarameer gelegenen Insel Prinkipo Asyl nimmt, erscheint bei Willi Münzenberg der zweite Band der «Illustrierten Geschichte der Revolution», in der Trotzki noch an hervorragender Stelle gewürdigt wird. Schon Anfang Dezember 1930 aber in einem Artikel zum zwölfjährigen Bestehen der Roten Armee in der «Inprekorr» läßt Münzenberg den Namen des Schöpfers ebendieser Roten Armee weg.

Die ideologische Schizophrenie Münzenbergs, der eine Politik noch öffentlich vertritt, die er im Grunde schon als falsch erkannt hat, wird besonders deutlich in einem Interview mit der «Weltbühne» am 23. September 1930, in dem er eine Kooperation zwischen SPD und KPD ablehnt. Das widerspricht nicht nur den an anderer Stelle bereits geäußerten Einsichten Münzenbergs, sondern ist auch ganz und gar im Gegensatz zu dem, wofür er in den nächsten Jahren politisch und agitatorisch kämpfen wird. In einem einzigen Satz wird sozusagen in nuce deutlich, um was es sich bei ihm in den kommenden Jahren handeln wird:

«Wir Kommunisten wissen zu gut, daß die Faschisten mit ihrem nationalen Befreiungskampf erst einmal zu Hause mit dem ungefährlichen Teil, nämlich mit der Niederknüppelung der Arbeiter, beginnen wollen.»

Dieser sich vorläufig als Gedankensplitter gebende Satz ist dennoch als Beginn des Einheitskonzepts zu werten, das von nun an bei Willi Münzenberg und in seinen Organen mehr und mehr in den Vordergrund gerückt wird; die AIZ vom 13. November 1932 beispielsweise zeigt auf dem Deckblatt einen Reichsbannermann und einen KPD-Mann als Gefährten im Kampf gegen die Faschisten vereint. Trotzdem kann man von einer eigenen, gar Moskau-unabhängigen Politik der Münzenberg-Blätter noch nicht sprechen. Als beispielsweise im Herbst 1930 die Nationalsozialisten ein Volksbegehren gegen die Preußische Regierung ausriefen, fanden sie sich stark angegriffen von der gesamten Kommunistischen Partei und allen ihren Propagandaorganen. Erst nach einem Telegramm der Komintern am 20. Juli 1931, das der KPD nahelegte, mit den Nationalsozialisten am Volksentscheid gegen die Preußische Regierung teilzunehmen, schwenkte die Parteiführung um und entschied sich für einen, wie es hieß, «Roten Volksentscheid». Fünf Tage später waren auch Willi Münzenbergs Blätter wie etwa «Berlin am Morgen» auf dem neuen Kurs für die Propaganda des neuen Roten Volksentscheids. Kurt Hiller richtete einen empörten Brief an Willi Münzenberg, in dem es hieß: «Ihr habt gehandelt, als hättet ihr Naziagenten in eurem Zentralkomitee.»

Stalins späte Entscheidung für eine Volksfrontpolitik zwingt Willi Münzenberg nicht zur Revision seiner bisherigen Propagandalinie oder zur Neuorientierung seines Apparates; sie bringt ihm allenfalls Skepsis bei: Als er im September 1932 zur 12. Tagung der Komintern in Moskau seinen Schwager Neumann trifft, der dort bereits seit Monaten aller politischen Funktionen entkleidet lebt, sagt er zu ihm: «Mit euch wird die Sache schwieriger werden. Was mich angeht, so brauchen sie mich noch.»

In der Nacht des Reichstagsbrandes – Münzenberg nimmt in der Nähe von Frankfurt am Main an einer Wahlversammlung teil und hört unterwegs von den Ereignissen in Berlin – flieht er nach Paris. Fast nahtlos, ohne Übergang, versucht er, von dort aus einen großen antifaschistischen Propaganda-Apparat aufzubauen. Münzenberg sieht sich offenbar als Hauptgegenspieler von Goebbels. Typisch ist etwa, daß eine neugegründete Zeitung, die vom 1. Mai 1933 ab 14tägig erscheint, «Gegenangriff» heißt, also deutlich gegen das Goebbels-Blatt «Angriff» gerichtet ist. Außerdem erscheinen mehrere andere Blätter wie z. B. die aus dem «Roten Aufbau» hervorgegangene «Unsere Zeit», deren erste Nummer in Straßburg gedruckt wurde. Bruno Frei, der Redakteur von «Berlin am Morgen», und Alexander Abusch, zuletzt Redakteur des kommunistischen «Ruhrecho» in Essen, werden mit in die Redaktion des «Gegenangriff» genommen. Als Zentrum aller Unternehmungen gründet Münzenberg die Edition Carrefour. Die Hauptleistung dieses Verlages wird das Braun-Buch, ein durch sorgfältigste Recherchen, zahlreiche Zeugenaussagen und anderes Material dokumentierte Publikation über den Reichstagsbrand, die in einer Erstauflage von 25 000 Exemplaren herauskommt, und zwar in Deutsch und Französisch, und die in zwölf andere Sprachen übersetzt wird;

insgesamt sind ca. 70 000 illegale Exemplare des Buches (z. B. in Umschlägen von Reclams Universalbücherei) nach Deutschland versandt worden – eines Buches, das selbst in der Führungsspitze der Nationalsozialisten helle Aufregung verursachte und an dem Journalisten wie Arthur Koestler, Alfred Kantorowicz, Otto Katz, Gustav Regler und viele andere monatelang mitgearbeitet hatten. Eine direkte Fortsetzung findet diese Dokumentation in einer Großveranstaltung typisch Münzenbergschen Zuschnitts, nämlich in einem in London inszenierten Gegenprozeß zum Reichstagsbrandprozeß, der noch mit voller Zustimmung und übrigens auch finanzieller Hilfe der Komintern zustande kommt; Münzenberg gelingt es, sich international renommierter Juristen wie Sir Stafford Cripps, des späteren britischen Schatzkanzlers, zu versichern und diesen Gegenprozeß so spektakulär aufzuziehen, daß selbst Berlin einen Beobachter entsendet – den der NSDAP angehörenden Strafverteidiger Dr. Sack.

Mehr und mehr zeigt sich, daß die von Münzenberg vertretene und sehr energisch betriebene Volksfrontpolitik nicht dem entspricht, was man in der Sowjetunion unter antifaschistischem Kampf versteht. Mehrere Reisen nach Moskau im Juli 1935 und im Oktober 1936 lassen Münzenberg darüber hinaus ein völlig verändertes Land sehen. Die Stalinschen Säuberungen haben begonnen, alte Weggefährten wie Sinowjew und Kamenew sind bereits verhaftet. Aber auch Funktionäre wie Pjatakow oder Pjanitzkij sind verschwunden. Der Besuch im Oktober 1936 bringt den endgültigen Bruch, die Gespräche mit Münzenberg nehmen den Charakter von Verhören an, seine große Sammlungsbewegung von Emigranten und Antifaschisten, die er in Paris mit der Gründung des «Deutschen Volksfrontausschusses» krönen konnte (zu dem Heinrich und Klaus Mann, Emil Ludwig, Lion Feuchtwanger, Ernst Toller, Ludwig Marcuse, Leopold Schwarzschild, Georg Bernhard, Rudolf Breitscheid, Franz Dahlem und Alexander Abusch gehörten), stößt bereits auf energische Kritik, vor allem in der Gruppe um Ulbricht, die in der sowjetischen Emigration lebt. Münzenbergs Abreise aus Moskau gleicht einer Flucht. Es ist nur der Intervention Togliattis zu verdanken, daß er schließlich als «unabkömmlich» in Frankreich bezeichnet wird und die Sowjetunion verlassen kann. Inzwischen, auf anderen Kanälen, haben aber sowjetische und deutsche Funktionäre die Ulbricht-Linie verfolgt und die Volksfront in Paris zerstört, Wilhelm Pieck wird extra nach Nizza zu Heinrich Mann geschickt, um vor Willi Münzenberg und dessen Bestrebungen zu warnen. Münzenberg indessen versucht noch immer, den Bruch nicht eklatant werden zu lassen, ihn vor allen Dingen nicht publik zu machen; er schreibt eine Art Memoiren, nämlich die Broschüre «Propaganda als Waffe», eine Selbstrechtfertigung seiner Theorien, und vor allem seiner Praxis. Unablässig erhält er immer dringlicher formulierte «Einladungen», in die Sowjetunion zurückzukommen. Mehrere Briefe von Dimitroff, aber auch verschiedene KP-Abgeordnete aus Frankreich oder Journalisten, sogar ein eigens abgesandter NKWD-Agent versuchen, Münzenberg nach Moskau zurückzuholen. Seine Weigerung versucht Münzenberg noch immer ausweichend zu formulieren; so schickt er etwa ein Telegramm an Dimitroff im Juli 1938: «Bin bereit sofort zu fahren, wenn Reise so organisiert werden kann, daß ich Mitte Juli zurück in Paris bin.»

Das ist allerdings ein deutliches Ausweichen, denn schon wenige Monate vorher hatte er an Brupbacher geschrieben, daß er die Änderung eines formalen Verhältnisses, das schon lange weder ein politisches noch ein praktisches war, vorhabe. Schließlich schickt er im Herbst 1938 ein nicht öffentliches Rundschreiben an seine Freunde, das bewußt jeden Gefühlsausbruch oder jede Abrechnung mit ehemaligen Genossen der Parteispitze vermeidet, das aber gleichzeitig deutlich formuliert, um was es geht: «Da die Verhältnisse in Deutschland und Zuspitzung der internationalen Krise den Einsatz jedes einzelnen erfordern, zwingen mich meine politische Vergangenheit, mein sozialistisches Verantwortungsbewußtsein und mein Temperament, mich von einer Organisation zu trennen, die mir eine politische Arbeit unmöglich macht.»

Münzenberg weiß nun, daß er sich auch von seinem Apparat trennen muß; er übergibt alle Unterlagen an einen Mitarbeiter, der ihm schon 1936 aus Moskau geschickt worden war, läßt aber, bereits vorsichtig geworden, eine Kopie dieser Unterlagen durch seine Frau im Hause eines katholischen Ordens verstecken (wo sie beim Einmarsch der deutschen Armee aus Angst verbrannt wurden). Münzenberg hat sich nun von allen seinen Aktivitäten und seiner eigens aufgebauten Pariser Zentrale zurückgezogen. Am 10. März 1939 veröffentlicht er in seiner Zeitschrift «Zukunft» eine ausführliche Begründung seines Austritts aus der KPD:

«Ich trenne mich schwer von einer Organisation, die ich mitgegründet und mitgeschaffen habe. Nachdem ich 1906 als junger Fabrikarbeiter Mitglied der sozialistischen Bewegung wurde, schloß ich mich 1915 als einer der ersten deutschen Sozialisten Lenin und der Bewegung an, für die ich fast 25 Jahre mit dem Einsatz meiner Person und nicht ohne Erfolg tätig war. Die widerspruchsvolle Politik der Partei, die nur in leeren Worten auf Neuaufgaben hinweist, ohne in den Kampfmethoden, in Form und Sprache der Propaganda Wesentliches zu ändern, ihre Unklarheit in der Zielsetzung, die die demokratische Volksrepublik fordert, ohne daß auf eine Einparteidiktatur verzichtet würde, das zwiespältige Verhalten in der Einheitsfronttaktik, das die Schaffung einer Einheitspartei der Arbeiterschaft postuliert und gleichzeitig die vom 7. Weltkongreß der Kommunistischen Internationale verurteilte alte Taktik fortsetzt, all das hat verhindert, in den sozialistischen und demokratischen Kreisen jenes Vertrauen für die Partei zu schaffen, ohne das eine Einheit nicht möglich ist. Wie kann aber eine Partei mit Erfolg politisch tätig sein, der die nächsten Verbündeten kein Vertrauen schenken? Ich habe geglaubt, die Anerkennung dieser politischen Prinzipien innerhalb der Kommunistischen Partei, wenigstens eine freie und öffentliche Diskussion, in ihrem Rahmen erreichen zu können. Ich habe mich geirrt. Nach einem Konflikt von über zwei Jahren habe ich eingesehen, daß dies unmöglich ist. Es wird verhindert durch eine Organisationsform, die mit der ursprünglichen Partei wenig gemeinsam hat, durch das Übergewicht eines bürokratischen Apparats, der das Parteileben beherrscht, und durch eine Leitung, die sich trotz aller Niederlagen seit 1933 unfehlbar und unersetzbar dünkt. Ich trenne mich von dieser Leitung und ihrem Apparat, aber ich trenne mich nicht von den Hunderten, vielleicht Tausenden, die willkürlich, ohne Grund, ohne Verfahren, ohne die Möglichkeit einer Verteidigung widerrechtlich von anonymen Stellen entfernt, abgesägt, abgehängt und ausgeschlossen wurden.»

Die Reaktion der KPD bzw. des Zentralbüros der Komintern im Frühjahr 1939 zeigt genau, wo der Bruch, d. h., wo die Konfliktstelle lag: Man wirft Münzenberg jetzt vor, daß er im Widerspruch zu klaren Losungen der KPD gehandelt habe, daß er vor allem die Volksfrontbewegung falsch konzipiert habe. Unter falsch ist hier natürlich zu verstehen, daß er tatsächlich ehrlich mit bürgerlichen Demokraten kooperierte und nicht darauf bestanden hat, in allen Gremien oder Zentralen den Führungsanspruch von KP-Genossen durchzusetzen. Münzenberg habe sozusagen einen bürgerlichen Unterwanderungsprozeß nicht nur geduldet, sondern initiiert. Kurz: Münzenberg hatte wirklich Antifaschismus gemeint.

Noch immer versucht Münzenberg, das nicht in einen verbalen oder anderen Krieg mit den ehemaligen Genossen ausarten zu lassen, noch immer betont er, daß die Sowjetunion sein Vorbild und das Land sei, in dem die Zukunft, die er meint, aufgebaut werde. Er beschränkt sich jetzt zwar auf die Herausgabe seiner Zeitschrift «Die Zukunft», die er als Sprachrohr «der Freunde der sozialistischen Einheit» sieht und als deren politisches Ziel er den Zusammenschluß aller ehrlichen antinazistischen Arbeiter zu einer revolutionären Einheitspartei mit garantiertem innerparteilichem Selbstbestimmungsrecht und vollkommener Unabhängigkeit gegenüber der II. und III. Internationale ansieht. Dieser Versuch scheitert auf eigenartige Weise: Plötzlich ist Willi Münzenberg nicht mehr der Mann des großen Apparates, plötzlich ist er nicht mehr der geniale, kulissensichere Regisseur, sondern ein leiser, nachdenklicher, theoretisch formulierender Mann. Und das, seltsam, funktioniert nicht. Man schenkt ihm kaum Gehör, weder bei den neuen Freunden noch bei den alten Feinden. Willi Münzenberg, zu Lebzeiten eigentlich schon eine Legende, hat gleichsam seine eigene Legende überlebt. Es ist aber wohl nicht nur der Verlust des Apparates, der Verlust großer, zur Verfügung gestellter Mittel, sondern eben jenes Aus-der-Balance-gefallen-Sein, das bei so vielen Emigranten, vor allem bei so vielen ehemaligen Kommunisten, die mit ihrer Partei brachen, zu beobachten ist – die alten Kategorien taugen nicht mehr, neue Kategorien sind (noch?) nicht da. Ein ideologischer und moralischer Schwebezustand, der vor allem einem homo factitivus, wie man Münzenberg einmal genannt hatte, ganz und gar zuwider, ganz und gar gegen die Natur ist. Wie eine letzte Stichflamme wirkt Münzenbergs Aufschrei, sein gellender Protest gegen den Hitler-Stalin-Pakt. In der «Zukunft» formuliert er jetzt emphatische Artikel über den russischen Dolchstoß, gegen Stalin und die Politik der Sowjetunion, in der er einen gigantischen Verräter erkennt: «Der Verräter, Stalin, bist du.»

Es ist auch Willi Münzenberg, der nun den berühmt gewordenen Offenen Brief von Stalins engstem Mitarbeiter und früherem Botschafter in Sofia, Fjodor Raskolnikow, druckt:

«Du hast Lenins alte Kampfgefährten verleumdet, entehrt und ermordet: Kamenew, Sinowjew, Bucharin, Rykow und andere, deren Unschuld dir wohl bewußt war. Wo ist die alte Garde? Sie lebt nicht mehr. Du hast sie erschossen Stalin!»

Willi Münzenbergs Ende ist fast logisch – vage, diffus und bis heute ungeklärt. Mit zahllosen anderen deutschen Emigranten war er in ein Internierungslager gebracht worden und erhielt dort in Chambaran neben La Tour-du-Pin zwischen Lyon und Chambery die Erlaubnis, sich auf eigene Faust vor den anrükkenden deutschen Truppen in Sicherheit zu bringen. Eine Gruppe, zu der der Verleger Kurt Wolff und der Journalist Leopold Schwarzschild gehören, versucht sich durchzuschlagen. Münzenberg hat die Idee, sich irgendwo im Süden ein Auto zu mieten, angeregt offenbar von einem Mithäftling, dessen Identität nie geklärt wurde. Jedenfalls verschwindet er mit diesem Anonymus, erst Monate später wird seine Leiche in einem Wald gefunden – Nazi oder NKWD-Agent?

Bis heute ist ungeklärt, wer Willi Münzenberg ermordete, wer ihn ermorden ließ. Er hatte sich mit den Großmächten seiner Zeit auf honorige und sich selber nicht schonende Weise angelegt. Ihre Niedrigkeit und ihren Haß hatte er offenbar unterschätzt. Das Kontoristendeutsch, mit dem die Summe dieses Lebens gezogen wurde, hätte er wohl nicht gedruckt: «Mit dem haben wir auch abgerechnet», soll 1950 ein sowjetischer Vernehmungsoffizier bei Erwähnung des Namens Münzenberg in einem Verhör gesagt haben.

Einen Augenblick stand das Weltgewissen auf, und der Name, den es sprach, war seiner:

Carl von Ossietzky

Die Zeitschrift hatte den Titel «Fortschritt». Wegen eines Artikels gegen «Österreichs einheitlichen Staatsverband» wurde sie unter der Anklage der «Störung der öffentlichen Ruhe» verboten, ihr Herausgeber zu schwerem Kerker verurteilt und seines Titels beraubt, sein Vermögen wurde eingezogen. Er war Ingenieur, polnischer Nationalist, Zeitgenosse Metternichs, Kämpfer für ein von Preußen, Rußland und Österreich unabhängiges Polen, er hieß Johann Ritter von Ossietzky.

Der Wappenring, den später Carl von Ossietzky sein Leben lang trug, ein Erbstück der Familie, scheint das Leitmotiv für das Leben der Vorfahren wie des späteren Pazifisten geprägt zu haben – er zeigte einen abnehmenden und einen zunehmenden Mond: Ein Ossietzky muß bei jedem Mondwechsel, also immer, zum Kampf bereit sein.

Der 1889 in Hamburg geborene, katholisch getaufte, protestantisch konfirmierte Carl von Ossietzky nahm diesen Kampf früh auf. Seine ersten Bildungserlebnisse hatte der junge Hilfsschreiber und Bürogehilfe, der aus materiellen Gründen die renommierte Raumbaumsche Schule in Hamburgs Caffamacherreihe – wo heute der Glaspalast von Unilever steht – vor dem Abitur verlassen mußte, durch den Stiefvater, den elsässischen Bildhauer Gustav Welther, der Sozialdemokrat war; mit ihm hörte er August Bebel und Bertha von Suttner.

Schon 1911 schickte er an die von Rudolf Breitscheid herausgegebene Zeitung «Das freie Volk», die als Sammelbecken demokratischer Opposition gegen den Wilhelminismus verstanden sein wollte, seine erste Zuschrift – ein Brief, der sich mit Herbert Eulenburgs Komödie «Alles um Liebe» beschäftigte. Ab 1912 publiziert er hier regelmäßig politische Artikel, unter der Chefredaktion von Hellmut von Gerlach.

Zwei Affären beschäftigten in den Jahren 1913/14 die deutsche Öffentlichkeit: In Erfurt hatten nach einer besoffenen Prügelei zwischen Landwehr und Reservisten das Kriegsgericht und der Militäranwalt die Zivilisten wegen «offenen Aufruhrs» zu schweren Zuchthausstrafen verurteilt; ähnliches war im elsässischen Garnisonstädtchen Zabern geschehen, wo der später sprichwörtliche Leutnant von Forstner die Einwohner «Wakkes» beschimpft und mit dem Säbel von der Straße getrieben hatte. Er hatte sogar jedem Rekruten zehn Mark versprochen, der einen «Wackes» niedersteche. Die Demonstrationen, ihre Niederknüppelung und der anschließende Belagerungszustand fanden ihre empörte lebhafte Schilderung auch bei Erich Mühsam:

«Die kollerig gewordene Soldateska hatte damit noch nicht ausgetobt. Sie setzte ihre Jagd auf lachende Kinder fort, drang in Häuser ein, verhaftete einen neunjährigen Jungen und ein vierzehnjähriges Mädchen, und der erste Held, Herr von Forstner, schlug bei einer Säbelattacke auf spielende Kinder in einem benachbarten Dorfe einem lahmen Schustergesellen eine tiefe Wunde in den Kopf. [...]

Es ist nicht wichtig, ob ein zwanzigjähriger Leutnant in der Instruktionsstunde dummes Zeug daherredet. Wichtig ist, daß das dumme Zeug sakrosankt wird, sobald es ein Leutnant gesagt hat. Wichtig ist, daß man einem dreiviertelwüchsigen Jüngling eine scharf geschliffene Waffe umhängt und ihn durch patriotische Phrasen in den Glauben versetzt, er sei eine geweihte Persönlichkeit, ein höherwertiger Mensch, der vor dem Leben der misera plebs keinen Respekt zu haben braucht. Bedenklich und gefährlich ist die Rolle, die man den bunten Rock in unserem gesellschaftlichen Leben spielen läßt. Verhängnisvoll ist, daß durch die Bevorrechtung des Militärs die Begeisterung für den Krieg gefördert wird. [...]

Die Verhafteten werden im ausgeräumten Kohlenverließ der

Regimentskaserne, dem sogenannten Pandurenkeller, untergebracht, einem stinkenden, dunklen Loch, von dessen Bestimmung zur Menschenbehausung sein Erbauer sich nichts hätte träumen lassen. Es fehlte alles, was den Aufenthalt hätte möglich machen können. Hier wurden die Sünder eine ganze Nacht hindurch festgehalten.»

Lenin prägte das erboste Wort, nicht die Anarchie sei in Zabern ausgebrochen, sondern die «wahre Ordnung». Anfragen im Parlament führten eine Regierungskrise herbei. Kanzler Bethmann-Hollweg und Kriegsminister von Falkenhayn versuchten, das Militär zu verteidigen. Die unmittelbar vorangegangenen Beschimpfungen französischer Militärs in der Grenzgarnison gaben dem Ganzen noch einen betont aggressiv-nationalistischen Akzent.

Ossietzky nimmt zu den beiden Vorfällen empört Stellung. Seine Polemik unterscheidet sich aber bereits von der anderer liberaler Kritiker:

«Das bürgerliche Leben bringt eine höchst gefährliche Gleichmacherei mit sich. Also muß daran erinnert werden, daß es noch Klassen gibt. Das ist die Aufgabe der Kriegsgerichte. Der Vorgesetzte wird gestreichelt, der Untergebene gepeitscht. Das unverfälschte Prinzip der Reaktion, nackter Klassenegoismus!»

Schon zwei Monate zuvor, in seinem Artikel «Der Heilige Mars» vom 13. Mai 1913, hatte er einen scharf antimilitaristischen Ton angeschlagen.

Beide Aufsätze des 24jährigen führten zu einem Prozeß. Das Pseudonym des elsässischen Volkspredigers Thomas Murner, das Ossietzky gewählt hatte, wurde durch einen Nachdruck des Artikels im Essener «Allgemeinen Beobachter» aufgedeckt; außerdem hatte er der Erfurter Affäre mehrere Aufsätze folgen lassen, die in der Forderung nach Absetzung des verantwortlichen Generals von Deimling gipfelten. Der preußische Kriegsminister hatte gegen Ossietzky wegen öffentlicher Beleidigung der Mitglieder des Erfurter Kriegsgerichts Strafantrag gestellt, der Staatsanwalt beurteilte den Artikel als «politische Ausschlachtung in verhetzender Weise», und Ossietzky wurde zu zweihundert Mark Geldstrafe, ersatzweise zwanzig Tagen Gefängnis, verurteilt. Zwei Jahrzehnte später, vor dem Reichsgericht, erklärte Ossietzky, seit diesem Tag betrachte er sich als überzeugter Pazifist.

Dieser früh ausgeprägte Antimilitarismus bestimmte auch Ossietzkys Haltung zur SPD. Das Gothaer Programm verlangte ja noch eine Volkswehr und allgemeine Wehrhaftigkeit, das Erfurter Programm formulierte 1891 die bürgerlich-pazifistische Forderung nach «Schlichtung aller internationalen Streitigkeiten auf schiedsgerichtlichem Wege», und auf der Mannheimer Prinzipiendebatte 1906 forderte Wilhelm Liebknecht einen Ausschuß zur systematischen Entwicklung antimilitaristischer Propaganda – gegen den Bebel stimmte.

Auf dem Parteitag 1907 sagte dann der spätere Reichswehrminister bereits: «Im Falle eines Angriffs auf Deutschland, im Falle ernstlicher Bedrohung unseres Landes, wollen die Sozialdemokraten ihr Vaterland begeistert verteidigen.» Und im April 1913 schließlich stimmte die SPD nach anfänglicher Ablehnung der Wehrvorlage der Reichsregierung zu: Eine Milliarde Mark wurde bewilligt. Die SPD-Zeitung «Frankfurter Volksstimme» berichtete am 18. August 1914: «Die drangsalierten und gehudelten und gebuttelten Sozialdemokraten treten wie ein Mann zum Schutze der Heimat auf, und die Gewerkschaftszentralen berichten übereinstimmend, daß ihre besten Leute sich bei der Fahne befinden, sogar Unternehmerblätter melden diese Tatsache.»

Der junge Schriftsteller, frisch verheiratet mit der in Indien geborenen Tochter eines englischen Majors und einer indischen Prinzessin, Anhängerin der Pankhurst-Bewegung und gleichzeitig Angehörige der reichen englischen Oberschicht, bleibt nicht gefeit gegen die Wortinflation der nationalen Erhebung – auch er spricht, in Wilhelm Ostwalds Zeitschrift «Das monistische Jahrhundert», von «unserer eisernen Zeit», vom «Volk, das um seine Existenz ringt», und sieht in Faust, Wieland und Goethe «stolze Säulen deutschen Nationalbewußtseins».

Ossietzky publizierte ab Dezember 1914 ausschließlich in dieser Zeitschrift die diesseitigen sozialethischen Ideale der Monistenbewegung – eine unkirchliche Religiosität, weltliche Schule,

Trennung von Staat und Kirche waren für ihn Axiome einer großen Emanzipationsbewegung. Nachdem Ossietzky aber 1916 als Armierungssoldat eingezogen worden war – wie Karl Liebknecht und Arnold Zweig und Kurt Tucholsky –, löste er eine kritische Diskussion über «Die Stellung des Monismus zum Kriegsproblem» aus, wie ein Artikel in der Monatsschrift des Hamburger Bundes hieß.

Jenes Manifest der 93, «An die Kulturwelt», das auch Ostwald, einst Ossietzkys Idealfigur, mit unterschrieben hatte und in dem ein Europa unter deutscher Führung proklamiert wurde, war nicht vergessen, aber überwunden.

Im November 1918 ist Ossietzky Mitglied im «Bund neues Vaterland», dessen Ziel die Proklamation einer sozialistischen Republik ist; sogar als Flugblattautor stellte er sich dem Hamburger Arbeiter- und Soldatenrat zur Verfügung. Gleichzeitig wurde er Leiter der Hamburger Ortsgruppe der Deutschen Friedensgesellschaft, die 1892 auf Anregung der österreichischen Baronin Bertha von Suttner gegründet worden war. Schon 1919 holte ihn Professor Ludwig Quidde, der Vorsitzende der Friedensgesellschaft, auf Anraten Hellmut von Gerlachs als Sekretär nach Berlin, im Anschluß an den dort tagenden achten Deutschen Pazifistenkongreß.

Ossietzkys politisches Konzept, seine publizistischen Ambitionen entwickeln sich aus diesen verschiedenen Bestrebungen. Ende 1918 begrüßt er in einem «Ein Wort an alle Schwachmütigen» benannten Aufsatz nicht nur den Zusammenbruch von Staats- und Wirtschaftsordnung, sondern auch des bürgerlich kapitalistischen Geistes, der seit hundert Jahren alle Köpfe, auch die der sozialistischen Arbeiterschaft, umneble. Im monatlich erscheinenden Hamburger Mitteilungsblatt der Monisten publiziert er einen aufsehenerregenden Artikel, «Ein Wort über Aktivismus», in dem er vom Gedanken der reinen Charakter- und Geistesbildung Abschied nimmt und emphatisch die Tat fordert. Ossietzky sah, daß nicht das Zeitalter des Sozialismus, aber die Zeit des Nachkapitalismus gekommen war. Nicht Revolution, sondern Reformation, Veränderung, nicht der Macht und der Wirtschaftsstruktur, sondern der Köpfe – das war seine Einsicht und seine Devise. Beeinflußt noch immer vom Gedankengut des Monismus, der ja als späte Variante von Feuerbachs «freigesetztem Individuum» und Stirners «Einzigem» den neuen, unabhängigen Menschen forderte, hat Ossietzkys programmatischer Artikel einen Ton von Predigt und Beschwörung.

Es erfolgte der Bruch mit Quidde und dem bürgerlichen Pazifismus. Mit Helene Stöcker, Armin T. Wegner, dem sozialdemokratischen Pfarrer Bleier und Kurt Hiller gehörte Ossietzky zur linken Opposition, die im Versailler Verbot der Wehrpflicht das Hauptpositivum des Vertrages sah und eine internationale Ächtung von Waffen, Heer und Wehrzwang wollte. Ab Januar 1920 war er Redakteur an dem von Otto Nuschke herausgegebenen populär-liberalen Mosse-Blatt «Berliner Volks-Zeitung». Gleichzeitig versuchte er, eine neue Organisationsform zu finden, um direkt politisch handeln zu können.

Der Kapp-Putsch und die vertanen Chancen einer echten Republik, der USPD-Parteitag vom 16. Oktober 1920 mit der seiner Meinung nach falschen Entscheidung, sich mit der KPD zu vereinigen, erschienen ihm als verhängnisvolle politische Konsequenz, rechts wie links. So formte er aus dem im Herbst 1919 mit Kurt Tucholsky, Gumbel und anderen gegründeten «Friedensbund der Kriegsteilnehmer» den Aktionsausschuß «Nie wieder Krieg», dessen dritte Kundgebung am 1. August 1920 im Berliner Lustgarten zu einer Massendemonstration wurde; Hunderttausende von Menschen nahmen teil, ein Photo zeigt Albert Einsteins Frau, die eine Broschüre mit demselben Titel «Nie wieder Krieg» verkauft, zu der auch Ossietzky einen Beitrag geliefert hatte. Noch Jahre später nahm Göring Bezug auf diese Veranstaltung.

Die Entwicklung der Republik von Ebert zu Hindenburg dechiffrierte nur eine zunehmende Polarisierung, den Ruck nach rechts. Politische Morde, die Formierung rechtsradikaler Gruppen wie Organisation Consul, Organisation Escherich, Jungdo und anderer zeigten eine zunehmende Militanz – den Prä-Faschismus. Ossietzky wendet sich vom bürgerlichen Pazifismus ab. In einem Aufsatz aus späteren Jahren charakterisierte er seinen eigenen Weg:

«Ich hätte zur Vervollständigung meiner Biographie hinzufügen können, daß der organisierte Pazifismus in meiner inneren und äußeren Existenz nicht mehr als eine knappe Episode bedeutete. Daß ich mit den meisten von seinen Führern seitdem verzankt bin, daß ich ihre Politik für verkehrt und selbstzerstörerisch halte [...] Ich hätte hinzufügen können, daß ich seit meiner Trennung von den organisierten Pazifisten mich ganz dem großen Umschmelzungsprozeß der Zeit anvertraut und mir eine besonders profilierte Stellung errungen habe. Daß mein Verstand sich noch immer zu der heute so verschmähten Demokratie bekennt, während mein Herz unwiderstehlich dem Zuge der proletarischen Massen folgt.»

Damit ist eine Entwicklung skizziert, die jetzt erst, 1924, beginnt. Ossietzky gründet im Jahr der Reichstagsneuwahl gemeinsam mit seinem Redaktionskollegen, dem späteren Nazi-Verlagsleiter des «Berliner Tageblatts» Karl Vetter (der sich im April 1933 zu den «schicksalsgewaltigen Ereignissen dieser Tage» bekennen sollte), eine Partei, die «Republikanische Partei», die sich Fritz von Unruh als Reichspräsidenten vorstellt. Der Gründungsaufruf vom 6. Februar 1924 bekennt sich zum «großdeutschen Gedanken», verkündet, daß die Partei «an das Einigungswerk Bismarcks anknüpfen» und für die «Wiedererweckung des verlorengegangenen Sinnes für nationale Solidarität» eintreten wollte. Im Februar ist er aus der Redaktion der «Berliner Volks-Zeitung» ausgeschieden, jetzt finanziert ihm Bosch eine Zeitschrift «Die Republik», die sich im Untertitel «Das Blatt der Dreißigjährigen für die Dreißigjährigen» nennt.

Schon vor der Wahl spottete Ossietzky über seinen Ausflug in die aktive Politik: «Wir werden den Schlag überwinden»; tatsächlich fiel das Resultat katastrophal aus: Im Wahlkreis Berlin ergaben sich 7579 Stimmen, in Potsdam II 5201 – insgesamt hatte man 45 722 Wähler gefunden. Die Mindestzahl für ein Mandat war 50 000. Ein Jahr später, bei der entscheidenden Wahl des Reichspräsidenten nach Eberts Tod im Februar 1925, gab es einen verhängnisvollen Sieger: Hindenburg – vor allem weil KPD und SPD sich nicht auf einen Kandidaten hatten einigen können; die 1,9 Millionen Stimmen, die der KPD-Kandidat

Thälmann auf sich vereinigte, waren genau die Differenz, die Hindenburg zum Sieg verhalf.

Im Juni 1924 war Ossietzky als Redakteur in die von Leopold Schwarzschild und Stefan Großmann bei Rowohlt herausgegebene Wochenschrift «Tagebuch» eingetreten. Schon vier Wochen später weist ihn das Impressum als verantwortlichen Redakteur aus.

Ende des Jahres lernt er durch Berthold Jacob den Herausgeber der «Weltbühne» Siegfried Jacobsohn kennen. Die Beziehung zu Berthold Jacob war seit Jahren eng, man kann von Freunden, zumindest Weggefährten sprechen. Er gehörte zu dem Kreis um Vetter und zum «Bund Neues Vaterland». Unter dem Einfluß vor allem von Gumbel – dessen Buch «Verschwörer, Beiträge für Geschichte und Soziologie der deutschen nationalistischen Geheimbünde seit 1918» später bei Malik erschien – entwickelte sich Jacob zum Spezialisten für Kriegsschuld- und Rüstungsfragen. Es ist anzunehmen, daß die früh schon in Nuschkes «Berliner Volks-Zeitung» unsigniert erschienenen Meldungen über Zusammenziehungen von Heeresverbänden und ähnliches von ihm stammten. Seine Untersuchungen und Enthüllungen publizierte Jacob nicht nur selber, sondern sie bildeten oft auch den Anstoß zu weiteren Artikeln in zahlreichen pazifistischen Publikationen; ein Höhepunkt seiner Aktivitäten war die Veröffentlichung der sogenannten «Mahraunschen Denkschrift» im November 1926: Der Weltkriegsoffizier Arthur Mahraun hatte 1920 den «Jungdeutschen Orden» gegründet, eine extrem nationalistische Vereinigung; seine nur in wenigen Exemplaren im Büro des Reichspräsidenten und des Reichswehrministeriums kursierende «Denkschrift» erleichterte den Beweis, daß die Reichswehrführung am Aufstellen illegaler Verbände beteiligt war. In derselben Woche veröffentlichten der von Berthold Jacob geschaffene Pressedienst «Zeit-Notizen», die «Rote Fahne», die «Frankfurter Zeitung» und die «Weltbühne» das Material. Derlei publizistische Bravourstücke – wie auch das arithmetische Herausrechnen aus Todesanzeigen, Dienstalter und Einstellungsterminen bei den einundachtzig ertrunkenen Soldaten beim Weser-Unglück 1925 mit dem

Resultat, daß ein Dutzend «eigentlich» nicht existierende Soldaten mitertrunken waren – machten Berthold Jacob zu einem der von den Rechten meistgehaßten Journalisten der Republik. Sein schauerliches Ende war die Quittung: Er wurde nach einem ersten mißglückten Kidnappversuch aus der Schweiz schließlich 1941 von Nazibeamten aus Lissabon entführt und in Deutschland ermordet; der «Grabstein» ist eine dürftige amtliche Bescheinigung:

Jüdisches Krankenhaus
Berlin N 65, Iranische Straße 2
Bescheinigung
Herr Berthold Jacob-Salomon, geb. 12. 12. 98, war auf Anordnung der Geheimen Staatspolizei in der Zeit vom 17. Februar 1944 bis 26. Februar 1944 in unserem Krankenhaus in stationärer Behandlung und ist an diesem Tage hier verstorben.
Hermann Doeblin, Verwaltungsdirektor.

Zweifellos hatte Jacob großen Einfluß nicht nur auf den neun Jahre älteren Carl von Ossietzky, sondern auch auf Siegfried Jacobsohn; dessen Entwicklung vom theaterbesessenen Nur-Kritiker zum streitbaren Publizisten – also die Entwicklung von der «Schaubühne» zur «Weltbühne» – muß offenbar auch im Zusammenhang mit solchen personellen Kontakten gesehen werden, mit den Aktionen der Liga für Menschenrechte, mit Querverbindungen zu Hellmut von Gerlachs «Welt am Montag». Daß Jacobsohn sich so besonders vehement in die Kampagne für die Freilassung des ehemaligen Sekretärs Eisners, Felix Fechenbach, einschaltete – er protestierte zeitweilig in jeder Nummer der «Weltbühne» und attackierte die bayerische Justiz zwei Jahre lang ohne Unterlaß –, geht fraglos auf Initiativen Berthold Jacobs zurück. Immerhin hatte Jacobsohn ja nicht nur Tucholskys «Militaria»-Serie gedruckt oder die sensationellen Fememordberichte, die mit drei Sternen gezeichnet von August 1925 bis ins Frühjahr 1926 in der «Weltbühne» erschienen waren (Verfasser war Carl Mertens, ehemaliges Mitglied von Feme-Organisationen): Siegfried Jacobsohn plante kurz vor seinem

Tod eine große, seriöse politische Monatsschrift, um dieser selbstgestellten Aufgabe der schärferen Politisierung gerecht werden zu können; Kurt Tucholsky entwarf das Exposé:

«*Politik*. Aktuelle historische Aufsätze, ein im Zeitalter des Fridericusrummels besonders wichtiges Gebiet. Abdruck wichtiger politischer Dokumente (wie das zum Beispiel mit größtem Erfolge in der ‹Europe Nouvelle› geschieht), Veröffentlichung von politischen Briefwechseln und anderen Dokumentationen.

Finanz. Radikal-wirtschaftliche Arbeiten mit Belegen, deren Abdruck in der ‹Weltbühne› schon aus technischen Gründen nicht möglich ist.

Literatur. Wichtige Nachdrucke alter vergessener Literatur, vorsichtige Auswahl neuer Talente. Dieses Gebiet besonders klug ausgespart, keinesfalls sinnloser Abdruck moderner Dramen, die nach vier Wochen vergessen sind.

Reisen. Reiseschilderungen und Berichte aus dem Ausland durch fremde Korrespondenten. Dabei soll besonders auf dokumentierte Auslandsberichte Wert gelegt werden. [...]

Das sind einige Gebiete, die ungefähr die Arbeitsmethode des neuen Blattes aufzeigen. Das Blatt soll sich gleichmäßig von der neuen Magazinseuche und von den Glossenzeitschriften entfernt halten, die heute rasch modern geworden sind und ebenso rasch wieder unmodern werden.»

In dieser Zeit stellt Berthold Jacob den Weltbühnenherausgeber Carl von Ossietzky vor. Von April 1926 ab ist er deren Redakteur. Ossietzkys große publizistische Karriere beginnt. Was er bisher geschrieben hatte, wirkt wie Fingerübungen. Er beginnt sofort, die politische Tradition des Blattes, wie sie in der Fememordserie deutlich wurde, zu intensivieren.

Siegfried Jacobson hat die Aufdeckung der Fememorde für seine größte Leistung gehalten. Kurz vor seinem Tode – befragt, ob er nicht bedauere, als Theaterkritiker so sehr in den Hintergrund getreten zu sein – sagt er: «Und wenn ich nichts getan hätte als die Aufdeckung der Fememorde, so wäre mir das genug.»

Von Beginn an – sein erster Artikel, «Der plombierte Wagen», vom April 1926 unterstützt die Locarno-Politik – bekämpft Ossietzky den aufkommenden Militarismus, die heimliche Rüstung. Schon im «Tagebuch» hatte er über die Schwarze Reichswehr berichtet und die heimliche Armee Schreckgespenst französischer und Wunschbild deutscher Nationalhyänen genannt. Von Beginn an aber hat er sich auch mit einer Tatsache auseinanderzusetzen, die öffentliches Geheimnis war: der Kollaboration zwischen der sowjetischen Roten Armee und der Reichswehr.

Zur Bekämpfung der Hungerkatastrophe 1920 in der Sowjetunion war im Auftrage Lenins eine weltumspannende Hilfsorganisation, die IAH (Internationale Arbeiter Hilfe) ins Leben gerufen worden. Ihr Organisator war Willi Münzenberg.

Im Verfolg dieser gigantischen internationalen Organisation, die Millionenbeträge sammelte, verwaltete und verfügte, versuchte die Sowjetunion, aus ihrer außenpolitischen Isolation herauszukommen, und entsprechende Unterhandlungen zwischen Radek und Seeckt im Jahre 1922 führten zu der Zusammenarbeit mit der Reichswehr.

Ab 1921 begann die Sowjetunion, Arbeitsaufträge an die deutsche Industrie zu vergeben – Flugzeuge, Geschütze, U-Boote. Die Gegenleistung war: Ausbildungsstätten für deutsche Offiziere; jene Offiziere, die ihr «Ausbildungsterrain» 1941 eroberten, das mit den dafür gelieferten deutschen Waffen verteidigt wurde.

Es hatte im ZK der KPdSU schon 1918 eine Sitzung über solche Pläne gegeben, und Lenin, der nicht teilnahm, hatte in einer Brecht-ähnlichen Formulierung per Handzettel entschieden: «Ich bitte, meine Stimme dafür zu zählen, daß man von den Räubern Kartoffeln und Waffen nimmt.»

Acht Monate nach Ossietzkys Eintritt in die «Weltbühne» starb Siegfried Jacobsohn. Nach kurzem Interregnum übergab Kurt Tucholsky die Herausgeberschaft an Ossietzky. Das Impressum lautete nun:

«Begründet von Siegfried Jacobsohn unter Mitarbeit von Kurt Tucholsky geleitet von Carl von Ossietzky.»

Nimmt man heute diese blaßroten Hefte in die Hand – eine westdeutsche Ossietzky-Ausgabe gibt es nicht, die zweibändige der DDR ist einigermaßen manipuliert –, so sieht man eine schier unglaubliche physische, psychische und intellektuelle Leistung: Woche für Woche ein Leitartikel, scharfe, geschliffene, schmucklos geschriebene und klar gedachte Korrektive zur Politik der Weimarer Republik. Militär, Justiz und Pressefreiheit, Innenpolitik, Außenpolitik und Wirtschaftsmonopolisierung – kaum ein Thema, dessen sich Ossietzky nicht «herzhaft, fechterhaft, künstlerhaft» annahm, wie Kurt Hiller es charakterisierte.

War Ossietzky nur ein glanzvoller Diagnostiker, ein bitterer Analytiker, der die Hindenburg-Hitler-Stichwahl 1932 als «Kampf zwischen zwei konkurrierenden Firmen, die um die Quote ringen» bezeichnete, der den Reichskanzler von Papen Vorsteher eines «Lachkabinetts» nannte und der über von Schleicher, von Papens Nachfolger, sagte, «als Dilettant entlarvt, geschlagen sogar auf seinem höchst persönlichen Gebiete: der Intrige» – war dieser Journalist ein Definierer nur dessen, was ist, oder auch dessen, was sein kann?

Der Stil seiner späteren Aufsätze, ein Sprachgestus der appellierenden Emphase, des Rufpamphlets voller Ausrufezeichen und Redefiguren wie «man glaube nicht...» oder «man möge doch...», oft beginnend mit der Gemeinschaft beschwörenden Formel «wir» – dieser Stil zeigt eher einen Rufer als einen wegweisenden Denker.

Die Lösung der damaligen Zeit, wissenschaftlich der Marxismus und politisch der Kommunismus, war ihm so unmöglich wie Tucholsky, der zu Erich Kästner sagte: «Mein Gott, sollen wir denn nun alle Kommunisten werden?» Wann immer Ossietzky sich mit solchen Strukturfragen seiner Gesellschaft auseinandersetzt, bleibt es bei Unbehagen, bei böser Ahnung und schlechtem Gefühl.

Deutlich sind Zögern und Unsicherheit. So sicher der Kritiker Ossietzky war, der analysierende Beobachter, so bedenklich und zaudernd ist der Realisator, der Ideeninitiator gar. Kurt Hiller, Zeitgenosse und Mitarbeiter Ossietzkys an der «Weltbühne», hat in einer gerechten, nüchternen Erinnerung an den Mitstreiter diese geistige und nervliche Disposition beschrieben:

«Nun war Ossietzkys Kritik durchaus nicht nur negativ und

zersetzend; sie war an einem positiven Kulturgefühl, einem Ethos orientiert. Doch an keinem positiven Denkbild einer Sozialwelt; an keiner konstruktiven Idee. Seine politische Publizistik war impressionistisch, war [...] lyrisch-ethisch, war auf höchster Stufe journalistisch; denkerisch, baumeisterlich war sie nicht [...]

Er war als Denker unzulänglich. Er würde als Chef der – damals wichtigen – ‹Weltbühne› drei intellektuelle Möglichkeiten gehabt haben: den Liberalismus (von dem er kam) gegen den rechts und links anstürmenden Kollektivismus zu verteidigen; zweitens: sich loszusagen vom Liberalismus, dabei dessen Goldgehalt in den Sozialismus rettend; (zu dieser Möglichkeit hätte die leidenschaftliche und präzise Propaganda für die Herstellung einer revolutionären sozialistischen Einheitspartei, zumindest Einheitsfront, gehört); dritte Möglichkeit: in Erkenntnis der Mängel des Marxismus systematisch hinzuarbeiten auf eine neue, mängelfreiere, moderner Erkenntnis angepaßte sozialistische Ideologie. Nichts von all dem tat er. Er hat den Liberalismus weder verteidigt noch preisgegeben; er hat sich an den Versuchen, zu einer Überwindung der Spaltung des Sozialismus in Deutschland zu gelangen, nicht beteiligt.»

Als dann auf jenen Artikel vom 12. März 1929 hin, den Walter Kreiser unter dem Pseudonym Jaeger zum Thema «Windiges aus der deutschen Luftfahrt» in der «Weltbühne» publiziert hatte, die Jagd auf Ossietzky begann, handelte es sich natürlich nicht nur um diesen Aufsatz. Die dort angedeuteten Zusammenhänge waren ja allenthalben bekannt. Schon am 16. Dezember 1926 hatte der sozialdemokratische Abgeordnete Scheidemann sämtliche von der «Weltbühne» angeprangerten Skandale der Schwarzen Reichswehr, der Geheimbünde und der heimlichen Zusammenarbeit mit der Sowjetunion zu einem parlamentarischen Mißtrauensantrag gegen den Reichswehrminister zusammengefaßt; auf die im Wandelgang hinterher an Ossietzky gerichtete Frage «Sind Sie nun zufrieden?» antwortete er: «Sie haben das Richtige zur falschen Zeit getan.»

Der Prozeß, aus Gründen der Geheimhaltung nicht öffentlich geführt und in der «Weltbühne» deshalb auch nirgends erörtert oder gar analysiert, trifft Ossietzky in einer deutlichen politischen Entwicklung – und zwar nach links. Aus dem kritischen Bürger, der sich stets scharf gegen den Kommunismus abgrenzte, war ein politischer Diagnostiker geworden, der den heraufkommenden Nationalsozialismus keineswegs mehr als politische Naturkatastrophe sah, sondern als determinierbare gesteuerte Gewalt. Ein kleines Detail zeigt, was sich in Ossietzkys Leben geändert hat. Als er seine Haft antreten muß am 10. Mai 1932 – ein Jahr später wird Goebbels vor der Berliner Universität seine literarische Hexenverbrennung zelebrieren –, geleitet ihn eine Delegation von Schriftstellern vor das Gefängnistor – Ernst Toller, Erich Mühsam, Hellmut von Gerlach – aber auch Arnold Zweig, Alfred Kantorowicz und der Kommunist Ludwig Renn.

Im Dezember 1932 einigten sich SPD, KPD und NSDAP auf ein Amnestiegesetz, und Rudolf Breitscheid setzte durch, daß es auch literarischen Landesverrat betraf. Ossietzky war frei, die «Weltbühne» vom 27. Dezember beginnt mit seinem Aufsatz «Rückkehr», einer Art Fortsetzung des großen «Rechenschafts»-berichts vom Mai, der mehr als das halbe Heft gefüllt hatte und eine Generalbilanz gewesen war, Glanzstück deutscher politischer Prosa, voller Melancholie, aber ohne Resignation.

Im selben Monat hatte Ossietzky auch jenen Artikel «Ein runder Tisch wartet» veröffentlicht, in dem er Sozialisten und Kommunisten beschwor, zusammenzugehen; er sah inzwischen in dieser Einigung die einzige Möglichkeit, das aufziehende Unheil abzuwenden. Links von sich sah er nur noch Verbündete. Aus praktischer Konsequenz war auch eine ideologische geworden – Ossietzky nannte sich Sozialist.

Doch Konsequenz und Erkenntnis kamen zu spät. Und er wußte es. Auf der denkwürdigen letzten Mitgliederversammlung des Schutzverbandes deutscher Schriftsteller am 20. Februar 1933 in den Kammersälen an der Teltower Straße hielt er seine berühmt gewordene Rede:

«Wir wissen nicht, was im einzelnen geschieht. Aber das eine wollen wir uns heute gegenseitig in die Hände geloben, daß wir, ganz gleich wohin wir auch in den nächsten Tagen und Wochen verschlagen werden, in die Gefängnisse, Zuchthäuser, Konzentrationslager oder in die Emigration, uns selber treu bleiben werden. Wir werden keine Konzessionen machen und überall dort, wo ein Geßlerhut aufgesteckt wird, in schweigender Verachtung vorübergehen.»

Eine Woche später, in der Nacht zum 28. Februar 1933, wurden alle Redner dieses Abends verhaftet. Ossietzky, gewarnt durch den SA-Diener Harry Graf Keßlers, nach einer bis tief in die Nacht währenden Diskussion, floh nicht. Die Mischung aus Stolz und Hilflosigkeit verrät auch, nach wie vor, tiefstes Nicht-Verstehen der Ereignisse. Ein Zeitgenosse, Kurt R. Grossmann, schildert diesen Tag:

«Am Montag, dem 27. Februar 1933, vormittags gegen elf Uhr, suchten Hellmut von Gerlach und Carl von Ossietzky Frau Edith Jacobsohn in ihrer Wohnung im Grunewald auf. Das Thema der Unterhaltung war natürlich: Was tun? Frau Jacobsohn war stark erkältet, entschloß sich aber, mit ihrem Sohn Peter am nächsten Tag nach Wien zu fahren. Ossietzky war noch unentschlossen. Auf die ihm drohenden Gefahren aufmerksam gemacht, wehrte er ab: ‹Man wird mich nicht so leicht finden, ich habe kein Namenschild an der Tür.› »

Der langjährige Mitarbeiter der «Weltbühne», Walter Mehring, besuchte Carl von Ossietzky am selben Montag um die Mittagszeit: «[...] ich saß vor ihm, um ihm eine tags zuvor aus den Kreisen der Rechten empfangene Warnung zu übermitteln, ein überraschendes Geschehnis werde die vorherberechnete Gelegenheit zur Verfolgung aller freiheitlich Gesinnten liefern. Mit seinem etwas zahnlückigen, voltairisch geschulten Lächeln, in der vorgebeugten Haltung, wie man sie oft bei Menschen einer stets wachen Kritik findet, hörte sich von Ossietzky verarbeitend meine erregt vorgetragenen Informationen an. Das unablässige Zittern seiner Hände verriet allein noch das Nachbeben der seelischen Erschütterung, das ihm aus der langen, knapp zwei Monate vorher durch die Hindenburg-Amnestie gekürzten Haft geblieben war. [...]

‹Wird überhaupt das gerade umbrochene Heftchen der ‹Weltbühne› noch zum Versand kommen? Ist denn, nur nach den Erfahrungen aus den uns bekannten Diktaturen, an irgendeine Publizistik in unserem Sinne zu denken?› Ossietzky hörte schweigend zu, doch mit dem Ausdruck, daß er von der düsteren Prognose nicht überrascht sei. Er sagte weder ja noch nein, doch ließ er, so fast mädchenhaft linkisch wie er es manchmal sein konnte, es zu, daß man für ihn eine Auslandsfahrkarte telefonisch bestellte. (‹Warum, warum›, schrieb mir später Tucholsky im Exil, ‹ist Ossi nicht ins Ausland gegangen? Warum hat er uns das angetan ...?›) Ossietzky spielte schon mit dem Gedanken, nicht so sehr sich, als die ‹Weltbühne› ins freie Ausland zu retten. Er zögerte noch, als lähmte ihn eine Vorahnung, die er wie einen lächerlichen Aberglauben abzuschütteln suchte, daß er zum Schlimmsten unrettbar vorbestimmt sei; da gerade trat Hellmut von Gerlach ins Zimmer. Unter ihm hatte ja Ossietzky seine Laufbahn begonnen, hatte seinem ersten Chef, selbst dessen oft schon überwundenen Anschauungen, die Verehrung bewahrt. Und deshalb brachte er nur so schüchtern, in einem Tonfall, der es bagatellisieren wollte, vor:

‹Mehring meint, wir müssen nun alle weg!›

Von Gerlach, der mit seinem Regenschirm hantierte, brauste in der alten Junkerart auf:

‹Jetzt wird hier keine Panik gemacht! Na, also ich jedenfalls bleibe.› Und ich vergesse nicht, wie Ossietzky mit trockener Stimme erwiderte: ‹Dann bleibe ich auch ...!›

Wir verabschiedeten uns wortlos. Gerlach wünschte mir knurrig glückliche Reise ...»

Ossietzky kam ins KZ Sonnenburg, einer seiner Mitgefangenen war Erich Mühsam – auf diese Weise von der Zabernaffäre über das Geleit zum Gefängnistor bis zum Ende Gefährte. Den Berichten, die uns der Arbeiterschriftsteller Karl Grünberg von den Qualen überlieferte, denen Mühsam ausgesetzt war, entspricht der Bericht Carl Jacob Burckhardts, der als Mitglied des Rotkreuz-Präsidiums Ossietzky in jenem KZ Papenburg/Esterwegen besuchen durfte, das durch das Moorsoldatenlied früh bekannt wurde.

«Nach zehn Minuten kamen zwei SS-Leute, die einen kleinen Mann mehr schleppten und trugen als heranführten.

Ein zitterndes, totenblasses Etwas, ein Wesen, das gefühllos zu sein schien, ein Auge verschwollen, die Zähne anscheinend eingeschlagen, er schleppte ein gebrochenes, schlecht geheiltes Bein.

Ich ging ihm entgegen, reichte ihm die Hand, die er nicht ergriff. ‹Melden!› schrie Loritz.

Ein unartikulierter, leiser Laut kam aus der Kehle des Gemarterten. Ich zu Loritz: ‹Zurück!›

‹Herr von Ossietzky›, sprach ich ihn an, ‹ich bringe Ihnen Grüße Ihrer Freunde, ich bin der Vertreter des Internationalen Komitees vom Roten Kreuz, ich bin hier, um Ihnen, soweit uns das möglich ist, zu helfen.›

Nichts. Vor mir, gerade noch lebend, stand ein Mensch, der an der äußersten Grenze des Tragbaren angelangt war. Kein Wort der Erwiderung.

Ich trat näher. Jetzt füllte sich das noch sehende Auge mit Tränen, lispelnd unter Schluchzen sagte er: ‹Danke, sagen Sie den Freunden, ich sei am Ende, es ist bald vorüber, bald aus, das ist gut.› Und dann noch ganz leise: ‹Danke, ich habe einmal Nachrichten erhalten, meine Frau war einmal hier; ich wollte den Frieden.› Dann kam wieder das Zittern. Ossietzky verneigte sich leicht in der Mitte des weiten, leeren Lagerplatzes und machte eine Bewegung, als wolle er militärische Stellung annehmen, um sich abzumelden. Dann ging er, das eine Bein nachschleppend, mühsam Schritt vor Schritt zu seiner Baracke zurück. [...]»

In der ganzen Welt setzte eine Kampagne zur Befreiung Ossietzkys ein. Romain Rolland, Albert Einstein, Thomas und Heinrich Mann wandten sich an die Öffentlichkeit; der Vorschlag zur Verleihung des Friedensnobelpreises wurde von Schriftstellern aller Länder aufgegriffen. Knut Hamsun allerdings gab ein infames Votum ab:

«Es ist vielleicht nicht ganz abwegig, daran zu erinnern, daß Herr von Ossietzky Deutschland, bevor der Nazismus die Macht ergriffen hatte, ebenso wie nachher hätte verlassen können, aber das wollte er nicht. Er rechnete damit, daß die Leute aufschreien würden, wenn er festgesetzt würde. Wie wäre es, wenn Herr Ossietzky in dieser schweren Übergangszeit, in der die ganze Welt die Zähne gegen die Autoritäten des großen Volkes, dem er angehört, fletscht, etwa positiv mithelfen würde? Was will er – will er als Friedensfreund jetzt gegen die deutsche Aufrüstung demonstrieren? Sähe dieser Deutsche lieber, daß sein Land weiterhin niedergeschlagen und entwürdigt inmitten der anderen Länder läge, französischer und englischer Gnade preisgegeben?»

Und auch die Nachkommen Nobels wehrten sich gegen die Preisverleihung:

«Wir mißbilligen nach unserer Einstellung die Zuteilung des Friedens-Nobelpreises für 1935 an den von deutschen Gerichten wegen Landesverrats rechtskräftig verurteilten Carl von Ossietzky auf das schärfste und sind der Auffassung, daß diese Zuteilung sich mit den Absichten des Stifters, einen Preis für Männer auszusetzen, die sich um den Frieden in der Welt verdient gemacht haben, nicht vereinigen läßt.»

Ein besonderes Dokument ist ein erst 1969 aufgefundener Brief Tucholskys an den Norwegischen Studentenverband, in dem er sich noch einmal für den Kampfgefährten einsetzt und in dem er auch gegen den einst verehrten Hamsun protestiert:

«Hamsun hat gelogen – sei es, daß er die Sachlage nicht kennt, sei es, daß er die Unwahrheit bewußt gesagt hat. Hamsun ist mit Zitaten aus seinen Werken zu schlagen, was ja auch bei Ihnen angedeutet ist, und vor allem: er ist im Kernpunkt seines Wesens zu treffen. Eben das möchte ich tun, wenn Sie dafür einen Plan wüßten. Ich denke zunächst nicht an einen Vortrag – eine zwanzigjährige Erfahrung sagt mir, daß eine so geistige Sache in einem Artikel besser abgehandelt werden kann. Hier ist etwas Principielles zu entwickeln: nicht nur gegen diesen unsäglichen Patron, der von Deutschland nichts weiß, aber darüber schwatzt, was ihm seine deutschen Agenten vorreden, sondern gegen alles, was um ihn herum ist: gegen die feineren Damen, die ihn anhimmeln; gegen jenen Schein-Pacifismus, der für einen Roten-Kreuz-Ritter den Nobelpreis verlangt und einen echten Friedenskämpfer verkommen läßt. Kurz: Groß-Reinemachen.»

Der Brief trägt das Datum des Tages, an dem Tucholsky das Gift nahm. Am nächsten Tag starb er.

Die zwei letzten Jahre seines Lebens verbrachte Ossietzky amnestiert, aber überwacht, körperlich gebrochen, dahinsiechend, durch einen Betrüger um das Nobelpreisgeld geprellt, in dem winzigen Zimmer im schuppenähnlichen Nebenbau einer Berliner Privatklinik, gemeinsam mit seiner Frau. Die letzten Gäste von außen, ein junges norwegisches Ehepaar, berichteten entsetzt über den geistig zwar regen, aber sofort ermüdeten, geschwächten Schriftsteller, der die Teetasse nicht halten konnte.

Am 4. Mai 1938 starb Carl von Ossietzky. Deutsche Zeitungen berichteten in drei Zeilen vom Tode des «bekannten Landesverräters». Die ihn einst an das Gefängnistor geleiteten, waren tot, ermordet oder emigriert. Kaum einer der Mitarbeiter seines Blattes lebte noch in Deutschland. Heinrich Mann sprach seinen Nachruf in der französischen Emigration:

«Als Zola dahinschied, nachdem er einen Unschuldigen gerettet hatte, wurde ihm nachgerühmt, einen Augenblick habe er das Gewissen der Mitwelt verkörpert. Die Tat besteht neben den Werken eines Schriftstellers, deren Folge und letztes Ergebnis sie auch ist. Ossietzky, der nicht mehr schreiben und sprechen konnte, ist in seinen Ketten dem hohen Glücksfall begegnet, daß einen Augenblick das Weltgewissen aufstand, und der Name, den es sprach, war seiner.»

Die konservative Kassandra

Leopold Schwarzschild

Golo Mann nannte ihn «Deutschlands bedeutendsten politischen Publizisten seit Friedrich von Gentz», und Kurt Tucholsky schrieb 1933 an den Freund Walter Hasenclever: «Das ‹Neue Tage-Buch› ist famos... Schwarzschild hat einen Instinkt, eine Witterung – ganz famos. Er schreibt auch immer besser und entwickelt sich großartig. Kurz: Es ist eine ungetrübte Freude. Ich empfehle das Blatt überall.»

Das betraf einen Journalisten, der zu dem Zeitpunkt bereits im französischen Exil saß, seine 1920 zusammen mit Stefan Großmann unter dem Titel «Tage-Buch» gegründete Zeitschrift herausgab – ein Blatt, dessen Chefredakteur Carl von Ossietzky mehrere Jahre war, bis er 1926 – als Nachfolger Siegfried Jacobsohns – Herausgeber der «Weltbühne» wurde. «Weltbühne» und «Tage-Buch» waren die einander ergänzenden, aber sich auch als Konkurrenten verstehenden wichtigsten kulturpolitischen Wochenschriften der Weimarer Republik; übrigens mit einer die Grenze von 15 000 Exemplaren nie übersteigenden Auflage. Herz und Hirn des «Tage-Buch» war Leopold Schwarzschild, 1891 als jüngstes von elf Kindern einer alten jüdischen Frankfurter Kaufmanns- und Gelehrtenfamilie geboren und, selbst im Ort seines Todes noch ein Stück Geschichte der ersten deutschen Republik gleichsam zitierend, 1950 bei Rapallo während einer Reise aus seiner dritten Exilheimat USA gestorben: ein Mann, der, den Titel seiner umstrittenen Karl-Marx-Biographie «Der rote Preuße» variierend, genannt werden kann «Der schwarze Preuße».

Der studierte Historiker und Nationalökonom begann seine journalistische Laufbahn vor dem 1. Weltkrieg bei der renommierten «Frankfurter Zeitung», und seine literarischen Neigungen zeigt ein erster und einziger dramatischer Versuch aus dem Jahre 1918, «Der Sumpf», der im Jahre 1921 immerhin von 26 deutschen Bühnen aufgeführt wurde. Die Mitarbeit an verschiedenen Blättern – Frankfurter «Generalanzeiger», «Wiener Zeit», «Europäische Staats- und Wirtschaftszeitung» – hatte seinen Namen derart bekannt gemacht, daß der Feuilletonchef der «Vossischen Zeitung», Stefan Großmann, ihm 1919 anbot, gemeinsam ein eigenes, unabhängiges Blatt zu gründen – die Wochenzeitschrift «Das Tage-Buch». Schon in einer redaktionellen Notiz in der letzten Nummer des 2. Jahrgangs heißt es: «Am 1. Januar 1922 tritt das Tage-Buch in seinen dritten Jahrgang. Schwierigkeiten des Anfangs sind überwunden. Das Tage-Buch ist in den zwei Jahren seines Bestandes zur führenden deutschen Wochenschrift geworden, ohne einer Partei zuzugehören, ohne einem literarischen Klüngel sich anzuschließen, ohne banal zu werden. Langsam kann das Tage-Buch weiter ausgebaut werden. Vom 1. Januar an wird der bisherige Umfang des Tage-Buches um ein Viertel vergrößert werden. An diesem Tage tritt Leopold Schwarzschild in die redaktionelle Leitung des Tage-Buches ein. Es wird der wirtschaftliche und finanzielle Teil der Zeitschrift, abgesondert und verstärkt als Wirtschaftliches Tage-Buch geführt werden. Die Vergrößerung gestattet auch den künstlerischen Teil des Tage-Buches zu erweitern. Wir beginnen im 1. Heft des neuen Jahres mit dem Abdruck der jüngsten Arbeit von Jakob Wassermann ‹Oberlin auf der Schwelle›.»

Diese eher nüchterne Ankündigung birgt drei Elemente, gleichsam die drei wesentlichen Grundsätze einer Wochenzeitschrift: Verlegerische Unabhängigkeit, politische Radikalität – die durch die Person Leopold Schwarzschilds militant republikanisch, vehement anti-marxistisch und später brisant antifaschistisch zugleich war – und den Versuch, eine Bühne zu bilden für die intellektuellen Debatten der Zeit. Alles drei gelang auf gloriose Weise.

Großmann und Schwarzschild waren finanziell unabhängige

Leute. Schwarzschild – wie alle seine bedeutenden journalistischen Zeitgenossen, ob Siegfried Jacobsohn oder Theodor Wolf, zweite Generation eines wohlhabenden jüdischen Großbürgertums, das sich nach erfolgreichem Handel und Erwerb die aktive Teilhabe an Bildungsprozessen leisten konnte – führte, wie einer Auskunft seiner Witwe zu entnehmen ist, zeitlebens eine Bürgerexistenz behaglichen Zuschnitts. Schon zwei Jahre nach seinem Eintritt löste sich die Zeitschrift vom bisherigen Verleger Ernst Rowohlt:

«Abschied von Rowohlt. Auf diesem Heft des ‹Tage-Buches› fehlt Dein Name schon, blonder Riese aus Bremen. Es hilft nichts, Schneuztüchlein hervor, die Arme ausgebreitet, die Stimme beginnt zu glucksen – Abschied von Ernst Rowohlt. So sieht der Abschied von ferne aus. In der Nähe aber war das ‹Tage-Buch› schon seit zwei Jahren ein Gebilde für sich – kein Verlagsorgan, sondern das Organ seiner Herausgeber, nicht abhängig von irgendwem, sondern längst auf eigenem Separatkonto laufend. Wenn wir jetzt auf dem Tage-Buch-Schiff die Flagge Rowohlt einziehen und den eigenen Tage-Buch-Wimpel flattern lassen, so geschieht's nur, weil wir beide zu groß geworden sind. Du, Rowohlt, bist heute der lebendigste deutsche Verleger, fast hätt ich gesagt: der einzig lebendige, wenn ich an die Schläfrigkeit, Bedächtigkeit, Mattherzigkeit der Editeure denke, deren Ehrgeiz es einstmals war, am Strome der Zeit zu sitzen und die reich belohnten Fischer junger Begabungen zu sein.

Ich hab's nie ganz begriffen, wieso Du dazu kamst, die Talente um Dich zu sammeln. Liest Du denn außer schönen Gedichten noch etwas? Aber die Andern witterst Du, Rowohlt, Du hast die mysteriöse Wünschelrute unsichtbar in der Hand. Es zuckt Dich, wenn ein Talent in Deinen Kreis tritt, Lesen ist überflüssig. Deshalb fiel Dir von selbst fast der Prachtmensch Carl Ludwig Schleich zu, in den Du Dich vertiefen wirst, wenn die hundertsten Auflagen der ‹Besonnten Vergangenheit› und der ‹Weisheit der Freude› erscheinen. Mit einem seiner erschütternden Händedrucke hatte Dich Alfons Goldschmidt von seinem vulkanischen Talent überzeugt, ein langsamer Aufschlag seiner runden Augenlider hatte Dir Ehrensteins orientalisches Dichtertum enthüllt und die Anmut des Erzählers Franz Hessel hast Du aus der Kurve seiner glänzenden Glatze gelesen. Gewiß, lesen ist wichtig, kalkulieren ist wichtig, aber das Wichtigste für einen siegreichen Verleger ist die Wünschelrute. Weil Du sie fest in Händen hast, deshalb wird das ‹Tage-Buch› ein ‹Rowohlt-Organ› sein, auch wenn Dein Name nicht mehr auf dem grünen Umschlag, sondern nur mehr im Handelsregister verzeichnet ist, auf jenem Blatt, das die vier Männer enthält, die sich zusammen Tage-Buch-Gesellschaft heißen. In Friedenszeiten hätten wir unsere wachsenden Betriebe in einem großen gemeinsamen Hause untergebracht. Erste Etage: Verlagsdirektion. Zweite Etage: Lektorei Rowohlt. Höchste Etage: Tage-Buch-Leitung. In diesem entsetzlichen Zeitalter bedeutet Wachsen Auseinandergehen. Aber wenn wir jetzt in die Jägerstraße gezogen sind, so wollen wir hier auch für Dich auf die Jagd gehen, für Dich, den lebensfrohesten der ach so bekümmerten deutschen Verleger. Und so bleibt das ‹Tage-Buch› aus freiestem Willen, aus Passion, ein Rowohlt-Organ, weil es an blonde Riesen, an die angeborene Tapferkeit des Menschen, selbst wenn er Verleger ist, und an die Wunder der Wünschelrute glaubt.»

Kurz darauf, im Juni 1924, stieß Carl von Ossietzky als Redakteur dazu und wurde bereits vier Wochen später im Impressum als «alleinverantwortlich» ausgewiesen. «Wir werden den Schlag überleben» – so hatte der ehemalige Mosse-Redakteur im Mai bereits die Niederlage der von ihm mitgegründeten linksliberalen «Republikanischen Partei» vorausgesagt, die – obwohl sie in Berlin über zwei sympathisierende Zeitungen, «Die Republik» und «Die Welt am Abend», verfügte – es auf insgesamt nur 45 722 Wähler gebracht hatte. Doch Ossietzkys Elan, der Zeitschrift neue Impulse zu geben, wurde bald gebremst. Es scheint, als haben sich im Blatt ständige Diadochenkämpfe abgespielt – und als habe Leopold Schwarzschild stets hin- und hergeschwankt zwischen dem Abgeben redaktioneller Vollmachten und ihrer Rücknahme – bis hin zur späteren Trennung von Stefan Großmann.

So zitiert Bernd Sösemann in der bisher sorgfältigsten Untersuchung zu Leben und Werk Leopold Schwarzschilds eine briefliche Äußerung von Golo Mann, der den Publizisten als «lone wolf» charakterisierte. Ossietzkys Biograph Kurt R. Großmann schildert dessen Abgang vom Tage-Buch vermutlich richtig: «Ossietzky fühlte sich seit dem Sommer 1925 im ‹Tage-Buch› nicht mehr recht wohl. Er konnte dort über die Reichswehr und ihre Pläne weniger sagen, als er wohl aussprechen wollte. Es gab zwischen ihm und den Herausgebern des ‹Tage-Buch› gerade in diesen Fragen gegensätzliche Auffassungen. Stefan Großmann und Leopold Schwarzschild sahen mit anderen republikanischen Journalisten in General von Seeckt mehr den ‹Retter der Republik› in der Krise von 1923; Ossietzky hingegen hielt die heimlichen Rüstungen nach wie vor für sehr bedenklich. Diese Gegensätze führten dazu, daß Ossietzky, solange er im ‹Tage-Buch› blieb, seit Mitte 1925 größere Beiträge nicht mehr beigesteuert hat. Die beiden Herausgeber schrieben zudem in ihrer Wochenschrift selbst sehr gern und häufig, so daß ihm zu eigenen Stellungnahmen nur wenig Raum blieb. Ossietzky hat im ‹Tage-Buch› nur noch kleinere kulturpolitische Glossen veröffentlicht. Er war froh, als ihn Siegfried Jacobsohn im Januar 1926 aufforderte, in die Redaktion der ‹Weltbühne› einzutreten. Berthold Jacob hatte die erste Begegnung der beiden vermittelt.

Ossietzky löste sich vom ‹Tage-Buch› und nahm am 26. April 1926 seine Tätigkeit in der ‹Weltbühne› auf.»

Das ist insofern nicht ohne Pointe, als zwischen beiden Blättern nicht nur eine scharfe Konkurrenzsituation bestand, sondern die jeweiligen Herausgeber eine ausgesprochene Feindseligkeit gegeneinander hegten – die im Jahre 1922 bis zu einem Prozeß geführt hatte, der mühsam von einem Schiedsgericht geschlichtet werden konnte, in dem u. a. Herbert Ihering, Fritz Engel und Paul Wiegler mitgewirkt hatten. Die Rivalität ging bis in nahezu läppische Details – so gründeten Großmann und Schwarzschild eine «Tage-Buch-Gesellschaft», damit jene Gruppierung «Freunde der Weltbühne» kopierend, die Jacobsohns und Tucholskys Blatt sich als eine Art Lese- und Anhängerzirkel in der Provinz gebildet hatte. Im Januar 1924 wurde folgende Notiz veröffentlicht: «Am 1. Januar tritt das Tage-Buch, wie ihr voriges Heft mit berechtigtem Stolz mitteilte, in seinen fünften Jahrgang ein. Unter den Freunden der Zeitschrift, die den Weg des T.-B. vier Jahre lang mitschritten, muß es Gleichgestimmte geben, die, wie wir, der Meinung sind, daß sie sich, wenn sie sich ein- oder zweimal im Monat sähen, einander einiges sagen könnten. Manches Problem, das im Tage-Buch bloß angeschlagen wurde, könnte dort fortgesponnen werden. Manche Tat, zu der im T.-B. bloß angeregt wurde – denn seine Aufgabe kann bloß die Anregung sein –, könnte durch diese ‹Gesellschaft von Freunden des T.-B.› ausgeführt werden. Gewiß werden wir uns auf kein gemeinsames ‹Programm› einigen, aber gerade aus dem Kontrast kann Gewinn kommen. Es gibt politische, soziale, künstlerische, persönliche Fragen, die dort in ungezwungener Form besprochen werden könnten.»

Ossietzkys Eintritt in die Weltbühne hat wiederum eine, nunmehr düstere Pointe: Gut ein halbes Jahr später, am 3. Dez. 1926, stirbt Siegfried Jacobsohn an einem epileptischen Anfall, und in der Nr. 50 vom 14. Dez. trauert ihm sein Alter ego, Kurt Tucholsky – der wenig später Ossietzky zum Herausgeber berufen sollte – in einem Gedicht nach, in dem es heißt: «Die Welt sieht anders aus. Noch glaub ichs nicht. Es kann nicht sein. Und eine leise, tiefe Stimme spricht: Wir sind allein. Wir gehen, weil wir müssen, deine Bahn. Du ruhst im Schlaf. Nun hast Du uns den ersten Schmerz getan. Der aber traf.»

Auch Leopold Schwarzschild senkte den Degen. Sein Nachruf, drei Tage vor Tucholskys Gedicht gedruckt, zeigt die alten Wunden vor, aber zeigt auch Trauer und Respekt: «Der Mann, der in diesen Jahren jung und jäh aus dem Leben gerissen wurde, war den grünen Heften, die diese Abschiedsworte ins Land hinaustragen, nicht grün. Es wäre Heuchelei, das zu verschweigen – zu verschweigen, daß er uns zuweilen mit unfaßbaren Angriffen bedacht, und daß zuweilen tiefe Empörung gegen ihn in unseren Reihen herrschte. An einem der letzten Tage seines Lebens stand er mit dem Schreiber dieser Zeilen vor Gericht und sah sich zu der Erklärung genötigt, daß er ‹Angriffe wider dessen persönliche und berufliche Ehre, die in der ‹Weltbühne› enthalten waren oder gefunden werden konnten, mit Bedauern zurücknehme.› Noch heftiger hatte er vom ersten Erscheinen des ‹Tage-

Buch› an seinen Gründer Stefan Großmann attackiert; auch hier mußte erst ein Standgericht entscheiden, daß die Angriffe jeder Begründung entbehrten und nur ein Produkt leerer Zwischenträgereien seien, um endlich wieder den Frieden zu schaffen, der von unserer Seite nie gestört worden war. Aber ein Kämpfer in einem gemeinsamen Kampf ist hingegangen. Und wenn wir die Reihe der Ziele überschauen, auf die er wie wir seine Zornespfeile schoß, so vergessen wir, daß eine rätselhafte Leidenschaft ihn zuweilen verführte, nicht nur im feindlichen, sondern auch im eigenen Lager zu verwunden. Vorbei! Begraben! Nichts davon in unserem Denkstein! Darauf steht, daß ein tapferer Mann lebte, ein scharfer Intellekt, ein fanatischer Arbeiter – eine der hervorragendsten publizistischen Erscheinungen, die das Deutschland unserer Tage hervorgebracht. Eine Lücke ist gerissen, die schwer ersetzbar sein wird, eine Stimme ist verstummt, die Deutschland brauchte. Um diesen Verlust trauern wir aufrichtig mit.»

Tatsächlich zeigt die Lektüre der «Grünen Hefte», daß beide Blätter geistig einander nahe standen; vor allem begreifen und promovieren sie intellektuelle und künstlerische Auseinandersetzungen. Zu Beginn des «Tage-Buch» fällt ein Vergleich noch eher glanzlos für das jüngere Blatt aus. Liest man etwa Stefan Großmanns Aufsatz vom 16. Dez. 1922 zum Prozeß Harden, so sieht man deutlich das Gefälle gegenüber Tucholskys fast gleichzeitig erschienenem Artikel. Großmann argumentiert nahezu bieder:

«Der Prozeß gegen die beiden Leute, die Harden überfallen haben, war nicht schwer zu führen. Es lag das Schema des Techowprozesses vor. Der Vorsitzende Richter konnte die Verantwortungstechnik der Angeklagten im Vorhinein kennen. Der Hauptschuldige war nach diesem Verantwortungsschema immer der nicht anwesende Täter. Im Prozeß Techow wurde alle Schuld auf den toten Kern gehäuft, im Prozeß Grenz-Weichardt auf den entflohenen Ankermann. Kern hatte dem Techow das Ehrenwort abgenommen, mitzumorden, Ankermann dem Leutnant Weichardt. Beide nicht, wie Schillers Gestalt, Verbrecher aus verlorener Ehre, sondern Verbrecher aus verlorenem Ehrenwort. Beide sollen unter dämonisch-suggestivem Einfluß gestanden haben. Kern sagte: ‹Ich mache Sie kalt, wenn Sie nicht mittun.› Dieselbe Erzählung tischte der Angeklagte Weichardt auf. Aber es gab Protokolle der Voruntersuchung! Der Vorsitzende Richter mußte nur die Ergebnisse der Voruntersuchung zusammenhalten, dann hatte er das glaubwürdigste Material beisammen.

Aber dazu waren richterliche Talente psychologischer Art nötig. Der Vorsitzende mußte Geist genug haben, sich gegen die allzu blanke Lüge der Angeklagten zur Wehr zu setzen. Hier erfand der Angeklagte Grenz plötzlich einen Brief seiner Münchener Auftraggeber über die Verhinderung der längst nicht mehr geplanten Amerikareise Hardens. Der Vorsitzende, nicht bewaffnet mit Sarkasmus oder Ironie, wiederholte bloß mit bürokratischer Pedanterie die Märchen des Angeklagten. Herr Grenz hatte aus München Geldsendung auf Geldsendung für die Harden-Erlediger empfangen. Er gab die Gelder (soweit er sie nicht für sich behielt) an Ankermann und Weichardt weiter. In meinen stenographischen Aufzeichnungen finde ich dieses Bekenntnis des Grenz mit folgenden Worten aufgezeichnet: ‹Zufällig bekam ich wieder 5000 Mark›; und ein zweites Mal: ‹Zufällig hatte ich eben wieder Geld bekommen›.

Der Vorsitzende, der ohne psychologisches Ohr zuhörte, vernahm diese beiden Zufälligkeiten nicht einmal. Weder durch eine illustrierende Bemerkung, noch durch eine angreifende Frage unterstrich er die Fabel dieser Zufälle. Der Angeklagte Grenz, von Ankermanns Geldforderungen bedrängt, fuhr nach München. Warum? ‹Ich wollte einmal die Alpen sehen.› Um die Berge zu erblicken, trug er sich im Münchener Gasthof mit falschem Namen (Wilhelm aus Wilhelmshaven) ein! Es fiel dem Vorsitzenden nicht ein, den Alpenschwärmer zu fragen, warum er denn für dieses Alpenglühen nicht seinen wahren Namen verwendet habe? Unbewußter Schutztrieb für den treudeutschen Mordorganisator? Durchaus nicht. Bloß vollkommener Mangel an Schlagfertigkeit. Unfähigkeit, das Tatsachenmaterial psychologisch zu werten und zu gruppieren. Ein Richter? Ach, nur ein Justizbeamter.»

Eine Woche später blitzt es in der Weltbühne – Tucholskys Empörung und ohnmächtige Wut gegen die gezinkten Karten, die schiefe Waage der Justitia findet nicht nur glanzvolle Formulierungen – sondern gibt zugleich ein Tableau der Verkommenheit politischer Moral in der vier Jahre alten Republik, deren Beamtenapparat streng wilhelminisch blieb:

«Das muß man gesehen haben. Da muß man hineingetreten sein. Diese Schmach muß man drei Tage an sich haben vorüberziehen lassen: dieses Land, diese Mörder, diese Justiz. Der deutsche politische Mord der letzten vier Jahre ist schematisch und straff organisiert. Die Broschüre: ‹Wie werde ich in acht Tagen ein perfekter nationaler Mörder?› sollte nicht auf sich warten lassen. Alles steht von vornherein fest: Anstiftung durch unbekannte Geldgeber, die Tat (stets von hinten), schludrige Untersuchung, faule Ausreden, ein paar Phrasen, jämmerliches Kneifertum, milde Strafen, Strafaufschub, Vergünstigungen – ‹Weitermachen!› ... Eine Welt stinkt auf.

Hinter der Schranke stehen zwei Mann (der Ausdruck ‹Menschen› wäre übertrieben): Ein sexuell verbogener Wandervogel mit Schillerkragen, hehren Überzeugungen und ungewaschenen Füßen – und ein Hütejunge für eine Kuhherde mittlern Grades. Der Hütejunge sagte, er hätte die ‹Zukunft› gelesen und wäre mit ihren Ausführungen nicht immer zufrieden gewesen; der Wandervogel will sein kaschubisch-slawisch-friesisch-wendisch-germanisches Blut rein erhalten und möchte nicht in die Grenadierstraße einheiraten. Infolgedessen mußte Harden ermordet werden.

Grenz chartert zwei Mann: den Oberleutnant Ankermann und den kleinen Weichardt. Warum gerade diesen? Weichardt habe in einer Versammlung der ernsten Bibelforscher gegen ‹kommunistische Sturmtrupps großen Mut und völkisches Gebaren› gezeigt; der andre kam wohl mehr aus finanziellen Rücksichten. Das Spiel beginnt. Die beiden Mörder fahren nach Berlin. Sie wohnen zunächst in einem Absteigequartier und verjuchheien den Vorschuß auf die Seligkeit ihres Opfers. ‹Außer mit weiblichen Personen›, so wird eingestanden, verkehren sie in Berlin mit niemand. Die Kosten für den stattgehabten Verkehr bestreitet Grenz. Woher der das Geld hat, ist nicht klar. Ist schließlich auch gleichgültig. Ob es wirklich aus dem Münchner Verbrecherkeller kommt, oder ob er die Scheine aus völkischen Kassen zusammengekratzt hat, um sich bei seinen Mannen einen Namen zu machen, so leuchtend wie der von Luther, Ludendorff, Bismarck oder Techow – das steht nicht fest.

Ein von ihm rekonstruierter Brief, den er aus München erhalten haben will, zeigt allerdings die fatal echte Stelle: ‹Einige deutsch-blütige Herren haben sich zu dieser Aufgabe zusammengefunden und sind bereit, Opfer zu bringen; sie selbst sind leider zu alt, um selber daran teilnehmen zu können …› Auch Grenz war unabkömmlich: er wurde in Oldenburg zu wichtigern Aufgaben benötigt – sonst hätte er sich wohl das Geld selbst verdient, von dem er jetzt nur die Prozente nimmt. Genug: er schickt. Nicht ohne dauernd zu mahnen, nun aber endlich einmal an die Bouletten zu gehen. Die Terminologie seiner und ihrer Briefe ist eine anmutige Mischung von mittelalterlicher Feme und modernem Konfektionsgeschäft. ‹Und wollen Sie den Ihnen aufgetragenen Mord freundlichst bis zum achtzehnten dieses promptest effektuieren.› … Das ist keine schlechte Justiz. Das ist keine mangelhafte Justiz. Das ist überhaupt keine Justiz. … Reißt dieser Justiz die falsche Binde herunter! Wir haben keine Justiz mehr. Il y avait des juges à Berlin.»

Doch die Intensität der geistigen Debatte nimmt zu. Leopold Schwarzschild, der ab Heft Nr. 24/1926 wieder als Alleinverantwortlicher für die Redaktion zeichnet, gelingt es, eine Schar bedeutender Autoren an das Blatt zu binden. Früh ist Thomas Mann dabei, nicht nur als Beantworter von Umfragen – mit allerdings eher bigotten Empfehlungen: «Ich nenne Ihnen gern einige Bücher, die mir in letzter Zeit Eindruck gemacht haben. Hier sind sie: Marcel Schwob: ‹Roman der Lebensbörse› und ‹Gabe an die Unterwelt›. (Bei Jakob Hegner.) Friedrich Schnack: ‹Sebastian im Wald›. (Ebendort.) J. J. Bachofen: ‹Der Mythos von Orient und Occident›, mit Einleitung von A. Bäumler. (Bei O. Beck.) Edgar Dacqué: ‹Urwelt, Sage und Menschheit› und ‹Natur und Seele›. (Bei Oldenburg.) Joseph Conrad: ‹Die Schattenlinie›, ‹Der Geheimagent›, ‹Spiel des Zufalls›. (Bei Fischer.)

Otto Gmelin: ‹Temudschin der Herr der Erde›. (Eugen Diederichs.) Mit Auszeichnung genannt. Bruno Frank: ‹Trenk, Roman eines Günstlings›. (Bei Rowohlt.) Ferner der meisterhaft erzählte ‹Bruder Ernst› von Wassermann und meines Bruders ‹Liane und Paul›.»

Diese frappante Liste unwichtiger Bücher wird allerdings ergänzt durch die Antworten von Köpfen wie Fritz Kortner oder Leopold Jessner oder Kurt Wolff und schließlich, auch hier bereits Antipode: Bertolt Brecht; dessen Bücherempfehlungen zu Weihnachten 1926, bei der Redaktion zweifellos parallel eingegangen, lesen sich wie eine bewußt provokatorische Alternative zu denen Thomas Manns:

«Ich weiß nicht, was Sie lesen wollen, aber ich selber mag keine Bücher lesen, in denen nicht entweder Methode oder Information steckt. Man betrachtet ja Bücher, wie ich aus gelegentlichen Besprechungen sehe, im allgemeinen nicht nach dem Materialwert, aber ich tue es. Im nachfolgenden führe ich ein paar Bücher an, von denen ich etwas gehabt habe; die Aufzählung soll aber keine geheime Liste jener Bücher sein, von denen ich nichts halte: ich lese nicht allzuviel. Ich habe mit Gewinn Guilbeaux' ‹Lenin› gelesen, das leicht verständlich, spannend und sachlich ist und eine gute Vorstellung von diesem Phänomen vermittelt. Sie können auch ‹Geist und Gesicht des Bolschewismus› kaufen, wenn Sie sich vornehmen, den Text mit einer Schere herauszuschneiden; das Bildmaterial ist ausgezeichnet und bewahrt Sie davor, über den Bolschewismus den üblichen Unsinn zu reden. Eine Art Ergänzung dazu bildet Mendelsohns ‹Amerika›. Das Bilderbuch eines Architekten, ausgezeichnete Photos, die man eigentlich fast alle einzeln an die Wand heften kann und die den (bestimmt trügerischen) Anschein erwecken, als seien die großen Städte bewohnbar. Ich glaube, daß das Buch, welches der Schwimmer Arne Borg über seine Rekorde schrieb, den Titel ‹Wie ich um die Welt schwamm› hat. Es ist viel besser als die meisten Romane der letzten Zeit, da es von einem klügeren Mann geschrieben wurde als diese Romane und einen besseren Stil hat. Für die Liebhaber kriminalistischer Lektüre ist Myers ‹Geschichte der großen amerikanischen Vermögen› ein Fressen. Bekanntlich sind Angelegenheiten, die mit Geld zusammenhängen, in der guten Gesellschaft und ihrer Literatur verpönt. Ich nehme an deswegen, weil soviel Geist drin steckt (in den Geldangelegenheiten). Für den gleichen Preis, den man für eine Grammophonplatte mit ‹O du fröhliche, o du selige› anlegt, kann man seinen Kindern auch jenes ungeheure Bilderbuch kaufen, das ‹Krieg dem Kriege› heißt, aus photographischen Dokumenten besteht und ein gelungenes Porträt der Menschheit zeigt.»

Aber Thomas Mann war auch mit eigenen Beiträgen vertreten, auch Alfred Döblin mit einer furiosen «Antwort an einen jungen Menschen», die das «Tage-Buch» in mehreren Folgen abdruckt – und die im übrigen eingeht auf die einigermaßen chaotische Bitte um Lebensratschläge, die Gustav René Hocke gestellt hatte. Schwarzschild druckt nicht nur erstaunliche Autoren als Rezensenten bedeutender Neuerscheinungen, so etwa Walter Benjamin über Robert Walser oder Marcuse über Döblins «Alexanderplatz»; er entwickelt auch und pflegt geradezu als redaktionelles Prinzip den großen Diskurs.

Hier erscheint beispielsweise Herbert Iherings Essay «Polemik», in dem er die scharfen Vorbehalte gegen Kurt Tucholskys gemeinsam mit John Heartfield publiziertes Buch «Deutschland, Deutschland über alles» formuliert, und in dem die inzwischen berühmt gewordenen Sätze fallen: «Es scheint mir eine Polemik ohne Risiko zu sein, wenn Kurt Tucholsky immer wieder auf dieselben Themen losschlägt, wenn er immer wieder gegen dasselbe Militär, gegen dieselbe Justiz mit einer zwar oft sehr treffenden, sehr amüsanten, sehr wirkungsvollen Typenschilderung losgeht. Es wäre aber wichtig, in dem Buch ‹Deutschland, Deutschland über alles› zu sagen, daß in anderen Ländern dieselben Züge zu erkennen sind, und wirklich einmal die soziale und geistige Struktur Deutschlands und der anderen europäischen Länder aufzuzeigen. Statt dessen immer wieder dieselbe, gewiß blendende, gewiß eindringliche und doch im letzten Grunde billige und beinahe unverbindliche Typencharakteristik. Wo bleibt bei einem Polemiker von dieser leichten schriftstellerischen Begabung die Auseinandersetzung mit dem Phänomen der Presse? Wo bleibt die Auseinandersetzung mit den geistigen Kämpfen?

Eine wehmütige Betrachtung über den Filmschauspieler Conrad Veidt und über den Clown Grock – eine etwas dürftige Sentimentalität. Polemik ohne Risiko – gerade ein so begabter Mensch wie Tucholsky, gerade ein Satiriker von diesem Range müßte in Deutschland selbst sein, an den Kämpfen teilnehmen, in der Sache drinstehen und es sich nicht als Zuschauer in Paris oder Schweden gut sein lassen und die Dinge aus einer fernen Loge betrachten.»

Berühmt nicht zuletzt deswegen, weil Tucholsky darauf (was er selten tat) antwortete mit Worten großer Bitterkeit, nicht über den Kritiker, aber über die Verhältnisse, die er beschrieb: «Lieber Herr Ihering, ... Sie gebrauchen die Worte: ‹Nun schreibt er immer wieder dieselben Aufsätze ...› Lieber Herr Ihering, waren Sie in den letzten Monaten einmal auf einem deutschen Gericht oder in einer deutschen Strafanstalt? Das sollten Sie nicht versäumen. Ich habe mir im letzten Jahr vieles in Deutschland angesehen, worüber ich nirgends referiert habe; und was mich erschreckt hat, das ist die Fortdauer einer wilhelminischen Gesinnung, die zwar die Zierrate des Gardehelms abgelegt hat, aber in karger neuer Sachlichkeit brutal und kalt Schweinereien verüben läßt, schlimmer als unter dem Seligen, wo durch eine gewisse Bordeaux- oder Biergemütlichkeit manches gemildert wurde. [...]

Lehnt einer diese deutsche Welt, so wie sie da ist, in Bausch und Bogen ab und tut er das noch in einer ästhetisch unbefriedigenden Form, dann steht er jenseits der ‹seriösen› Leute. Mir macht das nichts, und so sehr ich Ihnen recht gebe, wenn Sie schreiben, daß dem Buch der Hinweis darauf fehlt, daß es ja anderswo genauso ist, so sehr vermisse ich in Ihren Aufsätzen Gefühl für Blut und Tränen. Hören Sie das nicht? Hören Sie nicht den unterirdischen Schrei, der oft keinen künstlerischen Ausdruck findet und den man mit allen raffinierten Mitteln unterdrückt, wo man nur kann? Im Rundfunk dürfen wir nicht, in der Presse sollen wir nicht, im Kino können wir nicht – bleibt das Buch. Immer, wenn ich schreibe, denke ich an das Leid der Anonymen, an den Proletarier, den Angestellten, den Arbeiter, an das Leid, von dem ich durch Stichproben weiß. Das wissen Sie auch – Sie müssen das wissen, und ich will lieber den Vorwurf auf mir sitzen lassen, künstlerisch nicht befriedigt oder aus Empörung über das Ziel hinausgeschossen zu haben, als ein Indolenter zu sein. Und glauben Sie mir: wenn ich immer dasselbe schreibe, tue ich das bewußt. Es ist vielleicht langweilig, Jahr um Jahr Salvarsankuren zu machen; Kamillentee wäre vielleicht abwechslungsreicher, aber man muß das wohl. Auch die Spirochäten bleiben ewig dieselben.»

Herbert Ihering zeigt sich die Jahre hindurch im «Tage-Buch» immer wieder als polemischer Florettfechter – allerdings nie des Aperçus wegen, sondern aus tiefem Künstler- und politisch-ethischem Engagement; da allerdings unverblümt und ohne Rücksicht auf Ruhm und Geltung eines Autors. Seine Einwände gegen Franz Werfels Buch «Barbara oder die Frömmigkeit» sind von respektloser Schärfe: «Franz Werfel ist längst einer dieser falschen Priester des Worts geworden. Er war ein Dichter. Er war ein Sprachberauschter. Er war ein Sprachgeschöpf. Aber dieser Sprachrausch wirkte auf ihn wie süßes Gift, wie Opium. Er versetzte ihn in einen Zustand, in dem ihm die Worte entliefen. Klang ohne Sinn. Ton ohne Bedeutung. Ein Wahrsager ohne Inhalt. Ein Prophet ohne Ziel.»

Nun war Ihering Entdecker und Förderer Brechts, den er in stetem publizistischen Kampf gegen den Widersacher Alfred Kerr und dessen Reinhardttreue Theaterkonzeption durchzusetzen verstand. Es zeigt die undogmatische Streitbarkeit der Zeitschrift, daß sie sich dennoch nicht als Trutz, Schutz und Schild für den jungen Dramatiker verstand, dessen hagerer Kopf neben den Porträts von Remarque, Hasenclever, Zuckmayer und Feuchtwanger auf einer Anzeige prangte, mit der der Propyläenverlag seine «jungen Autoren» im «Tage-Buch» präsentierte; «er schuf den modernen Song und trat auch als Regisseur der jungen Generation hervor» hieß es da, auch damals schon so falsch wie marktschreierisch.

Die Redaktion dagegen druckte eine amüsante Persiflage Ludwig Marcuses auf Brechts «Mann ist Mann»-Moral unter dem Titel «Brecht ist Brecht», in der seine künstlerische wie finanzielle Auseinandersetzung mit der Filmindustrie anläßlich des

Krachs um die Drei-Groschen-Oper-Verfilmung ironisiert wurde. Wie so oft hatte aber der sonst selber gern kühl-listig-ironische Autor für derlei Respektlosigkeit keinerlei Sinn und schickte der Zeitschrift seinen Anwalt ins Haus. Der wiederum lehrte die keineswegs das Fürchten, vielmehr ließ sie Marcuse antworten unter der Überschrift «Brecht ist doch nicht Brecht»:

«Der Anwalt Brechts sendet dem «Tage-Buch» folgende Erklärung: ‹Es ist unwahr, daß Herr Brecht anläßlich des in dem Prozeß um die Verfilmung der Drei-Groschen-Oper abgeschlossenen Vergleichs sich eine Abfindungssumme hat gewähren lassen. Richtig ist vielmehr, daß er lediglich das auf Grund des ursprünglichen Vertrages vereinbarte restliche Honorar für die von ihm geleistete Arbeit erhalten hat und von den Prozeßkosten freigestellt worden ist. Darüber hinausgehende Leistungen hat er weder empfangen, noch sich versprechen lassen. Herr Brecht hat auch im Vergleichswege das Recht zurückerhalten, die Drei-Groschen-Oper nach einem gewissen Zeitraum, und zwar in Deutschland schon nach zwei Jahren, nach seinen eigenen Ideen verfilmen zu lassen.›

Im vorigen Heft des ‹Tage-Buch› schrieb ich eine parodistische Szene, in der ich Brechts Moral von ‹Mann ist Mann› auf seinen Kampf mit der Filmindustrie anwandte: beharre nicht auf deinem Standpunkt. Ich glaubte, bei Brecht einen Blumentopf zu gewinnen, weil ich so brav, so echt brechtisch diesen seinen Kampf interpretierte. Jetzt muß ich reuig an meine Brust schlagen und widerrufen: Brecht ist doch nicht Brecht. Die Moral, die er unverbindlich auf der Bühne verkündet, wagt er doch nicht verbindlich als sein Lebensprinzip zu bekennen. Er verschanzt sich lieber hinter Vergleichs-Wortlauten, die vielleicht schon im Hinblick auf ihre Brauchbarkeit der öffentlichen Meinung formuliert worden sind. Da er bekanntgibt, daß er mich verklagen wird, zwingt er mich, ihn aus seiner Verschanzung herauszuholen.

Also: Für die Urheberrechte der ‹Dreigroschenoper› wurden 10 000 Dollar gezahlt. Außerdem erhielt Brecht auf seinen Wunsch einen Mitarbeiter-Vertrag für 14 000 Mark. Wie diese ‹Mitarbeit› verlief, ist eine Geschichte für sich: sie ist zu schön, als daß ich sie hier mit wenigen Sätzen verbrauchen möchte; sie muß einmal ausführlich erzählt werden. Im Moment interessiert nur das dicke Ende. Die Filmgesellschaft trat von dem Mitarbeits-Vertrag zurück; das Gericht gab ihr Recht. Nach dem Urteil hätte die Filmgesellschaft nun folgende finanziellen Ansprüche an Brecht geltend machen können: sie konnte Schadenersatz fordern; sie konnte von Brecht die gesamten Prozeßkosten fordern, auch ihre eigenen. Selbstverständlich hätte Brecht seinerseits keinerlei Gegenansprüche mehr gehabt; auch nicht die Forderung auf das sogenannte ‹Rest-Honorar› von 9000 Mark.

So lag die Situation, als die Nero, die es nicht nötig hatte, aber endlich Ruhe vor dem großen ‹Idealisten› haben wollte, sich noch nach dem Urteil zu einem Vergleich mit Brecht entschloß. In diesem Vergleich machte sie, um den ‹Idealismus› zu beschwichtigen, Geschenke. Erstes Geschenk an Brecht: die Rückzahlung der 5000 Mark und die Schadenersatzforderung wurden nicht eingeklagt. Zweites Geschenk: die 9000 Mark, die Brecht zweifellos aberkannt worden wären, die also kein ‹Resthonorar› mehr waren, wurden ihm freiwillig gezahlt. Drittes Geschenk: Die Prozeßkosten der Nero wurden Brecht erlassen, für seine eigenen Prozeßkosten wurden ihm, wahrscheinlich sehr reichlich, 7000 Reichsmark gezahlt. Rechnet man diese Geschenke zusammen, so erhielt Brecht 21 000 M., obendrein verzichtete die Nero noch auf Schadenersatz und auf die ihr zugebilligten Prozeßkosten. Wenn das keine Abfindung sein soll, weiß ich nicht, was eine Abfindung ist.»

All das ist heute Geschichte, Zeitgeschichte – und war damals doch der Kampf, zumindest das Spektrum der Zeit. Ob Ernst Rowohlt – der selten Artikel schrieb – einen Aufsatz über «Die Gesinnung des Verlegers» beisteuerte, Paul Kornfeld die zeitgenössische Rezensiererei in einem Artikel «Die Buchkritik» attackierte, Willy Haas die ewige Streitfrage «Der Intellektuelle und das kämpfende Proletariat» erörterte oder die Redaktion das stenographische Protokoll des Gotteslästerungsprozesses gegen George Grosz druckte – es war bester, kämpferischer, un-ängstlicher Journalismus, der die Bedrohung der künstlerischen Freiheit durchaus begriff als Angriff auf die republikanische Freiheit schlechthin.

Der juristische Dialog, zu dem man einen Künstler wie George Grosz zwang, klingt in unseren Ohren heute keineswegs lediglich kabarettistisch; wenn man sich erinnert, daß Paul Wunderlichs Suite «Qui s'explique» im Nachkriegs-Hamburg von der Staatsanwaltschaft beschlagnahmt und der Künstler «vorbestraft» wurde, wenn man die so kunstfernen wie läppischen Angriffe gegen Klaus Staeck sich nicht einmal in Erinnerung rufen muß, weil sie zum aktuellen Tagesgeschehen unserer Zeit gehören, dann erkennt man auch, wie sehr das Wiederlesen alter Zeitschriftenjahrgänge nicht nur Vergnügen an alten Hutmoden, Automodellen und Streitigkeiten bietet, sondern mit unserer Gegenwart noch immer zu tun hat. Das Verhör des George Grosz könnte heute, 1981, etwa in München stattfinden:

«Vors.: Also Sie sind nicht in einer bestimmten Richtung politisch eingestellt. Aber in Ihren Zeichnungen tut sich kund, daß Sie den allgemeinen politischen Hintergrund auch zum Ausdruck bringen wollen?

Grosz: Doch, sicher, das muß ich mit Ja beantworten. Das geht natürlich Hand in Hand. Auch wenn man sich menschlich oder politisch entscheidet, neigt man natürlich zu bestimmten Dingen. Das ist ganz klar.

Vors.: Wir wollen hier natürlich nicht politische Fragen aufrollen. Ich wollte bloß ergründen, wodurch Sie dazu veranlaßt sind.

Grosz: Diese Dinge so darzustellen?

Vors.: Ja, was Sie im Tieferen dazu geführt hat. Sie müssen sich ja doch viel eingehender darüber klar geworden sein, was die Zeichnungen darstellen sollen, als derjenige, der sie nachher betrachtet.

Grosz: Vielleicht ist das Wesen des künstlerischen Schaffens nicht bis zutiefst zu erklären. Kunst läßt sich überhaupt nicht genau erklären. Aber ich habe oft das Gefühl – es mag ein sentimentales Gefühl sein –: es geschieht viel Unrecht, und durch ein ganz bestimmtes inneres Muß bin ich eben an die Seite derjenigen getrieben, die dieses Unrecht bekämpfen. Ich finde, es geschehen zuviel Brutalitäten, es ist zuwenig Liebe da. Wo man hinsieht, sieht man Phrasen, Unrecht, Brutalität. Gewiß ist eine Minderheit da, die das auch empfindet. Diese Empfindungen leben doch eigentlich, sie beleben einen Menschen, der satirisch veranlagt ist, und aus ihnen heraus muß er handeln.

Vors.: Nun komme ich zu dem letzten der beschlagnahmten Bilder, zu dem Bild Nr. 10. Das stellt also dar –

Grosz: Das ist Christus am Kreuz mit der Gasmaske, und dann hat er Militärschuhe an.

Vors.: Die linke Hand ist nicht, wie sonst, mit einem Nagel ans Kreuz geschlagen, sondern mit einem Strick festgebunden; die rechte auch, aber da ist auch ein Nagel. Dann ist da die Überschrift INRI mit dem Heiligenschein, eine Gasmaske in Verbindung mit einer Brille, wie sie auch im Gaskampf zeitweise getragen wurde, nicht wahr? (Grosz: Ja) Das Kreuz steht etwas schräg, wie wenn es hinstürzt, und darunter stehen die Worte: ‹Maul halten und weiter dienen!› Was sollte das zum Ausdruck bringen? Hier kann es doch keinem Menschen entgehen, daß gläubige Christen durch eine solche Darstellung schwer verletzt werden.

Grosz: Dieses Blatt ist als eine kleine Randnotiz zu dem Buch von Schwejk entstanden. Da ist in einem Kapitel etwa folgendes geschildert – ich erzähle das ganz grob, weil ich mich im einzelnen auch nicht mehr so genau darauf entsinnen kann –. Da liegen zwei Soldaten auf einer Pritsche in der Zelle, glaube ich, und erzählen sich beide Kriegserlebnisse. Sie schimpfen auf den Krieg. Da sagt dann der eine ungefähr: Ja, Maul halten und weiter dienen. Als ich diese Schilderung las, entstand das Blatt so ungefähr in meiner Vorstellung. Ich stellte mir vor, daß Christus jetzt kommen würde. Ich darf hier bemerken, daß ich gar nicht so eine besondere Sympathie für Christus habe. Ich sehe ihn hauptsächlich als einen Menschen, der die Liebe predigte. Ich dachte also: wenn Christus plötzlich so ankommen würde! Natürlich wird das nicht vorkommen, er wird nicht zurückkehren, und wenn, dann würde er nicht in den Schützengraben kommen. Aber ich bin eben ein altertümlicher Mensch und habe mir so vorgestellt, daß Christus zwischen den Schützengräben herumgeht und verkündet: Liebet Euch untereinander. Ich dachte mir, in demselben Moment würde man ihn packen, ihm eine Gasmaske geben und Militärstiefel anziehen, also kurz, man würde ihn überhaupt nicht verstehen. Also hier kommt Christus sogar sehr gut weg. Er wird von einer anderen Macht vergewaltigt.

Vors.: Soll ‹Maul halten und weiter dienen› ein Wort sein, das an ihn gerichtet wird, oder eins, das er spricht?

Grosz: Das wird an ihn gerichtet. Die tiefere Vision dieses Blattes ist nämlich die: die einfache gekreuzigte Kreatur, die doch im Grunde genommen lebenserhaltend ist – Ich bin persönlich kein Pazifist, aber man hat als Mensch immer ein tiefes Mitleid mit dem kaputtgehenden Menschen, der unschuldig wieder hekatombenweise geopfert wird. Sicher ist das im historischen Geschehen der Dinge notwendig, aber trotzdem wird es immer einige Menschen geben, die dieses tiefe Mitleid mit der gemarterten Kreatur haben. Ich finde das sogar sehr schön. Das ist hier dargestellt. Vielleicht ist es nicht klar genug dargestellt, nicht süß genug, denn dieser Christus ist natürlich ein verhungerter Mensch. Sein Gesicht sieht man nicht. Unten an diese zarten Füße hat man ihm Militärstiefel angenagelt. Man könnte sich vielleicht darüber wundern, daß er noch ein Kreuz hält. Das ist ein Kreuz der Liebe vielleicht oder der Nächstenliebe, der Verbrüderung.

Vors.: Dann ist Ihre Vernehmung wohl beendet.»

Nicht immer, natürlich, hat das diese Dimension; oft, und das gehört auch zum Geist jener Zeit – findet sich Literatur-Krakeel und jener Klatsch, den man zu Recht mit dem Genre-Begriff «Romanisches Café» belegt hat. Das hat den Klein-Gewerbe-Wert der Anekdote – auch in ihr, bekanntlich, birgt sich ein Gran Wahrheit. Franz Blei's elegantes Refus gegen eine der so häufigen, verschmockten Selbstüberschätzungen von Karl Kraus liest sich nicht nur lustig, sondern wirft schon ein Licht auf eine wiederkehrende Unart des sonst so scharf wägenden Kritikers; so verwahrte sich Blei gegen einen der Überfälle so kühl wie hochmütig:

«Vor gut über zwanzig Jahren hat Sie mir Peter Altenberg in einem Nachtlokal zu Wien vorgestellt, was Sie benützten, sich als nicht gebetener Gast ein paar Mal an den Tisch zu setzen, an dem ich saß – besonders wenn Frauen dabei waren. Sie standen damals in Ihrer erotischen Periode, was sich, wenigstens soweit ich davon betroffen wurde, in Versuchen zu etwas forcierten Unterhaltungen mit Frauen äußerte. Ohne weiteren Effekt als diesen, daß man nicht darauf einging und mich, hatten Sie den Tisch endlich verlassen, fragte, wer der komische Mensch sei. Einige Jahre später erzählte mir sehr belustigt zuweilen, aber manchmal auch geärgert, Wedekind das gleiche Erlebnis mit Ihnen. Nun, das waren Unarten Ihrer Jugend und nicht halb so schlimm wie meine ‹Pornographie›.

Vor fünfzehn Jahren erbaten Sie telegrafisch von mir Briefe von Rops für Ihre Zeitung. Und dann traf ich Sie wieder 1908 in Berlin, nachts in einer Schnapsbude und für zehn Minuten. Was ich zu Ihrem Plane meinte, die ‹Fackel› in Berlin herauszugeben, fragten Sie mich, und als ich Ihnen antwortete, daß mir solches die Generalprobe auf Ihr Talent bedeutete, da schien Ihnen diese Meinung über Ihr Talent nicht schmeichelhaft genug, und Sie begannen vom ‹Hyperion›, den ich damals herausgab, mit wenig Freude daran zu sprechen, besonders eine Erzählung von M. Beradt erregte Ihr Mißfallen.

Daß ich je ‹mit dem Herzenswunsch an Sie herantrat, mit Ihnen eine Zeitschrift herauszugeben›, dies wertester Herr Kraus, bilden Sie sich ein oder wollen es aus naheliegenden Gründen Ihren Lesern einbilden, wie Sie ihnen ja auch weismachen, ich ‹hätte manches von Ihnen aufgeschnappt›, wozu Sie als Beispiel Ihre Meinung über den Prof. Freud anführen. Unsere geselligen Beziehungen, wenn das sich zufällig Treffen in Lokalen den Namen verdient, liegen Jahrzehnte zurück und waren so gering, daß ich, wie man's in solchen Fällen flüchtiger Bekanntschaft zu tun pflegt, Sie zu grüßen aufgab, wenn wir, es war in den letzten fünfzehn Jahren zwei-, dreimal, einander auf der Straße begegneten. Und dem entsprachen meine innern Beziehungen zu Ihrer Person und Ihren literarischen Unternehmungen. Man muß sehr wienerisch in Wien seßhaft sein, um den Witz Ihrer Fackel zu verstehen und zu goutieren, und ich habe nur sehr wenig Zeit meines Lebens in Wien verbracht, bin gar nicht eingeweiht in die von Ihnen so lustig gelupften Dessous dieser Stadt, an deren saubere Wäsche ich mich während meiner kurzen Aufenthalte lieber hielt, als daß ich mir von Ihnen ihre schmutzigen zeigen lassen wollte. So kam es, daß ich in meinem ganzen Leben kaum mehr als sechs oder sieben Hefte Ihrer Zeitung gelesen habe, genügend, um ein Urteil darüber zu haben.»

Man kann das abbuchen unter Tucholskys trefflichem Diktum «Es ist nichts so schlimm, als wenn Literaten Literaten Literaten nennen». Man kann aber auch über die Widersprüche jener Jahre viel erfahren, die man sich angewöhnt hat, die goldenen Zwanziger zu nennen. Eine Korrespondenz etwa zwischen Ludwig Renn, Chefredakteur der von Johannes R. Becher begründeten kommunistischen Literaturzeitschrift «Linkskurve», und dem stets störrischen Walter Mehring ist dafür ein Beispiel. Die «Linkskurve» hatte sich ja in ihrer ersten Phase einigermaßen denunziatorisch gegen bürgerliche Linksintellektuelle wie Tucholsky gewandt und in ziemlich unsachlichen Polemiken deren Arbeitsweise verhöhnt. Erst später, in einer Art intellektueller Volksfrontstrategie, änderte sich dieser Kurs und suchten die kommunistischen Intellektuellen Bündnisgenossen im linksbürgerlichen Lager; die anfängliche Entfernung wird zum Beispiel an dem Umstand deutlich, daß Carl von Ossietzky hinter dem Autorennamen Ludwig Renn ein Pseudonym vermutete, als 1928 dessen Roman «Krieg» erschien.

Nun war Ludwig Renn zwar der Autorenname für den «aus dem Adel ausgetretenen» ehemaligen Fahnenjunker Arnold Vieth von Golßenau – aber als Ludwig Renn war er bereits Sekretär des Bundes proletarisch-revolutionärer Schriftsteller in Berlin und Chefredakteur von dessen Zeitschrift «Linkskurve», in Wahrheit also kein Unbekannter. In dieser Eigenschaft hatte er eine Rundfrage an verschiedene Schriftsteller geschickt, die zu Problemen der Zusammenarbeit mit kommunistischen Organisationen und der Parteilichkeit Stellung nehmen sollten: «Sehr geehrter Herr, wir übersenden Ihnen eine Reihe von Fragen, an deren Klärung allen Menschen gelegen sein muß, die einen Ausweg suchen aus dem schweren wirtschaftlichen Niedergang und der geistigen Unfreiheit der breiten Masse des deutschen Volkes.

Für eine recht baldige Äußerung zu diesen Fragen, eventuell auch nur zu einigen von ihnen, wären wir dankbar. Mit vorzüglicher Hochachtung – DIE LINKSKURVE – gez. Ludwig Renn.»

Darauf nun gab Walter Mehring als einer der regelmäßigen Mitarbeiter des «Tage-Buch» seine «Antwort auf ein kommunistisches Verhör»: «Meine Herren, was mich hindert, auf Ihr Rundschreiben direkt zu antworten, ist ein Prinzip, keinen Beitrag, in welcher Form es auch sei, einer Zeitschrift zu geben, die sich der Verleumdung linksgerichteter Schriftsteller (Döblin, Toller, Tucholsky) schuldig gemacht hat. Was mich bewegt, überhaupt zu antworten, ist die Möglichkeit, Symptomatisches festzulegen. Genau so wie das erstaunliche Sammelsurium Ihres Verhörs, das sich teils inquisitorischer Parteischärfe, teils politischer Gartenlaube bedient, nichts anderes bezweckt, als mißliebige Literaten für die Kartothek festzulegen. Anders ließe sich eine Fragestellung nicht erklären, die – mit veränderten Vorzeichen – Herr Strasser hätte ersinnen können.

Ach, bitte, reden wir doch offen! Es ist augenblicklich ebenso nützlich wie fein, zu einer Partei zu gehören. Nützlich, weil – dies hat mir neulich ein Genosse erklärt – man sonst riskiert, daß einem der Schädel eingeschlagen würde. Fein, weil man literarische Schwachheiten mit einem ‹Ewig-in-Aufruhr›-Geschrei übertönen kann, das der Bürgersmann, der immer das Gruseln so gerne lernen möchte, sehr schätzt und das die bürgerliche Presse unter dem Strich begrüßt. Sie sehen, ich gebe Ihnen bei unserem Nachmittagstarockchen alle Atouts in die Hand, mich einen Konterrevolutionär zu nennen. Spielen wir weiter! Ich bin – auch ohne Daumenschrauben gestehe ich es – ein Literat und Intellektueller: die verächtlichste, die nutzloseste Menschengattung, die in Deutschland herumvegetiert; mit weniger Lebensberechtigung begabt als irgendein Schlagerdichter, ein Leichtathlet, eine Schönheitskönigin. Habe ich mir einen falschen Beruf ausgesucht, so stehe ich nicht vereinzelt da. Aber ich bekenne mich zu dem meinen, zu den Aufgaben, die er mir stellt.

Ich betrachte es als meine erste Aufgabe, jeden künstlerischen wie politischen Kompromiß auszuschalten. Als Intellektueller und Literat halte ich es für meine Pflicht, der Entwicklung meiner Zeit zu folgen, moralische Krankheitsherde der herrschenden Klasse zu denunzieren, für die Befreiung der unterdrückten Klassen, also des Proletariats einzutreten. Als Literat und Intellektueller halte ich es für meine Pflicht, nur das hinzuschreiben, was ich als wahr erkannt habe, selbst auf die Gefahr hin, soviel Dogmen, Sentiments, Glaubenssysteme zu verletzen, daß ich mich eines Tages völlig isoliert, verachtet von allen, finden könnte.

Es existiert nicht nur eine politische, sondern auch eine literarische Gesinnungstreue; und diese zweite, weil geschäftlich abträglichere, wird heute stark unterschätzt, der Bruch mit ihr durch ebenso wildes wie ungefährliches Revoluzzergebaren kaschiert. Ich erlaube mir, denen politisch zu mißtrauen, die sich literarisch nicht sauber halten. Die Vergangenheit hat uns zum Mißtrauen berechtigt. Es gibt aber eine Sorte, die sich revolutionär anbiedert, nur um Rückendeckung bei den Massen zu suchen. Aus diesem sicheren Versteck, das sie schäbig mißbrauchen, höhnen sie den Unbequemen: ‹Bourgeois›. Daß ich nun aber Ihren Fragebogen in dem bürgerlichen ‹Tage-Buch› beantworte, werden weder Sie, Herr Ludwig Renn, der Sie Ihr Kriegsbuch in der hochbürgerlichen ‹Frankfurter Zeitung› erscheinen ließen, noch Ihr Mitarbeiter, der Scherl-Autor Gabor, verübeln dürfen.

Frage: Auf welchem Wege wird nach Ihrer Ansicht die Krise beseitigt, die das Wirtschaftsleben fast aller Länder, insbesondere aber das deutsche Wirtschaftsleben, erschüttert?

Antwort: Herr, bin ich ein Prophet? Aber eins will ich Ihnen verraten: Das geht nicht gut aus! Die Frommen wetten: mit einem Gottesgericht. Die Nazis schwören: mit dem Dritten Reich (Fälschung aus Bibel plus Marx). Ihr wollt hören: mit der Welt-Revolution! D. h. mit einem auf der ganzen Erde gleichzeitig aufflammenden Kampf des Proletariats. Ich, privat, stelle mir das so vor, daß das kapitalistische System im Zusammenbruch ist, daß aber dieser Zusammenbruch sich über mindestens ein Jahrhundert erstrecken wird, begleitet von Kriegen, Teilrevolutionen, technischen und ökonomischen Katastrophen; mit der ersten Etappe: Ende der Kolonialsklaverei.

Frage: Halten Sie Severings Republikschutzgesetz, Brauns Beamtenukas, die Novelle zum Vereinsgesetz, die jede öffentliche Versammlung unter die Zensur eines beliebigen Polizeibeamten stellt, die verschärfte Filmzensur, den Zuchthausparagraphen 218 u. a. m. für kulturpolitische Maßnahmen, die geeignet sind, die Entfaltung der kulturellen Kräfte in Deutschland zu fördern?

Antwort: Ihre zweite Frage enthält ein Gemisch von Dingen, die nichts miteinander zu tun haben und weder einzeln noch zusammen als kulturfördernd gewertet werden können. Severings Republikschutzgesetz erachte ich als verkehrt; es hat auch nicht das geringste zum Schutz der Republik beigetragen. Brauns Beamtenukas kann man als Einzelfaktor nicht angreifen; erstens, weil man es keiner Regierung verübeln kann, ihr feindliche Elemente aus der Beamtenschaft auszuschließen, zweitens, weil dieses Gesetz, erlassen zu einer Zeit, als sich keine Kommunisten mehr in der Beamtenschaft befanden, als Abwehr gegen die sogenannten National‹sozialisten› gedacht war. Ich halte die Novelle zum Vereinsgesetz für sinnlos, die Filmzensur wie jede andere für eine Kinderei und Anmaßung, den § 218 für barbarisch und unsittlich; und die ganze Frage als geeignet für eine Schularbeit in den Unterstufen der Parteiklasse.

Frage: Wie denken Sie über die Einkerkerung von 50 kommunistischen Redakteuren in Gefängnissen und Festungen der deutschen Republik, und wie stellen Sie sich zu der Ermordung von 33 Arbeitern durch die Polizei des Sozialdemokraten Zörgiebel am 1. Mai 1929?

Antwort: Gegen die Einkerkerung von kommunistischen Redakteuren protestiere ich aus meinem Solidaritätsgefühl als Literat. Die Schandtaten des 1. Mai hat jeder vernünftige Mensch verdammt. Führend hat gerade dies das bürgerliche ‹Tage-Buch› getan.

Frage: Welche Stellung würden Sie einnehmen, wenn die Arbeiter Deutschlands im Falle eines faschistischen Putsches zur Gegenwehr schreiten?

Antwort: Sie erwarten als Antwort natürlich: ich gehe auf

die Barrikaden. Aber dabei entscheiden noch die Zweckmäßigkeit der gegebenen Umstände und der physische Mut. Und Mut ist eine Nervensache; so mutig kann jeder Esel sein. Ich ziehe vor, ehrlich zu sein, und sage: ich weiß es nicht. Doch wäre ich neugierig, zu wissen, wieviel Antifaschisten sich dann jenseits der Barrikaden aufhalten würden.

Frage: Wie beurteilen Sie die Aussichten der Verwirklichung des Fünfjahresplans in der Sowjetunion? Ist Ihnen bekannt, daß die Arbeitslosigkeit dort nahezu liquidiert ist? Wie beurteilen Sie die kulturellen Aufstiegsmöglichkeiten in der Sowjetunion?

Antwort: Über die Aussichten des Fünfjahresplans werde ich Ihnen Genaueres nach meiner für das Jahr 1933 geplanten Reise sagen. Statistiken der russischen Arbeitslosenziffern sind mir nicht bekannt; ich hoffe, daß dieses im Moment wichtigste Problem drüben gelöst ist. Die kulturellen Aufstiegsmöglichkeiten eines Sowjetsystems erachte ich für bedeutend günstiger als die der kapitalistischen Systeme; genau so, wie ich überzeugt bin, daß jene Portion allgemeiner menschlicher Boshaftigkeit, Dummheit und Hypokrisie, die kein System herabmindern kann, die großen Möglichkeiten an der Entfaltung hindern wird, dort wie überall. Doch darf diese Erkenntnis nie hindern, weiter zu kämpfen.

Frage: Welche Stellung werden Sie im kommenden Kriege der kapitalistischen Mächte gegen die Sowjetunion einnehmen?

Antwort: Das könnte Ihnen so passen, daß ich sage, ich werde mich als Kriegsberichterstatter freiwillig melden! Aber nein! Ich werde, trotz dem Bewußtsein meiner persönlichen Nichtigkeit, jede Kriegshandlung zu sabotieren suchen. Ich werde, nach Ausbruch, ein Kriegsdienstverweigerer, ein Drückeberger sein. Außerdem: wissen Sie schon Näheres darüber, mit welchen Verbündeten Rußland in das nächste Stahl- und Gasbad ziehen wird? [...] Und deshalb frage ich Sie zurück und fordere Antwort von Ihnen, so klar wie ich sie gebe: welche Stellung würden Sie im kommenden Kriege der roten Armee und der deutschen Reichswehr gegen Polen einnehmen?

Frage: Halten Sie die deutsche Sozialdemokratie noch für eine sozialistische Partei?

Antwort: Aber meine Herren! Ich habe schon seit 1914 die deutsche Sozialdemokratie, oder vernunftgemäß: ich habe ihre Repräsentanten nicht mehr für Sozialisten gehalten.»

Das war ein Programm – nicht nur des Schriftstellers Walter Mehring, sondern das Programm des Wochenblatts «Tage-Buch», das von dem Moment an, zu dem das akut wurde, eine militant antifaschistische Linie hatte – das aber stets sich auch als konsequent anti-marxistisch verstand; sowohl in den publizistischen Arbeiten Leopold Schwarzschilds ausgedrückt als auch in den Beiträgen der festen Mitarbeiter wie zum Beispiel denen von Erich Welter, der nach dem Kriege die «Frankfurter Allgemeine Zeitung» mitbegründete und herausgab. Daß diese Doppelauseinandersetzung auf höchstem Niveau stattfand, war nicht zuletzt das Verdienst Leopold Schwarzschilds, der sich keineswegs auf Wirtschaftsanalysen und politische Kommentare beschränkte, sondern auch selber die Disputation vorantrieb.

Spektakulärstes Dokument war wohl eine Debatte mit Ernst Jünger, der im redaktionellen Vorspann zu einem langen Aufsatz über seinen Nationalismus-Begriff als Wortführer einer Ideenwelt vorgestellt wurde, für die sogar Hugenberg, Hitler und die Kommunisten noch reaktionäre Spießbürger seien; Jünger – «Manchen unserer Leser wird nicht einmal der Name Ernst Jünger bekannt sein», heißt es zu Beginn – wird zwar als glanzvoll schreibender Autor von ungewöhnlich literarischer Begabung präsentiert, aber sein Programm wird als «politisch erschütternd» charakterisiert; dann, im Sinne des klassischen Liberalismus, kommt er zu Worte:

«Was will denn der Nationalismus nun eigentlich? Ich kann hier nicht ausführen, daß er weder mit dem Monarchismus, noch mit dem Konservatismus, noch mit der bürgerlichen Reaktion, noch mit dem Patriotismus der wilhelminischen Ära das mindeste zu schaffen hat. Dies nämlich ist der ‹Nationalismus›, wie er in den Tageszeitungen der Rechten und der Linken gezeichnet wird. Auch ist es nicht etwa ein Hauptkennzeichen des Nationalisten, daß er schon zum Frühstück drei Juden verspeist – der Antisemitismus ist für ihn keine Fragestellung wesentlicher Art. Für den, der Formulierungen nicht entbehren kann, sei gesagt: Der Nationalismus, soweit er eine politische Erscheinung ist, strebt den nationalen, sozialen, wehrhaften und autoritativ gegliederten Staat aller Deutschen an. [...]

Der wahre Wille zum Kampf jedoch, der wirkliche Haß hat Lust an allem, was den Gegner zerstören kann. Zerstörung ist das Mittel, das dem Nationalismus dem augenblicklichen Zustande gegenüber allein angemessen erscheint. Der erste Teil seiner Aufgabe ist anarchischer Natur, und wer das erkannt hat, wird auf diesem ersten Teile des Weges alles begrüßen, was zerstören kann. Nicht unsere Aufgabe ist es, auf Maßnahmen zu sinnen, die den außenpolitischen Druck erträglicher erscheinen lassen, die innerpolitischen Spannungen mildern könnten, an Wahlen teilzunehmen, die Konferenzen und Abstimmungen zu beeinflussen, uns mit sogenannten Volksentscheiden zu beschäftigen. Nicht unsere Aufgabe ist es, gegen den allgemeinen Verfall der politischen und sozialen Moral, gegen Abtreibungen, Streiks, gegen Aussperrungen, gegen Verminderungen der Polizei und des Heeres mit langen Tiraden zu Felde zu ziehn. Wir überlassen die Ansicht, daß es eine Art der Revolution gibt, die zugleich die Ordnung unterstützt, allen Biedermännern.

Was hat denn das Elementare mit dem Moralischen zu tun? Dem Elementaren aber, das uns im Höllenrachen des Krieges seit langen Zeiten zum ersten Male wieder sichtbar wurde, treiben wir zu. Wir werden nirgends stehen, wo nicht die Stichflamme uns Bahn geschlagen, wo nicht der Flammenwerfer die große Säuberung durch das Nichts vollzogen hat. Wer das Ganze leugnet, der kann nicht aus den Teilen Früchte ziehen. Weil wir die echten, wahren und unerbittlichen Feinde des Bürgers sind, macht uns seine Verwesung Spaß. Wir aber sind keine Bürger, wir sind Söhne von Kriegen und Bürgerkriegen, und erst wenn dies alles, dieses Schauspiel der im Leeren kreisenden Kreise, hinweggefegt ist, wird sich das entfalten können, was noch an Natur, an Elementarem, an echter Wildheit, an Ursprache, an Fähigkeit zu wirklicher Zeugung mit Blut und Samen in uns steckt. Dann erst wird die Möglichkeit neuer Formen gegeben sein.»

Dem kritischen Rationalisten, dem Historiker und Wirtschaftsexperten Schwarzschild mußte dies nicht nur ein Greuel und gefährlich sein, sondern vor allem abstrus. Diese aristokratische Heroen-Mystik eines Mannes, der Humanität einmal wegwerfend als eine «Angelegenheit der Straßenbahnpassagiere» bezeichnet hatte, diese Rittmeistermoral, der «der Verbrecher sympathischer als der Bettler» erscheint, schien dem jüdischen Bürger mehr als verdächtig – schien ihm keinerlei Lösung der Probleme anzubieten, keine politischen und auch keine geistigen. In einer furiosen Replik – «weil auch der Gegner Unterschiede respektieren muß» – ging er unter der Überschrift «Heroismus aus Langeweile» gegen die Pracht dieser Räusche an und die Bedrohung, die von ihnen ausgeht:

«Aber was will der Nationalismus tun, immer wieder fragen wir's, was will er tun, wenn ihm die Zerstörung gelang? Welches werden die ‹neuen Formen› sein, deren ‹Möglichkeit gegeben› sein wird, wenn ‹dies alles, dies Schauspiel der im Leeren kreisenden Kreise hinweggefegt ist›? Wie soll nach durchgeführter Wegfegung praktisch die ‹Entfaltung› dessen aussehen, ‹was noch an Natur, an Elementarem, an echter Wildheit, an Ursprache, an Fähigkeit zu wirklicher Zeugung mit Blut und Samen in uns steckt›? Wie sieht so was aus? Werden wir's je erfahren? Nie! Diese Kleinigkeit bleibt freibleibend! ‹Das Leben selbst› hat darüber zu entscheiden. ‹Es ist meine Überzeugung, daß der Nationalsozialismus über genügend Energien verfügt, um ohne jedes Dogma auszukommen.› Einfacher gesagt: man wird dann schon was finden.

Seltsame Verwirrung, dies Heraustreten vor die Nation, die Herausforderung zur Zerstörung alles Bestehenden, und dies Hinausschieben jedes Nachdenkens über die Neugestaltung! ‹Chaotische Kraftreserven› marschieren auf, ‹magische Nullpunkte› werden durchschritten, ‹magische Schmelzöfen› wollen uns aufnehmen, ‹mystische Bindungen› melden ihr Alleinbestimmungsrecht an, aber das alles spielt nicht die Rolle einer Erklärung, die ein Weltweiser zum Ringen und Grübeln irdischer Wesen gibt, sondern eines Hokuspokus, durch den man der Mühe konkreten Denkens überhoben wird. Ah, wie man über die dämonischen, mystischen, elementaren Züge in Caesar,

Napoléon, Bismarck reden kann, wie vieles sich so in ihrem Wesen, Werden und Wirken a posteriori erklären läßt. Aber was wäre aus ihnen geworden, wenn sie sich a priori auf mystische Kräfte verlassen und unter Berufung auf diesen Zauber ihren Intellekt in Urlaub geschickt hätten? [...]

Man kann in dieser Welt nicht alles vereinen. Man kann nicht Asket sein und Don Juan zugleich, obgleich beides mystisch und ästhetisch schön ist. Man kann nicht Bier brauen und zugleich Temperenz predigen, obwohl beides sich verteidigen läßt. Man kann nicht die Demut des Wirkens für einen Verband mit dem Rausch unverbundenen Aventurismus verkoppeln. Ich bin für Abenteurer, sie könnten herzerquickend sein, ganze, wilde, dämonische Kerle. Sie mögen in Afrika Neuland entdecken, sie mögen in Costarika Bananenwälder pflanzen, sie mögen in Monte Carlo ihr Hab und Gut auf zwei Kartenblätter setzen, – aber sie mögen in dieser privaten Sphäre bleiben! In der Gesellschaftssphäre, in der Volkssphäre handelt es sich um anderes.

Wer Nationalist sein will, Diener der Nation, hat nicht mehr an seinen privaten Lebensstil zu denken, sondern an die Lebensvoraussetzungen der Millionen Menschen, die sich unter dem verführenden Namen Nation verbergen. Es sind die Voraussetzungen der Ordnung – irgendwelcher! – nicht der Abenteuerei, nicht des Elementaren. Insoweit der Mensch Teil der Nation ist – er ist keineswegs mit allem nur dies! – hat er den Anspruch darauf, daß sie ihm die Primitivitäten sichere, zu deren Sicherung er existiert: Nahrung, Rechtssicherheit, Schutz gegen Gewalt und einige diffizilere Dinge. Nicht aber darf die Nation verindividualisiert werden. Nicht darf man sie als Person auffassen, die zu einem Lebensstil hingerissen werden durfte, den sie – da sie eben nicht Person ist, sondern nur ein Netz feinster Beziehungen und Bedingungen ist – ohne schwere Verwirrung dieses Netzes nicht überstehen kann. Und nicht darf man, vor allem, dieser nicht existierenden Person den Lebensstil aufzwingen wollen, den man der eigenen Person gemäß findet. Die gräßliche Langeweile, die das eigene Blut verdickt, ist kein Grund für kurzweilige Aderlässe an der Nation.»

Leopold Schwarzschild hat hier bereits etwas erkannt und

analysiert, was erst Jahrzehnte später als Begriff entstand: Ästhetischer Faschismus. Es ist kein Zufall, daß sich in der deutschen Geistesgeschichte noch heute mit dem Namen Ernst Jünger die Namen Gottfried Benn und Friedrich Sieburg verbinden, Namen von Autoren, die nie Nazis waren, die aber in unheilvoller Nähe zum Faschismus standen, von ihm versucht wie vom Gift des Bösen, fasziniert, wenn auch aristokratisch angeekelt. Zu elitär, um den schweißtriefenden SA-Mann neben sich dulden zu mögen, aber aus ihrem Hochmut und Lebens-Dégout – einer intellektuellen Einsamkeit wohl auch – verlockt von der Gloire der Macht und dem Fanal einer Revolution, deren Masse sich zu schimmernden Schäftern im Gleichschritt formierte: über ihnen die Regisseure. Leni Riefenstahl war die perfekte Ausformung dieses Konzepts, und «Triumph des Willens» hieß nicht zufällig ihr Film.

Wie kein anderer Publizist der sich selber zerstörenden Weimarer Republik hat Leopold Schwarzschild diesen Zersetzungsprozeß beobachtet; mehr noch: auf geradezu bestürzende Weise die Ursachen präzise analysiert. Liest man seine großen politischen Aufsätze heute noch einmal nach, so hält das Entsetzen der Bestürzung die Waage: das war ja alles gesagt, geschrieben, gedruckt – und angesichts dessen wird immer wieder frech gewagt zu sagen, «man konnte es doch nicht wissen». Es verschlägt einem nahezu den Atem; Golo Mann übertreibt mit keiner Silbe, wenn er Schwarzschilds politischen Verstand als «in der Geschichte der deutschen Publizistik nahezu beispiellos» bezeichnet. Diese grünen Hefte lesen sich wie eine grandiose Geschichte der Weimarer Republik, Darstellung, Kommentar und Analyse zugleich; Warnung und Menetekel.

Schwarzschild faßt Ende 1931 zusammen: «Eine Minute des Gedenkens zuvor: 9. November! Dreizehnte Jährung des schimpflichen Tages, an dem Herr Friedrich Ebert, drapiert mit roten Fähnchen, sich ans Steuerrad des Umsturzes schob, – entschlossen, nichts umstürzen zu lassen, entschlossen, jedes Tüttelchen der erschlichenen Gewalt gegen diejenigen anzuwenden, die ihn ‹beauftragt› zu haben glaubten, entschlossen, das rotbewimpelte Gefährt so rasch wie möglich in den weißen Hafen zu steuern. In mancher Gestalt trabt Hagen Tronje durch die deutsche Geschichte, treuer Lehnsmann der Burgunderfürsten, der dem tumben Eindringling Genossenschaft heuchelt und mit jedem Blick aus Biedermannsaug die Stellen abschätzt, die dem Mordspeer am wenigsten widerstehen werden. Nach dreizehn Jahren, im Pesthauch der letzten Verwesung des Organismus, den der feindselig widerstrebende Accoucheur schon bei der Geburt an Leib und Seele versuchte, verblaßt jedes Vorbild in Sage und Geschichte.

Aus Kleinbürgermuff bläht sich eine Kolossalfigur auf. Sie richtet, klebt, leimt, kittet. Welches sind die sozialen Mächte, auf denen das Gestürzte ruhte? Wie nach einem wissenschaftlichen Plan werden sie alle, ausnahmslos, verschwörerisch restituiert oder vor Schaden bewahrt. Das alte Offizierskorps: am 10. November ist es wieder eingesetzt und mit jedem Kniff und Pfiff wird Zuzug verhindert. Das Junkertum: Nicht ein Finger wird gerührt, die großen Latifundien aufzuteilen – ein Umsturz ohne Agrarreform, was die Weltgeschichte noch nicht sah! Die Bürokratie: Alles bleibt, wo es war, und wenn vorübergehend Konzessionsschulzen nötig sind, fliegen sie schon nach kurzer Frist wieder heraus. Das Großkapital: ‹Die Sozialisierung marschiert›, trompeten beschwörend die Litfaßsäulen; aber nie wird auch nur ein Finger gerührt, und rasch beginnt die ausschweifend-wütendste Periode des Enrichissez-vous, die in aller Vergangenheit erlebt ward.

Das sind, mit Justiz, Universitäten und Schulen, die materiellen Restitutionen. Aber noch verheerender sind die ideologischen. Herr Friedrich Ebert stellt sich vor Wilhelm zwo, vor die Lüderlichkeit und Psychopathie dieses Operettenregimes, und es wird de rigueur, den parfümierten Deserteur mit Deutschland zu identifizieren. Deutschland zu belasten mit der Advokatur seiner Bankerotteure. Wo niemand furchtbarer anzuklagen hatte als dies Volk, – anzuklagen wegen Narretei, Dilettantismus, in Grund und Boden verderbter Höflingswirtschaft, – dort wird die patriotische Gemeinschaft zwischen Ruineuren und Ruinierten proklamiert und eben dadurch jene Entwicklung eingeleitet, die den Ruinierten unter der Maske des Patriotismus allmählich wieder die Ruineure aufdrängt. Eine gerade Linie, im Geistigen wie im Sachlichen, von 1918 bis 1931, von Ebert, Fritz, zu Hitler, Adolf.»

Hier schwadroniert kein aufgeregter Feuilletonist, kein Barrikadensänger oder Propagandist; hier arbeitet ein Trancheur, ein Denker von wissenschaftlicher Präzision und ein Autor, der niemals nur brillant ist, sondern dessen stilistische Funken aus sehr sorgsam gehandhabter Schmiede stieben; «einer der größten Publizisten, die je in deutscher Sprache geschrieben haben», wird Kurt Sontheimer ihn einmal nennen. Und einer der großen Kämpfer für Demokratie, kann man hinzufügen; denn das Großartige seiner Arbeiten liegt auch darin, daß er kämpfte bis zuletzt, nicht aufgeben wollte und durch Klarheit in den Köpfen eine Klärung der politischen Lage zu erreichen suchte. Ein Aufklärer im klassischen Sinne des Wortes.

Ein Jahr nach seiner Bilanz der Republik, im Dezember 1932, veröffentlicht er seinen Aufsatz «Dämmerung»: «Die Bilanz, die am Jahresstichtag gezogen zu werden pflegt, hatte dreimal hintereinander immer grauenhafter ausgesehen. Wirtschaftlich ein Absinken von Schwierigkeiten zur Krise, von der Krise zum Starrkrampf und zur Verwesung. Politisch ein Hineingleiten in immer militantere auswärtige, immer gegenrevolutionärere innere Verhältnisse. Geistig aber eine ständig wachsende Unfähigkeit, die Ursachen dieser galoppierenden Entwicklung zu erkennen, eine immer rabiatere Besessenheit, als Medizin immer zügelloser gerade jene Mittel anzuwenden, durch die das Fieber erst entstanden war und durch die es infolgedessen nur immer höher gepeitscht wurde. So entsetzlich waren die gesamten Verhältnisse unter diesem Amoklauf schließlich geworden, daß wir vor einem Jahr hier sagen konnten:

‹Wenn etwas am Verlauf des Jahres 1931 überrascht, so nur eines: daß es ohne politische Explosionen vorbeiging. Dies, in der Tat, war nicht zu vermuten. Daß der Weg, auf dem wir ins neue Jahr hineinmarschierten, zu Verhängnis über Verhängnis führen müsse, war für jeden sichtbar, der über einige Kenntnisse und normale Kombinationsfähigkeit verfügt. Über den Grad der Leidensfähigkeit des menschlichen Geschlechts aber, über seine

Nervenkraft und über die Abneigung aller Entwicklung, sei es sogar die trübste, gegen dramatische und konzentrierte Ereignisse, sammelt man immer wieder erstaunliche Erfahrungen.›

Und dennoch war damals, angesichts der herrschenden Umstände, der herrschenden Doktrinen und der herrschenden Menschen, auch für 1932 nichts anderes zu prognostizieren, als daß es weiter abwärts gehen werde. ‹Die entscheidende Lehre des Jahres 1931›, war es hier zusammengefaßt, liege in der Erkenntnis, daß wir ‹verurteilt sind, immer tiefer in die Morbidität zu geraten. Denn keine ihrer Ursachen ist beseitigt oder auch nur gelindert, täglich aufs neue werden wir mit den krankheitserregenden Bazillen gefüttert.› Es war der denkbar pessimistischste Ausblick, gemildert nur durch die Erwägung: nach den Erfahrungen von 1931 sei es immerhin möglich, ‹daß auch 1932 schließlich doch ‹nichts passieren› wird. Aber selbst diese Möglichkeit war unsicher. ‹Der Punkt, der 1931 noch nicht erreicht wurde, kann 1932 überschritten werden, der Kessel, der 1931 noch hielt, kann 1932 dennoch platzen.›

Er ist in einem Grade dem Platzen nahegekommen, der uns vielleicht erst in künftigen Jahren ganz klar ermeßbar werden wird! Die Entwicklung dieses deutschen Jahres 1932, das für die Historiker und Politiker späterer Epochen ein Studienobjekt allerersten Ranges sein wird, war zunächst ein taumelnder Endgalopp zur Katastrophe, zum Kladderadatsch des plebejisch- oder feudalfaszistischen Umsturzes, – mit allem, was ihm folgen mochte: Terror, Reichsverfall, Hunger, Barbarei.»

Als er das schrieb, wußte Schwarzschild schon, daß er seine Zeitung nicht mehr lange würde in Berlin publizieren können. In einem Brief Thomas Manns an seine Kinder Erika und Klaus vom 25. Mai 1932 findet sich diese Notiz: «In journalistischer Hinsicht habe ich auch L. Schwarzschild auf Dich hingewiesen, der mich neulich besuchte, weil er hier den Boden sondierte und, denkt euch, die Verpflanzung des ‹Tage-Buchs› nach München plant. Wir haben uns lange über die Frage unterhalten, die ja eine große und interessante Frage ist. Natürlich muß er fürchten, von den Generälen verboten zu werden. Aber ob er in der Münchner Luft gedeihen kann?»

Er konnte nicht. Zwar druckte er fast genau am Tage dieses Briefes einen zweiteiligen Aufsatz «Die Gegenkräfte», der beweist, wie profund Schwarzschild Diagnose mit Therapievorschlägen zu verbinden wußte und wie illusionslos-pragmatisch er argumentierte:

«Wir haben klarzustellen versucht, ob und unter welchen Bedingungen es möglich wäre, noch einmal einen mittelbürgerlichen Block gegen den Ansturm des Nationalsozialismus auf die Beine zu bringen. Die Frage ist deshalb von Bedeutung, weil die staatliche und gesellschaftliche Macht heute vollkommen in bürgerlicher Gewalt ist und weil der Einfluß einer anti-hitlerischen Bürgerbewegung infolgedessen über die offiziell parlamentarische Wirkungsmöglichkeit hinausreichen würde. Wenn es eine fühlbare Anti-Hitlerströmung mittelbürgerlicher Provenienz gäbe, so würde das einen gewissen Eindruck auf die ebenfalls bürgerlichen Elemente in Wirtschaft, Regierung, Bürokratie und Justiz machen, es würde in die Machtzentren außerhalb des Parlaments gewisse Bremsen gegen die volle Faschisierung einschalten, – wie starke Bremsen, steht dahin. Eine neue mittelbürgerliche Gruppenbildung gegen Hitler wäre ein Ereignis innerhalb der herrschenden Schicht, und somit von Bedeutung – gleichviel wie weittragend – für die Art, in der die gesellschaftlichen und staatlichen Exponenten dieser Schicht ihre Herrschaft ausüben.

Ganz anders steht es mit der Arbeiterschaft. Erörterungen über eine antifaschistische Blockbildung zwischen ihren Parteien, – die sogenannte ‹Einheitsfront› Sozialdemokraten und Kommunisten, – sind im Schwang und halten eine ganze Reihe von Federn in Bewegung. Prominentester Verkünder dieser Politik ist Trotzki, der Unermüdliche, der dem Problem soeben ein ganzes Buch gewidmet hat (‹Was nun?› Verlag Anton Grylewicz, Berlin-Neukölln).

Sowohl Trotzki jedoch wie die kleineren Debatter übersehen offenkundig die aktuellste Seite der Frage. Was sie erörtern, betrifft nur die Möglichkeit, ob Sozialdemokraten und Kommunisten überhaupt zusammenkommen können, – was angesichts einer vierzigjährigen Todfeindschaft gewiß nicht leicht ist, – und ob sie zusammenkommen dürfen, wofür es in Ziel und Doktrin nicht weniger steile Hindernisse gibt. Aber das alles, so schwierig es sein mag, bleibt sozusagen noch im Hintergrund. Zur drängendsten Problematik gelangen wir erst, wenn wir einmal voraussetzen, die Verbrüderung sei tatsächlich verwirklicht, und wenn wir uns dann fragen, auf welche Weise das, in der gegebenen Situation, denn als Wall gegen die drohende Faschisierung wirken sollte. In den offiziellen Kanälen der staatlichen Machtausübung bliebe das Ereignis sicher ohne Folge; denn in keinem der Parlamente könnten Sozialdemokraten und Kommunisten zusammen die Macht übernehmen, und in keinem fänden sie Koalitionsgenossen.

Es bliebe also nur die sozusagen inoffizielle Wirkung, der verstärkte Druck der neuen Gruppe auf die herrschenden Gewalten. Aber hier zeigt sich deutlich der Gegensatz zu der Wirkung, die eine neue bürgerliche Antihitlerbewegung hätte. Eine bürgerliche Antihitlerbewegung wäre ein Ereignis innerhalb der herrschenden Klasse, sie würde also die Machtausübung dieser Klasse positiv beeinflussen. Ein proletarischer Antihitlerblock aber wäre ein Ereignis außerhalb der herrschenden Klasse, ja, konträr dieser Klasse, sie würde also ihre Machtausübung nicht positiv, sondern nur negativ beeinflussen.»

Zwar veröffentlicht er ein halbes Jahr später eine seiner hellsichtigen Analysen über die Beziehung Hitlers zur Großindustrie, deren Angestellter für ihn der österreichische Gefreite ist und der er voraussagt, daß sie sich einen Kommis engagiert hat, der nicht nur mit der Kasse durchbrennen, sondern der alles verbrennen wird:

«Die Geschichte des Politikers Adolf Hitler beginnt mit einer Löhnung, die ihm anno 1919 ein bayerischer Truppenteil aussetzte. Als Gegenwert hatte er den Gemeinen jenes Regiments üble Dinge über die Roten zuzuflüstern, auf daß sie tauglicher zum inneren Krieg würden. Einige Monate später vergrößerte und veredelte sich die Löhnung zu einer Subvention, gewährt vom (oder zumindest ausgezahlt im) Bayerischen Kriegsministerium. Woher die Mittel stammten, wird sich niemals mehr aufklären lassen, es sei denn, der heutige Reichsbannerführer, der damalige Ministerial-Major Mayr hinterließe Memoiren über jene Münchner Periode. Aber ist es nötig, näheres zu wissen? Keinesfalls stammten die Gelder von Unbemittelten, und so oder so bleibt es für die Naturgeschichte der Existenz Hitler bezeichnend, daß er seine Laufbahn als Söldling begann, als heimlich bezahlter Angestellter. Es ist vollkommen klar, daß diejenigen, die zahlten, nie eine andere Auffassung von der Sache hatten als eben die eines Angestellten-Verhältnisses.

Was die Firma brauchte, war einerseits: den schon vorhandenen Kundenstamm der proletarischen Konkurrenzfirmen wieder zu sich herüberzuziehen; andrerseits: den gefährdeten Teil des eignen Kundenstamms, nämlich das verproletarisierende Kleinbürger- und Bauerntum, vom Abschwenken zur Konkurrenzfirma zurückzuhalten. Beides war nur möglich durch Verbreitung einer Ideologie, die den fundamentalen ökonomischen Grundsatz verschleierte und andere, Pseudo-Gegensätze an seine Stelle schob.

Mit dem Phrasengewäsch, das zu diesem Zweck nötig war, hatte der Mann Adolf Hitler in kleinstem Kreis Glück gehabt. Gern gab man ihm die Mittel, seine Agentur auszuweiten, und jede geglückte Expansion war nur Anlaß, noch weiter in der Finanzierung zu gehen. Es war ein typischer Reklame-Erfolg. Was veranlaßt bis nach Afrika und Asien die Menschen, Odol für das herrlichste aller Elixiere zu halten, und eine bis zwei Mark für eine Flasche zu zahlen, deren Inhalt sie sich aus Wasser und einem Schuß Pfefferminz für wenige Pfennige selbst herstellen könnten? Weder der Kommerzienrat Lingner noch einer seiner Nachfolger hat je bestritten, daß ausschließlich die phantastische Zahl von Millionen, die im Laufe der Jahre für die Propaganda ausgegeben wurden, das Wunder dieses Absatzes wirkte.

Es besteht die absoluteste Parallelität zwischen dem Erfolg des Odol und des Nationalsozialismus. Ein Unterschied liegt höchstens darin, daß die Propaganda dort nur der Ware galt, hier auch dem angeblichen oder wirklichen Erfinder. Das liegt indessen im Wesen des Artikels, das mußte mit in Kauf genommen werden. Der zahlenden Schicht mochte es unangenehm sein, daß zugleich mit den Phrasen, deren Verbreitung sie finanzierten, auch die Hitler'sche Heilands-Legende verbreitet wurde, die Legende der Tausendjahrsbedeutung dieses Angestellten, die Legende seines göttlichen Anspruchs auf die Firmen-Direktion; vermeiden ließ es sich nicht, galt auch als minder wichtig. Der Angestellte selbst, so nahm man an, werde seine Angestellten-Rolle schon nicht vergessen. Und wenn er es täte, so tröstete man sich, werde man ihn die Abhängigkeit schon fühlen lassen können.»

Zwar gibt er selbst im Frühjahr 1933 noch nicht alles verloren, beschwört geradezu die Reste von intakten Gruppierungen und Mächten, gleichsam nach dem Modell eines erkrankten Organismus Abwehrkräfte aus sich selber heraus zu entwickeln:

«Man hat, um einen den Junkern und Schlotbaronen nicht restlos botmäßigen General aus der Reichskanzlei verjagen zu können, den Führer einer Partei zum Kanzler gemacht, deren aktivster Kern aus Sozialrevolutionären besteht. Adolf Hitler, koaliert mit Hugenberg und Herrn von Papen, wird nicht lange Reichskanzler sein, ohne diese seine Kerntruppe zu verlieren. Und vielleicht wird die Reitpeitsche des neuen Kanzlers auch die schlafenden Kräfte der deutschen Demokratie wecken und stählen. Nicht nur Herrn Hitler, auch ihr hat die Unverfrorenheit der heute Deutschland beherrschenden Schicht eine Chance gegeben. Noch sind, um von den Arbeiterparteien zu schweigen, die Organisationen der Gewerkschaften unerschüttert und stark genug, um allzu gewagte Exzesse des neuen Regimes verhindern zu können. Noch vor allem ist das Bedürfnis der Massen nach Arbeit und Brot vorhanden, ein heißes Bedürfnis, das die Scharen der Hitlergläubigen ebenso spüren wie ihre ‹marxistischen› Leidensgenossen. Ob es noch eine neue Reichstagswahl gibt oder nicht: die Massen, deren Gefolgschaft noch immer eine stärkere Basis der Macht Adolf Hitlers ist als das Vertrauen, das ihm im Reichspräsidentenpalais geschenkt wird, die Massen werden zu denen strömen, die einen klaren Weg zu Brot und Arbeit weisen. Unter den Fahnen eines schlagkräftigen Arbeitsbeschaffungsprogramms würden auch heute noch stärkere Bataillone formiert werden können als die Sturmtruppen Adolf Hitlers.»

Aber:

Alles vergebens. Zwei Wochen nach dem Reichstagsbrand floh Schwarzschild von München nach Österreich und weiter nach Prag. Dort gab es – so schreibt u. a. Tucholsky an Walter Hasenclever am 11. 4. 33 – ein Interesse der tschechoslowakischen Regierung, die Zeitschrift (wie auch die «Weltbühne») als Exilzeitschrift neu herauszugeben. Aus einem erst jetzt von Bernd Sösemann veröffentlichten Briefkonzept Thomas Manns fast desselben Datums (6. 4. 1933) geht hervor, daß Leopold Schwarzschild schon vor Erscheinen des letzten Heftes Überlegungen über ein Fortführen der Zeitschrift im Exil gemacht hat.

Laut Sösemann begrüßte Thomas Mann seine Absicht, im Exil das Tage-Buch «‹als Organ des freien deutschen Gedankens› wiedererstehen zu lassen, da ‹der deutsche Gedanke nun zum guten und vielleicht besten Teil außerhalb Deutschlands sein Leben (wird) führen müssen› und da eine gleichgeschaltete Kunst in einem ‹totalen› Staat ‹der Ergänzung und Korrektur durch ein außerstaatliches deutsches Geistesleben bedürfen wird, wenn das Bild deutschen Wesens vollständig bleiben soll›. Zu den damaligen Mitarbeitern am ‹Neuen Tage-Buch› gehörten Ludwig Marcuse, Joseph Roth, Walter Mehring, Klaus Mann, Konrad Heiden, Louis Fischer als Rußland-Korrespondent und Rudolf Olden, der schon in den früheren Jahren als festangestellter Redakteur des ‹Berliner Tageblatts› im ‹Tage-Buch› geschrieben hatte.»

Diese Neugründung unter dem Titel «Das neue Tage-Buch» konnte er in Paris mit Hilfe des holländischen Anwalts J. C. S. Warendorf erreichen, der in der Verlagsgesellschaft «Société Neéderlandaire d'Editions» über ein Stammkapital von 200 000,– Francs verfügte.

Was Schwarzschild mit seiner neuen, von allen Grüppchen, Parteigruppierungen und Querelen sich weitgehend freihaltenden Zeitschrift leistet, ist eine singuläre Leistung. Das Wort «prophetisch» bietet sich an, liest man seine unentwegten Appelle an die Alliierten, an das Ausland, an Antifaschisten in aller Welt; doch das Wort wäre falsch – es enthält ein Element des Irrationalismus, der Schwarzschilds Denkweise zutiefst fremd ist. Das eben ist ja das Frappante seiner Artikel und seines ersten

Buches in der Emigration «Das Ende der Illusionen»: Alles basiert auf kühler, genauester, gleichsam mikroskopischer Untersuchung. Die Fakten zählen, und man muß sie nur werten und einordnen können, dann kann man auch Entwicklungen zeigen, die sich erst anbahnen:

«Die Methode des Kapitulierens wird wahrscheinlich doch irgendwann in einen Krieg aufplatzen. Er wird umso verzweifelter und aussichtsloser werden, je mehr Kapitulationen schon vorausgegangen sind. Aber gerade wenn sie friedlich durchgepaukt werden könnte, hätte sie nur dieselben Folgen, wie wenn Deutschland einen Krieg gegen Europa gewönne. Der europäische Kontinent würde teils annektiert, teils zum ausgebeuteten Vasallen werden. Überall würde das hitlersche Diktatursystem etabliert. Für England wäre sein Weltreich, seine Schiffahrt, seine ganze Wirtschaftsbasis unhaltbar.»

Schwarzschilds Methode ist die eines Arztes, angewandt auf die Gesellschaftswissenschaft. Er ist vollkommen frei von jeglicher Ideologie, will weder als marxistischer Chirurg den Blinddarm links herum herausoperieren noch als antimarxistischer Gynäkologe ein Fünfmonatskind präsentieren. Er ist lediglich ein höchst akkurater Beobachter – und kann mit stringenter Logik solchermaßen beobachtete Details zu einem Krankenbild von grausamer Schärfe zusammenfügen:

«Der französische Botschafter in Berlin, Cambon, hat vor dem Krieg ein Wort aufgezeichnet, das ihm der Staatssekretär von Kiderlen-Wächter sagte: ‹Es gibt keine Verrücktheit, von der man das deutsche Volk nicht durch eine Pressekampagne von vier Monaten überzeugen könnte.› Vielleicht gilt das für Deutschland in besonderem Grade. [...] Der deutsche Paroxysmus dieser Gegenwart ist gewiß seiner Art nach eine Spezialität. Diese Orgie von kultureller Ahnungslosigkeit war noch nicht da. Von den Lehrstühlen, aus den Forschungsinstituten fliegen die Meister und werden ersetzt, nicht etwa durch hoffnungsvoll aufstrebende, sondern durch Nullen, von denen niemand auch nur den Namen, geschweige eine Leistung kennt. Wo nirgendwo ein Denkmal menschlichen Geistes sich erhebt, sitzt ein Niemand und lädt seinen Unrat ab. Unrat auf alles, was jahrhundertelang gereift ist: auf Rechtsbegriffe, Dichtung, Theater, Geschichtsschreibung, Nationalökonomie, Logik, Ethik, Erziehung; alle Bestände erst mal besudelt im Namen eines neu zu Schaffenden, von dem noch nichts zu sehen ist, weder die allerdünnste Knospe, noch ein Stamm, der die Knospe tragen könnte. Das ist ein Novum.

Noch neuer ist die Gottheit, die den Namen ‹Nordische Rasse› trägt, diese Gottheit, deren Verherrlichung darauf hinausläuft, daß der Gläubige sich selbst, seine eigene Baldur-Schönheit, seine eigene Donar-Kraft, seine eigene Wotans-Weisheit anbetet. Diese Religion des unvergleichlichen Ich, des unvergleichlichen Wir, des ständigen Kniefalls vor sich selbst, Herren-Rasse, Führer-Rasse, Inbegriff der Stärke, des Instinkts, des Adels, Salz der Erde, Genesung der Welt, – sie hatte noch in keinem anderen Land, unter welchem System auch immer, ein Vorbild. In keinem ernennt man Christus zum Franzosen, Engländer oder Italiener, die Griechen und Ägypter zu Romanen oder Mongolen. In keinem anderen gibt es diese charismatische Lehre, die einem Volk nicht mehr nur bestimmte Ziele, irgendeiner bestimmten Lage entsprechend, zuweist, sondern die ganz allgemein seine eingeborene, blutbestimmte, noch nicht verwirklichte, aber in Bälde zu verwirklichende Superiorität über alles, was da sonst noch kreucht und fleucht, behauptet.

Und hinter dieser Lehre klirren unentrinnbar die Waffen. Sie ist die Aggression nach jeder Richtung und in Permanenz, ist Attila, der Eroberer, im zwanzigsten Jahrhundert, ist die ständig parate grüne Fahne des Propheten, – und das Verwirrendste des Paroxysmus besteht darin, daß er nicht etwa in den geläufigen Formen konvulsivischer Geistesstörung auftritt, sondern mit einem scharfsinnigen Spezial-Verstand. Denn es war Verstand, mit dem die Flammen des Reichstagsbrands entzündet, die Terrorpferche der Konzentrationslager errichtet, einige hunderttausend Judenexistenzen dem eignen Troß als Beute vorgeworfen, die Verbündeten an die Wand gequetscht, die Gläubigen um ihr Geld geprellt, die sozialistisch umschmeichelten Arbeiter gedrosselt, die verheißungsbombardierten Mittelständler verraten, Christi Kirchen und Sakramente gehakenkreuzigt wurden.

Es ist ein scharfsinniger Spezial-Verstand, der die Außenpolitik gerade auf die Tatsache basiert, daß die Gegenspieler eben Abstrakt-Pazifisten sind. Man könnte, statt vom gesunden, von einem kranken Verstand reden.»

Leopold Schwarzschild, Jude und Bürger, verjagter Deutscher, der sich 1940 nach New York knapp retten konnte vor seinen Landsleuten, Rufer in einer Wüste, die er hassen mußte, weil er sie geliebt hatte, war kein Seher – aber er hatte hingesehen; war kein Sentimentaliker – aber er hatte gefühlt; war kein Illusionist – aber er hoffte; war kein Ratgeber – aber ein Verräter ihrer Anschläge:

«Nie war etwas sicherer als dies. Nie war ein Fall so klar wie dieser. Es ist nicht zu beweisen, – so wenig wie das Gegenteil, – aber es liegt in der Logik der Dinge selbst: ein Deutschland, das den Revolver auf sich gezückt sieht und absolut weiß, daß er abgeschossen würde, wird, ohne daß wirklich geschossen werden müßte, seinen unfertigen Revolver vorerst noch abgeben. Es ist eine höchst banale Sache, offenbar zu banal für westliche Ohren. Aber für die Ohren des heutigen deutschen Regimes ist sie, und nur sie, gerade richtig. Ich weiß: wenn die Machthaber in Berlin miteinander reden, so finden sie Europa zum Küssen nett; in ihre zuversichtliche Heiterkeit mischt sich zuweilen nur die eine Sorge: daß diese sanfte, dumme Welt im letzten Augenblick vielleicht doch noch so verfahre, wie sie selbst mit Sicherheit verfahren würden.

Konfrontiert mit einer Forderung, welchen Inhalts auch immer, und konfrontiert mit der Gewißheit, daß ihre Ablehnung Krieg wäre, Niederlage, Aufstand, Verlust der süßen Gewohnheit des Herrschens, würde alles geschluckt, nichts verweigert werden. Und dem eignen Volke würde gar noch erzählt, daß in Wahrheit ein Triumph errungen wurde. Was will man haben? Was hält man für nötig, um die Drohung, die Europa den Atem schnürt, zu sprengen? Nur Stoppung weiterer Rüstung, oder schon Zerstörung bestehender? Nur Einstellung von Fabrikation, oder schon Schleifung von Fabriken? Die Experten des Luft- und die Experten des Landkriegs mögen die Listen ausarbeiten.

Ein Europa, das die Stunde versteht, das mit den neuen deutschen Machthabern in ihrem eigenen Wortsinn deutsch zu reden weiß, wird, auf den Spitzen der Bajonette, alles, was es will, nach Hause tragen – und ohne daß auch nur ein einziges Bajonett benutzt, ein einziger Tropfen Blut geflossen wäre. Mit Gewalt und doch ohne Krieg, läßt sich noch heute der Eilmarsch Europas zum Vernichtungskrieg bremsen. Aber nur mit Gewalt. Und nur noch einige Monate. Nach Ablauf dieser Monate braucht noch nicht der Krieg zu kommen; das kann sich noch viel länger, noch jahrelang hinziehen. Nach Ablauf dieser Monate ist nichts mehr zu bremsen.»

Alles, wovor er warnend die Stimme einer strahlenden Vernunft erhoben hatte, traf ein; genau, bis aufs Wort. Von Menschen wie ihm blieb Gebein oder Haar; und niemand hatte etwas gewußt – nicht zuvor, nicht während dessen, nicht hinterher. Von Europa blieb Asche.

Nachkriegsdeutschland hat sich an Leopold Schwarzschild nicht erinnert, ihn nicht wahrgenommen, nicht aufgenommen, ihn nicht geehrt. Sein Grab liegt in der Fremde – wie die Gräber von Marx oder Einstein, Heine oder Thomas Mann.

Es ist gute Zeit, seiner zu gedenken.

In beiden Welthälften gleichermaßen suspekt:

Ernst Niekisch

Es ist die erste Nummer einer Zeitschrift, die jahrzehntelang das intellektuelle Leben Deutschlands prägen sollte, in der diese Überlegung zum «Problem der Elite» erscheint:

«In sich trägt der bürgerliche Intellektuelle den Regulator, der auf Takt, Rhythmus, Tempo und Endzweck der bürgerlichen Lebensnotwendigkeiten abgestimmt ist. Seine ausgesprochene Sorge richtet sich auf die Gesunderhaltung des bürgerlichen Gesellschaftskörpers; oft weiß er selbst nicht, wie zuverlässig er zu dessen Gunsten gerade dann fungiert, wenn er subjektiv wähnt, gegen ihn zu meutern. Er kann nichts tun, was die bürgerliche Ordnung fundamental schädigt; er empfände es als einen Anschlag gegen seine eigene Natur. Er ist in den Blutkreislauf der bürgerlichen Gesellschaft eingebettet, wird von dieser genährt und gewissermaßen vom organischen Grunde her dirigiert. Man kann ihm bedingungslos vertrauen; mag er kutschieren, wohin es ihn drängt – immer gelangt er zu einem bürgerlichen Ziel.»

Die Zeitschrift heißt «Sinn und Form», Johannes R. Becher und Paul Wiegler haben sie gegründet, Peter Huchel ist der Chefredakteur. Der Autor des Aufsatzes aus dem Jahre 1949 heißt Ernst Niekisch, von dem Friedrich Heer in seiner «Europäischen Geistesgeschichte» sagte, er sei Teil jener Untergrundbewegung gewesen, «deren rechter Arm zu Hitler, deren linker zu Niekisch führt». Der Mann, von dessen Buch «Europäische Bilanz» der SED-Kulturfunktionär und DDR-Staatssekretär Wilhelm Girnus schon drei Jahre später in der theoretischen Zeitschrift des Zentralkomitees der SED «Einheit» schreibt:

«Die These des Genossen Niekisch befindet sich also in einer außerordentlich gefährlichen Nachbarschaft mit ‹Theorien› der amerikanischen Kriegsbrandstifter und ist ganz und gar unwissenschaftlich.

Genosse Niekisch gelangt zu diesen falschen pessimistischen Schlußfolgerungen, weil er trotz des gelegentlichen Gebrauchs marxistischer Terminologie die marxistische Methode nicht anwendet.

Seine Geschichtskonzeption ist im wesentlichen idealistisch. Von Unkenntnis zeugen überhaupt die ganzen Äußerungen des Genossen Niekisch über den Marxismus.

Stellenweise mutet sein ganzes Buch wie eine amerikanische Auflage von Spengler an.»

Der Mann, der ein Jahr nach dieser Attacke – noch immer Professor der Ostberliner Humboldt-Universität – auf einer Sitzung des Kulturbunds zu den Ereignissen des 17. Juni 1953 erklärt hatte:

«Der 17. Juni hat bewiesen, daß die Regierungskreise alle Fühlung mit der Bevölkerung verloren gehabt haben. Die führenden Parteien und Regierungskreise stehen in keinem Verhältnis mehr zu den wirklichen Tatsachen. Man kann in der DDR von einer Grundbefindlichkeit der Angst sprechen, jedermann fühlt sich unausgesetzt schuldig. Diese dauernde Angst hängt mit der Rechtsunsicherheit zusammen. Es ist unerträglich, daß Menschen verhaftet werden, ohne daß ihre Angehörigen je noch etwas von den Abgeführten erfahren. Mit Schrecken kann man beobachten, wie leicht sich die Obrigkeit selbst über die Verfassung hinwegsetzt. Es ist vorgekommen, daß Abgeordnete, denen Immunität zugesichert war, verhaftet wurden, ohne daß zuvor ihre Immunität aufgehoben worden ist. Entgegen den Bestimmungen der Verfassung wird auch eine Zensur geübt.»

Der Mann, dessen Entschädigungsanspruch für acht Jahre KZ von jeder bundesrepublikanischen Instanz abgelehnt wurde:

«Das Kammergericht hat, wenn auch teilweise nicht in der Begründung, so doch im Ergebnis rechtlich bedenkenfrei angenommen, daß der Kläger eine gegen den Nationalsozialismus gerichtete politische Überzeugung besessen habe und wegen dieser durch nationalsozialistische Gewaltmaßnahmen verfolgt worden sei, so daß er, wenn die von ihm behaupteten Schäden vorlägen, grundsätzlich einen Anspruch auf Entschädigung haben würde. Es hat dem Kläger jedoch eine Entschädigung versagt, weil er nach dem Zusammenbruch der nationalsozialistischen Gewaltherrschaft einer anderen Gewaltherrschaft, nämlich dem in der Sowjetunion herrschenden SED-Regime Vorschub geleistet habe und noch heute Vorschub leiste und ferner, weil er die freiheitliche demokratische Grundordnung bekämpfe.

Der Ausschluß eines Entschädigungsanspruchs in derartigen Sonderfällen widerspricht nicht einer am Gerechtigkeitsgedanken orientierten Gesetzgebung und ist auch sachlich nicht zu beanstanden. Er enthält auch nicht eine Benachteiligung wegen einer politischen Anschauung, da, wie noch weiter unten bei der Frage der Auslegung des § 1 Abs. 4 BEG auszuführen sein wird, sich diese Bestimmung nicht gegen eine politische Anschauung, sondern gegen eine über eine solche hinausgehende aktive Betätigung richtet. Eine gesetzliche Bestimmung ist nicht verfassungswidrig, wenn eine Auslegung möglich ist, die im Einklang mit dem Grundgesetz steht und bei der die Bestimmung sinnvoll bleibt.»

Ein exemplarisches Leben. Der 1889 in Schlesien geborene Ernst Niekisch (die Eltern übersiedelten in seinem zweiten Lebensjahr nach Bayern) brach früh aus jenem nur vordergründig korrekten Bürgertum aus, wie es sein Elternhaus repräsentierte: Als sein Vater, von Beruf Feilenhauer, einmal bemerkte, daß die Mutter versehentlich eine Maschinenmesserfeile statt für 1,20 Mark für 1,30 Mark verkauft hatte, lief er zu dem fünf Kilometer entfernten Gehöft des «betrogenen» Bauern, um die zehn Pfennig zurückzuerstatten. Die solchermaßen vom Munde abgesparte höhere Schule dankte der einzige Sohn schlecht – schon im Altdorfer Lehrerseminar bekam er Streit mit der Direktion wegen eines Dramas «Der Fürst», einer Mischung aus «Kabale und Liebe», «Emilia Galotti» und «Räuber». Der junge Lehrer nahm an Einflüssen auf, was sich bot: Kant und Hegel, Ranke und Max Weber und Nietzsche; «in meinem sechsundzwanzigsten Lebensjahr traf ich auf Karl Marx».

Der «18. Brumaire» war mehr als bloße Lektüre. Noch im Oktober 1917 trat Feldwebel Niekisch in die SPD ein. Die Revolution, die keine war, sah Niekisch von Anfang an illusionslos:

«So wie 1917 in Rußland der auswärtige Krieg in einen Bürgerkrieg hinübergewechselt war, so wäre umgekehrt 1919 in Deutschland ein ausgebrochener Bürgerkrieg in einen auswärtigen Krieg umgeschlagen. Die deutsche sozialistische Revolution wäre zugleich auch eine Auflehnung gegen die imperialistische Vergewaltigung gewesen, die nunmehr, nach Deutschlands militärischer Niederlage, diesem zugefügt werden sollte. Die deutsche sozialistische Revolution wäre zur Verlängerung der russischen Revolution geworden; die bürgerlich-national-staatlichen Westmächte wären als Reserven des bedrängten russischen und deutschen Bürgertums in die Front eingerückt.

Wie die deutsche Arbeiterschaft im Innern nach Klassenversöhnung trachtete, erstrebte sie nach außen Frieden mit den imperialistischen Siegern. Das deutsche Bürgertum ließ in Versailles der Arbeiterschaft bereitwilligst den Vortritt; nichts Besseres konnte ihm widerfahren, als daß ein Sozialdemokrat das furchtbare Dokument verantwortlich unterzeichnete. So löffelte die Arbeiterschaft die Suppe aus, die das Bürgertum Deutschland eingebrockt hatte.»

Diese Illusionslosigkeit führte Niekisch aber auch zur Konsequenz. 1919 wurde der Bayerische Ministerpräsident Eisner, der mutig Deutschlands Schuld am Kriege zugegeben hatte, ermordet. Der Mord war von der Thule-Gesellschaft organisiert worden, jener Geheimgesellschaft, der 1919 schon Alfred Rosenberg, Hans Franck und Rudolf Hess angehörten, aus deren «Münchner Beobachter» einmal der «Völkische Beobachter» werden sollte und die eine Keimzelle der späteren NSDAP war.

Ernst Niekisch wurde Vorsitzender des Zentralrats der Arbeiter-, Bauern- und Soldatenräte Bayerns und Mitglied des Ministerrats. Gemeinsam mit Toller, Mühsam und Landauer gehörte er zu den Führern der Räterepublik; die Schilderung dieser Tage in seiner Autobiographie «Gewagtes Leben» ist von dokumentarischem Wert – etwa was die Rolle Lenins und der KPD betrifft. Sie ist auch schauerlich, vorwegnehmend im Schicksal

Landauers all das, was später in Deutschland «Ruhe und Ordnung» hieß:

«Nach dem Zusammenbruch der Räterepublik lebte er in der Wohnung der Witwe Eisners. Dort stöberten ihn einmarschierende Freikorpsmänner auf. Sie setzten ihn auf einen Lastwagen, um ihn nach Stadelheim zu transportieren. Als er dort eingeliefert worden war, drangen aufgehetzte uniformierte Studenten auf ihn ein und mißhandelten ihn. In seiner ruhig überlegenen und gemessenen Art sagte er ihnen mit tapferer Offenheit, wie irregeführt sie seien und wie sie sich zu Werkzeugen einer sehr schlechten Sache machten. Ein Major von Gagern, der zuhörte, wurde erbost. Er trieb die Studenten dazu an, den Mann, der sich bereits im Schutz der Gefängnismauern befand, zu ermorden. Die Horde fiel über Landauer her, schlug ihn zu Boden, ein Sergeant setzte das Gewehr auf seine Brust und erschoß ihn. Dann plünderten die Freikorpsleute den Toten bis auf die Haut aus und warfen den nackten Leichnam in die Waschküche. Es war eine Tat, die zeigte, welches Maß von Bestialität in der deutschen Seele ruht, und die bereits die späteren Greuel des Dritten Reiches ankündigte.»

Die Erfahrungen der «Revolution», die Inhaftierung und eine als Offenbarung empfundene Lektüre – Spenglers «Untergang des Abendlandes» – lassen in Ernst Niekisch jenes moralisch-intellektuelle Amalgam entstehen, das ihn von jetzt ab prägt: der Nationalbolschewismus. Niekischs Elite-Theorie – abweichend von der Hillerschen «Logokratie» – ist auch eine nationale; die Sprache, in der er sie verkündet, ist weihevoll und irrational, auf gespenstische Weise ähnlich der des Urfeindes aus Braunau:

«Wo Menschen leben, leben sie in Herden und deren Umwelt. Die Lebenserhaltung und Bedürfnisbefriedigung innerhalb dieser Umwelt ist das herdenbildende Grundinteresse. Diesem Grundinteresse ist jedes Individuum verpflichtet; schädigt der einzelne das Grundinteresse, verhängt die Herde über ihn den Untergang. Aus seinem Verhältnis zur Herde entspringt das Schicksal des Individuums. Die gesellschaftlichen Formen, die jede Herde ausbildet, sind ein Ergebnis der Anpassung der Herde an ihre Umwelt und deren Aufgaben.

Der Patriarch, der Häuptling, der König, der Zauberer und Priester sind Gestalten, deren Funktion es ist, die Kräfte der Herde im Not- und Einsatzfalle auf einen Punkt hin zu konzentrieren. Ihnen stehen Unterfunktionäre zur Seite, die berufen sind, den Einheitswillen und die Einheitshandlung der Herde teils mithervorzurufen, teils zur Geltung zu bringen. Sie bilden die Führerschicht, den ‹Adel› der Herde. Die Festigkeit ihrer Stelle beruht darauf, daß sie das Vermögen erweisen, dem herdenbildenden Grundinteresse wenigstens in einem gewissen Mindestmaße Genüge zu tun. Wenn ihnen das gelingt, werden sie mit Sondervorteilen, Vorrechten, mit hoher Macht, großem Ansehen belohnt.

Freilich sträuben sich in der Regel die Nutznießer einer Gesellschaftsordnung gegen deren Umbau. Feinnervige, kluge, instinktstarke Herdenglieder werfen sich zu Propheten, Märtyrern, Vorkämpfern, Propagandisten des neuen Zustands auf; sie spüren dessen sachlich notwendiges Kommen und sind dessen erste und beste Werkzeuge. Sie bilden eine neue Aristokratie, sie lösen den alten Adel entweder völlig ab oder verschmelzen doch mit ihm, wie es im alten Rom in Hinsicht auf die Patrizier und Optimaten geschah.»

Daß Eduard Bernstein Niekisch – zu dessen Empörung – als «nationalistisch» denunzierte, ist verständlich. Niekisch, nach einem glanzvollen Debut in der «Weltbühne», die in zehn Fortsetzungen seinen Bericht über bayerische Politik druckte, die er aber als «nahezu nihilistisch» eher kritisch ablehnte, versuchte tatsächlich eine Zusammenarbeit mit völkischen Kreisen. 1926 gründete er seine eigene Zeitschrift «Widerstand» (der später ein kleiner Buchverlag angegliedert wurde); schon in den ersten Heften publizierte er eine Würdigung des jungdeutschen Ordens – jener im November 1918 gegründeten semi-militärischen Kampforganisation, die ihre Aufgabe darin sah, «bolschewistische Aufstände niederzuschlagen», und deren Marburger Gruppe beispielsweise schreckliche Bluttaten an Arbeitern verübt hatte. Ihr Gründer und Führer, der ehemalige Hauptmann Arthur Mahraun, fühlte sich berufen, eine «neue Ordnung» für Deutschland zu bringen, unternahm als demonstrative Unterstützung der Stresemannschen Locarnopolitik einen «Ritt nach Frankreich» (bei dem allerdings seine Beziehungen zu dem Kali-Industriellen Arnold Rechberg, der wirtschaftliches Interesse an guten Beziehungen zu Frankreich hatte, eine Rolle gespielt haben dürften). Die antibolschewistische Grundkonzeption dieser völkisch-bündischen Femeorganisation bewahrte übrigens Mahraun nicht vor grauenhaften Folterungen in den KZ-Kellern seines siegreichen Konkurrenten. Ihretwegen gab aber auch Niekisch seine Bemühungen um den «Jungdo» auf, obwohl gerade in bündischen Kreisen sein neu gegründetes, schlecht gedrucktes, ohne Umschlag geheftetes und von Freunden eher verteiltes als vertriebenes Blättchen seine Leser fand. Niekisch hatte auch vor dem Bund Oberland – ausgerechnet jenem Freikorps, das sich bei der Niederwerfung der Münchner Räterepublik hervorgetan hatte und dessen Führer Friedrich Weber neben Hitler vor die Feldherrnhalle marschiert war – gesprochen: immer wieder mit der Absicht, völkischen Verbänden seine «Ostorientierung» zu interpretieren.

«Widerstand» – darunter verstand Niekisch eine bewußt militante Ablehnung der Versailler Verträge, des Integrationsprozesses Deutschlands mit Frankreich, England und den USA; Niekischs Konzept war das der Annäherung an Rußland, ja, der Kooperation mit der Sowjet-Union. Ohne wirklich Marxist zu sein, ohne je der KPD angehört zu haben, sah er sich als Fortsetzer einer Traditionslinie Bismarck-Lassalle: ein nationaler Bolschewist. Auch Niekisch hatte etwas Heilbringerisches, etwas von jener deutschen Mischung aus Ratio und Romantik. Nach Berlin übersiedelt, entwickelte er zahllose Kontakte zu politischen und – entsprechend seiner Elite-Theorie – vor allem intellektuellen Gruppen, ein eher rechtsstehender Gegner Hitlers zu frühester Stunde. Daß etwa Bodo Uhse, Redakteur an des Bauernführers Claus Heims Itzehoer Zeitung «Das kämpfende Landvolk», seinen Weg zum Kommunismus durch vorübergehende Annäherung an Niekischs «Widerstandskreis» fand, ist typisch und kennzeichnend. Früher als die meisten erkannte Niekisch in «Hitler ein deutsches Verhängnis», wie eine aggressive Studie aus dem Jahre 1931 hieß, und «Verhängnis» hatte keineswegs den Stellenwert der Naturkatastrophe – Niekisch wie kein anderer sah, daß hier eine Kreatur der Industrie entstand. Die Affinität, trotzdem, konnte er nicht leugnen; das Buch, dessen bei einer Haussuchung gefundenes Manuskript ihn schließlich ins KZ brachte, beginnt so:

«Die nationalsozialistische Bewegung ist vieldeutig und vielsinnig; mannigfache Strömungen, Gefühlswallungen, Willensrichtungen und Wunschträume schießen in ihr wie in einem gemeinsamen Bett zusammen. Sie ist das eine, ein vielgestaltig anderes zugleich aber auch. Bis zum Rande ist sie mit Gegensätzen gefüllt; sie birgt fast ebenso viele Widersprüche in sich, wie der gesamte Umkreis des Lebendigen selbst es tut. In ihr spricht die Stimme des Blutes, aber auch die Stimme der sozialen Rachsucht. Hinreißend ist der Schwung echten nationalen Gefühls; aber er wird doch wieder ohne Scham durch kleine persönliche Eitelkeit oder berechnenden Eigennutz mißbraucht. Die Flamme eines herrlichen Idealismus wird verdunkelt durch den Qualm widerwärtiger Korruption. Entschlossenen Tatendrang übertönt ein unerträglicher Lärm hohler Worte. Der starke Eindruck gesammelter Kraft wird verwischt durch abstoßende Ausbrüche zügelloser Roheit. Welsche Liebedienerei erweckt Zweifel an der Ehrlichkeit des deutschen Protestes. Deutscher Freiheitswille wird kühn entfesselt; sogleich aber übt bedürftige Diplomatenpfiffigkeit wieder tückischen Verrat an ihm. Gute politische Instinkte verstummen vor schlechten bürgerlich-liberalen Eigentumsängsten.»

Bezeichnend, wen Niekisch sich als erstes Publikum auserkor; er las gleich nach Abschluß der Arbeit drei geladenen Freunden aus dem Manuskript vor: Ernst Jünger, Carl Schmitt, Arnolt Bronnen. Und bezeichnend natürlich auch die Reaktionen: Bronnen warnte vor den Folgen, Schmitt fand A. Paul Webers Illustrationen gut und Jünger ließ «seine starke Abneigung gegen den pöbelhaften Geist der Bewegung erkennen. Sein aristokratischer Instinkt war von überzarter Feinheit.» Niekischs eigene Aggressionen sind keineswegs frei von dieser Art Empfindlichkeit. Zwar hat er die sozio-ökonomische Struktur der Nazi-Bewegung begriffen – aber er teilt auch jene verächtliche Fingerschnippbewegung, mit der so viele Demokraten «den Anstreicher» abtaten. Noch in seinem großen Nachkriegsbuch, das die DDR nicht verlegen mochte und das bereits im Titel «niedere Dämonen» beschwört, zeichnet er ein eher tiradenhaftes Konterfei:

«Alle niedrigen menschlichen Existenzweisen rangieren plötzlich an der Spitze, sie sind der Troß, der Hitler angemessen ist.

Der Polizeiagent, der Falschspieler, der Lügner, der Defraudant, der Hochstapler, der Geldschrankknacker, der schwere Junge, der Ordensschwindler, der Abenteurer, der Quacksalber, der Sektierer, der kitschige Gemütsathlet, der Schauspieler, der Schwätzer, der Folterknecht, der Bauchaufschlitzer: das ist die Personage des Dritten Reiches, die die bürgerliche Gesellschaft aus ihren dunkelsten Löchern zu Hilfe gerufen hat; das ist die Menagerie wilder Tiere, denen sie die antifaschistischen Glaubenszeugen zum Fraße vorwirft.

Diese Welt geistert in Hitlers aufgequollenem Gesicht, auf seiner gewöhnlichen Stirn, entlang seiner einfältigen Nase, über seinem gemeinen Mund, in seinem hinterhältigen Blick, rund um diese dreiste Haarsträhne, in diesen Falten, die seinen Zügen wie geheimnisvolle Zeichen eines Verbrecheralphabets eingegraben sind. In seiner Physiognomie ist keine lichte, freie, edle, weite, große Form, kein humorvoller Schalk hält sich darin versteckt. Seine Wangen sind wie eine schmutzige Wand, über die Schatten von Gewalttaten, Verschwörungen, Verrätereien, Nichtswürdigkeiten, Attentaten gegen das Humane gehuscht sind, an der die Spuren von finsteren Gedanken, bösen Plänen und von Blut, von sehr viel Blut, kleben.

Das ist der Herr der deutschen Bürger! Er ist die Wahrheit und das Leben der deutschen bürgerlichen Gesellschaft, ein säkularisierter Messias, an dem sich die Geister und die Fronten scheiden. Er ist der Böse, dem das deutsche Bürgertum seine Seele verschrieben hat und der es dafür, von seinen dienstbaren Geistern und Unterteufeln unterstützt, im Besitz der goldenen Schätze dieser Welt erhält, bis die Mitternachtsstunde schlägt, in der es unabwendbar zur Hölle fahren muß.»

Eine Begegnung mit Goebbels, kurz darauf, in Bronnens

Wohnung geriet weniger zart, eher pöbelhaft. Niekischs Disput – er hatte als einer der wenigen «Mein Kampf» gelesen und konnte beweiskräftig auf das antisowjetische Urelement des Nationalsozialismus hinweisen und damit auch sein Ende prophezeien – mußte Goebbels rasend machen. Die Überlieferung dieser Debatte ist historisch so bedeutsam wie Niekischs Bericht von seinem Besuch bei Mussolini – der nämlich das Argument vom Verhängnis der anti-östlichen Stoßrichtung in Hitlers Politik sofort begriff, ja offenbar aufgriff. Tatsächlich war Mussolini bis zu seinem Ende Gegner des Hitlerschen Rußlandfeldzugs; fast – denkt man an die gemeinsame Herkunft aus der Sozialdemokratie – bleibt ein Eindruck von gegenseitiger Sympathie, liest man Niekischs Mussolini-Erzählung. Zwischen nationalem Sozialismus (ohne Rassentheorie und Antisowjetismus) und nationalem Bolschewismus, tatsächlich, ist geringer Abstand.

Ernst Niekisch war Teil dieser Nation. Deutschland zu verlassen war ihm unvorstellbar. Im November 1932 hatte A. Paul Weber seiner neuen Wochenzeitschrift «Die Entscheidung» ein Titelbild entworfen: Papen steckt den Reichstag an. Als kurz darauf Göring ihn wirklich ansteckte, ging Niekisch nicht weg. Er gab sogar bis 1937 seine «Widerstandsblätter» heraus, reiste, wurde verhört, verfolgt und dann doch wieder ins Ausland gelassen. Aber er blieb. Grotesk, sich etwa vorzustellen, daß der ehemalige Mitarbeiter der «Weltbühne» im Herbst 1935 Stockholm besuchte – zwei Autostunden entfernt lebte Tucholsky; noch. Als Niekisch 1937 «endlich» verhaftet wurde, war er sozusagen nicht erstaunt:

«Jeden Tag rechnete ich damit, verhaftet zu werden. Ich fühlte mich als Feind des Dritten Reiches; ich lebte gewissermaßen seelisch unausgesetzt auf dem Kriegsfuß mit ihm, ich sah in ihm schlechthin die Inkarnation des Bösen.»

In Deutschland war kein Raum mehr für einen nationalen Mann. Niekisch war weder Jude noch Marxist, weder Anarchist noch linker Antimilitarist. Er wurde acht Jahre durch KZ's und Krankenhaftanstalten geschleppt, erblindete, wurde lahm. Ein Störfaktor, ausgespien.

Das blieb er. Nachdem ihn die Rote Armee am 27. April 1945 aus dem Zuchthaus Brandenburg befreit hatte, war er – ein körperlich zerstörter Greis, ein geistig explosiv lebendiger Mann – im Grunde nicht frei. Das Schicksal Ernst Niekischs nach dem Krieg ist leider nicht Satyrspiel nach der Tragödie, es ist Farce: Wohnend im Westen der Stadt, politisch und wissenschaftlich engagiert im Osten der Stadt (als Volkskammer-Abgeordneter, Kulturbundpräsidialrat und Professor der Humboldt-Universität), war er in beiden «Welt»hälften gleichermaßen suspekt. Seine Lebenserinnerungen enden 1945:

«Es gab keinen Raum mehr für eigenständige deutsche Politik. Die Freiheit, die sich mir wieder aufgetan hatte, erwies sich als ein fast undurchdringliches Gestrüpp neuer, atembeengender Gebundenheiten.»

Aber schon das war Häresie. Im Westen galt Niekisch, dessen Lebens- und Theoriewege doch überschaubar waren, als Kommunist; im Osten konnten seine Bücher nicht erscheinen, weder «Das Reich der niederen Dämonen» noch der ihm so zentral wichtige Aufsatz «Deutsche Daseinsverfehlung», der ihm als logische Verlängerung seiner frühen Hitler-Analyse galt. In dieser bitteren resignierten Analyse ist zu spüren – Niekisch meint auch sich; hier ist nicht nur von einem Es die Rede:

«Hitler hatte va banque gespielt; alles, Deutschlands gesamte Substanz und Reserven hatte er auf eine Karte gesetzt. Die Karte stach nicht. Mit leeren Taschen blieb das deutsche Volk zurück; es besitzt keinen politischen, keinen wirtschaftlichen, keinen kulturellen Heller mehr. Das deutsche Volk ist kein völkerrechtliches Subjekt mehr, es hat keine Regierung, keine Fahne mehr, sein Wohlstand, seine Chancen, seine Ehre, seine Freiheit – alles, alles ist dahin. Es ist in der Welt verrufener, als es Vandalen, Hunnen und Mongolen waren; es ist ärmer, als es Polen, Jugoslawen, Rumänen waren. Es hat in jeder Hinsicht seine Form und Richtung verloren. Es ist Gegenstand einer geschichtlichen Katastrophe, wie sie furchtbarer, namenloser, grenzenloser noch kein großes Volk betroffen hat; nur die Zerstörung Karthagos und Jerusalems bieten sich zum Vergleich an. Dieser Messias, Heiland, Erlöser Hitler war dem Chaos entstiegen; die auf ihn hörten, mußten unvermeidlich im Chaos versinken. Der Ertrag der ganzen deutschen Geschichte erweist sich als ein schreckliches Nichts; wo aber das Nichts das letzte Wort ist, da ist das ganze Dasein, das dahin führte, verfehlt.»

Niekisch, dessen Vorlesungen nicht zu besuchen den Studenten schon lange «nahegelegt» worden war, verlor seine Professur, legte seine Ämter nieder, trat aus der SED aus. Ein blinder, einsamer Mann, nur an Krücken sich eher verkriechend als bewegend, verschwand. Der Westberliner Senat, in endlosen Prozessen und Revisionsprozessen die Wiedergutmachung immer wieder verweigernd, gab schließlich die Quittung für ein Leben; die Scheine trugen noch die Embleme seiner Folterer: Reichsmark 600.–, in Worten: sechshundert.

Das Recht auf Irrtum als Häresie

Robert Havemanns demokratischer Kommunismus

Wohl selten hat ein Buch im Nachkriegsdeutschland soviel Disput, Attacke und Akklamation ausgelöst wie das schmale Bändchen «Dialektik ohne Dogma» des Ostberliner Chemophysikers Robert Havemann. Noch Jahre nach Erscheinen des Taschenbuches findet sich der Name Havemann immer wieder in den Schlagzeilen der deutschen Presse (und inzwischen auch der österreichischen, polnischen, jugoslawischen und italienischen). Havemann ist zur Schlüsselfigur einer umfassenden ideologisch-politischen Auseinandersetzung geworden.

Der 1910 in München geborene Lehrerssohn studierte von 1929 bis 1933 Chemie an den Universitäten München und Berlin. 1932, noch vor Abschluß des Studiums, wurde er Mitarbeiter des renommierten Kaiser Wilhelm-Instituts für physikalische Chemie und Elektrochemie in Berlin und erhielt für besondere Leistungen ein Stipendium der Deutschen Forschungsgemeinschaft. 1935 promovierte er in Physikalischer Chemie, wurde bis 1943 Assistent am Pharmakologischen Institut der Universität Berlin, wo er sich 1943 auch habilitierte. Seit 1932 schon Mitglied der KPD, arbeitete er von Beginn der Hitlerzeit an im illegalen Widerstand, begründete die Widerstandsgruppe «Europäische Union» und arbeitete besonders eng mit französischen und sowjetischen Zwangsarbeitern zusammen. Am 16. Dezember 1943 wurde Havemann wegen illegaler Tätigkeit vom Volksgerichtshof zum Tode verurteilt; die Vollstreckung wurde aber 1944 und 1945 zweimal verschoben, weil er im Zuchthaus Brandenburg an kriegswichtigen Forschungsaufgaben im Auftrage des Heereswaffenamtes arbeitete. Im April 1945 wurde er durch die Rote Armee befreit, trat der KPD (später der SED) bei, wurde noch im selben Jahr Mitbegründer des Kulturbundes in der sowjetisch besetzten Zone. Er wohnte in Westberlin, wo er Leiter des Kaiser Wilhelm-Instituts war. Im Januar 48 berief ihn eine Verfügung der amerikanischen Militärregierung (gegen deren Atomwaffenpolitik er protestierte) ab, er blieb aber bis 1950 Abteilungsleiter für Physik und Elektrochemie des Westberliner Instituts, hatte zugleich eine Professur für physikalische Chemie an der Ostberliner Humboldt-Universität inne und wurde am 27. Februar 1950 durch eine Verfügung des Westberliner Magistrats aus dem Kaiser Wilhelm-Institut entlassen, weil er in Ostberlin Mitglied der Volkskammer war. In der DDR nahm Havemann schließlich seinen Sitz in den verschiedensten wirtschaftlichen politischen Gremien ein, erhielt prominente Staatspreise und wurde Mitglied der noch heute in Ost und West hochangesehenen Akademie der Wissenschaften.

Die kritische Aufmerksamkeit der SED-Führung erregte er erstmals mit einem Vortrag über das Thema «Hat Philosophie der modernen Naturwissenschaft bei der Lösung ihrer Probleme geholfen», den er auf einer Leipziger Tagung im September 1962 gehalten hatte. Der Hallenser Parteihüter Horst Sindermann fürchtete schon zu dieser frühen Stunde – in Prag und Warschau wurden genau zu diesem Datum bereits liberale theoretische und literarische Diskussionen geführt – Havemanns «freiheitlichen Sozialismus» und warnte, der Genosse Professor wolle «den dialektischen Materialismus über Bord werfen». Tatsächlich wurden bereits in diesem Vortrag Gedanken laut, die bis dato in der DDR nicht zu hören waren:

«Der Ordinarius für Philosophie der Naturwissenschaften an der Berliner Humboldt-Universität, Ley, hat erst kürzlich erklärt, daß Theorien, nach denen die Zeit einen Anfang $t = 0$ hatte, im Falle ihrer Richtigkeit die Erschaffung der Welt durch Gott beweisen würden und daher mit dem dialektischen Materialismus unvereinbar seien. Die Quintessenz all des Gesagten ist: In einer langen, entscheidenden Epoche, die als die Stalinsche Epoche nur ungefähr abgegrenzt werden kann, hat der dialektische Materialismus in- und außerhalb der Sowjetunion den Naturwissenschaftlern bei der Lösung ihrer Probleme nicht nur nicht geholfen, sondern noch dazu beigetragen, ihnen dies zu erschweren – wobei ich nicht den wirklichen dialektischen Materialismus im Sinne habe, sondern das, was als dialektischer Materialismus verkündet und gelehrt wurde. Was da auf den amtlichen philosophischen Kathedern gelehrt wurde, hatte sich in einem historischen Prozeß in vulgären Materialismus und mechanischen Materialismus zurückverwandelt, in alles andere also, als wirklich auf der Höhe der Zeit stehenden Materialismus. Ein so intelligenter Physiker wie Blochinzew wurde dazu verleitet zu behaupten, die Quantenmechanik wäre eine Theorie von Teilchenensembles. Wie ich ihn einschätze, behauptete er das im guten Willen und in der Hoffnung, seine physikalischen Kollegen möchten es ihm nicht verübeln, weil es in der Physik doch nicht weiter ins Gewicht fallen könnte. Tatsächlich hat er sich aber bei ernsthaften Physikern um seinen Kredit gebracht, nur weil er sich einigen Herren auf philosophischen Lehrstühlen zuliebe, um ihnen ihre Theorie von der absoluten Determiniertheit aller Erscheinungen zu retten, diese Geschichte mit den Ensembles ausgedacht und sogar in ein Lehrbuch hineingeschrieben hat. Aus diesem Buch wird es nun eifrig und heute noch von Leuten abgeschrieben, die von den anderen Teilen des Lehrbuches natürlich gar nichts verstehen!

Etwas Furchtbares ist geschehen: Der dialektische Materialismus ist jahrzehntelang durch seine offiziellen Vertreter bei allen Naturwissenschaftlern der Welt einschließlich der führenden Naturwissenschaftler der Sowjetunion in zunehmendem Maße diskreditiert worden. Max Born bezeichnet ihn als reine Scholastik; Einstein hat sich ähnlich geäußert.»

Aber Havemann begnügte sich nicht mit diesem einen spektakulären Vortrag, sondern versuchte in einer großangelegten Vorlesungsreihe für Hörer aller Fakultäten im Wintersemester an der Humboldt-Universität seinen in Leipzig nur angedeuteten Gedanken und Zweifeln nachzugehen. Diese Vorlesungen über «Naturwissenschaftliche Aspekte philosophischer Probleme» wurden alsbald zu einer Sensation, die Zahl der anfangs eingetragenen 1250 Studenten wuchs stetig, Hörer kamen aus Halle, Leipzig und Rostock, und Havemanns Forderung in der dritten Vorlesung zum Beispiel nach genauer und zuverlässiger Information war ein nahezu häretisches Novum. Bei der Untersuchung der allgemeinen Grundlagen jeder Begriffsbildung und der Sprache und Schrift als wichtigster Medien zur Verbreitung von Kenntnissen und Begriffen kommt er zu der Gefahr willentlicher Wissensbeschränkung, also einer gesellschaftlichen Herrschaft, die die Möglichkeiten der Beherrschten, sich zu informieren, beschränkt; für Havemann ist das in jedem Fall ein reaktionäres Regime:

«Der Lebensquell unserer kulturellen Entwicklung, das Blut in den Adern der menschlichen Kultur ist die vielseitige, immer umfassendere Information aller Mitglieder der Gesellschaft über alles Wissen, alle Probleme und Fragen der Zeit. Jede Behinderung und Einschränkung der Information und des Informationsaustausches hemmt die Aktivität der Gesellschaftsmitglieder und damit die Entwicklung der gesellschaftlichen Verhältnisse. [...] Die Geschichte lehrt, daß man ihren Prozeß auch auf diese Weise niemals gänzlich aufhalten kann. Es führte nur dazu, daß dann die großen Wandlungen mit um so größerer Energie und Plötzlichkeit vor sich gingen.»

Das Törichte und der Sache keineswegs Dienende war, daß falscher Jubel der meist kenntnisarmen westdeutschen Presse Thesen und Meinungen «verteidigte», die Havemann nie formuliert hatte. Der «Fall Havemann» ist begleitet von Mißverständnissen und Fehlinterpretationen auf beiden Seiten. Ein besonders typisches (und verhängnisvolles) Beispiel war die Veröffentlichung eines «Interviews» in der SPD-nahen Zeitung «Hamburger Echo am Abend», das noch vor der westdeutschen Buch-Publikation der Vorlesungstexte erschien und in dem Havemann zitiert wurde als einer, der «mehr Freiheit für die Menschen der DDR» forderte, was den Professor als tollkühnen Rufer in der Wüste erscheinen ließ. Nur: Havemann hatte dieser Zeitung nie ein Interview gegeben, er hatte lediglich einen Mann namens Karl-Heinz Ness, Jurist und Mitarbeiter der «Neuen Gesellschaft», einer SPD-nahen Vereinigung für staatsbürgerliche Bildung, empfangen. Aus Notizen seines Gesprächs in Ostberlin machte Ness dann ein «Interview», jene «sinngemäße Zusammenfassung», aber in Antwortform und direkter Rede; das Manuskript, nacheinander dem Rundfunk, dem «Spiegel» und der «Zeit» angeboten, erschien dann im «Hamburger Echo am Abend», einer «auf den Bonner Strich gehenden Boulevardzeitung», wie das Politbüromitglied Harald Wessel es nannte. Tatsächlich stand in diesem Interview: «Den Bürgern der DDR muß mehr Freiheit gegeben werden als sie Bewohner westlicher Länder genießen.» Havemann bestreitet, das je gesagt zu haben.

Was Havemann aber wirklich fordert – oder vermißt – ist wesentlich komplizierter, wesentlich weniger auch dazu geeignet, zeilenweise westlichen Jubel zu provozieren. Ohne Frage haben wir es mit einer scharfen, seltenen Auseinandersetzung innerhalb des Marxismus zu tun; dessen «Lager» aber verläßt Havemann keinen Augenblick. Folgerichtig hat er es abgelehnt, die DDR zu verlassen, obwohl man es ihm offenbar antrug. Das ist das Sonderbare und Singuläre am «Fall Havemann»: Ein Naturwissenschaftler von internationaler Reputation, der in Gedankenaustausch mit Bohr und Heisenberg, Infeld und Linus Pauling steht, der mit Einstein diskutierte und die neuesten Ergebnisse der sowjetischen Forschung kennt, spricht und schreibt über «Naturwissenschaftliche Aspekte philosophischer Probleme», und weil der dialektische Materialismus den Ergebnissen der Naturwissenschaft hinterherhinkte, sie gar umzudeuten und wegzudisputieren versuchte, lehnte Havemann sich gegen die unzumutbare marxistische Orthodoxie auf. Wenn Havemann irgendeine Freiheit fordert, dann die, durch eine unverstellte, nicht tabuierte Diskussion den Marxismus von Schlakken zu befreien. Der Sozialismus, den er als Weg, nicht als Ziel sieht, scheint ihm unnötig mühsam, wenn Wirklichkeiten des Augenblicks und Möglichkeiten der Zukunft nicht bezweifelbar bleiben:

«Ich glaube, daß der moderne Materialismus geradezu den Zweifel an ihm selbst erfordert und daß ständige Auseinandersetzungen mit dem Zweifel an seinen Grundpositionen wesentlich sind für seine weitere historische Entwicklung.»

Havemann ist aus Logik, aus Nüchternheit und aus Anstand ein kommunistischer Demokrat. Er sieht den vielen Unsinn, der – oft aus der Sowjetunion importiert – in der DDR konsumiert wird. Alberne und falsche Publikationen über die Quantentheorie oder gegen die Kybernetik werden gedruckt (obwohl es keine Raumfahrt in der Sowjetunion ohne Kybernetik gäbe), einem renommierten Wissenschaftler wie Lifschitz wird der Lehrstuhl genommen, die bereits fertige Übersetzung eines Buches des berühmten sowjetischen Photochemikers Terenin in Ostberlin zurückgezogen, während Veröffentlichungen, die niemand in der Fachwelt (des Marxismus) mehr ernst nimmt, wie Viktor Sterns Buch «Erkenntnistheoretische Probleme der modernen Physik» oder Georg Klaus' «Jesuiten Gott Materie» (gegen Gustav A. Wetters «Der dialektische Materialismus» gerichtet), hochgelobt werden. Eine «Hilfe» der Philosophie für die Naturwissenschaften, mehr noch, eine politisch vernünftige und für den Sozialismus sinnvolle Methode kann Havemann nicht darin erblicken:

«Für eine kontinuierliche, friedliche, kulturvolle Entwicklung der Menschheit, für eine Umwandlung, bei der nicht mehr an Zerstörung geschieht, als die Zerstörung der Hemmnisse, ist es erforderlich, daß alle Glieder der Gesellschaft so bewußt wie möglich an den wirklichen Prozessen teilhaben und so vollständig wie möglich über sie informiert sind. Eine Regierung kann nur dann in ihrer so wichtigen Arbeit Erfolg haben, wenn sie sich auf die aktive und tätige Mithilfe aller Gesellschaftsmitglieder stützen kann. Diese Unterstützung ist aber nur zu erlangen, wenn die breiten Volksmassen ständig über alle Erscheinungen und Probleme ihres Lebens informiert werden.»

Doch es geht Havemann gar nicht um solche aktuellen Pointen. Er trägt vielmehr die uralte Fehde zwischen Naturwissenschaft und Philosophie aus, er will nicht «Magd» sein mit seiner soviel präziseren Disziplin, sondern zeigt unentwegt, daß ja die großen naturwissenschaftlichen Entdeckungen der letzten Zeit ohne oder gar gegen die Philosophie gemacht wurden. Und weil er meint, daß inzwischen ausgesprochen werden muß, was gedacht und gefunden wurde, zögert er nicht, etwa den ehemaligen Chefredakteur der Parteizeitschrift «Einheit!» und Nachfolger auf Blochs Lehrstuhl, Klaus Zweiling, anzugreifen, der sich an das Dogma von der «Unendlichkeit der Welt» klammert und für den die moderne physikalische Erkenntnis von der Endlichkeit von Raum und Zeit deshalb zu Havemanns Verzweiflung nicht stattgefunden haben darf:

«Tatsächlich gibt es überhaupt keinen Satz, der nicht durch Erfahrung widerlegt werden kann. Sogar je allgemeiner ein Satz, um so weniger genügt an Erfahrung, um ihn zu widerlegen.»

Havemann will nachweisen, und er beharrt auf diesem Nachweis mit nahezu verbissener Brillanz, oft auch mit einiger Arroganz («Philosophie kann man nicht verstehen, wenn man nur Philosophie versteht»), daß die offiziellen Vertreter des dialektischen Materialismus in einen mechanischen Materialismus zurückgefallen sind, daß sie sogar in einer Art Degression wieder bei Laplace' metaphysischem Determinismus angelangt sind. Die heute noch in der DDR – und bis vor kurzem auch noch in der Sowjetunion – landläufige Schuldoktrin widersetzte sich, Lehren aus neuen naturwissenschaftlichen Erkenntnissen zu übernehmen. Die gänzlich mechanistische Darstellung etwa von Zufall und Notwendigkeit wurde seit Jahren einer ungläubigen Schülerschar in jedem Diamat-Kurs gepredigt: Zufall ist, wenn zwei Kausalketten sich treffen; Herr Müller geht über die Straße, weil...: eine Kausalkette. Ein Ziegel löst sich vom Dach, weil...: zweite Kausalkette. Da aber jeder Kausalkette eine streng bestimmbare Ursache zugrunde lag, war der Zufall, daß Herr Müller vom Ziegel erschlagen wurde, doch kein Zufall. Dieselbe kismetartige Logik führte im historischen Materialismus – etwa bei der Frage nach der Rolle der Persönlichkeit in der Geschichte – zu einer nahezu fatalistischen Auffassung: Stalin war quasi das Ende *einer* Kausalkette, am anderen Ende einer anderen Kausalkette lagen halt die zufällig nicht zufällig von diesem Ziegel Erschlagenen. Das naturwissenschaftliche Gesetz, daß eine Ursache *mehrere mögliche* Wirkungen haben kann, also hier die «Quelle» des Zufalls liegt, wurde nicht zur Kenntnis genommen.

«Ohne die Dialektik von Zufälligkeit und Notwendigkeit, von Möglichkeit und Wirklichkeit können wir nicht begreifen, was Freiheit wirklich ist. Der Begriff der Freiheit ist für die Menschheit von fundamentaler Bedeutung. Freiheit, hat Hegel gesagt, ist Einsicht in die Notwendigkeit. Dieser Satz ist oft sehr einseitig, sehr mechanisch, sehr armselig interpretiert worden. Er hat dann den Charakter lehrerhaften Dünkels. Herablassend wird uns gesagt: Wenn ihr nicht einseht, was nun einmal Notwendigkeit ist – und diese Notwendigkeit hatten gewöhnlich diejenigen bestimmt, die das sagten –, so könnt ihr eben auch keine Freiheit haben und werdet dafür eingesperrt. – Freiheit könnte man sich also dadurch erkaufen, daß man tut, was man muß, obwohl man es gar nicht will. Mit einem Zynismus ohnegleichen schrieben die Nazis an die Tore ihrer KZ: Arbeit macht frei. – Ich habe das so scharf wie möglich formuliert, weil dies eben der Inhalt jenes Satzes nicht ist. [...]

Dies ist eine furchtbare Verzerrung. Sie stammt von der Denkweise her, es sei möglich, die Geschichte der Menschheit zu befehlen und dann ausführen zu lassen. Zum Glück geht das nicht.»

Dies ist der zentrale Problemkreis, sozusagen das Gelenk der gesamten theoretischen Neuorientierung, die Havemann verursachte. Alle seine aktuell-politischen Äußerungen sind letztlich weniger brisant als dieser Denkansatz; anders gesagt: sein emphatisches Begrüßen des tschechoslowakischen Sozialismus-Modells – «von einer historischen Tragweite, die sich nur mit der der russischen Oktoberrevolution vergleichen läßt» –; sein Betonen des Luxemburg-Konzepts und ihres Satzes «Freiheit ist die Freiheit der Andersdenkenden»; seine Forderung einer neuen KPD und einer parlamentarischen Opposition in der DDR – all das sind Auswirkungen. Ausgangspunkt dieser Unruhe ist sein Konzept einer neuen, anderen Beziehung zwischen Individuum und Gesellschaft. Bezeichnenderweise findet eine der frühesten Auseinandersetzungen über dieses Thema zwischen ihm – und Wolfgang Harich statt. Gleich nach dem XX. Parteitag wurde im «Sonntag» eine Diskussion über das Thema «Philosophie und Dogmatismus» geführt, an der neben Walter Besenbruch und Alfred Kosing auch Havemann und Harich und der später aus der SED ausgeschlossene Dozent Friedrich Nerneck teilnahmen. Harichs «Rückfragen an Robert Havemann» provozieren den Aufsatz «Rückantworten an die Hauptverwaltung ‹Ewige Wahrheiten›»:

«Beginnen wir mit der Frage fünf. Dies ist schon ein ganzer Komplex, noch dazu einer von solchen Fragen, die Harich von mir gar nicht im einzelnen beantwortet haben will. Er will nur wissen, ob alle diese Fragen durch den Marxismus – oder genauer: durch das Aufgehen von großen Teilen der Philosophie in den positiven Wissenschaften ‹gegenstandslos› geworden sind. [...]

Was für Fragen sind es nun, die keineswegs erledigt sind, sondern dringend auf Erledigung warten? Es sind: ‹Was ist Kausalität im allgemeinen? Was ist Naturgesetzlichkeit im allgemeinen? Wie verhalten sich Möglichkeit und Wirklichkeit, Notwendigkeit und Zufälligkeit zueinander?›»

Die hier von Havemann zitierten Harich-Fragen gingen allerdings noch weiter; es hieß in dem Artikel im «Sonntag»: «Wie ist generell, für alle Bereiche der Realität zutreffend, das Verhältnis von Allgemeinem, Besonderem und Einzelnem zu bestimmen? Wie unterscheiden sich die Kausalbeziehungen in der organischen Natur von denen in der anorganischen? ...»

Havemann hatte schon in einem früheren Aufsatz formuliert, typisch für den Dogmatiker sei, daß er stets vom Allgemeinen ausgehe, seine Allgemeinheiten aber den Charakter von Vorurteilen angenommen hätten und damit zu Plattheiten würden. In seiner Antwort auf Harich wird er noch präziser:

«Während sich einige unserer Philosophen noch in scholastischen Streitereien darüber ergehen, ob der Zufall durch die Kreuzung oder Überkreuzung verschiedener Gesetzmäßigkeiten zustande komme, hat die Physik eine komplette Theorie von Möglichkeit und Wirklichkeit, Zufälligkeit und Gesetzmäßigkeit für die Mikrophysik entwickelt. Unsere Philosophen stehen aber dabei und beschauen sich das Ganze mit höchst mißtrauischen Augen und bilden sich ein, sie könnten darin bestimmt ein Haar finden, weil der ganze dicke Balken, den die Physik geliefert hat, in ihren altgewohnten Allgemeinheiten noch nicht vorkommt. Kann man sich da wundern, daß die neuen, fetten Brokken, für die der Magen eines Dogmatikers zu schwach ist, die Beute von allerlei philosophischen Scharlatanen werden?»

Es ist sozusagen leichter, sich über Kafka nicht zu verständigen. Es ist sogar nicht einmal so schlimm, wenn der gescheiterte Kunstmaler und schlechte Romancier Alfred Kurella Kafka nicht versteht, in der Diskussion mit dem Wiener Marxisten Ernst Fischer sogar zugeben muß, daß Marx' ökonomisch-philosophische Manuskripte, die das Thema der Entfremdung behandeln, in der Sowjetunion praktisch tabu waren und erst seit nicht ganz zehn Jahren zugänglich sind. Es greift eher an den Lebensnerv eines Staates, gar eines philosophisch-politisch-ökonomischen Systems, wenn der Philosophieprofessor Zweiling der zwar schwierigen, aber durchgesetzten naturwissenschaftlichen Erkenntnis, auch Endliches kann unbegrenzt sein, mit dem Satz zu begegnen sucht: «Wenn die Welt ein endliches Volumen haben soll, was ist dann außerhalb dieses endlichen Volumens?» Als Frage ist das nur naiv – als Reglement ist es verheerend; das Reglement wird Ideologie, und das ist es, was Havemann bekämpft:

«Die Bezeichnung ‹Ideologische Kommission› für ein Gremium, dessen Ziel die Förderung der gesellschaftlichen Bewußtheit ist, wäre also eine contradictio in adjecto. Das Ziel der kommunistischen Bewegung ist ja gerade die Abschaffung jeder Art von Ideologie. An die Stelle der Ideologie, also der zu der jeweiligen Gesellschaft gehörenden Täuschung über sie selbst, soll Bewußtheit treten. Wissenschaftlich begründete Einsicht über uns und unsere gesellschaftlichen Verhältnisse zu verbreiten, ist unser Ziel.»

Vorerst, allerdings, mußte Robert Havemann einsehen, daß er die Möglichkeiten der offenen Diskussion in der DDR überschätzt hatte. Wenn die Parteizeitung der Humboldt-Universität anfangs die Kollegs noch positiv beurteilte («Wenn Havemann den Finger auf wunde Stellen legt, dann wird er viele Freunde gerade unter den Philosophen finden»), dann wurde doch sehr bald klar, daß die «Freunde» unsichtbar blieben. Die Feinde nicht; nach der Veröffentlichung des «Dialektik ohne Dogma»-Bandes (den das christliche Hamburger «Sonntagsblatt» «ein rotes Kuckucksei» nannte), wurde Havemann aus der SED ausgeschlossen, und das Staatssekretariat für das Hoch- und Fachschulwesen veranlaßte seine fristlose Entlassung aus der Universität. In der DDR wurden Politbüro-Tagungen einberufen, um die weitere Behandlung des renitenten Ex-Genossen, Wissenschaftlers und einwandfreien Antifaschisten zu beraten. Verhaften, wie einst den Philosophieprofessor Wolfgang Harich, gehörte zu den inzwischen verurteilten Methoden der Stalinzeit; den Gefallen, «seine Lehrtätigkeit nach Westdeutschland zu verlegen», tat er seinen Widersachern nicht. Von der ihm inzwischen geläufigen Gewohnheit, im Westen zu publizieren, ließ er keineswegs ab, zumal es in der DDR überhaupt keine Möglichkeit gab, zu veröffentlichen.

Ulbrichts frühe Wendung gegen «friedliche Koexistenz auf ideologischem Gebiet», schon auf dem 30. Plenum des ZK der SED Anfang Februar 1957 formuliert, ist deutlich. Auf der ein Jahr später stattgefundenen «Konferenz des Instituts für Gesellschaftswissenschaften beim ZK der SED über den dialektischen Materialismus» darf Havemann zwar noch mitdiskutieren – in dem Sammelband, der die Diskussion dokumentieren soll, fehlt aber sein Beitrag; aufgenommen dagegen sind die Polemiken gegen ihn:

«Genosse Havemann, Deine Diskussion, die Du damals über die Frage des Gegenstandes der Philosophie angefangen hast, hat unerhört dazu beigetragen, daß diese revisionistischen Stimmungen im Grundstudium so aufkommen konnten. Zum Beispiel trat der Parteifeind Crüger, der ehemalige Institutsdirektor, vor die Studenten und sagte: Ja, das ist so eine offene Frage [...] Die Studenten wurden darauf von Zweifeln angefressen. [...] Das, was Du, Genosse Havemann, vorhin hier ausgeführt hast, war noch ein Teil von dem, was Du damals grundsätzlich vertreten hast! [...] Du polemisierst zum Beispiel gegen den mechanischen Materialismus. Was wir vom mechanischen Materialismus übernehmen [...], das ist die Frage der Notwendigkeit, das heißt der objektiven Gesetzmäßigkeit. Diese vermisse ich bei Dir, Robert, vollkommen. Wenn Du dieser Frage auf den Grund gegangen wärst, dann wäre es auch nicht möglich gewesen, daß

Du hier wieder so eine merkwürdige Gegenüberstellung der Dialektik von Revisionismus und Dogmatismus bringst.»

Eine Art Antwort auf diese und zahllose ähnliche Angriffe – «die Außenposten des Revisionismus in der DDR, Robert Havemann und Wolf Biermann, wurden politisch und geistig geschlagen und damit isoliert», sagte Ulbricht nach dem Einmarsch in die ČSSR –, ein «offenes Sendschreiben» in höchst makabrer Variante ist Havemanns intellektuelle Autobiographie «Fragen Antworten Fragen». Es ist das Realitätsraster für Arthur Koestlers «Sonnenfinsternis», und es ist die mutigere Variante vom «Geständnis» des ehemaligen tschechoslowakischen Außenministers Arthur London. Es ist Empörung und Melancholie und debattierfreudige Intelligenz: ein marxistisches Buch. Denn wenn je Marxismus zu Zivilcourage, Kampfgeist und souveränem Beherrschen historischen Materials erzogen hat, zum verantwortlichen Individuum also – dann liegt hier das Resultat vor. Havemanns zentrales Thema, das Verhältnis von Individuum und Gesellschaft, prägt auch dieses Buch. Es heißt zu Recht im Untertitel «Aus der Biographie eines deutschen Marxisten». Es setzt ein mit dem ersten Verhör («Zeugenvernehmung») beim Staatssicherheitsdienst. Der «Fall Havemann» ist bekannt, der Autor setzt das voraus, auch die Kenntnis seines Buches «Dialektik ohne Dogma», auch den berühmten «Spiegel»-Artikel vom Dezember 1965 mit der Forderung nach einer neuen KPD (in der BRD), in dem es hieß:

«Den ersten sichtbaren Ausdruck einer wirklichen Wandlung würde ein neues Statut der Partei geben. Es müßte demokratisch sein und jeden Rückfall in den ‹stalinistischen› Zentralismus von vornherein unmöglich machen. Das neue Statut der KP Schwedens könnte als Vorbild dienen. Es verbietet jeden Einfluß höherer Leitungen und Parteiorgane auf die Parteiwahlen. Es gestattet die Bildung oppositioneller Fraktionen in der Partei und damit die öffentliche Kritik an der Politik der Partei durch ihre Mitglieder. Damit wird die Parteidisziplin in Meinungs- und Überzeugungsfragen aufgehoben, durch die ein Kommunist gezwungen werden könnte, in der Öffentlichkeit Meinungen zu rechtfertigen und zu vertreten, die er selbst für falsch hielt.»

Genau gegen diese falsch verstandene Parteidisziplin, gegen das Verbot der Fraktionsbildung – das Lenin, der Meister der Fraktionsbildung, 1923 erlassen hatte, um mit der Opposition Kamenew, Sinowjew, Trotzki fertig zu werden, und im selben Jahr Antonio Gramsci ermunterte, gegen Bordiga, den Führer der PCI, eine Fraktion zu bilden (um die italienische KP zu bolschewisieren) –, gegen jenen fälschlich institutionalisierten akuten Parteibeschluß von der Unterordnung des Individuums kämpft Havemann mit seinem Buch wie bisher mit allen seinen Veröffentlichungen.

Das Buch, keine leichte Lektüre und dennoch «spannend», sein Bewegungsgesetz «Fragen-Antworten-Fragen» ablösend von der aktuellen Verhörsituation und verlängernd in ein bohrendes Sich-Befragen nach der eigenen Funktion, der eigenen Verantwortung innerhalb einer sozialistisch gewünschten Welt, dieses Buch voll entsetzter Kritik an der preußischen Variante des Sozialismus und voll expressiver Bewunderung für das tschechoslowakische Modell eines freiheitlichen Sozialismus ist ja geschrieben von einem Mann, der als Staatsfeind Nummer eins seit Jahren attackiert, gedemütigt, aus Ehren und Ämtern und Arbeit gejagt in seinem Lande lebt. Was er schreibt, ist eben nicht Vision aus London oder Bericht aus dem Pariser Exil – es ist dort geschrieben, wo es auch entstand. Die intellektuelle Aufrichtigkeit hält einer charakterlichen Rigorosität die Balance. Folgende Szene etwa definiert die Situation, nüchtern und gespenstisch zugleich:

«In meinem Raum befand sich also ein Mikrophon, das einen UKW-Sender betrieb, auf den ich meinen Empfänger – zufällig – eingestellt hatte.

Die Genossin war etwas verwundert über meine Reaktion auf das Pfeifen meines Transistorradios. Ich erklärte ihr meine Vermutung und bat sie, eine Reihe beliebiger Sätze oder Worte in normaler Lautstärke zu sprechen, während ich mit meinem kleinen Empfänger in den Garten hinausging. Die Sache war großartig. Alles, was die Genossin im Innern des Hauses sagte, konnte ich in meinem Radio draußen im Garten mit voller Klarheit hören. Wir machten uns nun an die Suche des Abhörsenders. [...]

Vorsichtig klopfte ich die Gegend der Wand ab, wo wir den Kleinsender vermuteten. Mein Klopfen hörte ich dabei als lautes Knacken im Empfänger. So ließ sich der Ort des Mikrophons auf einen Umkreis von wenigen Zentimetern bestimmen. Es befand sich an der Scheuerleiste am Fußboden. Es war von hinten mit einem dicken Batzen Klebwachs an die Leiste angeklebt. Das Mikrophon selbst war sehr klein, es steckte in einem von hinten in die Leiste gebohrten Loch, das vorne, zum Zimmer hin, nur eine kleine Öffnung hat. Vom Mikrophon führte ein kurzes Kabel zum eigentlichen Sender, einem kleinen Kunststoffkästchen, das in der Wandverkleidung verborgen war.»

Das Spezifische dieses Buches ist, daß es nicht keift. Zwar liest man hier die konsequenteste Attacke gegen das, was Sartre einmal die Sklerose des Marxismus nannte, gegen moralische Gemeinheit und intellektuelle Inferiorität von Funktionären und deren Begriff von der «Sicherheit des Staates», aber es ist gleichzeitig eine gnadenlose Selbstbefragung. Den Richter sieht Havemann nicht als behördliche Instanz, sondern als akzeptierte Gewissensinstanz. In einem Artikel, gedacht als Antwort auf Angriffe in der Zeitschrift «Forum», die ihm ehemalige dogmatische Äußerungen vorrechnete, hatte Havemann schon 1965 zugegeben: «Ja, ich hatte unrecht.» («Forum» hatte den Abdruck abgelehnt, auch ein von Havemann angestrebter Presseprozeß konnte die Publikation nicht erzwingen; der Artikel erschien in der Bundesrepublik.) Havemann war mit seinen früheren Positionen ebenso erbarmungslos gewesen wie jetzt etwa mit denen Kurt Hagers oder Walter Ulbrichts:

«... was ich damals dachte und schrieb, kann nicht als ‹Jugendsünde› abgetan werden. Meine Irrtümer von damals waren ernster Natur. [...] Es war viel schlimmer. Damals galt für mich der Grundsatz: Die Wahrheit ist ‹partei›-lich. Jeden Gedanken, der nicht ‹marxistisch› war, hielt ich für feindlich und für falsch zugleich. [...] Ich war zu unbedingter Bescheidenheit gegenüber der kollektiven Weisheit der Partei erzogen. Für mich galt: Die Partei hat immer recht. Die Partei lobte Lyssenko. Also war Lyssenko ein Marxist. Seine Ansichten waren richtig. Ich mühte mich nach Kräften, sie zu verteidigen.

Sartre war ein Feind. Man brauchte ihn nicht zu lesen. Es war besser, man las ihn nicht. Man entging dadurch der Gefahr, von der Ideologie des Klassenfeindes benebelt zu werden. Darum wurden ja auch die Schriften bei uns nicht veröffentlicht. Wie sie einzuschätzen waren, hatte die Partei längst gesagt.

Stalin war für mich der bedeutendste damals lebende Marxist. Seine Worte waren unwiderleglich. Ich konnte mich nur bemühen, ihn zu verstehen. Wenn es mir nicht gelang, lag es nicht an Stalin, sondern an mir. [...]

Damals war ich der Meinung, daß man einen guten Genossen daran erkennen kann, wie schnell er neue weise Einsichten der Partei verstehen und öffentlich für sie eintreten kann. Die schlechten, unsicheren Genossen andererseits waren daran zu erkennen, daß sie in unbescheidener Überheblichkeit Einwendungen machten und völlig abwegige Fragen stellten, die man am besten gar nicht beantwortete. Die schlechteren Genossen aber, die schon mit einem Bein im Lager des Klassenfeindes standen, das waren jene Unglücklichen, die es wagten, Kritik an den führenden Genossen der Partei zu üben, gar Kritik an *dem* führenden Genossen.

Heute erscheint mir die Geistesverfassung, in der ich mich damals befand, als geradezu lächerlich. [...]

Was ich heute denke, was ich heute schreibe, das ist Wiederaufbau aus den Trümmern. [...]

Jahrelang glaubte ich, ein guter Marxist zu sein. Weil ich das glaubte, war ich es nicht. Heute glaube ich nicht mehr. Ich bin in Zweifel, in Unruhe.»

Havemanns Häresie besteht eben darin, daß er das Recht auf Irrtum gleichsetzt dem Recht, diese Irrtümer öffentlich einzugestehen, zu diskutieren. Nicht im Sinne von Trotz, den ihm der ehemalige Blockwart und NS-Parteigenosse Werner Hartke unterstellte, der als Präsident der Akademie der Wissenschaften Havemanns Ausschluß betrieb, als er in einem Havemann nicht zugestellten Rundschreiben sich empörte: «Dieses Akademiemitglied glaubt, sich an keine Ratschläge und Weisungen halten zu müssen, vielmehr jedesmal selbst entscheiden zu können, welche Normen und Gesetze es einhalten will.»

Was Havemann tat und hier in seinem Buch erneut versucht, ist, das Marxsche Mißverständnis aufzurollen, demzufolge der Widerspruch zwischen Individuum und Gesellschaft im gesellschaftlichen Prozeß der Überwindung des Kapitalismus aufgehoben wird. Ähnlich dem Konzept Ernst Fischers, der die Kategorie der Entfremdung in der Ästhetik und in Kunstwerken – Solschenyzin gleich Beckett – reproduziert sieht, sieht Havemann die Kategorie der Unterdrückung, auch nachdem eine Arbeiterbewegung die Macht ergriffen hat, vielleicht auf höherer Stufe, aber doch in voller Schärfe reproduziert. Solange staatliche Unterdrückung des Individuums Voraussetzung für das Funktionieren einer Gesellschaft ist, solange bleibt dieser Widerspruch – und so lange muß er benannt werden. Jene elfte Vorlesung, die in sein Buch «Dialektik ohne Dogma» nicht mehr aufgenommen wurde, galt schon dem Thema der Ungleichheit der Menschen und verlängert das große dialektische Fragespiel des Buches.

Dabei wird eine Situation fixiert, die zwischen grotesk, makaber und lächerlich hin und her zickzackt. Endlose Debatten über Hegel und dessen von Marx so gern zitiertes Wort von der Freiheit als Einsicht in die Notwendigkeit, über Engels' Satz «Mit freiem Willen handeln heißt mit Sachkenntnis handeln» werden unterbrochen von der pünktlichen Lust aufs Beamtenmittagessen der Staatssicherheitshüter. Havemann doziert seine Version des Marxismus:

«Viele marxistische Theoretiker sind der Ansicht, daß auch die unfreien Handlungen, unfrei weil ohne Sachkenntnis unternommen, ihrerseits objektiven historischen Gesetzmäßigkeiten unterliegen, durch die sie determiniert sind. Es handelt sich um den Widerspruch zwischen Spontaneität und Bewußtheit.

Gerade in den spontanen Handlungen, in denen der Mensch der Illusion größter Entscheidungsfreiheit unterliegt, setzen sich die objektiven gesellschaftlichen Gesetze durch, und zwar in der Regel gegen seinen Willen. Die bewußte Tat dagegen hat oft überhaupt keine Wahl. Sie scheint am unfreiesten und ist doch die wahre Freiheit. Ich meine, in diesen richtigen Gedanken liegen zwei gefährliche Tendenzen, zwei mögliche Irrwege, die zudem eng miteinander verwandt sind. Der eine Irrweg führt zu dem Sendungsbewußtsein einer elitären Minderheit, die allein über Bewußtheit zu verfügen meint. Der Kampf dieser Minderheit gegen die Spontaneität der Mehrheit ist hoffnungslos und führt, wenn es der Minderheit gelingt, die Macht an sich zu reißen, zur schonungslosen Unterdrückung der Mehrheit. Dabei erlebt sich diese Elite als die wahre Retterin und Führerin der Massen. Sie ist die Avantgarde der Geschichte. Der andere Irrweg führt zu einer metaphysisch-deterministischen Geschichtsauffassung. Danach läuft der historische Prozeß ab wie ein Uhrwerk, zwangsläufig und unabwendbar.»

Dieses Konzept, in nuce vorhanden auch schon in der siebten und achten Vorlesung seines Buches «Dialektik ohne Dogma» und angelegt, um den Begriffen Zufälligkeit und Notwendigkeit die Begriffe Möglichkeit und Wirklichkeit entgegenzusetzen (also die Rolle des Subjekts in der Geschichte aktiv, eingreifend, verändernd zu begreifen) – dieses komplizierte Konzept wird zwei Polizisten ohne Intelligenz vorgetragen:

«‹Friedrich Engels, wer ist das? Der Name kam bei uns noch nicht vor.›

‹Das kann ich mir denken. Soweit reicht Ihr Nachrichtendienst noch nicht. Bei mir kommt der Name ziemlich oft vor. Lesen Sie mal meine Vorlesungen.›

‹Ach, Sie meinen Friedrich Engels, den Marx- und Engels-Engels! Was hat der Engels hiermit zu tun?›»

Auch Havemann muß die «Einstudierung des Theaterstückes, das man Prozeß nennt» absurd erscheinen. Noch ist er ja nicht angeklagt, wird nur vernommen. Noch fährt er mit dem Wagen vor, kehrt zum Mittagessen zurück in die Fünfzimmerwohnung oder ins Landhaus bei Berlin, noch kann er berichten: «... ich ließ mir Kaffee servieren.» Das Buch ist stellenweise so abwegig wie die Situation, die es beschreibt. Der Hochmut des Herrn Professors wird von ihm selber erkannt, denunziert und fragwürdig gemacht:

«Noch war ich wohlbestallter Professor der Humboldt-Universität, Direktor des Physikalisch-Chemischen Instituts, Mitglied der Akademie der Wissenschaften, Vorsitzender des wissenschaftlichen Beirats für Chemie des Staatssekretariats für das Hochschulwesen, Leiter der Arbeitsstelle für Fotochemie der Forschungsgemeinschaft der Akademie der Wissenschaften, Prodekan der Mathematisch-Naturwissenschaftlichen Fakultät der Universität, Träger hoher Auszeichnungen, Empfänger eines hohen Gehaltes, Mitglied der Partei – wie lange noch. Ich hatte den Bogen überspannt, andere in Gefahr gebracht. Lohnte sich das? War das sinnvoll und vernünftig? Walter Ulbricht hatte sich mehrmals in entscheidenden Augenblicken für mich eingesetzt. War ich nicht doch ein Abtrünniger? Zu sehr von der eigenen Bedeutung überzeugt? Ehrgeizig und eitel?»

Die trügerische äußere Sicherheit ist gleichzeitig keine Gewähr dafür, daß nicht jene bohrenden Zweifel immer wieder auftauchen, die ja das Typische für kommunistische Verhöre sind – haben die Ankläger nicht vielleicht recht? Da sie einen zumindest teilweise gemeinsamen politisch-moralischen Ausgangspunkt haben, gelingen ihnen immer wieder Einbrüche in die Persönlichkeit des Delinquenten; die kurzen Momente, in denen das Gift der Verdächtigung von Freunden und Vertrauten sich in das Hirn frißt, diese Augenblicke, in denen man sich sagt, «Ist X vielleicht wirklich ein Agent?», «Kann ich mich auf Y tatsächlich verlassen?», das sind die unheimlichsten Momente des Buches. Der halb neckische, halb drohende Ton bösartiger Krankenschwestern, deren Patient ja auch wehrlos ans Bett «gefesselt» ist («Wer wird denn gleich mit dem Kopf in der Hand herumlaufen?»), ist offenbar allen Beamten dieser Dienste gemeinsam. Die Atmosphäre von Blechkaffeekanne, Blümchen auf dem Fensterbrett und die Zottelhexe am Rückspiegel der Abholautos auch. Und die Situation des Intellektuellen ebenfalls; nimmt er sich und eine selbstauferlegte Verantwortlichkeit beim Worte, dann wird ihm stets und immer wieder auf den Schädel geschlagen; manchmal wird er ihm auch eingeschlagen.

Es bezeugt die Stärke von Havemanns moralischer Position, daß die eminente sprachliche Unsicherheit und Naivität des Schreibens das Buch – im Gegensatz zur eitlen Perfektion von Sartres «Wörtern» beispielsweise – fast möchte man sagen: noch glaubwürdiger macht. Das hier ist nicht des Schreibens wegen geschrieben. Es ist nämlich gleichgültig, *wie* er schreibt. Nicht um Autorenschaft geht es hier, sondern um Zeugenschaft; Robert Havemann ist Historiker in einem ganz anderen Sinn, er ist jenem russischen Geschichtswissenschaftler Sluzkij ähnlich, dessen Untersuchung des Verhältnisses von Lenin zu den Zentristen vor 1914 Stalin eine Arbeit nannte, «die man brandmarken, nicht aber zum Gegenstand einer Diskussion machen» dürfe. Und es ist kein Zufall, daß es vor allem die italienische KP war – von Bordiga über Gramsci bis zu Togliatti immer eine Partei von unabhängigen und kritischen Denkern –, die Havemann bereits vor Jahren in der Parteizeitung «Unità» emphatisch verteidigte:

«Alle Genossen, die anderer Meinung waren als er, zu Feinden des Volkes und zu Agenten des Imperialismus zu stempeln, war ein Hauptwesenszug Stalins und nicht das letzte Motiv seiner erdrückenden Schuld. [...]

Auch wenn es wahr sein sollte, daß in Havemann positivistische Tendenzen zum Ausdruck kommen, dann wird das Problem doch nicht dadurch gelöst, daß man seinen Standpunkt in obrigkeitlicher Weise verdammt. Die kulturellen und idealen Streitfragen werden nur durch die Gegenüberstellung der Positionen gelöst, wobei jede Position gleichberechtigt sein muß und keine mit offiziellen Privilegien ausgestattet sein darf. Eine Position wird besiegt, wenn man sie in der freien Debatte überwindet, nicht, wenn man sie mit dem Bannstrahl belegt.»

Doch sein gelegentlich Don-Quichotte-ähnlicher Kampf gegen Partei- und Staatsbürokratie hat aus dem Ex-Genossen, Ex-Professor inzwischen auch einen Ex-Forscher und ein Ex-Akademiemitglied gemacht. Das «Plädoyer für eine neue KPD» (die bekanntlich in der Bundesrepublik verboten ist) löste tatsächlich Wutausbrüche und Haßtiraden aus. Ausgerechnet der Präsident der Akademie der Wissenschaften in Ostberlin, Werner Hartke, forderte nun auf skandalöseste Weise Havemanns sofortige Abberufung von seiner Laborarbeit und seinen Ausschluß aus der Akademie. Ohnehin war Havemann schon aus seinem großen Akademie-Forschungs-Institut gedrängt und in ein mit nur zwölf Mann (statt zuvor hundertzwanzig) besetztes Klein-Labor am Rande Berlins verbannt worden. Professor Havemann wurde sogar der Wirtschaftsspionage verdächtigt, da er «gewisse Unternehmungen über Photosynthese im Rahmen des Rates für gegenseitige Wirtschaftshilfe, die nur einem ganz kleinen Kreis bekannt waren», im Westen publik gemacht habe. Nun war er zwar der internationale Koordinator für das Forschungsthema Photosynthese im RGW Rat für gegenseitige Wirtschaftshilfe – nur wurde nirgends gesagt, daß die DDR bereits 1964 ihre Mitarbeit an diesem Forschungsthema gekündigt hatte. Empört wies Havemann in einem Brief an die Akademiekollegen solche Unterstellungen von sich – direkt antworten konnte er nicht, denn weder war der Schriftsatz ihm zugeleitet, noch war er zur entscheidenden Sitzung der Akademie gebeten worden. Er hatte im Gegenteil Hausverbot für alle Gebäude der Akademie, deren Räume er also – noch Mitglied – nicht betreten durfte. Für jemanden, der von Hitler zum Tode verurteilt worden war, muß es einigermaßen unbehaglich sein, solche Maßnahmen gegen sich von einem veranlaßt zu sehen, der genau zur selben Zeit, 1944, Mitglied der NSDAP und Blockwart war, den man nach dem Attentat vom 20. Juli 1940 als NS-Führungsoffizier in eine der wichtigsten Canaris-Dienststellen in Stansdorf bei Berlin delegiert hatte: dem Hauptmann Werner Hartke. Dem war Robert Havemanns Idee einer neuen KPD in der Bundesrepublik offenbar genau so unbehaglich wie den zahlreichen Ex-Nazis in hohen und höchsten Regierungsämtern der Bundesrepublik. Auch das Modell der schwedischen KP, deren Statuten Havemann als besonders fortschrittlich und vorbildlich beschrieb – die Zulassung oppositioneller Fraktionen in der Partei, das Verbot des Einflusses höherer und höchster Parteiorgane auf Parteiwahlen – mußte im Lande des preußischen Kommunismus erschrecken. Insbesondere der Gedanke, verbunden damit eventuell eine SPD in der DDR zuzulassen, stieß auf Empörung und führte zu dem törichten Vorwurf, Havemann habe sich den Agenten des westdeutschen Verfassungsschutzes zur Verfügung gestellt.

Verfassungsschützer aller couleurs waren in der Tat mit dem Manuskript, seiner Entstehung und seinem Weg in die «Spiegel»-Redaktion befaßt: Das Manuskript wurde am 4. Dezember

1965, einen Tag nach dem Selbstmord des höchsten DDR-Wirtschaftsmanagers Erich Apel, einem westdeutschen Journalisten übergeben. Apel, Hausnachbar von Havemann und mit ihm befreundet, gilt als Mitverfasser des Pamphlets. Obwohl sein Selbstmord ganz offenbar nicht eine beliebige «psychologische Kurzschlußhandlung» war, sondern ein demonstrativer Akt des Protestes gegen verhängnisvolle wirtschaftliche Zwangsabmachungen mit der Sowjetunion, erhielt er ein Staatsbegräbnis inclusive Walter Ulbrichts Totenwache. Ein Telefonat des Westberliner «Spiegel»-Korrespondenten muß wohl mehrere Zuhörer gehabt haben, die aber wiederum mißverstanden: Während am Telefon von «Papieren und Manuskripten» die Rede war, ging am nächsten Tag die Nachricht durch alle Zeitungen, Apel habe «Papiere und Manuskripte» hinterlassen. Der zufällige Satz «Apel ist nicht schweigend ins Grab gegangen» wurde von Willy Brandt beim Jahresessen der Berliner Pressekonferenz wörtlich wiederholt. Den Anruf eines Verlegers, der dieses «Testament» veröffentlichen wollte, mußte Brandt mit «liegt mir nicht vor» beantworten.

Aber auch ohne diese groteske Begleitpointe war Havemanns Text brisant genug. Jenen Satz von Wiederzulassung der SPD in der DDR will er übrigens nie geschrieben, der Überbringer will kein Wort geändert, der «Spiegel» nicht redigiert haben. Wer alles das inzwischen sagenumwobene Manuskript vor Drucklegung sah (und etwas hineinschrieb?), ist nie mehr festzustellen. In einem Brief, den er an Journalisten, Verleger und Bekannte schickte, auch an den «Spiegel»-Herausgeber Augstein, distanzierte sich Havemann von der Version einer Apel-Havemann-Kollaboration: «Reinster Unsinn ... nach einem persönlichen Zerwürfnis vor einigen Jahren ... habe ich niemals mehr auch nur ein Wort mit Erich Apel gesprochen.» Doch ein Satz wie der folgende, zu dem sich Autor Havemann bekennt, rüttelt an der überlieferten Lesart:

«War es nicht grundfalsch, noch im Jahre 1932 die SPD als die Partei der ‹Sozialfaschisten› zu beschimpfen und als den Hauptfeind zu bezeichnen? Während der kommunistische Rotfrontkämpferbund (RFB) sich mit den SPD-Genossen des ‹Reichsbanners› vor den Augen der SA prügelte, rollte die faschistische Dampfwalze fast ungehindert über den Rest der Weimarer Demokratie hinweg. Und da hieß es, man könne im Besitz der marxistischen Theorie den Lauf der Geschichte vorherbestimmen wie den Gang einer Uhr! Die schöpferische Kraft der Spontaneität der Volksmassen, aber auch ihre Blindheit und Ohnmacht zugleich, sind Fragen, die uns heute nicht weniger beunruhigen als vor fünfzig Jahren Rosa Luxemburg.»

Bei Havemanns Freund Wolf Biermann heißt das in seinem «Großen Gebet der alten Kommunistin Oma Meuhne in Hamburg»: «Dann dieser Hitler, das vergeß ich nie, wie brach unsre Partei da in die Knie, die Bestn starbn im KZ wie Fliegen...»

Die Ostberliner Reaktion auf diese im Grunde vernünftigen und keineswegs un-marxistischen Überlegungen war überraschend scharf. Der im DDR-Exil lebende Chef der KPD beschwerte sich in einem Leserbrief an den «Spiegel», daß Havemann ja nicht einmal Mitglied der KPD sei oder gewesen sei; das Politbüro der verbotenen Partei veröffentlichte eine scharfe Erklärung gegen «Havemanns ebenso illusionären wie anmaßenden Versuch, die Mitglieder der KPD auf eine antimarxistische Position zu bringen», und das Zentralkomitee der SED warf ihm vor, er habe die Spaltung und Zerschlagung der KPD gefordert und «seine feindliche Haltung gegenüber der gesamten deutschen Arbeiterbewegung offen bekundet». Als unmittelbare Antwort auf diese ostdeutsche Reaktion war offenbar ein großaufgemachter Artikel des führenden italienischen KP-Theoretikers Lombardo Radice in der Parteizeitung «Unità» gedacht, in dem Havemanns Buch besonders gelobt und generell festgestellt wird, seine Polemik sei nicht gegen den Marxismus, sondern gegen Philosophen gerichtet, die sich nur als solche ausgeben, gegen die Dogmatiker, die sich noch immer in den Lehranstalten für Marxismus/Leninismus der DDR befänden. Diese sträubten sich wie Scholastiker gegen die Galilei-ähnlichen genialen Entdeckungen Havemanns: «Die Havemann bekämpfen, haben den Marxismus deformiert und werden ihn weiter deformieren.»

Nicht zufällig erschien fast zur selben Zeit eine zwanzig Seiten lange positive Besprechung der Havemannschen Theorien im

Zentralorgan des Instituts für Philosophie und Soziologie an der polnischen Akademie der Wissenschaften «Studia filosoficzne» (Philosophische Studien). Aber die Solidarität ausländischer Kommunisten half nichts, auch nicht der Protest so anerkannter westdeutscher Professoren wie Flechtheim, Gollwitzer, Sontheimer oder ein Öffentlicher Brief des Nobelpreisträgers Linus Pauling, in dem es heißt:

«It is essential that individuals have the freedom to discuss social, political, economic, and ethical issues freely. Any country in which this freedom of discussion is not allowed has to be described as an oppressive dictatorship, not fit to survive in the new world of morality and democracy that we are trying to build. I urge that you take immediate action to revoke the unjust and improper dismissal of Professor Havemann from his research post in the German Academy of Sciences.»

Schon gar nicht hilfreich erwies es sich, daß Havemanns Kopf auf Anti-DDR-Plakaten an der Berliner Mauer erschien mit dem Slogan «Wer Freiheit fordert, wird mundtot gemacht». Am 24. März war – statutengemäß – eine Vollversammlung der Akademie einberufen worden, zu der sich neunzig in- und ausländische Professoren versammelt hatten; die 75 Prozent Mehrheit, die für den Ausschluß eines Mitgliedes erforderlich sind, schienen sicher. Doch wieder bereitete der «Fall Havemann» Ärgernis und Überraschung: Die Wahl ergab nur siebzig Prozent. Trotzdem – ein Ausschluß war nun nicht mehr möglich – «strich» der Präsident der Akademie, Hartke, Professor Havemann aus der Mitgliederliste, eine Prozedur, die ohne Vorbild und ohne Berechtigung im Rahmen der Bestimmungen der Akademie ist.

Wie schon einmal in seinem Leben, scheint Havemanns fachliche Qualifikation ihn aber vor noch Ärgerem zu bewahren. Es heißt, die Sowjets seien sehr, trotz allen Parteihaders, an einer Zusammenarbeit mit dem Häretiker interessiert: Fachmann nämlich ist Havemann für Photosynthese, dem durch Lichteinstrahlung bewirkten Aufbau von Nährstoffen, bei dem gleichzeitig Sauerstoff freigesetzt wird – ein Forschungsgebiet, das von beträchtlicher Bedeutung für die Raumfahrt ist.

Namenregister